Angels Flight

Angels Flight

앤젤스 플라이트

Angels Flight

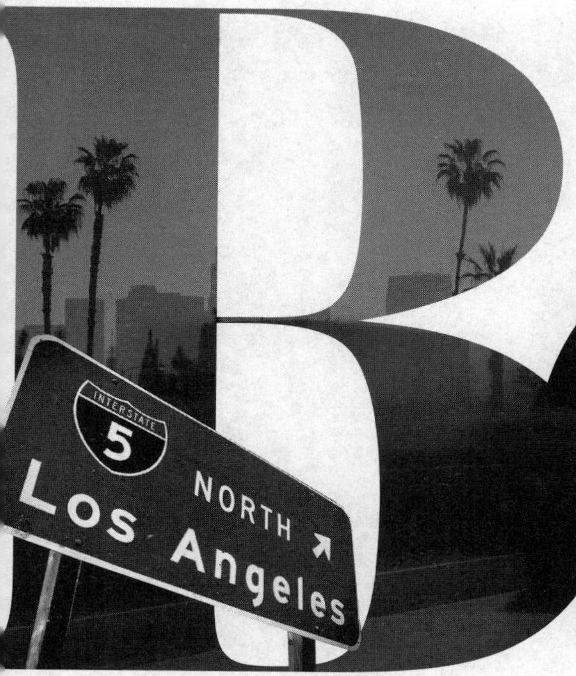

BOSCH

MICHAEL CONNELLY

마이클 코넬리 지음 | 한정아 옮김

RHK
알에이치코리아

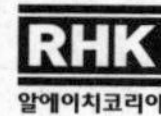

Media Review

프리미오 반카렐라 상(2000, 이탈리아), **배리 상**(2000) **후보작**

"보슈는 온몸으로 고통을 감내하는 것을 두려워하지 않는 전형적이고 멋진 영웅이다. 가히 도시의 마지막 양심이라 할 만하다."_**뉴욕 타임스**

"《앤젤스 플라이트》는 코넬리의 팬들이 기대하는 꽉 짜여진 문장과 소용돌이치는 듯한 플롯, 그리고 인간의 가장 취약한 내면에 대한 이야기들로 가득하다. 당연한 추천작이다."_**라이브러리 저널**

"너무나 능숙하고, 극도로 흥분되며, 초반부터 몰입하지 않을 수 없는 구성을 지녔다."_**퍼블리싱 뉴스(런던)**

"1999년 필히 읽어야 할 단 한 편의 소설《앤젤스 플라이트》."_**시카고 트리뷴**

"이 책을 읽는 순간만큼은 한순간도 다른 곳에 신경을 쓸 수가 없다. 작품 속에서 멋지게 실현되어 있는 놀라운 리얼리티."_**필라델피아 인콰이어러**

"여전히 강렬한 매력을 선보이는 시리즈. 코넬리는 경찰의 정치 세계와 수사 기술을 선보이는 데 있어 달인의 수준이다."_**워싱턴 포스트**

"독창적이고 진지한 주제의식."_**하트포드 쿠랑**

"마이클 코넬리는 LA 크라임 소설의 진정한 챔피언이다. 그는 손에 닿을 듯한 인물과 도시를 창조하고 이야기를 만드는 데 절대적 감각을 지니고 있다."_**아메리칸 웨이**

"코넬리의 팬에게서 빼앗아서라도 이 책을 읽을 것. 《앤젤스 플라이트》는 지금까지의 보슈 시리즈 중 최고다. 놀라울 정도로 믿을 만한 사실성을 보여주는 작품."_**애리조나 데일리 스타**

"거대한 스토리를 완벽하게 자신의 손 안에서 구사하는 작품."_**세인트 피터스버그 타임스**

"온전히 몰두하게 만드는 작품. 사실성이 빛난다."_**필라델피아 인콰이어러**

Contents

매케일렙 제인 코넬리에게 이 책을 바칩니다.

01 새벽의 출동

그 말은 마치 다른 사람 입에서 나온 것처럼 낯설게 들렸다. 보슈 자신은 느끼지 못했지만 그의 목소리에는 절박함이 담겨 있었다. 수화기에 대고 속삭인 "여보세요."라는 한 마디는 간절한 희망을 담고 있었다. 그러나 돌아온 목소리는 그가 듣고 싶어 했던 목소리가 아니었다.

"보슈 형사?"

한순간 보슈는 겸연쩍은 느낌이 들었다. 자기 목소리가 흔들리는 것을 상대방이 눈치채지는 않았는지 걱정이 됐다.

"마이클 툴린 경위입니다. 보슈 형사십니까?"

생소한 이름이었다. 보슈의 마음속에서는 자기 목소리가 어떻게 들렸을까 하는 걱정이 순식간에 사라지면서 끔찍한 두려움이 엄습했다.

"네, 제가 보슈입니다. 뭡니까? 무슨 일입니까?"

"어빙 부국장님을 바꿔드릴 테니까 잠깐 기다리세요."

"무슨 일…."

상대편에서 짤칵 소리가 나더니 조용해졌다. 보슈는 툴린이 누군지 이제야 기억이 났다. 툴린은 어빙 부국장의 부관이었다. 보슈는 잠자코 서서 기다렸다. 부엌을 둘러보니 어둠 속에서 오븐 불빛만이 희미하게 반짝이고 있었다. 그는 한 손으로는 수화기를 귀에 바싹 갖다 대고, 다른 손은 본능적으로 가슴에 갖다 댔다. 두려움과 공포로 가슴이 옥죄는 느낌이었다. 그는 오븐에 달린 전자 시계의 반짝이는 숫자들을 바라보았다. 새벽 2시가 다 되어 가고 있었다. 마지막으로 시계를 보고 나서 5분이 지나 있었다. 이건 아니야, 그는 기다리면서 생각했다. 전화로 이러지는 않아. 집에 찾아오지. 직접 만나서 알려준다고.

마침내 어빙이 수화기를 들었다.

"보슈 형사?"

"어디 있습니까? 어떻게 된 겁니까?"

대답을 기다리는 보슈에게는 잠깐 동안의 침묵이 고통스럽게 느껴졌다. 그는 눈을 꽉 감았다.

"뭐?"

"말씀해주셔도 됩니다. 무슨 일이 생겼습니까? …살아 있습니까?"

"무슨 말을 하는 건지 모르겠군, 형사. 자네 팀을 급히 소집할 일이 생겨서 전화한 걸세. 자네들한테 특별 임무를 맡겨야겠어."

보슈는 눈을 떴다. 부엌 창문을 통해 집 아래쪽에 있는 어둠에 잠긴 협곡을 바라보았다. 그의 눈길이 언덕의 경사면을 따라 고속도로까지 내려갔다가 다시 올라오면서 카후엥가 고갯길 너머로 보이는 할리우드 시가지의 불빛을 훑었다. 불을 밝힌 집마다 누군가가 잠들지 못한 채 돌아오지 않을 사람을 기다리고 있는 것일까, 그는 궁금했다. 보슈는 창문에 비친 자신의 모습을 바라보았다. 지쳐 보였다. 어두운 유리에서도 눈 밑에 생긴 짙은 다크 서클이 보였다.

"자네한테 맡길 사건이 있네, 형사."

어빙이 조바심을 내며 같은 말을 되풀이했다.

"맡을 수 있겠나 아니면…."

"맡을 수 있습니다. 조금 전엔 잠깐 착각을 했습니다."

"깨웠다면 미안하네. 하지만 이런 일에 익숙해져야지."

"네. 괜찮습니다."

보슈는 이 전화를 받고 깬 게 아니라는 말은 하지 않았다. 어두운 집 안을 서성거리며 엘리노어를 기다리고 있었다는 말도 하지 않았다.

"그럼 바로 나오게, 형사. 여기 현장에서 커피나 한잔하지."

"어떤 사건입니까?"

"그건 와서 이야기하고. 수사가 더 이상 지체되는 건 원치 않아. 자네 팀원들을 부르게. 3번가와 4번가 사이에 있는 그랜드 스트리트로 오라고 해. 앤젤스 플라이트(Angels Flight: 로스앤젤레스에 있는, 세계에서 가장 짧은 철도. 캘리포니아 광장 벙커 힐에서 힐 스트리트까지 91미터 거리의 경사 33도 언덕길을 오감－옮긴이) 위쪽으로 말이야. 어딜 말하는지 알겠나?"

"벙커 힐이요? 왜 갑자…."

"그건 오면 설명해줄 거야. 도착하면 나를 찾게. 내가 아래쪽에 있으면, 누구와 얘기하기 전에 나부터 찾아 내려오고."

"빌리츠 과장님은요? 과장님한테 먼저 보…."

"빌리츠 과장한테는 좀 있다가 연락할 걸세. 이렇게 꾸물거리고 있을 시간이 없어. 이건 부탁이 아니라 명령이야. 팀원들을 데리고 이리로 오도록. 알겠나?"

"네, 알겠습니다."

"그럼 좀 있다 보지."

어빙은 대답을 기다리지 않고 전화를 끊었다. 보슈는 한동안 전화기를 귀에 댄 채 우두커니 서서, 얼떨떨해하고 있었다. 앤젤스 플라이트는 벙커 힐에서 힐 스트리트까지 짧은 언덕길을 오르내리는 철도였고, 할리우드 경찰서 강력반 살인전담팀의 관할도 아니었다. 앤젤스 플라이트에서 살인 사건이 발생했다면, 그것은 센트럴 경찰서 관할이었다. 업무량이나 인력 문제 때문에 센트럴 형사들이 사건을 맡을 수 없다면, 혹은 대단히 중대하거나 민감한 사건이어서 언론에 노출되는 것을 원치 않는다면, 그 사건은 경찰국 본부 강력계로 넘겨져야 마땅했다. 토요일 새벽 동도 트기 전에 발생한 사건에 경찰국 부국장이 직접 나선 것으로 보아서는 후자일 가능성이 높았다. 그러나 그가 강력계 형사들 대신 보슈의 팀을 소집했다는 게 이상했다. 보슈는 어빙이 앤젤스 플라이트에서 진두지휘하고 있는 사건이 어떤 건지는 모르겠지만 자기를 불러냈다는 게 도무지 이해가 되지 않았다.

보슈는 다시 한 번 캄캄한 협곡을 내다본 후 전화기를 귀에서 떼고 나서 통화 종료 버튼을 눌렀다. 담배 생각이 간절했지만, 한 대도 피우지 않고 이 시각까지 버텨온 것이 아까웠다. 지금 와서 무너질 수는 없었다.

그는 돌아서서 조리대에 기대섰다. 들고 있는 전화기를 내려다보다가 통화 버튼을 누르고 키즈민 라이더의 집 단축 번호를 눌렀다. 그녀와 통화를 하고 나서 제리 에드거에게도 전화를 할 생각이었다. 보슈는 인정하기는 싫었지만 안도감을 느꼈다. 앤젤스 플라이트에서 무슨 일이 기다리고 있는지는 모르겠지만, 아내 엘리노어 위시에 대한 생각을 접어둘 수 있을 것 같아서였다.

벨이 두 번 울린 후 라이더가 또록또록한 목소리로 전화를 받았다.

"키즈, 나 해리. 출동할 일이 생겼어."

보슈가 말했다.

02 푸른 인종

보슈는 할리우드 경찰서에서 팀원들을 만나 각자 형사 차를 몰고 앤젤스 플라이트로 가기로 팀원들과 약속했다. 그가 경찰서를 향해 언덕을 내려가면서 지프 차 라디오에서 KFWB 방송을 틀었더니, 마침 유서 깊은 언덕길 철도에서 살인 사건이 발생해 수사가 시작됐다는 뉴스 속보가 나오고 있었다. 취재 기자는 한 객차 안에서 변사체 두 구가 발견되었고, 강력계 형사들이 현장에 나와 있다고 보도했다. 그러나 확실한 정보는 그 정도라고 말했고, 경찰이 사건현장 주변에 이례적으로 넓게 폴리스 라인을 쳐 놓아서 현장에 접근할 수가 없다고 했다. 할리우드 경찰서에 도착한 보슈는 에드거와 라이더를 만나 배차용 주차장에서 형사 차 사용 대장에 세 대를 갖고 나간다고 서명을 하면서 이 빈약한 정보를 전했다.

"그러니까 강력계 친구들 뒤치다꺼리를 하러 가는 거구만."

에드거는 자다가 불려 나왔더니 기껏 기다리고 있는 게 주말 내내 강력계 형사들을 보조하는 일이라는 것에 대한 짜증을 숨기려고 하지 않았다.

"뭐 빠지게 뺑이는 우리가 치고, 칭찬은 걔네들이 받고 그러잔 말이지? 우리가 출동할 차례도 아니잖아. 어빙이 굳이 할리우드 팀을 불러내고 싶었으면 라이스 팀을 불렀어야 되는 거 아닌가?"

에드거의 말이 일리가 있었다. 보슈와 에드거, 라이더로 이루어진 살인전담1팀은 이번 주말에는 순환 근무 시스템에서 출동 차례도 아니었다. 어빙이 타당한 수순을 밟았다면, 현재 출동 차례인 3팀 팀장 테리 라이스에게 전화를 걸었을 것이다. 보슈는 이미 어빙이 절차를 따르지 않았다는 것을 알고 있었다. 보슈의 상관인 그레이스 빌리츠 형사과장과 먼저 상의도 하지 않고 보슈에게 직접 전화를 건 것만 봐도 그랬다.

"제리, 조금 있으면 부국장한테 직접 물어볼 기회가 생길 거야."

동료의 투덜거림에 익숙해질 대로 익숙해진 보슈가 농담을 던졌다.

"아, 네, 물어보고, 앞으로 10년은 하버에서 구르라고? 됐거든."

"선배, 하버 경찰서가 얼마나 편한 곳인데 그래요. 1년 동안 발생하는 살인 사건이 예닐곱 건밖에 안 되는 곳이라고요."

라이더가 에드거의 말에 발끈해서 맞받았다. 그녀는 에드거가 밸리에 살고 있고, 하버 경찰서로 전출되면 매번 한 시간 반씩 걸려서 출퇴근해야 한다는 사실을 알고 있었다. 이렇게 집에서 먼 경찰서로 전출시키는 것은 이른바 '고속도로 치료법'이라는 것으로, 경찰국 고위 간부들이 조직 내 불평분자나 말썽꾼들에게 즐겨 쓰는 비공식적 징계 조치였다.

"우와, 멋진데. 그래도 나는 좀 빼줘."

"자, 그런 얘기는 나중에 더 하기로 하고, 빨리 출발하자. 잘 따라와."

보슈가 말했다.

그는 할리우드 대로를 달려가 101번 고속도로를 타고 나서는 시내를 향해 한산한 고속도로를 쏜살같이 달렸다. 절반쯤 갔을 때 백미러를 보며 동료들이 잘 따라오고 있는지 확인했다. 주변이 캄캄하고 다른 차들이 있는데도 형사 차는 쉽게 알아볼 수 있었다. 보슈는 새로운 형사 차를 아주 싫어했다. 검은색과 흰색 페인트칠이 되어 있었고, 지붕에 경광등이 없다는 것만 빼면 순찰차와 똑같았다. 아무 표식이 없는 형사 차가 지금의 형사 차로 대체된 것은 전직 경찰국장의 아이디어였다. 거리를 순찰하는 경찰관의 수를 늘리겠다는 시민과의 약속을 지키기 위해 저지른 사기였다. 경찰 표식이 없는 차를 표식이 있는 차로 바꿈으로써 거리를 순찰하는 경찰관이 늘어난 것처럼 보이게 한 것이었다. 그리고 국장이 시민 단체들 앞에서 연설을 하면서 거리를 순찰하는 경찰관의 숫자를 수백 명이나 늘렸다고 자랑스럽게 보고했을 땐 이 새로 바뀐 형사 차를 사용하는 형사들까지 포함해서 말한 것이었다.

한편, 공무를 수행하는 형사들은 노출된 과녁과도 같은 상태로 돌아다니게 되었다. 보슈와 동료들이 체포 영장을 집행하거나 잠복 근무를 하기 위해 어느 동네에 들어가다가 눈에 확 띄는 형사 차 때문에 신분이 노출된 적이 한두 번이 아니었다. 어리석고 위험하기까지 했지만 경찰국장의 지시였기 때문에 LA 시내 전 경찰서의 형사과가 지시대로 형사 차를 바꾸었고, 그 경찰국장이 5년 임기를 끝내고 물러난 지금도 그대로 유지되고 있었다. 대다수 형사들과 마찬가지로 보슈도 신임 경찰국장이 곧 형사 차를 이전의 형태로 되돌리라고 지시하기를 바라고 있었다. 이제 보슈는 자기에게 배당된 형사 차를 몰고 퇴근하지 않았다. 관용차로 출퇴근하는 것은 관리자급 형사의 특전이었지만, 그는 경찰 표식이 있는 차를 자기 집 앞에 세워두고 싶지 않았다. 적어도 LA에서는 그러고 싶지 않았다. 그 차가 어떤 불행을 몰고 올지 모를 일이었다.

새벽 2시 45분, 그들은 그랜드 스트리트에 도착했다. 보슈가 차를 세우면서 보니 캘리포니아 광장 주변에 경찰 관련 차들이 평소보다 많이 서 있었다. 과학수사계와 법의국의 승합차들이 보였고, 순찰차와 형사 차도 여러 대 보였다. 형사 차는 보슈가 몰고 온 것처럼 표식이 있는 차가 아니라 아직도 본부 강력계 형사들이 사용하고 있는 표식이 없는 차들이었다. 보슈는 라이더와 에드거가 도착하기를 기다리면서, 서류 가방을 열고 휴대전화기를 꺼내 집으로 전화를 걸었다. 벨이 다섯 번 울린 후에는 자동응답기로 넘어갔고, 보슈 자신의 목소리가 메시지를 남기라고 말하고 있었다. 그는 그냥 끊으려다 말고 메시지를 남겼다.

"엘리노어, 나야. 출동 지시가 떨어져서 나와 있어. …들어오면 호출하거나 휴대전화로 전화해줘. 당신한테 아무 일 없다는 걸 알 수 있게…. 어, 이만 끊을게. 안녕. …아 참, 지금은 토요일 새벽 2시 45분이야. 안녕."

어느새 에드거와 라이더가 문 옆에 와서 서 있었다. 보슈는 휴대전화기를 주머니에 넣고 서류 가방을 들고 차에서 내렸다. 셋 중에서 가장 키가 큰 에드거가 노란색 범죄현장 보존 테이프를 들어주는 동안 보슈와 라이더는 그 밑을 통과했고, 세 사람은 범죄현장 출입자 명단을 들고 있는 순경에게 이름과 경찰 배지 번호를 말해주고 나서 캘리포니아 광장을 가로질러 걸어갔다.

벙커 힐의 중심에 자리하고 있는 캘리포니아 광장은 대리석으로 지은 고층 사무 건물 두 동과 고층 아파트 건물 한 동과 현대미술박물관에 둘러싸여 있는 돌이 깔린 마당이었다. 광장 중심에는 커다란 분수와 분수를 둘러싼 연못이 있었다. 지금은 펌프와 조명이 꺼져 있어서 고요하고 검은 연못물만 보였다.

분수 너머로 앤젤스 플라이트 꼭대기에 보자르 양식(19세기 말에 유행한 건축 양식. 철근, 시멘트, 유리 등 새로운 건축자재를 이용해 과거의 고전주의, 바로크 양식 등을 절충, 변형한 건축물을 많이 지었음-옮긴이)의 기차역이 있었다. 그 작은 건물 옆에서 형사들과 순경들이 무언가를 기다리듯 서성이고 있었다. 보슈는 어빈 어빙 부국장의 빡빡 깎은 머리를 찾아보았지만 보이지 않았다. 보슈와 동료들은 이미 와 있던 경찰관들 속으로 걸어 들어가 선로 꼭대기에 서 있는 한 칸짜리 기차를 향해 걸어갔다. 보슈가 걸어가면서 보니 강력계 형사들 중에 아는 얼굴이 많이 보였다. 몇 년 전 그가 강력계 소속이었을 때 함께 일했던 동료들이었다. 몇 명은 보슈를 알아보고 고개를 끄덕이거나 이름을 불렀다. 보슈는 예전 파트너 프랜시스 쉬헌이 혼자 떨어져 서서 담배를 피우고 있는 것을 보고 그에게 다가갔다.

"프랭키, 무슨 일이야?"

"해리, 자넨 여기 어쩐 일이야?"

"출동 지시를 받았어. 어빙이 전화를 했더라고."

"젠장, 그랬군. 유감스러운 일이야, 해리. 아무리 원수 같았어도 이런 일을 당하기를 바라지는 않았는데."

"도대체 무슨…."

"어빙부터 만나 봐. 이 일을 덮으려고 안달이 났어."

보슈는 머뭇거렸다. 쉬헌은 지독히도 지쳐 보였다. 보슈는 몇 달 만에 그를 만난 것이어서, 무슨 일 때문에 저 사냥개처럼 날카로운 눈 주위에 다크 서클이 생겼는지, 언제 생겼는지 알 수 없었다. 그러고 보니 조금 전 집 유리창에서 보았던 자신의 얼굴도 비슷했다는 생각이 들었다.

"괜찮아, 프랜시스?"

"그럼, 기분 최고야."

"다행이군. 나중에 또 이야기하자."

보슈는 기차 옆에 서 있는 에드거와 라이더에게로 갔다. 에드거는 보슈의 왼쪽으로 살짝 고갯짓을 했다.

"이봐, 해리, 봤어? 증거 확보의 귀재 채스틴과 친구들이야. 저 꼴통들이 여긴 웬일일까?"

에드거가 낮은 목소리로 말했다.

보슈가 돌아보니 감찰계 형사 몇 명이 모여 있었다.

"글쎄, 모르겠는데."

보슈가 말했다.

한순간 채스틴과 보슈의 눈길이 마주쳤지만 보슈는 금방 채스틴을 외면했다. 감찰계 형사를 보고 열을 내면서 에너지를 낭비할 필요는 없었다. 대신 보슈는 현장 상황을 파악하는 데 집중했다. 그의 호기심이 최고조에 달해 있었다. 현장에 강력계 형사들과 감찰계 형사들이 돌아다니고 있었고, 부국장이 몸소 나와 있다니, 도대체 무슨 일일까? 궁금해서 견딜 수가 없었다.

보슈가 기차로 걸어가자 에드거와 라이더가 일렬로 뒤따라왔다. 기차 안은 휴대용 조명등 여러 개로 불을 환히 밝혀 놓아 어느 집 거실 같았다. 안에서는 범죄현장 감식반원 두 명이 작업을 하고 있었다. 그들을 보고 보슈는 자신이 현장에 상당히 늦게 도착했다는 것을 깨달았다. 법의국 검시반원들이 피해자의 사망을 선언하고, 그 자리에서 사체를 촬영하고, 상처와 무기와 신분을 확인하기 위해 사체를 조사하는 등 초기 절차를 완료하고 나서야, 감식반원들이 현장에 들어가게 되어 있었다.

보슈는 기차 뒤쪽으로 걸어가서 열린 문을 통해 안을 들여다보았다. 감식반원들이 두 구의 사체 주위에서 감식 작업을 하고 있었다. 기차 앞쪽까지 쭉 늘어선 계단형 좌석 중간쯤의 좌석에 한 여자가 널브러져 있었다. 허벅지까지 내려오는 흰 티셔츠에 회색 레깅스 차림이었다. 총알 한 방을 정통으로 맞은 가슴 한복판에는 커다란 피 꽃이 피어 있는 것이 보였다. 고개는 뒤로 젖혀져 뒤에 있는 창턱에 대고 있었다. 피부와 머리색이 짙은 갈색인 것으로 보아 남쪽 국경 너머 어디 출신인 것 같았다. 그녀 옆 좌석에는 뭔가 가득 들어 있는 비닐봉지가 한 개 놓여 있었는데 뭔지는 잘 보이지 않았다. 봉지 위로 접은 신문이 삐죽 튀어나와 있었다.

기차 안, 뒷문 근처에 있는 계단에는 짙은 회색 정장을 입은 흑인 남자 한 명이 엎드린 자세로 죽어 있었다. 남자의 얼굴은 보이지 않았고 상처가 한 개 보였다. 피해자의 오른손 중앙에 난 관통상이었다. 보슈는 부검 소견서에는 이 상처가 방어흔이라고 나올 거라고 생각했다. 남자는 총격을 막으려고 손을 들어 올린 것이다. 보슈는 이런 상처를 수도 없이 보았고, 볼 때마다 사람들이 생의 마지막 순간에 죽음을 피하려고 처절하게 몸부림치는 모습을 상상하게 되었다. 그중에서도 총알을 막으려고 손을 들어 올리는 행동이 가장 처절하게 느껴졌다.

감식반원들이 보슈의 시야에 들어왔다 나갔다 하고 있었지만 경사진 기차 너머 선로 저 아래로 90여 미터 떨어진 곳에 있는 힐 스트리트가 훤하게 내려다보였다. 언덕 아래에는 쌍둥이 기차 한 량이 서 있었고, 개찰구 앞과 길 건너 그랜드 센트럴 마켓의 닫힌 문들 앞에서는 형사들이 서성거리고 있었다.

보슈는 어렸을 때 이 기차를 타고 언덕을 오르면서 기차가 오르내리는 모습을 자세히 관찰한 적이 있었다. 아직도 기억이 났다. 두 량의 기차는 서로 반대 방향으로 움직이며 균형을 유지했다. 한 량이 나란히 놓인 선로 하나를 타고 올라가면 다른 한 량은 내려오고, 올라간 기차가 내려오면 내려왔던 기차가 올라가는 식이었다. 두 기차는 중간 지점에서 스쳐 지나갔다. 보슈가 앤젤스 플라이트를 탔던 때는 벙커 힐이

유리와 대리석으로 지은 고층 빌딩과 고급 콘도와 아파트, 박물관, 워터 가든이라 불리는 분수들로 이루어진 금융과 예술의 중심지로 다시 태어나기 훨씬 전이었다. 한때 화려한 자태를 뽐냈던 빅토리아 양식(19세기 영국 빅토리아 여왕 재임기에 유행했던 건축 양식-옮긴이)의 저택들이 초라하고 값싼 임대 주택들로 변모해 있을 때였다. 보슈는 어머니와 함께 살 집을 구하기 위해 앤젤스 플라이트를 타고 언덕을 올랐었다.

"드디어 나타나셨군, 보슈 형사."

보슈가 돌아서 보니, 어빙 부국장이 작은 역사(驛舍)의 열린 문 안에서 있었다.

"다들 들어오지."

어빙이 보슈와 팀원들에게 안으로 들어오라고 손짓을 하며 말했다.

그들은 예전에 기차를 언덕 위아래로 움직여 주었던 커다랗고 오래된 케이블 휠이 가득 들어 차 있는 비좁은 역무실 안으로 들어갔다. 보슈는 앤젤스 플라이트가 사반세기 동안 운행이 중단되었다가 재개됐을 때, 케이블과 바퀴가 컴퓨터로 관리하는 전기 시스템으로 바뀌었다는 기사를 어디서 읽었던 기억이 났다.

역무실 안에 전시된 바퀴들 한쪽 편에는 간이 탁자와 접이용 의자 두 개가 꽉 들어차 있었다. 다른 쪽에는 기차 운행을 관리하는 컴퓨터와 관리자를 위한 걸상 한 개, 차곡차곡 쌓인 판지 상자들이 있었는데, 뚜껑이 열린 맨 위 상자 안에는 앤젤스 플라이트의 역사(歷史)를 소개하는 팸플릿이 가득 쌓인 것이 보였다.

입구 맞은편 벽, 낡은 철 바퀴들 뒤 그늘 속에는 보슈가 아는 남자가 팔짱을 끼고 벽에 기대 서서, 햇볕에 검붉게 그을린 우락부락한 얼굴을 숙이고 바닥을 내려다보고 있었다. 예전에 보슈가 경찰국 본부 강력계에서 근무할 때 상관으로 모셨던 강력계장 존 가우드 경감이었다. 가우드의 표정을 보니 뭔가를 골똘히 생각하고 있는 것 같았다. 가우드는 고개를 들지 않았고, 세 형사도 아무 말 하지 않았다.

어빙 부국장은 전화기가 놓여 있는 간이 탁자로 다가가서 통화를 하다가 놓아두었던 수화기를 집어 들었다. 그리고 말을 시작하면서 보슈에게 문을 닫으라고 손짓을 했다.

"죄송합니다, 국장님. 할리우드 팀이 현장에 도착했습니다. 다들 여기 모였고, 이제 본격적으로 수사를 시작할 준비가 됐습니다."

어빙이 말했다.

어빙은 잠시 듣고 있다가, 인사를 하고 전화를 끊었다. 존댓말을 하고 국장이라는 호칭을 쓴 것으로 보아 어빙이 통화한 상대방은 경찰국장이 틀림없다고 보슈는 생각했다. 그러자 사건에 대한 호기심이 더 커졌다.

어빙이 돌아서서 세 형사를 바라보았다.

"다들 와줬군. 야심한 시각에, 게다가 출동 차례도 아닌데 깨워서 미안하네. 빌리츠 과장한테 얘기해놨는데, 자네들은 지금부터 이 사건을 해결할 때까지 할리우드 경찰서 순환 근무 시스템에서 빠지게 될 걸세."

"우리가 '본격적으로 수사를 시작할' 사건이 도대체 뭡니까?"

보슈가 물었다.

"민감한 사건이야. 시민 두 명이 살해된 사건이지."

보슈는 아직도 도무지 감을 잡을 수가 없었다.

"부국장님, 여기서 강력계 형사들을 많이 봤습니다. 바비 케네디 사건(1968년 로버트 F. 케네디 상원의원이 암살된 사건. 바비는 그의 애칭-옮긴이)을 처음부터 재수사해도 될 만큼 많이요."

보슈는 말을 하면서 가우드를 흘끗 바라보았다. 그러고는 말을 잠시 멈췄다가 계속했다.

"심지어 감찰계 형사들까지 얼쩡거리고 있고요. 도대체 무슨 사건입니까? 뭘 원하십니까?"

"간단해. 수사를 자네들한테 넘길 걸세. 이제부턴 자네들 사건이야, 보슈 형사. 자네들이 상황 파악을 끝내는 대로 강력계 형사들은 철수할 걸세. 보다시피, 자네들이 좀 늦게 합류했어. 불행한 일이지만, 금방 만회할 수 있을 거라고 생각하네. 자네들이라면 할 수 있을 거라고 믿어."

어빙이 말했다.

보슈는 오랫동안 어빙을 물끄러미 쳐다보다가, 가우드를 흘끗 바라보았다. 강력계장은 그동안 꿈쩍도 하지 않았고 여전히 바닥을 노려보고 있었다. 보슈는 이런 낯선 상황을 이해하는 데 도움이 될 중요한 질문을 던졌다.

"기차 안에 있는 남자와 여자는 누굽니까?"

어빙이 고개를 끄덕였다.

"누구였냐고 묻는 게 더 정확하겠지. 이젠 죽고 없으니까 말이야. 여자의 이름은 카탈리나 페레즈였어. 직업이 뭔지, 앤젤스 플라이트에서 뭐하고 있었는지 등은 아직 밝혀진 바 없고. 사실 중요하지도 않아. 잘못된 시각에 잘못된 장소에 있었던 것뿐인 것 같거든. 하지만 그것도 자네들이 수사를 하고 공식적으로 확인을 해줘야 하겠지. 하지만, 저 안에 쓰러져 있는 남자는 달라. 하워드 일라이어스였어."

"그 변호사 말입니까?"

어빙이 고개를 끄덕였다. 에드거가 놀라서 숨을 들이마시는 소리가 들렸다.

"진짜 그 변호사 맞습니까?"

"불행히도, 맞네."

보슈는 어빙 너머로 매표창구를 바라보았다. 창밖으로 기차가 보였다. 감식반원들은 아직도 작업 중이었는데, 지문을 찾기 위해 기차 내부를 레이저로 훑어보려고 조명을 모두 끄려는 중이었다. 보슈의 시선이 관통상이 있는 손에서 멈췄다. 하워드 일라이어스. 정말 그 변호사라면 용의자는 수도 없이 많고, 지금 이 순간 현장 주변에도 용의자가 많을 거라고 보슈는 생각했다.

"빌어먹을. 이 사건 안 맡으면 안 됩니까, 부국장님?"

에드거가 말했다.

"말조심하게, 형사. 난 욕설은 결코 용납하지 않으니까 말이야."

어빙이 날카롭게 맞받았다. 화를 내자 턱 근육이 불룩 튀어나왔다.

"부국장님, 제 말은 혹시 엉클 톰(Uncle Tom: 백인에게 아첨하거나 백인들과 잘 어울리는 흑인을 이르는 말-옮긴이) 역할을 할 사람을 찾으시는 거라면, 우린 좀 빼…."

어빙이 에드거의 말을 끊고 나섰다.

"그런 것과는 아무 상관 없어. 싫든 좋든 자네들은 이 사건을 맡았네. 난 자네들이 전문가답게 철저하게 수사를 해주길 바라네. 무엇보다도 난 결과를 기대하지. 국장님도 마찬가지고. 다른 건 관심 없어. 전혀."

어빙은 잠시 말을 멈추고 에드거를 바라보다가 라이더를, 마지막으로 보슈를 바라보더니 말을 이었다.

"이 경찰국 내에는 단 하나의 인종이 존재하지. 흑인도 백인도 아닌, 푸른 인종."

03 경찰의 적

하워드 일라이어스가 민권 변호사로서 날렸던 악명은 그가 변호했던 의뢰인들 때문에 얻게 된 것이 아니었다. 그의 의뢰인들은 범죄자는 아니라고 해도 사회적 낙오자인 경우가 많았다. 일라이어스의 얼굴과 이름이 로스앤젤레스 시민들에게 널리 알려지게 된 것은 그가 언론 플레이에 능숙했고, 도시 안에 만연된 인종 차별주의를 파헤치는 데 탁월한 능력을 발휘했으며, 단 한 가지 전문 분야 즉 로스앤젤레스 경찰국을 상대로 한 소송에만 매달렸기 때문이었다.

거의 20년에 가까운 세월 동안 하워드 일라이어스는 어떤 식으로든 경찰국과 마찰을 빚었던 시민들을 대표해 연방법정에 소송을 제기하는 일을 반복함으로써 풍요로운 삶을 누려왔다. 그는 순경, 형사, 경찰국장, 심지어 경찰국이라는 기관을 상대로 소송을 제기했다. 그는 이른바 산탄식 접근 방법을 써서 사건과 조금이라도 관련이 있는 사람들을 전부 피고로 지정했다. 언젠가 도주하던 절도 용의자가 경찰견에게 물어뜯겼을 때, 일라이어스는 부상당한 그 용의자를 대표하여, 경찰견과 조련사, 그리고 조련사에서 경찰국장까지 이르는 관리 계통의 사람들 전부를 피고로 지정했다. 한술 더 떠서, 조련사 양성 학교 교관들과 그 경찰견의 사육사까지 피고로 지정했다.

일라이어스는 심야에 방송되는 TV '인포머셜'(information[정보]과 commercial[광고]의 합성어로, 소비자의 이해를 돕는 정보를 많이 제공하는 광고-옮긴이)과 연방지방법원 계단에서 자주 갖는 치밀하게 계산된 '즉석' 기자 회견에서, 자신이 감시자이며, LA 경찰국이라는 파쇼적이고 인종 차별적인 준군사조직의 권력 남용을 비판하는 유일한 저항의 목소리라고 주장했다. 그러나 일라이어스를 비판하는 사람들에게는—LA 경찰국의 경찰들로부터 지방 검찰청의 검사들에 이르기까지 비판 세력이 많았다—일라이어스 자신이 인종 차별주의자였고, 이미 분열이 된 도시의 간극을 넓히는 데 큰 기여를 하고 있는 골칫거리로 여겨졌다. 이들에게 일라이어스는 사법 제도가 만들어낸 쓰레기였고, 언제 어디서 어느 경우에라도 인종 차별이라는 카드를 꺼내들 수 있는 법정의 마술사였다.

일라이어스의 의뢰인은 대부분이 흑인이거나 갈색 인종이었다. 탁월한 대중 연설가이고 사실을 선별적으로 이용하는 능력이 출중한 일라이어스 덕분에 그의 의뢰인들은 지역 사회의 영웅이 되었고 통제 불능이 된 경찰국의 희생양이 되었다. LA 시 남부 지역 주민들 상당수는 LA 경찰국이 점령군처럼 행동하는 것을 일라이어스가 혼자 힘으로 막아냈다고 칭송했다. 하워드 일라이어스는 지역에 따라 혹은 직종에 따라 평판이 갈리는, 극도의 증오와 열렬한 찬사를 한 몸에 받는 소수의 유명인사 중 한 명이었다.

일라이어스의 숭배자들 중 그가 오로지 하나의 법에만 의존하여 활동해온 변호사라는 것을 아는 사람은 별로 없었다. 일라이어스는 항상 연방법원에서만 소송을 벌였고, 재판에서 승소하는 사건에 대한 수임료를 로스앤젤레스 시 정부에 청구할 수 있게 허용하고 있는 미합중국 민법 관련 소송만 전문으로 했다.

로드니 킹 구타 사건과, 로드니 킹 구타 경찰관 재판에 뒤이어 경찰국을 맹비난한 크리스토퍼 위원회의 보고서, 그리고 인종적 분열을 가져온 O. J. 심슨 사건이 일라이어스가 제기한 모든 소송 사건에까지 짙은 그림자를 드리웠다. 따라서 일라이어스가 경찰국을 상대로 한 소송에서 승소하고, 배심원단이 원고에게 명목상 금액이라도 손해 배상금을 주라는 평결을 내리도록 설득하는 것은 그리 어려운 일이 아니었다. 배심원들은 자기들의 평결 덕분에 일라이어스가 LA 시 정부와 배심원 자신들을 포함한 납세자들에게 수십만 달러의 수임료를 청구할 수 있게 되었다는 사실은 전혀 깨닫지 못했다.

일라이어스의 간판 사건이 된 경찰견에 물린 절도 용의자 소송 사건에서, 배심원단은 원고의 권리가 침해되었다고 판단했다. 그러나 그 원고가 유죄 평결을 받은 전과가 화려한 절도범이었기 때문에, 배심원단은 경찰국이 그에게 단돈 1달러를 손해 배상금으로 지급하라는 평결을 내렸다. 배심원단의 의도는 분명했다. 범죄자를 배불리겠다는 게 아니라 경찰국에 경고를 하겠다는 것이었다. 그러나 일라이어스에게는 어느 쪽이든 상관없었다. 그는 연방정부 지침에 따라 34만 달러의 수임료 청구서를 시 정부에 제출했다. 시 정부는 경악했고 청구 내역을 꼼꼼히 조사했지만, 결국에는 청구액의 절반 이상을 지급해야 했다. 사실 배심원단은—그리고 그 사건 전후에도 많은 사람들이—자기들이 LA 경찰국을 질타하고 있는 거라고 믿었지만, 그와 동시에 일라이어스에게는 심야 시각에 채널 9에서 내보내는 30분짜리 인포머셜과, 포르쉐 자동차와, 법정에 출두할 때 입는 이태리제 정장과, 볼드윈 힐즈에 있는 호화 주택을 사준 것이었다.

물론, 일라이어스만 그런 것은 아니었다. LA에는 경찰과 민권 관련 소송을 전문으로 하고, 의뢰인에게 지급되는 손해 배상금을 훨씬 초과하는 수임료를 청구할 수 있게 하는 연방 지침을 이용하는 변호사가 수십 명 있었다. 그러나 그들 전부가 돈만 보고 움직이고 자기 이익 챙기기에만 급급한 건 아니었다. 일라이어스와 그런 부류의 변호사들이 제기한 소송이 경찰 조직에 긍정적인 변화를 가져온 것도 사실이었다. 그들을 적으로 여기는 경찰들조차 그런 사실을 부정할 수는 없었다. 연이은 민권 소송 덕분에 경찰은 용의자를 제압할 때 뒤에서 용의자의 목에 팔을 감아 목을 죄는 방법을 쓰지 못하게 되었다. 그전에는 경찰 내에서 허용된 방법이었지만 그로 인해 소수 집단 출신의 용의자들이 사망하는 경우가 많고 민권 소송이 제기되자 금지된 것이다. 민권 소송은 교도소 환경과 처우를 개선하는 데도 큰 몫을 했다. 또한 그런 소송으로 인해 시민이 권력을 남용하는 경찰관을 상대로 소송을 제기할 길이 열렸고 절차가 간소화되었다.

일라이어스는 자기 동료들보다 능력이 훨씬 뛰어났다. 그는 언론의 호감을 사는 매력이 있었고 배우 같은 뛰어난 화술을 자랑했다. 또한 그는 의뢰인을 선택할 때 기준이라는 게 없는 것 같았다. 그는 수사관들한테 학대를 받았다고 주장한 마약상들, 가난한 사람의 물건을 훔쳤지만 뒤쫓아 온 경찰한테 얻어맞은 게 억울하다는 절도범들, 자기는 남을 총으로 쏘고 강도질을 했지만 경찰 총에 맞은 건 도저히 용납할 수 없다는 강도범들을 변호했다. TV 광고에서 그리고 어디서든 카메라가 자기 얼굴을 향할 때마다 일라이어스는 피해자가 범죄자이든 아니든 권력 남용은 권력 남용이라는 말을 즐겨 했다. 그는 항상 카메라를 뚫어지게 쳐다보며, 죄가 있는 자들을 향한다고 해서 그런 권력 남용을 허용하면 얼마 지나지 않아 무고한 사람들도 대상이 될 거라고 주장했다.

일라이어스는 단독 개업 변호사였다. 지난 10년 동안 그는 1백 번도 넘게 경찰을 상대로 소송을 제기했고 승소율이 50퍼센트가 넘었다. 경찰은 일라이어스라는 이름만 들어도 치를 떨었다. 경찰들은 일라이어스가 소송을 제기하는 사건은 쉽게 해결될 작은 사건이 아니라는 것을 잘 알고 있었다. 일라이어스가 재판까지 가지 않고 사건을 해결하는 경우는 절대로 없었다. 민법전 어디에도 재판 전 중재와 조정을 장려하는 내용이 없기 때문이었다. 따라서 일라이어스에게 소송을 당하는 사람은 공개적 망신과 질타를 각오해야 했다. 보도 자료와 기자 회견, 신문의 1면 기사와 TV 보도에서 천하에 없는 악당 경찰관으로 묘사되는 것을 각오해야 했다. 소송이 끝날 때, 경찰 배지는 고사하고 몸이라도 제대로 추스르며 법정을 나설 수 있다면 다행이었다.

어떤 이들에게는 천사였고 다른 이들에게는 악마였던 하워드 일라이어스가 앤젤스 플라이트 기차 안에서 총에 맞아 숨진 채 발견된 것이다. 보슈는 작은 역무실 창문을 통해 불이 꺼진 객차 안에서 오렌지색 레이저 광선이 움직이는 것을 바라보면서 자신이 폭풍 전 고요 속에 있다고 생각했다. 불과 이틀 후에는 일라이어스의 또 하나의 간판 사건이 될 수도 있었을 사건의 재판 절차가 시작될 예정이었다. 언론에는 '블랙 워리어 사건'으로 알려져 있는, 경찰국을 상대로 한 소송이 월요일 오전에 미합중국 연방지방법원에서 배심원단 선정 작업에 들어갈 예정이었다. 일라이어스 피살 사건과 그 재판의 시작이 우연의 일치인지 아니면 많은 시민들이 믿고 있는 것처럼 우연이 아닌지는 모르겠지만, 이 변호사의 죽음에 관한 수사가 지역 사회에 미치는 영향은 언론의 리히터 지진계로 강도 7은 가뿐하게 기록할 것 같았다. 소수 집단 단체들은 분노와 합당한 의심을 표출할 것이다. 웨스트 사이드에 사는 백인들은 폭동이 또다시 일어나는 것 아니냐고 걱정을 할 것이다. 그리고 전 국민의 시선이 또 한 번 로스앤젤레스와 LA 경찰국에 쏠릴 것이다. 보슈는 자신의 흑인 동료 에드거와는 다른 이유에서이지만 에드거의 생각에 공감했다. 보슈도 이번 사건은 맡고 싶지 않았다.

보슈가 어빙에게로 관심을 돌리며 입을 열었다.

"부국장님. 누군지 밝혀지면… 제 말은, 일라이어스라는 걸 기자들이 알게 되면, 우리는…."

"그건 자네가 신경 쓸 일이 아니야. 자네들은 수사에만 전념해주게. 기자들 문제는 국장님과 내가 알아서 처리할 테니까. 수사에 관해서 어느 누구에게서도 한 마디도 나와서는 안 돼. 한 마디도."

어빙이 말했다.

라이더가 어빙의 말을 받았다.

"지금 기자들이 문제가 아닌 것 같습니다. 사우스 센트럴은 어떻게 하실 겁니까? 주민들이…."

어빙이 라이더의 말을 끊고 끼어들었다.

"그 문제도 우리가 알아서 해결할 걸세. 경찰국은 다음 근무 교대 시각부터 시민 소요 대응 계획을 실행할 거야. 시민들의 반응을 파악할 때까지 전 직원은 12시간 교대 근무제로 전환할 거네. 1992년 일(LA 폭동. 과속 질주하던 흑인 운전자 로드니 킹을 백인 경찰관 네 명이 무차별 폭행하는 모습이 TV에 공개되면서 흑인 사회의 분노가 폭발해 6일간의 폭동으로 이어짐–옮긴이)을 목격한 사람들 중에 그런 일을 다시 보고 싶은 사람은 아무도 없겠지. 어쨌든 다시 한 번 말하지만, 그런 건 자네들이 신경 쓸 일이 아니야. 자네들이 신경 쓸 일은 바로 여기 있어."

어빙의 말이 끝나자 기다렸다는 듯 라이더가 맞받았다.

"제가 드리려던 말씀은 그게 아니었습니다. 남부 지역 주민들이 폭동을 일으킬 거라고 말씀드리려던 게 아니었습니다. 사실 저는 거기 사람들을 믿습니다. 거기서 소요가 발생할 거라고 생각하지 않습니다. 제가 드리려던 말씀은 그들이 이 사건에 대해 분노하고 의혹을 갖게 될 거라는 겁니다. 그런 분노와 의혹을 무시하거나 거리에 경찰관을 더 많이 배치함으로써 억제할 수 있다고 생각하신다면…."

이번에도 어빙이 라이더의 말을 끊었다.

"라이더 형사. 그건 자네가 걱정할 일이 아니야. 자네가 걱정할 일은 바로 수사라고."

보슈는 어빙이 번번이 라이더의 말을 끊고 흑인 여형사에게 출신 지역에 대해 신경 쓰지 말라고 해서 라이더를 격분시켰다는 사실을 눈치챘다. 라이더의 표정을 보니 분명히 알 수 있었고 보슈는 예전에도 그런 표정을 본 적이 있었다. 그는 라이더가 해서는 안 될 말을 내뱉기 전에 끼어들기로 작정했다.

"인원이 더 필요할 것 같습니다. 우리 셋만 가지고는 알리바이를 확인하는 데에만 몇 주가, 아니 한 달은 족히 걸릴 겁니다. 이런 사건을 수사할 땐 빨리 움직일 필요가 있습니다. 단지 사건 때문만이 아니라 시민들 때문에라도 말이죠. 그래서 우리 셋만으로는 턱없이 부족할 것 같습니다."

"그 문제도 처리해뒀어. 필요한 만큼 인원을 보충해줄 걸세. 하지만 강력계 형사들은 아니야. 그 친구들은 마이클 해리스 사건 때문에 이해관계의 충돌이 있거든."

어빙이 말했다.

보슈는 어빙이 그 사건을 블랙 워리어 사건이라고 부르지 않고 원고의 이름을 따서 부른 것을 알아차렸다.

"왜 우립니까?"

"뭐가 말인가?"

"강력계가 빠진 건 이해가 갑니다. 하지만 센트럴 경찰서 팀들은 어디 간 겁니까? 우린 여기 관할도 아니고 출동 차례도 아닌데요. 왜 우립니까?"

어빙은 크게 한숨을 쉬었다.

"이번 주에는 센트럴 경찰서 강력반 전원이 연수를 받고 있어. 다음 주까지지. 민감성 연수와 최신 범죄현장 감식 기술에 관한 FBI 워크숍이 있네. 그래서 본부 강력계가 그곳 일을 대신하고 있었어. 이 사건 신고 전화도 강력계가 받았지. 머리에 총알을 맞고 죽은 피해자의 신원이 밝혀지자마자 내게 보고가 됐고, 난 국장님하고 몇 차례 논의를 거쳐서 자네들을 부르기로 결정한 걸세. 자네들은 실력 있는 팀이야. 최고의 살인전담팀 중 하나지. 최근에 맡은 네 건의 살인 사건을 모두 해결했더군. 삶은 계란 사건까지 포함해서 말이야. 그래, 나도 그 건에 대해 보고를 받아서 알고 있었네. 게다가 무엇보다도 자네들 중에는 일라이어스에게 피소된 적이 있는 사람이 하나도 없잖나."

어빙은 엄지손가락으로 어깨 너머 기차 안 범죄현장 쪽을 가리켰다. 그러면서 가우드 강력계장을 흘끗 쳐다보았지만, 계장은 여전히 고개를 숙이고 바닥을 바라보고 있었다.

"이해관계의 충돌이 없잖아. 안 그런가?"

어빙이 말했다.

세 형사는 고개를 끄덕였다. 보슈는 경찰에 몸담은 지난 25년 동안 소송을 당한 적이 꽤 자주 있었지만, 일라이어스는 용케도 피해 갔었다. 그래도 보슈는 어빙이 내세운 이유가 전부라고는 믿지 않았다. 그는 에드거가 이미 암시한 사실이 더 큰 이유일 거라고, 그들 중에 일라이어스에게 피소된 사람이 하나도 없다는 사실보다 더 중요한 이유일 거라고 생각했다. 보슈의 두 파트너는 흑인이었다. 이 점이 언젠가는 어빙에게 도움이 될 수도 있었다. 보슈는 경찰국이 오로지 하나의 얼굴, 하나의 인종—푸른색 인종—이어야 한다는 어빙의 바람이 카메라 앞에 세울 검은 얼굴이 필요할 때가 되면 순식간에 사라져버릴 것임을 알고 있었다.

"저는 제 팀원들이 기자들 앞에 전시되는 것을 원치 않습니다, 부국장님. 우리가 이 사건을 맡으면, 쇼 출연이 아니라 수사를 위해 맡는 거니까요."

보슈가 말했다.

어빙이 성난 눈으로 보슈를 노려보았다.

"나를 뭐라고 불렀나?"

보슈는 순간적으로 당황했다.

"부국장님이라고 불렀습니다."

"아, 그렇다면 다행이군. 이 방 안에서 지휘 계통에 혼동이 있는 건 아닌가 하는 생각이 들었거든. 있는 건가, 형사?"

보슈는 고개를 돌려 창밖을 바라보았다. 얼굴이 화끈거리는 것이 느껴졌고, 이런 모습을 보이는 게 화가 났다.

"아닙니다."

보슈가 대답했다.

"좋아. 그럼 가우드 계장하고 이야기를 나눠보게. 지금까지의 수사 상황에 대해 설명해줄 거야. 그런 다음에 앞으로의 수사 방향에 대해 의논해보도록 하세."

어빙이 태연하게 말했다.

어빙이 문을 향해 돌아서자 보슈가 그를 불러 세웠다.

"한 가지 더 있습니다, 부국장님."

어빙이 보슈를 돌아보았다. 보슈는 이미 냉정을 되찾은 상태였다. 그는 침착하게 부국장을 바라보았다.

"이 사건과 관련해서 경찰관들에 대한 수사가 불가피할 것 같습니다. 다수의 경찰관을 수사하게 될 겁니다. 블랙 워리어 사건뿐만 아니라 죽은 변호사가 맡았던 사건들을 모조리 살펴봐야 할 테니까요. 그래서 짚고 넘어가야 할 것 같은데요, 부국장님과 국장님은 결과가 어찌되든 우리 소신대로 수사하기를 바라시는지 아니면…."

보슈는 말끝을 얼버무렸고 어빙은 아무 말도 하지 않았다. 보슈가 말을 이었다.

"저는 제 팀원들을 보호하고 싶습니다. 이런 사건은… 저는 다만 모든 것을 확실히 해두고 수사를 시작해야 할 것 같아서 말씀드리는 겁니다."

보슈가 가우드와 다른 사람들 앞에서 이런 말을 한 건 모험이었다. 또다시 어빙의 화를 돋울 수도 있었다. 그럼에도 불구하고 이런 말을 한 것은 어빙이 가우드 앞에서 대답해주기를 바랐기 때문이었다. 가우드 강력계장은 경찰국 내에서 영향력이 막강한 사람이었다. 가우드 계장의 부하 직원들 중 일부가 이 사건과 관련이 있는 것으로 밝혀질 경우를 대비해서, 보슈는 자기 팀이 경찰국 수뇌부의 지시에 따라 수사를 하고 있다는 사실을 가우드 계장이 알고 있기를 바랐다.

어빙은 오랫동안 보슈를 바라보다가 마침내 입을 열었다.

"오만무례하군, 보슈 형사."

"죄송합니다, 부국장님. 대답해주시겠습니까?"

"소신대로 수사하게, 형사. 벼락을 맞아야 할 사람이 벼락을 맞게 하라고. 죽을 이유가 없는 사람 두 명이 죽었어. 그들이 누구였는지는 중요하지 않네. 죽을 이유가 없는 사람들이었다는 게 중요하지. 최선을 다해주길 바라네. 자네들의 능력을 최대한 발휘해주길 바라네. 그리고 결과가 어찌됐건 소신대로 처리하고."

보슈는 고개를 한 번 끄덕였다. 어빙은 고개를 돌려 가우드를 흘끗 쳐다보더니 역무실을 나갔다.

04 초동 수사

"해리, 담배 있어?"

"죄송합니다, 계장님. 끊으려고 애쓰고 있어요."

"나도 그런데. 그 말은 사서 피우지 않고 얻어서 피운다는 뜻이겠지, 안 그래?"

가우드는 구석에서 걸어 나오며 한숨을 쉬었다. 그는 벽에 붙어 있는 상자 더미를 한 발로 밀어내 그 위에 앉았다. 늙고 지쳐 보였지만, 보슈가 그의 밑에서 일을 시작했던 12년 전에도 늙고 지쳐 보였었다. 보슈는 가우드에게 별다른 느낌이 없었다. 가우드는 초연한 부류의 관리자였다. 퇴근 후 부하 직원들과 어울리지 않았고, 직장에서도 개인 사무실에서 나와 일반 형사들과 많은 시간을 함께 보내지도 않았다. 당시 보슈는 그편이 낫다고 생각했었다. 가우드의 그런 태도가 부하들에게 충성심을 불러일으키지 못했지만, 적대감을 만들어내지도 않았다. 그런 태도 덕분에 가우드가 그렇게 오랫동안 강력계장 자리를 지키고 있었던 건지도 몰랐다.

"이번에는 정말 지랄 맞은 게 걸린 것 같아."

가우드가 말했다. 그러고는 라이더를 보더니 덧붙였다.

"미안, 형사."

그때 보슈의 호출기가 울렸다. 보슈는 재빨리 허리띠에서 호출기를 떼어내 삐삐 소리를 끄고 번호를 확인했다. 기다리고 있던 자기 집 전화번호가 아니었다. 그레이스 빌리츠 형사과장의 자택 번호였다. 무슨 상황인지 알고 싶어 전화했을 것이 분명했다. 어빙이 빌리츠와 통화하면서 보슈와 통화할 때처럼 말을 아꼈다면, 빌리츠는 거의 아무것도 모르고 있을 것이다.

"중요한 거야?"

가우드가 물었다.

"나중에 전화해도 됩니다. 여기서 말씀하시겠습니까, 아니면 나가서 기차로 갈까요?"

"먼저 여기서 현재 상황을 말해줄게. 그런 다음엔 자네 사건이니까 자네가 알아서 처리해."

가우드는 외투 주머니에 손을 넣어 말보로 소프트팩 한 갑을 꺼내 포장지를 뜯기 시작했다.

"저한테 담배 있냐고 물으셨잖아요."

보슈가 말했다.

"그랬지. 이건 비상용이야. 뜯으면 안 되는 건데."

보슈는 어이가 없었다. 가우드는 담배에 불을 붙이고는 담뱃갑을 보슈에게 내밀었다. 보슈는 고개를 저었다. 그러고는 행여나 손이 주인을 배반하고 받을까 봐 두 손을 얼른 주머니에 넣었다.

"거슬려?"

가우드가 히죽거리며 담배를 들어 보이면서 물었다.

"아뇨, 전 괜찮아요, 계장님. 제 폐는 이미 망가질 대로 망가졌는데요, 뭐. 하지만 이 친구들은…."

라이더와 에드거는 괜찮다는 뜻으로 손을 내저었다. 보슈만큼 상황 설명을 빨리 듣고 싶어 안달이 난 것 같았다.

마침내 가우드가 설명을 시작했다.

"좋아, 그러면, 현재까지 상황은 이렇게 된 거야. 어젯밤 기차가 마지막 운행을 할 때였어. 역무원은 엘우드… 엘우드… 잠깐만."

가우드는 담뱃갑을 도로 집어넣은 주머니에서 작은 메모장을 꺼내 첫 장에 적어놓은 내용을 읽었다.

"엘드리지, 그래 맞아, 엘드리지. 엘드리지 피트. 그가 혼자 기차를 운행하고 있었어. 전부 전산화 되어 있어서 운행은 한 사람만 있으면 충분하대. 어쨌든 그는 그 운행을 끝으로 하루 일과를 마치려고 하고 있었지. 금요일 밤에는 막차가 11시에 있어. 그때가 11시였지. 그는 위에 올라와 있는 기차를 아래로 내려 보내기 전에 역무실에서 나와 그 기차로 가서 문을 닫고 잠갔어. 그러고는 역무실로 돌아와 컴퓨터에 명령어를 입력해서 기차를 아래로 내려 보냈지."

가우드는 메모장을 다시 쳐다보았다.

"저 객차들은 이름이 있어. 역무원이 아래로 내려 보낸 객차는 시나이, 위로 불러올린 객차는 올리벳이래. 성서에 나오는 산 이름을 땄다더군. 올리벳이 여기로 올라왔을 때 기차 안은 비어 있는 것 같았대. 그래서 기차 문을 잠그려고 밖으로 나갔다더군. 잠그고 나서 다시 한 번 기차들을 움직여야 한다더라고. 그러면 컴퓨터가 기차들을 선로 중간에 나란히 세워놓는다는 거야. 다음 날 운행을 시작할 때까지 말이야. 그러고 나서 역무원은 퇴근하고."

보슈는 라이더를 보면서 손바닥에 뭔가 적는 시늉을 해보였다. 라이더는 고개를 끄덕이더니 갖고 다니는 두툼한 지갑에서 수첩과 펜을 꺼내 메모를 하기 시작했다.

"그런데 엘우드가, 아니, 엘드리지가 기차 문을 잠그려고 나갔더니 기차 안에 시신 두 구가 있더라는 거야. 그래서 기겁을 하고 물러서서 역무실로 들어와서 경찰에 신고를 한 거지. 잘 따라오고 있어?"

"지금까지는요. 그래서 어떻게 됐습니까?"

보슈는 벌써 가우드에게 물어볼 질문과 나중에 역무원에게 물어볼 질문들을 생각하고 있었다.

"우리가 요즘 센트럴 강력반 친구들 대타를 뛰어주고 있어서 결국 출동 지시가 우리한테 온 거지. 내 밑에 있는 친구들 네 명을 내보내서 범죄현장을 확보했어."

"그 형사들이 신분증이 있나 시신을 살펴보지 않았답니까?"

"즉시 살펴보진 않았어. 어쨌든 신분증은 없었어. 우리 강력계 형사들은 원칙대로 행동했어. 이 엘드리지 피트라는 역무원의 진술을 듣고 나서 계단을 내려가 탄피가 있나 주변을 살펴본 후에는 법의국 사람들이 나올 때까지 잠자코 기다렸지. 남자의 지갑과 시계가 사라졌어. 서류가방도. 갖고 있었다면 말이지만. 신원 확인은 재킷 주머니에 있는 편지 덕분에 할 수 있었지. 받는 사람이 하워드 일라이어스로 나와 있었대. 우리 강력계 친구들이 그걸 발견하자마자 물론 나한테 전화를 걸어 보고했고, 난 어빙한테, 어빙은 국장한테 보고했고, 그다음에 자네들을 불러내기로 결론이 난 거야."

가우드는 자기가 의사 결정 과정에 참여한 것처럼 마지막 말을 했다. 보슈는 창밖을 흘끗 내다보았다. 아직도 많은 형사들이 주변을 서성이고 있었다.

"처음 출동한 그 친구들이 계장님한테만 전화를 걸고 끝낸 것 같지는 않은데요."

보슈가 말했다.

가우드는 고개를 돌려 창밖을 바라보았다. 살인 사건 현장에 형사가 열다섯 명이나 출동했다는 게 이례적이라는 생각을 지금까지 한 번도 해보지 않은 것 같은 얼굴이었다.

"그런 것 같군."

가우드가 말했다.

"그건 그렇고, 또 다른 건요? 그 강력계 친구들이 피해자를 알아보고 자기들이 이 사건을 오래 붙잡고 있지는 않을 거라는 걸 알게 되기 전에 또 무슨 일을 했습니까?"

"아까도 말했듯이, 이 엘드리지 피트라는 역무원을 만나봤고 현장 주변을 수색했어. 언덕 위아래 다. 그 친구들은…."

"탄피를 발견했어요?"

"아니. 범인은 용의주도했어. 탄피를 모두 수거해갔더군. 그래도 9밀리미터 권총을 사용했다는 건 확실히 알아."

"어떻게 아시죠?"

"또 다른 피해자 말이야, 여자. 관통상을 입었어. 몸을 뚫고 나온 총알이 여자 뒤쪽에 있는 철로 된 창틀과 부딪치고 납작해져서 바닥으로 떨어졌어. 대조가 불가능할 정도로 뭉개졌지만 9밀리미터라는 건 알 수 있었어. 호프먼은 페더럴(총알의 상표 – 옮긴이)인 것 같다더군. 총기 증거와 관련해서는 부검에서 더 좋은 단서가 나오기를 기도하는 게 좋을 거야. 부검까지 간다면 말이지만."

완벽하군, 보슈는 생각했다. 9밀리미터는 경찰이 쓰는 권총의 총알 구경이었다. 그리고 탄피까지 회수해간 것은 보통 여유만만한 행동이 아니었다. 그렇게 느긋한 범인은 드물었다.

"시신 상태로 봐서는, 일라이어스는 언덕 아래에서 기차 안으로 들어서자마자 바로 당한 것 같아. 놈이 다가와서 일라이어스의 엉덩이부터 쏜 거지."

가우드가 말했다.

"엉덩이요?"

에드거가 되물었다.

"응. 첫 발을 엉덩이에 대고 쐈어. 일라이어스는 기차 안으로 들어가 계단을 오르고 있었기 때문에 인도보다 두 계단 위에 있었어. 범인이 뒤에서 나타나 다가와서 총을 들이대지. 높이가 딱 엉덩이 높이야. 놈은 총구를 일라이어스의 똥구멍에 밀어 넣고 첫 발을 쏜 거야."

"그러고 나서는요?"

보슈가 물었다.

"그러고 나서는 일라이어스가 넘어져서 누군지 보려고 뒤를 돌아본 것 같아. 두 손을 들어 올리는 순간 범인이 다시 총을 쏘는 거야. 총알이 일라이어스의 한 손을 뚫고 나가 얼굴 양미간에 박히지. 그게 아마도 직접적인 사인인 것 같아. 일라이어스는 그대로 쓰러지지. 얼굴을 바닥에 대고. 범인은 기차 안으로 들어가서 일라이어스의 뒤통수에 총구를 들이대고 한 발 더 쏘지. 그러고 나서 고개를 드는데 여자가 있는 거야. 아마 그때 처음 봤을 거야. 놈은 3.5미터 정도 떨어진 곳에서 여자를 쏘지. 가슴에 한 발. 여자는 관통상을 입고 즉사해. 목격자가 사라진 거야. 놈은 일라이어스에게서 지갑과 시계를 빼내고, 탄피를 다 모아들고 사라져. 몇 분 후 기차를 불러올린 엘드리지 피트가 변사체를 발견하고. 내가 아는 건 이게 전부야."

보슈와 팀원들은 오랫동안 아무 말도 하지 않았다. 보슈는 가우드가 짜낸 시나리오가 어딘가 석연찮게 느껴졌지만, 범죄현장에 대해 아는 게 별로 없었기 때문에 반박을 할 수가 없었다.

"강도 같다는 말씀입니까?"

보슈가 물었다.

"내가 볼 땐 그랬어. 남쪽에 사는 시민들은 안 좋아하겠지만, 그런 것 같아."

라이더와 에드거는 말이 없는 바위 같았다.

"여자는요? 여자도 강도를 당했습니까?"

보슈가 물었다.

"그런 것 같지는 않아. 범인은 기차 안으로 깊이 들어가는 건 원하지 않았던 것 같아. 어쨌든, 변호사는 한 벌에 1천 달러가 넘는 정장을 입고 있었어. 당연히 변호사를 대상으로 했겠지."

"역무원은 뭐라고 했습니까? 총성이나 비명이나 다른 무슨 소리를 들었답니까?"

"못 들었대. 전차용 발전기가 여기 바닥 밑에 설치되어 있다더군. 하루 종일 엘리베이터 오르내리는 것 같은 소리가 들려서 늘 귀마개를 하고 있대. 그래서 아무 소리도 못 들었다더군."

보슈는 케이블 휠을 돌아가서 역무원의 작업대를 살펴보았다. 금전 등록기 위에 설치된 작은 비디오 화면 박스가 처음으로 눈에 들어왔다. 비디오 화면은 네 개로 나뉘어 있었고 네 대의 카메라가 앤젤스 플라이트의 곳곳을 비추었다. 기차 안에 카메라가 한 대씩 있었고 위아래 터미널에 한 대씩 있었다. 한 화면은 올리벳의 내부를 롱샷(카메라를 피사체로부터 멀리 하여 전경을 찍을 수 있도록 하는 촬영 방법—옮긴이)으로 보여주고 있었다. 범죄현장 감식반원들이 아직도 시신을 살펴보는 중이었다.

가우드가 케이블 휠의 다른 쪽을 돌아서 다가왔다. 그가 말했다.

“이건 아무 도움이 못 돼. 실시간 영상만 있지, 녹화는 하지 않거든. 역무원이 기차를 출발시키기 전에 승객이 다 타고 자리에 앉았는지 확인하는 용도로만 쓰는 거라서 그렇다는군.”

“그때도 저걸 봤….”

“안 봤대. 창문으로만 확인하고, 기차가 비어 있다고 생각하고는 문을 잠그려고 위로 올렸다는군.”

가우드가 보슈의 질문을 미리 알고 대답했다.

“역무원은 지금 어디 있습니까?”

“파커 센터. 강력계 사무실에. 자네가 가서 직접 만나 조사를 해봐야 할 거야. 자네가 갈 때까지 옆에 사람을 붙여놓을게.”

“다른 목격자는 없습니까?”

“한 명도 없어. 밤 11시면 이 동네는 인적이 끊기고 조용해지거든. 그랜드 센트럴 마켓은 저녁 7시에 문을 닫아. 저 아래엔 사무 건물 몇 개를 빼면 아무것도 없어. 내 부하 형사 두 명이 이 옆에 있는 아파트에 가서 문을 두드리고 다녀볼 채비를 하고 있었어. 그러다가 피해자가 누군지 알고는 발을 뺐지.”

보슈는 좁은 방 안을 서성이면서 생각했다. 변사체가 발견된 지 벌써 네 시간이나 지났는데 수사가 이루어진 게 거의 없었다. 이렇게 지체된 이유를 이해는 하면서도 자꾸만 거슬렸다.

“일라이어스가 왜 앤젤스 플라이트를 탔습니까? 계장님 부하들이 발을 빼기 전에 그 이유를 알아냈습니까?”

보슈가 가우드에게 물었다.

“언덕으로 올라가고 싶었겠지, 안 그래?”

“왜 이러세요, 계장님. 아시면 알려주세요. 시간 절약 좀 하게요.”

“우리도 몰라, 해리. 자동차 관리국 데이터베이스를 돌려봤더니, 주소지가 볼드윈 힐즈로 나오더군. 여기 벙커 힐에서는 꽤 먼 동네잖아. 일라이어스가 여기로 올라오고 있었던 이유는 나도 모르겠어."

"어디에서 왔는지는 아십니까?"

"그건 좀 쉽군. 일라이어스의 사무실이 3번가에 있거든. 브래드베리 빌딩에. 십중팔구는 거기서 왔을 거야. 하지만 어디로 가는 중이었는지는…."

"알겠습니다. 그럼 여자는요?"

"여자는 백지 상태야. 내 부하들이 그 여자에 대한 수사를 시작하기도 전에 철수하라는 지시가 내려졌거든."

가우드는 담배를 바닥으로 던지고 구두 뒤축으로 밟아서 껐다. 보슈는 그것을 브리핑이 얼추 끝났다는 신호로 받아들였다. 그는 가우드를 찔러봐야겠다고 생각했다.

"화나셨습니까, 계장님?"

"뭐에 대해서?"

"철수 지시가 내려진 것에 대해서요. 계장님 아래 사람들이 용의 선상에 오른 것에 대해서요."

가우드의 얇은 입술에 희미한 미소가 피어올랐다.

"아니, 화 안 났어. 국장의 뜻을 이해하니까."

"계장님 부하들이 우리에게 협조해줄까요?"

가우드는 약간 망설이다가 고개를 끄덕였다.

"물론이지. 자기네들이 협조하면 자네들이 신속하게 혐의가 없다는 걸 확인해줄 것을 알 테니까."

"그럼 그런 이야기를 그 친구들에게 하실 겁니까?"

"그럴 생각이야."

"감사합니다, 계장님. 그건 그렇고 계장님 부하들 중에 이런 일을 저지를 만한 사람이 누굽니까?"

이제 가우드는 활짝 웃었다. 담배로 누렇게 변한 가우드의 이를 바라보던 보슈는 담배를 끊으려고 애를 쓰고 있는 자신이 대견스러웠다.

"자넨 영리한 친구야, 해리. 예전에도 그랬지."

가우드는 다른 말은 하지 않았다.

"감사합니다, 계장님. 그런데 제 질문에는 대답 안 해주실 겁니까?"

가우드는 문 앞으로 걸어가서 문을 열었다. 방을 떠나기 전에 그는 보슈와 팀원들을 돌아보았다. 시선이 에드거에서 라이더에게로, 그다음에는 보슈에게로 옮겨갔다.

"내 부하들은 아니야, 보슈. 장담할 수 있어. 너무 오래 그쪽을 보고 있으면 시간 낭비야."

"충고 감사합니다."

보슈가 말했다.

가우드는 밖으로 나가더니 문을 닫았다.

"후유, 꼭 보리스 카를로프(1930년대 공포영화 배우. 〈미이라〉, 〈프랑켄슈타인〉 같은 괴기 공포 영화에 출연하여 명성을 날림－옮긴이) 같아요. 저 사람 밤에만 나다니는 거 아녜요?"

라이더가 말했다.

보슈는 미소를 지으면서 고개를 끄덕였다.

"개성파지. 그래, 지금까지 들은 바로는 어떤 것 같아?"

보슈가 말했다.

"출발선에 서 있는 것 같아요. 철수 지시가 내려지기 전에 해놓은 게 하나도 없네요."

라이더가 말했다.

"당연하지, 강력계잖아. 강력계한테 뭘 더 바라는 거야? 빠릿빠릿하게 움직이는 건 강력계 적성에 안 맞아. 그 친구들 토끼와 거북이가 경주하면 항상 거북이 편을 들걸. 어쨌든 우린 완전히 낚였어, 키즈. 이 사건에서 이길 수가 없다고. 푸른 종족? 웃기지 말라 그러세요."

에드거가 말했다.

보슈는 문을 향해 걸어갔다.

"나가서 한번 살펴보자. 가서 보면 어빙이 다시 찾기 전에 감을 잡을 수도 있으니까."

보슈가 에드거의 푸념을 잘랐다. 타당한 생각이라는 건 알고 있었지만 지금으로서는 수사에 방해만 될 뿐이었다.

05 새로운 수사팀

마침내 역 밖에 있던 형사들의 숫자가 줄어들기 시작했다. 보슈는 가우드 강력계장과 그의 수하 형사들이 각자의 차를 향해 광장을 가로지르는 것을 지켜보았다. 한참 후 돌아보니 어빙 부국장이 기차 옆에 서서 채스틴과 다른 형사 세 명과 대화를 나누고 있었다. 세 형사는 보슈가 모르는 사람들이었지만 감찰계 형사들로 보였다. 부국장은 열띤 표정으로 말을 하고 있었지만 행여 보슈가 들을까 봐 목소리를 한껏 낮추고 있었다. 보슈는 감찰계가 출동한 영문을 몰랐지만, 불길한 느낌이 자꾸만 커져가는 것 같았다.

보슈는 가우드 일행은 다 떠났는데 프랭키 쉬헌이 안 가고 서 있는 것을 보았다. 쉬헌은 떠나려다 말고 머뭇거리고 있었다. 보슈는 그에게 고개를 끄덕여 보였다.

"예전에 자네가 했던 곰 이야기가 무슨 뜻인지 이제 알겠어, 프랭키."

보슈가 말했다.

"그래, 해리, 내가 곰을 잡아먹는 날이 있는가 하면, 곰이 나를 잡아먹는 날도 있는 법이야."

"맞아. 가는 거야?"

"응. 계장이 전부 철수하라네."

보슈는 쉬헌에게 다가가 목소리를 낮춰서 말했다.

"뭐 해줄 말 없어?"

쉬헌은 기차 안의 두 사람을 죽인 범인이 누굴까 이제야 처음 생각해 보는 듯한 얼굴로 기차를 바라보았다.

"분명한 사실 말고는 해줄 말이 없는데. 그런 건 말해봤자 시간 낭비일 테고. 하지만 시간 낭비할 각오하고 뛰어들어야 할 거야. 돌다리를 전부 두들겨 보라고."

"알았어. 그럼 누구부터 시작해야 할까?"

"나부터."

쉬헌이 활짝 웃으면서 말했다. 그러고는 말을 이었다.

"내가 그 꼴통을 증오했잖아. 이제부터 뭐할 건지 알아? 돌아다니면서 심야 영업을 하는 주류 상점을 찾아서 제일 좋은 아일랜드산 위스키를 살 거야. 축하 파티를 해야 하지 않겠어, 히에로니머스? 하워드 일라이어스, 그 개새끼가 뒈졌으니까 말이야."

보슈는 고개를 끄덕였다. '개새끼'라는 말은 경찰이 흔히 사용하는 말이 아니었다. 경찰이 자주 듣기는 하지만 사용하지는 않는 말이었다. 대다수의 경찰들이 누군가에 대해 최고로 나쁜 욕을 할 때 써먹으려고 아껴두는 말이었다. 이 말을 누군가에게 하면 뜻은 한 가지였다. 이 욕을 먹은 사람이 도덕적으로 탈선을 했다는 뜻이었고, 그 사람이 법의 수호자들과 인간 사회의 규칙과 범주를 조금도 존중하지 않는 인간이라는 뜻이었다. 경찰관 살해범은 항상 무조건 개새끼였다. 피고 측 변호인도 대체적으로 이런 욕을 먹었다. 그리고 하워드 일라이어스도 물론 개새끼 명단에 올라 있었다. 맨 위 줄에.

쉬헌은 짐짓 거수경례를 해보이고는 광장을 가로질러 갔다. 보슈는 라텍스 장갑을 끼면서 기차 내부로 관심을 돌렸다. 기차 안에는 다시 불이 들어와 있었고, 감식반원들이 레이저 조사를 끝마친 상태였다. 감식반원들 중 한 명은 보슈가 잘 아는 호프먼이라는 남자였다. 그는 보슈가 소문은 들었지만 만나보지는 못했던 수습생 한 명과 작업을 하고 있었다. 수습생은 가슴이 풍만하고 매력적으로 생긴 아시아계 여성이었다. 보슈는 형사과 사무실에서 동료 형사들이 그녀의 커다란 가슴에 대해 자연산이냐 손을 댄 거냐를 놓고 열띤 토론을 벌이는 것을 들은 적이 있었다.

"게리, 들어가도 돼?"

보슈가 문 안으로 상체를 들이밀며 물었다.

호프먼은 장비를 보관하는 낚시 도구함에서 고개를 들었다. 장비들을 정리 중인 것 같았다.

"되고말고. 우린 다 끝났어. 해리, 자네가 여길 맡은 거야?"

"응, 방금 전에. 나한테 좋은 소식이라도 있어? 도움이 될 만한?"

보슈가 기차 안으로 들어갔고 에드거와 라이더가 뒤따라 들어갔다. 기차는 경사진 선로에 서 있었기 때문에, 바닥이 기차의 다른 문보다 몇 계단 위에 있었다. 중앙 통로의 양편에 있는 좌석들도 계단식으로 층층이 놓여 있었다. 보슈는 작은 나무판을 이어 만든 좌석을 보자, 어릴 때 이 기차를 탔을 때 자신의 비쩍 마른 엉덩이에 그 좌석이 얼마나 딱딱하게 느껴졌는지 불현듯 기억이 났다.

"미안하지만 없어. 굉장히 깨끗해."

호프먼이 말했다.

보슈는 고개를 끄덕이고는 여자의 시신을 향해 몇 계단 내려갔다. 그는 박물관에서 조각상을 감상하듯 카탈리나 페레즈를 관찰했다. 앞에 있는 대상이 인간이라는 느낌은 전혀 없었다. 보슈는 시신을 자세히 관찰하고 느낌을 모으고 있었다. 그는 총알이 티셔츠에 만든 작은 구멍과 핏자국을 내려다보았다. 총알이 여자의 몸 한가운데를 꿰뚫었다. 보슈는 이 사실에 대해 생각하며 3.5미터 정도 떨어진 기차 문간에 서 있는 총잡이를 상상했다.

"굉장한 실력 아닌가요?"

보슈와는 초면인 과학수사계 감식반 수습생이었다. 보슈는 그녀를 보고 고개를 끄덕였다. 보슈도 범인이 총기 다루는 기술이 굉장하다고 생각하던 중이었다.

"안녕하세요. 처음 뵙는 것 같은데요, 샐리 탐입니다."

그녀가 손을 내밀자 보슈는 악수를 했다. 둘 다 라텍스 장갑을 끼고 악수를 해서 그런지 보슈는 기이한 느낌이 들었다. 보슈는 그녀에게 자기 이름을 말해주었다.

"아, 네. 조금 전에 형사님 얘기를 들었어요. 삶은 계란 사건에 대해서요."

"순전히 운이 좋았을 뿐이야."

보슈는 그 사건 때문에 너무 오래 비행기를 타고 있다고 생각했다. 그게 다 〈타임스〉 기자가 사건 전모를 듣고 보슈가 셜록 홈즈 사촌쯤으로 보이게 할 정도로 보슈의 실력을 과대 포장해서 기사를 썼기 때문이었다.

보슈는 샐리 탐의 어깨 너머 변호사의 시신을 가리키며 가서 살펴봐야겠다고 말했다. 샐리 탐은 옆으로 물러서서 뒤로 등을 젖혀 공간을 마련해주었고, 보슈는 그녀와 몸이 부딪치지 않도록 조심하면서 지나갔다. 그녀가 라이더와 에드거에게도 자기소개를 하는 소리가 들렸다. 보슈는 하워드 일라이어스의 시신 앞에 쭈그리고 앉았다.

"발견 당시 그대로야?"

보슈가 시신 발치에 있는 낚시 도구함 옆에 쭈그리고 앉은 호프먼에게 물었다.

"거의 그럴걸. 주머니를 살펴보려고 몸을 뒤집긴 했는데 그다음엔 도로 돌려놨어. 확인하고 싶으면 자네 뒷좌석에 폴라로이드 사진이 몇 장 있으니까 봐. 시신을 건드리기 전에 법의국 친구들이 찍은 거야."

보슈는 돌아서서 사진을 보았다. 호프먼의 말이 맞았다. 시신은 발견 당시와 똑같은 자세로 있었다.

보슈는 다시 시신을 향해 돌아서서 총상을 관찰하려고 두 손으로 시신의 고개를 돌렸다. 가우드의 판단이 맞았던 것 같았다. 뒤통수에 총알이 들어가면서 생긴 상처를 보니 총부리를 뒤통수에 바짝 대고 쏜 게 확실했다. 머리카락에 들러붙은 피 때문에 부분적으로 가려져 있긴 했지만, 상처 주위에서 동그랗게 화약에 의한 화상과 화약 감입(근거리 발사 시 화약이 피부에 점점이 박히는 현상. 혹은 그렇게 박힌 화학 잔여물-옮긴이)이 눈에 띄었다. 그러나 얼굴에 생긴 총상은 깨끗했다. 피가 나지 않았다는 말이 아니었다. 피는 엄청나게 흘렀다. 그러나 피부에 화상은 전혀 없었다. 원거리에서 쐈다는 뜻이었다.

보슈는 손바닥에 난 관통상을 관찰하기 위해 시신의 팔을 들고 손을 돌려보았다. 팔은 쉽게 움직였다. 아직 사후 경직이 시작되지 않은 거였다. 차가운 밤공기가 사후 경직 과정을 늦추고 있는 것 같았다. 손바닥에는 화상이 전혀 없었다. 보슈는 머릿속으로 계산을 해봤다. 손바닥에 화약에 의한 화상이 없다는 것은 적어도 90센티미터에서 120센티미터 정도 떨어진 곳에서 총알이 발사되었다는 뜻이었다. 일라이어스가 손바닥을 펴서 팔을 뻗었다면, 거기에 90센티미터는 더 보태야 할 것이었다.

에드거와 라이더가 일라이어스의 시신을 향해 다가와 있었다. 보슈는 뒤에 그들이 서 있는 것을 느낄 수 있었다.

“180센티미터에서 210센티미터 떨어진 곳에서 쐈는데 손을 관통하고 양미간에 정확히 들어가 박혔어. 범인은 총 좀 쏘는 놈이야. 체포할 때 이 사실을 기억하고 있어야 돼.”

보슈가 말했다.

아무도 대꾸를 하지 않았다. 보슈는 동료들이 자신의 마지막 말에서 경고뿐만 아니라 자신감을 읽어냈기를 바랐다. 그가 피해자의 손을 바닥에 내려놓으려고 하는 순간 팔목에서부터 손바닥 옆으로 긁힌 상처가 길게 나 있는 것이 눈에 띄었다. 일라이어스의 시계가 벗겨질 때 생긴 상처 같았다. 보슈는 상처를 자세히 관찰했다. 피가 전혀 보이지 않았다. 검은 피부에 긁힌 상처가 선명하고 하얗게 나 있었고, 상처는 피가 나올 만큼 충분히 깊어 보였다.

보슈는 잠시 이 사실에 대해 생각해보았다. 총상이 가슴에는 없고 머리에만 있었다. 상처에서 나온 피를 보면 일라이어스가 총에 맞아 쓰러지고 나서 적어도 몇 초 동안은 심장이 계속 뛰고 있었던 게 분명했다. 범인은 총을 쏜 후 대단히 신속하게 일라이어스의 팔목에서 시계를 잡아채 갔을 것 같았다. 거기서 머뭇거리고 있을 이유가 없으니까. 그런데 팔목에 난 긁힌 상처에는 피가 난 흔적이 전혀 없었다. 마치 심장이 박동을 멈추고 나서 한참 후에야 상처가 생긴 것처럼.

“총을 연발한 것에 대해 어떻게 생각해?”

호프먼의 질문이 보슈의 생각을 방해했다.

호프먼이 길을 비켜주자 보슈는 일어서서 조심스레 시신 옆을 돌아가 발치에 가서 섰다. 그러고는 다시 쭈그리고 앉아 세 번째 총상을 살펴보았다. 바지 궁둥이가 피에 흠뻑 젖어 있었다. 그래도 총알이 옷을 누르고 하워드 일라이어스의 항문 속으로 들어간 곳에 동그랗게 옷이 찢어지고 탄 자국이 있는 것은 보였다. 바지 솔기가 만나는 곳에 총을 대고 세게 누른 상태에서 발사한 것이었다. 이건 보복성 총격이었다. 최후의 일격이라는 의미 외에도 분노와 증오를 보여주고 있었다. 범인이 냉혹하고 사격 솜씨가 일품이라는 것을 보여주는 다른 총상들과는 완전히 다른 총상이었다. 그리고 가우드가 말했던 발사 순서가 틀렸다는 것을 보여주는 증거이기도 했다. 가우드 계장이 의도적으로 거짓말을 한 것인지 아닌지는 아직 알 수가 없었다.

보슈는 일어서서 기차의 뒷문으로 가서 범인이 서 있었을 자리에 섰다. 거기서 그는 학살의 현장을 다시 한 번 관찰하면서, 특별히 누구에게랄 것도 없이 고개를 끄덕였고, 현장에서 본 것을 전부 기억에 담아두려고 애를 썼다. 에드거와 라이더는 아직도 시신 사이에 서서 현장을 관찰하고 있었다.

보슈는 돌아서서 언덕 아래에 있는 회전식 개찰구를 내려다보았다. 이전에 보았던 형사들은 전부 사라지고 없었다. 이제는 순찰차 한 대만 덩그마니 남아 있었고 순경 두 명이 아래쪽 범죄현장을 지키고 있었다.

보슈는 볼 만큼 봤다는 생각이 들었다. 그는 시신들을 지나고 조심스럽게 샐리 탐의 곁을 지나쳐서 플랫폼으로 나갔다. 동료들도 뒤를 따라왔다. 에드거는 일부러 탐에게 바짝 붙어서 지나왔다.

보슈는 동료들과 셋이서만 이야기를 나누려고 기차에서 멀찌감치 떨어져 섰다.

"어떻게 생각해?"

보슈가 물었다.

에드거가 샐리 탐을 돌아보고 나서 말했다.

"내 생각엔 자연산 같아. 경사면이 아주 자연스럽더라고. 당신 생각은 어때, 키즈?"

"재미없거든요, 선배. 이제 사건 얘기 좀 하죠."

라이더는 미끼를 물지 않았다.

보슈는 에드거가 자주 던지는 성희롱 발언에 대해 비꼬거나 쏘아붙이고 끝내는 라이더가 존경스러웠다. 라이더가 공식적으로 불평을 제기하면 에드거에게 큰 문제가 생길 수 있었다. 그런데 그러지 않았다는 것은 라이더가 겁을 먹었거나 혼자서 처리할 수 있다는 뜻이었다. 또한 그녀는 신고를 하면 동료들 사이에서 고자질쟁이로 낙인찍힐 거라는 사실을 알고 있었다. 언젠가 한번 보슈는 라이더를 따로 불러서 자기가 에드거에게 경고를 해주기를 바라냐고 물어봤었다. 보슈는 라이더의 상관으로서 문제를 해결할 법적인 책임이 있었지만, 그가 에드거에게 경고를 하면 에드거는 자신이 별생각 없이 한 말이 라이더를 괴롭히고 있었다는 것을 알게 될 것이었다. 라이더도 이 사실을 알고 있었다. 그녀는 한동안 생각하더니 보슈에게 그럴 필요 없다고 말했었다. 가끔 거슬리기는 하지만 겁을 먹지는 않았다고, 알아서 대처할 수 있다고 했다.

"당신부터 말해 봐, 키즈. 저 안에서 눈에 띄는 게 있었어?"

보슈는 샐리 탐의 가슴에 대해 에드거와는 다른 견해를 갖고 있었지만, 에드거의 말은 무시하고 라이더에게 말했다.

"다른 분들하고 거의 같은 의견일 거예요. 피해자들은 아는 사이가 아니었던 것 같아요. 여자는 일라이어스보다 먼저 기차에 탔거나 막 내리려던 찰나였던 것 같고요. 일라이어스가 주요 목표고 여자는 괜히 옆에 있다가 당한 경우가 거의 확실한 것 같아요. 일라이어스의 엉덩이에 난 총상이 그 증거죠. 그리고 선배가 저 안에서 말했듯이, 놈은 명사수인 것 같아요. 사격 연습장을 자주 들락거린 사람을 찾아야겠어요."

보슈는 고개를 끄덕였다.

"또 다른 건?"

"없어요. 상당히 깨끗한 현장이에요. 건질 게 별로 없는."

"제리?"

"없어. 자넨?"

"마찬가지야. 근데 가우드가 거짓말을 한 것 같아. 발사 순서가 틀렸더라고."

"어떻게요?"

라이더가 물었다.

"엉덩이에 난 총상은 제일 마지막에 생긴 거였어, 맨 처음이 아니라. 일라이어스가 이미 쓰러진 상태에서 생긴 거지. 엉덩이에 바짝 대고 쏜 거였고, 총알이 들어간 구멍이 바지의 모든 솔기가 만나는 바지 아랫면에 나 있었어. 일라이어스가 서 있었다면 거기에 총부리를 대기가 힘들었을 거야. 일라이어스가 범인보다 한 계단 높은 곳에 있더라도 말이야. 내 생각엔 일라이어스가 쓰러지고 난 후에 놈이 총을 쏜 것 같아."

"그러면 이야기가 완전히 달라지는데요. 마지막 총상은 '지옥에나 떨어져라, 새끼야'라고 쏜 거잖아요. 범인이 일라이어스에게 원한이 있었던 건데요."

라이더가 말했다.

"그러니까 놈은 일라이어스와 아는 사이였다 이 말이군."

에드거가 말했다.

보슈가 고개를 끄덕였다.

"그럼 선배는 가우드 계장이 이 사실을 알면서도 수사 방향을 엉뚱한 데로 끌고 가려고 일부러 거짓말을 했다고 생각하세요? 아니면 계장이 단지 그 부분을 놓친 거라고 생각하세요?"

라이더가 물었다.

"내가 아는 가우드는 멍청이가 아니야. 가우드와 그의 부하 형사 열다섯 명이 다음 월요일에 일라이어스에게 불려나가 연방법정에 서서 똥물을 뒤집어쓰게 되어 있었어. 가우드는 자기 부하들 중 누구라도 이런 살인을 저지를 수 있다는 걸 알고 있어. 부하들을 보호하고 싶었겠지. 내 생각엔 그래."

보슈가 말했다.

"에이, 그건 말도 안 돼요. 살인을 저지른 경찰관을 보호한다고요? 그러다가…."

"그럴 수도 있다는 거야. 모르지, 어떤 건지. 가우드도 몰랐을 거야. 그래도 만일을 위한 조치로 내게 거짓말을 해둔 거라는 생각이 들어."

"어찌됐든요. 정말로 살인자 경찰을 보호하려고 했다면, 경찰 배지를 계속 달고 다녀서는 안 되죠."

보슈는 이 말에 아무 대꾸도 하지 않았고, 라이더는 분이 가시지 않는지 혐오스럽다는 표정으로 고개를 설레설레 흔들었다. 경찰국 내 대다수의 경찰과 마찬가지로, 라이더도 범죄자 못지않게 범죄를 저지르고 은폐하는 경찰들에 대해, 다수를 욕 먹이는 소수에 대해 화가 나서 견딜 수가 없는 모양이었다.

"손에 난 긁힌 상처는 어떻게 생각해?"

보슈가 물었다.

에드거와 라이더는 눈을 치켜뜨고 보슈를 쳐다봤다.

"그게 뭐? 범인이 시계를 잡아채다가 생긴 거겠지. 시곗줄이 늘어나는 그런 시계일 거야. 롤렉스 같은 것. 일라이어스라면 십중팔구는 롤렉스겠지. 범행 동기가 충분히 되고."

에드거가 말했다.

“그래, 롤렉스였다면.”

보슈가 말했다.

보슈는 고개를 돌려 시내를 내려다보았다. 일라이어스가 호화롭게 사는 사람이기는 했지만, 변호사라는 자기 직업에 대해 세심한 부분까지 신경을 쓰는 사람이기도 했다. 보슈는 배심원들이 롤렉스를 찬 변호사에 대해서 반감을 가질 수도 있다는 사실을 일라이어스가 알고 있었을 것이기 때문에 롤렉스를 차고 다니지는 않았을 거라고 생각했다. 값비싼 시계를 차고 다니긴 했겠지만, 롤렉스처럼 광고를 엄청나게 해대는 유명한 상표는 아닐 것 같았다.

“왜요, 선배? 긁힌 상처가 뭐가 이상해요?”

라이더가 말했다.

보슈가 다시 고개를 돌려 동료들을 바라보았다.

“롤렉스든, 다른 고급 시계든 아니든 간에, 상처에 핏자국이 전혀 없었어.”

“무슨 뜻이죠?”

“저 안에 피가 낭자하잖아. 총상에서 피가 엄청 쏟아져 나왔는데, 긁힌 상처에는 피가 전혀 없었어. 범인이 시계를 가져간 게 아닌 것 같아. 긁힌 상처는 심장이 박동을 멈춘 후에 생긴 거야. 한참 후에. 다시 말해 범인이 현장을 떠난 후에 말이지.”

라이더와 에드거는 이 사실에 대해 생각해보았다.

“그럴 수도 있겠지. 하지만 혈관계라는 게 꽤 복잡하잖아. 검시관도 확실히 단정할 수 없을걸.”

에드거가 말했다.

보슈가 고개를 끄덕이며 말했다.

"맞아. 그러니까 그냥 육감이라고 해두지. 법정에 가서 주장할 수는 없지만, 난 범인이 시계를 가져간 게 아니라고 확신해. 지갑은 가져갔을지 몰라도."

"그러니까 자네 말은 뭐야? 다른 누군가가 짠 하고 나타나서 가져갔단 말이야?"

에드거가 물었다.

"비슷해."

"기차를 운행한 역무원이었다고 생각해? 신고한 사람?"

보슈는 에드거를 쳐다보면서도 아무 대꾸도 하지 않고 어깨만 으쓱거렸다.

"강력계 형사들 중 한 명이라고 생각하시는군요. 또 하나의 만일을 위한 조치라고요. 만에 하나 그들 중 한 명이 범인일 경우를 대비해서 우리가 강도 살인 쪽으로 가닥을 잡게 하려고 말이죠."

라이더가 낮은 목소리로 속삭였다.

보슈는 그녀를 바라보면서 어떻게 대답하면 좋을지 궁리했다. 함부로 속단할 수 없는 아주 민감한 문제였다.

"보슈 형사님?"

보슈가 돌아보았다. 섈리 탐이었다.

"감식반 일은 모두 끝났습니다. 법의국 직원들이 시신을 수습해서 출발하려고 하는데요."

"그러라고 해. 근데 참, 물어본다 하면서 잊고 있었는데, 레이저에서 뭐가 나왔어?"

"많이 나왔죠. 하지만 도움이 될 만한 건 하나도 없는 것 같습니다. 많은 사람들이 그 기차를 타잖아요. 십중팔구는 승객들 지문일 겁니다, 범인이 아니라."

"그래도 데이터베이스에 넣고 돌려는 볼 거지?"

"그럼요. 채취한 지문은 전부 AFIS(Automated Fingerprint Identification System: 지문자동검색시스템 - 옮긴이)와 DOJ(Department of Justice: 법무부 지문데이터베이스 - 옮긴이)에 넣고 돌려볼 겁니다. 결과가 나오면 알려드릴게요."

보슈는 고맙다는 뜻으로 고개를 끄덕였다.

"그리고 피해자에게서 열쇠를 수거했어?"

"네. 증거물 봉투에 들어 있는데요. 필요하세요?"

"응, 곧 필요하게 될 거야."

"금방 돌아오겠습니다."

샐리 탐이 미소를 짓더니 기차로 돌아갔다. 너무 생기발랄해서 범죄 현장에는 어울리지 않는 것 같았다. 물론 세월이 흐르면 그런 모습도 점차 사라질 거라는 걸 보슈는 알고 있었다.

"봤지? 자연산이 틀림없다니까."

에드거가 말했다.

"제리."

보슈가 나지막한 목소리로 동료를 불렀다.

에드거는 항복의 표시로 두 손을 들어보였다.

"난 훈련받은 관찰자야. 그냥 보고를 하는 건데."

"혼자만 알고 있어. 부국장한테까지 보고를 하고 싶은 게 아니라면."

보슈가 속삭였다.

에드거가 뒤를 돌아보는데 마침 어빙 부국장이 그들을 향해 걸어오고 있었다.

"어디 1차 소견을 들어볼까, 형사들?"

보슈가 에드거를 바라보았다.

"제리? 좀 전에 관찰한 결과가 어떻다고 했지?"

"어, 네, 어, 지금은 우리가 저 안에서 보았던 모든 것에 대해 생각을 정리하고 있는 중입니다."

"가우드 계장님이 말씀하신 내용과 일치하지 않는 것은 하나도 없습니다. 적어도, 1차적으로 봤을 때는요."

라이더가 진짜 소견을 불어버리기 전에 보슈가 재빨리 말했다.

"그래, 그럼 이제부터 뭘 할 건가?"

"할 일이 굉장히 많습니다. 역무원을 다시 만나 진술을 듣고, 저 아파트 주민들을 상대로 탐문 수사도 벌여야 할 겁니다. 유족 통지 작업도 남아 있고, 일라이어스의 사무실에도 가봐야 할 거고요. 약속하셨던 도움은 언제 받게 되는 겁니까, 부국장님?"

"지금 당장."

어빙이 한 팔을 들어 채스틴과 그와 함께 서 있는 형사 세 명을 불렀다. 보슈는 아까부터 그들을 보았지만, 어빙이 손짓으로 그들을 부르는 것을 보자 긴장이 되었다. 어빙은 감찰계와 일반 형사들 사이가 좋지 않다는 것을, 특히 보슈와 채스틴은 앙숙이라는 것을 잘 알고 있었다. 그런데도 보슈와 채스틴을 함께 묶었다는 것은 어빙이 겉으로 표현하는 것만큼 사건 해결에 관심이 없다는 뜻이었다. 부국장은 그런 사람이었다. 겉으로는 양심적이고 사건 해결을 위해 동분서주하는 것처럼 보여도 사실은 수사를 방해하고 미제로 남게 하려고 애를 쓰고 있었다.

감찰계 형사들이 다가오는 것을 보면서 보슈가 다급하게 속삭였다.

"정말로 이렇게 하실 생각이십니까, 부국장님? 부국장님도 아시다시피 채스틴과 저는 사이가…."

"그래, 정말로 이렇게 할 생각이야."

어빙이 보슈를 바라보지도 않고 말을 끊고 나섰다. 잠시 후 그가 말을 이었다.

"채스틴 형사는 마이클 해리스의 고소 사건에 대해 내부 조사를 맡아 했어. 이번 수사에도 도움을 줄 거라고 믿네."

"제 말씀은 저와 채스틴 사이에는 안 좋은 과거사가 있다는 겁니다, 부국장님. 그런 마당에 함께 수사를 하면…."

"자네 둘이 서로를 좋아하든 싫어하든 내 알 바 아니야. 함께 일할 방법을 찾아보게. 다시 안으로 들어가서 이야기하지."

어빙 부국장은 수행원들을 이끌고 역무실로 들어갔다. 팽팽한 신경전이 시작되었다. 인사말을 던지는 사람도 없었다. 안으로 들어가자, 다들 어빙을 바라보았다.

부국장이 입을 열었다.

"좋아, 우선 기본 원칙부터 정해야겠군. 보슈 형사가 이 수사의 책임을 맡을 걸세. 자네들 여섯 명은 보슈 형사한테 보고를 해야 돼. 보슈 형사는 나한테 보고하고. 이 지휘 계통에 혼동이 생기는 걸 원치 않네. 다시 한 번 말하지만 이 수사의 책임자는 보슈 형사야. 그리고 자네들을 위해 파커 센터 6층 내 방 옆 회의실에 수사 본부를 마련해 놨네. 월요일 아침까지는 전화와 컴퓨터가 들어갈 거야. 자네들 감찰계 형사들은 주로 경찰관을 조사하고 알리바이를 확인하는 일을 맡아주길 바라네. 보슈 형사 팀은 살인 사건 수사의 전형적인 분야들, 부검, 탐문 수사 같은 것들을 다 맡아주고. 여기까지 질문 있나?"

역무실 안은 쥐 죽은 듯 조용했다. 보슈의 마음속은 부글부글 끓고 있었다. 처음으로 어빙이 위선자라는 생각이 들었다. 부국장은 언제나 융통성이라고는 조금도 없는 사람이었지만, 근본적으로 공정한 사람이기는 했었다. 그러나 이번 조치는 달랐다. 어빙은 찾고 있는 썩은 감자가 경찰국이라는 자루 안에 들어 있는지도 모르는데 그 자루를 보호하려고 수작을 부리고 있었다. 하지만 보슈가 인생에서 성취한 모든 것은 부정적인 요소를 긍정적인 동기로 바꿈으로써 가능했다는 것을 어빙은 모르고 있었다. 보슈는 어빙의 방해 공작에도 불구하고 이번 사건을 종결하겠다고, 대가를 치러야 할 사람이 대가를 치르게 하겠다고 스스로에게 맹세했다.

"언론에 대해 경고해둘 게 있어. 조만간 이 사건이 언론에 쫙 퍼질 거야. 자네들은 언론 보도 때문에 수사에 혼선이나 차질을 빚어서는 안 되네. 기자들과 이야기를 나눠서도 안 되고. 언론과의 소통은 전부 나나 홍보실의 탐 오루크 경위가 맡을 거야. 알겠나?"

일곱 명의 형사가 일제히 고개를 끄덕였다.

"좋아. 그럼 아침마다 마당에 있는 〈타임스〉를 집어 들면서 떨지 않아도 되겠군."

어빙은 손목시계를 보고 나서 다시 형사들을 바라보았다.

"내가 자네들을 통제할 수는 있지만 법의국 직원들이나 앞으로 두세 시간 안에 공식적인 경로를 통해서 이 사건에 대해 알게 될 다른 사람들은 통제할 수가 없어. 오전 10시 정도가 되면 모든 언론사가 피해자들의 신원을 파악하고 이 사건에 대해 떠들어댈 거야. 그래서 난 오전 10시 정각에 특별 수사 본부가 차려진 회의실에서 자네들의 브리핑을 받고 싶네. 수사 상황을 파악한 후에 국장님한테 보고를 할 거야. 그럼 국장님이나 나, 둘 중 하나가 언론에 공개해도 좋을 최소한의 정보를 가지고 기자 회견을 하게 될 거고. 이의 있나?"

보슈가 이의를 제기하고 나섰다.

"부국장님, 그때까진 여섯 시간도 채 남지 않았습니다. 그때까지 무슨 일을 얼마나 더 할 수 있을지 모르겠습니다. 먼저 발품부터 많이 팔고 나서 회의실에 앉아 자료를 살펴볼…."

"무슨 말인지 알겠네. 언론에 대해 압박을 느낄 필요는 없어. 피살자가 누군지만 확인해주고 기자 회견을 끝내도 아무 상관없으니까. 기자들이 이 사건을 수사하는 게 아니잖나. 자네들이 수사에 전력을 다해주기를 바라지만, 또한 10시 정각에 수사팀 전원이 수사 본부가 차려진 회의실에 집결해주길 바라네. 질문 있나?"

아무 질문도 없었다.

"좋아, 그러면 지휘봉을 보슈 형사에게 넘기고 난 빠져야겠군."

어빙은 보슈에게로 돌아서서 흰 명함 한 장을 건넸다.

"그 안에 내 전화번호가 전부 적혀 있네. 툴린 경위 것도. 내가 알아야 할 일이 생기면, 즉시 보고하도록. 몇 시든, 자네가 어디 있든 상관없어. 전화하게."

보슈는 고개를 끄덕이고는 명함을 받아 재킷 주머니에 넣었다.

"그럼 어서들 일을 시작하지. 그리고 아까도 말했듯이 벼락을 맞아야 할 사람한테 벼락이 떨어지게 하고."

"네, 네, 아무렴요."

어빙이 역무실을 나가자 라이더가 낮은 목소리로 빈정거렸다.

보슈는 돌아서서 새로운 수사팀의 얼굴들을 둘러보았다. 마지막으로 채스틴에게서 시선이 머물렀다.

"당신도 부국장의 의도를 잘 알고 있을 거야. 그는 우리가 함께 수사를 할 수 없을 거라고 생각하지. 우리가 한 어항 안에 든 투어(鬪魚)들처럼 피터지게 싸울 거라고 생각하고 있을 거야. 절대로 사건을 종결하지 못할 거라고 생각하겠지. 미안하지만, 그런 일은 없을 거야. 이 방 안에 있는 누가 내게 무슨 짓을 했든, 내가 누군가에게 무슨 짓을 했든, 다 잊어버리자고. 다 잊고 넘어가자는 소리야. 정말 중요한 건 이 사건이니까. 누군가가 두 번 생각도 안 하고 쏴버린 총알에 맞아 죽은 사람 두 명이 저 기차 안에 있어. 범인을 찾아야 해. 지금 내가 관심 있는 건 그것뿐이야."

보슈가 말했다.

보슈가 채스틴의 눈을 물끄러미 바라보자 채스틴은 한참 후에야 동의의 표시로 고개를 살짝 끄덕였다. 보슈도 고개를 끄덕였다. 둘을 지켜보고 있는 다른 사람들의 시선이 느껴졌다. 보슈는 수첩을 꺼내 새 페이지를 펼쳤다. 그러고는 수첩을 채스틴에게 건넸다.

"좋아, 그러면, 다들 자기 이름을 쓰고 그 옆에 집 전화번호와 호출기 번호를 적어줘요. 휴대전화가 있으면 휴대전화 번호도. 비상 연락망을 만들어서 복사해서 한 장씩 나눠줄게요. 비상 연락망에서 빠지는 사람이 한 명도 없어야 됩니다. 이렇게 큰 집단에서는 의사소통이 제일 큰 문제니까. 다들 의기투합하지 않으면, 어느새 틈이 생기고 일이 틀어져 버립니다. 그건 안 될 일이죠."

보슈는 말을 멈추고 팀원들을 바라보았다. 다들 그를 바라보며 그의 말에 귀를 기울이고 있었다. 지금 이 순간에는 서로간의 적대감이 완전히 사라지진 않았더라도 많이 수그러든 것 같았다.

"좋아요. 그럼 지금부터 일을 구체적으로 분담해 봅시다."

보슈가 말했다.

06 삶은 계란 사건

감찰계 형사들 중에 레이먼드 푸엔테스라는 이름의 라틴계 남자가 있었다. 보슈는 푸엔테스를 에드거와 함께 카탈리나 페레즈의 신분증에 나온 주소지로 보내 유족에게 사망 소식을 알리고 피해자에 대해 탐문을 해오라고 지시했다. 이 수사의 초점은 하워드 일라이어스였기 때문에 이 일은 가장 하찮은 임무로 보였다. 에드거가 항의를 하기 시작했지만, 보슈는 그의 말을 끊어 버렸다. 나중에 에드거를 따로 불러 보슈 자신이 상황 통제를 더 잘 할 수 있기 위해서는 감찰계 형사들을 분산시킬 수밖에 없었다고 해명을 할 생각이었다. 결국 에드거는 푸엔테스와 함께 출발했다. 그리고 라이더는 루미스 베이커라는 감찰계 여형사와 함께 파커 센터에 있는 앤젤스 플라이트의 역무원 엘드리지 피트를 신문하고 그를 다시 현장으로 데려오기 위해 나갔다. 보슈는 역무원이 현장에 와서 자신이 목격한 내용을 자세히 진술해 주길 바랐고, 시신을 발견하기 전에 했던 것처럼 기차를 운행하는 것을 보고 싶었다.

이제 방 안에는 보슈와 채스틴, 그리고 조 델라크로체라는 감찰계 형사만 남아 있었다. 보슈는 델라크로체에게 파커 센터에 가서 일라이어스 변호사 사무소에 대한 압수 수색 영장을 작성하라고 지시했다. 그러고 나서 보슈는 채스틴에게 함께 일라이어스의 자택으로 가서 유족에게 사망 소식을 통지하자고 말했다.

팀원들이 흩어진 후, 보슈는 감식반 승합차로 걸어가서 호프먼에게 하워드 일라이어스의 시신에서 발견된 열쇠를 달라고 요청했다. 호프먼은 증거물 봉투를 넣어둔 상자를 뒤져서 열쇠가 열두 개가 넘게 달려 있는 열쇠고리가 든 봉투를 꺼냈다.

"바지 앞쪽 주머니에서 나왔어, 오른쪽."

호프먼이 말했다.

보슈는 잠깐 동안 열쇠를 관찰했다. 변호사의 자택, 사무실, 자동차 열쇠 말고도 다른 열쇠가 꽤 있는 것 같았다. 열쇠고리에는 볼보 열쇠도 있고 포르쉐 열쇠도 있었다. 수사관들이 첫 번째 임무를 완수하고 나면 누군가에게 일라이어스의 자동차를 찾아보라고 지시해야겠다는 생각이 들었다.

"주머니에서 다른 건 안 나왔어?"

"나왔지. 바지 앞쪽 왼쪽 주머니에서 25센트짜리 동전이 하나 나왔어."

"25센트짜리 동전?"

"앤젤스 플라이트 요금이 25센트야. 아마 요금 내려고 갖고 있었던 거겠지."

보슈는 고개를 끄덕였다.

"그리고 외투 안주머니에 편지가 한 통 들어 있었어."

보슈는 가우드가 편지 얘기를 했던 것을 깜박 잊고 있었다는 생각이 들었다.

"한번 볼까?"

호프먼은 다시 상자를 뒤져 비닐 증거물 봉투 한 개를 꺼냈다. 증거물 봉투 안에는 편지 봉투가 한 개 들어 있었다. 보슈는 호프먼에게서 증거물 봉투를 받아서 편지 봉투를 꺼내지 않고 그대로 관찰했다. 편지 봉투 수취인란에는 손으로 쓴 글씨로 일라이어스의 사무실 주소가 적혀 있었다. 발신인 주소는 없었다. 봉투 하단 왼쪽 구석에 발신인이 '개인 기밀'이라고 적어놓았다. 보슈는 소인을 읽으려고 했지만 조명이 너무 어두워서 읽을 수가 없었다. 이럴 줄 알았으면 라이터를 계속 가지고 다닐걸 그랬다는 생각이 들었다.

"자네 관할 지역이야, 해리. 할리우드. 수요일에 발송됐더군. 일라이어스는 금요일에 받았을 거야."

호프먼이 소인이 찍힌 곳이 어디인지 말해주었다.

보슈는 고개를 끄덕였다. 증거물 봉투를 뒤집어 편지 봉투의 뒷면을 보았다. 맨 위의 선을 따라 말끔하게 잘린 상태였다. 일라이어스나 비서가 사무실에서 편지를 개봉하고 나서 일라이어스가 편지를 자기 주머니에 넣었을 것이다. 그의 시신이 발견된 후 그 편지 봉투를 누가 열어봤는지 어떤지는 알 수 없었다.

"이거 누가 열어봤어?"

"우린 안 봤어. 우리가 도착하기 전에는 어땠는지 모르지. 처음 도착한 형사들이 봉투에 적힌 이름을 보고 피해자의 신원을 알아냈다고 들었어. 하지만 그 친구들이 편지를 꺼내 봤는지 어떤지는 모르겠어."

보슈는 편지 내용이 궁금했지만 지금 이곳은 편지를 꺼내 읽기에 적절한 시각과 장소가 아닌 것 같았다.

"이것도 내가 가져갈게."

"그렇게 해, 해리. 증거물 인도 확인서에 서명이나 해줘. 열쇠도."

보슈는 호프먼이 자기 서류철에서 증거물 인도 확인서를 꺼내기를 기다리면서 쭈그리고 앉아 편지 봉투와 열쇠꾸러미를 서류 가방에 넣었다. 채스틴이 현장을 떠날 준비를 하고 보슈에게 다가왔다.

보슈가 서류 가방을 탁 소리 나게 닫으면서 말했다.

"당신이 운전할 거야, 아니면 내가 운전할까? 난 표식이 있는 차야. 당신은?"

"난 표식 없는 거. 승차감은 전형적인 경찰 똥차지만, 적어도 경찰 똥차라고 자랑은 안 하고 다녀."

"당신 차가 좋겠군. 풍선은 있어?"

"그럼, 보슈. 감찰계 형사들도 가끔은 출동할 때가 있다고."

호프먼이 클립보드와 펜을 보슈에게 건네자, 보슈는 자기가 가져갈 두 개의 범죄현장 증거물에 대한 인도 확인서에 서명을 했다.

"그럼 당신이 운전해."

보슈가 채스틴에게 말했다.

그들은 캘리포니아 광장을 가로질러 차를 주차해 놓은 곳으로 걸어갔다. 보슈는 허리띠에서 호출기를 떼어내 제대로 작동이 되고 있는 것을 확인했다. 배터리 불빛이 아직도 초록색이었다. 놓친 호출이 하나도 없다는 뜻이었다. 그는 광장을 에워싸고 서 있는 고층 빌딩들을 올려다보면서, 저 건물들이 아내의 호출 신호가 들어오는 것을 막고 있는 건 아닌가 생각했지만, 아까 빌리츠 과장의 호출을 받았다는 게 기억이 났다. 그는 호출기를 다시 허리띠에 차고, 생각을 다른 데로 돌리려고 애를 썼다.

채스틴을 따라가 보니 출시된 지 적어도 5년은 된 듯하고 핀토(포드 자동차가 생산한 1,500cc 소형차로 구조적 결함과 사고로 악명이 높았음-옮긴이)만큼이나 멋져 보이는 적갈색의 고물 LTD(포드 자동차 브랜드-옮긴이)가 있었다. 적어도 검정색과 흰색 페인트칠은 되어 있지 않았다.

"안 잠겨 있어."

채스틴이 말했다.

보슈는 조수석 쪽으로 가서 차에 탔다. 그러고는 서류 가방에서 휴대 전화기를 꺼내 경찰국 종합 상황실로 전화를 걸었다. 하워드 일라이어스에 대해 자동차 관리국 데이터베이스 검색을 요청했더니, 일라이어스의 나이, 운전 기록, 그와 아내의 이름으로 등록되어 있는 포르쉐와 볼보의 차량 번호뿐만 아니라, 일라이어스의 자택 주소까지 나왔다. 일라이어스는 마흔여섯 살이었다. 운전 기록은 깨끗했다. 보슈는 이 도시에서 가장 조심스러운 운전자가 바로 이 변호사였을 거라고 생각했다. LA 경찰국 순경의 주목을 받는 것은 일라이어스가 가장 원하지 않는 일이었을 테니까. 그런데 뭐하러 포르쉐를 몰고 다녔을까 싶었다.

"볼드윈 힐즈야. 부인 이름은 밀리."

보슈가 전화를 끊고 나서 말했다.

채스틴은 시동을 걸고, 번쩍이는 비상등—풍선—전선을 플러그에 꽂고 비상등을 계기판에 올려놓았다. 그러고는 10번 고속도로를 향해 인적이 끊긴 도로를 거침없이 달렸다.

보슈는 채스틴과의 서먹함을 어떻게 풀어야 할지 몰라 처음에는 침묵을 지켰다. 두 사람은 천적 관계였다. 과거에 채스틴은 두 건의 사건과 관련하여 보슈를 조사했었다. 두 번 다 보슈가 우여곡절 끝에 범법 행위를 했다는 혐의를 가까스로 벗을 수 있었지만, 매번 채스틴에게 뒤로 물러서라는 상부의 압력이 들어가고 나서야 혐의를 벗을 수 있었다. 보슈에게는 채스틴이 자신에게 원한에 가까운 앙심을 품고 있는 것처럼 느껴졌다. 그 감찰계 형사는 동료 경찰관의 혐의를 벗겨주는 것이 조금도 즐겁지가 않은 것 같았다. 오로지 동료 경찰관의 경찰 배지를 뺏으려고 혈안이 되어 있는 듯했다.

"난 당신이 무슨 수작을 부리고 있는지 알아, 보슈."

차가 고속도로로 올라서서 서쪽으로 달리기 시작하고 나서 채스틴이 말했다.

보슈는 채스틴을 훑어보았다. 이제 보니 자신과 채스틴의 외모가 많이 닮았다는 생각이 들었다. 희끗희끗해지고 있는 검은 머리에, 짙은 흑갈색 눈, 덥수룩한 콧수염에 여위었지만 강단 있는 체격까지, 거울을 보고 있는 것 같은 느낌마저 들었다. 그러나 보슈는 채스틴이 위협적으로 느껴지지는 않았다. 채스틴은 풍기는 느낌이 보슈와는 달랐다. 보슈는 항상 코너에 몰리는 걸 두려워하는 사람 같은, 그래서 코너에 몰리는 걸 절대로 허용하지 않을 사람 같은 분위기를 풍기고 다녔다.

"뭐? 내가 무슨 수작을 부리고 있는데?"

"감찰계 형사들을 이리저리 흩어놓고 있잖아. 그래야 당신이 수사 지휘를 하는 게 좀 더 수월해질 테니까."

채스틴은 보슈의 대답을 기다렸지만, 침묵만 돌아왔다.

"하지만, 정말 일을 제대로 해내려면, 우리를 믿어야 할 거야."

잠시 침묵이 흐른 뒤, 보슈가 대답했다.

"그래, 알아."

일라이어스는 10번 고속도로 남쪽, 라 시에네가 대로 근처에 있는 벡 거리에 살았다. 중상층 시민들의 저택이 모여 있는 볼드윈 힐즈라는 작은 동네였다. 그곳은 흑인들의 비벌리 힐즈라고 알려진 동네였다. 부유한 흑인들이 자기들의 재산 때문에 흑인 공동체 사회에서 소외되고 싶지는 않을 때 모여드는 동네였다. 보슈는 일라이어스가 마음에 드는 면이 하나 있다면, 그것은 그가 재산을 가지고 브렌트우드나 웨스트우드 혹은 진짜 비벌리 힐즈로 이사 가지 않았다는 사실일 거라고 생각했다.

보슈는 일라이어스가 자기가 나고 자란 지역 사회를 버리지 않았다는 사실이 마음에 들었다.

한밤중이라 교통량이 극히 적고 채스틴이 시속 145킬로미터로 미친 듯이 달려준 덕분에 그들은 출발한 지 채 15분도 지나지 않아 백 거리에 도착했다. 일라이어스의 집은 벽돌로 만든 거대한 식민지 시대 저택으로, 네 개의 흰 기둥이 2층 높이의 포르티코(대형 건물 입구에 기둥을 받쳐 만든 현관 지붕—옮긴이)를 받쳐주고 있었다. 남부의 대농장주 저택 같은 느낌을 주었고, 보슈는 이 집을 통해 일라이어스가 어떤 메시지를 주려고 한 것은 아닐까 하는 생각이 들었다.

창문 어디에서도 빛이 새어나오지 않았고, 포르티코에 달린 전등도 역시 꺼져 있었다. 이건 좀 이상했다. 여기가 정말 일라이어스의 집이라면, 가장이 들어오지 않았는데 어떻게 불이 다 꺼져 있단 말인가?

원형 진입로에 포르쉐도 볼보도 아닌 자동차가 한 대 서 있었다. 페인트칠을 새로 하고 크롬 도금 바퀴를 단 구형 카마로였다. 저택 오른쪽에 차 두 대가 들어가는 차고가 따로 있었는데 차고 문은 닫혀 있었다. 채스틴은 진입로로 들어가 카마로 뒤에 차를 세웠다.

"멋진데. 나라면 아무리 밤이라도 이렇게 밖에다 떡하니 놔두지 않겠다. 이런 동네라도 말이지. 정글과 너무 가깝잖아."

채스틴이 말했다.

채스틴은 시동을 끄고 문을 열려고 손을 뻗었다.

"잠깐만 기다려 봐."

보슈가 말했다.

보슈는 서류 가방을 열고 휴대전화기를 꺼내 종합 상황실로 다시 전화를 걸었다. 그러고는 일라이어스의 주소를 다시 한 번 확인해달라고 부탁했다. 이곳이 맞았다. 그러자 보슈는 카마로 차량 번호를 불러주며

차적 조회를 요청했다. 그 자동차는 마틴 루터 킹 일라이어스라는 18세 남자의 이름으로 등록되어 있다는 답변이 돌아왔다. 보슈는 직원에게 감사 인사를 한 후 전화를 끊었다.

"제대로 찾아온 거야?"

채스틴이 물었다.

"그런 것 같아. 저 카마로는 아들 건가 봐. 근데 오늘 밤에 아버지를 기다리는 가족은 한 명도 없는 것 같군."

보슈가 조수석 문을 열고 내리자, 채스틴도 따라 내렸다. 두 사람이 현관문을 향해 걸어가면서 보니 문 옆에 희미하게 반짝이고 있는 초인종이 있었다. 보슈가 벨을 누르자 날카로운 차임벨 소리가 고요한 집 안에 울려 퍼졌다.

두 사람이 기다리다가 소식이 없어 초인종을 두 번 더 누르고 나서야, 그들 머리 위 포르티코에 달린 전등에 불이 들어왔고 여자의 졸음 섞인 놀란 목소리가 들렸다.

"누구세요?"

"일라이어스 부인? 경찰입니다. 잠깐 뵙고 싶습니다."

보슈가 말했다.

"경찰이요? 무슨 일로요?"

"남편에 관한 일입니다, 부인. 들어가도 되겠습니까?"

"신분증부터 보여주세요."

보슈는 경찰 배지 지갑을 꺼내 들었지만 곧 현관문에 밖을 내다보는 구멍이 없다는 것을 알아차렸다.

"돌아서세요. 기둥 쪽으로요."

여자가 말했다.

보슈와 채스틴은 돌아서서 기둥에 설치된 CCTV 카메라를 바라보았다. 보슈가 그 앞으로 걸어가서 자기 배지를 들어 보였다.

"보이십니까?"

보슈가 큰 소리로 물었다.

보슈는 문이 열리는 소리를 듣고 돌아섰다. 흰색 잠옷 가운에 실크 스카프를 머리에 쓴 여자가 그를 내다보고 있었다.

"왜 소리를 지르세요?"

여자가 말했다.

"죄송합니다."

여자는 문을 30센티미터 정도 열었지만, 형사들을 안으로 들일 생각은 없는지 문을 막고 서 있었다.

"하워드는 집에 없어요. 무슨 일로 그러시죠?"

"저기, 안으로 들어가도 되겠습니까, 일라이어스 부인? 여기서는…."

"아뇨, 들어올 수 없어요. 우리 집엔 안 돼요. 경찰이 집 안에 들어온 적은 이제까지 한 번도 없었어요. 하워드는 절대로 허락하지 않을 거예요. 나도 마찬가지고요. 무슨 일 때문에 그러시죠? 하워드에게 무슨 일이 생겼나요?"

"어, 네, 부인, 유감스럽게도 그렇습니다. 그러니 저희가 안에 좀 들어가서…."

"오, 하느님! 당신들이 하워드를 죽였군요! 결국에는 당신네가 하워드를 죽였군요!"

여자가 소리쳤다.

보슈는 미망인이 이런 추측을 하리라는 걸 예상하고 대비하지 않은 것이 후회되었다.

"일라이어스 부인, 진정하시고 들어가서 앉아서…."

이번에도 보슈는 말을 끝맺지 못했다. 이번에는 여자의 가슴 깊은 곳에서 울려나온 동물 같은 울부짖음 때문이었다. 고통에 찬 울부짖음이 듣는 이의 가슴까지 찢어놓았다. 여자는 고개를 숙이고 문설주를 향해 윗몸을 숙였다. 보슈는 여자가 쓰러질지도 모른다고 생각하고 여자의 어깨를 잡으려고 두 팔을 뻗었다. 여자는 보슈가 자기를 잡아먹으려 달려드는 괴물인 양 움찔했다.

"안 돼! 안 돼! 건드리지 마! 당신들… 당신들은 살인마야! 살인마라고! 당신들이 내 남편을 죽였어! 하워드!"

여자가 남편의 이름을 목청껏 부르짖는 소리가 온 동네에 울려 퍼졌다. 보슈는 거리에 구경꾼이 늘어서 있지는 않을까 생각하면서 뒤를 돌아보았다. 여자를 진정시키고 안으로 들어가야 한다는, 아니면 최소한 조용히 시키기라도 해야 한다는 생각이 들었다. 여자는 이제 목을 놓아 울고 있었다. 한편 채스틴은 눈앞에 펼쳐진 광경에 넋을 잃은 듯 멍하니 서 있었다.

보슈가 여자를 잡으려고 다시 한 번 팔을 뻗는데 여자 뒤쪽에서 인기척이 있더니 젊은 남자가 뒤에서 여자의 두 어깨를 잡았다.

"엄마! 뭐야? 왜 그래?"

여자는 돌아서서 청년의 품 안으로 쓰러졌다.

"마틴! 마틴, 그들이 네 아버지를 죽였어! 네 아버지를!"

마틴 일라이어스는 어머니의 머리 위로 고개를 들고 이글거리는 눈으로 보슈를 노려보았다. 청년의 입은 고통과 충격으로 떡 벌어져 있었다. 보슈가 이제까지 수도 없이 보았던 모습이었다. 그는 자신의 실수를 깨달았다. 에드거나 라이더와 함께 여기를 방문했어야 했다. 아니 라이더와 함께 왔어야 했다. 그녀의 부드러운 태도와 피부색이 이 사람들을 진정시킬 수 있었을 것이다. 보슈는 채스틴이 아니라 라이더와 함께 왔어야 했다고 뒤늦은 후회를 했다.

"이봐, 아들."

넋을 놓고 있다가 정신을 차린 채스턴이 청년을 불렀다. 그러고는 말을 이었다.

"어머니를 진정시키고 안으로 들어가서 이야기를 하는 게 좋겠어."

"나를 아들이라고 부르지 말아요. 당신 아들이 아니니까."

"일라이어스 씨."

보슈가 단호한 목소리로 청년을 불렀다. 채스턴을 포함해서 모두가 보슈를 바라보았다. 보슈는 아까보다는 침착하고 부드러운 목소리로 말을 이었다.

"마틴, 자네가 자네 어머니를 보살펴드려야 돼. 우린 자네 어머니와 자네한테 사건 경위를 설명하고 몇 가지 물어봐야 하고. 우리가 여기서서 옥신각신하는 시간이 길어지면, 어머니를 보살피기까지 기다려야 할 시간이 길어질 거야."

보슈는 잠깐 기다렸다. 여자는 다시 고개를 돌려 아들의 가슴에 얼굴을 묻고 흐느껴 울기 시작했다. 그러자 마틴은 어머니를 감싸 안아 끌고 뒤로 물러서서, 보슈와 채스턴이 들어올 공간을 만들어주었다.

그다음 15분 동안 보슈와 채스턴은 고급스러운 가구로 꾸며진 거실에서 어머니와 아들과 함께 앉아 사건 내용과 수사 계획을 자세히 설명했다. 보슈는 두 모자에게는 나치 당원들이 전쟁 범죄를 조사하겠다고 공언하는 것이나 마찬가지로 들릴 거라는 건 알았지만, 그래도 통상적인 유족 통지 작업을 확실히 끝내고 유족에게 철저하고 적극적인 수사를 약속하는 것이 중요하다는 사실도 알고 있었다.

보슈가 설명을 끝내면서 말했다.

"부인께서는 아까 경찰이 그랬을 거라고 말씀하셨는데요. 현재로서는 밝혀진 게 아무것도 없습니다. 지금은 정보를 수집하는 단곕니다. 하지만 곧 모아들인 정보를 따져보고 걸러내는 단계로 옮겨가게 될 것이고, 그때가 되면 부인의 남편을 해칠 만한 아주 사소한 동기라도 가지고 있을 법한 경찰관은 전부 조사를 할 겁니다. 그런 경찰관이 많을 거라는 것 압니다. 그들 모두를 아주 철저하게 조사하겠다는 것을 약속드리겠습니다."

말을 마친 보슈는 반응을 기다렸다. 어머니와 아들은 화려한 꽃무늬 소파에 몸을 기대고 앉아 있었다. 아들은 벌을 받지 않고 넘어가기를 간절히 바라는 어린이처럼 계속 눈을 감고 있었다. 방금 전해들은 소식에 압도당한 모습이었다. 이제 아버지를 다시는 보지 못할 거라는 사실이 마침내 실감이 나기 시작하는 모양이었다.

보슈가 부드럽게 말했다.

"지금 얼마나 끔찍하고 힘드실지 잘 압니다. 두 분이 조용히 계실 수 있도록 우리도 시간을 길게 끌 질문은 가급적이면 나중으로 미룰 생각입니다. 하지만 지금 당장 대답을 들어야 할 질문이 몇 가지 있습니다."

보슈는 이의 제기를 기다렸지만 나오지 않았다. 그러자 그가 말을 이었다.

"가장 중요한 질문은 일라이어스 씨가 앤젤스 플라이트를 탄 이유가 뭐냐는 겁니다. 일라이어스 씨가 어디로 가던 중이었는지 알아야…."

"아파트로 가던 중이었을 겁니다."

마틴이 계속 눈을 감은 채 대답했다.

"무슨 아파트?"

"아버지는 재판이 있거나 재판 준비로 바쁘실 때 묵으실 아파트를 사무실 근처에 마련해두고 계셨어요."

"그럼 오늘 밤 거기에서 머물 예정이었단 말이야?"

"네. 이번 주 내내 거기서 머물고 계셨습니다."

"증언 조사를 하고 있었어요. 경찰들을 상대로요. 경찰들은 퇴근 후에 찾아왔기 때문에 하워드는 사무실에 늦게까지 남아 있어야 했죠. 일이 끝나면 아파트로 가서 쉬곤 했어요."

하워드 일라이어스의 아내가 말했다.

보슈는 둘 중 누구라도 좀 더 설명해주기를 기다렸지만 더 이상 말이 없었다.

"일라이어스 씨가 부인에게 전화해서 아파트에서 잔다고 말씀하셨습니까?"

보슈가 물었다.

"네, 항상 전화했죠."

"그게 언제였습니까? 그러니까, 오늘 밤에 마지막으로 전화를 한 시각이요."

"아까 저녁때요. 오늘도 늦게까지 일해야 하고 주말에도 사무실에 나가봐야 한다고 했어요. 당신들도 알겠지만, 월요일에 있을 재판 준비 때문에요. 그래도 일요일에 함께 저녁을 먹으러 집에 오도록 애써보겠다고 했어요."

"그러니까 오늘 밤엔 일라이어스 씨가 집에 들어오지 않는다는 것을 알고 계셨군요."

"그래요."

밀리 일라이어스가 대답했다. 보슈의 질문이 다른 뜻을 내포하고 있는 것을 깨달았는지 불편한 심기가 목소리에서 느껴졌다.

보슈는 다른 뜻은 아무것도 없다는 걸 보여주려는 듯 가볍게 고개를 끄덕였다. 그가 아파트 주소를 묻자 밀리 일라이어스는 그랜드 스트리트를 두고 현대미술박물관 바로 맞은편에 있는 '더 플레이스'라는 아파트라고 알려주었다. 보슈는 수첩을 꺼내 받아 적고 나서도 수첩을 집어

넣지 않고 계속 듣고 있었다.

"일라이어스 부인, 남편과 마지막으로 대화를 한 게 몇 시쯤이었는지 좀 더 구체적으로 기억해내실 수 있겠습니까?"

보슈가 물었다.

"6시 직전이었어요. 항상 그때 전화해서 집에 들어올 건지 말 건지 말해주죠. 내가 저녁을 뭘 할지, 몇 인분을 준비할지 결정할 수 있게 말이에요."

"자넨 어때, 마틴? 아버지와 마지막으로 대화를 한 게 언제였지?"

마틴이 눈을 떴다.

"글쎄요. 적어도 2, 3일은 된 것 같은데요. 하지만 그게 무슨 상관입니까? 누가 그랬는지는 형사님도 잘 아시잖아요. 경찰 배지를 단 누군가 그랬다는 거 말입니다."

마침내 마틴의 눈에서 눈물이 흘러내리기 시작했다. 보슈는 다른 곳에 있으면 좋겠다고 생각했다. 여기가 아니면 어디라도 좋았다.

"경찰이 그랬다면, 마틴, 내 약속하지, 우리가 놈을 찾아낼 거야. 무사히 빠져나가는 일은 결코 없을 거야."

"그래요? 그런데 그렇게 약속하는 분은 도대체 직업이 뭡니까?"

마틴이 보슈를 쳐다보지 않고 대꾸했다.

보슈는 그 말에 잠깐 멈칫했지만 곧바로 말을 이었다.

"몇 개만 더 물어보지. 일라이어스 씨가 집에도 따로 사무실을 갖고 있었나?"

"아뇨. 아버지는 집에서는 일을 하지 않으셨어요."

아들이 대답했다.

"좋아. 다음 질문. 최근 며칠 혹은 몇 주 동안, 아버지가 어떤 구체적인 협박을 받았다거나 해치려고 달려드는 사람이 있다는 말을 하신 적이 있어?"

마틴은 고개를 젓더니 대답했다.

"아버지는 항상 언젠가는 경찰이 당신을 죽일 거라고 말씀하셨어요. 그런데 경찰들이 정말로 그랬군요…."

보슈는 고개를 끄덕였다. 동의의 표시가 아니라 마틴이 그렇게 믿고 있는 것을 이해한다는 뜻이었다.

"마지막 질문. 앤젤스 플라이트에서 일라이어스 씨와 함께 살해당한 여자가 한 명 있습니다. 둘이 아는 사이였던 것 같지는 않고요. 여자의 이름은 카탈리나 페레즈였습니다. 두 분 중 누구라도 그 이름을 들어보신 적 있습니까?"

보슈는 어머니와 아들의 얼굴 표정을 살펴보았다. 두 사람은 멍하니 보슈를 바라보다가 고개를 저었다.

"알겠습니다."

보슈가 소파에서 일어섰다.

"지금은 이 정도로 하고 돌아가겠습니다. 하지만 저나 다른 형사들이 또 두 분을 만나러 올 겁니다. 아마도 오늘 안으로요."

어머니도 아들도 아무런 반응을 보이지 않았다.

"일라이어스 부인, 남편의 사진을 한 장 빌려주시겠습니까?"

여자는 고개를 들고 어리둥절한 표정으로 보슈를 쳐다보았다.

"하워드의 사진이 왜 필요하죠?"

"수사를 하면서 사람들에게 보여줄 필요가 있을 것 같아서요."

"다들 하워드가 누군지, 어떻게 생겼는지 알잖아요."

"네, 맞습니다, 부인. 하지만 사진이 필요할 경우가 생길지도 몰라서 말입니다. 빌려주시…."

"마틴, 서재 책상 서랍에서 앨범을 갖다 주겠니?"

밀리 일라이어스가 말했다.

마틴이 거실을 나갔고, 보슈와 밀리 일라이어스는 기다렸다. 보슈는 주머니에서 명함을 꺼내 단철과 유리로 만든 커피 탁자에 내려놓았다.

"여기 제 호출기 번호가 있으니까 하실 말씀이 있거나 제 도움이 필요하시면 언제라도 연락 주십시오. 가족이 다니는 교회 담임 목사한테 우리가 대신 연락해드릴까요?"

밀리 일라이어스가 다시 고개를 들고 보슈를 쳐다보았다.

"네. AME(African Methodist Episcopal: 아프리카 감리교 감독제 교회 – 옮긴이)의 터긴스 목사님이에요."

보슈는 고개를 끄덕였지만 괜한 제안을 했다고 즉시 후회했다. 마틴이 앨범을 들고 거실로 돌아왔다. 그의 어머니가 앨범을 받아서 페이지를 넘기기 시작했다. 그녀는 수많은 남편의 사진을 보고 소리 없이 눈물을 흘리기 시작했다. 보슈는 사진은 다음에 올 때 가져갈 걸 잘못했다고 생각했다. 마침내 밀리 일라이어스는 하워드 일라이어스의 얼굴을 클로즈업해서 찍은 사진을 한 장 발견했다. 그녀는 경찰이 원하는 사진이 바로 그 사진이라고 확신한 듯 사진을 앨범 속지에서 조심스럽게 꺼내 보슈에게 건넸다.

"돌려받을 수 있나요?"

"물론이죠, 부인, 책임지고 돌려드리겠습니다."

보슈는 가볍게 목례를 하고 현관 쪽으로 돌아섰다. 그러면서 터긴스 목사한테 전화 거는 일을 잊어버려야 할 텐데 그럴 수 있을까 하는 생각을 했다.

"남편은 어디 있죠?"

갑자기 미망인이 물었다.

보슈가 돌아서서 밀리 일라이어스를 바라보았다.

"시신은 지금 법의국 검시실에 있습니다. 그쪽에 부인의 전화번호를 알려놓겠습니다. 장례 준비를 시작할 때가 되면 연락을 줄 겁니다."

"터긴스 목사님은요? 우리 집 전화를 쓰실래요?"

"어, 아뇨, 부인. 차에 가서 연락하겠습니다. 따라 나오지 않으셔도 됩니다."

보슈는 현관문을 향해 걸어가면서 현관 복도 벽에 걸려 있는 액자 사진들을 훑어보았다. 하워드 일라이어스가 여러 유명 인사들과 국가적 지도자들뿐만 아니라 LA 흑인 사회의 명망 있는 지도자들과 함께 찍은 것들이었다. 제시 잭슨 목사와 찍은 사진이 보였고, 맥신 워터스 하원의원, 영화배우 에디 머피와 찍은 사진도 있었다. 리처드 리오르단 LA 시장과 로열 스파크스 시의원 사이에 서서 찍은 사진도 있었다. 보슈는 스파크스가 경찰의 직권 남용에 대한 시민들의 분노를 교묘히 이용해 시 정치권에서 자신의 영향력을 확대했다는 사실을 알고 있었다. 스파크스는 불난 집에 부채질을 계속해줄 일라이어스를 잃어서 통탄의 눈물을 흘릴 것이다. 아니, 이제는 일라이어스의 죽음을 이용하려 들 것이다. 보슈는 선하고 숭고한 대의명분들이 겉만 번지르르한 기회주의자들에게 마이크를 잡을 기회를 주는 현실이 개탄스러웠다.

가족 사진도 여러 장 있었다. 몇 장은 일라이어스 부부가 공식 모임에서 찍은 사진이었다. 일라이어스가 아들과 함께 찍은 사진들도 있었다. 한 장은 보트에서 찍은 사진인데, 부자가 녹새치 한 마리를 들고 활짝 웃고 있었다. 다른 사진은 사격 연습장에서 찍은 사진이었는데, 부자가 총알 구멍이 여러 개 뚫린 종이 표적의 양쪽에 서서 포즈를 취하고 있었다. 종이 표적에는 일라이어스가 수도 없이 소송을 제기했던 대릴 게이츠(1992년 LA 폭동 당시 경찰국장－옮긴이) 전직 경찰국장이 그려져 있었다. 보슈는 LA에 사는 한 화가가 창안해낸 그 종이 표적이 게이츠의 경찰국장 재임 기간 중 격동의 말기에 이르러서 불티나게 팔려나갔다는 사실이 기억이 났다.

보슈는 상체를 숙이고 일라이어스와 아들이 들고 있는 총이 어떤 것인지 알아보려고 사진을 자세히 관찰했지만 사진이 너무 작았다.

채스틴이 한 액자를 가리켜서 보니, 껄끄럽기 짝이 없는 관계였던 일라이어스와 경찰국장이 어느 공식 행사장에 나란히 서서 카메라를 향해 미소를 짓고 있었다.

"둘이 친해 보이는데."

채스틴이 속삭였다.

보슈는 고개를 끄덕이기만 하고 현관 밖으로 나섰다.

채스틴은 진입로에서 차를 빼서 언덕을 달려 내려와 다시 고속도로로 들어섰다. 채스틴과 보슈는 조금 전 자기들이 한 가정에 가져다 준 불행과 그 가족들이 그 불행의 책임을 자기들에게 전가했던 것을 조용히 떠올리고 있었다.

"항상 전달자가 욕을 먹는 거야."

보슈가 말했다.

"살인전담팀이 아닌 게 얼마나 다행인지 몰라. 경찰이 나한테 화를 내는 건 견딜 수 있어. 하지만 이건, 이건 정말 힘든 일이더군."

채스틴이 말했다.

"그래서 다들 유족 통지 임무를 궂은일이라고 부르지."

"그것보다는 '환장할 일'이라고 부르는 게 낫겠는데. 우린 그 친구를 살해한 범인을 잡으려고 애를 쓰는데, 유족들은 우리가 범인이라고 하잖아. 정말 환장할 노릇 아냐?"

"난 액면 그대로 받아들이지 않았어, 채스틴. 그런 상황에 처한 사람들은 예의고 뭐고 없어. 너무도 충격적이고 고통스러우니까, 말이 나오는 대로 해버리지. 그건 우리가 이해해줘야 돼."

"그래? 어디 두고 보자고. 두고 봐. 6시 뉴스에 그 아들놈이 나올 거야. 나와서 경찰이 범인이라고 떠들어댈 거야. 척 보면 알아. 그땐 당신도 그렇게 너그럽지는 못할걸. 그건 그렇고, 어디로 가는 거야, 지금? 현장으로 돌아가는 건가?"

"먼저 일라이어스의 아파트로 가지. 델라크로체의 호출기 번호 알아?"

"아니. 외우진 못해. 비상 연락망 보면 되잖아."

보슈는 수첩을 펼쳐 감찰계의 델라크로체 형사가 적어놓은 호출기 번호를 찾았다. 그러고는 휴대전화기로 번호를 눌러서 그를 호출했다.

"터긴스 목사는 어쩔 거야? 그 사람한테 전화를 걸어 알려주면, 남쪽 동네 주민들이 들고 일어나게 부추기라고 도와주는 꼴이 되잖아."

채스틴이 말했다.

"알아. 생각 중이야."

보슈는 밀리 일라이어스가 프레스턴 터긴스라는 이름을 언급한 순간부터 줄곧 터긴스에게 전화를 걸어 사건 소식을 알려줘야 하느냐 마느냐를 놓고 고민했었다. 상당수의 소수 집단 지역 사회에서는, 사회적, 문화적 혹은 정치적인 명분이나 행사에 대해 그 지역 사회의 여론을 형성하는 데 있어서 목사들이 정치인들만큼 큰 영향력을 행사했다. 프레스턴 터긴스 목사는 훨씬 더 막강한 영향력을 행사했다. 그는 목사 연합회를 이끌고 있었고, 그 목사들이 힘을 합하면 지역 사회 전체를 자제시킬 수도 있고 반대로 용암을 내뿜는 활화산처럼 분노를 표출하게 만들 수도 있는 막강한 힘을 발휘했으며 언론 플레이에도 능수능란했다. 프레스턴 터긴스는 대단히 조심스럽게 다뤄야 할 존재였다.

보슈는 주머니를 뒤져서 아까 어빙 부국장에게서 받았던 명함을 꺼냈다. 거기 적힌 번호들 중 한 군데로 전화를 걸려는 순간 들고 있던 휴대전화에서 전화벨이 울렸다.

델라크로체였다. 보슈는 그에게 일라이어스가 살았던 더 플레이스라는 아파트 주소를 알려주면서 압수 수색 영장을 한 장 더 작성하라고 지시했다. 벌써 일라이어스의 사무실에 대한 압수 수색 영장 서명을 팩스로 받느라고 판사를 깨운 바가 있는 델라크로체는 그 일을 또 해야 한다는 말을 듣고 투덜거렸다.

"살인전담팀 일이 원래 그래요."

보슈가 말한 후 전화를 끊었다.

"뭐?"

"아무것도 아냐."

보슈는 어빙의 전화번호를 눌렀다. 부국장은 벨이 한 번 울리자마자 전화를 받더니 생략하지 않은 정식 성명과 계급을 댔다. 보슈는 어빙이 자고 있지는 않을 거라고 예상했지만, 이렇게 긴장 상태로 대기하고 있으리라고는 생각하지 못했었다.

"부국장님, 보슈 형삽니다. 문제가 있으면 언제든 전화하라고 하셔서…."

"그래, 잘했어, 형사. 무슨 일인가?"

"방금 유족에게 통지했습니다. 일라이어스의 아내와 아들에게요. 그런데 미망인이 자기 담임 목사에게 전화를 걸어 이 소식을 알려달라고 요청했습니다."

"그게 무슨 문제가 되나?"

"담임 목사가 프레스턴 터긴스랍니다. 그래서 제 생각엔 좀 더 지위가 높은 분이 나서야 할 것 같아서…."

"알겠네. 일리가 있는 생각이군. 내가 알아서 처리하지. 국장님이 직접 처리하고 싶어 하실 것 같군. 마침 보고 전화를 하려던 참이었는데,

잘됐군. 더 할 말 있나?"

"현재로서는 없습니다."

"고맙네, 형사."

어빙이 전화를 끊었다. 어빙이 무슨 말을 하더냐고 채스틴이 묻자 보슈는 들은 대로 말해주었다.

"이 사건… 점점 더 스릴 있어질 것 같은 느낌이 들어."

채스틴이 말했다.

"그러게 말이야."

채스틴이 무슨 말을 더 하려는 찰나에 보슈의 호출기가 울렸다. 보슈가 번호를 확인했다. 이번에도 집에서 온 게 아니라 그레이스 빌리츠 과장의 두 번째 호출이었다. 아까 호출을 받아놓고도 전화하는 걸 까맣게 잊고 있었다. 보슈가 전화를 걸었다. 전화벨이 한 번 울리자마자 빌리츠 과장이 전화를 받았다.

"전화를 걸어줄지 궁금해하던 참이었어."

"죄송합니다. 좀 바빴어요. 그러다가 잊어버렸고요."

"그래, 무슨 일이야? 어빙은 피해자가 누군지는 말 안 해주고, 강력계와 센트럴 형사들이 맡을 수 없다고만 하던데."

"하워드 일라이어스예요."

"이런, 빌어먹을… 해리… 당신이 맡게 되다니, 유감이야."

"괜찮아요. 어떻게든 꾸려나갈 수 있겠죠."

"지켜보는 눈이 많을 거야. 그리고 범인이 경찰이면… 그건 그야말로 재난이지. 어빙에게서 무슨 느낌 못 받았어? 제대로 수사를 하고 싶어 하기는 하는 것 같아?"

"50 대 50이에요."

"옆에 누가 있어?"

"네."

"나도 반반인 것 같은 느낌을 받았어. 어빙이 당신 팀을 순환 근무에서 빼주라면서도 기한은 다음 주 금요일까지라는 거야. 그다음엔 자기한테 보고하라더군. 피해자가 누군지 알고 보니까, 그 말은 당신들이 그때까지만 수사를 해보다가, 할리우드로 돌아와서, 짬짬이 수사를 하든가 말든가 알아서 하라는 뜻인 것 같군."

보슈는 아무 대꾸도 없이 고개만 끄덕였다. 빌리츠 과장의 이야기는 어빙이 취했던 다른 조치들과도 맞아떨어졌다. 부국장은 대규모의 특별 수사팀을 구성하긴 했지만, 전력을 다해 수사에 매달릴 시간은 딱 한 주만 주었다. 어쩌면 그때까지 언론의 관심이 좀 더 통제 가능한 수준으로 떨어지고, 사건은 결국에는 미제 사건 파일 속으로 사라지기를 바라는 건지도 몰랐다. 그러나 보슈는 어빙이 그런 생각을 했다면 그건 착각이라고 생각했다.

빌리츠 과장은 보슈와 몇 분 더 이야기를 나누다가 마지막으로 충고를 했다.

"조심해, 해리. 경찰이 그런 거라면, 강력계 친구들 중 하나가…."

"네?"

"조심하라고."

"그럴게요."

보슈는 전화를 끊고 나서 앞 유리창 밖을 바라보았다. 벌써 110번 고속도로 나들목에 다가가고 있었다. 곧 캘리포니아 광장에 도착할 수 있을 것 같았다.

"당신네 형사과장?"

채스틴이 물었다.

"응. 상황이 어떤지 알고 싶었나 봐."

"요즘엔 라이더와 어떻게 지낸대? 아직도 둘이 좋아 못 사나?"

"당신이 상관할 바가 아니야, 채스틴. 내가 상관할 바도 아니고."

"그냥 한번 물어본 거야."

그들은 한동안 침묵 속에 차를 달렸다. 보슈는 감찰계 형사의 질문이 거슬렸다. 채스틴이 그렇게 물어본 것은 자기는 비밀을 알고 있다는 것을, 살인 사건 수사에서는 물을 벗어난 물고기 같아도 경찰들에 대한 비밀은 죄다 알고 있으니까 함부로 대하면 큰 코 다친다는 것을 보슈에게 상기시키기 위함인 것 같았다. 보슈는 채스틴과 함께 있을 때 빌리츠에게 전화한 것을 후회했다.

채스틴은 자신의 실수를 깨달았는지 어색한 분위기를 깨려고 가벼운 잡담을 시도했다.

"다들 떠들어대는 그 삶은 계란 사건 얘기나 좀 해 봐."

"별것 없어. 그냥 사건일 뿐이야."

"신문에 난 기사를 못 봤어. 얘기 좀 해 봐."

"그냥 운이 좋았을 뿐이야. 이번 건에서도 그렇게 운이 따라줬으면 좋겠는데."

"얘기 좀 해보라니까. 진짜 궁금해서 그래. 게다가 지금은 파트너로 일하고 있잖아, 보슈. 난 행운에 대한 이야기를 좋아해. 행운이 나한테로 옮겨올지도 모르거든."

"처음에는 자살 사건이 터졌다고 통상적인 출동 지시를 받고 나갔어. 순찰대가 우리한테 연락해서 나와서 확인 좀 해달라고 하더라고. 한 엄마가 자기 딸이 포틀랜드 공항에 나타나지 않아 걱정이 돼서 신고를 했다는 거야. 그 딸이 결혼식인지 뭔지 집안 행사에 참석하러 그곳으로 오기로 되어 있었는데 나타나지 않았대. 가족이 공항에서 기다리고 있었는데 말이야. 그래서 그 엄마가 경찰에 전화를 걸어 딸의 아파트를 확인해달라고 요청을 했다더군. 라브리아 근처 프랭클린 대로변에 있는 작은 아파트라면서. 그래서 순경이 그곳으로 가서 아파트 관리인한테 부탁해 문을 열고 들어가 봤더니 죽어 있더라는 거야. 죽은 지 이틀 정도 지난 상태였지. 포틀랜드행 비행기를 타기로 했던 날 아침에 죽은 거지."

"어떻게 죽었는데?"

"겉으로 보기에는 약 몇 알 먹고 욕조에서 손목을 그은 것 같았어."

"그래서 순경이 자살이라고 했던 거로군."

"그렇게 보였거든. 유서가 있었어. 노트에서 찢은 종이였는데, 삶이 자기가 기대했던 것과는 다르고 항상 외롭다고 적혀 있었지. 횡설수설한 글이었어. 굉장히 절망에 빠져 있는 것 같았고."

"그래서? 자살이 아니라는 건 어떻게 알았어?"

"사실, 우리도, 라이더는 법정에 출두할 일이 있어서 가고 에드거와 내가 나갔었는데, 우리도 자살이라고 확인해주고 끝내려고 했어. 집 안을 살펴봤는데 특별히 이상한 건 아무것도 없었거든. 유서만 빼고. 유서를 적은 종이를 찢어낸 노트를 찾을 수가 없는 거야. 그게 마음에 걸렸어. 그 아가씨가 자살을 한 게 아니라는 뜻이 아니라, 그냥 좀 찜찜했어. '이건 왜 그림에 딱 맞아떨어지지가 않지?' 하는 생각이 들게 만드는 거 말이야."

"그래서 누가 집 안에 있다가 노트를 가져갔다고 생각한 거야?"

"그랬을 수도 있겠지. 사실 별생각 없었어. 에드거에게 집 안을 다시 한 번 살펴보자고 했어. 이번에는 맡은 곳을 서로 바꿔서 아까 보지 않았던 곳을 둘러보기로 했지."

"그리고 당신이 에드거가 놓친 뭔가를 발견한 거로군."

"놓친 건 아니었어. 그게 이상하다는 걸 못 느낀 거였지. 난 그걸 느낀 거고."

"그게 뭐였는데?"

"냉장고에 계란 넣는 칸이 있었어. 계란을 꽂아두는 움푹 팬 구멍이 줄지어 있는 선반 말이야."

"그래, 알아."

"거기 있는 계란 중 몇 개에는 그 아가씨가 날짜를 적어놓았더라고. 모두 같은 날짜였어. 아가씨가 포틀랜드로 갈 예정이던 그 날짜였지."

보슈는 채스틴을 바라보며 반응을 살폈다. 감찰계 형사는 혼란스러운 표정을 짓고 있었다. 무슨 뜻인지 이해를 못한 것이었다.

"그것들은 삶은 계란이었어. 껍질에 날짜가 적혀 있는 계란들은 삶은 거였다고. 내가 한 개를 싱크대로 가져가서 깨봤어. 삶은 거였지."

"그렇군."

채스틴은 아직도 감을 잡지 못하고 있었다.

"계란에 적힌 날짜는 아마 아가씨가 계란을 삶은 날짜였을 거야. 삶은 것과 날것을 구별하기 위해서, 그리고 얼마나 오래된 건지 알기 위해서 날짜를 적어둔 거겠지. 그 순간 퍼뜩 떠오르는 생각이 있었어. 계란을 먹으려고 삶아놓고 자살을 하는 사람은 별로 없을 거라는 생각이 들었지. 곧 죽어버릴 건데 뭐하러 삶겠어?"

보슈가 말했다.

"그러니까 자살이 아니라는 육감이 들었던 거군."

"육감이 아니라 직감했지."

"타살이라고 말이지."

"응. 그 후로는 상황이 180도로 변했어. 현장을 다른 각도에서 살펴보기 시작했지. 살인 사건 수사를 시작한 거야. 며칠 걸리긴 했지만 결국 범인을 찾아냈어. 그 아가씨 친구들이 아가씨를 괴롭히는 남자가 있었다고 하더군. 그 아가씨를 희롱하고, 아가씨가 데이트를 거절했다고 스토킹을 하고 그랬대. 우린 그 아파트 이웃들을 상대로 탐문 수사를 해보고 나서 아파트 관리인을 의심하기 시작했어."

"빌어먹을, 그 친구라는 걸 맞힐 수 있었는데."

"그 친구를 만나봤는데 횡설수설하고 행패를 부려서 결국에는 판사를 설득해 수색 영장을 발부받았지. 그 친구 집에서 유서를 찢어낸 노트를 발견했어. 아가씨가 자기 생각과 일상을 적어놓은 일기장 같았어. 이 남자는 그 아가씨가 삶이 힘들다고 적어놓은 페이지를 읽고는 유서로 가장할 수 있겠다고 생각했던 거야. 그 집 안에서 아가씨의 물품을 몇 개 찾아냈어."

"놈은 왜 그런 걸 버리지 않고 갖고 있었대?"

"인간은 누구나 어리석기 때문이지, 채스틴. 똑똑한 살인범을 보고 싶으면 TV 드라마를 봐. 놈은 우리가 자살이 아니라는 걸 밝혀내리라고는 꿈에도 생각하지 못했기 때문에 피해자의 물품을 계속 가지고 있었던 거야. 그리고 그 노트에 자기 이야기가 적혀 있었기 때문에. 아가씨는 그 남자가 자기를 스토킹 한다는 얘기를 적어놓았고, 그래서 그 남자가 두려우면서도 칭찬받는 것처럼 기분이 좋다는 얘기를 써놨더군. 놈은 그 내용을 읽으면서 성적인 흥분을 느꼈던 것 같아. 그래서 버리지 못하고 간직했던 거겠지."

"재판이 언제야?"

"두세 달 기다려야 돼."

"슬램 덩크 같군."

"글쎄, 두고 봐야지. O. J. 심슨 사건도 처음엔 그렇게 보였었어."

"어떻게 죽인 거야? 몰래 약을 먹이고, 욕조에 넣고 나서, 칼로 그은 건가?"

"아가씨가 집에 없을 때 놈은 그녀의 아파트를 들락거렸어. 아가씨의 일기장을 보면 누군가가 몰래 들어왔던 것 같다고 걱정하는 대목이 있어. 아가씨는 운동을 좋아했어. 날마다 5킬로미터를 달렸대. 그리고 2년 전쯤 라켓볼을 치다가 다쳐서 처방받은 진통제를 항상 약장에 넣어뒀더군. 놈이 몰래 들어갔다가 약을 발견하고 들고 나와 자기 오렌지 주스에 타놓았던 것 같아. 그러고는 다음에 들어갔을 때 그 주스를 아가씨의 냉장고에 있는 주스 병에 따라놓았던 거지. 놈은 아가씨의 습관을 알고 있었거든. 조깅을 하고 나서 집 밖 계단에 앉아 주스를 마시면서 땀을 식힌다는 걸 알고 있었어. 아가씨는 자기가 약을 탄 주스를 마셨다는 걸 깨닫고는 주위를 두리번거리며 도움을 청했던 것 같아. 그때 놈이 나타났지. 그러고는 안으로 데리고 들어간 거야."

"성폭행부터 했어?"

보슈는 고개를 저었다.

"시도는 했던 것 같은데 발기가 안 됐나 봐."

보슈와 채스틴은 한동안 아무 말도 하지 않았다.

"대단해, 보슈. 어떤 것도 허투루 지나치는 법이 없군."

채스틴이 말했다.

"그러려고 노력하고 있어."

07 두 명의 여인

채스틴은 더 플레이스라는 현대식 고층 아파트 건물 앞 승하차 구역에 주차했다. 그들이 차에서 내리기도 전에 그들을 맞이하기 위해서인지 차를 다른 곳으로 옮기라고 말하기 위해서인지 수위가 부리나케 유리문을 밀고 나왔다. 보슈가 차에서 내려 수위에게 하워드 일라이어스가 한 블록도 떨어지지 않은 곳에서 살해됐고, 그들은 추가 피해자나 도움을 필요로 하는 사람이 없는지 확인하기 위해 일라이어스의 아파트를 살펴보러 왔다고 설명했다. 수위는 그러라면서 자기도 따라가겠다고 말했다. 보슈는 논쟁을 허용하지 않는 단호한 말투로 수위에게 곧 다른 경찰들이 도착할 테니 로비에서 기다리라고 지시했다.

하워드 일라이어스의 아파트는 20층에 있었다. 엘리베이터는 빨리 올라갔는데 보슈와 채스틴 사이의 침묵 때문에 올라가는 시간이 실제보다 더 길게 느껴졌다.

그들은 20E호를 찾아갔고 보슈가 현관문을 두드리고 문 옆 벽에 달린 초인종을 눌렀다. 아무 응답이 없자 보슈는 쭈그리고 앉아 바닥에 내려놓은 서류 가방을 열고 호프먼에게서 받은 증거물 봉투에서 열쇠고리를 꺼냈다.

"영장이 도착할 때까지 기다려야 하는 거 아닌가?"

채스틴이 물었다.

보슈는 서류 가방을 닫고 자물쇠를 채우면서 채스틴을 올려다보았다.

"아니."

"수위한테 했던 말, 거짓말이지? 도움이 필요한 사람들이 있을지도 몰라서 왔다는 말."

보슈는 일어서서 현관문에 있는 두 개의 자물쇠 구멍에 열쇠를 넣어보기 시작했다.

"아까 수사를 제대로 하려면 당신을 믿어야 할 거라고 했지? 바로 지금부터 당신을 믿어보려고 해, 채스틴. 영장을 기다리고 있을 시간이 없어. 들어갈 거야. 살인 사건 수사는 상어와 같은 거야. 계속 움직이지 않으면 물에 빠져 죽고 말지."

첫 번째 자물쇠가 풀렸다.

"물고기를 아주 좋아하는구만. 아까는 투어 얘기더니, 이젠 또 상어야?"

"그래, 계속 내 주위에서 알짱거려 봐, 채스틴. 그럼 그 고기를 잡는 법도 가르쳐줄지 모르니까."

보슈의 말이 끝나는 순간 두 번째 자물쇠도 풀렸다. 보슈는 채스틴을 바라보며 윙크를 하고는 문을 열었다.

안으로 들어가 보니 중간 크기의 거실에 고급스러운 가죽 소파가 놓여 있었고 벚나무 책장이 줄지어 있었으며 창문 밖 발코니 너머로 시가지와 관청가의 남쪽이 한눈에 들어왔다. 검은색 가죽 소파 위에 금요일 아침 〈타임스〉가 펼쳐져 있고 상판이 유리로 된 커피 탁자 위에 빈 머그컵이 놓인 것 빼고는 거실이 깔끔하게 정돈되어 있었다.

"계십니까? 경찰입니다. 누구 계십니까?"

보슈가 집 안이 비어 있음을 확인하기 위해 큰 소리로 말했다.

아무 대답이 없었다.

보슈는 식당 식탁에 서류 가방을 내려놓고 연 후 장갑 상자에서 라텍스 장갑을 꺼내 꼈다. 채스틴에게도 줄까 물어보았지만 감찰계 형사는 사양했다.

"난 아무것도 안 건드릴 거야."

둘은 흩어져서 집 안 곳곳을 살펴보기 시작했다. 어느 곳이나 거실처럼 깔끔하게 정돈이 되어 있었다. 침실 두 개짜리 아파트였고, 안방에는 화장실과 서쪽으로 난 발코니가 딸려 있었다. 청명한 밤이었다. 저 멀리 센추리 시티까지 LA 시가지가 선명하게 보였다. 그 고층 건물들 너머 샌타모니카 시가지의 불빛들이 아름답게 반짝이고 있었다. 채스틴이 보슈를 따라 안방으로 들어왔다.

"집 안엔 사무실이 없어. 두 번째 침실은 손님방 같아. 숨어 지내는 증인들을 위한 방인지도 모르지."

채스틴이 말했다.

"알았어."

보슈는 서랍장 위에 놓인 것들을 훑어보았다. 사진이나 개인의 취향이 강하게 느껴지는 물건은 하나도 없었다. 침대 양옆에 있는 협탁도 마찬가지였다. 마치 호텔 방 같았다. 일라이어스가 재판 준비를 하면서 밤에 잠만 자는 용도로 쓰고 있었다면, 호텔 방이나 마찬가지였다. 침대는 말끔히 정리되어 있었고, 보슈에게는 도리어 그것이 이상하게 느껴졌다. 일라이어스는 중대한 재판을 앞두고 준비가 한창이었고 밤낮으로 일을 했는데, 그날 아침에는 저녁에 집에 들어올 사람이 자기뿐이었는데도 불구하고 짬을 내 침대를 정돈하고 나갔다…. 말도 안 돼, 보슈는 생각했다. 나중에 다른 누가 올 것이기 때문에 일라이어스가 이부자리를 정리한 것이거나, 아니면 다른 누군가가 정리한 것 같았다.

파출부라면 거실에 펼쳐져 있는 신문도 접어서 정리하고 빈 머그컵도 치웠을 것이기 때문에 보슈는 파출부일 가능성은 배제했다. 침대를 정리한 사람은 일라이어스일 것이다. 아니면 그와 함께 지내던 다른 누구이거나. 오랜 세월 인간의 습성을 탐구해온 경험에 따른 육감일 뿐이었지만, 일라이어스에게 아내 말고 다른 여자가 있는 게 틀림없다는 생각이 들었다.

전화기가 놓인 협탁 서랍을 열어본 보슈는 개인 전화번호 수첩을 발견했다. 그는 수첩을 꺼내 페이지를 넘겼다. 아는 이름이 많이 있었다. 대부분이 보슈가 이름만 알고 있거나 만난 적도 있는 변호사들이었다. 이름을 훑어 내려가던 보슈의 눈길이 한 이름에서 멈췄다. 칼라 엔트런킨. 그녀도 민권 전문 변호사였다. 아니 1년 전 경찰위원회가 그녀를 로스앤젤레스 경찰국의 감찰관으로 임명하기 전까지는 변호사였었다. 보슈는 일라이어스가 그녀의 사무실 전화번호뿐만 아니라 집 전화번호까지 적어놓은 것에 주목했다. 집 전화번호가 잉크 색깔이 더 짙은 것을 보니 비교적 최근에 적어놓은 것 같았다. 사무실 전화번호를 적고 나서 오랜 세월이 흐른 후에 집 전화번호를 적어놓은 것처럼 보였다.

"뭐 흥미로운 게 있어?"

채스틴이 물었다.

"아니, 아무것도. 온통 변호사들뿐이야."

보슈가 대답했다.

채스틴이 다가오자 보슈는 전화번호 수첩을 덮었다. 그러고는 수첩을 서랍 속으로 던져 넣고 나서 서랍을 닫았다.

"영장이 나올 때까지 그대로 두는 게 좋겠어."

보슈가 말했다.

그 후 20분간 그들은 나머지 공간을 대강 둘러보면서 서랍과 벽장을 열어보고 침대 밑과 소파 쿠션 밑을 살폈지만 어느 것 하나 흐트러뜨리지 않고 있는 그대로 두었다. 채스틴이 안방 화장실에서 보슈를 소리쳐 불렀다.

"여기 칫솔이 두 개 있어."

"알았어."

보슈는 거실 책장에 꽂힌 책들을 훑어보았다. 몇 년 전에 읽어봤던 체스터 하임스의《어제가 너를 울릴 것이다》가 보였다. 채스틴이 거실로 나온 것 같은 느낌이 들어 돌아보았다. 채스틴이 침실로 향하는 복도에 서 있었다. 보슈에게 보여주려고 콘돔 상자 한 개를 높이 들고 있었다.

"세면대 밑 선반 뒤쪽에 숨겨져 있었어."

보슈는 아무 대꾸도 하지 않고 고개만 끄덕였다.

부엌 벽에는 자동응답기가 장착된 전화기가 걸려 있었다. 전화기에서 불빛이 깜박였고 디지털 액정 화면에 '새 메시지 한 개'라고 적혀 있었다. 보슈는 재생 버튼을 눌렀다. 여자의 목소리가 흘러나왔다.

"안녕, 나야. 전화해줄 거라고 생각했는데. 설마 벌써 자는 건 아니지?"

그뿐이었다. 메시지가 끝난 후 자동응답기가 이 메시지는 밤 12시 1분에 녹음이 된 거라고 알려주었다. 그때는 이미 일라이어스가 사망한 후였다. 목소리를 듣고 거실에서 부엌으로 들어왔던 채스틴이 메시지가 끝나자 어깨를 으쓱거렸다. 보슈는 메시지를 다시 한 번 재생했다.

"부인 목소리는 아닌 것 같은데."

보슈가 말했다.

"백인 여자 목소리 같아."

채스틴이 말했다.

보슈는 채스틴의 말이 맞다고 생각했다. 보슈는 다시 한 번 메시지를 재생했고, 이번에는 여자의 어조를 집중해서 들었다. 어조로 볼 때, 친밀한 사이인 것 같았다. 전화를 건 시각과 일라이어스가 자기 목소리를 알아들을 거라고 생각한 것이 이와 같은 결론을 뒷받침했다.

"화장실에 숨겨놓은 콘돔, 두 개의 칫솔, 자동응답기에 남겨진 의문의 여자 목소리. 변호사님한테 여자 친구가 있었던 것 같군. 일이 재미있어지겠는데."

채스틴이 말했다.

"그런 것 같군. 오늘 아침에 누가 침대 정리를 해놨어. 혹시 약장에 여성 용품이 있어?"

"아니, 전혀."

채스틴은 거실로 돌아갔다. 부엌을 다 살펴본 보슈는 현재로서는 볼 만큼 봤다는 생각이 들어 거실 창문을 밀어 열고 발코니로 나갔다. 철난간에 기대서서 손목시계를 보았다. 새벽 4시 50분. 그는 허리띠에서 호출기를 떼어내 혹시 실수로 꺼놓은 것은 아닌지 확인했다.

호출기는 켜져 있었고, 배터리가 없는 것도 아니었다. 엘리노어가 연락을 하지 않은 것이었다. 뒤에서 채스틴이 발코니로 나오는 소리가 들렸다. 보슈는 뒤를 돌아보지도 않고 말했다.

"아는 사이였어?"

"누구, 일라이어스? 응, 그렇다고 할 수 있지."

"어떻게?"

"내가 내사를 맡았던 사건들 중에 나중에 일라이어스가 소송을 건 것들이 몇 건 있었어. 그때마다 소환되어 증언을 했었지. 그리고 일라이어스의 사무실과 우리 감찰계 사무실이 같은 브래드베리 빌딩에 있어서, 지나가다 종종 마주치곤 했어. 하지만 일라이어스와 골프를 같이 쳤냐고 묻는 거라면 그건 '아니올시다'야. 그 정도로 친한 사이는 아니었어."

"일라이어스는 경찰관을 상대로 소송을 해서 먹고 살았어. 그가 법정에 들어설 땐 항상 진짜 좋은 정보를 가지고 있는 것 같았어. 내부자 정보. 일라이어스가 합법적인 경로를 통해 얻을 수 있는 것보다 더 좋은 정보를 입수한 걸 보고, 경찰국 내부에 정보원이 있을 거라고…."

"난 하워드 일라이어스의 끄나풀이 아니었어, 보슈."

채스틴이 보슈의 말을 끊고 끼어들었다. 굳은 목소리였다. 그가 보슈를 노려보면서 말을 이었다.

"감찰계 내에 그 친구 끄나풀은 한 명도 없어. 우린 경찰들을 조사해. 내가 경찰을 조사한다고. 그렇게 조사를 받아 마땅한 경찰관이 있는가 하면 그런 대접을 받을 이유가 전혀 없었던 걸로 판명이 되는 경찰관도 있어. 경찰을 경찰(警察: 경계하여 살핌－옮긴이)할 사람이 있어야 한다는 건 당신도 나만큼이나 잘 알고 있을 거야. 하지만 하워드 일라이어스 같은 부류의 인간들 앞잡이가 되어 정보를 넘긴다는 건 정말 저질 중의 저질들이나 할 행동이지. 어떻게 그렇게 모욕적인 질문을 할 수가 있어, 보슈."

보슈는 채스틴의 짙은 눈에 분노가 드리우는 것을 유심히 관찰했다.

"그냥 한번 물어본 거야. 새 파트너가 어떤 사람인지 확실히 알아야 하니까."

보슈가 말했다.

보슈는 고개를 돌려 도시의 밤 풍경을 내다보다가 고개를 숙여 바로 밑에 있는 광장을 내려다보았다. 키즈민 라이더와 루미스 베이커가 엘드리지 피트라는 역무원으로 보이는 남자와 함께 앤젤스 플라이트를 향해 광장을 가로질러 가고 있었다.

"좋아, 물어봤으니까 됐지? 이제 그만 갈까?"

채스틴이 말했다.

"그러지."

엘리베이터를 타고 내려가는 동안 두 사람은 침묵했다. 로비로 나오고 나서야 보슈가 입을 열었다.

"당신 먼저 가. 난 화장실부터 갔다가. 다른 사람들한텐 곧 올 거라고 말해줘."

"알았어."

로비에 있는 작은 책상 앞에 앉아 있던 수위가 둘의 대화를 듣고는 보슈에게 화장실은 엘리베이터 뒤로 모퉁이를 돌아가면 있다고 알려주었다. 보슈는 그쪽으로 걸어갔다.

화장실로 들어간 보슈는 세면대 옆 카운터에 서류 가방을 올려놓고 휴대전화기를 꺼냈다. 먼저 집으로 전화를 걸었다. 자동응답기가 전화를 받자 새 메시지를 듣기 위해 비밀번호를 눌렀다. 자신이 남긴 메시지만 들렸다. 엘리노어는 그 메시지를 듣지 않았던 것이다.

"빌어먹을."

보슈는 전화를 끊으면서 투덜거렸다.

보슈는 곧 전화번호 안내로 전화를 걸어 할리우드 파크 호텔 카지노 전화번호를 받았다. 가장 최근에 엘리노어가 집에 들어오지 않았을 때 거기서 포커를 했다고 말했었다. 보슈는 그 번호로 전화를 걸어 보안실을 연결해달라고 했다. 어떤 남자가 전화를 받더니 자신을 자딘이라고 소개했다. 보슈는 자기 이름과 경찰 배지 번호를 말해주었다. 자딘은 보슈의 이름 철자를 물어보았고 배지 번호를 다시 한 번 불러달라고 요청했다. 받아 적고 있는 것이 분명했다.

"지금 당신 모니터실에 있는 거요?"

"네, 그렇습니다. 무엇을 도와드릴까요?"

"사람을 찾고 있는데 그 여자가 지금 거기 포커 테이블에 앉아 있을 가능성이 커서요. 모니터로 찾아봐줄 수 있겠소?"

"그분이 어떻게 생기셨습니까?"

보슈는 아내의 생김새는 설명했지만 집에 있는 옷장을 살펴보지 못해서 옷차림은 설명할 수 없었다. 설명을 끝낸 후 그는 자딘이 포커룸에 설치된 감시용 카메라의 비디오 화면을 살펴보고 있을 거라고 추측하면서 기다렸다. 2분 정도 지나자 자딘이 수화기를 들었다.

"보슈 형사님? 그분이 여기 계신지는 모르겠지만, 지금 제 눈에는 보이지 않습니다. 이렇게 야심한 시각에는 이곳에 여성 손님들이 그리 많지 않습니다. 그리고 여기 계신 여성분들 중에 말씀하신 생김새의 여성은 보이지 않는군요. 어쩌면 일찍, 새벽 1시나 2시쯤 게임을 끝내고 가셨는지도 모르겠습니다. 어쨌든 지금은 안 계십니다."

"알겠소. 고마워요."

"저기, 형사님, 전화번호를 알려 주시면, 제가 돌아다니다가 혹시 비슷한 분을 보게 되면 연락드리겠습니다."

"호출기 번호를 알려드리지. 혹시 그 여자를 보더라도, 다가가서 이런 얘기를 전하지는 말아줘요. 그냥 나만 호출해주면 되요."

"그러겠습니다."

보슈가 자딘에게 호출기 번호를 알려주고 전화를 끊고 나자, 가데나 호텔과 커머스 호텔 카지노가 떠올랐지만, 전화를 걸어보지는 않기로 결심했다. 엘리노어가 LA에 머물기로 했다면, 할리우드 파크에 갔을 것이다. 그곳에 가지 않았다면, 라스베이거스나 팜 스프링스 근처 사막에 있는 인디안 호텔에 갔을 것이다. 보슈는 이런 생각은 다 접어두고 다시 사건에 집중하려고 애를 썼다.

보슈는 전화번호 수첩에서 번호를 찾아서 지방검찰청 야간 교환실로 전화를 걸었다. 당직 검사를 바꿔달라고 했더니 잠시 후 졸린 목소리의 여자가 전화를 받아 재니스 랭와이저 검사라고 자기소개를 했다. 이른바 삶은 계란 사건을 담당했던 바로 그 검사였다. 그녀는 최근에 시 검찰청에서 지방검찰청으로 전출되어 왔고, 삶은 계란 사건이 보슈가 그녀와 함께 한 첫 사건이었다. 보슈는 그녀의 유머감각과 일에 대한 열정이 마음에 들었다.

"설마 이번엔 스크램블드에그 사건이 터진 건 아니겠죠? 그보다는 웨스턴 오믈렛 사건이 낫겠는데요."

랭와이저가 말했다.

"그런 건 아니고. 잠 깨워서 미안한데, 누가 나와서 곧 시작될 수색을 위해 조언을 해주면 좋을 것 같아서 전화했어요."

"피해자가 누구죠? 수색 장소는요?"

"피해자는 하워드 일라이어스 변호사, 수색 장소는 그의 사무실이에요."

랭와이저가 수화기에 대고 크게 휘파람을 불어서 보슈는 수화기를 귀에서 떼어놓아야 했다.

"우와, 이건 뭐랄까… 굉장한 사건이 되겠는데요. 사건 개요를 말해주세요."

랭와이저가 말했다. 이제 완전히 잠이 깬 목소리였다.

보슈의 사건 개요 설명이 끝나자 랭와이저는 LA 시내에서 북쪽으로 50킬로미터 정도 떨어진 발렌시아에 살면서도 한 시간 후에 브래드베리에서 수색팀을 만나기로 약속했다.

"그때까지는 대단히 조심스럽게 일을 처리해주세요, 보슈 형사님, 그리고 제가 갈 때까지 사무실에는 들어가지 마세요."

"그러죠."

별것 아닌 일이긴 했지만 보슈는 랭와이저가 자기를 부를 때 직책을 붙여서 불러주는 것이 좋았다. 그녀가 보슈보다 한참 어린 나이였기 때문이 아니었다. 검사들이 보슈를 비롯한 여러 형사들을 함부로 대하는 경우가 너무나 많고, 경찰을 마음대로 부려먹을 수 있는 도구로 생각하는 경우도 많기 때문이었다. 보슈는 재니스 랭와이저도 경험이 쌓이고 냉소적이 되면 다른 검사들과 다르지 않을 거라고 생각했지만, 적어도 지금은 그녀가 자기를 존중한다는 느낌을 충분히 받았다.

통화를 끝내고 전화기를 집어넣으려는 순간 퍼뜩 떠오르는 생각이 있었다. 보슈는 전화번호 안내로 다시 전화를 걸어 칼라 엔트런킨의 집 전화번호를 물었다. 잠시 후 녹음된 목소리가 그 번호는 고객의 요청으로 전화번호부에 등록되지 않았다고 말했다. 예상했던 대로였다.

보슈는 앤젤스 플라이트를 향해 그랜드 스트리트와 캘리포니아 광장을 건너가면서 엘리노어에 대해서, 그녀의 행방에 대해서 생각하지 않으려고 애를 썼다. 그러나 그 생각을 떨쳐버리기가 힘들었다. 엘리노어가 어딘가에서 홀로 보슈가 주지 못한 무언가를 찾고 있다는 생각을 하니, 보슈는 괴로워서 견딜 수가 없었다. 조만간 엘리노어가 원하는 게 무엇인지 알아내지 못하면 결혼 생활이 파국을 맞을 것 같다는 느낌이 서서히 고개를 내밀고 있었다. 1년 전 엘리노어와 결혼했을 때, 보슈는 그전까지 경험해보지 못했던 만족감과 평화를 느꼈다. 생전 처음으로 기꺼이 자신을 희생할 대상을, 필요하다면 모든 것을 바칠 수 있는 대상을 찾았다는 느낌이 들었다. 그러나 시간이 지나면서 엘리노어는 보슈와 같은 마음이 아니라는 것을 인정하지 않을 수 없게 되었다. 엘리노어는 만족하지도 못했고 완전하지도 않았다. 그리고 그런 모습 때문에 보슈는 괴로움과 죄책감과 일말의 안도감을 동시에 느꼈다.

보슈는 다른 일에, 사건에 집중하려고 애를 썼다. 당분간 엘리노어 문제는 뒷전으로 미뤄놓아야 한다는 걸 알고 있었다. 그는 메시지를 남긴 여자에 대해, 화장실 약장 뒤에 숨겨져 있던 콘돔에 대해, 그리고 말끔하게 정돈되어 있었던 침대에 대해 생각하기 시작했다. 하워드 일라이어스가 전화번호부에 등록되어 있지 않은 칼라 엔트런킨의 집 전화번호를 어떻게 자기 침대 옆 협탁 서랍 속에 넣어두게 되었는지 생각해 보았다.

08 올리벳

라이더는 머리가 하얗게 세고 있는 키 큰 흑인 남자와 함께 앤젤스 플라이트 역사 출입문 밖에 서 있었다. 무슨 이야기를 하고 있었는지 몰라도 보슈가 다가갔을 때 둘 다 미소를 머금고 있었다.

"피트 씨, 해리 보슈 형사님이세요. 수사 책임자시죠."

라이더가 말했다.

피트가 보슈에게 악수를 청했다.

"내 평생 이렇게 끔찍한 일은 처음 봤습니다. 정말 끔찍하군요."

"그런 일을 목격하시게 되어 유감입니다, 피트 씨. 하지만 우리를 기꺼이 도와주시겠다니 감사합니다. 잠시 안으로 들어가서 앉아 계시죠. 우리도 곧 따라 들어가겠습니다."

피트가 안으로 들어가자 보슈가 라이더를 바라보았다. 보슈가 묻기도 전에 라이더가 보고를 했다.

"가우드 계장님이 말씀하신 그대로였어요. 피트 씨는 아무 소리도 듣지 못했고 기차가 위로 올라오고 기차 문을 잠그러 나갈 때까지 아무것도 보지 못했대요. 저 아래에서 누군가를 기다리며 서성이는 수상한 사람도 보지 못했고요."

"거짓말을 하는 건 아닐까?"

"제 직감으로는 그건 아니에요. 진실을 말하고 있는 것 같아요. 진짜로 아무것도 보지 못했고 듣지 못한 것 같아요."

"시신에 손을 댔을까?"

"아뇨. 손목시계와 지갑 말씀하시는 거죠? 피트 씨는 아닌 것 같아요."

보슈가 고개를 끄덕였다.

"내가 피트 씨에게 몇 가지 추가 질문을 해도 괜찮겠어?"

"그럼요."

보슈가 작은 역무실로 들어가자 라이더가 뒤따라 들어갔다. 엘드리지 피트는 탁자 앞에 앉아 통화를 하고 있었다.

"끊어야겠어, 여보. 경찰관이 물어볼 말이 있나 봐."

보슈가 들어가자 피트가 수화기에 대고 말했다. 그러고는 전화를 끊었다.

"아냅니다. 집에 언제 들어오냐고 묻네요."

보슈는 고개를 끄덕였다.

"피트 씨, 기차 안에 있는 변사체를 발견하고 나서 기차 안으로 들어가셨습니까?"

"아뇨, 형사님. 내가 보기엔 두 사람 다 죽은 게 확실했어요. 피가 낭자했거든요. 경찰이 올 때까지 그대로 놔둬야 한다고 생각했죠."

"두 사람 중 누구라도 알아보셨습니까?"

"네. 남자는 얼굴을 볼 수가 없었지만 좋은 정장을 입고 있고 풍채를 봐서 일라이어스 씨일지도 모른다고 생각했죠. 그리고 여자도 알아봤습니다. 이름 같은 건 전혀 모르지만 몇 분 전에 기차를 타고 내려갔던 여자더군요."

"여자가 기차를 타고 내려갔었단 말씀입니까?"

"네, 형사님, 내려갔던 여자였어요. 그 여자도 일라이어스 씨처럼 단골 승객이었죠. 여자는 한 주에 딱 한 번만 타지만요. 어젯밤처럼 금요일에만요. 일라이어스 씨는 좀 더 자주 이용했고요."

"여자가 기차를 타고 내려갔는데도 내리지 않은 이유가 뭘까요?"

피트는 뭐 이렇게 당연한 걸 묻느냐는 듯 놀란 표정으로 보슈를 쳐다보았다.

"그야 물론 총에 맞았기 때문이겠죠."

보슈는 웃음이 터져 나오려는 것을 가까스로 참았다. 질문을 명확하게 하지 못했다는 생각이 들었다.

"아뇨, 제 말은 총에 맞기 전에 말입니다. 시신의 모습을 보면 자리에서 일어나지 않은 걸로 보이는데 말이죠. 범인이 기차에 오르는 다른 승객을 뒤따라 왔을 때 그 여자는 다시 올라가려고 벤치에 그대로 앉아 기다리고 있었던 것처럼 보이거든요."

"글쎄요, 여자가 뭘 하고 있었는지는 전혀 모르겠군요."

"여자가 정확히 언제 아래로 내려갔죠?"

"올라오기 바로 전에 내려갔어요. 올리벳을 내려 보낼 때 그 여자가 거기 타고 있었어요. 그게 11시가 되기 5, 6분 전이었죠. 난 올리벳을 내려 보냈고 밑에서 11시까지 앉아 있게 한 후에 다시 그 아이를 불러 올렸어요. 그게 막차였어요. 그 아이가 올라왔을 때 보니까, 그 사람들이 죽어 있더군요."

피트가 기차를 사람처럼 '그 아이'라고 불러서 보슈를 헷갈리게 만들었다. 그래서 보슈는 피트의 말을 정리했다.

"그러니까 당신이 올리벳을 내려 보냈을 때 그 안에 그 여자가 타고 있었군요. 그러고 나서 5, 6분 후 그 기차를 다시 불러올릴 때까지 여자는 기차 안에 그대로 앉아 있었고요. 맞습니까?"

"그래요."

"그러면 올리벳이 저 밑에 멈춰 서 있는 그 5, 6분 동안, 당신은 저 아래를 내려다보지 않으셨습니까?"

"그래요. 난 금전등록기에서 돈을 꺼내 세고 있었어요. 그러고 나서 11시가 되었을 때 밖으로 나가 시나이 문을 잠갔죠. 그러고 나서 올리벳을 불러올렸고요. 그때 그들을 발견했습니다. 죽어 있었죠."

"그런데 저 밑에서 아무 소리도 못 들었습니까? 총소리도?"

"그래요. 아까 이 여형사, 키즈민 양에게도 말했지만, 난 역무실 밑에 있는 기계에서 나는 소음 때문에 항상 귀마개를 착용하고 있죠. 그리고 그때는 돈을 세고 있었어요. 대부분이 25센트짜리 동전이었죠. 그걸 돈 세는 기계에 넣어 돌리고 있었어요."

엘드리지 피트는 금전등록기 옆에 놓인 스테인리스 강철로 된 계수기(計數器)를 가리켰다. 그 기계가 25센트 주화를 모아 10달러씩 들어가는 두루마리 휴지 심 모양의 종이에 집어 넣는 것 같았다. 피트는 나무 바닥을 발로 쿵쿵 두드리며, 그 밑에 있는 기계를 가리켰다. 보슈는 알겠다는 표시로 고개를 끄덕였다.

"그 여자에 대해서 말씀해주시죠. 단골 승객이었다고 하셨는데요."

"네, 일주일에 한 번은 꼭 탔어요. 금요일에만 탔죠. 여기 아파트에서 파출부 일을 하는 것 같았어요. 저 아래 힐 스트리트에 버스가 다니는데 거기서 버스를 타고 다녔던 것 같고."

"그러면 하워드 일라이어스 씨는요?"

"그분도 단골 승객이었죠. 일주일에 두세 번 정도 기차를 탔는데, 타는 시각은 매번 달랐어요. 어젯밤처럼 야심한 시각에 타는 경우가 종종 있었죠. 언젠가 한번은 기차를 잠그고 있는데 밑에서 소리쳐 부르더군요. 규정에 어긋나긴 했지만 운행을 한 번 더 했어요. 시나이를 내려 보내 태우고 올라왔죠. 친절을 좀 베푼 거죠. 그랬더니 크리스마스이브에 봉투를 하나 주더군요. 내 작은 친절을 잊지 않았던 거죠. 좋은 사람이었어요."

"기차를 탈 때 항상 혼자였습니까?"

피트는 팔짱을 끼고 잠시 생각에 잠겼다.

"대체로 그랬던 것 같군요."

"다른 사람과 함께 탔던 적이 있었나요?"

"네, 한두 번은 다른 사람과 함께 탔던 게 기억납니다. 누군지는 기억나지 않지만요."

"남자였습니까, 여자였습니까?"

"글쎄요. 여자였을지도 모르겠지만, 정확히 기억은 안 나네요."

보슈는 고개를 끄덕이고는 더 물어볼 게 있나 생각해보았다. 그러다가 라이더를 쳐다보며 눈을 치켜떴다. 라이더는 고개를 저었다. 자기도 더 물어볼 게 없다는 뜻이었다.

"퇴근하시기 전에요, 피트 씨, 기차의 전원을 모두 켜고 우리를 아래로 태워주시겠습니까?"

"그럼요. 형사님과 키즈민 양이 원하시면 무엇이든 협조해드리죠."

피트는 미소 띤 얼굴로 라이더를 바라보다가 고개를 숙였다.

"감사합니다. 그럼 지금 부탁드립니다."

보슈가 말했다.

피트가 컴퓨터 자판 앞으로 걸어가더니 명령어를 치기 시작했다. 즉시 바닥이 진동하기 시작하더니 저음의 삐걱거리는 소리가 났다. 피트가 보슈와 라이더를 돌아보았다.

"준비됐습니다."

커다란 소음을 뚫고 피트가 외치는 소리가 들렸다. 보슈는 손을 흔들어 보인 후 역무실을 나가 기차로 걸어갔다. 채스틴이 키즈민 라이더와 한 조를 이루었던 감찰계 형사 루미스 베이커와 함께 선로 난간 앞에 서서 선로를 내려다보고 있었다.

"우린 내려갈 건데. 당신들은?"

보슈가 큰 소리로 말했다.

채스틴과 베이커는 한마디 대꾸도 없이 라이더를 뒤따라왔고, 곧이어 네 형사는 올리벳이라는 기차에 올라탔다. 시신은 법의국으로 이송된 지 오래였고 감식반원들도 철수하고 없었다. 그러나 나무 바닥과 카탈리나 페레즈가 앉아 있었던 좌석 위에는 아직도 핏자국이 선명했다. 보슈는 하워드 일라이어스의 시신에서 뿜어져 나온 적갈색의 피 웅덩이를 조심스럽게 피해서 계단을 올라갔다. 그는 오른쪽 좌석에 앉았다. 다른 형사들은 더 위로 올라가 시신들이 있었던 곳에서 멀찌감치 떨어진 좌석으로 가서 앉았다. 보슈는 역무실 창문을 올려다보며 손을 흔들었다. 그러자 기차가 덜컹하고 움직이더니 내려가기 시작했다. 그 순간 보슈는 어렸을 때 이 기차를 탔던 일이 다시 떠올랐다. 지금도 그때만큼 좌석이 불편했다.

보슈는 기차가 아래로 내려가는 동안 동료 형사들을 바라보지 않았다. 줄곧 아래쪽 문밖과 전차 밑의 선로를 내다보았다. 운행 시간은 불과 1분 정도밖에 되지 않았다. 기차가 멈춰 서자 보슈가 제일 먼저 내렸다. 그러고는 돌아서서 선로 위를 올려다보았다. 역무실 창문 안에 천장등 불빛을 받고 서 있는 피트의 얼굴이 희미한 윤곽으로 보였다.

보슈는 회전식 개찰구 봉에 검은색 지문 감식 분말이 묻어 있는 것을 보고 옷에 그 분말을 묻히고 싶지 않아서 봉을 밀고 나가지 않았다. 경찰국은 그 분말이 묻는 것을 산업 재해로 판단하지 않았고 따라서 분말이 묻더라도 드라이클리닝 비용을 부담하지 않았다. 보슈는 다른 형사들에게 분말을 가리켜 보인 후 개찰구를 타넘었다.

보슈는 행여 눈에 띄는 것이라도 있을까 하여 바닥을 훑어보았지만 이상한 것은 아무것도 없었다. 벌써 강력계 형사들이 이 잡듯이 뒤져보았을 것이었다. 보슈 자신도 아까 내려와서 직접 현장 주변을 살펴보았었다. 아치형 입구 왼편에는 기차가 운행하지 않을 때나 언덕을 오르내리는 기차 타기를 무서워하는 사람들을 위해 만들어진 콘크리트 계단이 있었다. 그 계단을 오르내리는 게 꽤 운동이 되기 때문에 주말 운동을 즐기는 사람들에게 인기 있는 운동 장소였다. 보슈는 1년 전쯤엔가 〈타임스〉에서 그런 기사를 읽은 기억이 났다. 계단 옆에 불을 밝힌 버스 정류장이 있었고 보통 길이의 두 배가 되는 벤치 위에 섬유 유리로 된 햇빛 차단막이 설치되어 있는 것이 보였다. 양옆 칸막이는 영화 광고판으로 이용되었는데 한쪽에는 이스트우드가 감독, 주연을 맡은 〈블러드 워크〉라는 영화의 광고 포스터가 붙어 있었다. 그 영화는 보슈와 안면이 있는 전직 FBI 요원의 실화를 바탕으로 제작된 것이었다.

보슈는 일라이어스가 앤젤스 플라이트의 개찰구를 통과해 올라갈 때까지 범인이 그 버스 정류장에서 기다리고 있었을까 생각해보았다. 버스 정류장 천장에는 전등이 불을 밝히고 있었다. 정류장에 누군가 앉아 있었다면 기차를 타러 가는 일라이어스의 눈에 띌 수밖에 없었을 것이다. 보슈는 범인은 일라이어스가 아는 사람일 거라고 생각했기 때문에, 이렇게 공개된 장소에서 기다리고 있었을 것 같지는 않았다.

아치형 출입구의 오른쪽에는 작은 사무 건물까지 10미터 정도 되는 좁은 공간에 초목이 무성하게 자라 있었다. 아카시아나무 한 그루를 키 큰 덤불이 빽빽하게 둘러싼 것이 보였다. 보슈는 서류 가방을 기차 안에 놔두고 온 것이 후회되었다.

"손전등 있는 사람?"

보슈가 물었다.

라이더가 지갑에서 작은 만년필형 손전등을 꺼냈다. 보슈는 그것을 받아들고 덤불 속으로 들어가면서 불을 땅에 비추며 주변을 훑어보았다. 범인이 여기에서 기다렸다는 명백한 증거는 보이지 않았다. 관목 뒤로 쓰레기가 널려 있었지만, 최근에 버려진 것 같은 것은 아무것도 없었다. 노숙자들이 다른 곳에서 주워온 쓰레기 봉지들을 풀어서 뒤져보는 장소인 것 같았다.

라이더도 보슈를 따라 관목 속으로 들어왔다.

"뭐라도 찾으셨어요?"

"아니. 놈이 일라이어스를 기다리면서 숨어 있었을 장소를 찾아보는 거야. 여기도 괜찮은 곳인 것 같아서. 일라이어스의 눈에 띄지 않게 여기 숨어 있다가 일라이어스가 지나간 뒤에 튀어 나가서 뒤따라갈 수 있었을 것 같아."

"굳이 숨어 있을 필요가 없었는지도 모르죠. 함께 걸어왔었을 수도 있잖아요."

보슈가 라이더를 바라보며 고개를 끄덕였다.

"그랬을 수도 있겠군."

"버스 정류장 벤치는 어때요?"

"너무 개방되어 있고, 조명이 너무 밝아. 일라이어스가 두려워할 이유가 있는 사람이 거기 있었다면, 금방 알아봤을 거야."

"변장을 했으면요? 변장을 하고 앉아 있었을 수도 있잖아요."

"그것도 가능하지."

"선배는 이미 이 모든 가능성을 고려해봤으면서도, 계속 듣고만 계셨군요."

보슈는 아무 말도 하지 않았다. 손전등을 라이더에게 돌려주고 덤불 속에서 걸어 나왔다. 한 번 더 버스 정류장을 바라본 그는 자신의 추측이 맞을 거라고 확신했다. 범인은 버스 정류장에서 기다리지 않았다. 라이더도 보슈 옆에 서서 버스 정류장을 바라보았다.

"선배, FBI에서 일했던 테리 매케일렙 아세요?"

라이더가 물었다.

"응, 예전에 함께 일한 적이 있어. 왜, 당신도 그 친구 알아?"

"아뇨. TV에서 본 적은 있어요. 근데 클린트 이스트우드하고는 안 닮았는데."

"그러게 말이야."

보슈는 채스틴과 베이커가 어느새 길을 건너가 그랜드 센트럴 마켓 출입구에 있는 내려진 셔터문 앞에 서 있는 것을 보았다. 그들은 바닥에 있는 무언가를 내려다보고 있었다.

보슈와 라이더가 길을 건너갔다.

"뭐가 있어요?"

라이더가 물었다.

"그런 것 같기도 하고, 아닌 것 같기도 하고."

채스틴이 말했다.

그는 자기 발치에 있는 낡고 더러운 타일들을 가리켰다.

"담배꽁초예요. 다섯 개 전부 같은 상표고요. 누군가가 한동안 여기서 기다리고 있었다는 뜻이죠."

베이커가 말했다.

"노숙자였을 수도 있잖아요."

라이더가 말했다.

"그럴 수도 있겠죠. 우리의 범인이었을 수도 있고요."

베이커가 대답했다.

보슈는 심드렁한 표정이었다.

"담배 피우는 사람 없어요?"

보슈가 물었다.

"왜요?"

베이커가 되물었다.

"담배를 피우는 사람이면 이게 무슨 뜻인지 알 텐데 다들 모르는 것 같아서. 파커 센터로 들어갈 때 현관문 밖에서 뭘 보게 되죠?"

채스틴과 베이커는 어리둥절한 표정을 지었다.

"경찰들?"

베이커가 말했다.

"맞아요. 그런데 경찰들이 뭘 하고 있죠?"

"담배를 피우고 있죠."

라이더가 끼어들었다.

"맞아. 이젠 공공건물 안에서는 흡연이 금지되어 있어. 그래서 흡연자들은 이렇게 출입문 밖에 나와서 담배를 피우는 거야. 이 시장도 공공건물이잖아."

보슈는 타일에 짓이겨진 담배꽁초들을 가리켰다.

"이것만 가지고 누군가가 여기서 오랫동안 기다리고 있었다고 단정할 수는 없어. 시장 상인들 중에 누군가가 하루 동안 다섯 번 나와서 담배를 피우고 들어갔다는 뜻일 수도 있지."

베이커는 고개를 끄덕였지만, 채스틴은 보슈의 말에 수긍하려고 하지 않았다.

"범인이 여기서 기다렸을 가능성도 여전히 있는 거잖아. 여기 아니면 어디서 기다렸겠어? 저기 덤불 속에서?"

채스틴이 말했다.

"여기서 기다렸을 수도 있겠지. 아니면 키즈가 말했듯이, 기다리지 않았을 수도 있겠고. 일라이어스와 함께 기차를 타러 올라갔을 수도 있어. 일라이어스가 놈을 친구라고 생각했을 수도 있지."

보슈는 재킷 주머니에 손을 넣어 비닐 증거물 봉투를 꺼내 채스틴에게 건넸다.

"아니면 내 말이 다 틀리고 당신 말이 다 맞을 수도 있어. 그 꽁초들을 여기에 담아서 감식반에 갖다줘, 채스틴."

몇 분 후 보슈는 아래쪽 범죄현장 조사를 마쳤다. 기차를 탄 그는 아까 놓아두었던 자리에서 서류 가방을 집어 들고 위쪽 문 옆 벤치 좌석을 향해 계단을 올라갔다. 그는 딱딱한 벤치에 풀썩 주저앉았다. 피곤이 몰려오고 있었다. 어빙의 전화를 받기 전에 잠을 자두지 않았던 것이 후회스러웠다. 새로운 사건의 발생과 함께 찾아오는 긴장감과 흥분감은 잠시나마 인위적인 황홀감을 느끼게 했지만 금방 사라져버리곤 했다. 그는 담배 한 대 피우고 잠깐 눈 좀 붙였으면 하는 마음이 간절했다. 그러나 지금으로서 가능한 건 그중 하나밖에 없었고, 담배를 사려면 24시간 편의점을 찾아 돌아다녀야 했다. 이번에도 그는 참기로 했다. 어떤 이유에서인지는 몰라도 니코틴 단식이 엘리노어를 향한 기다림의 일부가 된 것 같은 느낌이 들었다. 이제 와서 담배를 피우면 모든 것을 잃을 것 같은, 다시는 엘리노어로부터 소식을 듣지 못할 것 같은 느낌이 들었다.

"무슨 생각하세요, 선배?"

보슈가 고개를 들었다. 기차에 오른 라이더가 문간에 서 있었다.

"아무것도. 아니 온갖 생각을 다 하고 있었어. 이제 겨우 시작이잖아. 해야 할 일이 엄청나네."

"고단한 자에게 안식이 없네요."

"그러게 말이야."

보슈의 호출기가 울리자 그는 극장에서 호출기가 울린 사람처럼 황급히 호출기를 허리띠에서 떼어냈다. 어디서 본 듯한 번호가 떴는데 어디서 봤는지는 기억이 나지 않았다. 그는 서류 가방에서 휴대전화기를 꺼내 번호를 눌렀다. 어빈 어빙 부국장의 자택이었다.

"국장님과 의논했어. 터긴스 목사 건은 국장님이 알아서 처리하실 거야. 자네는 신경 쓰지 않아도 돼."

어빙이 말했다.

'목사'라는 단어가 비웃는 말처럼 들렸다.

"알겠습니다."

"그래, 지금 상황은 어떤가?"

"아직 현장에 있습니다. 1차 조사가 어느 정도 마무리 되고 있습니다. 현장 근처 건물에 있던 사람들을 대상으로 목격자가 있는지 조사해보고 나서 철수할 겁니다. 일라이어스는 시내에 아파트를 갖고 있었습니다. 그가 앤젤스 플라이트를 타고 가고 있던 목적지가 바로 그 아파트였습니다. 판사한테서 수색 영장에 서명을 받는 즉시 그 아파트와 사무실을 수색해볼 계획입니다."

"그 여자 피해자에 대한 유족 통지는 어떻게 됐나?"

"지금쯤 완료가 됐을 겁니다."

"일라이어스의 집에 갔을 때는 어땠는지 얘기해보게."

아까 통화할 때는 잠자코 있더니 이제 와서 묻는 것을 보면 경찰국장이 물어본 것 같았다. 보슈는 서둘러 상황 보고를 했고 어빙은 일라이어스의 부인과 아들의 반응에 대해 몇 가지를 물었다. 보슈는 어빙이 경찰국의 이미지 관리라는 관점에서 물어보고 있다는 것을 알 수 있었다. 보슈는 일라이어스의 피살 소식에 대한 프레스턴 터긴스 목사의 반응뿐만 아니라 유족의 반응이 흑인 지역 사회의 움직임에 직접적인 영향을 미칠 것임을 알고 있었다.

"그러니까 현재로서는 상황을 통제하는 데 미망인이나 아들의 도움을 기대할 수는 없다는 말인가?"

"네, 현재로서는 그렇습니다. 하지만 처음의 충격을 극복하고 나면 달라질 수도 있습니다. 국장님께 미망인과 직접 통화를 해보시라고 건의하시는 게 어떨까 싶습니다. 그 집에서 일라이어스와 국장님이 함께 찍은 사진이 벽에 걸려 있는 것을 봤습니다. 국장님이 터긴스 목사를 설득하시겠다면, 미망인과도 대화를 해보실 수 있을 것 같은데요."

"그럴 수도 있겠지."

어빙은 화제를 바꿔 파커 센터 6층에 있는 회의실을 수사 본부로 마련해놓았다고 말했다. 현재는 회의실 문이 잠겨 있지 않지만 아침에 보슈에게 열쇠를 주겠다고 했다. 수사관들이 들어오는 대로 문은 항상 잠가놓으라고 했다. 자기는 오전 10시까지는 출근할 것이고 수사팀 회의에서 좀 더 자세한 보고를 기대한다고도 했다.

"알겠습니다, 부국장님. 그때까지는 탐문 수사와 수색을 마치고 들어갈 겁니다."

보슈가 말했다.

"시간 잘 지키고. 기다리고 있겠네."

"알겠습니다."

보슈가 전화를 끊으려는데 어빙의 목소리가 들렸다.

"죄송합니다. 뭐라고 하셨습니까, 부국장님?"

"깜빡했는데 말이야. 이 사건의 피해자 중 한 명의 신원 때문에 사건 소식을 경찰국 감찰관에게 의무적으로 알려야 했어. 내가 그때까지 밝혀낸 사실들을 설명하니까 그 여자는, 어떻게 표현하면 좋을까… 이 사건에 대해 굉장히 흥미를 갖고 있는 것 같더군. '굉장히'라는 표현으로도 부족할 정도로 말이야."

칼라 엔트런킨. 보슈는 저도 모르게 욕이 터져 나오는 것을 가까스로 참았다. 감찰관은 경찰국 내에 새로 생긴 직함이었다. 경찰위원회가 수사 상황을 조사하거나 감독할 절대적인 권력을 가진 감독관으로 임명한 시민이었다. 경찰국 내에 정치적 입김이 거세어졌다는 증거였다. 감찰관은 경찰위원회의 질의에 답변했고 경찰위원회는 시 의회와 시장에게 답변했다. 보슈의 입에서 욕이 나올 뻔한데는 다른 이유도 있었다. 일라이어스의 전화번호 수첩에서 엔트런킨의 이름과 집 전화번호를 발견했다는 게 마음에 걸렸다. 그로 인해 수많은 가능성과 문제가 생겨났다.

"감찰관이 여기 현장에 나옵니까?"

보슈가 물었다.

"아마 아닐 거야. 현장이 정리가 되고 있다고 말하려고 한참 뜸을 들이다가 전화를 했거든. 내가 자네의 골칫거리 하나를 해결해준 셈이지. 하지만 날이 밝고 나서 그 여자한테서 전화를 받더라도 너무 놀라지는 말게."

어빙이 말했다.

"그 여자가 그럴 권한이 있습니까? 부국장님을 거치지 않고 담당 형사인 제게 연락을 할 수 있는 겁니까? 일반 시민인데요."

"불행히도, 그 여자는 원하는 일은 무엇이든 할 수가 있어. 경찰위원회가 감찰관에게 막대한 권한을 줬기 때문에. 결국 이 수사가 어디로 흘러가든 흠 잡을 데 없이 완벽한 수사가 되어야 하네, 보슈 형사. 그렇지 않으면 칼라 엔트런킨이 꽥꽥거리는 소리를 듣게 될 거야."

"알겠습니다."

"범인만 잡아들이면 걱정할 건 아무것도 없지."

"알겠습니다, 부국장님."

어빙은 더 이상 아무 말도 하지 않고 전화를 끊었다. 보슈는 고개를 들었다. 채스틴과 베이커가 기차에 오르고 있었다.

"감찰계가 졸졸 따라다니는 것보다 더 귀찮은 일이 딱 하나 있는데 그게 뭔지 알아? 감찰관이 째려보고 있는 거야."

보슈가 라이더에게 속삭였다.

라이더가 보슈를 바라보았다.

"정말요? 칼라 아임씽킨이 이 사건을 맡았다고요?"

보슈는 경찰 노조 회보 〈씬 블루 라인〉의 논설위원이 엔트런킨에게 붙인 별명이 라이더의 입에서 튀어나오자 미소를 지을 뻔했다. 엔트런킨은 경찰위원회 앞에서 연설을 하고 경찰국의 조치나 경찰관들에 대해 비판을 할 때마다 느리고 신중하게 말을 하는 경향이 있어서 '칼라 아임씽킨(Carla I'mthinkin')'이라고 불리게 되었다.

보통 때 같으면 보슈가 미소를 지었겠지만 이번 사건에 감찰관이 끼어든 것은 대단히 심각한 상황이었기 때문에 웃을 수가 없었다. 보슈가 말했다.

"아니, 우리가 그 여자까지 맡은 거지."

09 수색

보슈 일행이 벙커 힐로 올라가보니 에드거와 푸엔테스가 카탈리나 페레즈의 유족에게 사망 소식을 통지하고 돌아와 있었고, 조 델라크로체도 판사의 서명을 받은 수색 영장을 가지고 파커 센터에서 돌아와 있었다. 사실 피살자의 집과 직장을 수색할 때 법원의 승인을 받은 수색 영장이 반드시 필요한 것은 아니었다. 그러나 세간의 이목을 집중시키는 사건에서는 영장을 받는 것이 현명했다. 그런 사건은 나중에 용의자가 체포되면 유명한 변호사가 사건을 맡았다. 이 변호사들이 유명세를 타게 된 것은 자기 일에 철저하고 능력이 있기 때문이었다. 그들은 눈에 불을 켜고 경찰의 실수를 찾았고, 헐거운 솔기나 실밥을 찾으면 잡아 뜯어서 거대한 구멍을, 자기 의뢰인이 도망칠 수 있을 정도로 거대한 구멍을 만들었다. 보슈는 벌써 그 정도까지 앞을 내다보고 준비를 해나갔다. 자신이 대단히 신중해야 한다는 것을 잘 알고 있었다.

보슈가 일라이어스의 사무실을 수색하기 위해 영장이 필요하다고 생각했던 이유는 또 있었다. 그곳에는 경찰관과 경찰국을 상대로 진행 중인 소송 사건들에 관한 자료가 많이 있을 것이다. 이 사건들은 다른 변호사가 맡아 계속 진행을 할 것이다. 그래서 보슈는 하워드 일라이어스 피살 사건에 관해 수사를 하면서도 변호인의 의뢰인에 관한 비밀 유지 원칙을 깨지 말아야 했다. 수사관들은 이런 자료들을 처리할 때 신중에 신중을 기해야 했다. 보슈가 지방검찰청에 전화를 걸어 재니스 랭와이저 검사를 현장으로 부른 것도 그 때문이었다.

보슈는 에드거에게 다가가서 그의 팔을 꾹 찔러 신호를 보내 힐 스트리트에 이르는 가파른 언덕길을 내려다보고 있는 난간으로 데려갔다. 다른 사람들이 둘의 대화를 듣지 못하게 하기 위해서였다.

"어떻게 됐어?"

"늘 됐던 대로 됐지. 그 남편이 마누라가 죽었다는 소식을 듣는 모습을 지켜보느니 차라리 땅 밑으로 꺼지고 싶더라고. 어떤 심정이었는지 알겠어?"

"그래, 알아. 그냥 소식만 전하고 말았어, 아니면 질문도 좀 했어?"

"물어보긴 했는데 들은 건 별로 없어. 남편 말로는 마누라가 파출부였고 여기 어느 집에서 일을 했대. 버스를 타고 출퇴근을 했다더군. 주소는 모른다고 하고. 마누라가 일에 관련된 건 전부 작은 수첩에 적어가지고 항상 갖고 다녔대."

보슈는 잠깐 기억을 더듬어보았다. 증거물 목록에서 수첩을 본 기억이 없었다. 그는 서류 가방을 난간 위에 올려놓고 한 손으로 잡고서 가방을 열어 사건현장에서 모은 서류를 담은 클립보드를 꺼냈다. 맨 위에 호프먼이 떠나기 전에 준, 누런 종이에 복사한 증거물 목록 사본이 있었다. 거기에 두 번째 피해자의 소지품이 열거되어 있었지만 수첩은 없었다.

"나중에 그 남편을 다시 한 번 찾아가서 확인을 해야겠어. 수첩은 없었어."

"그땐 푸엔테스를 보내. 그 남자, 영어를 못하더라고."

"알았어. 또 다른 건?"

"없어. 통상적으로 물어볼 건 다 물어봤어. 원한을 가질 만한 사람이 있느냐, 문제가 있었나, 부인을 괴롭혔던 사람이 있었나, 스토커가 있었나 등등. 아무것도 없었어. 자기 마누라는 아무 근심 없이 살았다고 하더라고."

"그렇군. 그 남편은 어떤 것 같아?"

"이상한 점은 전혀 없었어. 불행이라는 커다란 프라이팬으로 머리를 세게 얻어맞은 것 같았어. 뭔 말인지 알겠어?"

"그래, 알아."

"아주 세게 강타당한 것 같았어. 소식을 듣는 순간 놀라서 그대로 얼어버린 것 같더라고."

"그랬군."

보슈는 주위를 두리번거리며 엿듣는 사람이 없다는 것을 확인했다. 그러고는 낮은 목소리로 에드거에게 말했다.

"지금부터 팀을 나눠서 수색을 시작할 거야. 자넨 일라이어스가 살았던 더 플레이스라는 아파트를 맡아줘. 내가…."

"그러니까 그 친구가 가고 있던 곳이 거기였구만."

"그런 것 같아. 조금 전에 채스틴과 함께 가서 둘러보고만 왔어. 이번에는 자네가 느긋하게 살펴봐줘. 안방 침실부터 시작해. 침대로 가서 옆에 있는 탁자 맨 위 서랍에서 전화번호 수첩을 꺼내. 우리가 모든 걸 파커 센터로 가져갈 때까지 아무도 펼쳐보지 못하게 증거물 딱지를 붙여서 봉투에 담아놔."

"그럴게. 그런데 왜?"

"나중에 얘기해줄게. 다른 사람들이 보지 못하게 제일 먼저 그것부터 확보해놔야 돼. 그리고 부엌에 있는 전화기에서 테이프도 꺼내서 가져오고. 확보할 필요가 있는 메시지가 한 개 있거든."

"알았어."

"좋아, 그럼, 수고."

보슈는 난간에서 떨어져 나와 델라크로체에게 다가갔다.

"영장 받는 덴 무슨 문제 있었어요?"

"뭐 별로요. 판사를 두 번씩이나 깨운 것 빼고는요."

"판사 누구요?"

"존 휴턴이요."

"그 사람은 괜찮아요."

"같은 일을 두 번 하는 걸 썩 좋아하는 것 같지는 않더라고요."

"사무실에 대해서는 뭐라든가요?"

"변호인의 의뢰인에 관한 비밀 유지 원칙을 지키겠다는 말을 한 줄 추가하라던데요."

"그뿐이에요? 어디 한번 봅시다."

델라크로체는 재킷 안주머니에서 수색 영장 뭉치를 꺼내 그중에서 브래드베리 빌딩에 있는 일라이어스 변호사 사무소에 대한 영장을 보슈에게 건넸다. 영장 첫 페이지에 있는 상투적인 문구를 읽어 내려가던 보슈는 델라크로체가 말한 부분을 발견했다. 문구는 괜찮아 보였다. 판사는 사무실과 자료 수색을 허락하면서, 파일에서 입수한 기밀 정보는 일라이어스 피살 사건 수사에만 이용되어야 한다고 단서를 달아놓았다.

"판사 말은 우리가 파일을 뒤져서 알아낸 내용을 시 검찰청에 넘겨서 해당 사건 재판에 이용하게 해서는 안 된다는 뜻이에요. 어떤 것도 우리 수사 영역을 벗어나서는 안 된다는 거죠."

델라크로체가 말했다.

"그 정도면 괜찮군요."

보슈가 말했다.

보슈는 수사팀원들을 전부 집합시켰다. 담배를 피우고 있는 푸엔테스를 보자 한 대 피우고 싶은 마음이 굴뚝같았지만 애써 유혹을 떨쳐버렸다.

보슈가 말했다.

"드디어 수색 영장이 나왔습니다. 이제부터 이렇게 업무를 분담하도록 하죠. 우선 에드거, 푸엔테스, 베이커, 당신들 셋은 아파트를 맡아줘요. 에드거 형사가 지휘를 하고요. 이 세 사람을 뺀 나머지는 사무실로 갈 겁니다. 아파트를 맡은 분들, 그 건물에 있는 수위들을 전부 만나볼 수 있게 준비해줘요. 주야간 근무조 전부 다. 피해자의 일상생활과 개인사에 대해 최대한 많은 정보를 확보할 필요가 있어요. 그리고 어딘가에 여자 친구가 있을 것 같은데요. 누군지 알아내야 합니다. 열쇠고리에 포르쉐와 볼보 열쇠가 한 개씩 있어요. 일라이어스가 포르쉐를 몰았던 것 같으니까, 아마도 아파트 주차장에 포르쉐가 있을 겁니다. 차도 한번 살펴봐줘요."

"영장에는 자동차는 구체적으로 언급되어 있지 않아요. 영장을 작성하러 갈 때 자동차 얘기는 안 했잖아요."

델라크로체가 반발했다.

"알았어요. 그럼 그냥 차를 찾아보고 창문으로 들여다봐줘요. 살펴볼 필요가 있는 뭔가가 보이면 그때 가서 수색 영장을 발부받도록 하죠."

보슈는 마지막 말을 하면서 에드거를 바라보았다. 에드거는 남들 눈에 띄지 않게 살짝 고개를 끄덕였다. 포르쉐를 찾아서 문을 열고 살펴보라는 게 보슈의 진심이라는 걸 안다는 뜻이었다. 수사에 필요한 뭔가를 발견하면, 그때 가서 뒤로 물러나, 영장을 발부받고, 그 전에 차 문을 연 적이 전혀 없었던 것처럼 행동할 것이다. 늘 그렇게 해왔다.

보슈는 손목시계를 보고 나서 회의를 마무리했다.

"자, 지금은 5시 30분입니다. 늦어도 8시 30분까지는 수색을 끝내야 합니다. 조금이라도 흥미로운 게 있으면 전부 가져오고, 나중에 걸러냅시다. 어빙 부국장이 파커 센터 부국장실 옆에 있는 회의실에 특별 수사 본부를 마련해놨어요. 8시 30분에 바로 이 자리에서 다시 모이고, 그다음에 거기로 가도록 하죠."

보슈는 앤젤스 플라이트를 내려다보고 있는 고층 아파트 건물을 가리켰다.

"그때 만나서 저 아파트 주민들을 대상으로 탐문 수사를 해봅시다. 사람들이 하루 일과를 시작하러 밖으로 나올 때까지 기다리지 말고 먼저 찾아가는 게 좋을 것 같군요."

"어빙 부국장하고의 회의는 어떡하고요?"

푸엔테스가 물었다.

"그건 10시입니다. 그때까지는 맞춰갈 수 있겠죠. 만일 그러지 못하더라도 여러분은 걱정할 것 없습니다. 회의는 제가 맡을 테니 여러분은 수사를 진행하세요. 사건 수사가 먼저니까요. 부국장도 이해하겠죠."

"저기, 해리? 8시 30분 이전에 수색이 끝나면, 아침을 먹어도 될까?"

에드거가 말했다.

"되지 그럼. 하지만 뭐 하나라도 놓쳐서는 안 돼. 팬케이크를 먹겠다고 건성으로 둘러보고 끝내지는 말라고."

라이더가 미소를 지었다.

"이렇게 하죠. 8시 30분에 여기 모여서 도넛을 먹을 수 있게 준비해놓을게요. 그러니까 될 수 있으면, 그때까지 기다려줘요. 좋아요, 그럼 시작합시다."

보슈가 말했다.

보슈는 하워드 일라이어스의 옷에서 수거한 열쇠고리를 꺼냈다. 아파트 열쇠와 포르쉐 열쇠를 빼내 에드거에게 주었다. 열쇠고리에는 무슨 열쇠인지 알 수 없는 열쇠가 아직도 여러 개 있었다. 적어도 두세 개는 사무실 열쇠일 것이고, 다른 두세 개는 볼드윈 힐즈에 있는 집 열쇠일 것이다. 그러고도 네 개가 남았다. 보슈는 자동응답기에서 들었던 목소리를 떠올렸다. 일라이어스가 애인 집 열쇠를 가지고 있었던 건지도 몰랐다.

보슈는 열쇠고리를 다시 주머니에 넣고 라이더와 델라크로체에게 각자의 차를 몰고 언덕을 내려가 일라이어스의 사무실이 있는 브래드베리 빌딩으로 가라고 지시했다. 자신과 채스틴은 기차를 타고 내려가, 일라이어스가 사무실에서 앤젤스 플라이트 아래쪽 터미널까지 왔던 길을 되짚어 가면서 주변을 살펴보겠다고 말했다. 형사들이 각자 맡은 임무를 수행하기 위해 흩어지자, 보슈는 역무실 창문으로 다가가서 엘드리지 피트를 들여다보았다. 피트는 금전등록기 옆 의자에 앉아 귀마개를 하고 눈을 감고 있었다. 보슈가 창문을 살살 두드렸는데도 역무원은 웬일인지 깜짝 놀랐다.

"피트 씨, 우리를 한 번만 더 아래로 내려 보내주시고, 그러고 나서 문단속을 하고 퇴근하셔도 됩니다."

"알았어요. 원하시는 대로 해드리죠."

보슈는 목례를 한 후 기차를 향해 돌아서다 말고 다시 피트를 바라보았다.

"핏자국이 많은데요. 아침 운행을 시작하기 전에 기차 내부를 청소할 사람이 있습니까?"

"걱정 말아요, 내가 다 지울 겁니다. 여기 벽장 안에 대걸레와 양동이가 들어 있죠. 아까 형사님이 여기 오기 전에 역장님한테 전화했더니 올리벳을 깨끗이 청소해서 아침 운행에 차질이 없도록 하라고 지시하셨어요. 토요일엔 8시에 운행을 시작하죠."

보슈가 고개를 끄덕였다.

"알겠습니다, 피트 씨. 고생 좀 하시겠습니다."

"뭐 괜찮아요. 기차를 청결히 하는 게 내 임무니까."

"그리고, 저 아래 개찰구에 지문 감식 분말이 잔뜩 묻어 있는데요. 옷에 닿으면 잘 지워지지도 않는 겁니다."

"그것도 내가 알아서 할게요."

보슈는 고개를 끄덕였다.

"오늘 밤 협조해주셔서 감사합니다. 큰 도움이 되었습니다."

"오늘 밤이요? 허허, 벌써 아침인데요."

피트가 미소를 지었다.

"그렇군요. 좋은 아침입니다, 피트 씨."

"그렇군요. 기차에 탔던 그 두 사람한테는 아니지만 말이죠."

보슈는 걸어가다가 또다시 방향을 돌려 피트에게로 돌아왔다.

"마지막으로 한 가지 더요. 이 사건은 신문에 대서특필이 될 겁니다. TV에서도 떠들어댈 거고요. 강요는 아니지만, 전화선을 빼놓는 것도 고려해보시는 게 좋을 것 같은데요, 피트 씨. 누가 초인종을 눌러도 무시하시고요."

"알겠습니다."

"좋습니다."

"어차피 하루 종일 잠을 잘 텐데요, 뭘."

보슈는 목례를 한 뒤 기차에 올라탔다. 채스틴이 벌써 문 옆 벤치에 앉아 있었다. 보슈는 채스틴 곁을 지나가 하워드 일라이어스의 시신이 엎어져 있었던 끝 쪽까지 계단을 내려갔다. 그러면서 응고된 피 웅덩이를 밟지 않으려고 조심했다.

보슈가 벤치에 앉자마자 기차가 내려가기 시작했다. 창밖을 보니 동쪽의 높다란 사무 건물들 사이로 희뿌옇게 동이 터오고 있었다. 보슈는 벤치에 앉아서 굳이 손을 들어 입을 가리려고도 하지 않고 입을 쩍 벌리고 하품을 했다. 눕고 싶은 생각이 간절했다. 나무 벤치는 낡고 딱딱했지만 누우면 금방 잠이 들 것 같았고 피를 밟지 않으려고 에둘러 다닐 필요가 없는 곳에서 엘리노어와 함께 행복하게 사는 꿈을 꿀 것만 같았다.

보슈는 애써 그 생각을 떨쳐버리고 무심결에 손을 들어 재킷 주머니로 가져갔다. 그러다 보니 이젠 그 주머니 속에 담배가 없다는 게 기억이 났다.

10 브래드베리

브래드베리는 LA 도심에 자리한 먼지를 뒤집어 쓴 보석이었다. 지은 지 1백 년도 넘어 세월의 때가 끼긴 했지만 여전히 아름다웠고, 아름다운 꼬마를 에워싸고 있는 험상궂은 경호원들 같은 유리와 대리석으로 된 마천루 건물들 때문에 한없이 왜소해 보이기는 했지만 훨씬 더 화사하고 견고해 보였다. 화려한 외관과 유약을 바른 타일을 깐 바닥은 인간과 자연의 배신을 꿋꿋이 견뎌냈다. 지진과 폭동에도 살아남았고, 방치와 쇠락의 세월을 견뎌냈으며, 별로 길지도 않은 문화적 역사적 뿌리를 지키려고 노력조차 하지 않을 때가 많은 도시의 천대에도 굴하지 않았다. 보슈는 그다지 유쾌하지 않았던 이유들로 인해 오랫동안 이 건물을 드나들었음에도 불구하고 이 도시에서 이 건물보다 더 아름다운 건축물은 없다고 믿었다.

브래드베리 빌딩의 다섯 개 층에는 하워드 일라이어스를 비롯한 몇몇 변호사들의 사무소 외에도 주 정부와 시 정부의 관공서 사무실이 들어와 있었다. 3층에 있는 대형 사무실 세 곳은 LA 경찰국 감찰계에 임대가 되었고 위법 행위를 했다는 혐의를 받고 있는 경찰관들의 징계 위원회인 경찰 인권보호국의 청문회장으로 사용되었다. 1990년대 들어 경찰관에 대한 민원과 고소 건수가 증가하여 징계 조치와 인권보호국 청문회 개최 횟수가 늘어나자 감찰계는 이곳의 사무실을 임대했다. 요즘 들어 청문회는 매일 열리고 있었고, 두세 건의 청문회가 동시에 열리는 경우도 종종 있었다. 경찰국 본부인 파커 센터에는 이런 경찰관 위법 행위 사건을 맡아서 처리할 공간이 부족했다. 그래서 감찰계는 근처에 있는 브래드베리 빌딩의 사무실을 임대하게 된 것이다.

보슈가 볼 땐 감찰계가 브래드베리의 유일한 옥의 티였다. 그는 브래드베리에서 두 차례나 인권보호국의 징계 청문회장에 서야 했다. 그때마다 그는 진술을 하고, 증인들과 감찰계 형사가—한번은 채스틴이었다—수사 결과와 사실들을 증언하는 것을 들은 후, 인권보호국의 세 경감이 따로 모여 그의 운명을 결정하는 동안, 아트리움(현대식 건물의 중앙 높은 곳에 유리로 지붕을 한 넓은 공간-옮긴이)의 거대한 유리 천장 아래 홀을 거닐곤 했었다. 두 번 다 별 징계 없이 무사히 넘어갔고, 그렇게 브래드베리를 드나들면서 멕시코식 타일을 깐 바닥과, 단철로 된 줄 세공 장식과 공중에 매달린 메일 슈트(우편물을 빌딩 각 층에서 아래로 내려 보내는 관-옮긴이)가 있는 그 건물을 사랑하게 되었다. 언젠가는 일부러 시간을 내어 로스앤젤레스 관리단에서 브래드베리의 역사를 찾아보았고, 흥미로운 사실 하나를 알게 되었다. 그토록 오랫동안 시민들의 찬사와 사랑을 받아온 브래드베리가 놀랍게도 주급 5달러를 받고 일했던 제도사에 의해 설계가 되었다는 것이다. 1892년 브래드베리 빌딩의 설계도를 그릴 당시 조지 와이먼은 건축학 학위가 없었고 설계사로 일한 경력도 전무했지만, 1세기가 넘는 오랜 세월이 흐르는 동안 여러 세대의 건축학자들로부터 칭송을 받은 건축물의 걸작을 설계했다. 또 하나 놀라운 사실은, 와이먼이 그 후로 로스앤젤레스에서든 다른 어느 곳에서든 브래드베리에 비견할 만한 중요한 건물을 다시는 설계해내지 못했다는 점이다.

보슈는 이런 미스터리를 좋아했다. 한 인간이 쏜 단 한 방이 자취를 남겼다는 것이 매우 인상적이었다. 조지 와이먼이 비록 1세기 전의 인물이긴 했지만 보슈는 와이먼과 자신을 동일시했다. 보슈는 그 한 방을 믿었다. 물론 자신이 그 한 방을 쏘았는지 아닌지 알지 못했다. 그건 노인이 되어 일생을 뒤돌아볼 때에야 알 수 있는 일이었다. 그러나 보슈는 자신이 그 한 방을 아직 쏘지 못하고 있다고 생각했다. 앞으로 언젠가 자신만의 그 한 방을 쏠 일이 있을 거라는 느낌이 들었다.

델라크로체와 라이더는 일방통행로와 신호등 때문에 지체를 해서, 걸어갔던 보슈와 채스틴이 그들보다 먼저 브래드베리에 도착했다. 출입구의 육중한 유리문을 향해 걸어가는데, 재니스 랭와이저 검사가 건물 앞쪽 모퉁이에 불법 주차를 한 빨간색 소형 스포츠카에서 내렸다. 그녀는 가죽 가방을 메고 티백 꼬리가 걸쳐져 있는 스티로폼 컵을 들고 있었다.

"안녕하세요. 한 시간 후에 보자면서요?"

랭와이저가 미소를 지으며 말했다.

보슈는 손목시계를 보았다. 랭와이저와 통화를 한 후 한 시간 10분이 지나 있었다.

"검사라고 꽤 빡빡하게 구는군요. 억울하면 고소하시든지."

보슈도 미소를 지으며 말했다.

보슈는 랭와이저에게 채스틴을 소개한 후 수사 진행 상황에 관해 좀 더 자세하게 설명했다. 설명이 끝날 무렵, 라이더와 델라크로체가 랭와이저의 차 앞에 각자의 차를 주차했다. 보슈가 건물 출입문을 밀어보았지만 잠겨 있었다. 그는 열쇠고리를 꺼내 두 번째 시도에서 맞는 열쇠를 찾아내 문을 열었다. 건물 아트리움으로 들어서던 그들은 그 아름다움에 끌려 저도 모르게 고개를 들고 유리 천장을 올려다보았다. 아트리움의 채광창 너머로 보랏빛과 회색빛의 새벽 하늘이 보였다. 숨겨진 스피커에서 클래식 음악이 흘러나오고 있었다. 처연하고 슬픈 느낌의 곡인데 보슈는 무슨 곡인지 알 수가 없었다.

"바버의 아디지오예요."

랭와이저가 말했다.

"네?"

보슈는 아직도 천장을 올려다보면서 말했다.

"음악이요."

"그래요?"

갑자기 경찰 헬기 한 대가 채광창 위를 휙 가로질러 날아갔다. 근무 교대를 위해 파이퍼 테크(LA 경찰국 창고 시설, 경찰 헬기 격납고－옮긴이)로 귀대하는 모양이었다. 그 모습을 보고 퍼뜩 정신이 든 보슈는 고개를 바로 했다. 제복을 입은 경비원이 그들을 향해 걸어오고 있었다. 짧게 깎은 머리에 놀라울 정도로 선명한 녹색 눈을 가진 흑인 청년이었다.

"무슨 일이십니까? 지금은 건물이 개방되지 않는 시각인데요."

보슈는 경찰 배지가 든 지갑을 꺼내 펼쳐 보였다.

"경찰입니다. 505호에 대한 수색 영장을 갖고 왔소."

보슈가 델라크로체에게 고개를 끄덕여 보이자, 델라크로체는 외투 주머니에서 수색 영장을 꺼내 경비에게 건넸다.

"거긴 일라이어스 씨 사무실인데요."

경비가 말했다.

"알아요."

델라크로체가 말했다.

"무슨 일입니까? 무슨 일로 변호사님 사무실을 수색한다는 겁니까?"

경비가 물었다.

"그건 지금 대답해줄 수 없고. 당신한테 물어볼 건 몇 가지 있는데. 근무 시작 시각이 언제죠? 어젯밤 일라이어스 씨가 퇴근할 때 여기 있었소?"

보슈가 말했다.

"네, 있었습니다. 저녁 6시부터 아침 6시까지 근무거든요. 어젯밤 11시쯤 그분들이 나가시는 걸 봤습니다."

"그분들?"

"네, 일라이어스 씨하고 다른 남자 두 명이요. 그분들이 나가시고 나서 현관문을 잠갔습니다. 그 후로는 이 건물이 비어 있었습니다. 물론 저를 제외하고요."

"다른 남자들이 누군지 압니까?"

"한 사람은 조수인지 뭔지 몰라도 일라이어스 씨 밑에서 일하는 남자였습니다."

"비서? 사무관?"

"맞아요, 사무관이요. 재판 준비를 돕는 젊은 학생 같아 보였습니다."

"이름을 알아요?"

"아뇨, 물어본 적 없는데요."

"좋아요, 그럼 다른 남자는? 그 남자는 누구였소?"

"모르는 남자였습니다."

"전에도 여기서 그 남자를 본 적이 있습니까?"

"네, 지난 이틀 밤을 함께 퇴근하던데요. 그리고 전에도 두세 번 혼자서 여길 들락거리는 걸 본 것 같습니다."

"그 사람도 여기에 사무실이 있소?"

"아뇨, 제가 알기로는 아닙니다."

"일라이어스의 의뢰인이었나요?"

"모르죠, 제가 어떻게 압니까?"

"흑인, 백인?"

"흑인이요."

"어떻게 생겼죠?"

"글쎄요, 유심히 보질 않아서요."

"전에도 여기서 본 적이 있다고 했잖소. 어떻게 생겼죠?"

"그냥 평범해 보이는 남자였습니다. 그는…."

보슈는 왠지 몰라도 자꾸만 안달이 났다. 경비는 최선을 다해 성실히 대답하고 있는 것 같았다. 그동안 똑똑히 본 사람의 인상착의도 제대로 설명하지 못하는 목격자도 많이 보았다. 보슈는 경비의 손에서 수색 영장을 빼어서 델라크로체에게 돌려주었다. 랭와이저가 보여 달라고 하더니 보슈가 경비와 대화를 계속하는 동안 영장을 읽어 내려갔다.

"이름이 뭐죠?"

"로버트 코트랜드입니다. 경찰대학 입학 대기자 명단에 이름이 올라가 있습니다."

보슈는 고개를 끄덕였다. 이 도시의 경비원들 대부분이 경찰이 되기 위해 대기하고 있었다. 흑인인 코트랜드가 경찰대학에 못 들어갔다는 것은 그의 입학 자격 요건에 뭔가 문제가 있다는 뜻이었다. 경찰국은 소수 집단의 사람들을 영입하기 위해 갖은 노력을 기울이고 있었다. 코트랜드가 대기자 명단에만 올라 있다는 건 뭔가 결격 사유가 있다는 의

미였다. 보슈는 그가 마리화나를 피운 것을 시인했거나, 최소한의 학력도 갖추지 못했거나, 어쩌면 청소년 범죄 전과가 있을지도 모른다고 생각했다.

"두 눈을 감아요, 로버트."

"왜요?"

"그냥 두 눈을 감고 긴장을 풀어봐요. 당신이 본 그 남자를 떠올려보는 거요. 그리고 어떻게 생겼는지 말해봐요."

코트랜드는 보슈가 시키는 대로 했고 잠시 후에는 아까보다는 좀 낫지만 여전히 두루뭉술하게 묘사를 했다.

"키는 일라이어스 씨와 비슷하고요. 근데 머리를 빡빡 밀었더군요. 매끈하게요. 그리고 염소수염이 있고요."

"염소수염?"

"턱 밑에 조금 난 거 있잖아요."

코트랜드가 눈을 떴다.

"그게 끝인데요."

"끝이요? 로버트, 그 정도 눈썰미로 어떻게 경찰이 되겠소? 좀 더 자세하게 말해봐요. 나이는 어느 정도였죠?"

"글쎄요. 서른 살 아니면 마흔 살?"

"우와, 굉장한 정보구만. 편차가 10년밖에 안 되네. 날씬했소? 아니면 뚱뚱했나?"

"날씬하면서도 근육질이었어요. 체격이 좋았다고 할까요?"

"마이클 해리스를 말하는 것 같은데요."

라이더가 말했다.

보슈가 라이더를 바라보았다. 마이클 해리스는 블랙 워리어 소송의 원고였다.

"정황하고도 딱 들어맞아요. 재판이 월요일에 시작되잖아요. 아마 재판 준비를 하느라고 늦게까지 함께 있었을 거예요."

라이더가 말했다.

보슈가 고개를 끄덕이며 코트랜드를 보내주려고 하는데 랭와이저가 수색 영장의 마지막 페이지를 읽다가 말고 불쑥 말을 했다.

"영장에 문제가 있는 것 같아요."

이제 모두가 랭와이저 검사를 바라보았다.

"이제 됐어요, 로버트. 우리가 알아서 할 테니까. 도와줘서 고맙소."

보슈가 코트랜드에게 말했다.

"무슨 말씀을요. 제가 함께 올라가서 문을 열어드릴까요?"

"아니, 됐어요. 우리도 열쇠 있으니까."

"알겠습니다. 전 계단 밑 경비실에 있을 테니까 혹시 필요하신 게 있으면 부르십시오."

"고마워요."

코트랜드는 아까 왔던 길로 되돌아가다가, 걸음을 멈추고 돌아섰다.

"저기, 형사님들 다섯 분이 한꺼번에 엘리베이터를 타시면 안 될 것 같습니다. 아주 낡은 거라 그만큼의 무게를 견디지 못할 거거든요."

"고맙소, 로버트."

보슈가 말했다.

보슈는 경비가 계단을 돌아가 사라질 때까지 기다렸다가 랭와이저에게로 돌아섰다.

"랭와이저 검사, 범죄현장에 나와 본 적이 별로 없는 것 같군요. 충고 하나 하겠는데, 경찰이 아닌 사람이 있을 때는 수색 영장에 문제가 있다는 말은 하는 게 아닙니다, 절대로."

보슈가 말했다.

"어머나, 죄송해요. 전…."

"영장에 문제가 있다니 무슨 문제요? 판사는 별말 없던데요. 좋다고 했는데."

델라크로체가 말했다. 자신이 한 일이 문제 제기를 받는 것을 불쾌해하는 것이 목소리에 그대로 드러났다.

랭와이저가 들고 있던 세 페이지짜리 영장을 내려다보다가 흔들자 영장에서 비둘기가 파드닥거리는 것 같은 소리가 났다.

"이런 사건에서는 안으로 들어가서 파일을 열어보기 전에 우리가 할 일을 확실히 알고 있어야 한다고 생각하는데요."

"파일을 다 뒤져봐야 해요. 용의자들 대부분이 그 안에 있을 테니까."

보슈가 말했다.

"그건 알아요. 하지만 이런 파일들은 경찰국을 상대로 한 민사 소송과 관련이 있는 기밀 자료예요. 변호인과 의뢰인만 알아야 할 정보를 담고 있죠. 모르시겠어요? 파일 한 개 열어본 것만으로도 일라이어스의 의뢰인의 권리를 침해했다는 주장을 불러일으킬 수 있어요."

"우리가 원하는 건 살인범을 찾는 것뿐이오. 현재 진행 중인 소송 사건들에 대해서는 아무 관심도 없고. 제발 범인의 이름이 그 자료들 안에 들어 있지 않고, 경찰이 범인이 아니라면 좋겠소. 하지만 만약에 범인의 이름이 그 안에 들어 있고 경찰이 범인이라면, 일라이어스가 그 파일들 안에 협박 편지 사본이나 메모를 넣어뒀다면 어떡하죠? 일라이어스가 자체 조사를 통해서 누군가에 대해 뭔가를 알게 됐는데 그게 그가 피살된 동기가 됐을 수도 있지 않을까요? 그런 이유로 우린 그 파일들을 다 살펴봐야겠다는 거요."

"무슨 말씀이신지는 충분히 이해해요. 하지만 나중에 판사가 수색이 부적절했다고 판결하면, 수색에서 찾아낸 어떤 것도 증거로 사용할 수 없을 거예요. 그런 위험을 무릅쓰시겠어요?"

말을 마친 랭와이저가 고개를 돌려 출입구 쪽을 바라보았다.

"전화해서 좀 물어봐야겠어요. 전 그 사무실을 여는 걸 허락할 수 없어요. 양심상 도저히."

랭와이저가 말했다.

보슈는 화가 나서 콧김을 내뿜었다. 검사를 너무 빨리 불러들인 게 화근이었다. 자기 소신대로 일을 처리하고 나중에 문제가 생기면 그건 그때 가서 생각했어야 했다.

"여기요."

보슈는 서류 가방을 열고 휴대전화기를 꺼내 랭와이저에게 건네주었다. 랭와이저는 검찰청 교환실에 전화를 걸어 데이빗 셰이먼 검사를 바꿔달라고 했다. 보슈는 데이빗 셰이먼이 중범죄 수사부의 책임자라는 것을 알고 있었다. 셰이먼이 전화를 받자 랭와이저는 상황을 간략하게 설명하기 시작했고, 보슈는 그녀가 틀린 부분이 있나 확인하려고 귀 기울여 듣고 있었다.

"그냥 멍하니 서서 시간 낭비하고 있는 것 같아요, 선배. 제가 해리스를 데려와서 어젯밤 행적에 대해 물어볼까요?"

라이더가 말했다.

보슈는 그러라고 고개를 끄덕이려다가, 그 일이 어떤 결과를 가져올 수 있을지 생각하며 잠시 망설였다.

마이클 해리스는 월요일에 재판이 시작될 예정인, 세간의 주목을 받고 있는 소송 사건의 원고로 경찰국 강력계 형사 열다섯 명을 상대로 소송을 제기한 사람이었다. 절도와 폭행 전과가 있는 세차장 직원이었던 해리스는 어느 유명한 부잣집의 열두 살 난 딸을 유괴해 살해했다는 혐의를 받고 있었는데, 강력계 형사들이 자기를 범인으로 몰기 위해 거짓 증거를 심었다고 주장하면서 1천만 달러의 손해 배상금을 요구했다. 해리스는 강력계 형사들이 실종된 그 소녀의 소재를 파악하고 자백을 받아내려는 심산으로 자기를 납치 감금하면서 사흘 동안 고문을 했다고 주장했다. 소장에서 해리스가 주장한 바에 따르면, 그가 혐의를 부인하고 실종된 소녀가 어디 있는지도 모른다고 주장하자 화가 난 형사들이 그의 머리에 비닐봉지를 뒤집어씌우고 질식시켜 죽이겠다고 협박했다. 뿐만 아니라 한 형사는 날카로운 물건—블랙 워리어 No.2 연필—을 해리스의 귓속에 집어넣고, 고막을 찔러댔다. 그러나 해리스는 끝까지 자백을 하지 않았고, 신문 나흘째 되던 날 그의 아파트에서 한 블록 떨어진 곳에 있는 공터에서 소녀의 변사체가 부패가 진행 중인 상태로 발견되었다. 소녀는 성폭행당한 후 교살되었다.

그 살인 사건은 로스앤젤레스 시민들의 지대한 관심을 끈 수많은 범죄들 중 하나가 되었다. 피해자는 스테이시 킨케이드라는 이름의, 금발에 푸른 눈을 가진 예쁜 소녀였다. 스테이시는 브렌트우드에 있는 안전한 대저택의 자기 방 침대에서 자다가 납치되었다. 이 사건은 어느 누구도 안전하지 않다는 섬뜩한 메시지를 모든 시민들에게 전한 사건이었다.

어린 소녀가 살해됐다는 사건 자체도 끔찍했는데, 언론의 대대적인 보도까지 이어져서 시민들의 관심이 폭증했다. 처음에 이 사건이 언론의 집중적인 관심을 끈 것은 피해자의 신원 때문이었다. 스테이시 킨케이드는 로스앤젤레스 카운티에서 열 개가 넘는 자동차 대리점을 소유하고 있는 가문의 자손인 샘 킨케이드의 의붓딸이었다. 샘의 아버지는 2차 대전 후 아버지로부터 물려받은 단 한 개의 포드 자동차 대리점을 가지고 사업을 시작해 지금과 같이 번창시킨 원조 '자동차 왕' 잭슨 킨케이드였다. 나중에 하워드 일라이어스가 그러했듯이, 잭 킨케이드는 텔레비전 마케팅의 이점을 간파했고 1960년대부터 심야 TV 광고를 고정적으로 내보냈다. 카메라가 켜지면, 잭 킨케이드는 정직하고 친근한 서민적 매력을 물씬 풍겼다. 그는 자니 카슨만큼이나 믿음직한 사람으로 보였고, 로스앤젤레스 시민들의 거실과 침실 TV에 자니 카슨만큼이나 자주 등장하곤 했다. 로스앤젤레스를 '오토피아'라고 한다면, 잭 킨케이드는 그 오토피아의 시장이라고 해도 과언이 아니었다.

카메라가 꺼지면, 잭 킨케이드는 언제나 정치적으로 양다리를 걸치고, 경쟁자들을 업계에서 무자비하게 몰아내거나 적어도 자기 대리점 영역 근처에는 얼씬도 못하게 하는 계산적인 사업가였다. 그의 왕국은 급속도로 확장됐고, 남부 캘리포니아 곳곳에 그의 대리점이 생겨났다. 1980년대에 들어서자 잭 킨케이드는 통치를 끝내고 자동차 왕의 권좌를 아들에게 물려주었다. 그러나 그 후로도 노인은 보이지 않는 권력으로 남아 있었다. 그런 사실은 스테이시 킨케이드가 실종되고 잭 킨케이드가 다시 TV에 등장했을 때 여실히 드러났다. 노인은 뉴스에 출연해 손녀딸의 무사 귀환을 호소하면서 1백만 달러의 보상금을 내걸었다. 그 모습은 로스앤젤레스 살인의 역사에서 또 하나의 초현실적인 일화로 남았다. 모두가 TV에서 얼굴을 보면서 자랐던 바로 그 노인이 다시 TV에 나와 손녀딸을 살려달라고 눈물로 호소하고 있었다.

그러나 그 모든 노력이 수포로 돌아갔다. 거액의 보상금과 노인의 눈물 어린 호소에도 불구하고 소녀는 마이클 해리스의 아파트 근처 공터에서 행인들에 의해 변사체로 발견되고 말았다.

사건은 마이클 해리스의 지문이 소녀가 납치됐던 방에서 발견되었다는 사실과 소녀의 시신이 유기된 장소가 그의 아파트 근처였다는 사실을 유일한 증거로 내세우며 법정으로 넘어갔다. 날마다 법정 TV와 지역 뉴스 프로그램에서 재판 과정을 생중계하자 모든 LA 시민들이 재판의 추이에 촉각을 곤두세우고 지켜보았다. 해리스의 변호인은 존 페니라는 변호사로, 배심원단을 조종하는 데 있어서는 일라이어스만큼이나 뛰어난 실력을 발휘하는 사람이었다. 존 페니 변호사는 시신이 유기된 장소는 순전히 우연의 일치이고, 소녀의 교과서 한 권에서 발견된 해리스의 지문은 LA 경찰국이 몰래 묻혀놓은 것이라고 주장했다.

킨케이드 가(家)가 수 세대에 걸쳐 쌓아올린 부와 권력도 시민들의 경찰에 대한 반감과 사건의 근간이 되는 인종간의 갈등 양상에는 비할 바가 못 됐다. 해리스는 흑인이었고, 킨케이드 가와 사건 담당 경찰과 검사는 전부 백인이었다. 페니 변호사가 잭 킨케이드로부터 많은 이들이 인종 차별 주의적이라고 판단한 발언을 이끌어냈을 때, 해리스 사건은 씻을 수 없는 오점을 남기게 되었다. 잭 킨케이드가 자신의 막대한 재산 내역을 소상히 밝히고 난 후, 페니는 대리점이 그렇게 많은데 사우스 센트럴 지역에는 왜 한 개도 없느냐고 물었다. 킨케이드는 조금도 망설임 없이, 그리고 검사가 재판과 무관한 질문이라고 이의를 제기할 사이도 없이, 자기는 폭동을 일으키는 성향이 있는 주민들이 사는 곳에는 사업장을 두지 않는다고 대답했다. 1965년 와츠 폭동 이후 그렇게 결심했고 보다 최근 1992년 폭동을 보고 그 결심을 굳혔다고 말했다.

그 질문과 대답은 12세 소녀의 살인 사건과는 거의 관련이 없었지만, 재판의 분수령이 되었다. 나중에 있었던 언론과의 인터뷰에서 배심원들은 킨케이드의 대답이 로스앤젤레스의 심각한 인종 갈등의 상징이라고 말했다. 킨케이드의 그 한마디로 시민들의 동정심이 킨케이드 가에서 해리스에게로 옮겨갔다. 검찰의 운이 다한 것이다.

그 진술이 있은 지 네 시간 후 배심원단은 해리스에게 무죄 평결을 내렸다. 그러자 페니는 사건을 동료인 하워드 일라이어스에게 넘겨 민사 소송을 진행토록 했고, 마이클 해리스는 사우스 LA 민권 피해자들과 영웅들의 전당에서 로드니 킹 바로 옆에 자리를 잡았다. 그들 대다수는 그렇게 영웅 대접을 받을 만한 합당한 이유가 있었지만, 변호사들과 언론이 창조해낸 거짓 영웅들도 있었다. 해리스가 어느 쪽인지는 몰라도, 지금 그는 1천만 달러의 손해 배상금을 요구하는 민사 소송을 제기하고 '월급날'을 손꼽아 기다리고 있었다.

무죄 평결과 이에 대한 수많은 평가와 논설에도 불구하고, 보슈는 자기는 결백하고 경찰이 잔혹 행위를 했다는 해리스의 주장을 믿지 않았다. 해리스가 가해자라고 구체적으로 지목한 형사들 중 한 명은 보슈의 예전 파트너 프랭키 쉬헌이었고, 보슈는 쉬헌이 용의자와 기결수를 다룰 때 진정한 프로답게 처신한다는 것을 알고 있었다. 그래서 보슈는 해리스가 거짓말쟁이이고 극악무도한 범죄를 저지르고도 용케도 빠져나간 살인범이라고 생각했다. 그런 해리스를 깨워 시내로 데려와 하워드 일라이어스의 살인 사건에 대해 신문하는 것을 망설일 이유가 없었다. 그러나 보슈가 지금 해리스를 불러들이면, 해리스에게 가해졌다는 가혹 행위를 증가시키는 위험을 감수해야 했다. 적어도 많은 시민들과 기자들의 눈에는 그렇게 보일 것이었다. 지금 보슈는 수사관의 관점에서뿐만 아니라 정치적인 관점에서 결정을 내려야 했다.

"잠깐 생각 좀 해보고."

보슈가 말했다.

보슈는 혼자서 아트리움 아래를 걸어갔다. 이번 사건은 생각했던 것보다 훨씬 더 위험천만한 사건이었다. 단 하나의 실수가 사건에, 경찰국에, 그리고 보슈 자신의 경력에 엄청난 재난을 몰고 올 수 있었다. 보슈는 어빙 부국장이 이 모든 위험성을 감안하고 보슈의 팀에게 수사를 맡기기로 결정한 것은 아닌지 궁금했다. 어쩌면 어빙의 칭찬은 보슈와 그의 팀을 바람에 디룽거리게 만들겠다는 실제 동기를 숨기기 위한 사탕

발림에 지나지 않았는지도 몰랐다. 보슈는 자신이 피해망상의 세계로 걸어 들어가고 있는 것 같은 느낌이 들었다. 부국장이 그 모든 것을 감안하여 그렇게 신속하게 계획을 마련했을 것 같지 않았다. 경찰국과 도시의 미래가 걸려 있는 상황에서 보슈의 팀을 신경 쓸 것 같지도 않았다.

보슈가 고개를 들고 천장을 올려다보니 이제 날이 훤히 밝아 있었다. 화창하고 무더운 하루가 될 것 같았다.

"해리 선배?"

보슈가 돌아보았다. 라이더였다.

"검사 통화 끝났어요."

보슈가 동료들에게로 돌아가자 랭와이저 검사가 그에게 휴대전화기를 돌려주었다.

"달갑지 않아 하실 소식이에요. 셰이먼 검사는 형사님들이 파일을 열어보기 전에 먼저 살펴볼 특별 자문 위원을 투입하길 바라시네요."

랭와이저가 말했다.

"특별 자문 위원이요? 그게 뭡니까?"

델라크로체가 물었다.

"변호인이에요. 파일을 검토하도록 판사가 임명하는 독립 변호인이요. 여러분들에게 필요한 자료는 제공하고 의뢰인들의 권리는 보호하는 역할을 맡게 될 거예요. 바라건대 말이죠."

랭와이저가 대답했다.

보슈는 갑자기 짜증이 확 치밀어 올랐다.

"빌어먹을. 수사고 뭐고 다 집어치울까요? 사건을 해결하든 말든 검찰청이 나 몰라라 한다면 우리도 열심히 뛰어다닐 필요가 없잖소."

"보슈 형사님, 그런 게 아니라는 건 형사님도 잘 아시잖아요. 물론 우리도 사건 종결을 희망하고 있어요. 다만 안전하게 가자는 거죠. 형사님이 갖고 있는 영장은 여전히 사무실을 수색할 수 있는 효력을 지니고 있어요. 셰이먼 검사는 심지어 여러분이 종결된 소송 자료들까지 살펴볼 수 있다고 말했어요. 제 생각에도 여러분이 보실 필요가 있는 자료들이에요. 다만 특별 자문 위원이 들어와서 소송이 진행 중인 자료들을 전부 먼저 훑어보겠다는 거예요. 잊지 마세요, 특별 자문 위원은 여러분의 적이 아니에요. 여러분이 조사할 권리가 있는 자료는 전부 여러분에게 넘길 거예요."

"언제 넘긴다는 거요? 다음 주? 다음 달?"

"아뇨, 셰이먼 검사는 오늘 오전 중으로 이 문제를 해결할 거예요. 휴턴 판사에게 전화를 걸어 상황을 설명하고 특별 자문 위원으로 추천할 만한 인물이 있는지 물을 거예요. 운이 따른다면, 금방 특별 자문 위원이 임명될 것이고 여러분은 오늘 오후에는 필요한 자료들을 넘겨받을 수 있을 거예요. 늦어도 내일까지는요."

"내일은 너무 늦어요. 신속하게 수사를 진행해야 하는데."

"맞아. 수사는 상어와 같다는 거 몰라요? 계속…."

채스틴이 맞장구를 쳤다.

"됐어, 채스틴."

보슈가 말을 끊었다.

"알았어요. 셰이먼에게 상황이 급박함을 다시 한 번 강조할게요. 어쨌든 여러분도 인내심을 갖고 기다려주셔야 해요. 계속 여기 서서 이야기를 하실 건가요, 아니면 사무실로 올라가서 할 수 있는 일을 하실 건가요?"

랭와이저가 말했다.

보슈는 랭와이저의 꾸짖는 말투가 거슬려서 오랫동안 그녀를 노려보았다. 갑자기 들고 있던 휴대전화기에서 전화벨이 울렸다. 전화를 건 에드거가 낮은 목소리로 속삭였다. 보슈는 무슨 말인지 알아들으려고 손을 들어 귀를 덮었다.

"못 들었어. 뭐라고?"

"나 지금 일라이어스의 집 안방에 있거든. 침대 옆 탁자 서랍 안에 전화번호 수첩이 있다더니 없어. 탁자 두 개 다 뒤져봤는데, 없어."

"뭐?"

"전화번호 수첩이 여기 없다고."

보슈가 채스틴을 바라보았다. 채스틴도 보슈를 보고 있었다. 보슈는 돌아서서 대화가 다른 사람들에게 들리지 않도록 한쪽으로 걸어갔다. 이제는 보슈가 에드거에게 속삭였다.

"확실해?"

"확실하지 그럼. 여기 있었다면 내가 못 찾았을 리가 없어."

"자네가 제일 먼저 침실에 들어갔어?"

"응. 제일 먼저 들어갔지. 수첩이 여기 없다니까."

"복도를 걸어가서 오른쪽에 있는 침실에 들어간 것도 맞고?"

"그렇다니까, 해리. 자네가 말한 바로 그 침실에 있어. 그런데 수첩은 안 보인다니까."

"빌어먹을."

"이제 어떡할까?"

"뭘 어떡해. 수색을 계속해야지."

보슈는 휴대전화기를 탁 소리 나게 덮고 주머니에 넣었다. 그러고는 다른 형사들 곁으로 돌아갔다. 방금 받은 전화는 별일 아니었던 것처럼 태연하게 행동하려고 애를 썼다.

"자, 그러면 올라가서 할 수 있는 일을 합시다."

그들은 엘리베이터를 향해 걸어갔다. 엘리베이터는 화려한 장식과 번쩍이는 황동 테두리가 있는, 단철로 만든 열려 있는 새장 같았다.

보슈가 델라크로체에게 말했다.

“여성분들과 함께 먼저 올라가요. 다 타면 중량 초과일 것 같으니까 우리는 나중에 올라갈게요.”

보슈는 주머니에서 일라이어스의 열쇠고리를 꺼내 라이더에게 건넸다.

“사무실 열쇠가 이 안에 있을 거야. 그리고 해리스는 당분간은 신경 쓰지 마. 먼저 사무실부터 뒤져보고 생각하자고.”

보슈가 말했다.

“알았어요, 선배.”

그들은 엘리베이터에 올라탔고 델라크로체가 아코디언 게이트(옆으로 폈다 좁혔다 하는 방식으로 연주하는 아코디언처럼 옆으로 끌어당겨 여닫는 창살로 된 엘리베이터 문-옮긴이) 문을 끌어당겨 닫았다. 엘리베이터가 갑자기 덜컹하면서 위로 올라가기 시작했다. 엘리베이터가 한 층 올라가고 그 안에 탄 사람들이 1층에 남은 사람들을 볼 수 없게 되자, 보슈는 채스틴에게로 돌아섰다. 일이 틀어졌다는 실망감과 분노가 한꺼번에 밀어닥쳤다. 보슈는 서류 가방을 떨어뜨리고 나서 두 손으로 채스틴의 멱살을 잡았다. 엘리베이터 창살 차단막을 향해 채스틴을 거칠게 밀어붙이고는 낮고 분노에 찬 목소리로 말했다.

“채스틴, 이 개자식. 딱 한 번만 물을 테니까 알아서 대답해. 전화번호 수첩은 어디 있어?”

채스틴의 얼굴이 벌게졌고 두 눈은 놀라서 휘둥그레졌다.

“뭐? 도대체 무슨 소리를 하는 거야?”

채스틴은 두 손을 들어 보슈의 손을 떼어내려고 했지만, 보슈는 몸무게를 실어 채스틴을 누르면서 꿈쩍도 하지 않았다.

“일라이어스의 아파트에 있던 전화번호 수첩 말이야. 네놈이 가져간 거 다 아니까 내놔. 지금 당장."

마침내 채스틴은 보슈의 손을 떼어냈다. 채스틴의 재킷과 셔츠와 넥타이가 삐뚜름히 찌그러져 있었다. 채스틴은 겁을 먹은 듯 보슈에게서 뒤로 물러나서 옷매무새를 바로잡았다. 그러고는 보슈에게 손가락질을 하며 소리쳤다.

"가까이 오지 마! 이 미친놈아! 난 전화번호 수첩 안 갖고 있어. 그건 네놈이 갖고 있었잖아. 네놈이 침대 옆에 있던 탁자 서랍에 수첩을 넣는 거 내 눈으로 똑똑히 봤어."

보슈가 채스틴에게 한 걸음 다가섰다.

"네가 가져갔잖아. 내가 발코…."

"다가오지 말라고 했지! 난 안 가져갔어. 거기 없다면 우리가 나온 다음에 딴 놈이 들어가서 가져갔겠지."

보슈는 멈칫했다. 당연한 추론인데 보슈는 그건 생각도 못했었다. 수첩이 사라졌다는 말을 듣자 자동적으로 채스틴이 떠올랐다. 오랜 적대감이 판단력을 흐리게 했다는 사실이 부끄러워서 보슈는 고개를 숙이고 타일을 노려보았다. 5층에서 엘리베이터 문이 열리는 소리가 들렸다. 보슈는 고개를 들고 채스틴의 얼굴에 손가락질을 하면서 냉정한 눈으로 채스틴을 노려보았다.

"나중에 네가 가져간 것으로 밝혀지면, 채스틴, 널 절대 가만 안 둘 줄 알아."

"엿 먹어라, 자식아! 내가 안 가져갔다니까 그러네. 하지만 네놈 경찰 배지는 기필코 가져갈 거다."

보슈는 차갑게 미소를 지었다.

"그러시든가. 내 경찰 배지를 가져가는 날, 반드시 복권을 사 봐. 대박 터지는 날이니까."

11 변호사의 컴퓨터

보슈와 채스틴이 5층으로 올라가 보니 다른 사람들은 모두 하워드 일라이어스 법률 사무소에 들어가 있었다. 사무소는 접수 창구 역할을 하는 비서실, 사무관의 책상이 있고 두 벽에 파일 캐비닛이 늘어서 있는 행정실, 그리고 가장 큰 방인 일라이어스의 사무실, 이렇게 세 개의 방으로 구성되어 있었다.

보슈와 채스틴이 비서실로 들어갔을 때, 먼저 올라와 있던 사람들은 그들을 쳐다보지 않고 조용히 서 있었다. 엘리베이터를 타고 올라가면서 로비에서 벌어지는 소동을 들은 것이 틀림없었다. 보슈는 개의치 않았다. 채스틴과 옥신각신한 것은 벌써 잊어버리고 사무실 수색에 대해서 생각하고 있었다. 사무실에서 수사의 초점이 될 만한 무언가가, 집중적으로 파헤쳐 볼 만한 구체적인 무언가가 나타나주기를 바라고 있었다. 보슈는 세 개의 사무실을 돌아다니면서 대강 한번 훑어보았다. 마지막 방인 일라이어스의 사무실에 들어가 보니 반짝반짝 윤을 낸 커다란 나무 책상 뒤 창문 밖으로 앤서니 퀸의 거대한 얼굴이 보였다. 브래드베리 맞은편에 있는 건물의 벽돌 벽에 그려져 있는, 두 팔을 활짝 벌린 배우의 벽화 중 일부였다.

라이더가 보슈를 따라 일라이어스의 사무실로 들어왔다. 그녀도 창밖을 바라보았다.

"여기 올 때마다 저 사람이 누군지 진짜 궁금해요."

"몰라?"

"세자르 차베즈(멕시코 출신 권투 선수. 무적의 복서라는 별명으로 불림-옮긴이)예요?"

"앤서니 퀸이라는 배우야."

라이더는 아무 반응이 없었다.

"당신이 태어나기 전에 유명했던 배우일걸. 저건 '브로드웨이의 교황'이라는 벽화야. 이 동네의 모든 집 없는 사람들을 두 팔 벌려 안아주는 교황 같잖아."

"그렇군요. 그나저나 이제부터 어쩌실 거예요?"

라이더는 벽화에는 별 감동을 못 받은 것 같았다.

보슈는 아직도 벽화를 바라보고 있었다. 앤서니 퀸을 예수 그리스도와 동일시하기는 어려웠지만, 그래도 보슈는 그 벽화를 좋아했다. 벽화는 그 남자의 야성적이고도 감성적인 매력을 제대로 포착해 표현하고 있는 것 같았다. 보슈는 창가로 가까이 가서 아래를 내려다보았다. 벽화 밑에 있는 주차장에서 노숙인 두 명이 신문지 담요를 덮고 잠을 자고 있었다. 앤서니 퀸이 두 팔을 벌려 그들을 안아주는 모양새였다. 보슈는 고개를 끄덕였다. 벽화는 보슈가 이 도시를 사랑하게 된 몇 가지 이유, 브래드베리 빌딩과 앤젤스 플라이트 같은 몇 가지 요인들 중에 하나였다. 찬찬히 살펴보면 이 도시에 애착을 갖게 만드는 정감 어린 것들이 어디에나 있었다.

보슈가 창가에서 돌아섰다. 채스틴과 랭와이저가 라이더를 뒤따라 들어와 있었다.

"여기는 내가 살펴볼게. 키즈와 검사님은 행정실을 맡아줘요."

"그럼 뭐야? 나와 델은 비서실을 맡으란 말이야?"

채스틴이 물었다.

"그래. 비서 책상을 뒤져보면서, 비서의 이름과 인턴이나 사무관의 이름을 찾아봐줘. 오늘 그 사람들을 만나봐야 하니까."

채스틴은 고개를 끄덕였지만 제일 보잘것없는 임무를 맡게 되어 기분이 상한 기색이 역력했다.

"아, 참, 그리고 먼저 밖에 나가서 빈 박스가 있나 찾아서 갖고 와야 할 거야. 실어 나를 자료가 많을 테니까."

채스틴은 한마디 대꾸도 없이 사무실을 나갔다. 보슈가 라이더를 흘끗 보니 라이더가 한심하다는 눈으로 바라보고 있었다.

"왜?"

"아무것도 아니에요. 행정실에 가 있을게요."

라이더가 나가고 이제 랭와이저와 보슈만 남게 되었다.

"다 잘되고 있는 건가요, 형사님?"

"그럼, 잘되고 있고말고요. 이제부터 일을 시작할 겁니다. 검사님의 특별 자문 위원님 소식을 들을 때까지, 내가 할 수 있는 일을 해야겠소."

"죄송해요, 보슈 형사님. 하지만 전화해서 충고를 부탁한 건 형사님이었어요. 이게 제 충고고요. 저는 여전히 이게 올바른 방법이라고 생각해요."

"그래요, 그런지 어떤지 두고 봅시다."

그다음 한 시간 정도에 걸쳐 보슈는 일라이어스의 책상을 뒤지면서, 일라이어스의 소지품과 일정을 적어놓은 달력과 서류들을 꼼꼼히 살펴보았다. 일라이어스가 잊지 않으려고 적어둔 메모와 할 일 목록, 연필로 그린 그림들과 통화 중에 적어놓은 메모를 담은 여러 권의 노트를 살펴보는 데에 시간이 오래 걸렸다. 노트마다 표지에 날짜가 적혀 있었다. 일라이어스는 메모와 낙서량이 방대해서 노트를 일주일마다 한 권씩 갈아치운 것 같았다. 노트에서 사건과 관련된 사실이 툭 튀어나오지는 않았다. 그러나 보슈는 일라이어스의 죽음과 관계된 정황에 대해 알려진 바가 거의 없기 때문에 지금은 중요하지 않은 것처럼 보이는 내용이 나중에는 중요해질 수 있다는 사실을 알고 있었다.

가장 최근에 쓴 노트를 살펴보려고 하는데, 에드거한테서 다시 전화가 왔다.

"해리, 전화 자동응답기에 메시지가 있었다고 했어?"

"응."

"지금은 없어."

보슈는 일라이어스의 의자에 등을 기대고 앉아 눈을 감았다.

"빌어먹을."

"그러게. 삭제되고 없어. 뜯어봤는데 테이프가 아니더라고. 마이크로칩에 메시지가 저장되는 거였어. 그런데 저장된 메시지가 하나도 없어."

"알았어. 수색 계속해. 끝나면 경비실 직원들한테 누가 드나들었는지 알아봐. 로비나 주차장에 CCTV가 있는지 알아봐줘. 내가 떠난 후에 누가 들어간 거야."

"채스틴은 아니야? 자네와 함께 있었잖아."

"아닌 것 같아."

보슈는 전화기를 덮고 일어서서 창가로 걸어갔다. 마음속에서 커져가는 느낌이, 자기가 사건을 주도하지 못하고 사건에 휘둘리고 있다는 느낌이 너무 싫었다.

보슈는 짜증 섞인 한숨을 푹 쉬고 나서 책상으로 돌아가 하워드 일라이어스가 쓴 가장 최근의 노트를 펼쳐 들었다. 페이지를 넘기면서 보니 '파커'라는 사람이 자꾸만 등장했다. 보슈는 이것이 어떤 사람의 실명이 아니라 파커 센터 내부의 누군가를 지칭하는 암호라는 것을 직감했다. 메모는 주로 일라이어스가 파커에게 물어볼 질문들과 파커와 나눈 대화 내용이었다. 내용이 주로 약자로 적혀 있거나 일라이어스 자신이 개발한 듯한 속기법으로 표기가 되어 있어서 해독하기가 쉽지 않았다. 그러나 내용이 분명하게 들어오는 메모들도 있었다. 그 중 한 개를 읽어보니 일라이어스는 파커 센터 내부 깊숙한 곳에 비밀 정보원을 심어둔 것이 분명했다.

파커:

51 전부 갖고 와 – 증거 불충분

1. 쉬헌

2. 코블렌츠

3. 루커

4. 스탠윅

네 개의 이름은 블랙 워리어 사건으로 피소된 경찰국 본부 강력계 형사들의 이름이었다. 일라이어스는 그 네 명의 형사에 대한 51 보고서, 다시 말해 민원 관련 자료를 원하고 있었다. 그중에서도 증거 불충분으로 판결이 난 자료들을 원하고 있었다. 그 말은 일라이어스가 과거에 감찰계가 이 네 사람에 대한 민원을 접수하고 조사했으나 증거 불충분으로 판결하고 징계 처분을 내리지 않은 사건에 관한 자료에 관심이 있다는 뜻이었다. 그런 자료들은 경찰국 정책상 해당 경찰관의 인사 기록에서 빠지기 때문에 일라이어스 같은 변호사가 소환할 수 없었다. 노트에 적힌 내용으로 볼 때 일라이어스는 어떤 경로를 통해서인지는 몰라도 그 네 명의 형사에 대해 증거 불충분으로 처리된 민원 사건들이 있었다는 사실을 알게 되었고, 파커 센터 내부에 그와 관련된 자료에 접근할 수 있는 정보원을 갖고 있었던 것이 분명했다. 그 네 명의 형사에 대해 증거 불충분으로 처리된 민원 사건들이 있었다는 사실을 알아낸 건 그리 놀라운 일이 아니었다. 경찰이라면 누구나 그런 민원 사건을 하나쯤은 갖고 있었다. 모두를 만족시킬 수는 없는 일이니까. 그러나 그런 자료에 접근할 수 있는 사람은 많지 않았다. 만일 일라이어스에게 그런 정보원이 있었다면, 그 정보원은 경찰국 고위직에 있는 사람일 것이다.

그 노트에 적혀 있는 파커에 대한 메모 중 거의 마지막에 있는 것 한 개는 대화 내용을 메모한 것 같아 보였는데, 보슈는 일라이어스가 사무실로 걸려온 전화를 받으면서 메모한 내용 같다고 추측했다. 내용을 보니 일라이어스가 정보원을 잃게 된 것 같았다.

파커 거절

위험 / 노출

그 문제를 밀고나가 봐?

파커가 뭘 거절했다는 거지? 일라이어스가 요구하는 파일을 넘겨주는 것을? 파커는 일라이어스에게 그 자료들을 넘기면 자신이 정보원이라는 사실이 노출될 거라고 생각했나? 보슈가 결론을 내리기에는 정보가 충분하지 않았다. 뿐만 아니라 '그 문제를 밀고나가 봐?'라는 말이 무슨 뜻인지를 알아내기에도 정보가 충분치 않았다. 메모 중 어떤 부분이 하워드 일라이어스의 죽음과 관계가 있는지도 알 수 없었다. 그럼에도 불구하고, 보슈는 굉장한 호기심이 생겼다. 제일 목청을 높여 경찰국을 비난해온 사람들 중 한 명이 경찰국 본부 안에 스파이를 두고 있었다. 집 안에 배신자가 있었던 것이다. 누군지 꼭 알아내야 할 중요한 사안이었다.

보슈는 그 마지막 노트를 서류 가방에 넣었다. 그가 메모를 통해 알아낸 사실들이, 그 중에서도 특히 경찰국 내에 있는 일라이어스의 정보원에 대한 사실들이 재니스 랭와이저 검사가 우려하던 변호인과 의뢰인간의 비밀 유지 원칙 위반에 해당하는 것인지 아닌지 궁금했다. 잠깐 동안 이 문제에 대해 고심하던 보슈는 행정실로 나가서 랭와이저에게 자문을 구하는 일은 하지 않기로 결정했다. 그러고는 수색을 계속했다.

보슈는 컴퓨터와 레이저 프린터가 설치되어 있는 책상으로 의자를 굴려갔다. 컴퓨터 기기는 모두 전원이 꺼져 있었다. 이 책상에는 작은 서랍이 두 개 달려 있었다. 위쪽 서랍에는 컴퓨터 자판이, 아래 서랍에는 사무 용품들이 들어 있고 맨 위에 마닐라 파일이 한 개 놓여 있었다. 보슈는 그 서류철을 꺼내 펼쳤다. 그 속에는 부분 누드 차림의 여자를 찍은 사진을 컬러 복사기로 프린트한 종이가 한 장 들어 있었다. 종이에 접힌 자국이 두 군데 있는 것으로 보아 원래 접혀 있던 것을 편 것이었다. 사진은 신문 가판대에서 팔리는 포르노 잡지에 나오는 사진들만큼 전문적인 솜씨로 찍은 것이 아니었다. 조명이 어설프고 아마추어 냄새가 나는 사진이었다. 사진 속 여자는 백인이었고 짧게 깎은 백발 비슷한 금발이었다. 굽이 10센티미터 정도 되고 넓적다리까지 올라오는 가죽 부츠에 지-스트링만 입고 있었다. 카메라에 엉덩이를 보이고 서서 한 발은 의자에 올려놓고 얼굴은 옆으로 돌린 모습이었다. 그녀의 허리 잘록한 부분 중앙에 나비 리본 문신이 한 개 보였다. 사진 밑에는 손으로 쓴 메모가 있었다.

http://www.girlawhirl.com/gina

컴퓨터에 문외한인 보슈였지만 이것이 인터넷 주소라는 것 정도는 알고 있었다.

"키즈?"

보슈가 큰 소리로 라이더를 불렀다.

라이더는 보슈 팀의 유일한 컴퓨터 전문가였다. 그녀는 할리우드 경찰서 강력반 살인전담팀으로 오기 전에 퍼시픽 경찰서 사기전담팀에서 근무했었다. 그 당시 업무 중 상당 부분이 컴퓨터로 이루어졌었다고 했다. 그녀가 행정실에서 들어오는 것을 보고 보슈가 책상으로 가까이 오라고 손짓을 했다.

"밖에서는 어떻게 돼 가?"

"그냥 파일만 쌓아놓고 있어요. 랭와이저는 특별 자문 위원한테서 연락이 올 때까지 아무것도 들춰보지 못하게 할 건가 봐요. 채스틴 형사가 상자를 많이 가져와야 할 것 같… 그게 뭐예요?"

라이더는 펼쳐진 서류철 안에 든 금발 여자 사진을 보고 있었다.

"서랍 안에 들어 있었어. 한번 봐봐. 거기 주소가 있어."

라이더가 책상을 돌아와서 프린트된 종이를 내려다보았다.

"웹 페이지네요."

"그래. 그러니까 어떻게 들어가야 할까?"

"제가 할게요."

보슈가 일어서서 자리를 비켜주자 라이더가 컴퓨터 앞에 앉았다. 보슈는 의자 뒤에 서서 라이더가 컴퓨터를 켜고 부팅이 끝나기를 기다리는 것을 지켜보았다.

"일라이어스의 인터넷 서비스 공급자가 누군지 볼까요? 어디서 편지지 못 보셨어요?"

라이더가 말했다.

"뭐?"

"편지지요. 기업이나 변호사 사무소 같은 데서는 편지지 윗부분에 자기네 이메일 주소를 인쇄해놓잖아요. 일라이어스의 이메일 주소를 알면 절반은 찾은 건데요."

보슈는 이제야 무슨 말인지 이해가 갔다. 그런데 수색하면서 편지지를 본 기억은 없었다.

"잠깐만 기다려 봐."

보슈는 비서실로 나가서 비서 책상 앞에 앉아 있는 채스틴에게 편지지를 봤느냐고 물었다. 채스틴이 서랍을 열고 편지지가 쌓여 있는 상자를 가리켰다. 보슈는 맨 위에 놓인 한 장을 집어 들었다. 라이더의 말이 맞았다. 편지지의 중앙 상단에 일라이어스의 사무실 주소가, 그리고 그 밑에는 그의 이메일 주소가 인쇄되어 있었다.

helias@lawyerlink.net

보슈는 그 편지지를 들고 일라이어스의 사무실로 돌아갔다. 들어가 보니 라이더는 금발 여자의 사진을 인쇄한 종이가 들어 있는 서류철을 덮어놓고 있었다. 그 사진을 보고 있기 민망했던 것이 틀림없었다.

"갖고 왔어."

보슈가 말했다.

라이더는 보슈가 책상 위 컴퓨터 옆에 놓은 편지지를 내려다보았다.

"좋아요. 이게 사용자 아이디예요. 이젠 비밀번호를 알아야 돼요. 일라이어스가 컴퓨터 비밀번호에 보안을 걸어놨어요."

"빌어먹을."

"걱정 마세요. 대다수의 사람들이 굉장히 쉬운 것을 쓰거든요. 자기들도 잊어버릴까봐서요."

라이더가 타이핑을 시작하면서 말했다.

라이더가 타이핑을 멈추고 컴퓨터 화면을 바라보았다. 컴퓨터가 명령을 실행하는 동안 커서가 모래시계로 바뀌어 있었다. 잠시 후 화면 한가운데에 비밀번호가 일치하지 않는다는 메시지가 떴다.

"뭘 쳤는데?"

보슈가 물었다.

"일라이어스의 생일이요. 선배님이 유족 통지하셨죠? 부인 이름이 뭐예요?"

"밀리."

라이더가 밀리를 입력했고 몇 초 후엔 똑같은 거절 메시지가 떴다.

"아들 이름 쳐볼래? 마틴인데."

보슈가 말했다.

라이더는 아무것도 치지 않고 잠자코 있었다.

"왜?"

"비밀번호 입력을 세 번만 허용하는 데가 많아요. 세 번째에도 틀리면 자동 잠금 상태로 들어가죠."

"영원히?"

"아뇨. 일라이어스가 설정해놓은 시간 동안만요. 15분이 될 수도 있고, 한 시간이 될 수도 있고, 그보다 더 오래 걸릴 수도 있고요. 그러니까 심사숙….”

“V-S-L-A-P-D.”

라이더와 보슈가 뒤를 돌아보았다. 채스틴이 문간에 서 있었다.

“뭐?”

보슈가 되물었다.

“비밀번호 말이야. V-S-L-A-P-D라고. 일라이어스 대(vs) LA 경찰국(LAPD).”

“그걸 어떻게 알아?”

“비서가 압지 밑면에 써놨더라고. 비서도 컴퓨터를 사용했나보지.”

보슈는 잠깐 동안 채스틴을 관찰했다.

“해리 선배? 쳐볼까요?”

라이더가 물었다.

“쳐 봐.”

보슈가 채스틴을 바라보면서 대답했다.

잠시 후 보슈는 고개를 돌려 라이더가 비밀번호를 입력하는 것을 바라보았다. 모래시계가 깜박이더니 화면이 바뀌고 흰 구름이 두둥실 떠 있는 푸른 하늘 아래 들판에 아이콘이 하나둘씩 나타나기 시작했다.

“들어갔어요.”

라이더가 말했다.

보슈는 고개를 돌려 채스틴을 흘끗 바라보았다.

“고마워.”

그러고 나서 보슈는 다시 고개를 돌려 라이더가 아이콘을 누르면서 파일과 프로그램을 살펴보는 것을 지켜보았다. 보슈는 보고 있어도 뭐가 뭔지 알 수가 없었고, 그런 자신이 시대착오적인 인간이라는 사실을 재차 확인했다.

"이런 거 배워두셔야 해요, 선배. 보기보다 쉬워요."

라이더가 보슈의 생각을 읽은 것 같았다.

"당신이 있는데 내가 굳이 배울 필요가 있겠어? 그건 그렇고 지금 뭐 하는 거야?"

"그냥 한번 둘러보는 거예요. 먼저 랭와이저 검사하고 상의해 봐야 할 것 같아요. 사건 이름을 딴 파일이 많이 있어요. 우리가 이걸 먼저 열어봐도 되는지 모르…."

"지금은 그런 건 신경 쓰지 마. 인터넷에 접속할 수 있어?"

보슈가 라이더의 말을 끊고 말했다.

라이더는 마우스로 몇 번 더 클릭을 하더니 화면에 나타난 공란에 아이디와 비밀번호를 입력했다.

"로이어링크(lawyerlink)로 들어가고 있어요. 비밀번호가 똑같으면 저 벌거벗은 아가씨의 웹 페이지로 들어갈 수 있을 거예요."

라이더가 말했다.

"벌거벗은 아가씨라니?"

채스틴이 물었다.

보슈는 책상에서 서류철을 집어 들고 펼치지 않은 상태로 채스틴에게 건넸다. 채스틴은 파일을 펼쳐 사진을 보더니 히죽 웃었다.

보슈는 다시 화면을 바라보았다. 라이더는 일라이어스의 아이디를 사용해서 로이어링크에 들어가 있었다.

"그 주소 좀 불러주실래요?"

라이더는 채스틴이 불러주는 대로 입력했다. 그러고 나서 엔터키를 치고 기다렸다.

"이건 커다란 웹 사이트 안에 있는 하나의 웹 페이지 주소인 것 같아요. 거기 적힌 거는 지나 페이지네요."

"이 사진 속 여자 이름이 지나라는 거야?"

"그런 것 같은데요."

라이더가 말하는 순간 종이에 있던 사진이 화면에 나타났다. 사진 밑에는 사진 속 여자의 인사말과 연락 방법이 적혀 있었다.

미스트리스 레지나예요. 신체 결박, 굴욕, 강제 여성화, 노예 훈련, 골든 블레싱(남의 신체에 오줌을 싸는 것. 골든 샤워라고도 함－옮긴이)을 제공하는 도미네트릭스(성적 쾌감을 위해 폭력을 휘두르며 성행위를 주도하는 여자－옮긴이)죠. 요청에 따라 다른 고문도 가능합니다.

지금 전화주세요.

그 정보 밑에 전화번호와 호출기 번호, 이메일 주소가 적혀 있었다. 보슈는 주머니에서 꺼낸 수첩에 이것들을 베껴 적었다. 그러고 나서 다시 화면을 바라보는데 A라는 문자가 적힌 푸른색 버튼이 눈에 띄었다. 보슈가 그 버튼이 뭐냐고 물어보려는 순간 채스틴이 혀를 끌끌 찼다. 보슈가 돌아보니 감찰계 형사가 고개를 설레설레하고 있었다.

"이 개자식이 무릎을 꿇고서 이 계집한테 지 물건을 흔들어댄 모양이군. 터긴스 목사와 SCCA 친구들이 이 사실을 알고 있었나 몰라."

채스틴이 말했다.

채스틴이 말한 SCCA는 사우스 센트럴 교회 연합회(the South Central Churches Association)라는 단체로, 터긴스 목사가 회장직을 맡고 있었고, 경찰의 직권 남용 혐의에 대한 사우스 센트럴 지역 주민의 분노를 언론에 보여줄 필요가 있다고 판단한 일라이어스가 도움을 요청할 때마다 기꺼이 시위를 벌여주곤 했다.

"아직은 일라이어스가 이 여자를 만난 적이 있는지 없는지도 몰라, 채스틴."

보슈가 말했다.

"무슨 소리, 만났구만 뭐. 아니면 이런 광고지가 왜 여기 있겠어? 일라이어스가 이런 더러운 짓을 하고 돌아다녔다면, 무슨 일에 얽혀들었을지 누가 알겠어. 수사 방향을 제대로 잡은 거야, 보슈, 암, 그렇고말고."

"걱정하지 마, 모든 것을 확인할 거니까."

"당연히 그래야지."

이때 라이더가 끼어들었다.

"어, 여기 오디오 버튼이 있어요."

보슈는 컴퓨터 화면을 바라보았다. 라이더가 푸른색 버튼 위에 나타난 화살표를 가리켰다.

"그게 무슨 말이야?"

보슈가 물었다.

"미스트리스 레지나의 목소리를 들을 수 있다고요."

라이더가 버튼 위의 화살표를 클릭했다. 그러자 컴퓨터가 오디오 프로그램을 다운받아서 재생하기 시작했다. 컴퓨터 스피커에서 어둡고 굵은 목소리가 흘러나왔다.

"미스트리스 레지나예요. 당신이 내게 오면 내가 당신 영혼의 비밀을 찾아줄게요. 나와 함께 진정한 복종이란 무엇인지 깨닫고, 그 복종을 통해 당신의 진정한 자아를 발견하고, 다른 어디에서도 찾을 수 없는 해방감을 느낄 수 있을 거예요. 당신을 내 사람으로 만들 거예요. 내가 당신의 주인이 될 거예요. 기다리고 있을게요. 지금 전화주세요."

형사들은 한동안 아무 말도 하지 않았다. 보슈가 먼저 채스틴을 바라보았다.

"그 여자 같아?"

"누구?"

"일라이어스의 아파트 자동응답기에서 들었던 여자."

갑자기 그럴 수도 있겠다는 생각이 들었는지 채스틴은 잠자코 생각을 해보는 눈치였다.

"그게 무슨 말이에요?"

라이더가 물었다.

"그거 다시 틀어줄래?"

보슈가 라이더에게 말했다.

라이더는 오디오 버튼을 다시 누른 후 자동응답기에서 들었던 여자가 무슨 말이냐고 재차 물었다. 보슈는 오디오 재생이 끝날 때까지 기다렸다.

"어떤 여자가 일라이어스의 아파트 전화 자동응답기에 메시지를 남겼어. 일라이어스의 부인은 아니었어. 그런데 이 목소리도 아닌 것 같아."

보슈는 다시 채스틴을 쳐다보았다.

"글쎄, 잘 모르겠네. 맞는 것 같기도 한데. 필요하면 감식실에서 비교를 해보면 되지 않을까?"

채스틴이 말했다.

보슈는 전화기에 녹음된 메시지가 삭제됐다는 사실을 채스틴이 알고 있는지 알아보려고 그의 표정을 살폈지만, 아무것도 보지 못했다.

"왜 그래?"

보슈의 눈길이 불편했는지 채스틴이 물었다.

"아무것도 아니야."

보슈가 말했다.

그는 고개를 돌려 컴퓨터 화면을 바라보았다.

"아까 이건 더 큰 웹 사이트의 한 부분이라고 했잖아. 그럼 그 큰 웹 사이트에 들어가 볼 수 있을까?"

보슈가 라이더에게 말했다.

라이더는 아무 대꾸도 없이 자판을 두들기기 시작했다. 잠시 후 화면이 바뀌더니 스타킹을 신은 여자의 다리가 화면을 대각선으로 가로지르는 사진이 나타났다. 그 밑에는 다음과 같이 적혀 있었다.

> 걸라훨(GIRLAWHIRL)에 오신 것을 환영합니다.
>
> 남부 캘리포니아에서 가장 은밀하고 관능적이고 에로틱한 서비스를 당신에게

이 인사말 밑에는 목차가 있었고, 관능적인 마사지에서부터 저녁 사교 모임 동반, 여성 주도의 섹스에 이르기까지 다양한 서비스 목록이 나와 있어서, 사용자가 원하는 서비스를 선택할 수 있었다. 라이더가 여성 주도의 섹스라는 마지막 목록을 클릭하자 그 서비스를 제공하는 미스트리스의 이름과 지역번호 이니셜이 적힌 박스들이 가득한 새 화면이 떴다.

"더러운 인터넷 매음굴이구만."

채스틴이 말했다.

보슈와 라이더는 아무 말도 하지 않았다. 라이더는 화살표를 미스트리스 레지나 칸으로 옮겨갔다.

"이게 개인 웹 페이지예요. 원하는 웹 페이지를 클릭하면 들어갈 수 있게 되어 있어요."

라이더가 박스를 클릭하자 아까 보았던 레지나 페이지가 다시 나타났다.

"일라이어스가 이 여자를 선택한 거네요."

라이더가 말했다.

"백인 여자라…. 백인 여자한테 골든 블레싱을 받았단 말이지. 남쪽 친구들이 들으면 별로 안 좋아할 것 같은데."

채스틴이 의기양양한 말투로 말했다.

라이더가 고개를 돌리고 채스틴을 날카롭게 노려보았다. 무슨 말인가 하려던 라이더가 갑자기 눈이 휘둥그레지더니 감찰계 형사 너머 문간을 바라보았다. 이 모습을 본 보슈도 고개를 돌렸다. 사무실 문간에 재니스 랭와이저 검사가 서 있었다. 그리고 그 옆에는 보슈가 신문과 텔레비전에서 종종 본 적이 있는 여자가 서 있었다. 혼혈아인 듯 부드러운 밀크커피 색의 피부를 가진 매력적인 여자였다.

보슈가 랭와이저에게 말했다.

"잠깐만요. 여긴 범죄 수사가 이루어지는 곳입니다. 그분은 여기 들어오시면 안 되…."

"아뇨, 보슈 형사님, 들어오실 수 있어요. 조금 전에 휴턴 판사가 이분을 이 사건의 특별 자문 위원으로 임명했어요. 우리를 위해 자료를 미리 점검해주실 분이에요."

랭와이저가 말했다.

이 말이 떨어지기가 무섭게 그 여자가 방 안으로 성큼성큼 걸어 들어오더니 예의바른 미소를 지으며 보슈에게 악수를 청했다.

"보슈 형사님. 만나서 반갑습니다. 서로 협조해서 잘 해봅시다. 칼라 엔트런킨입니다."

여자가 말했다. 잠깐 말을 멈추고 기다렸지만 아무 응답이 없자 그녀가 말을 이었다.

"우선 여러분 모두 이곳에서 나가주셔야 되겠습니다."

12 감찰관

브래드베리 빌딩 밖으로 나온 형사들은 빈손으로 각자의 자동차를 향해 걸어갔다. 보슈는 화가 완전히 풀리지는 않았지만 아까보다는 진정이 된 상태였다. 그는 채스틴과 델라크로체가 각자의 차로 걸어가는 것을 보면서 뒤처져서 느릿느릿 걸었다. 그들이 차를 몰고 캘리포니아 광장으로 가기 위해 벙커힐 오르막길을 올라가는 것을 지켜보던 보슈는 키즈의 형사 차 조수석 문을 열었지만 차에 타지는 않았다. 허리를 굽히고 들여다보니 라이더는 안전벨트를 매고 있었다.

"먼저 올라가, 키즈. 좀 있다가 저 위에서 보자."

"걸어가시게요?"

보슈는 고개를 끄덕이고는 손목시계를 보았다. 8시 30분이었다.

"앤젤스 플라이트를 타고 올라갈게. 다시 운행을 하고 있을 테니까. 저 위에 올라가면 뭘 해야 하는지 알지? 다들 이웃집 문을 두드리고 다니기 시작하라고 해."

"네, 그럼 좀 있다가 뵐게요. 다시 올라가서 그 여자와 말씀 나눠 보시려고요?"

"엔트런킨? 응, 그래보려고. 일라이어스의 열쇠 아직 갖고 있어?"

"네."

라이더가 지갑에서 열쇠고리를 꺼내 보슈에게 건넸다. 그러고는 말을 이었다.

"제가 알아야 할 일이라도 있나요?"

보슈는 잠깐 망설였다.

"아직은 아니야. 이따가 위에서 만나."

라이더는 시동을 걸었다. 그녀는 출발하기 전에 다시 보슈를 쳐다보았다.

"선배, 괜찮아요?"

보슈는 고개를 끄덕였다.

"괜찮지, 그럼. 사건 수사일 뿐인데, 뭐. 처음엔 채스틴이 굴러들어오더니. 그놈은 항상 날 쫓아다니면서 괴롭힌단 말이야. 그런데 이젠 또 칼라 엔트런킨이야. 그 여자가 이 사건을 주시하고 있을 거라는 생각만 해도 골치가 아팠는데, 이젠 수사에 참여까지. 이래서 난 정치가 싫어, 키즈. 수사하고 사건을 해결하는 데만 신경 쓰고 살면 안 되겠냐고."

"그 얘기가 아니라요. 아까 새벽에 할리우드에서 처음 만났을 때부터 선배 얼굴에 수심이 가득했어요. 무슨 일 있어요?"

보슈는 무심결에 고개를 끄덕일 뻔했다.

"나중에 얘기해, 키즈. 지금은 할 일이 있으니까."

보슈가 말했다.

"그래요. 그런데 걱정이 되려고 해요. 정신 바짝 차리셔야 해요. 선배가 산만해지면 우리도 산만해지고, 그러면 수사는 지지부진해질 테니까요. 다른 때 같으면 괜찮을지 몰라도 이번 건은 선배도 말씀하셨다시피 지켜보는 눈이 있잖아요."

보슈는 또 고개를 끄덕였다. 라이더가 그의 사적인 고민을 감지해냈다는 것은 그녀의 형사로서의 능력을 보여주는 증거였다. 언제나 인간의 마음을 읽어내는 것이 단서를 읽어내는 것보다 더 중요했다.

"알았어, 키즈. 정신 바짝 차릴게."

"네, 선배님."

"위에서 만나자."

보슈는 차 지붕을 두드린 후 라이더가 출발하는 것을 지켜보면서, 예전에는 이런 때 보통 담배를 입에 물었다는 생각을 했다. 그러나 지금은 그러지 않았다. 그는 손에 든 열쇠들을 내려다보면서 다음에 할 일을 생각했고 대단히 신중하게 행동해야 한다고 마음을 다잡았다.

다시 브래드베리로 들어간 보슈는 느리게 움직이는 엘리베이터를 타고 올라가면서 손에 든 열쇠들을 만지작거리며 칼라 엔트런킨이 이 사건에 세 번이나 등장한 사실에 대해 생각했다. 처음에는 지금은 사라지고 없는 일라이어스의 전화번호 수첩에서 흥미로운 전화번호로 등장하더니, 그다음에는 경찰국 감찰관으로서 사건에 대해 통지를 받으면서 등장했고, 이젠 일라이어스의 자료들 중 수사관들이 봐도 되는 자료를 결정하는 권한을 가진 특별 자문 위원으로서 전면적으로 등장한 것이다.

보슈는 우연의 일치를 좋아하지 않았다. 우연의 일치를 믿지 않았다. 그는 엔트런킨의 속셈이 무엇인지 알아내야 한다고 생각했다. 그게 무엇인지 알 것 같기는 한데, 본격적으로 수사를 진행하기 전에 반드시 확인을 하고 넘어가야겠다는 생각이 들었다.

꼭대기 층에서 내린 보슈는 엘리베이터를 로비로 내려 보내기 위해 로비 버튼을 누르고 나서 엘리베이터에서 내렸다. 일라이어스 변호사 사무소 문은 잠겨 있었다. 보슈는 변호사 명패 바로 밑 이중 유리문을 세게 두드렸다. 잠시 후 재니스 랭와이저가 문을 열었다. 칼라 엔트런킨은 2, 3미터 뒤에 서 있었다.

"뭐 잊은 게 있으세요, 보슈 형사님?"

랭와이저가 물었다.

"아뇨. 혹시 주차금지 구역에 있는 외제차 검사님 것 아닌가요? 빨간색 스포츠카? 견인해가려고 하던데. 그 친구한테 경찰 배지를 보여주면서 5분만 기다려달라고 했어요. 그래도 금방 견인해갈 것 같은데."

"이런!"

랭와이저는 문을 나가면서 엔트런킨을 돌아보며 말을 이었다.

"금방 돌아올게요."

랭와이저가 보슈 옆을 지나가자 보슈는 사무실 안으로 들어가서 문을 닫았다. 그리고 문을 잠그고 나서 엔트런킨을 향해 돌아섰다.

"문은 왜 잠갔죠? 다시 열어놓으세요."

엔트런킨이 말했다.

"하고 싶은 말을 하려면 누구의 방해도 받지 않고 하는 편이 낫겠다 싶어서요."

엔트런킨은 다가올 공격에 대비하듯 가슴에 팔짱을 꼈다. 그녀의 표정을 관찰하던 보슈는 조금 전 그녀가 모두에게 나가달라고 요청했을 때 느꼈던 것과 똑같은 느낌을 받았다. 그녀가 마음속 고통을 꾹꾹 누르고 힘겹게 참아내고 있는 것 같은 느낌이 들었다. 그런 엔트런킨의 모습을 보자 보슈는 TV에서 봤던 다른 여자가, 몇 년 전 워싱턴에서 열린 한 대법원 판사의 인준 청문회에서 정치인들로부터 공격을 받았던 오클라호마 대학교 법대 교수(아니타 힐이라는 여교수. 클래런스 토머스라는 흑인 판사가 대법원 판사로 지명되고 인준 청문회가 열렸을 때 그의 성희롱 전력을 폭로해 큰 파장을 가져온 인물. 여성에 대한 직장 내 성폭력, 인종간 성문제 등에 대한 뜨거운 논쟁을 불러일으킴 – 옮긴이)가 떠올랐다.

"이봐요, 보슈 형사, 내가 보기에는 다른 방법이 없어요. 우린 신중해야 해요. 사건 해결뿐만 아니라 지역 사회의 반응에도 신경을 써야 해요. 시민들에게 가능한 모든 조치를 취하고 있다는 것을 보여주고 안심시켜야 해요. 이제까지 수도 없이 보아왔던 것처럼 얼렁뚱땅 넘어가지는 않는다는 것을 보여줘야 한다고요. 그러려면…."

"헛소리 하지 말아요."

"뭐라고요?"

"당신이 이 사건을 맡으면 안 되죠. 그건 당신도 잘 알고 있을 텐데."

"헛소리는 그게 헛소리군요. 난 이 지역 사회 시민들의 신임을 받고 있어요. 그들이 이 사건에 대해 당신이 하는 말을 믿어줄 것 같아요? 어빙 부국장이나 국장이 하는 말을 믿어줄 것 같아요?"

"하지만 당신은 경찰들의 신임은 못 받고 있잖아요. 게다가 심각한 이해의 충돌도 있고. 안 그렇습니까, 경찰국 감찰관님?"

"무슨 말을 하는 거예요? 휴턴 판사가 나를 특별 자문 위원으로 선택한 것은 현명한 결정이었다고 생각해요. 난 어차피 감찰관으로서 이 사건에 대해 감독권을 갖고 있잖아요. 그러니까 내가 특별 자문 위원이 됨으로써 다른 사람을 추가로 영입해 일을 복잡하게 만들지 않고 간소화하게 된 거죠. 휴턴 판사가 내게 연락을 한 거예요. 내가 한 게 아니라."

"지금 그 얘기를 하는 게 아니라는 걸 알면서 왜 딴소립니까. 난 이해의 충돌 이야기를 하고 있어요. 당신이 이 사건 현장 근처에는 얼씬도 하지 말아야 하는 이유 말이죠."

엔트런킨은 대체 무슨 소린지 모르겠다는 듯 고개를 가로저었지만 표정을 보니 보슈가 무엇을 알고 있는지 두려워하고 있는 게 틀림없었다.

"내 말이 무슨 뜻인지 아실 텐데요. 당신과 일라이어스의 관계 말입니다. 그의 아파트에 갔었습니다. 나는 아파트를 나오고 당신은 들어가고 그랬던 것 같더군요. 거기서 만났어야 했는데 유감이군요. 그랬다면 그때 이 문제를 매듭지을 수 있었을 텐데 말이죠."

보슈가 말했다.

"지금 무슨 말을 하는지 모르겠군요. 그건 그렇고 랭와이저 검사는 당신들이 그의 아파트와 사무실에 먼저 들어가지 않고 영장이 나오기를 기다리고 있었다고 했는데요. 그 말이 사실이 아닌 모양이죠?"

보슈는 자신의 실수를 깨닫고 멈칫했다. 이제 공이 엔트런킨의 코트로 넘어갔다는 생각이 들었다.

"아파트 안에 부상당한 사람이 있는지, 도움이 필요한 사람이 있는지 확인을 해야 했어요."

보슈가 말했다.

"아, 네, 그러시겠죠. O. J. 심슨 집 담을 넘은 경찰들처럼 말이죠. 모두들 무사한지 확인을 하고 싶으셨다 그 말씀이군요."

엔트런킨은 다시 고개를 가로저었다.

"이 경찰국이 아직도 이렇게 오만한 태도를 보이고 있다는 게 정말 놀랍군요. 당신에 대해 들은 소문이 있어서 당신은 이러지 않을 줄 알았는데요, 보슈 형사."

"지금 누가 누구보고 오만하다는 거죠? 그곳에 몰래 들어가서 증거물을 없앤 사람이 바로 당신이잖아요. 경찰국의 감찰관, 경찰을 경찰하는 사람인 당신이 말이죠. 이제 당신은…."

"증거물이라니 무슨 증거물이요? 난 그런 짓을 하지 않았어요!"

"당신은 전화기에 녹음된 당신의 메시지를 지웠고 당신의 이름과 전화번호가 적힌 전화번호 수첩을 가져갔어요. 거기 아파트 열쇠와 주차장 출입 카드를 가지고 있을 걸요, 분명히. 주차장을 통해 들어가서 아무도 당신을 보지 못했죠. 어빙 부국장이 전화를 걸어 일라이어스의 사망 사실을 알린 직후에 갔던 거죠. 부국장은 당신과 일라이어스가 그렇고 그런 사이라는 걸 몰랐고."

"재미있는 이야기군요. 증거를 대보시죠."

보슈는 한 손을 들어 올렸다. 손바닥에 일라이어스의 열쇠고리가 있었다.

"일라이어스의 열쇠 꾸러미죠. 여기에 그의 집 열쇠도 아니고 아파트 열쇠도 아니고 사무실 열쇠도 아니고 자동차 열쇠도 아닌 것이 두 개 있더군요. 그래서 지금 자동차 관리국에서 당신 주소를 알아내서 현관문에 넣고 돌려볼까 생각 중입니다, 감찰관님."

엔트런킨의 눈이 재빨리 열쇠를 외면했다. 엔트런킨이 돌아서더니 일라이어스의 사무실로 들어갔다. 보슈는 그녀가 천천히 책상을 돌아가 의자에 앉는 것을 지켜보았다. 그녀는 금방이라도 울음을 터뜨릴 것 같은 표정이었다. 보슈가 열쇠로 그녀의 방어막을 허물어뜨린 것이다.

"그를 사랑했습니까?"

보슈가 물었다.

"뭐라고요?"

"그를 사랑…."

"어떻게 그런 걸 물을 수가 있죠?"

"그게 내 일이니까요. 살인 사건이 발생했어요. 당신이 관련되어 있고요."

엔트런킨은 보슈에게서 고개를 돌려 자기 오른쪽을 바라보았다. 그녀는 창문 너머로 앤서니 퀸 벽화를 노려보고 있었다. 울음을 가까스로 참고 있는 것 같았다.

"이봐요, 감찰관님, 한 가지 사실을 기억해주겠어요? 하워드 일라이어스는 죽었습니다. 당신이 믿든 말든 나는 그를 죽인 범인을 잡고 싶어요. 알겠소?"

엔트런킨이 머뭇거리면서 고개를 끄덕였다. 보슈는 침착한 목소리로 천천히 말을 이었다.

"범인을 잡기 위해서는 일라이어스에 대해서 가능한 한 모든 것을 알아야 합니다. 텔레비전과 신문에서 본 것뿐만 아니라, 다른 경찰들한테 들은 이야기와 그의 자료에 나와 있는 것들 전부…."

비서실에서 누가 잠긴 문이 안 열리니까 유리문을 세게 두드리기 시작했다. 엔트런킨이 일어서서 문으로 걸어갔다. 보슈는 일라이어스의 사무실에서 기다리고 있었다. 엔트런킨이 문을 열더니 랭와이저에게 말했다.

"미안한데 몇 분만 기다려줘요."

엔트런킨은 대답을 기다리지 않고 문을 닫고 나서 다시 잠근 후 일라이어스의 사무실로 돌아와 책상 앞 의자에 앉았다. 보슈는 사무실 밖에서는 들을 수 없도록 아주 작은 목소리로 그녀에게 말했다.

"난 전부 다 알아야 해요. 당신이 나를 도와줄 수 있는 위치에 있다는 건 우리 둘 다 잘 알고 있죠. 그러니 이 정도에서 휴전 협정을 맺는 게 어때요?"

엔트런킨의 한쪽 뺨 위로 눈물이 주르륵 흘러내리더니 이윽고 다른 쪽 뺨에서도 눈물이 흘러내렸다. 그녀는 옆으로 몸을 숙이고 책상 서랍을 열기 시작했다.

"왼쪽 맨 아래 서랍이요."

보슈가 책상 서랍을 뒤져본 기억에 따라 말했다.

엔트런킨은 서랍을 열고 티슈 통을 꺼냈다. 티슈 통을 무릎 위에 올려놓고 티슈 한 장을 뽑아 두 뺨과 두 눈을 살짝 눌러 닦았다. 그러고는 입을 열었다.

"모든 게 그렇게 빨리 변하다니 참 희한하죠…."

긴 침묵이 흘렀다.

"하워드와는 오랫동안 피상적으로만 알고 지냈어요. 내가 변호사로 일할 때였죠. 직업적으로만 알고 지내는 사이였어요. 연방법원 복도에서 인사나 하고 지나치는 정도였죠. 그러다가 내가 경찰국 감찰관으로 임명이 되고 보니 경찰국뿐만 아니라 경찰국을 비판하는 사람들에 대해서도 잘 알고 있어야 한다는 생각이 들더군요. 그래서 하워드에게 만나자고 연락을 했어요. 우린 바로 여기서 만났어요. 하워드가 바로 여기에 앉아 있었죠…. 그때부터 시작됐어요. 그래요, 난 하워드를 사랑했어요…."

고백과 함께 울음이 왈칵 쏟아진 엔트런킨은 티슈 몇 장을 더 꺼내 눈물을 닦았다.

"얼마나 됐습니까? …그러니까 당신들이 …만난 지가?"

보슈가 물었다.

"6개월 정도요. 하지만 하워드는 아내를 사랑했어요. 아내와 헤어질 생각은 전혀 없었죠."

이제 엔트런킨의 얼굴은 말라 있었다. 그녀는 티슈 통을 서랍에 넣었고, 조금 전까지 얼굴을 덮고 있던 구름이 완전히 사라진 것 같았다. 보슈는 그녀가 조금 전과는 달라졌다는 것을 느낄 수 있었다. 그녀는 책상 위로 윗몸을 기울이고 보슈를 바라보았다. 대단히 사무적인 태도였다.

"좋아요, 거래를 합시다, 보슈 형사. 하지만 당신하고만 하는 거예요. 그동안 일어났던 모든 일에도 불구하고… 내게 약속을 해주면 당신을 믿을게요."

"고맙군요. 거래 조건이 뭐죠?"

"당신한테만 모든 것을 말해줄게요. 대신 당신은 나를 보호해줘야 해요. 그 말은 내가 당신의 정보원이라는 사실을 끝까지 비밀로 해주어야 한다는 뜻이에요. 하긴 걱정할 필요도 없긴 하지만요. 내가 당신한테 전해주는 어떤 정보도 법정에서 증거로 인정되지 않을 테니까요. 내가 말해주는 건 전부 방증 정도로만 알고 있으세요. 당신한테 도움이 될 수도 있고 안 될 수도 있겠지만요."

보슈는 잠깐 동안 엔트런킨의 말에 대해 생각했다.

"당신을 정보원이 아니라 용의자로 대우해야 할 것 같은데요."

"하지만 내가 아니라는 건 당신도 직감하고 있잖아요."

보슈는 고개를 끄덕였다.

"그래요, 여자 짓은 아니었습니다. 남자가 저지른 살인이라는 표식이 사방에 새겨져 있었어요."

보슈가 말했다.

"경찰관이 저지른 살인이라는 표식은 없던가요?"

"있는 것도 같고 없는 것도 같고. 이제부터 알아내야 할 문제죠. 지역사회의 반응, 파커 센터의 정치 등등의 문제는 신경 쓰지 않고 수사에만 전념할 수 있다면 알아낼 수 있겠죠."

"자, 그럼 거래가 성사된 건가요?"

"그전에 먼저 알아야 할 게 있습니다. 일라이어스는 파커 센터 내부에 정보원이 있었어요. 고위직인 것 같아요. 감찰계의 증거 불충분 판결 사건 자료들을 넘길 수 있을 정도로요. 그 정보원이 누…."

"난 아니에요. 하워드와 관계를 맺기 시작했을 때 내가 선을 넘었다는 건 인정해요. 그건 내 머리가 아니라 내 마음이 시킨 일이었어요. 하지만 당신이 말하는 그런 선은 넘지 않았어요. 절대로 아니에요. 당신들, 상당수의 경찰관들이 생각하는 것과는 달리, 내 목표는 경찰국을 구원하고 개선하는 거예요. 파괴하는 게 아니라요."

보슈는 엔트런킨을 멍하니 바라보았다. 그녀는 그 눈길을 불신의 눈길로 받아들였다.

"내가 어떻게 그런 자료를 구해서 그에게 넘겨줬겠어요? 난 경찰국 최대의 공공의 적인데요. 내가 들어가서 그런 자료를 가지고 나오면, 아니 그런 자료의 열람을 요청하기만 해도, 그 소문이 지진파보다도 빠른 속도로 경찰국 내에 쫙 퍼질 걸요."

보슈는 엔트런킨의 단호한 표정을 찬찬히 살펴보았다. 그는 그녀의 말이 맞다는 것을 알고 있었다. 엔트런킨은 그렇게 발 벗고 나서서 정보를 빼내 주지는 않았을 것 같았다. 보슈는 고개를 끄덕였다.

"그럼 합의가 된 건가요?"

엔트런킨이 물었다.

"그래요. 조건이 하나 붙기는 하지만."

"그게 뭐죠?"

"당신이 한 번이라도 내게 거짓말을 하고 그 사실을 내가 알게 되면, 그 순간부터 거래는 끝입니다."

"물론이죠. 좋아요. 하지만 지금은 이야기할 시간이 없어요. 당신들이 수사를 시작하려면 내가 이 자료들 점검을 빨리 끝내야 하니까요. 난 이 도시를 위해서 뿐만 아니라 나 자신을 위해서라도 이 사건이 해결되기를 바라요. 내 마음 이해하겠죠? 나중에 만나는 게 어때요? 자료 점검을 끝낸 후에."

"좋습니다."

15분 후 브로드웨이를 건너가던 보슈는 그랜드 센트럴 마켓의 주차장 문이 열려 있는 것을 보았다. 그 시장 안에 들어가 본 지 몇 년, 아니 몇 십 년은 되는 것 같았다. 보슈는 그 시장을 가로질러 통과해 힐 스트리트에 있는 앤젤스 플라이트 역으로 가기로 결심했다.

거대한 시장 안에는 음식 가판대와 농산물 가판대와 정육점이 줄지어 늘어서 있었다. 멕시코에서 들여온 값싼 장신구와 사탕을 파는 노점상들도 있었다. 시장 문을 연 지 얼마 안 됐고 아직까지는 시장 안에 손님보다 상인이 더 많았지만, 기름 냄새와 튀김 요리 냄새가 진동을 했다. 시장 안을 가로질러 힐 스트리트를 향해 걸어가는 보슈의 귀에 스타카토의 스페인 말이 곳곳에서 들렸다. 한 정육점 상인은 냉장이 되는 진열장 안 얼음 위, 예쁘게 줄지어 세워놓은 자른 소꼬리 토막들 옆에 염소 머리들을 조심스럽게 진열하고 있었다. 시장 저 끝 쪽에는 노인들이 간이 탁자 앞에 앉아 짙은 커피가 든 잔을 앞에 놓고 멕시코식 페이스트리 빵을 먹고 있었다. 그 모습을 보자 보슈는 탐문 수사를 시작하기 전에 먹을 수 있게 도넛을 사다놓겠다고 에드거에게 약속했던 것이 생각났다. 주변을 둘러보았지만 도넛 가게는 보이지 않고 추로스만 보여서, 바싹 튀긴 막대기 모양의 빵에 계피 설탕을 묻힌 추로스를 한 봉지 샀다.

보슈가 힐 스트리트 쪽으로 걸어 나와서 오른쪽을 흘끗 보니 몇 시간 전 베이커와 채스턴이 담배꽁초 여러 개를 발견했던 자리에 한 남자가 서 있었다. 남자는 허리에 핏자국이 얼룩덜룩한 앞치마를 두르고 있었고 머리에는 흰 위생모를 쓰고 있었다. 그는 앞치마 속으로 손을 넣어 더듬거리더니 담배 한 갑을 꺼냈다.

“봐, 내 말이 맞잖아.”

보슈는 소리 내어 중얼거렸다.

보슈는 길을 건너 앤젤스 플라이트 역의 아치문으로 걸어가서 두 명의 아시아인 관광객 뒤에 섰다. 두 량의 기차가 중간 지점에서 서로를 지나치고 있었다. 보슈는 각 기차의 문 위에 적힌 이름을 살펴보았다. 시나이가 올라가고 있었고 올리벳이 내려오고 있었다.

1분 후, 보슈는 관광객들을 따라 올리벳에 올랐다. 아무것도 모르는 관광객들은 열 시간 전 카탈리나 페레즈가 살해된 바로 그 벤치에 앉았다. 핏자국은 깨끗이 지워져서 없었고, 나무색이 너무 짙고 나무가 오래된 거라서 얼룩이 남아 있더라도 잘 보이지 않았다. 보슈도 굳이 나서서 그 자리의 가장 최근 역사에 대해 말해주지 않았다. 어차피 영어를 못 알아들을지 모른다는 생각도 들었다.

보슈는 아까 앉았던 자리에 앉았다. 자리에 앉으면서 다리가 가벼워지는 순간 하품이 절로 나왔다. 기차가 덜컹하더니 언덕을 오르기 시작했다. 아시아인 관광객들은 사진을 찍기 시작했다. 몇 장 찍고 나서는 보슈를 바라보며 자기네 카메라로 사진 좀 찍어달라는 시늉을 했다. 보슈는 고개를 끄덕이고는 관광 가이드의 역할을 성실히 수행했다. 그들은 재빨리 카메라를 받아들고는 기차 위쪽으로 올라갔다.

보슈는 그 관광객들이 자기한테서 뭔가를 느낀 건 아닐까 생각했다. 위험이나 아픔 같은 것을 느낀 건 아닐까 궁금했다. 어떤 사람들은 이런 것들을 감지해내는 능력을 갖고 있었다. 그리고 보슈에게서 그런 것을 감지해내는 게 어렵지도 않을 것이다. 그는 꼬박 스물네 시간 이상이나 잠을 자지 못하고 있었다. 한 손을 들어 얼굴을 쓱 부비니까 축축한 회반죽 같은 느낌이 들었다. 보슈는 상체를 굽히고 두 팔꿈치를 무릎에 대고 두 손으로 얼굴을 감쌌다. 다시는 느끼지 않기를 바랐던 그 고통이 다시 찾아온 것을 느낄 수 있었다. 이렇게 외로움을 느낀 것이, 이 도시에서 철저하게 이방인이 된 것 같은 느낌이 들었던 것이 언제였던가. 목 안에 뭐가 걸리고 가슴이 옥죄는 느낌이었고, 이렇게 넓은 공간 안에 있는 데도 수의에 싸여 관 속에 누운 것 같은 밀실 공포증이 느껴졌다.

보슈는 또다시 휴대전화기를 꺼냈다. 액정 화면에 뜬 배터리 표시를 보니 배터리가 거의 없었다. 그래도 운이 좋으면 한 통 정도는 걸 수 있을 것이다. 보슈는 집 전화번호를 누르고 나서 기다렸다.

새 메시지가 한 개 있었다. 보슈는 중간에 배터리가 완전히 방전될까 봐 걱정하면서 재빨리 메시지 재생 비밀번호를 누르고 수화기를 귀에 바짝 갖다 댔다. 그러나 들리는 목소리는 엘리노어의 목소리가 아니었다. 수화기를 셀로판지로 덮고 포크로 셀로판지에 구멍을 뚫은 후 말하는 것처럼 이상하게 들렸다.

목소리가 말했다.

"이 사건은 그냥 덮어둬, 보슈. 경찰을 막아서는 놈은 누구나 개새끼이고 개새끼처럼 죽어도 싸. 옳은 일을 해, 보슈. 사건을 덮어둬. 알았어? 사건을 덮어둬."

13 상황 보고

보슈는 수사 진척 상황을 보고하기 위해 어빙 부국장과 만나기로 한 시각보다 25분 일찍 파커 센터에 도착했다. 일라이어스 피살 사건 수사팀의 다른 여섯 형사들은 아파트 주민 탐문 수사를 마무리하고 각자 다음 할 일을 시작하라고 현장에 놔두고 혼자만 온 것이었다. 보슈는 접수대 앞에 멈춰 서서 제복 경찰관에게 경찰 배지를 보여준 후 앞으로 30분 안에 접수대로 익명의 제보 전화가 걸려올 거라고 말했다. 보슈는 경찰관에게 그 전화를 어빙 부국장의 개인 회의실에 있는 자기한테 즉시 연결해달라고 부탁했다.

그러고 나서 보슈는 엘리베이터를 타고 어빙의 집무실이 있는 6층이 아니라 3층으로 올라갔다. 홀을 가로질러 강력계 형사실로 가면서 보니 형사실 안에는 보슈가 조금 전에 불러낸 네 명의 형사들만 나와 있었다. 앤젤스 플라이트 살인 사건 신고를 받고 현장에 맨 처음 출동한 베이츠, 오툴, 잉거솔, 그리고 루커 형사였다. 그들은 하나같이 눈이 게슴

츠레하고 피곤한 기색이 역력했다. 사건을 보슈 팀에 넘기기 전 새벽까지 야근을 했기 때문에 당연한 일일 것이다. 보슈는 아침 9시에 전화를 걸어 곤하게 자고 있던 그들을 깨워서는 30분 후에 파커 센터에서 만나자고 통보를 했다. 그렇게 빨리 불러들이는 일이 전혀 어렵지 않았다. 보슈는 그들의 직장이 달린 문제라고 말했었다.

"시간이 별로 없습니다."

보슈는 책상이 양옆으로 늘어서 있는 복도를 서성이며 네 형사들과 눈을 맞추면서 입을 열었다. 자기 책상 앞에 앉아 있는 루커를 형사 세 명이 둘러싸고 서 있었다. 이 모습을 보니 분명히 알 수 있었다. 현장에 그들 네 명만 있을 때 무슨 결정이 내려졌든 그 결정은 루커가 내린 것이 틀림없었다. 루커가 이 네 명의 팀장이었다.

보슈는 네 형사들 바로 옆에 멈춰 섰다. 그러고는 마치 TV 뉴스 기자처럼, 자기는 지금 그냥 이야기를 하고 있을 뿐이지 협박을 하는 것은 아니라고 강조하는 것처럼 두 손을 자연스럽게 움직여가며 이야기를 하기 시작했다.

"당신들 네 사람은 출동 지시를 받고 현장에 나왔어요. 현장에 도착한 후엔 정복들을 밀어내고 주변을 봉쇄하죠. 누군가가 시신들을 살펴보죠. 그런데 세상에나, 운전면허증을 보니까 피해자 중 한 명이 하워드 일라이어스인 겁니다. 그래서 당신들은…."

"운전면허증은 없었어요, 보슈 형사. 가우드 계장이 말 안 하던가요?"

루커가 보슈의 말을 끊고 끼어들었다.

"아뇨, 했어요. 하지만 지금은 내가 생각한 시나리오를 이야기하는 거요. 그러니까 입 다물고 끝까지 들어요. 당신들을 구해주려고 하는데 시간이 별로 없으니까."

보슈는 혹시 다른 사람들도 할 말이 있으면 하라는 뜻으로 잠깐 기다렸다. 다들 조용하자 잠시 후 보슈는 루커를 바라보며 말을 이었다.

"아까도 말했듯이, 운전면허증을 보니까 피살자 한 사람이 일라이어스인 겁니다. 그래서 똑똑한 당신들 네 명은 머리를 맞대고 추리를 해본 결과 이런 짓을 저지른 사람은 경찰관일 가능성이 높다고 결론을 내리죠. 일라이어스는 그동안 자신이 저지른 일 때문에 대가를 치른 거고, 그에게 당했던 경찰관이 용기를 내 그를 쓰러뜨린 거라고 판단하죠. 그때부터 당신들은 어리석은 짓을 하기 시작합니다. 강도 사건으로 위장해서 이 총잡이를, 살인범을 돕기로 결정한 거죠. 그래서…."

"보슈 형사, 그 무슨 말 같지도…."

"그 입 다물라고 했을 텐데요, 루커! 내가 말한 대로 일이 흘러갔다는 걸 당신들도 다 알고 있으면서 쓸데없는 소리 할 생각 말아요. 시간이 없으니까. 어쨌든 그래서 당신들은 일라이어스의 시계를 벗기고 지갑을 빼냈죠. 그런데 문제는 흔적을 남겼다는 거요, 루커. 시계를 벗기면서 그 친구 팔목에 찰과상을 냈어요. 사후에 생긴 상처. 당연히 그건 부검에서 밝혀질 거요. 그 일을 사전에 막지 않으면 네 사람 다 완전히 물을 먹게 되는 거죠."

보슈는 루커가 할 말이 있는지 알아보려고 잠깐 말을 멈추고 기다렸지만, 루커는 잠자코 있었다. 그래서 보슈가 말을 이었다.

"좋아요, 이제야 내 말에 집중을 해주는구만. 그럼 그 시계와 지갑이 어디 있는지 말해줄 사람?"

침묵이 흐르는 동안 보슈는 자기 손목시계를 보았다. 9시 45분이었다. 강력계의 네 형사는 한 마디도 하지 않았다.

"아무도 없을 줄 알았지."

보슈가 형사들의 얼굴을 차례로 바라보며 말을 이었다.

"그럼 이렇게 하죠. 난 15분 후에 어빙 부국장을 만나 수사 상황을 보고하기로 되어 있어요. 그러고 나서 부국장이 기자 회견을 열 거요. 그때까지 1층에 있는 접수대 경찰관이 일라이어스의 손목시계와 지갑이 숨겨져 있는 하수구나 쓰레기통의 위치를 알려주는 제보 전화를 받아서 내게 전해주지 않으면, 나는 부국장한테 강도 사건은 현장에 있던 경찰들이 꾸민 짓이라고 보고할 거요. 잘 생각해보고 결정해요. 행운을 빌어요."

보슈는 다시 형사들의 얼굴을 번갈아 쳐다보았다. 다들 발끈한 표정이었다. 보슈도 다른 표정을 기대하지 않았었다.

"사실 당신들 짓을 그대로 보고해버리고 당신들이 무슨 일을 당하든 신경 쓰지 않는 게 내 스타일인데. 그러려니까 사건 수사에 흠집이 생기더라 이 말이지. 케이크에 머리카락이 들어가서 입맛이 완전히 떨어지는 것처럼 말이오. 그래서 좀 이기적인 태도를 취하는 거요. 정말 이런 짓을 하기는 싫은데 당신들한테 기회를 한 번 주는 거란 말이지."

보슈는 자기 손목시계를 바라보았다.

"이제 딱 14분 남았구만."

보슈는 이 말을 남기고 돌아서서 강력계 형사실을 되돌아 나가기 시작했다. 루커가 보슈를 불렀다.

"당신이 무슨 권리로 판단을 하는 거요, 보슈? 그 친구는 개새끼였소. 그리고 개새끼답게 죽었지. 누가 그런 일에 신경이나 쓴대요? 옳은 일을 해요, 보슈. 사건을 그냥 덮어요."

보슈는 빈 책상 뒤로 돌아서 아까 서 있던 복도보다 작은 복도를 걸어 네 형사가 모여 있는 곳으로 다가갔다. 루커가 방금 했던 말은 조금 전에 들어봤던 말이었다. 보슈는 끓어오르는 분노를 애써 참고 있었다. 형사들 앞에 다다른 보슈는 그 사이를 비집고 들어가 루커의 책상 위로 상체를 숙이고 두 손바닥을 책상 위에 댔다.

"내 말 잘 들어, 루커. 내 집에 한 번만 더 전화를 걸면, 내게 경고를 하기 위해서든 날씨를 알려주기 위해서든 한 번만 더 전화를 걸면, 그땐 정말 가만두지 않겠어. 잘 기억해둬."

루커는 눈을 깜박이다가 잠시 후 두 손을 들고 항복을 표시했다.

"이봐요, 친구, 지금 도대체 무슨 말을 하는 건지…."

"그런 말은 당신 말에 속아 넘어갈 사람을 위해서 남겨둬. 적어도 당신이 남자라면 셀로판지를 덮어씌우는 짓은 하지 말았어야지. 쪽팔리게 그게 뭐야, 겁쟁이."

보슈는 어빙의 회의실에 도착하면 메모를 훑어보고 생각을 정리할 시간이 5분이라도 있으면 좋겠다고 생각했다. 그러나 어빙이 먼저 와서 둥근 회의 탁자 앞에 앉아, 반짝이는 탁자 위에 두 팔꿈치를 세우고 턱 앞에서 두 손 손가락 끝을 맞대어 뾰족탑을 만들고 있었다.

"어서 오게, 형사. 앉게. 다른 형사들은 어디 있나?"

보슈가 문을 열고 들어오자 어빙이 말했다.

보슈는 서류 가방을 탁자 위에 내려놓으면서 대답했다.

"그 친구들은 현장에 있습니다. 부국장님, 잠깐 가방만 내려놓고 뛰어 내려가서 커피 한 잔 가지고 오겠습니다. 뭐 좀 갖다 드릴까요?"

"됐어, 그리고 자네도 커피 마실 시간이 없네. 언론사에서 전화가 빗발치기 시작했어. 일라이어스라는 걸 알고 있더군. 누군가가 정보를 흘린 거야. 아마도 법의국에서 새나갔겠지. 어쨌든 그래서 지금 뒤숭숭한 상황이야. 지금 당장 상황 보고를 듣고 싶군. 듣고 나서 국장님께 보고를 해야 하니까. 그러면 국장님이 11시에 기자 회견을 여실 거야. 앉지."

보슈는 어빙의 맞은편 의자에 앉았다. 보슈는 전에도 한 번 이 회의실에서 사건을 수사한 적이 있었다. 오래전 일처럼 느껴졌지만, 어빙 부국장이 경찰 배지를 단 사람으로서 보슈를 신뢰하고 존중해준 때가 그 때였다는 것이 생각났다. 탁자 표면을 훑어보던 보슈는 콘크리트 블론드 사건 수사 때 자신이 남긴 담뱃불 자국을 발견했다. 콘크리트 블론드 사건도 힘든 사건이었지만 지금 맡고 있는 일라이어스 사건에 비하면 평범한 사건이었다는 생각이 들었다.

"그 친구들은 언제 들어오나?"

어빙이 물었다.

그는 아직도 두 손 끝을 맞대어 뾰족탑을 만들고 있었다. 보슈는 신문 지침서에서 그와 같은 몸짓은 자신이 우월하다고 생각한다는 뜻이라고 읽은 기억이 났다.

"누구 말입니까?"

"자네 팀원들 말이야, 형사. 모두 여기 회의에 참석하고 나서 기자 회견에 참석하라고 지시했을 텐데."

"그 친구들은 들어오지 않을 겁니다. 지금 수사를 계속하고 있습니다. 한 사람이 대표로 현 상황을 부국장님께 보고드릴 수 있는데 굳이 일곱 명 전원이 하던 일을 멈추고 우르르 몰려들어올 필요는 없다고 생각했습니다."

보슈는 어빙의 두 뺨이 분노로 벌게지는 것을 보았다.

"이번에도 커뮤니케이션에 문제가 있거나 자네가 지휘 계통을 아직도 잘 파악하지 못하고 있는 것 같군. 내가 분명히 자네한테 팀원들을 이곳으로 데려오라고 지시하지 않았나?"

"제가 잘못 이해를 한 것 같습니다, 부국장님."

보슈는 거짓말을 했다. 그러고는 말을 이었다.

"저는 중요한 것은 수사라고 생각했습니다. 부국장님은 수사 진전 상황 보고를 받고 싶으신 거라고 생각했지, 모두들 이 자리에 모이기를 바라신 거라고는 생각하지 않았습니다. 사실 여기에 모두 들어와 앉을 자리도 충분치 않은 것 같고요. 저는….”

“중요한 건 다들 이 자리에 모여야 한다는 거야. 자네 동료들은 휴대 전화를 갖고 있나?”

“에드거와 라이더 말씀이십니까?”

“또 누가 있나?”

“갖고 있긴 한데 배터리가 방전되서 안 됩니다. 밤새도록 켜놓고 있었으니까요. 제 것도 마찬가집니다.”

“그렇다면 호출을 해. 즉시 이곳으로 들어오라고 하게.”

보슈는 천천히 일어서서 회의실의 한 벽을 따라 놓인 비품 캐비닛 위에 있는 전화기를 향해 걸어갔다. 그는 라이더와 에드거의 호출기로 전화를 걸었지만, 회신 번호를 누를 때 맨 끝에 7을 추가로 눌렀다. 이것은 오래전부터 사용해온 암호였다. 마지막 7번은 비번을 뜻하는 무전 암호인 ‘코드 7’에서 따온 것으로 호출에 답을 하려거든 한참 기다렸다가 천천히 하라는 뜻이었다.

“호출했습니다, 부국장님. 곧 전화가 올 겁니다. 채스틴을 비롯한 감찰계 형사들은 어떡할까요?”

보슈가 말했다.

“그 친구들은 신경 쓰지 마. 자네 팀만 여기 11시까지 모여서 기자 회견장에 들어가면 되니까.”

보슈는 자기 자리로 돌아갔다.

“어째서 그렇습니까?”

보슈는 이유를 분명히 알고 있으면서도 물었다. 잠시 뜸을 들인 후 말을 이었다.

“아까 분명히 기자 회견은 국장님께서….”

"물론 국장님께서 하실 거야. 하지만 실력 행사 시위를 할 필요가 있어. 이 사건에 최고의 수사관들을 배치했다는 것을 시민들에게 알릴 필요가 있지."

"최고의 '흑인' 수사관들 말씀이시죠, 안 그렇습니까?"

보슈와 어빙은 한동안 험악한 눈으로 서로를 노려보았다.

"형사, 이 사건을 해결하는 것이, 그것도 최대한 빨리 해결하는 것이 자네가 할 일이야. 다른 문제에 대해서는 신경 쓸 필요가 없네."

"그런데, 부국장님께서 제 사람들을 현장에서 불러내시면 그렇게 하기가 어렵습니다. 높은 분들이 주최하는 서커스마다 불려 나와야 한다면 어떤 사건도 빨리 해결하기는 어렵죠."

"그만하지, 형사."

"그 친구들은 정말로 최고의 수사관들입니다. 그리고 저는 그들이 가진 최고의 수사 실력을 이용하고 싶습니다. 경찰국의 인종 관련 문제 총알받이로서가 아니라요. 그들도 자기들이 그런 식으로 이용되는 것은 바라지 않습니다. 그 자체가 인…."

"그만하라고 했을 텐데! 지금 자네와 인종 차별 문제에 대해서 한가롭게 논쟁을 벌일 시간이 없네, 보슈 형사. 지금 중요한 것은 시민들의 인식이야. 우리가 이 사건을 잘못 처리하면, 혹은 시민들의 인식을 잘못 파악하고 대응하면, 오늘 안으로 이 도시는 또다시 불길에 휩싸이고 말 거야."

어빙은 잠시 말을 멈추고 손목시계를 보았다.

"20분 후엔 국장님을 만나야 돼. 지금까지 수사에서 거둔 성과에 대해 말해보게."

보슈는 팔을 뻗어 서류 가방을 열었다. 수첩을 꺼내려는데 캐비닛 위에 있는 전화기에서 전화벨이 울렸다. 보슈는 일어서서 전화를 받으러

갔다.

"11시까지 오라고 해."

어빙이 말했다.

보슈는 고개를 끄덕인 후 수화기를 집어 들었다. 에드거도 라이더도 아니었고, 보슈가 기다리고 있던 전화였다.

"1층 로비의 코미어입니다. 보슈 형사십니까?"

"네."

"방금 전 보슈 형사님 앞으로 전화가 한 통 걸려왔습니다. 전화 건 사람이 이름은 밝히지 않았고요. 그냥 형사님이 필요로 하는 것이 1번가와 힐 스트리트 사이에 있는 메트로링크 지하철 역 쓰레기통 속에 있다고 전해달라고만 했습니다. 마닐라 봉투 속에 있다고요. 이상입니다."

"알았어요. 고마워요."

보슈는 전화를 끊고 어빙을 바라보았다.

"다른 전화였습니다."

보슈는 다시 자리에 앉아 서류 가방에서 범죄현장 보고서와 현장 스케치와 증거물 수령증이 붙어 있는 클립보드와 수첩을 꺼냈다. 수사 보고를 하는데 그런 것이 필요하지는 않았지만, 수사가 진행되면서 서류가 쌓여가는 것을 어빙이 보면 안심을 할 것 같아서 꺼낸 거였다.

"기다리고 있네, 형사."

부국장이 보슈를 재촉했다.

보슈는 서류에서 고개를 들었다.

"현재 우리는 출발선에 서 있는 것과 마찬가지입니다. 어떤 사건인지는 대강 파악이 된 상태입니다. 그러나 누가 왜 그런 짓을 저질렀는가에 대해서는 거의 손도 못 댔습니다."

"어떤 사건인가, 형사?"

"현재로서는 일라이어스가 암살된 것이 확실한 것 같습니다."

어빙은 고개를 숙이고 깍지 낀 두 손에 얼굴을 묻었다.

"부국장님께서 듣고 싶으신 얘기가 아닌 것은 압니다만, 사실대로 말씀드리자면 그렇다는 겁니다. 우리는…."

"가우드 계장이 마지막으로 내게 보고한 바로는 강도 살인 사건으로 보인다던데. 일라이어스는 1천 달러짜리 정장을 입고 밤 11시에 시내를 걷고 있었어. 손목시계와 지갑이 사라졌다더군. 그런데 어떻게 강도 살인의 가능성을 배제할 수 있지?"

보슈는 의자에 등을 기댄 채 잠깐 동안 잠자코 있었다. 어빙은 화가 나서 씩씩거리고 있었다. 보슈가 전하고 있는 소식을 기자들이 듣고 보도를 하면 어빙은 이미 있는 혹에 혹 하나를 더 다는 꼴이 되는 거였다.

"시계와 지갑은 찾았습니다. 도난당한 게 아니었습니다."

"어디서?"

보슈는 이 질문을 미리 예상했었음에도 불구하고 망설여졌다. 위험을 무릅쓰고 도와줄 가치가 없는 네 형사들을 위해 상관에게 거짓말을 하려고 하고 있었기 때문이었다.

"일라이어스의 사무실 책상 서랍 속에서요. 퇴근하면서 잊어버리고 그냥 나간 것 같습니다. 아니면 강도를 만날까 봐 일부러 놔두고 나갔는지도 모르고요."

보슈는 거짓말이 이것으로 끝나지 않고 부검에서 손목에 사후에 생긴 긁힌 상처가 있었다는 소견이 나왔을 때 자기가 작성할 수사 보고서에 그럴듯한 거짓말을 써야 한다는 사실을 깨달았다. 수사관들이 시신을 검사하거나 움직일 때 부주의로 생긴 거라고 얼렁뚱땅 넘어가야 할 것 같았다.

"그렇다면 일라이어스가 지갑을 넘겨주지 않으니까 무장 강도가 그를 쏜 건 아닐까? 아니면 강도가 먼저 총부터 쏘고 귀중품이 있는지 몸을 뒤지는 건 나중에 했거나."

보슈의 불편한 마음을 알 리 없는 어빙이 나름대로 추측을 했다.

"총을 쏜 순서와 방법을 고려해보면 그건 아닌 것 같습니다. 총을 쏜 순서를 보면 일라이어스에게 원한이 있는 사람이 한 짓이 분명합니다. 면식범이라는 얘기죠."

어빙은 두 손을 탁자 위에 내려놓고 상체를 조금 숙였다. 그러고는 초조한 표정으로 입을 열었다.

"그래도 다른 가능성을 완전히 배제할 수는 없지 않나?"

"그럴지도 모르겠지만 다른 가능성을 추적해볼 생각은 없습니다. 시간 낭비가 분명하고, 인력도 부족하니까요."

"철저한 수사를 바란다고 했을 텐데. 돌이란 돌은 다 뒤집어보란 말이야."

"네, 그 돌들은 나중에 시간이 나면 뒤집어보겠습니다. 부국장님, 기자들 앞에서 강도 살인 사건일 가능성이 있다고 말씀하시고 싶으시면, 그렇게 하십시오. 부국장님이 언론에 무슨 말씀을 하시든 개의치 않습니다. 다만 저는 현재 상황이 어떤지 그리고 어느 방향으로 수사를 할 계획인지 말씀드리는 것뿐입니다."

"좋아. 보고 계속해."

어빙은 쓸데없는 소리 그만하라는 듯 손을 한 번 내저었다.

"일라이어스의 자료들을 살펴보고 용의자 명단을 작성할 필요가 있습니다. 그동안 일라이어스가 법정에서 죄상을 낱낱이 밝혔거나 기자들 앞에서 공개적으로 망신을 준 경찰들이 용의자가 되겠죠. 아니면 둘 다 당한 경찰들이요. 원한이 있는 경찰관들 말입니다. 그리고 일라이어스가 월요일부터 법정에서 공격을 할 작정이었던 형사들하고요."

어빙은 아무 반응도 보이지 않았다. 보슈가 볼 때 그는 벌써 한 시간 후의 일에 대해서, 자신과 경찰국장이 벼랑 끝에 나가 서서 기자들에게 대단히 위험한 이 사건에 대해 설명을 해야 할 일에 대해서 생각하고 있는 것 같았다.

"그런데 혹이 하나 붙었습니다. 영장을 발부한 판사가 일라이어스의 의뢰인들을 보호하기 위한 특별 자문 위원으로 칼라 엔트런킨을 임명했습니다. 엔트런킨은 지금 일라이어스의 사무실에서 문을 걸어 잠그고 앉아서 우리는 들어가지도 못하게 하고 있습니다."

"방금 전에 일라이어스의 지갑과 시계를 그의 사무실에서 발견했다고 하지 않았나?"

"그랬습니다. 그건 엔트런킨이 나타나서 우리를 쫓아내기 전이었죠."

"어떻게 그 여자가 뽑혔지?"

"그 여자 말로는 판사가 전화해서 자기가 최적임자라고 했답니다. 그 여자와 검사 한 명이 사무실에 나와 있습니다. 오늘 오후에 1차적으로라도 자료를 넘겨받을 수 있어야 될 텐데 잘 모르겠습니다."

"알았어. 또 다른 건?"

"부국장님께서 알고 계셔야 할 일이 있습니다. 엔트런킨한테 쫓겨나기 전에 흥미로운 것을 몇 가지 발견했습니다. 첫째는 일라이어스가 책상에 놔뒀던 노트들인데요. 들춰보니까 여기 파커 센터 안에 정보원을 갖고 있는 듯한 내용이 여러 번 있었습니다. 고위직에 있는 사람 같습니다. 감찰계의 증거 불충분 판결 사건 자료 같은 오래된 자료들에 접근할 수 있을 정도로 요직에 있는 사람이요. 그리고 일라이어스와 그 정보원이 옥신각신한 것 같은 내용도 있었습니다. 그 정보원은 블랙 워리어 사건에 관해 일라이어스가 원하는 정보를 제공할 수 없었거나 제공하기를 거부했던 것 같습니다."

어빙은 잠깐 동안 보슈를 멍하니 쳐다보고 있었다. 잠시 후 그는 멀리서 들려오는 것 같은 작고 침착한 목소리로 말했다.

"그 정보원의 신원이 밝혀져 있었나?"

"아니요, 제가 본 부분에서는 이름이 나와 있지 않고 암호로 불리고 있었습니다."

"일라이어스가 정보원에게 바랐던 게 뭐던가? 그 일이 이번 살인 사건과 관련이 있을까?"

"글쎄요. 그 문제를 최우선적으로 수사해보라고 하시면 그렇게 하겠습니다. 사실은 다른 문제를 먼저 수사해보려고 하고 있었습니다. 일라이어스가 과거에 법정으로 끌고 가 만신창이를 만든 경찰들과, 월요일부터 끌고 가려고 준비하고 있었던 경찰들에 대해서 먼저 알아볼 작정이었죠. 그리고 엔트런킨한테 내쫓기기 전에 사무실에서 흥미로운 것을 한 가지 더 발견했습니다."

"그게 뭔데?"

"사실 그것 때문에 수사 방향이 두 군데가 더 늘어났습니다."

보슈는 서둘러서 어빙에게 미스트리스 레지나의 사진이 있는 인쇄된 광고지와, 일라이어스가 채스틴의 말을 빌자면 '더러운 인터넷 매음굴'에 들락날락했을지도 모른다는 사실에 대해 보고를 했다. 부국장은 이 말에 지대한 관심을 보이면서 보슈에게 이와 관련해서는 어떻게 수사할 계획이냐고 물었다.

"미스트리스 레지나라는 여자의 소재를 파악해 찾아가서 일라이어스가 정말로 그녀와 접촉을 한 적이 있는지 알아볼 생각입니다. 그다음 일은 그러고 나서 결정하고요."

"아까 수사 방향이 두 군데가 더 늘었다고 했는데, 그러면 나머지 한 군데는?"

"가족입니다. 일라이어스가 이 레지나라는 여자와 깊은 관계였는지 어떤지는 모르겠지만, 바람은 좀 피웠던 것 같습니다. 시내에 있는 그의 아파트에는 그런 사실을 입증할 만한 증거가 꽤 있습니다. 일라이어스의 부인이 이런 사실을 알았다면, 남편을 죽일 동기가 충분히 되겠죠. 물론 지금은 전적으로 추측일 뿐입니다. 현재로서는 그 부인이 남편 살해를 모의하거나 실행에 옮겼다는 사실은 차치하고라도, 남편이 바람을 피웠다는 사실을 알았다는 증거조차 없으니까요. 그리고 피살자의 몸에 나타난 심리학적 증거와도 위배가 되고요."

"그건 또 무슨 말이지?"

"시신 상태를 보면 살인 청부업자의 냉정한 작업으로는 보이지 않습니다. 범인은 분노에 차서 일라이어스를 참혹하게 살해했습니다. 범인은 일라이어스와 아는 사이였고 그를 증오했던 것 같습니다. 적어도 총을 쏘던 그 순간에는 말이죠. 그리고 남자인 것 같고요."

"어째서 그렇지?"

"엉덩이에 대고 총을 쏜 것 말입니다. 보복성이 짙습니다. 강간과 비슷하죠. 강간은 보통 남자가 하지 여자는 하지 않죠. 그래서 제 직감으로는 여자는 아니라는 겁니다. 하지만 제 직감이 틀린 적도 종종 있으니까 백 퍼센트 확신은 못 합니다. 그래도 살펴보기는 해야 할 것 같습니다. 그리고 일라이어스의 아들도 있습니다. 말씀드렸다시피, 그 아들은 아버지의 사망 소식을 전해 듣고 굉장히 흥분한 반응을 보였습니다. 하지만 그들 부자 관계가 어땠는지는 잘 모르니까, 알아보는 게 좋을 것 같습니다. 게다가 그 아들은 무기를 쉽게 접할 수 있는 환경에서 살았더군요. 집 안에 있는 사진을 살펴본 바에 따르면요."

어빙은 보슈를 바라보며 경고의 손가락질을 했다.

"유족들을 수사할 땐 신중해야 돼. 아주 조심스럽게 행동하게. 아주

섬세하게 조심스럽게 접근하란 말이야."

"알겠습니다."

"유족들을 잘못 건드리면 큰일 나는 거야."

"그런 일은 없을 겁니다."

어빙은 다시 손목시계를 보았다.

"자네 팀원들은 왜 아직 호출에 답이 없는 거지?"

"모르겠습니다, 부국장님. 지금 저도 그 생각 중이었습니다."

"다시 호출하게. 난 국장님을 만나러 가야 돼. 자네와 팀원들 모두 11시까지 기자 회견장으로 오도록."

"그보다는 현장으로 돌아가고 싶습니다. 저는…."

"명령이네, 형사."

어빙이 자리에서 일어서면서 말했다. 잠시 후 말을 이었다.

"토 달지 말라고. 자네들은 기자들의 질문에 대답할 필요는 없고, 회견장에 나와 있어주기만 하면 돼."

보슈는 클립보드를 들어 열려 있는 서류 가방 속으로 던져 넣었다.

"저는 참석하겠습니다."

보슈는 문을 나가고 있는 어빙의 등에 대고 말했다.

보슈는 몇 분 동안 그대로 앉아서 생각에 잠겼다. 이제 어빙은 보슈에게서 보고받은 정보를 재포장해서 국장에게 보고할 것이다. 그러면 그들은 머리를 맞대고 사건을 재구성한 후 언론에 발표할 것이다.

보슈는 손목시계를 보았다. 기자 회견까지 30분 정도 여유가 있었다. 그 사이에 메트로링크 역에 가서 일라이어스의 지갑과 시계를 찾아가지고 돌아올 수 있을지 궁금했다. 죽은 변호사의 소지품을 반드시 찾아와야 했다. 벌써 어빙에게 자기가 확보하고 있다고 말했기 때문에 특히 더 그랬다.

결국 보슈는 시간이 별로 없다고 결론을 내렸다. 그 시간을 이용해 커피 한 잔 마시고 전화를 걸어야겠다고 생각했다. 전화기가 놓인 비품 캐비닛으로 걸어가 자기 집으로 전화를 걸었다. 이번에도 자동응답기가 전화를 받았다. 보슈는 자신의 목소리가 집에 아무도 없다고 말하기 전에 전화를 끊었다.

14 기자 회견

보슈는 기자 회견이 끝날 때까지 기다리자니 너무 초조해질 것 같아서 차를 몰고 1번가와 힐 스트리트 사이에 있는 메트로링크 역을 향해 쏜살같이 달려갔다. 파커 센터에서 겨우 3분 거리에 있으니까 기자 회견이 시작되기 전에 돌아올 수 있을 것 같았다. 그는 지하철역으로 내려가는 출입구 앞 길 모퉁이에 불법 주차를 했다. 형사 차를 몰면 좋은 점도 몇 가지 있는데, 주차 위반 딱지를 떼이는 걱정은 안 해도 되는 것이 그중 하나였다. 보슈는 차에서 내리면서 차 문에 붙은 주머니에서 경찰봉을 꺼냈다.

보슈는 에스컬레이터를 타고도 빠르게 걸어 내려가면서 지하철역 입구 자동문 옆에 있는 첫 번째 쓰레기통을 발견했다. 루커와 그의 파트너는 훔친 유품을 가지고 앤젤스 플라이트 범죄현장을 떠나서 자기들이 알고 있는 가장 가까운 쓰레기통을 찾아왔을 거라고 보슈는 추측했다. 한 명은 위에 있는 차에서 기다리고 다른 한 명이 계단을 뛰어내려와 지갑과 시계를 버리고 갔을 것 같았다. 그래서 보슈는 이 첫 번째 쓰레기통이 맞을 거라고 확신했다. 커다란 흰색 직사각형 쓰레기통이었고 양옆에 메트로링크 상징이 그려져 있었다. 위에 놓인 파란색 뚜껑은 밀면 열리는 도어식이었다. 보슈는 재빨리 뚜껑을 떼어내 들고 쓰레기통을 내려다보았다. 쓰레기통 안에는 쓰레기가 가득했고, 위쪽에 있는 쓰레기 중에는 마닐라 봉투가 보이지 않았다.

보슈는 쓰레기통 뚜껑을 땅에 내려놓고 경찰봉으로 버려진 신문지와 패스트푸드 포장지와 기타 쓰레기를 휘젓기 시작했다. 쓰레기통에서 며칠 동안 비우지 않고 몇 달 동안 청소도 하지 않은 것 같은 악취가 풍겼다. 보슈는 빈 지갑 한 개와 낡은 신발 한 짝을 발견했다. 그는 경찰봉을 배를 젓는 노처럼 휘저으며 더 밑으로 내려가면서, 혹시 노숙인이 먼저 쓰레기통을 뒤지다가 시계와 지갑을 발견하고 가져간 게 아닌가 하는 걱정을 하기 시작했다.

이제 그만 포기하고 역으로 들어가서 다른 쓰레기통을 찾아봐야겠다고 생각하며 바닥 가까이를 휘젓던 보슈는 케첩으로 얼룩진 마닐라 봉투를 발견하고 두 손가락으로 조심스럽게 집어 들었다. 봉투 끝부분을 찢고, 버릴 끝부분으로 케첩을 싹싹 닦아낸 후 봉투 안을 들여다보니 갈색 가죽 지갑과 까르띠에 골드 시계가 있었다.

보슈는 에스컬레이터를 타고 올라갔다. 이번에는 에스컬레이터에서 걸어 다니지 않고 가만히 서서 봉투를 들여다보았다. 까르띠에 시계는 시계판뿐만 아니라 시곗줄도 순금이거나 금도금이었고 손목과 팔에서 자연스럽게 미끄러지는 아코디언 스타일이었다. 보슈는 시계를 건드리지 않고 움직여보려고 봉투를 살짝 위로 던졌다가 받았다. 시곗줄에 살점이라도 붙어 있지 않은지 살펴보았지만 아무것도 보이지 않았다.

차에 탄 보슈는 라텍스 장갑을 끼고, 봉투에서 지갑과 시계를 꺼낸 후, 봉투는 뒷좌석 바닥으로 휙 던졌다. 그러고는 지갑을 열고 카드 넣는 칸부터 살펴보았다. 일라이어스는 신분증과 보험증과 함께 신용 카드 여섯 장을 갖고 다녔다. 아내와 아들을 찍은 작은 스튜디오 사진도 몇 장 들어 있었다. 지폐를 넣는 곳에는 신용 카드 영수증 세 장과 액수를 써넣지 않은 개인 수표 한 장이 들어 있었다. 현금은 전혀 없었다.

조수석에 보슈의 서류 가방이 놓여 있었다. 보슈는 가방을 열고 클립보드를 꺼내 서류를 들춰보다가 피해자의 유품 목록을 찾아냈다. 그 목록에는 두 피해자의 몸에서 꺼낸 유품이 모두 기록되어 있었다. 돈은 검시관 조수가 일라이어스의 몸을 뒤질 때 주머니에서 발견한 25센트짜리 동전 한 개만 적혀 있었다.

"이런 개자식."

보슈는 지갑을 꺼낸 사람이 그 안에 든 현금은 가져간 거라고 생각하고 욕을 했다. 일라이어스가 앤젤스 플라이트 요금 25센트만 달랑 들고 아파트를 향해 걸어가고 있었을 것 같지는 않았다.

보슈는 도와줄 가치가 없는 인간들을 위해 뭐하러 이런 짓까지 하고 있나 하는 회의가 또다시 들었다. 이젠 늦었다고 체념하며 그런 생각을 떨쳐버리려고 했지만 잘 되지 않았다. 이제 그는 공모자였다. 보슈는 자기혐오에 사로잡혀 고개를 가로저었다. 잠시 후 그는 비닐로 된 증거물 봉투를 두 개 꺼내 견출지에 사건 번호와 발견 날짜와 오전 6시 45분이라고 발견 시각을 적어서 봉투에 붙인 후 시계와 지갑을 봉투에 넣었다. 그러고 나서 그는 견출지에 각 증거물에 대한 짧은 설명과 증거물이 발견된 일라이어스의 책상 서랍에 대한 설명을 적은 후, 견출지 구석에 자기 이름의 이니셜을 적고 나서 봉투를 서류 가방에 넣었다.

보슈는 시동을 걸기에 앞서 손목시계를 보았다. 10분 정도 시간이 있었다. 시간은 충분했다.

기자 회견에 참석한 기자들이 너무 많아서 일부는 회견장 안으로 들어가지 못하고 문밖에 서 있었다. 보슈는 미안하다는 말을 연발하면서 사람들을 밀치고 들어갔다. 안으로 들어가 보니 회견장 뒤쪽 무대에는 삼각대 위에 놓인 텔레비전 카메라들이 줄지어 서 있었고, 그 뒤에 카메라 기자들이 서 있었다. 재빨리 세어보니 카메라가 총 열두 대였다. 이 소식이 전국적으로 보도가 될 거라는 뜻이었다. 로스앤젤레스에는 지역 뉴스를 보도하는 현지 TV 방송국이 스페인어 채널까지 포함해서 도합 여덟 개가 있었다. 경찰들은 현장이나 기자 회견장에 카메라 기자가 여덟 명 이상 나타나면, 전국적인 주목을 받는 사건이라는 걸 알았다. 적어도 기자들 사이에서는 중대한 사건, 위험한 사건으로 자리매김한 것이라고 판단했다.

회견장 중앙에 놓여 있는 간이 의자마다 기자가 앉아 있었다. 기자가 40명 가까이 되는 것 같았는데, TV 기자들은 정장을 말쑥하게 차려입고 메이크업을 해서 쉽게 알아볼 수 있었고 신문 기자와 라디오 기자들은 청바지를 입고 넥타이를 느슨하게 풀고 있어서 마찬가지로 쉽게 알아볼 수 있었다.

보슈가 앞쪽 무대를 보니 LA 경찰국장의 배지가 붙어 있는 연설대 주위에서 사람들이 부산하게 움직이고 있었다. 음향 기사들이 연설대 위에 놓인 옆으로만 자라는 마이크 나무에 자기네 마이크를 테이프로 덧붙이고 있었다. 그들 중 한 명은 연설대 바로 뒤에 서서 마이크 테스트를 하는 중이었다. 연설대 뒤쪽 한 옆으로 어빙 부국장이 서서 정복을 입은 경찰관 두 명—둘 다 경위 계급장을 달고 있었다—과 낮은 목소리로 대화를 하고 있었다. 그중 한 명은 홍보실의 탐 오루크 경위였다. 다른 한 명은 보슈가 모르는 인물이었는데, 아마도 몇 시간 전 보슈에게 전화를 걸었던 어빙의 부관 마이클 툴린 경위인 것 같았다. 연설대의 다른 쪽에는 한 남자가 혼자 서 있었다. 회색 정장을 입고 있었는데 보슈는 모르는 남자였다. 경찰국장의 모습은 보이지 않았다. 벌써 나타날 리가 없었다. 국장은 기자들이 준비하는 것을 기다려주지 않았다. 기자들이 국장을 기다렸다.

어빙이 보슈를 발견하고 앞으로 나오라고 손짓을 했다. 보슈가 무대를 향해 세 계단을 올라가자 어빙은 보슈의 어깨에 손을 얹더니 다른 사람들한테서 멀찌감치 떨어진 곳으로 데려갔다.

"팀원들은 어디 있나?"

"아직까지도 연락을 받지 못했습니다."

"이건 용납할 수 없는 일이야, 형사. 그 친구들을 이리로 데려오라고 했을 텐데."

"제 생각에는 그 친구들이 아주 민감한 면담 조사를 하고 있는 중이라 호출에 답을 하느라고 분위기를 깨고 싶지는 않았던 것 같습니다. 지금 그 친구들은 일라이어스의 부인과 아들을 다시 만나보고 있습니다. 그런 경우에는 굉장히 신중하고 조심스럽게 접근할 필요…."

"그런 건 관심 없어. 그 친구들을 이곳으로 데려오라고 분명히 지시했는데. 다음 기자 회견에도 그 친구들을 데려오지 않으면 자네 팀을 해체해서 각각 다른 경찰서로 보내주지. 함께 점심 한번 먹으려면 휴가를 내서 만나야 하는 곳으로 멀찌감치 떨어뜨려주겠네."

보슈는 잠깐 어빙의 표정을 관찰했다.

"알겠습니다, 부국장님."

"좋아. 잊지 말게. 이제 시작할 거야. 오루크가 국장님을 모시고 나올 거야. 자네는 어떤 질문에도 대답할 일은 없을 거야. 그런 걱정은 말게."

"그렇다면 제가 왜 여기 있는 겁니까? 가도 됩니까?"

어빙은 경찰이 되고 나서 처음으로, 어쩌면 평생 처음으로 드디어 욕을 하려는 것 같은 표정이 되었다. 얼굴이 상기되고 있었고, 강한 턱 근육이 긴장으로 뻣뻣해지는 것 같았다.

"자네는 나나 국장님이 하는 질문에 대답을 하기 위해 여기 있는 거야. 내가 가라고 해야 갈 수 있는 거고."

보슈는 더 이상 대들지 않겠다는 듯 두 팔을 들어 보이고 벽을 향해 한 걸음 뒤로 물러서서 쇼가 시작되기를 기다렸다. 어빙은 돌아서서 부관에게 가서 짧게 대화를 나누더니 정장을 입은 남자에게 걸어갔다. 보슈는 청중석을 바라보았다. 높이 매달려 있는 TV 조명등이 켜져 있어서 사람들 모습이 잘 보이지 않았다. 그러나 그 눈부심을 견뎌내고 열심히 노려보자 개인적으로 아는 사이거나 TV에서 본 적이 있는 얼굴들이 몇몇 보였다. 〈LA 타임스〉의 케이샤 러셀 기자를 발견하자 보슈는 그녀가 보기 전에 얼른 고개를 돌리려고 했지만 너무 늦었다. 둘의 눈이 마주쳤고, 그녀는 보일락 말락 고개를 끄덕였다. 보슈는 아무 반응도 보이지 않았다. 둘이 인사를 주고받는 것을 누가 볼지도 모르는 일이었다. 기자와 대놓고 아는 체를 해서 좋을 게 하나도 없었다. 그래서 보슈는 잠깐 더 러셀을 보고 있다가 서서히 고개를 돌렸다.

무대 옆문이 열리고 오루크 경위가 들어와 옆으로 비켜서서 경찰국장을 위해 문을 잡고 있었고, 잠시 후 암회색 정장을 입은 경찰국장이 엄숙한 표정으로 입장했다. 오루크는 연설대로 다가가서 마이크 나무를 향해 상체를 숙였다. 오루크는 경찰국장보다 훨씬 더 키가 커서 국장을 위해 세팅이 된 마이크 앞에 상체를 숙일 수밖에 없었다.

"모두 준비되셨습니까?"

뒤쪽에 있는 카메라 기자 두 명이 "아뇨.", "아직이요."를 외쳤지만, 오루크 경위는 못 들은 체했다.

"먼저 경찰국장님께서 오늘 발생한 사건에 대해 간략한 성명을 발표하시고 나서 질의응답 시간을 갖겠습니다. 그러나 현재 수사가 진행 중임을 감안하여 사건에 관해서 대략적인 사실만 발표가 될 것입니다. 여러분의 질문에 답을 하기 위해 어빙 부국장님께서도 와 계십니다. 질서를 지켜주시면 순조롭게 진행될 것이고 여러분 모두가 원하는 바를 얻게 되실 것입니다. 국장님?"

오루크가 옆으로 비켜서자 경찰국장이 연설대를 향해 걸어갔다. 경찰국장은 호감이 가게 생긴 남자였다. 이 키 크고 잘생긴 흑인 남자는 LA 경찰국에서 30년을 근무했고, 언론 대처 능력이 뛰어난 사람이었다. 그러나 그는 지난 해 여름에 새로 임명된 신임 국장이었다. 그의 전임자는 경찰국에 대해 아무것도 모르고 지역 사회에 대해서도 제대로 파악하지 못한 뚱뚱한 외부인이었는데, 할리우드 영화에 출연해도 될 정도로 매력적인 내부 인사에게 밀려나고 말았다. 경찰국장은 잠깐 동안 회견장에 모인 사람들을 조용히 둘러보았다. 보슈는 이 사건이, 그리고 국장이 이 사건을 어떻게 처리하느냐가 국장에 대한 최초의 능력 평가가 될 거라는 느낌이 들었다. 국장도 그런 느낌을 받았을 것 같았다.

드디어 경찰국장이 입을 열었다.

"안녕하십니까. 오늘 저는 여러분에게 안타까운 소식을 전하기 위해 이 자리에 섰습니다. 어젯밤 늦은 시각 여기 이 도심에서 시민 두 명이 목숨을 잃었습니다. 11시 직전 앤젤스 플라이트에 탔던 카탈리나 페레즈 씨와 하워드 일라이어스 씨가 총에 맞아 사망했습니다. 대다수의 시민들은 하워드 일라이어스 씨를 잘 알고 있을 것입니다. 일라이어스 씨는 평판은 엇갈렸지만 분명히 우리 도시의 한 구성원이었고 우리의 문화를 형성하는 데 기여한 바가 컸던 분이었습니다. 반면, 카탈리나 페레즈 씨는 평범한 시민이었습니다. 남편과 어린 두 자녀와 함께 잘살아 보려고 열심히 일했던 여성이었습니다. 그분은 가정부로 일했습니다.

밤낮을 가리지 않고 오랜 시간을 일했습니다. 그런 그녀가 일을 마치고 가정으로 돌아가다가 그만 목숨을 잃고 말았습니다. 오늘 아침 제가 이 자리에 선 것은 이 두 시민의 피살 사건이 미궁에 빠지거나 잊히는 일은 절대로 없을 것임을 시민 여러분께 약속드리기 위해서입니다. 우리 LA 경찰국은 카탈리나 페레즈 씨와 하워드 일라이어스 씨를 위해 정의를 실현할 때까지 불굴의 의지로 수사를 계속할 것임을 여러분 앞에 엄숙히 맹세합니다."

보슈는 경찰국장의 말에 감탄사가 절로 나왔다. 국장은 두 피해자를 하나로 묶어서, 일라이어스가 진짜 표적이고 페레즈는 같이 기차에 탔다가 재수 없게 당한 경우라는 사실을 교묘하게 숨기고 있었다. 두 사람 다 이 도시의 골칫거리인 무분별하고 무작위적인 폭력에 희생당한 동등한 피해자로 그려내고 있었다.

"현재는 수사가 진행 중이므로 자세한 사실을 밝힐 수가 없습니다. 그러나 단서를 잡고 추적하고 있고, 조만간 살인범을 혹은 살인범들을 잡아서 정의의 심판을 받게 할 거라고 믿고 또 바라고 있다는 말씀은 드릴 수 있습니다. 한편, 저는 로스앤젤레스의 선량한 시민 여러분이 침착하게 행동해주시고 우리 경찰이 우리의 임무를 완수할 수 있게 지켜봐 달라고 간곡히 당부드립니다. 지금 우리는 선부른 결론을 내리는 것을 경계해야 합니다. 우리는 어느 누구도 다치는 것을 원하지 않습니다. 경찰국은, 저를 통해서든 부국장이나 홍보실을 통해서든, 수사 진척 상황에 대해 시민 여러분께 정기적으로 보고를 드리겠습니다. 수사나 앞으로 있을 용의자 기소에 방해가 되지 않는다는 판단이 서면 언제든지 관련 정보를 공개할 것입니다."

국장은 연설대에서 반 걸음 뒤로 물러서서 오루크를 바라보았다. 자기가 할 말은 끝났다는 표시였다. 오루크가 연설대로 다가가려고 발을 들기도 전에 청중석에서 기자들이 "국장님!"을 외쳐댔다. 이 소란을 뚫고 걸걸한 남자 기자의 목소리가 들렸다. 보슈를 비롯해 텔레비전을 가지고 있는 사람이라면 누구나 채널 4의 하비 버튼 기자의 목소리라는 걸 알 수 있었다.

"경찰이 하워드 일라이어스를 죽였습니까?"

그 질문에 잠깐 동안 정적이 흐르더니 곧 다시 기자들이 앞다투어 소리치기 시작했다. 국장은 연설대로 돌아가서 흥분한 기자들을 진정시키려고 두 손을 들었다.

"네, 좀 조용히 해주세요. 이렇게 한꺼번에 소리를 지르면 못 알아듣습니다. 한 분씩 차례차…."

"경찰이 저지른 일입니까, 국장님? 대답해주실 겁니까, 말 겁니까?"

이번에도 버튼이었다. 이번에는 다른 기자들이 잠자코 있었고, 그렇게 함으로써 버튼을 지원하고 있었다. 그들의 침묵은 국장에게 버튼의 질문에 대답하라고 요구하고 있는 것이었다. 전체 기자 회견 내용은 그 하나의 질문과 그 대답으로 요약될 수 있었다.

국장이 입을 열었다.

"현재로선 그 질문에 답할 수가 없습니다. 현재 수사가 진행 중이기 때문입니다. 물론 우리는 하워드 일라이어스 씨와 경찰국과의 관계에 대해 잘 알고 있습니다. 우리가 우리 자신을 살펴보지 않는다면 경찰로서 공평한 처신이 아닐 것입니다. 우리 자신을 철저히 살펴볼 것입니다. 그리고 현재 그 작업이 진행되고 있습니다. 그러나 지금으로서는…."

"국장님, 경찰국이 자기 구성원들을 수사하면서 시민들의 신뢰를 받을 수 있다고 생각하십니까?"

이번에도 버튼이었다.

"좋은 지적입니다, 버튼 기자. 먼저, 저는 이 사건 수사가 확실한 결실을 맺게 하겠다고 약속드릴 수 있습니다. 대가를 치러야 할 사람이 대가를 치르게 하겠습니다. 경찰관이 범인이라면, 그를 혹은 그녀를 반드시 법정에 세울 것입니다. 제가 보장합니다. 둘째, 경찰국은 현재 경찰국 감찰관인 칼라 엔트런킨 씨의 도움을 받아 수사를 진행하고 있습니다. 엔트런킨 씨는 잘 아시다시피 경찰위원회와 시 의회 및 시장님께 직접 보고를 하는 민간인 감찰관입니다."

국장은 한 손을 들어 또 질문을 하려던 버튼을 막았다.

"제 말 아직 안 끝났습니다, 버튼 기자. 마지막으로 이 자리를 빌어 연방수사국 LA 지부 부지부장인 길버트 스펜서 특수 요원을 소개하겠습니다. 저는 이 범죄와 수사에 대해 스펜서 씨와 심도 있게 논의를 했고, 스펜서 씨는 FBI 요원들을 투입해 우리를 도와주기로 약속하셨습니다. 당장 내일부터 FBI 요원들이 수사를 맡은 LA 경찰국 형사들과 협력하여 신속하게 그리고 성공적으로 수사를 종결할 수 있도록 최선을 다해 줄 것입니다."

보슈는 경찰국장의 FBI 개입 발표를 들으면서 아무런 내색도 하지 않으려고 애를 썼다. 사실 그렇게 충격적인 일도 아니었다. 국장으로서는 시간을 벌 수 있는 현명한 조치를 내린 것이었다. 국장의 결정에 주된 요인으로 작용하지는 않았겠지만, 이를 통해 심지어 사건이 해결될 수도 있었다. 국장은 불길이 번지기 전에 잡으려고 하고 있었다. FBI는 사용할 수 있는 꽤 좋은 호스였다. 그러나 보슈는 자기가 미리 통보받지 못하고, 기자 회견장에 있는 하비 버튼을 비롯한 다른 사람들과 똑같이 FBI 개입 소식을 전해 들었다는 사실에 화가 났다. 보슈가 어빙을 바라보자, 어빙도 보슈의 눈길을 느꼈는지 그를 돌아보았다. 둘은 잠깐 동안 서로를 노려보았고, 잠시 후 어빙은 고개를 돌려 연설대 마이크 앞에 선 스펜서를 바라보았다.

FBI 요원이 입을 열었다.

"아직은 드릴 말씀이 별로 없습니다. 우리는 특별 수사팀을 구성할 것입니다. 이 팀이 LA 경찰국 형사들과 공조 수사를 펼쳐서 신속하게 수사를 종결지을 수 있을 것이라고 믿습니다."

"블랙 워리어 소송에 관련된 형사들을 수사하실 겁니까?"

한 기자가 큰 소리로 물었다.

"모든 것을 살펴보겠지만 우리의 수사 전략을 말씀드리지는 않겠습니다. 지금부터 모든 언론 관련 문의와 보도 자료 배포는 LA 경찰국에서 맡아서 할 겁니다. 연방수사국은…."

"어떤 법 조항에 따라 FBI가 수사에 참여하는 것입니까?"

버튼이 물었다.

"연방수사국은 개인의 권리가 법의 깃발 아래서 침해당했는지를 판단하기 위해 수사할 권한이 있다는 민법 조항에 따라서죠."

"법의 깃발 아래서요?"

"법을 집행하는 관리에 의해서라는 뜻입니다. 저는 여기까지만 하고 마이크를…."

스펜서는 말을 끝맺지 않고 연설대에서 뒤로 물러났다. 언론의 스포트라이트를 받는 것을 좋아하지 않는 게 분명했다. 경찰국장이 다시 마이크 앞으로 나서서 어빙을 소개하자, 어빙이 연설대 앞으로 나가 앤젤스 플라이트 살인 사건에 관한 보도 자료를 읽어 내려가기 시작했다. 보도 자료는 아직도 기본적인 사실만을 담고 있어서 누구에게도 큰 도움이 되지 못할 것 같았다. 보도 자료에서는 수사 책임자가 보슈라고 구체적으로 밝혔다. 그리고 강력계 형사들은 이해 관계의 충돌이 있었고 센트럴 경찰서 강력반 형사들은 일정상의 문제가 있었기 때문에 할리우드 경찰서 강력반 살인전담팀이 수사를 맡게 되었다고 설명했다.

보도 자료를 다 읽은 어빙은 질문을 받겠다고 하면서도, 중요한 정보를 공개함으로써 수사에 차질을 빚는 일은 하지 않을 것이라고 다시 한 번 기자들에게 상기시켰다.

"어디에 중점을 두고 수사하고 있는지 좀 더 자세하게 말씀해주시겠습니까?"

한 기자가 먼저 나서서 외쳤다.

어빙이 대답했다.

"다각도로 수사를 진행하고 있습니다. 하워드 일라이어스 변호사에게 원한을 품었을 수도 있는 경찰관들에서부터 단순 강도 살인 사건의 가능성에 이르기까지 모든 가능성을 살펴보고 있죠. 우리는…."

"관련 질문입니다."

다른 기자가 외쳤다. 응답자가 마지막 질문에 대한 대답을 끝내기 전에 질문을 던지지 않으면, 나중에는 소란스러워서 자신의 질문이 묻힐 수도 있음을 알고 있는 것 같았다. 그가 말을 이었다.

"범죄현장에 혹시 단순 강도 살인 사건임을 보여주는 증거가 있었습니까?"

"범죄현장에 대해서는 자세하게 밝힐 수가 없습니다."

"제가 들은 바로는 시신에서 시계나 지갑이 나오지 않았다던데요."

보슈는 그 기자를 바라보았다. 구겨진 옷차림을 보아하니 TV 기자가 아니었다. 케이샤 러셀이 와 있으니 〈LA 타임스〉 기자도 아니었다. 보슈는 그가 누군지 몰랐지만, 시계와 지갑에 대한 정보가 그에게로 새나간 게 분명했다.

어빙은 잠시 숨을 고르면서 어디까지 밝힐 것인지 생각해보는 눈치였다.

"당신의 정보는 사실이지만 완전하지는 않군요. 일라이어스 씨는 어젯밤에 사무실 책상 속에 시계와 지갑을 놔두고 퇴근했습니다. 오늘 그곳에서 그 두 물품을 발견했습니다. 물론 그렇더라도 강도에 의한 살인 가능성을 배제할 수는 없습니다만, 지금은 초동 수사 단계이고 그렇게 추측하기에는 정보가 충분치 않습니다."

언제나 침착하고 냉정한 케이샤 러셀은 다른 기자들처럼 고함을 쳐서 주목을 요구하지 않았다. 그녀는 얌전히 앉아 손만 들었고, 동료 기자들의 질문거리가 소진되고 어빙이 자기를 봐줄 때까지 기다리고 있었다. 어빙은 TV 기자들로부터 비슷한 질문을 몇 개 더 받고 응답을 한 후에 마침내 러셀에게 질문권을 주었다.

"일라이어스 변호사의 유품이 오늘 사무실에서 발견됐다고 하셨는데요. 사무실을 수색하셨습니까? 그렇다면 일라이어스 변호사가 의뢰인들에게 약속한 비밀 유지의 원칙을 깨뜨리지 않기 위해서 어떤 조치를 취하셨죠? 그 의뢰인들은 사무실 수색을 실시한 바로 그 기관을 상대로 소송을 제기한 사람들인데요."

"좋은 질문입니다. 우리는 방금 말씀하신 그 이유 때문에 피해자의 사무실을 본격적으로 수색하지는 않았습니다. 그런 이유 때문에 칼라 엔트런킨 감찰관을 불러들인 겁니다. 지금 엔트런킨 감찰관이 피해자의 사무실에 있는 자료들을 검토하고 있는데, 변호인과 의뢰인간의 비밀 유지 원칙에 해당되는 민감한 정보가 있는지 살펴보고 추려낸 후 문제가 없는 자료만 수사관들에게 넘길 것입니다. 오늘 오전 하워드 일라이어스 변호사 사무소에 대한 압수 수색 영장을 발부해준 판사가 이와 같이 특별 자문 위원의 자료 검토를 지시했습니다. 시계와 지갑은 피해자의 책상 서랍이나 책상 위에서 발견된 것으로 알고 있습니다. 일라이어스 씨가 어젯밤 퇴근할 때 깜빡 잊고 나갔을 가능성이 큽니다. 자, 질의응답은 여기서 마무리하도록 하겠습니다. 수사에 전력을 다하겠습니다. 알려드릴 새로운 정보가 있으면….”

“마지막 질문입니다. 경찰국이 12-12 근무제로 전환한 이유는 무엇입니까?”

러셀이 외쳤다.

어빙은 대답을 하려다 말고 경찰국장을 돌아보았고, 국장은 고개를 끄덕이더니 연설대 앞으로 나섰다.

경찰국장이 말했다.

“그것은 어떠한 만일의 사태에도 철저히 대비하기 위해서입니다. 12시간 근무제를 실시하면 거리를 순찰하는 경찰관이 늘어납니다. 우리는 우리 LA 시민들이 냉정을 유지하고 우리에게 수사할 시간을 줄 거라고 믿고 있습니다. 하지만 예방 조치 차원에서 모든 경찰관들이 차후 지시가 있을 때까지 12시간 근무 12시간 휴식제로 근무하는 방안을 포함한 대비책을 실시한 것입니다.”

“그 대비책이란 것이 지난번 폭동 이후 마련한 그 시민 소요 대응 계획을 말씀하시는 겁니까? 그때 경찰국이 무방비로 있다가 속수무책으로 당하고 나서 마련한 거요?”

러셀이 물었다.

“1992년에 마련된 방안, 맞습니다.”

국장이 연설대에서 물러서려고 하는데 러셀이 커브볼을 한 개 더 던졌다.

“그렇다면 국장님은 폭력 사태를 예상하고 계시는군요.”

질문이 아니라 단정하는 말투였다. 국장이 다시 마이크 앞에 바짝 다가섰다.

“아뇨, 어, 러셀 기자, 저는 폭력 사태를 예상하고 있지 않습니다. 말했다시피, 이것은 순전히 예방 조치입니다. 저는 시민들이 침착하고 책임감 있게 행동할 것이라고 예상하고 있습니다. 언론도 마찬가지로 행동해줄 것을 기대하고요."

국장은 러셀의 반응을 기다렸지만 이번에는 아무 반응도 나오지 않았다. 오루크가 앞으로 나와 국장 앞에 상체를 굽히고 마이크에 입을 갖다 댔다.

"이것으로 기자 회견을 마치겠습니다. 어빙 부국장님이 발표하신 보도 자료 사본이 15분 정도 후에 홍보실에 비치될 예정이니 필요한 분은 받아 가시기 바랍니다."

기자들이 천천히 회견장을 빠져나가는 동안 보슈는 지갑과 시계에 대해 질문한 기자를 예의 주시하고 있었다. 누군지 어느 언론사에서 일하는지 궁금했다. 문 앞에 사람들이 몰려 혼잡을 빚는 바람에 그 기자와 버튼이 나란히 서게 되었고 둘은 이야기를 나누기 시작했다. 보슈는 신문이나 잡지 기자가 TV 기자와 말을 섞는 것을 한 번도 본 적이 없는데 둘이 말을 하는 것을 보니 이상하다는 생각이 들었다.

"형사?"

보슈가 돌아보니 경찰국장이 옆에 서서 손을 내밀고 있었다. 보슈는 즉시 그 손을 잡고 악수를 했다. 국장이 30년을 일한 그 직장에서 보슈도 25년 가까이 일해오고 있었지만, 두 사람은 악수는 고사하고 지나가다 마주친 적도 없었다.

"네, 국장님."

"만나서 반갑네. 우리가 자네와 자네 팀에게 얼마나 많은 기대를 걸고 있는지 모를 거야. 필요한 게 있으면 주저하지 말고 내 사무실로 연락하거나 어빙 부국장을 통해 연락 주게. 어떤 거라도 말이야."

"지금은 필요한 게 별로 없습니다. FBI까지 불러주실 줄은 몰랐습니다만."

국장은 잠깐 망설이다가 보슈의 불평이 별것 아니라고 판단했는지 금방 말을 이었다.

"그건 어쩔 수가 없었네. 기자 회견이 시작되기 직전에야 그 친구들이 합류할 거라는 확답을 들어서 말이야."

국장은 뒤를 돌아보며 FBI 요원을 찾았다. 스펜서는 어빙과 대화를 하고 있었다. 국장이 손짓으로 그들을 불러서 스펜서에게 보슈를 소개했다. 보슈는 스펜서의 얼굴에서 경멸의 빛이 떠올랐다 사라지는 것을 놓치지 않았다. 보슈는 지난 수년 동안 FBI하고는 껄끄러운 관계였다. 스펜서와 직접 부딪친 적은 없었지만, 스펜서가 LA 지부 부지부장이라면, 보슈에 대해서는 익히 들어 알고 있을 것이었다.

"이제 어떻게 할 건가요, 여러분?"

국장이 물었다.

"원하신다면, 내 사람들을 내일 아침 8시에 여기 집합시키겠습니다."

스펜서가 말했다.

"아주 좋아요. 어빙 부국장?"

"네, 좋습니다. 제 사무실 옆에 있는 회의실에 수사 본부를 마련해놨습니다. 저도 내일 아침 8시까지 우리 팀을 집합시키겠습니다. 그때 현재 상황을 점검하고 차후 방향을 논의토록 하죠."

보슈만 빼고 다들 고개를 끄덕였다. 보슈는 이 문제에 대해서는 발언권이 없다는 것을 알고 있었다.

짧은 논의를 끝내고 그들은 아까 국장이 들어왔던 문을 향해 걸어갔다. 보슈는 마침 홍보실의 오루크 경위 옆에 서서 걸어가고 있었다. 보슈는 오루크에게 시계와 지갑에 대해 질문한 기자가 누군지 아느냐고 물었다.

"탐 체이니죠."

들어본 적이 있는 이름인 것도 같았지만 확실히는 알 수 없었다.

"기자인가요?"

"아뇨. 오래전에는 〈LA 타임스〉에서 일했는데, 지금은 TV 쪽에 있죠. 하비 버튼의 피디입니다. 카메라 앞에 설 인물은 못 되니까요. 그래서 채널 4는 버튼을 위해 최신 정보를 물어다 주고, 말할 내용, 질문할 내용을 버튼에게 알려주는 대가로 엄청난 돈을 그에게 지불하고 있어요. 버튼을 멋지게 보이게 만드는 게 그의 임무죠. 버튼은 얼굴과 목소리를 맡고, 체이니는 머리를 맡는 거죠. 그런데 그건 왜 묻습니까? 내가 뭐 도와줄 일이라도 있습니까?"

"아뇨. 그냥 궁금해서요."

"지갑과 시계에 대해 알고 있어서요? 말했지만, 체이니가 이 바닥을 돌아다닌 세월이 얼만데요. 정보원이 많이 있어요. 아주 많이."

회견장을 나온 보슈는 왼쪽으로 방향을 돌려 수사 본부가 차려진 어빙의 회의실로 돌아갔다. 이 건물을 나가고 싶었지만 그 수많은 기자들과 함께 엘리베이터를 기다리고 싶지는 않았다.

어빙은 아까 앉았던 자리에서 보슈를 기다리고 있었다.

"FBI 건은 미안하네. 나도 회견 직전까지는 몰랐어. 국장의 생각이었더군."

어빙이 말했다.

"저도 들었습니다. 영리한 분이신 것 같습니다."

보슈는 어빙이 본론으로 들어가기를 기다리며 잠자코 있었다.

"그러니까 자네는 가서 팀원들이 지금 하고 있는 탐문 수사를 끝내면, 다들 집에 돌아가서 푹 쉬게 하라고. 내일 모든 게 새로 시작될 테니까 말이야."

보슈는 고개를 젓고 싶은 것을 억지로 참았다.

"FBI가 올 때까지 손 놓고 기다리라는 말씀입니까? 부국장님, 이건 살인 사건입니다. 피살자가 두 명이나 나온 사건이죠. 모든 걸 중단하고 있다가 내일 다시 시작할 수는 없습니다."

"중단하라는 말은 아니야. 말했잖나, 하고 있던 일은 끝내라고. 내일 우리는 팀을 재정비하고 새로운 전투 계획을 수립할 거야. 그래서 나는 자네들이 내일부터 새로운 각오로 임해주기를 바라는 마음에서 말한 걸세."

"네, 잘 알겠습니다."

그러나 보슈는 FBI를 기다리고만 있을 생각은 없었다. 수사를 계속하고 정보와 단서들이 이끄는 대로 따라가 볼 작정이었다. 어빙의 말은 크게 신경 쓰지 않았다.

"이 방 열쇠를 주시겠습니까? 조만간 엔트런킨에게서 1차적으로 자료를 넘겨받을 겁니다. 자료를 보관할 안전한 곳이 필요합니다."

보슈가 말했다.

어빙은 몸을 들썩이며 주머니에 손을 넣더니 열쇠 한 개를 꺼내 탁자 위에 놓고 보슈 쪽으로 밀었다. 보슈는 그 열쇠를 집어 들고 자기 열쇠 고리에 끼웠다.

"이 열쇠 복사한 것은 몇 명이나 갖고 있습니까? 그냥 궁금해서요."

보슈가 물었다.

"걱정할 필요 없네, 형사. 이 수사팀의 팀원을 제외하고는 어느 누구도 내 허락 없이 이 방에 들어오지 못할 테니까."

어빙에게서 질문에 대한 대답을 듣지는 못했지만 보슈는 고개를 끄덕였다.

15 세상의 모든 불공평함

파커 센터의 유리문을 나온 보슈는 뉴스의 제작과 포장 과정의 첫 단계를 지켜보았다. 파커 센터 앞마당 곳곳에 TV 카메라 기자와 보도 기자 대여섯 명이 서서 기자 회견 뉴스 앞부분에 내보낼 현장 보도를 촬영하고 전송할 준비를 하고 있었다. 건물 앞 길모퉁이는 마이크로파 전송 장치를 높이 매단 TV 중계차들이 일렬로 늘어서 있어서 마이크로파의 숲을 이루고 있었다. 이날은 일주일 중 뉴스거리가 가장 빈약한 토요일이었다. 그런데 하워드 일라이어스 피살이라는 대형 사건이 터진 것이다. 확실한 빅뉴스였다. 토요일 아침 편성 담당자의 꿈이 이루어진 것이다. 지역 방송국들은 정오에 생중계로 보도를 내보낼 것이다. 그러면 그때부터 시작일 것이다. 일라이어스가 살해됐다는 소식이 뜨거운 샌타 애나 강풍처럼 도시에 휘몰아칠 것이고, 긴장을 고조시키다가, 결국에는 조용한 좌절감을 시끄러운 파괴 행위로 변모시킬 것이다. 경찰국과 시 정부의 운명은 이 젊고 똑똑한 기자들이 그들에게 주어진 정보를 어떻게 해석하고 전달하느냐에 달려 있었다. 경찰국과 시 정부는 그 기자들의 보도가 이미 끓어오르기 시작한 갈등의 솥에 부채질을 하지 말아주기를 바라고 있었다. 기자들이 자제력과 이성과 상식을 보여주기를, 섣부른 추측이나 주관적인 판단을 가미하지 않고 기지의 사실만을 담백하게 보도해주기를 바랐다. 그러나 보슈는 그럴 가능성은 열두 시간 전 앤젤스 플라이트에서 피살된 일라이어스가 살아서 벌떡 일어날 가능성만큼이나 희박하다고 생각했다.

보슈는 문을 나오자마자 왼쪽으로 돌아서서, 혹시라도 카메라 앵글 안에 들어가지 않도록 신경을 쓰면서 직원 전용 주차장을 향해 걸어갔다. 꼭 필요한 경우가 아니라면 뉴스에 모습을 비추고 싶지 않았다.

보슈는 기자들에게 들키지 않고 무사히 차에 탔다. 10분 후 그는 브래드베리 빌딩 앞에 서 있는 TV 중계차 뒤에 불법 주차를 했다. 내리면서 주위를 둘러보았지만 기자들의 모습은 보이지 않았다. 아마도 사건 현장을 찍기 위해 앤젤스 플라이트 역에 간 모양이었다.

오래된 엘리베이터가 꼭대기 층으로 올라가서 서자 엘리베이터 문을 열고 밖으로 나오던 보슈는 하비 버튼 기자와 탐 체이니라는 피디, 그리고 카메라 기자와 마주쳤다. 보슈가 그들 곁을 지나가는 동안 어색한 침묵이 흘렀다. 잠시 후 피디가 말을 걸었다.

"보슈 형사님이시죠? 채널 4의 탐 체이니입니다."

"네."

"잠깐 말씀 좀 나눌 수 있을…."

"아뇨, 안 됩니다. 즐거운 하루 보내세요."

보슈는 그들 옆을 돌아서 지나가 일라이어스의 사무실을 향해 걸어가기 시작했다. 체이니가 그의 등에 대고 말했다.

"정말 안 됩니까? 나한테로 정보가 꽤 많이 들어오고 있는데 그걸 확인해주시면 우리 둘 다에게 이로울 것 같은데요. 당신을 곤란하게 만들지는 않을게요. 우리가 팀으로 일을 하면 더 좋은 결과가 있을 겁니다. 아시잖아요."

보슈는 걸음을 멈추고 그들을 돌아보았다.

"아뇨, 모릅니다. 확인이 안 된 정보를 보도하고 싶으면 마음대로 하세요. 하지만 나는 어떤 것도 확인해주지 않을 겁니다. 그리고 내겐 이미 함께 일할 팀이 있고요."

보슈는 대답을 기다리지 않고 고개를 돌리고는 하워드 일라이어스의 이름이 적힌 문을 향해 걸어갔다. 체이니나 버튼은 더 이상 아무 말도 하지 않았다.

보슈가 사무실로 들어가니 재니스 랭와이저 검사가 비서의 책상 앞에 앉아서 파일을 들춰보고 있었다. 책상 옆에는 아까는 없었던 판지 상자가 세 개 있었는데 상자마다 자료가 가득 들어 있었다. 랭와이저가 고개를 들었다.

"보슈 형사님."

"안녕. 이 상자들 내 건가요?"

랭와이저가 고개를 끄덕였다.

"1차분이에요. 아, 참, 형사님, 아까 나빴어요."

"뭐요?"

"내 차가 견인될 거라고 하신 거요. 거짓말이었죠?"

보슈는 까맣게 잊고 있었던 일이었다.

"어, 아니, 아닌데. 당신 차가 견인 구역에 있었던 것은 맞아요. 그대로 놔뒀으면 아마 끌고 갔을걸."

보슈가 말했다.

랭와이저의 표정을 보니 보슈가 얼렁뚱땅 넘기려는 것을 알고 있었다. 보슈는 미소를 지었지만 곧 얼굴이 붉어지기 시작했다.

"저기, 엔트런킨 감찰관하고 둘이서 할 이야기가 있었어요. 미안해요."

랭와이저가 대답하기 전에, 칼라 엔트런킨이 옆방에서 고개를 내밀었다. 그녀도 파일을 들고 있었다. 보슈는 바닥에 놓여 있는 상자 세 개를 가리켰다.

"일에 진전이 있는 것 같군요."

"그래야죠. 잠깐만 안에서 좀 볼까요?"

"그러죠. 그건 그렇고, 채널 4 친구들이 들어와서 인터뷰를 하자고 하던가요?"

"그랬어요. 그리고 채널 9번은 채널 4보다 먼저 왔었고요."

랭와이저가 말했다.

"그래서 인터뷰를 해줬습니까?"

랭와이저가 엔트런킨을 바라보더니 곧 바닥을 내려다보았다. 랭와이저는 아무 말도 하지 않았다.

"내가 짧게 얘기해줬어요. 내 역할만 설명해줬죠. 해가 될 말은 안 했어요. 잠깐 이 안에서 볼까요?"

엔트런킨이 문에서 물러서자 보슈는 행정실로 들어갔다. 책상 위에 파일이 반쯤 들어찬 상자가 한 개 있었다. 보슈가 들어가자 엔트런킨은 문을 닫았다. 그러고는 들고 있던 파일을 사무관의 책상 위로 던지고, 가슴에 팔짱을 끼고 엄격한 표정으로 보슈를 노려보았다.

"왜요?"

보슈가 물었다.

"탐 체이니한테 들었는데, 기자 회견에서 하워… 어, 일라이어스 씨가 시계와 지갑을 사무실에, 책상에 놔두고 퇴근했다는 말이 나왔다면서요. 오늘 아침에 당신들한테 나가달라고 했을 때, 난 당신들이 아무…."

"미안합니다. 깜빡했군요."

보슈는 서류 가방을 책상에 올려놓고 열었다. 그러고는 지갑과 시계가 든 증거물 봉투 두 개를 꺼내들었다.

"오늘 아침에 당신이 오기 전에 벌써 이것들을 봉투에 담아 가방에 넣은 상태였어요. 그러고는 잊어버리고 그냥 간 거죠. 이것들을 원래 있던 자리에 갖다놓을까요?"

"아뇨. 해명을 원했을 뿐이에요. 그런데 당신이 한 말은 믿을 수가 없군요."

둘은 오랫동안 아무 말 없이 서로를 노려보았다.

"하고 싶은 말이 그게 전부입니까?"

마침내 보슈가 먼저 입을 뗐다.

엔트런킨은 조금 전까지 살펴보고 있던 파일이 놓여 있는 책상을 향해 돌아섰다.

"우리가 이보다는 더 좋은 관계로 일을 할 수 있을 거라고 생각했는데요."

"이봐요, 당신은 당신만의 비밀이 있잖아요."

보슈가 말을 하면서 서류 가방을 닫았다. 그러고는 말을 이었다.

"나도 나만의 비밀이 있어요. 어찌됐든 중요한 건 하워드 일라이어스가 무장 강도한테 살해된 게 아니라는 겁니다. 그러니까 거기서부터 수사를 시작할 거요. 알겠어요?"

"수사에 참여한 형사들 중에 증거물에 함부로 손을 댄 사람이 있었다는 거라면, 그러면…."

"아무것도 확인해줄 수 없어요."

보슈는 엔트런킨의 눈이 화가 나서 번득이는 것을 보았다.

"그러면 그 사람은 이 경찰국의 구성원으로 남아 있어서는 안 돼요.

그건 아시죠?"

"그건 나중에 생각해볼 일이고. 지금은 더 중요…."

"구성원의 정직성을 의심할 필요가 없는 경찰국을 만드는 것보다 더 중요한 일은 없다고 생각하는 사람들도 있어요."

"꼭 기자 회견을 하듯 말씀하시는군요, 감찰관님. 이 자료들 가지고 갑니다. 나중에 추가 자료를 받으러 또 올게요."

보슈는 비서실로 나가는 문을 향해 돌아섰다.

"난 당신은 다를 거라고 생각했어요. 그뿐이에요."

엔트런킨이 말했다.

"나에 대해서 뭘 안다고 다르니 어쩌니 하는 거죠? 나중에 봅시다."

"사라진 게 또 있어요."

보슈는 걸음을 멈추고 엔트런킨을 돌아보았다.

"뭐죠?"

"하워드 일라이어스는 지독한 메모광이었어요. 항상 스프링 노트를 책상에 두고 메모를 했고 어딜 갈 때도 늘 가지고 다녔죠. 가장 최근 노트가 사라졌어요. 어디 있는지 아세요?"

보슈는 책상으로 돌아와서 다시 서류 가방을 열었다. 그러고는 노트를 꺼내 책상으로 던졌다.

"내 말 믿지 않겠지만 당신이 들어와서 우리를 쫓아내기 전에 이미 이 노트를 서류 가방에 넣어둔 상태였어요."

"사실, 당신 말을 믿어요. 읽어봤어요?"

"일부만요. 당신이 나타나기 전에."

엔트런킨은 한동안 보슈를 물끄러미 바라보았다.

"내가 먼저 살펴보고 괜찮다 싶으면 오늘 중으로 돌려줄게요. 돌려줘서 고마워요."

"천만의 말씀."

보슈가 필리페 디 오리지널에 도착했을 때, 다른 사람들은 먼저 와서 식사를 하고 있었다. 그들은 밀실에 있는 긴 테이블 하나에 둘러앉아 있었고 다른 테이블은 비어 있었다. 보슈는 주문하기 위해 카운터 앞에 줄을 서서 기다리기 전에 업무 이야기를 끝내기로 작정했다.

"기자 회견은 잘 끝났어요?"

보슈가 벤치 좌석으로 다가가 라이더 옆에 앉자 라이더가 물었다.

"어빙은 내 피부색이 너무 연해서 나를 안 좋아하는 것 같아."

"웃기지 말라 그래. 난 이 색깔이 좋아서 이 색깔로 사는 줄 아나."

에드거가 말했다.

"그러게 말이에요."

라이더가 맞장구를 쳤다.

"무슨 얘기야?"

채스틴이 물었다.

"인종 문제요. 형사님은 잘 모르실 거예요."

라이더가 말했다.

"이봐, 나도…."

"됐어."

보슈가 끼어들어 말을 끊었다. 그러고는 본론으로 들어갔다.

"수사 이야기를 하자고, 알겠지? 채스틴 당신부터. 일라이어스의 아파트 수색은 끝냈어?"

"응. 그런데 아무것도 못 건졌어."

"그래도 그 여자에 대해 알아낸 건 있잖아."

푸엔테스가 말했다.

"아, 그래, 맞다."

"어떤 여자?"

"다른 피해자. 카탈리나 페레즈. 잠깐만."

채스틴은 자기 옆 벤치로 손을 뻗어 법률 용지철을 집어 들었다. 한 장을 넘기더니 거기 적힌 내용을 바라보았다.

"카탈리나 페레즈는 그 아파트 909호의 파출부였어. 금요일 밤마다 일하러 왔다더군. 그러니까 이 여자는 거기에서 나와 앤젤스 플라이트를 탔던 거야."

"그런데 올라가는 기차에 타고 있었잖아. 11시까지 일한 게 아니었나?"

보슈가 말했다.

"아냐, 내 말 들어봐. 이 여자는 저녁 6시부터 10시 30분까지 일하고 나와서 앤젤스 플라이트를 타고 언덕을 내려와 버스 정류장에서 버스를 타고 집으로 가곤 했어. 그런데 어젯밤엔 기차를 타고 내려오면서 손가방을 살펴보다가 일정과 전화번호를 적어두는 수첩을 놓고 온 것을 알아차린 것 같아. 이 여자가 일하는 집 주인이, 어, D. H. 라일리 씨라는 사람인데, 자기 휴대전화 번호가 바뀌었다고 새 번호를 알려줬대. 그래서 그 집에서 수첩을 꺼냈던 거지. 그런데 그 수첩을 식탁에 두고 온 거야. 자기 일정을 알아야 하기 때문에 수첩을 찾으러 다시 올라가야 했던 거지. 이 여자는…."

채스틴은 다시 벤치로 손을 뻗어 수첩을 집어 들었다. 수첩은 비닐 증거물 봉투 안에 들어 있었다.

"이 여자는… 수첩에 적힌 일정을 살펴봤어. 정말 뼈 빠지게 일했더군. 날마다 일을 나갔고 밤에도 자주 일을 다녔어. 그 라일리라는 집주인 말로는 자기 집에는 일주일에 한 번 금요일 밤마다 이 여자가 와서 청소를 해주고 갔대. 일을 참 잘했다고 하고…."

"그러니까 수첩을 가지러 다시 올라가다가 총에 맞은 거군요."

에드거가 말했다.

"그런 것 같아요."

"또 시작이군, I-O-I-A."

라이더가 침울한 목소리로 중얼거렸다.

"그게 뭔데?"

채스틴이 물었다.

"아무것도 아니에요."

그들은 한동안 아무 말도 하지 않았다. 보슈는 수첩을 놔두고 온 것 때문에 목숨을 잃다니 카탈리나 페레즈의 운명이 참으로 기구하다고 생각했다. 그는 라이더가 한 말이 '세상의 모든 불공평함(the inequities of it all: IOIA)'이라는 뜻이라는 걸 알고 있었다. 라이더는 강력반 살인전담팀에서 근무한 지 1년쯤 지난 무렵부터 인간을 죽음으로 몰고 가는 온갖 불운과 우연의 일치, 운명의 반전 등을 일컬어서 그렇게 부르기 시작했다.

보슈가 먼저 침묵을 깼다.

"좋아. 이제 그 기차 안에 있던 두 사람이 기차를 타게 된 이유는 다 알게 됐군. 아파트 이웃 주민들은 별말 없었어?"

"무슨 소리를 들은 사람도 없고, 뭘 본 사람도 없어."

채스틴이 말했다.

"전부 다 만나본 거야?"

"네 집은 초인종을 눌러도 응답이 없었어. 하지만 전부 다 앤젤스 플라이트의 반대편에 위치한 집들이야."

"좋아, 그 집들은 당분간 접어두자. 키즈, 일라이어스의 부인과 아들은 다시 만나봤어?"

프렌치 딥 샌드위치 마지막 한 입을 씹고 있던 라이더는 기다리라는 뜻으로 손가락을 들어보이고는 음식을 삼켰다.

"네, 따로따로 만나도 보고 함께도 만나봤어요. 흥미를 끌 만한 건 하나도 없었어요. 둘 다 경찰의 짓이라고 확실하게 믿고 있어요. 저는…."

"당연히 그렇게 믿고 있겠지."

채스틴이 끼어들었다.

"키즈 얘기부터 들어보자고."

보슈가 말했다.

"둘 다 일라이어스가 맡은 소송에 대해서 잘 모르는 것 같았고 협박을 받았는지 어땠는지도 모르는 것 같았어요. 집에 사무실도 없더라고요. 남편이 당신한테 충실했냐고 물어보니까 밀리 일라이어스는 충실했다고 믿는다고 말했어요. 정말 그렇게 말했어요. '믿는다'고요. 그게 이상하게 들렸어요. 남편에 대해 아무런 의심이 없었다면 '충실했다'고 말하지 충실했다고 '믿는다'고 하지는 않을 것 같아서요. 제 말 무슨 뜻인지 아시겠어요?"

"그러니까 그 부인이 알고 있었다고 생각해?"

"아마도요. 하지만 제 생각에는 알았더라도 모르는 척 참고 넘어갔을 것 같아요. 하워드 일라이어스 변호사의 부인이라고 하면 사회적 지위가 꽤 높잖아요. 그런 지위에 있는 아내들 중 상당수는 손익을 따져 선택을 해요. 이미지를 그대로 유지하고, 누리고 있는 풍요로운 삶을 그대로 유지하기 위해, 다른 것에 위안을 삼고 살아가죠."

"그 아들은 어때?"

"자기 아버지가 신이라고 믿었던 것 같아요. 큰 충격에 빠져 있어요."

보슈는 고개를 끄덕였다. 그는 라이더의 면담 기술에 감탄했다. 예전에 그녀가 신문이나 탐문을 하는 것을 지켜본 적이 있어서 그녀가 면담 대상에게 감정 이입을 한다는 것을 알고 있었다. 또한 보슈는 어빙이 기자 회견장에서 라이더를 이용하고 싶어 했던 것과 별반 다르지 않은 이유로 그녀를 이용했다는 사실도 알고 있었다. 보슈가 유족에 대한 추가 조사를 위해 라이더를 보낸 것은 그녀가 면담에 능하다는 것을 알고 있기 때문이기도 했지만, 그녀가 흑인이기 때문이기도 했다.

"알리바이는 물어봤어?"

"네. 어젯밤에는 둘 다 집에 있었어요. 둘 다 외출을 하지 않았죠. 둘이 서로의 알리바이가 되고 있어요."

"멋진데."

채스틴이 말했다.

"수고했어, 키즈. 또 더 할 말 있는 사람?"

보슈가 말했다.

보슈가 테이블 위로 상체를 약간 기울이고 모두의 얼굴을 둘러보았다. 다들 아무 말도 하지 않았다. 이제 보니 다들 식사를 끝낸 상태였다.

"기자 회견에 대해 소식을 들었는지 모르겠는데, 국장이 기갑 부대를 영입했어. 내일 아침에 FBI가 합류할 거야. 내일 아침 8시에 어빙의 회의실에서 회의가 있어."

"빌어먹을."

채스틴이 말했다.

"우리는 못 하고 걔네들은 할 수 있는 일이 뭔데?"

에드거가 물었다.

"아무것도 없지. 하지만 국장이 기자 회견에서 그 사실을 발표한 건 치안 유지에 큰 도움이 될 거야. 적어도 당분간은. 어쨌든 내일 일은 내일 걱정하자. 우리에겐 아직도 오늘이 남아 있잖아. 어빙은 FBI가 합류할 때까지 수사를 중단하라는 지시를 비공식적으로 내렸지만, 그건 말도 안 되는 소리고. 계속 수사해야지."

"그러게, 상어가 익사하면 안 되니까. 안 그래?"

채스틴이 말했다.

"맞는 말이야, 채스틴. 그건 그렇고, 다들 잠을 별로 못 잔 것 알아. 그래서 하는 말인데, 우리 중 일부는 계속 일을 하고 일찍 퇴근하고, 나머지는 지금 집에 가서 한잠 자고 저녁 때 상쾌한 마음으로 나오는 건 어떨까? 이의 있어?"

이번에도 다들 잠자코 있었다.

"좋아, 그럼 일을 이렇게 나눠보자고. 지금 내 차 트렁크에는 일라이어스의 사무실에서 가져온 파일 세 상자가 실려 있어. 감찰계 형사들이 그 상자를 가지고 어빙의 회의실로 가줬으면 좋겠어. 파일을 열어보고, 조사해봐야 할 경찰들과 다른 사람들의 명단을 뽑는 거야. 용의자 명단을 좀 만들어줘. 알리바이가 확실하면 그 사람 이름은 지우고 다른 사람을 살펴보고 할 수 있게 말이야. 내일 아침 FBI가 도착할 때까지 준비를 해줬으면 좋겠어. 그 일이 끝나면 다들 퇴근해도 되고."

"그럼 당신들은 뭘 할 건데?"

채스틴이 물었다.

"우리는 일라이어스의 비서와 사무관을 만나볼 거야. 그러고 나서 나는 집에 가서 한잠 잘 생각이야. 희망 사항이지. 그러고 나서 오늘 밤에는 마이클 해리스를 만나보고 그 인터넷 웹 페이지도 추적해보려고 해. FBI가 들어오기 전에 그 웹 페이지가 이 사건과 무슨 관련이 있는지 알아두고 싶어."

"해리스에 대해서는 신중을 기하는 게 좋을 거야."

"그래야겠지. 그래서 일부러 밤까지 기다리는 거야. 기자들 몰래 살짝 만나보려고."

채스틴은 고개를 끄덕였다.

"우리한테 준다는 파일은 뭐야? 오래된 건가 아니면 최근 것?"

"오래된 거. 엔트런킨이 마무리가 된 소송 사건 자료들부터 살펴보기 시작했거든."

"블랙 워리어 자료는 언제쯤 볼 수 있을까? 그게 중요한 건데. 나머지는 쓸데없는 거고."

"아마 오늘 오후 늦게는 받을 수 있을 거야. 그런데 나머지 자료도 쓸데없는 건 아니야. 그 사무실 안에 있는 자료란 자료는 다 들춰봐야해. 건너뛰는 그 자료가 법정에서 변호사가 들고 흔드는 자료가 될 수도 있어. 무슨 말인지 알겠어? 어떤 것도 그냥 넘어가지 마."

"알았어."

"그건 그렇고, 왜 그렇게 블랙 워리어 자료에 대해 신경을 쓰지? 당신이 그 친구들을 혐의 없다고 풀어줬잖아, 안 그래?"

"그래. 그런데?"

"그런데 그 자료에서 뭘 보고 싶어서 그렇게 안달이냐는 거지. 당신이 이미 다 알고 있는 사실들일 텐데. 뭔가 놓친 것이 있다고 생각하는 거야, 채스틴?"

"아니, 하지만…."

"하지만 뭐?"

"그게 현재의 사건이니까. 그 속에 뭔가 있을 거라는 생각이 들어서."

"두고 보자고. 조만간 알게 되겠지. 지금은 옛날 자료를 열심히 살피고, 어떤 것도 그냥 건너뛰어서는 안 돼."

"알았다고 했잖아. 시간 낭비하고 있다는 걸 알면서 그런 일을 해야 하다니, 허, 참."

"강력반에 온 것을 환영해."

"그래, 그래."

보슈는 주머니에 손을 넣어 작은 갈색 봉투를 꺼냈다. 그 속에는 이 식당으로 오는 길에 차이나타운에 들러 어빙이 준 회의실 열쇠를 복제한 것들이 들어 있었다. 보슈가 테이블 중앙에서 봉투를 뒤집자 열쇠들이 달그락거리며 테이블로 떨어졌다.

"다들 한 개씩 가져. 어빙의 회의실 열쇠야. 자료가 그 안에 도착하는 순간부터는 항상 문을 잠가놓아야 돼."

보슈를 제외한 모두가 테이블 중앙으로 팔을 뻗어 열쇠를 한 개씩 집어 들었다. 보슈는 이미 원본 열쇠를 자기 열쇠고리에 끼워놓은 상태였다. 그는 일어서서 채스틴을 바라보았다.

"자료가 내 차에 있어. 같이 가지러 가지."

16 중독자들

비서와 사무관에 대한 조사는 소득이 전혀 없어서 보슈는 차라리 집에 가서 잠이나 자는 게 나을 뻔했다고 생각했다. 비서인 타일라 컴비는 독감에 걸려서 지난 한 주 동안 병가를 내고 크렌쇼 지역에 있는 자기 집에 틀어박혀 쉬고 있었다고 말했다. 컴비는 하워드 일라이어스가 죽기 전 며칠 동안 무슨 일을 했는지 아는 바가 전혀 없었다. 그녀는 보슈와 에드거와 라이더를 독감 바이러스에 노출시킨 것을 빼고는 형사들에게 해준 것이 거의 없었다. 컴비는 일라이어스가 소송 전략과 다른 업무들을 대부분 비밀로 했다고 설명했다. 컴비의 역할은 주로 우편물을 개봉하고 전화를 받고 방문객이나 의뢰인을 접대하고 일라이어스가 매달 일정액을 이체시켜 놓는 소액 운영 자금 계좌를 통해 사무실 운영 경비를 지출하는 일이었다. 일라이어스가 누구와 통화를 했는지 아느냐는 질문에는, 변호사가 수년 전부터 자기 사무실 안에 개인 직통 전화를 두고 사용했기 때문에 지인들과 기자들뿐만 아니라 적수들까지도 그 전화로 통화를 했다고 말했다. 그래서 퀌비는 일라이어스가 살해되기 전 몇 주 동안 살해 협박을 받았는지를 파악하는 데도 아무런 도움이 되지 못했다. 수사관들은 그녀에게 감사 인사를 한 후, 독감이나 걸리지 말아야 할 텐데 하고 걱정하면서 그녀의 집을 나섰다.

사무관인 존 바비눅스도 실망스럽기는 마찬가지였다. 그는 금요일 밤 늦게까지 일라이어스와 함께 일했던 사람은 자신과 마이클 해리스였다고 확인해주었다. 그러나 바비눅스는 해리스와 일라이어스는 저녁내내 일라이어스의 사무실에 문을 닫고 앉아 있었다고 말했다. 들어보니, 바비눅스는 석 달 전에 USC 법대를 졸업했고 낮에는 일라이어스의 사무관으로 일하면서 밤에는 변호사 시험을 준비하고 있었다. 그가 밤에 일라이어스의 변호사 사무소에 남아 공부를 했던 것은 판례법과 형법전을 암기하는 데 필요한 법학 서적들을 마음대로 찾아볼 수 있었기 때문이었다. 다른 법대생 두 명과 함께 쓰고 있는 USC 근처의 비좁은 아파트보다는 더 좋은 학습 환경인 것만은 분명했다. 바비눅스는 그날 공부는 할 만큼 했다는 생각이 들어 11시 직전에 일라이어스와 해리스와 함께 사무실을 나왔다고 했다. 그러고 나서 자신과 해리스는 각자의 차를 세워둔 근처 유료 주차장으로 걸어갔고, 일라이어스는 앤젤스 플라이트를 타러 3번가를 걸어 올라갔다고 말했다.

퀌비와 마찬가지로 바비눅스도 일라이어스가 비밀스럽게 혼자서 소송 전략을 짜고 재판 준비를 했다고 말했다. 사무관은 지난주에 자기는 주로 블랙 워리어 소송의 사전 심리 녹취록을 작성하는 일을 했다고 말했다. 일라이어스가 재판정에 가져가서 증거품이나 진술에 대해 구체적으로 참고할 것이 있을 때 찾아볼 수 있도록 녹취록과 관계 자료를 노트북 컴퓨터에 내려 받는 일이 그의 업무였다.

바비눅스는 형사들에게 일라이어스가 구체적으로 협박을 받았는지에 대해서는 아무런 정보도 제공하지 못했다. 적어도 변호사가 심각하게 받아들였던 협박은 없었던 것 같다고만 말했다. 바비눅스는 일라이어스가 최근에 굉장히 낙관적이었다고 진술했다. 일라이어스는 블랙 워리어 소송에서 자기가 이길 거라고 굳게 믿고 있었다고 했다.

"변호사님은 슬램 덩크라고 하셨어요."

바비눅스가 세 형사에게 말했다.

보슈는 집을 향해 우드로 윌슨 거리를 달려가면서 비서와 사무관에게서 들은 이야기를 떠올렸고, 일라이어스가 자신이 맡은, 곧 재판이 열리게 될 소송 사건에 대해 왜 그렇게 비밀스럽게 움직였는지 궁금해했다. 과거에는 중요한 사실을 언론에 슬쩍 흘리거나 대대적인 기자 회견을 여는 것을 중요 전략으로 구사했던 사람이라 뭔가 수상쩍었다. 일라이어스는 평소답지 않게 침묵을 지키고 있으면서도, 슬램 덩크라고 말할 만큼 승소를 자신했다.

보슈는 운이 좋다면 몇 시간 후에 엔트런킨에게서 넘겨받게 될 블랙 워리어 사건 자료를 보면 그 이유를 알 수 있게 되기를 바랐다. 그때까지는 그 생각을 접어두기로 했다.

일 생각을 접어두기로 하자마자 엘리노어가 떠올랐다. 침실에 있는 붙박이장도 떠올랐다. 아내가 옷을 챙겨 나간 것을 알게 되면 어떤 기분이 될지 두려워서 이제까지는 의도적으로 붙박이장을 열어보지 않았었다. 그러나 이제는 열어볼 때라고, 맞을 매면 맞아야 할 때라고 생각했다. 시기도 딱 좋았다. 지금은 너무 지쳐 있어서 무엇을 보더라도 침대에 쓰러져 잠들 수 있을 것 같았다.

그러나 마지막 커브 길을 돌아가니 집 앞 모퉁이에 엘리노어의 낡은 타우루스가 서 있는 것이 보였다. 보슈를 위해 간이 차고 문을 열어두기까지 했다. 보슈는 목과 어깨 근육의 긴장이 풀어지는 것을 느꼈다. 답답하던 가슴도 서서히 뚫리기 시작했다. 아내가 집에 있었다.

보슈가 들어갔을 때 집 안은 조용했다. 그는 식탁 의자 위에 서류 가방을 내려놓고 나서 넥타이를 풀면서 거실로 들어갔다. 그러고는 짧은 복도를 걸어가 침실 안을 들여다보았다. 커튼이 드리워져 있었고 창가에 머무는 저녁 햇빛을 제외하고는 빛이 없어서 방 안은 어두웠다. 침대 이불 속에 엘리노어가 누워 있는 것이 어렴풋이 보였다. 그녀의 갈색 머리카락이 베개 위에 퍼져 있었다.

보슈는 침실로 들어가 재빨리 옷을 벗어 의자에 걸쳐놓았다. 그러고는 엘리노어를 깨우지 않고 샤워를 하기 위해 다시 복도로 나와 손님용 욕실로 들어갔다. 10분 후 그는 침실로 돌아와 엘리노어 옆에 누웠다. 똑바로 누워서 어두운 천장을 바라보면서 그녀의 숨소리에 귀를 기울였다. 그녀가 곤히 잘 때 나는 느리고 고른 숨소리가 들리지 않았다.

"깼어?"

보슈가 속삭였다.

"으응."

보슈는 오랫동안 엘리노어의 다음 말을 기다렸지만 그녀는 말이 없었다.

"어디 갔었어, 엘리노어?"

"할리우드 파크."

보슈는 아무 말도 하지 않았다. 거짓말을 한다고 아내를 비난하고 싶지 않았다. 어쩌면 보안실의 자딘이 비디오 화면을 훑어볼 때 엘리노어를 놓쳤는지도 모를 일이었다. 보슈는 무슨 말을 할까 궁리하며 천장을 노려보았다.

"당신이 전화해서 나를 찾았다는 거 알아. 탐 자딘하고는 라스베이거스에 있을 때부터 아는 사이거든. 자딘은 플라밍고 호텔에서 일했었어. 당신이 전화했을 때 자딘이 거짓말을 한 거야. 나한테 먼저 왔더라고."

엘리노어가 말했다.

보슈는 눈을 감고 잠자코 있었다.

"미안해, 해리. 그때는 당신과 입씨름을 하고 싶지 않았어."

"입씨름?"

"무슨 말인지 알잖아."

"아니, 잘 모르겠는데, 엘리노어. 집에 돌아왔으면서도 왜 내 메시지 듣고 연락도 안 했어?"

"무슨 메시지?"

그제야 보슈는 그 메시지를 자신이 재생해서 들었다는 사실을 깨달았다. 그래서 자동응답기에서는 불빛이 깜빡이지 않았을 것이다. 엘리노어는 메시지가 있다는 것조차 몰랐던 것이다.

"아냐, 아무것도. 언제 돌아왔어?"

엘리노어는 베개에서 머리를 들고 침대 옆 시계에서 번쩍이는 숫자들을 바라보았다.

"두 시간 전에."

"게임 결과는 괜찮았어?"

사실 보슈는 별 관심이 없었다. 그냥 아내의 이야기를 계속 듣고 싶을 뿐이었다.

"그저 그랬어. 처음엔 좀 따다가 망쳐버렸어. 큰 판을 놓쳤어."

"어떡하다가?"

"확실한 걸 붙잡고 있어야 했는데 가망이 없는 것에 욕심을 냈거든."

"그게 무슨 말이야?"

"딜러한테서 카드를 받았더니 에이스 두 장에 클로버가 네 장이었어.

에이스, 3, 4, 5. 그래서 난 카드를 바꿀 때 에이스 한 장을 포기했어. 듀스가 나오기를 바라면서 하트 에이스를 버렸어. 클로버 2가 나오면 스트레이트 플러시가 되니까. 스트레이트 플러시에는 누진되는 보너스 상금이 있었거든. 그게 3백 달러 가까이 됐어. 그걸 바라고 에이스를 과감히 던져 버렸지."

"그래서 어떻게 됐는데?"

"듀스가 안 나왔어. 심지어 클로버도 아니어서 플러시도 못했어. 스페이드 에이스가 나왔더라고."

"이런."

"그러게 말이야. 에이스를 버렸더니 에이스가 걸려든 거야. 중간에 빠지지 않고 끝까지 하긴 했지만, 이기는 건 턱도 없었어. 10이 세 장 나온 사람이 이겼어. 3백 달러 정도 타가지고 갔지. 내가 하트 에이스를 갖고 있었으면, 에이스가 세 장 나와서 이겼을 거야. 그런데 잘못된 판단으로 망쳐버린 거지. 그 판을 끝으로 손 털고 나왔어."

보슈는 아무 말도 하지 않았다. 엘리노어의 이야기를 곱씹으며 그녀가 뭔가 다른 뜻을 가지고 한 말은 아니었을까 생각해보았다. 더 큰 판돈을 따려고 하트 에이스를 집어던졌다가 망했다….

2, 3분 정도 침묵이 흐른 후, 엘리노어가 다시 입을 열었다.

"사건 때문에 나가 있었어? 침대에서 자지 않았던데. 척 보면 알아."

"응. 출동 지시가 떨어져서."

"출동 차례가 아니지 않나?"

"말하자면 길어. 그리고 지금 그 이야기를 하고 싶지도 않고. 우리 이야기를 하자. 무슨 일이 있는 건지 말해줘, 엘리노어. 계속 이런 식으로는… 이건 아니야. 당신이 어디 있는지, 무슨 일이 있는지, 괜찮은지 어떤지도 모른 채 속만 태웠던 밤이 한두 밤이 아니야. 뭔가 잘못됐거나 뭔가 빠진 것 같은데 그게 뭔지 모르겠어."

엘리노어는 이불 속에서 몸을 움직여 보슈 옆으로 다가왔다. 그러고는 머리를 그의 가슴 위에 올려놓고 손을 뻗어 그의 어깨에 있는 흉터를 어루만졌다.

"해리…."

보슈는 기다렸지만 엘리노어는 아무 말도 하지 않았다. 잠시 후 엘리노어가 그의 몸 위에 올라타더니 천천히 엉덩이를 흔들기 시작했다.

"엘리노어, 이야기 좀 하자."

엘리노어의 손가락이 그의 입술로 미끄러져 내려와 말을 막았다.

그들은 천천히 사랑을 나눴고, 그동안 보슈의 머릿속은 오만 가지 생각으로 복잡했다. 보슈는 엘리노어를 사랑했다. 그동안 사랑했던 그 어떤 여자보다도 더 많이 사랑했다. 엘리노어 역시 그를 사랑한다는 것도 알고 있었다. 보슈는 엘리노어를 만나 사랑하게 됨으로써 완전한 한 인간이 된 것 같은 느낌이 들었다. 그러나 언제부턴가 엘리노어는 그런 느낌이 아니라는 것을 느낄 수 있었다. 그녀에게는 뭔가 부족한 것 같았고, 두 사람이 다른 비행기를 타고 다른 곳을 향하고 있는 것 같은 느낌이 들어서, 보슈는 과거 어느 때보다도 비참하고 의기소침해졌다.

그러던 중 둘의 결혼 생활에 불길한 조짐이 찾아들었다. 지난여름 보슈는 시간 소모적인 사건 수사를 연달아 맡게 되었고, 한번은 수사 때문에 일주일이나 뉴욕으로 출장을 가야 했었다. 보슈가 출장 가고 없을 때, 엘리노어는 처음으로 할리우드 파커 호텔 카지노를 찾았다. 혼자 남겨진 것에 따른 무료함과 로스앤젤레스에서 마땅한 직장을 잡지 못한 좌절감 때문이었다. 엘리노어는 카지노로 돌아가, 보슈가 그녀를 오랜만에 다시 만났을 때 하고 있었던 일을 했다. 엘리노어는 푸른색 펠트 천을 덮은 테이블에서 자기 삶에 빠져 있었던 그 무언가를 발견했다.

"엘리노어, 사랑해. 당신을 잃고 싶지 않아."

정사가 끝난 후 보슈가 두 팔로 엘리노어의 목을 감싸 안고 조용히 말했다.

엘리노어는 오랫동안 그의 입술에 키스를 한 후에 속삭였다.

"이제 좀 자, 자기야. 푹 자."

"내 옆에 있어줘. 내가 잠들 때까지 함께 있어줘."

보슈가 말했다.

"알았어."

엘리노어가 보슈를 꽉 끌어안았고, 그는 이 순간만큼은 모든 것을 잊고 싶었다. 잠깐만 그렇게 하자. 다 나중에 생각하자. 지금은 잠을 자야 돼. 그는 생각했다.

몇 분 후, 보슈는 곤한 잠에 빠져 들었고, 꿈속에서 그는 앤젤스 플라이트를 타고 언덕 위로 올라가고 있었다. 다른 기차가 내려오다가 스쳐 지나갈 때 창문 너머로 그 기차 안을 들여다보니 엘리노어가 혼자 앉아 있었다. 그녀는 그를 쳐다보지 않았다.

보슈는 한 시간 조금 넘게 자고 나서 눈을 떴다. 햇빛이 창가에서 완전히 물러나서 방 안은 아까보다 더 컴컴했다. 둘러보니 엘리노어는 침대에서 나가고 없었다. 보슈는 일어나 앉아 그녀의 이름을 소리쳐 불렀다. 이날 새벽 출동 전화를 받았을 때와 비슷한 목소리가 나왔다.

"나 여기 있어."

엘리노어가 거실에서 소리쳤다.

보슈는 옷을 입고 침실을 나갔다. 엘리노어는 그들이 라스베이거스에서 결혼식을 올리고 나서 신혼여행을 갔던 하와이의 호텔에서 보슈가 사준 목욕용 가운을 입고 소파에 앉아 있었다.

"후유, 난 또… 아니야."

보슈가 말했다.

"잠꼬대를 하더라고. 그래서 나와 있었어."

"뭐랬는데?"

"내 이름을 불렀고, 무슨 말을 한두 마디 했는데 잘 못 알아듣겠더라고. 싸움 이야기 같았어. 천사들이 싸움을 벌인다나(엘리노어가 앤젤스 플라이트[Angels Flight]라는 기차 이름을 앤젤스 파이팅[Angels fighting]으로 잘못 들은 것임-옮긴이)."

보슈는 미소를 지으며 고개를 끄덕이고는 커피 탁자를 사이에 두고 엘리노어 맞은편에 있는 의자에 앉았다.

"파이트가 아니라 플라이트야. 시내에 있는 앤젤스 플라이트 타본 적 있어?"

"아니."

"기차가 두 량이 있어. 하나가 언덕을 올라가면, 다른 하나는 내려오지. 그 두 기차가 중간에서 스쳐 지나가는 거야. 꿈에서 나는 올라가고 있는데 당신은 내려오는 기차에 타고 있었어. 중간에서 스쳐 지나가는데 당신은 나를 쳐다보려고도 하지 않았어…. 그게 무슨 뜻일까? 우리가 서로 다른 길을 가고 있다는 뜻일까?"

엘리노어는 슬픈 미소를 지었다.

"내 생각엔 당신이 천사라는 뜻인 것 같아. 위로 올라가고 있었다며."

보슈는 웃지 않았다.

"이제 다시 들어가 봐야 해. 한동안은 이 사건에 매달려야 할 것 같아."

보슈가 말했다.

"그 얘기 좀 해 봐. 왜 당신이 불려나간 거야?"

보슈는 10여 분 동안 엘리노어에게 사건 개요를 설명해주었다. 그는 언제나 그녀에게 자기가 맡은 사건 이야기를 해주는 것을 좋아했다. 자기만족을 위한 것이기는 했지만, 엘리노어가 도움이 되는 제안을 하거나 보슈가 놓치고 있던 것을 볼 수 있게 지적을 해줄 때도 종종 있었다. 엘리노어가 FBI 요원으로 일했던 것은 아주 오래전이었고, 그때 일은 지금은 아련한 기억으로만 남아 있을 뿐이었다. 그러나 보슈는 여전히 엘리노어의 뛰어난 추리력과 수사 실력을 존중했다.

"아, 해리, 왜 항상 당신이야?"

보슈의 이야기가 끝나자 엘리노어가 말했다.

"항상은 아니지."

"항상 그런 것 같은데, 뭐. 이제 어쩔 거야?"

"늘 하던 대로 해야지. 수사를 할 거야. 팀원들과 함께. 할 일이 많아. 시간을 충분히 줘야 할 텐데 걱정이야. 금방 해결될 것 같진 않아."

"그렇겠지. 해리, 그들은 생각해낼 수 있는 갖가지 방법으로 당신을 방해하려 들 거야. 이런 사건에서는 누군가를 낚아서 끌고 오는 게 누구에게도 도움이 되지 않거든. 하지만 당신은 그렇게 할 사람이야. 그 때문에 모든 경찰서의 모든 경찰관이 당신을 경멸하게 되더라도 당신은 눈썹 하나 깜짝 안 하고 끌고 올 사람이 있으면 끌고 올 사람이지."

"어느 사건이나 똑같이 중요해, 엘리노어. 사람도 마찬가지지. 나는 일라이어스 같은 사람들을 경멸해. 일라이어스는 빨판상어 같은 자였어. 열심히 자기 임무를 수행하려고 애를 쓰는 경찰관들을 상대로 말 같지도 않은 소송을 벌여서 먹고 살았지. 적어도 대부분의 소송이 그랬단 얘기야. 아주 가끔씩은 합당한 사건을 맡아서 하기도 했지만. 하지만 중요한 건 어느 누구도 자신이 한 짓에 대해 책임을 지지 않고 빠져나가서는 안 된다는 거야. 경찰이라고 예외는 아니지. 그건 옳지 못한 일이야."

"알아, 해리."

엘리노어는 보슈에게서 고개를 돌리고 유리문 밖 베란다 너머를 바라보았다. 하늘이 붉게 물들어가고 있었다. 도시가 하나둘 불을 밝히기 시작하고 있었다.

"담배 몇 대 피웠어?"

보슈는 무슨 말인가 해야 할 것 같아서 물었다.

"두 대. 당신은?"

"아직까지는 안 피웠어."

보슈는 좀 전에 엘리노어의 머리에서 담배 냄새를 맡았었다. 그는 그녀가 거짓말을 하지 않아서 기뻤다.

"스톡스 앤 본즈에 갔던 일은 어떻게 됐어?"

보슈가 물어보기를 망설이던 질문을 던졌다. 그는 면접에서 무슨 일이 있었는지 몰라도 그 일 때문에 엘리노어가 카지노를 찾은 것임을 알고 있었다.

"다른 데랑 마찬가지였어. 나중에 마땅한 자리가 생기면 연락 주겠대."

"출근해서 찰리를 만나봐야겠군."

스톡스 앤 본즈는 윌콕스 거리를 사이에 두고 할리우드 경찰서 맞은편에 있는 보석 보증 대행사였다. 보슈는 그 회사에서 행방불명된 보석금 채무자 수색원을 구하는데, 할리우드 경찰서에서 보석으로 풀려나와 보석금을 내지 않고 도망간 사람들의 상당수가 매춘부였기 때문에 그들을 찾아낼 가능성이 높은 여자 수색원을 선호한다는 이야기를 들었었다. 그래서 보슈가 그곳에 가서 찰리 스캇이라는 사장에게 엘리노어를 추천했더니 사장은 고려해보겠다고 약속했었다. 보슈는 엘리노어의 배경에 대해 솔직하게 털어놓았다. FBI에서 근무했다는 장점과 유죄 평결을 받은 중죄인이었다는 단점까지 숨기지 않고 말해주었다. 찰리 스캇은 수색원이 되기 위해서 주 정부가 발급한 개인 탐정 면허가 반드시 있어야 하는 것은 아니기 때문에—엘리노어는 전과가 있어서 그 면허를 딸 자격이 되지 않았다—전과가 문제가 된다고는 생각하지 않는다고 말했다. 문제는 사장이 수색원이, 특히 여자 수색원이 보석금 채무자를 찾아다닐 때 무장을 하기를 바란다는 거였다. 그러나 보슈는 그런 것은 별문제 안 된다고 생각했다. 보석금 채무자 수색원 대부분이 무기 소지 허가증을 받지 않은 사람들이었지만 공공연히 그런 수색 일을 하고 있었다. 진정으로 능력 있는 수색원은 무기 소지나 미소지가 문제가 될 만큼 사냥감에게 가까이 접근하지 않았다. 최고의 수색원들은 안전거리를 두고 멀찌감치 떨어져서 채무자를 발견하면 경찰을 불러들여 검거하게 했다.

"찾아가지 마, 해리. 그 사람이 나를 보내보라고 했을 때는 당신한테 잘 보이려고 편의를 봐주려고 한 건데, 정작 나를 보니까 정신이 퍼뜩 든 거겠지. 그냥 넘어가."

"하지만 당신이라면 그 일을 잘 할 수 있을 텐데."

"그게 문제가 아니잖아."

보슈가 일어섰다.

"출근 준비를 해야겠어."

보슈는 침실로 들어가서 옷을 벗고 다시 한 번 샤워를 한 후 새 옷으로 갈아입었다. 그가 거실로 돌아왔을 때에도 엘리노어는 소파에 똑같은 자세로 앉아 있었다.

"언제 돌아올지 잘 모르겠어. 할 일이 많아. 게다가 내일 아침에는 FBI가 합류할 거고."

보슈는 엘리노어를 쳐다보지 않은 채 말했다.

"FBI?"

"민권 관련이니까. 국장이 요청을 했대."

"불러들이면 남쪽 지역을 진정시키는 데 도움이 되겠다고 생각했나 보네."

"그런 것 같아."

"합류할 사람이 누군지 알아?"

"잘은 몰라. 오늘 기자 회견장에서 봤는데 LA 지부 부지부장이래."

"이름이 뭐야?"

"길버트 스펜서. 그런데 그 사람이 실제로 수사에 참여할 것 같지는 않아."

엘리노어는 고개를 가로저었다.

"내가 나온 다음에 들어왔나보군. 그 사람은 쇼에만 잠깐 얼굴을 내비친 걸 거야."

"나도 그렇게 생각해. 내일 아침에 수사팀을 보내겠대."

"행운을 빌어."

보슈는 엘리노어를 바라보며 고개를 끄덕였다.

"아직 사무실 전화가 안 나왔어. 무슨 일이 있으면 호출해."

"알았어, 해리."

보슈는 한동안 잠자코 서 있다가 마침내 아까부터 물어보고 싶었던 것을 물어보았다.

"다시 갈 거야?"

엘리노어가 뒤를 돌아보았다.

"모르겠어. 갈 수도 있고 안 갈 수도 있고."

"엘리노어…."

"해리, 당신도 중독된 게 있잖아. 나도 있어."

"그게 무슨 뜻이야?"

"새로운 사건을 맡을 때 드는 느낌 있잖아. 다시 사냥에 나설 때 느끼는 스릴감 말이야. 무슨 느낌인지 당신도 알 거야. 이제 나는 그런 느낌을 갖지 못하게 됐잖아. 그런데 그 느낌과 가장 비슷한 느낌을 느낄 때가 있었는데, 내가 펠트 천 테이블에서 카드 다섯 장을 집어 들고 들어온 패를 확인할 때였어. 설명하기 어렵고, 이해하긴 더 어렵겠지만, 난 그때 내가 살아 있는 것 같은 느낌이 들었어, 해리. 우린 둘 다 약쟁이들이야. 약의 종류만 다를 뿐이지. 난 당신 약을 갖고 싶은데 그럴 수가 없잖아."

보슈는 잠깐 동안 엘리노어를 바라보기만 했다. 무슨 말이라도 하면 감정이 목소리에 묻어나올 것 같아서 아무 말도 할 수 없었다. 그는 문 앞으로 걸어가서 문을 열자마자 그녀를 돌아보았다. 그러고는 다시 고개를 돌리고 문밖으로 걸어 나갔지만 곧 다시 들어왔다.

"당신 말을 들으니 가슴이 너무 아파, 엘리노어. 난 항상 당신이 살아 있다는 느낌을 다시 갖게 하려고 애를 썼는데."

엘리노어는 두 눈을 감았다. 금방이라도 울음을 터뜨릴 것만 같았다.

"정말 미안해, 해리. 그런 말은 절대로 하면 안 됐었는데."

엘리노어가 울먹이는 목소리로 속삭였다.

보슈는 조용히 문밖으로 걸어 나가 문을 닫았다.

17 재앙의 시작

30분 후 하워드 일라이어스 변호사 사무소에 도착했을 때에도 보슈는 정신적 충격에서 벗어나지 못하고 있었다. 사무실 문이 잠겨 있어서 노크를 했다. 잠시 후 열쇠를 꺼내 문을 열려고 하는데 이중 유리문 뒤에서 사람의 움직임이 보였다. 엔트런킨이 문을 열고 보슈를 맞았다. 보슈를 훑어보는 것을 보니 옷을 갈아입고 온 것을 알아차린 것 같았다.

"잠깐 집에 가서 쉬고 왔습니다. 오늘 밤 꽤 늦게까지 야근을 해야 할 것 같아서. 랭와이저 검사는 어디 있죠?"

보슈가 말했다.

"일이 끝나서 집에 보냈어요. 내가 당신을 기다리겠다고 했죠. 떠난 지 몇 분 안 됐어요."

엔트런킨은 보슈를 데리고 일라이어스의 개인 사무실로 들어가 거대한 책상 앞 의자에 앉았다. 보슈가 창밖을 내다보니 날이 어두워지고는 있었지만 앤서니 퀸의 모습은 여전히 잘 보였다. 책상 앞 바닥에는 파일 상자 여섯 개가 놓여 있었다.

"기다리게 해서 미안해요. 일이 끝나면 호출할 거라고 생각했는데."

보슈가 말했다.

"그럴 생각이었어요. 그냥 여기 앉아서 이런저런 생각 좀 하다가…."

보슈는 상자들을 바라보았다.

"이게 다입니까?"

"그래요. 이 여섯 개는 종결된 소송 사건 자료예요. 이 뒤에 있는 것들은 현재 진행 중인 것들이고요."

엔트런킨이 의자를 뒤로 굴려가더니 책상 뒤쪽 바닥을 가리켰다. 보슈도 다가가서 내려다보았다. 자료가 가득 든 상자가 두 개 더 있었다.

"대개가 마이클 해리스 사건이에요. 그중 대부분이 피소된 경찰관들에 관한 자료와 진술 녹취록이고요. 그리고 소장 제출 이후로 전혀 진행이 안 된 소송 사건들에 관한 자료도 있어요. 또 협박 편지와 장난 편지를 담아놓은 파일도 있고요. 해리스 사건과 직접적인 관련은 없는 것들이에요. 대부분이 인종 차별 주의적인 생각을 가진 겁쟁이들이 보낸 익명의 편지더군요."

"그렇군요. 내게 주지 않는 파일은 어떤 것들이죠?"

"내가 갖고 있는 파일은 딱 한 개밖에 없어요. 하워드의 작업 관련 파일이요. 해리스 사건 전략에 대한 메모가 들어 있어요. 그건 당신이 가져가서는 안 된다고 생각해요. 변호인과 의뢰인의 비밀 유지 원칙에 직접적으로 관련이 있는 거라서요."

"전략이요?"

"간단히 말하자면, 소송에 관한 로드맵이에요. 하워드는 자기가 맡은 사건들의 소송 과정을 도식화하는 것을 좋아했어요. 언젠가는 자기가 축구 경기가 시작되기 전에 경기 전술을 모두 구상하고 어느 시점에 어떤 전술을 쓸 것인지 계획해놓는 축구팀 코치 같다고 말한 적도 있어요. 하워드는 항상 재판 중 어느 때에 어디를 쳐야 하는지를 정확하게 알고 있었어요. 소송 로드맵에서 그는 자신의 전략과, 언제 어떤 증인이 등장하는지, 어떤 증거를 언제 제시할 것인지 등등을 구체적으로 밝혀놓고 있어요. 각각의 증인에게 물어볼 처음 몇 가지 질문을 써두기도 했죠. 게다가 모두진술의 뼈대를 잡아서 써놓은 것도 있어요."

"그렇군요."

"그 파일은 당신에게 줄 수가 없어요. 그의 핵심 전략이고, 그 사건을 어느 변호사가 이어받아 진행을 하든지 하워드의 로드맵을 따라가고 싶어 할 것 같거든요. 정말 훌륭한 계획이었어요. 따라서 LA 경찰국에는 이 자료를 넘길 수가 없네요."

"일라이어스가 이겼을 거라고 생각해요?"

"백 퍼센트 확신해요. 당신은 아닌가보죠?"

보슈는 책상 앞에 놓여 있는 의자들 중 하나에 자리를 잡고 앉았다. 낮잠을 자고 나왔는데도 벌써부터 피곤했다.

"사건에 관해 자세한 내용은 몰라요. 내가 아는 건 프랭키 쉬헌이라는 형사뿐이죠. 해리스가 그 뭐냐, 비닐봉지 건으로 쉬헌에게 소송을 제기했어요. 그런데 내가 아는 프랭키는 그럴 사람이 아닙니다."

보슈가 말했다.

"어떻게 그렇게 확신하죠?"

"확신이 아니라 추측이죠. 프랭키와는 예전부터 아는 사이예요. 수사를 함께했던 적도 한 번 있고. 아주 오래전이었지만 그의 사람됨을 확실히 알 수 있었죠. 나는 프랭키를 잘 압니다. 그는 그런 짓을 저지를 사람이 못 되요. 다른 사람이 그런 짓을 저지르게 내버려 둘 사람도 아니고요."

"인간은 변하기 마련이에요."

보슈가 고개를 끄덕였다.

"맞습니다, 변하죠. 하지만 보통 핵심은 변하지 않아요."

"핵심이요?"

"옛날에 이런 일이 있었어요. 한번은 프랭키와 내가 나이 어린 자동차 절도범을 검거한 적이 있어요. 그 어린놈은 먼저 아무 똥차라도 훔쳐서 타고 돌아다니면서 괜찮은 차를, 불법 카센터에 갖다 주면 돈을 많이 받을 수 있는 좋은 차를 찾아 돌아다니곤 했어요. 놈은 그런 차를 발견하면 뒤에 붙어서 쫓아가다가 앞 차가 신호등에 걸려 서면 꽁무니를 들이박았죠. 그러면 메르세데스든 포르쉐든 뭐든 그 고급 승용차의 운전자가 상황을 파악하려고 차에서 내릴 거니까. 그때 그놈도 잽싸게 자기 차에서 내려서 그 고급 차에 올라타고 떠나버리는 거죠. 고급 차 주인과 놈이 훔쳐 타던 똥차만 남겨놓고 말입니다."

"자동차 절도가 큰 유행이던 때가 있었죠, 기억나요."

"그래요, 유행이었죠. 놈은 이 짓을 석 달 정도 하면서 돈을 꽤 많이 벌었어요. 근데 한번은 놈이 재규어 XJ6의 뒤꽁무니를 너무 세게 박은 겁니다. 운전을 하고 있던 할머니는 안전벨트를 매고 있지 않았어요. 몸무게가 40킬로그램이나 나갈까 말까 한 아주 왜소한 할머니였는데, 뒤에서 박으니까 그 충격으로 운전대에 심하게 부딪쳤죠. 그 바람에 한쪽 폐가 파열되고 늑골 한 대가 다른 쪽 폐로 파고 들어갔어요. 그렇게 피를 철철 흘리며 죽어가고 있는데 놈이 다가와 문을 열고는 그 할머니를 차에서 끌어냈죠. 죽어가는 할머니를 길바닥에 내동댕이치고 나서 재규어를 타고 유유히 사라진 거예요."

"그 사건 기억나요. 10년쯤 전이었죠? 그 일 때문에 여론이 엄청 들끓었었는데."

"그래요. 자동차 절도 살인 사건. 그런 유형의 범죄로서는 거의 최초의 사건이었죠. 프랭키와 내가 그 사건을 맡게 됐습니다. 시민들의 관심이 지대하고 아주 민감한 사건이라서, 우린 빨리 사건을 해결하라는 압력을 받고 있었어요. 마침내 밸리 지역에 있는, 훔친 자동차 부품을 취급하는 불법 카센터를 통해서 놈에 대한 정보를 입수했어요. 놈은 베니스에 살고 있었는데 우리가 검거하러 출동하는 모습을 지켜보고 있었죠. 프랭키가 현관문을 두드리니까 문 안에서 357 매그넘 권총을 한 발 발사했어요. 간발의 차이로 프랭키를 맞추지 못했고요. 그때 프랭키는 장발이었는데 총알이 머리카락 사이를 스치고 지나갔죠. 놈은 뒷문을 통해 달아났고 우리는 놈을 쫓아 온 동네를 뛰어다니면서 무전기로 지원 요청을 했습니다. 기자들이 그 무전을 들었고, 곧 현장에는 기자들과 언론사 헬기들이 출동했더군요."

"어쨌든 놈을 잡았죠? 그건 기억나요."

"우린 오크우드까지 놈을 쫓아갔어요. 드디어 사격 연습장으로 쓰다가 비어 있는 집으로 놈을 몰아넣었어요. 안에 있는 약쟁이들은 다 튀어나왔는데, 놈은 집 안에서 끝까지 버티더군요. 우린 놈이 총을 가지고 있다는 걸 알고 있었어요. 이미 우리에게 총을 쏘기까지 했으니까요. 들어가서 놈을 쏴 죽여도 별문제 없었을 겁니다. 그런데 프랭키는 혼자서 들어가더니 설득해서 놈을 데리고 나왔어요. 그곳에는 프랭키와 나와 그놈 딱 셋뿐이었어요. 무슨 일이 있었는지는 아무도 몰랐을 것이고 의문을 제기하는 사람도 없었을 겁니다. 그런데도 프랭키는 쉬운 방법을 택하지 않았어요. 프랭키는 놈에게 재규어 할머니 일은 그냥 우연한 사고였다는 걸 안다고, 누구도 죽일 생각은 없었다는 걸 안다고 설득했어요. 그리고 놈의 인생에도 아직 기회가 있다고 말했죠. 15분 전에는 놈이 프랭키를 죽이려고 했었는데, 프랭키는 놈의 목숨을 살리려고 애를 쓰더군요."

보슈는 잠시 말을 멈추고 폐가 안에서 있었던 일들을 떠올렸다.

"마침내 놈은 두 손을 쳐들고 벽장 속에서 걸어 나왔어요. 아직도 손에는 권총을 들고 있는 상태였죠. 그냥 놈을 쏴버렸으면 아주 쉬웠을 텐데…. 누구 하나 뭐라 그러지도 않았을 거고. 그런데도 프랭키는 그러지 않았습니다. 총알을 맞고 죽을 뻔했으면서도요. 놈이 나오니까 프랭키가 놈에게서 권총을 뺏고 수갑을 채웠죠. 그렇게 끝이 났습니다."

엔트런킨은 한동안 아무 말 없이 생각하다가 입을 열었다.

"그러니까 그가 용의자인 흑인 남자를 총을 쏴서 죽이고 쉽게 사건을 해결할 수 있었는데도 그렇게 하지 않고 용의자의 목숨을 살려줬으니까, 10년이 흐른 후 다른 흑인 남자도 질식시켜 죽이려고 하지 않았을 거라는 말인가요?"

보슈는 얼굴을 찌푸리며 고개를 가로저었다.

"아뇨, 그런 말이 아니죠. 내 말은 그때 나는 프랭크 쉬헌이라는 인간의 핵심을 봤다는 겁니다. 그때 나는 그의 사람됨을 알게 되었죠. 그리고 그런 이유로 해리스의 주장이 말도 안 되는 거짓말이라고 생각한다는 겁니다. 프랭키는 해리스를 옭아매기 위해 증거물을 몰래 숨겨놓는 일은 절대로 하지 않았을 겁니다. 해리스의 머리에 비닐봉지를 뒤집어 씌우는 일도 절대로 하지 않았을 거고요."

보슈는 대꾸를 기다렸지만 엔트런킨은 아무 말도 하지 않았다. 그가 말을 이었다.

"그리고 나는 그 자동차 절도범이 흑인이었다는 말은 한 적 없는데요. 그건 당신 스스로가 덧붙인 정보일 뿐이죠."

"당신이 일부러 빼놓은 부분 아닌가요, 그 부분이? 그 절도범이 백인이었다면, 쏴 죽여도 별문제 없이 넘어갔을 거라는 생각 자체를 아예

하지 않았겠죠."

보슈는 오랫동안 엔트런킨을 노려보았다.

"아뇨, 그렇지 않아요."

"됐어요, 논쟁을 벌일 가치도 없는 일인데. 당신이 빼놓은 이야기도 있죠, 안 그래요?"

"뭐요?"

"그로부터 2, 3년이 지난 후, 당신 친구 쉬헌이 총을 사용한 적이 있었잖아요. 윌버트 돕스라는 흑인 남자의 몸속에 여러 발의 총알을 쏟아부었죠. 그 사건도 기억이 나는군요."

"그건 다른 얘기고, 정당방위였어요. 돕스는 살인범이었고 쉬헌에게 총을 겨눴죠. 쉬헌은 경찰, 검찰에서 다 혐의가 없다는 판결을 받았어요."

"하지만 민사 소송 배심원단한테서는 아니었죠. 그 소송 사건도 하워드가 맡았어요. 하워드가 당신 친구를 고소했고 하워드가 이겼어요."

"그건 정말 억울한 경우였어요. 그 사건은 로드니 킹 사건이 터지고 나서 2, 3개월 후에 재판에 들어갔죠. 그 당시에는 이 도시에서 흑인을 쏜 백인 경찰관이 무죄 평결을 받을 가능성은 전혀 없었습니다."

"조심하세요, 보슈 형사. 자신의 속내를 너무 많이 내비치고 있군요."

"진실이 그렇잖아요. 당신도 마음속으로는 그게 진실이라고 생각하고 있잖아요. 진실이 불편하게 느껴지겠다 싶으면 왜 다들 인종 카드를 내미는 겁니까?"

"이 이야기는 여기서 끝내죠, 보슈 형사. 당신은 친구를 믿고 있고 나도 그건 높이 사고 있어요. 하워드에게서 이 사건을 이어받는 변호사가 법정에 설 때 결과가 어떻게 될지는 두고 보기로 하죠."

보슈는 휴전을 다행으로 여기면서 고개를 끄덕였다. 비난조의 논쟁 때문에 마음이 많이 불편했었다.

"우리에게 넘기지 않는 자료가 또 있습니까?"

보슈가 화제를 바꾸었다.

"아뇨, 아까 말한 정도예요. 하루 종일 여기서 눈이 빠지게 자료를 들여다봤는데 꽉 쥐고 있을 파일은 한 개밖에 못 찾았네요."

엔트런킨이 한숨을 푹 쉬었고 갑자기 굉장히 고단해 보였다.

"괜찮아요?"

보슈가 물었다.

"네, 괜찮아요. 오히려 바쁘게 지낼 수 있어서 좋았어요. 무슨 일이 일어났는지 생각해볼 시간이 별로 없었거든요. 오늘 밤에는 많이 있을 것 같지만."

보슈가 고개를 끄덕였다.

"여기 들른 기자들이 더 있어요?"

"두 명이요. 몇 마디 해줬더니 만족해서 돌아갔어요. 다들 이 사건으로 이 도시가 또 한 번 소용돌이에 휘말릴 거라고 생각하고 있더군요."

"당신 생각은 어때요?"

"경찰이 범인이라면 무슨 일이 일어날지는 말할 필요도 없겠죠. 그리고 경찰이 범인이 아니더라도 그 사실을 믿지 않을 사람들도 있을 거예요. 그건 당신도 이미 알고 있잖아요."

보슈는 고개를 끄덕였다.

"소송 로드맵에 대해 당신이 알아둬야 할 게 하나 있어요."

엔트런킨이 말했다.

"뭐죠?"

"조금 전 당신은 프랭크 쉬헌이 결백하다고 말했지만, 하워드는 법정에서 해리스의 결백을 입증하려고 했었어요."

보슈가 어깨를 으쓱거렸다.

"해리스가 형사 재판은 벌써 받은 걸로 알고 있는데요."

"그랬죠, 무죄 평결을 받았죠. 그런데 이건 다른 얘기예요. 하워드는 진짜 범인을 밝힘으로써 해리스의 결백을 입증할 생각이었어요."

보슈는 대꾸할 말을 몰라 난감해하며 엔트런킨을 오래도록 노려보고 있었다.

"그 소송 로드맵에 범인이 누군지 나와 있습니까?"

"아뇨, 아까도 말했지만, 모두진술의 첫머리만 적혀 있었어요. 하지만 분명히 그런 내용이 그 안에 있었어요. 하워드는 배심원단에게 진범을 데려다 세우겠다고 말할 작정이었어요. 정말 그렇게 표현했어요. '살인범을 당신들 앞에 세우겠다'고요. 그 살인범이 누군지는 써놓지 않았죠. 써놓았다면 형편없는 모두진술이 되었을 거예요. 그 살인범이 누군지 공개하는 순간, 재판의 극적인 결말은 사라지게 되는 거니까."

보슈는 잠자코 지금 들은 말에 대해 생각해보았다. 엔트런킨이 한 말에 어느 정도 무게를 두어야 할지 알 수 없었다. 일라이어스는 법정 안에서나 밖에서나 쇼맨십이 넘치는 사람이긴 했다. 그러나 법정에서 살인범을 폭로하는 것은 페리 메이슨(얼 스탠리 가드너가 쓴 추리 소설 시리즈의 주인공으로 '경찰 킬러'로 통하는 변호사—옮긴이) 스타일이었다. 그런 일은 현실에서는 거의 일어나지 않았다.

"미안해요, 이야기를 하지 말았어야 했는데 해버렸군요."

엔트런킨이 말했다.

"이야기를 해준 이유가 뭐죠?"

"하워드가 진짜 범인을 법정에서 밝힐 계획이었다는 걸 다른 사람들이 알았다면, 그게 하워드를 죽일 동기가 될 수도 있었을 테니까요."

"그 어린 소녀를 죽인 진짜 범인이 나타나서 일라이어스를 죽였다는 말입니까?"

"그럴 가능성도 있겠죠."

보슈는 고개를 끄덕였다.

"진술 녹취록은 읽어봤어요?"

보슈가 물었다.

"아뇨, 시간이 별로 없었어요. 피고 측도, 다시 말해 시 검찰청도 녹취록 사본을 이미 받아봤을 것이기 때문에 녹취록을 전부 당신한테 넘기는 거예요. 당신이 구해볼 수 없는 것은 나도 넘기지 않을 거예요."

"컴퓨터는요?"

"대강 훑어보기만 했어요. 진술 녹취록과 공개된 자료에서 나온 다른 정보들이 주를 이루는 것 같더군요. 특별히 기밀이라고 판단할 만한 것도 없고."

"그렇군요."

보슈가 의자에서 일어섰다. 이 많은 상자를 다 옮기려면 자동차까지 몇 번이나 왔다 갔다 해야 할지 난감했다.

"아, 잠깐만요."

엔트런킨은 바닥에 놓인 상자로 팔을 뻗어 마닐라 파일 한 개를 꺼냈다. 그녀가 파일을 책상에 올려놓고 펼쳤더니 편지 봉투 두 개가 나타났다. 보슈는 책상 위로 윗몸을 숙이고 그것들을 바라보았다.

"이게 해리스 자료 속에 들어 있었어요. 무슨 뜻인지는 전혀 모르겠어요."

두 개 다 수취인이 일라이어스였고 주소는 일라이어스 변호사 사무소로 되어 있었다. 둘 다 회신 주소가 없었고 할리우드 소인이 찍혀 있었다. 하나는 5주 전에, 다른 하나는 3주 전에 발송된 거였다.

"봉투마다 단 한 줄이 적힌 종이만 한 장 들어 있었어요. 내용은 무슨 말인지 전혀 모르겠고요."

엔트런킨이 봉투 하나를 열기 시작했다.

"저기…."

보슈는 우물쭈물하고 있었다.

엔트런킨은 하던 일을 멈추고 손에 봉투를 쥔 채 보슈를 쳐다보았다.

"왜요?"

"아뇨, 그냥. 당신 지문이 남을 것 같아서."

"어머, 이미 만졌는데 어떡하죠? 미안해요."

"할 수 없죠. 계속합시다."

엔트런킨은 봉투를 열고 종이를 꺼내 펼쳐서 보슈가 읽을 수 있도록 돌려놔 주었다. 종이 윗부분에 타자 친 딱 한 줄의 글이 있었다.

i를 찍어라 험버트 험버트

"험버트 험버트…."

보슈가 중얼거렸다.

"문학 작품에, 아니 일부 사람들이 문학 작품이라고 주장하는 소설에 나오는 등장인물의 이름이에요. 나보코프의《롤리타》에 나오는 남자 주인공 이름이죠."

엔트런킨이 말했다.

"그렇군요."

보슈는 그 페이지 맨 아랫부분에서 연필로 쓴 메모를 발견했다.

#2 – 3/12

"그건 하워드가 쓴 걸 거예요. 아니면 사무실 직원이 썼거나."

엔트런킨이 말했다.

그녀는 나머지 한 개의 봉투, 최근에 배달된 편지 봉투를 열고 편지를 꺼내 펼쳤다. 보슈는 다시 상체를 숙이고 편지를 읽었다.

번호판이 그의 결백(innocense)을 입증한다.

"두 개 다 같은 사람이 보낸 것 같아요. 그리고 결백이라는 단어의 철자가 틀렸더군요."

엔트런킨이 말했다.

"그렇군요."

그 페이지 하단에도 연필로 쓴 메모가 있었다.

#3 – 4/5

보슈는 서류 가방을 무릎 위에 올려놓고 열었다. 그러고는 일라이어스가 총에 맞았을 때 정장 재킷 안주머니에 들어 있었던 편지를 담은 증거물 봉투를 꺼냈다.

"일라이어스가 앤젤스 플라이트에 탔을 때 갖고 있던 겁니다. 감식반원한테서 받았는데 깜박하고 열어보지도 않았네요. 내가 봉투를 열면 한번 관찰해 보시죠. 저 두 개의 편지와 같은 곳 소인이 찍혀 있어요. 수요일에 발송됐고요. 이건 지문 감식을 위해 내가 열어볼게요."

보슈는 자기 서류 가방 안에 있던 라텍스 장갑 종이팩에서 장갑을 꺼내 꼈다. 그러고는 조심스럽게 편지를 꺼냈다. 편지를 펼치면서 보니 아까 봤던 두 장의 종이와 비슷했다. 여기에도 타자를 친 단 한 줄의 편지가 있었다.

보슈는 그 편지를 노려보고 있는 동안 아드레날린이 솟구치면서 심장 박동이 약간 빨라지는 것을 느꼈다.

"보슈 형사, 이게 무슨 뜻이죠?"

"모르겠어요. 하지만 좀 더 일찍 열어볼걸 그랬다 싶어 아쉽군요."

이 세 번째 편지 하단에는 연필로 적은 메모가 없었다. 일라이어스가 편지를 받은 날짜를 적을 만한 짬이 나지 않았던 것 같았다.

"하나가 빠진 것 같군요. 이것들은 2번 3번이고 이건 그 후에 받은 거니까 4번이 되겠고요."

보슈가 말했다.

"그러게요. 하지만 1번이 될 만한 건 발견하지 못했어요. 자료에는 없더라고요. 어쩌면 두 번째 편지가 올 때까지는 중요하다고 생각 안 하고 버렸는지도 모르죠."

"그럴 수도 있겠군요."

보슈는 한동안 세 통의 편지에 대해 생각했다. 주로 직감과 예감일 뿐이었지만 집중할 부분을 찾았다는 느낌이 들었고 흥분으로 온몸이 짜릿해지는 느낌이 들었다. 이런 느낌은 기분을 들뜨게 했지만 이렇게 중요한 정보를 열두 시간 가까이나 서류 가방에 처박아놓았다는 생각을 하니 바보가 된 것 같은 느낌도 동시에 들었다.

"일라이어스가 이 사건에 대해서 말한 적이 있어요?"

보슈가 물었다.

"아뇨, 서로의 일에 대해서는 이야기를 나눈 적이 한 번도 없어요. 우리에겐 나름대로 규칙이 있었죠. 우리 관계는… 경찰국 감찰관이 가장 맹렬하게 경찰국을 비난하는 유명한 비판자와 사귄다는 건 도저히 이

해받지 못할 일이라는 걸 둘 다 잘 알고 있었죠."

엔트런킨이 말했다.

"게다가 유부남이었고."

보슈가 말했다.

엔트런킨의 얼굴이 굳어졌다.

"도대체 왜 그래요? 조금 전까지만 해도 말이 통한다 싶더니 금방 나를 적대시하는 이유가 뭐죠?"

"'잘못된 사랑이었어요'라는 하소연은 딴 데 가서나 하라는 겁니다. 그 아파트에 단둘이 있을 때 LA 경찰국에 대해서는 한 마디도 하지 않았다는 걸 나보고 믿으라고요?"

보슈는 엔트런킨의 눈 속에서 분노가 이글거리는 것을 보았다.

"믿든지 말든지 그건 내 알 바가 아니에요, 형사."

"이봐요, 우린 서로 돕기로 거래를 했잖아요. 아무한테도 말 안 할게요. 내가 당신을 곤란하게 만들면 당신도 나를 곤란하게 만들면 되잖소. 내 동료들한테 이 이야기를 하면 뭐라 그럴지 알아요? 당신을 용의자로 다루지 않았다고 나보고 미쳤다고 할 겁니다. 그렇게 해야 하는데 안 하고 있잖아요. 난 순전히 직감만 믿고 움직이고 있는 건데, 솔직히 좀 불안하고 걱정되기도 해요. 그러니까 작은 도움이라도 줘야 내가 마음을 다잡지 않겠어요?"

엔트런킨은 잠깐 망설이다가 입을 열었다.

"그 점은 고맙게 생각하고 있어요. 하지만 지금 당신한테 거짓말하는 거 아니에요. 하워드와 나는 그가 맡은 사건이나 경찰국 내에서의 내 업무에 대해서는 길게 이야기를 나눈 적이 단 한 번도 없어요. 자세한 이야기는 절대로 하지 않았다고요. 하워드가 해리스 사건과 관련해서 말한 것 중 유일하게 기억나는 건 이해할 수 없을 정도로 아주 모호한 말이었어요. 그게 뭔지 알고 싶으면, 말해드리죠. 하워드는 이번 소송에서 경찰국과 이 도시의 거물 몇 명을 아주 박살을 내버릴 테니까 기대하라고 했어요. 그게 무슨 뜻인지 물어보지는 않았어요."

"그 말을 한 게 언제였죠?"

"지난 화요일 밤이었어요."

"고마워요, 감찰관."

보슈는 일어서서 방 안을 서성거렸다. 어느 순간 정신을 차리고 보니 자신이 창가에 서서 어두운 그늘 속에 있는 앤서니 퀸을 노려보고 있었다. 손목시계를 보니 벌써 6시가 다 되어 가고 있었다. 7시에 할리우드 경찰서에서 에드거와 라이더를 만나기로 되어 있었다.

"당신은 그게 무슨 말인지 알고 있죠?"

보슈가 엔트런킨을 돌아보지 않고 계속 창밖을 바라보며 물었다.

"무슨 뜻이죠?"

엔트런킨이 물었다.

보슈는 엔트런킨을 향해 돌아섰다.

"일라이어스가 뭔가를 알게 되고, 살인범을, 소녀를 죽인 진범을 알아냈다면, 일라이어스를 죽인 범인은 경찰관이 아니었다는 말이 되죠."

보슈가 말했다.

엔트런킨은 잠시 생각을 하더니 대답했다.

"당신은 한쪽 면에서만 보고 있군요."

"그럼 다른 면은 뭐죠?"

"하워드가 법정에 가서 마술사처럼 모자 속에서 진짜 범인을 끄집어낼 계획이었다고 칩시다. 결정적인 증거를 제시하면서 말이에요. 그렇다면 그건 경찰이 제시한 증거가 가짜였다는 뜻이 되지 않나요? 그러니까 해리스의 결백을 입증하는 것은 곧 경찰관이 가짜 증거를 심어 해리스를 옭아맸다는 것을 입증하는 것이 되죠. 진범이 하워드가 자기를 쫓고 있다는 걸 알았다면, 그래요, 그놈이 나서서 하워드를 처치했을 수도 있겠죠. 하지만 경찰관이 해리스에게 덫을 놓았다는 것을 하워드가 입증할 작정이라는 걸 경찰관이 알았다면, 그 경찰관이 하워드를 처치했을 수도 있잖아요."

보슈는 고개를 저었다.

"당신은 언제나 경찰을 물고 늘어지는군요. 경찰이 등장하기도 전에 덫이 놓여 있었을 수도 있잖아요."

보슈가 말했다. 그러고는 불길한 생각을 떨쳐버리려는 듯 세차게 고개를 저었다.

"이런, 지금 내가 무슨 말을 하는 거야. 애초에 함정 같은 건 없었어요. 그건 너무 설득력이 없는 상상이군요."

보슈가 말했다.

엔트런킨은 오랫동안 보슈를 노려보았다.

"마음대로 생각하세요, 형사. 그리고 나중에 내가 경고를 하지 않았다는 말은 하지 말아요."

보슈는 엔트런킨의 말을 못 들은 척하고 아무 대꾸도 하지 않았다. 그러고는 바닥에 놓인 상자들을 바라보았다. 이제 보니 문 옆 벽에 바퀴가 두 개 달린 짐수레가 기대 세워져 있었다. 엔트런킨도 그의 눈길을 쫓아 짐수레를 바라보았다.

"경비실에 전화해서 상자를 옮겨야 한다고 도움을 구했죠. 그랬더니 저걸 갖고 올라왔더라고요."

보슈는 고개를 끄덕였다.

"이걸 내 차에 실어놓는 게 좋겠군요. 수색 영장 가지고 있어요? 아니면 랭와이저 검사가 가져갔습니까? 거기에 가져가는 증거품 목록을 기록해야 하는데."

"나한테 있어요. 그리고 파일 목록은 내가 벌써 작성해놨고요. 당신은 서명만 하면 돼요."

보슈는 고개를 끄덕이고는 짐수레를 향해 걸어갔다. 그러다가 뭔가 떠오르는 것이 있어 엔트런킨을 돌아보았다.

"오늘 아침에 당신이 들어왔을 때 우리가 보고 있었던 파일은 어때요? 사진이 들어 있던 거요."

"그게 뭐요? 저 상자 안에 들어 있는데요."

"아니, 그러니까 내 말은… 어… 어떻게 생각합니까?"

"글쎄요, 어떻게 생각해야 할지 모르겠어요. 만약 하워드 일라이어스가 그 여자와 관계를 맺었다고 믿느냐고 묻는 거라면, 내 대답은 '아니다'예요."

"오늘 일라이어스의 부인에게 남편이 바람을 피웠을 가능성이 있다고 생각하느냐고 물었더니, 아니라고, 그럴 가능성은 없다고, 남편이 충실했다고 믿는다고 대답하더라는군요."

"무슨 말인지는 알겠는데요. 그래도 난 그건 불가능하다고 생각해요. 하워드는 유명인이었어요. 첫째, 그는 성매매를 할 필요가 없었을 거예요. 둘째, 자기가 누군지 알려지면 이런 여자들한테서 공갈 협박을 당할 수도 있다는 걸 분명히 알고 있었을 거고요."

"그렇다면 그 파일이 왜 일라이어스의 책상에 있었을까요?"

"말했잖아요, 모른다고. 사건 관련 자료일 것 같기는 한데 어느 사건인지는 모르겠어요. 오늘 이 사무실에 있는 파일이란 파일은 모조리 살펴봤는데, 특별히 그것과 관련이 있는 사건은 못 찾았어요."

보슈는 고개를 끄덕였다. 그의 마음은 벌써 그 파일을 떠나 불가사의한 편지들에, 특히 마지막 편지로 돌아가 있었다. 보슈의 직감으로는 그것은 일라이어스에게 보내는 경고였다. 일라이어스가 위험한 정보를 확보하고 있다는 것을 누군가가 알게 된 것이다. 보슈는 일라이어스 피살 사건 수사는, 진정한 수사는 바로 그 편지로부터 시작되어야 한다는 확신이 들었다.

"텔레비전 좀 켜도 될까요? 6시예요. 뉴스 좀 보려고요."

엔트런킨이 말했다.

보슈는 몽상에서 깨어났다.

"그럼요. 켜세요."

엔트런킨은 책상 맞은편 벽에 있는 커다란 참나무 캐비닛을 향해 걸어가서 캐비닛 문을 열었다. 캐비닛 안에는 두 개의 선반이 있었고, 선반마다 텔레비전이 한 대씩 놓여 있었다. 일라이어스는 한 번에 두 개의 채널을 보기를 좋아했던 것 같았다. 하긴 자기가 출연한 뉴스를 다 보려면 그래야 했겠구나 하는 생각이 들었다.

엔트런킨이 TV 두 대의 전원을 모두 켰다. 위에 놓인 TV 화면이 켜지면서, 점포 서너 개가 불길에 휩싸여 있는 상가 앞에 선 기자의 모습이 보였다. 기자 뒤로 3, 4미터 떨어진 곳에서 소방관들이 불길을 잡으려고 애를 쓰고 있었지만 소용이 없을 것 같아 보였다. 이미 건물이 대부분 타버린 후였다.

"결국 시작됐군요."

보슈가 말했다.

"또 그러면 안 되는데."

엔트런킨의 목소리가 겁에 질려 있었다.

18 성인(聖人) 만들기

보슈는 할리우드 경찰서를 향해 달려가면서 카스테레오에서 KFWB 라디오 채널을 틀었다. 라디오 뉴스는 6시 TV뉴스보다 점잖았다. 아무래도 라디오는 영상 없이 말로만 보도가 나가기 때문에 그런 듯했다.

뉴스의 골자는 1992년 폭동의 발화점이었던 플로렌스 교차로에서 두세 블록 떨어진 노르만디의 한 상가에서 화재가 발생했다는 것이었다. 뉴스 보도 당시에는 LA 남부 지역에서 발생한 화재는 그 화재 단 한 건뿐이었고, 하워드 일라이어스가 피살된 것에 분노한 시민들이 저지른 방화였는지는 확인이 되지 않고 있었다. 그러나 보슈와 엔트런킨이 일라이어스의 사무실에서 확인해본 모든 뉴스 채널이 그 상가 앞에서 생방송으로 뉴스를 내보내고 있었다. 화염이 화면을 가득 채웠고, 그 화면이 전달하는 메시지는 분명했다. 로스앤젤레스가 또다시 불타고 있다는 것이었다.

“빌어먹을 TV 기자놈들 같으니라고.”

보슈가 투덜거렸다. 그러고는 말을 이었다.

"욕해서 미안해요."

"TV가 왜요?"

칼라 엔트런킨이 물었다. 자기가 해리스를 신문해보겠다고 보슈를 설득해서 지금 둘이 함께 할리우드 경찰서로 가는 중이었다. 보슈는 군소리 없이 그녀의 제안을 받아들였다. 마이클 해리스가 엔트런킨이 누구인지 안다면, 그녀가 해리스를 진정시키는 데 도움을 줄 수 있을 것 같았다. 보슈는 해리스가 자발적으로 입을 열게 하는 것이 중요하다는 사실을 알고 있었다. 하워드 일라이어스가 스테이시 킨케이드를 죽인 살인범의 정체를 알려줬을 가능성이 있는 유일한 사람이 해리스였다.

"항상 과잉 반응을 보이잖소. 어디서 불이라도 나면 다들 미친 듯이 달려가서 불길을 찍어서 화면에 내보내죠. 그게 어떤 짓인지 알아요? 불난 집에 기름을 들이붓는 짓이에요. 이제 불길이 사방으로 확 퍼져나가죠. 거실에 앉아 TV를 보던 사람들이 무슨 일인가 싶어 밖으로 나와보는 거요. 집단이 형성되고, 온갖 소문이 나돌고, 사람들은 분노를 억누를 수가 없게 되죠. 결국 그렇게 해서 우리는 언론이 제작한 폭동을 겪게 되는 겁니다."

보슈가 말했다.

"당신은 사람들을 별로 믿지 못하는군요. 난 믿어요. 그들은 TV에 나오는 내용을 맹목적으로 믿지는 않아요. 시민들의 소요는 그들이 느끼는 무력감이 걷잡을 수 없이 커져서 임계질량에 도달할 때 발생하는 거예요. 텔레비전과는 아무 관련이 없어요. 소외된 사람들의 기본권을 해결해주지 않는 사회와 관련이 있는 거라고요."

엔트런킨이 대꾸했다.

그녀는 폭동이라는 말 대신 시민 소요라는 말을 썼다. 보슈는 폭동을 폭동이라고 부르는 게 정치적으로 옳지 못한 일인지 궁금해졌다.

엔트런킨이 말을 이었다.

"이건 희망에 관한 문제예요, 형사. 로스앤젤레스에서 소수 민족 동네에 사는 사람들 대부분이 힘도 없고 돈도 없고 발언권도 없어요. 그들은 언젠가는 이런 것들을 가질 수 있을 거라는 희망에 의지해서 하루하루를 살아가죠. 그리고 하워드 일라이어스는 그 사람들에게 희망이었어요. 모두가 평등하게 대접받고 자기들도 목소리를 낼 수 있는 날이 올 거라는 희망의 상징이었죠. 자기 동네 경찰관을 무서워하지 않아도 되는 날이 올 거라는 희망의 상징이었어요. 그 희망을 뺏기면 공허감이 남게 되죠. 그 공허를 분노와 폭력으로 메우는 사람들도 있어요. 그런 일을 단순히 언론의 잘못으로만 돌리는 건 잘못된 생각이에요. 그보다 훨씬 더 깊고 심각한 근원적인 문제가 있거든요."

보슈는 고개를 끄덕였다.

"무슨 말인지 이해해요. 적어도 이해한다고 생각은 합니다. 하지만 내가 말하고 싶은 건 언론이 사실을 과장 보도하는 것은 사태 해결에 전혀 도움이 되지 못한다는 거요."

엔트런킨은 이제야 그의 말뜻을 이해한 것 같았다.

"그래서 기자들을 '혼돈을 파는 사람들'이라고 부른 사람도 있어요."

"정말 딱 들어맞는 표현이군요."

"스피로 애그뉴(닉슨 행정부 시절의 부통령 – 옮긴이)였어요. 사임 직전에 그런 말을 했죠."

보슈는 그 말에 대해서는 대꾸를 하지 않았고, 그 문제에 대한 대화는 이제 그만하기로 결심했다. 그는 운전석과 조수석 사이에 놓여 있는 충전기에서 휴대전화기를 빼내 집으로 전화를 걸었다. 자동응답기로 넘어가자 그는 엘리노어에게 메시지를 확인하는 대로 연락해달라고 말하고 끊었다. 보슈는 화가 난 내색을 하지 않으려고 애를 썼다. 잠시 후 그는 전화번호 안내로 전화를 걸어 할리우드 파크 호텔 카지노의 전화번호를 다시 받았다. 그러고는 그 번호로 전화를 걸어 보안실의 자딘을 바꿔달라고 했더니 바로 연결이 되었다.

"자딘입니다."

"어젯밤에 통화했던 보슈 형사요. 난…."

"그분은 오지 않았습니다, 형사님. 적어도 내가 근…."

"둘러대지 않아도 되요, 자딘. 당신이 플라밍고 호텔에 근무할 때부터 아는 사이라고 들었소. 당신이 그렇게 행동한 이유를 이해하고, 아무 불만 없어요. 하지만 지금 또 그녀가 거기 가 있는 걸로 아는데, 그녀에게 내 말 좀 전해줘요. 하고 있는 게임이 끝나자마자 내 휴대전화로 전화해 달라고요. 급한 일이라고. 알겠소, 자딘 씨?"

보슈는 LA 경찰을 잘못 건드리면 큰 코 다치는 줄 알라는 뜻을 전하기 위해 '씨'라는 말을 강조했다.

"네, 알겠습니다."

자딘이 말했다.

"그래요. 그럼 이만."

보슈는 전화를 끊었다.

"1992년이라고 하면 뭐가 제일 먼저 떠오르는지 알아요?"

엔트런킨이 물었다. 그러고는 말을 이었다.

"한 장면이에요. 〈LA 타임스〉에 실린 사진이었죠. 사진 제목은 '약탈하는 아버지와 아들'인지 뭔지 그랬던 것 같고, 한 남자가 네다섯 살쯤 되어 보이는 어린 아들을 데리고 K마트인지 뭔지 대형 상점의 부서진 문을 걸어 나오는 사진이었어요. 그 두 부자가 뭘 훔쳐 나오고 있었는지 알아요?"

"뭐였어요?"

"각자 따이 마스터(Thigh Master)를 하나씩 가지고 나오고 있었어요. 왜 1980년대에 유명 연예인이 심야 방송에서 광고하던 운동 기구 있잖아요."

보슈는 머릿속에 황당한 그림이 그려져서 고개를 설레설레했다.

"그 부자는 TV에서 그걸 보고 그게 아주 가치가 있는 것이라고 생각했나보군요. 하워드 일라이어스처럼 말이죠."

보슈가 말했다.

엔트런킨은 아무 대꾸도 하지 않았고 보슈는 자기 말이 일리가 있는 말이었다고 해도 지금 이 시점에서 할 말은 아니었다는 것을 깨달았다.

"미안해요…."

그들은 몇 분 더 침묵 속에 달려가다가 보슈가 먼저 입을 열었다.

"1992년에 대해 내가 갖고 있는 이미지는 어떤 건지 알아요?"

"어떤 건데요?"

"일이 터졌을 때 나는 할리우드 대로의 치안 유지를 맡았어요. 그때 우리는 시민들이 신체적 상해를 입을 위험에 처하지 않는 이상 아무런 조치도 취하지 말라는 지시를 받았죠. 다시 말해서, 약탈자들이 질서 정연하게 약탈을 하면 막지 말라는 얘기였습니다. 그건 정말… 어쨌든, 그때 나는 대로에서 근무를 하면서 황당한 장면을 많이 목격했어요. 사이언톨로지 교(1954년 로널드 허바드가 창시한 신흥 종교—옮긴이) 신도들은 말 그대로 어깨를 나란히 하고 긴 빗자루를 들고 자기네 교회 건물을 에워싸고 서 있었어요. 건드리면 한판 붙겠다고 굳은 각오를 한 표정들이었죠. 그리고 하이랜드 근처에서 불용 군수품 상점을 운영하던 남자는 보병 전투복을 완벽하게 갖춰 입고 어깨에 저격용 소총을 둘러메고 있었어요. 그는 포트 베닝(조지아 주의 육군 기지·보병 훈련 센터—옮긴이)

정문을 지키는 초병처럼 자기 가게 앞을 서성이고 있었죠. 사람들이 미쳐가고 있었어요. 착한 사람 나쁜 사람 가릴 것 없이 전부 다 말입니다. 메뚜기들의 하루(너대니얼 웨스트가 쓴 《메뚜기의 하루》를 빗대어 말한 것. 할리우드로 몰려드는 사람들의 삶과 욕망의 덧없음이 메뚜기의 하루와 닮았다는 의미 – 옮긴이)였죠."

"정말 박식하시네요, 보슈 형사."

"그건 아니고요. 예전에 밸리에 있는 그랜트 고등학교에서 영어와 문학을 가르치던 여선생과 동거를 한 적이 있어요. 그것도 그녀가 가르쳤던 문학 작품 중에 하나였어요. 나도 그때 읽어봤습니다. 그건 그렇고, 1992년이라고 하면 내 머릿속에 떠오르는 이미지는 프레더릭스 오브 할리우드(미국의 유명 속옷 브랜드 – 옮긴이)예요."

"란제리 매장이요?"

보슈가 고개를 끄덕였다.

"그곳에 차를 세우고 들어가 봤더니 사람들이 넘쳐나고 있었어요. 갖가지 피부색에 갖가지 연령대의 사람들이, 자제력을 잃은 사람들이 가득했죠. 그들은 단 15분 만에 그 매장을 싹 비워버렸어요. 전부 다 가져갔어요. 그들이 나가고 나서 매장을 둘러보니까 남은 게 하나도 없었습니다. 심지어 마네킹까지 가져갔더군요. 바닥에 흩어져 있는 옷걸이와 크롬으로 만든 전시 선반을 빼고는 아무것도 남아 있지 않았어요. 거기 있었던 건 속옷이었는데 말이죠. 순경 네 명이 로드니 킹을 늘씬하게 때려주는 장면이 찍힌 비디오가 공개되니까 시민들은 흥분해서 속옷을 훔치는 것으로 대응한 겁니다. 너무나 초현실적으로 느껴져서 사람들이 폭동 이야기를 꺼내면 언제나 그 매장이 먼저 떠올라요. 그 텅 빈 매장을 돌아다니던 게 아직도 기억이 생생하군요."

"그들이 뭘 가져갔는지는 중요하지 않아요. 그들은 좌절감을 행동으로 표현한 거였어요. 따이 마스터를 가져간 아버지와 아들도 마찬가지예요. 그 부자도 자기들이 뭘 들고 나오느냐는 신경 쓰지 않았어요. 중요한 건 뭔가를 들고 나왔다는 것이고, 그럼으로써 자기 목소리를 내봤다는 거죠. 그들은 그런 물건이 필요 없었지만 그래도 가지고 나옴으로써 용기를 보여준 거예요. 아버지는 아들에게 그 용기를 가르치고 싶었던 거겠죠."

"그래도…."

그때 보슈의 휴대전화가 울려서 그는 전화기를 펼쳐 들었다. 엘리노어였다.

"돈 좀 따고 있어?"

보슈가 물었다.

그는 행복한 어조로 물었고, 묻자마자 자기가 꾸민 목소리를 냈다는 것을 깨달았다. 자신의 결혼 생활이 순탄치 않다는 것을 엔트런킨에게 들키고 싶지 않았던 것이다. 엔트런킨의 생각이나 해석까지 신경을 썼다는 생각에 씁쓸하고 엘리노어에게 미안해졌다.

"아직은 아냐. 온 지 얼마 안 됐어."

"엘리노어, 집으로 돌아가 있어."

"해리, 이런 이야기는 지금 하지 말자. 난…."

"아냐, 지금 그런 이야기 하는 게 아니야. 내 생각엔 오늘 밤 이 도시에… 뉴스 못 봤어?"

"못 봤어. 여기로 오고 있었다니까."

"상황이 좋지 않아. 언론이 자꾸 불을 붙이고 있어, 엘리노어. 그래서 무슨 일이라도 일어나면, 시민들이 동요를 하면, 당신이 지금 있는 곳은 위험해질 수 있어."

보슈는 슬쩍 엔트런킨을 보았다. 그는 자신이 피해망상에 사로잡혀 행동하고 있다는 것을 알고 있었다. 할리우드 파크 호텔은 주로 흑인들이 모여 사는 잉글우드라는 동네에 위치해 있었다. 그래서 보슈는 엘리노어가 언덕에 있는 안전한 자기들의 집으로 돌아가기를 바랐다.

"해리, 너무 과민하게 구는 것 같아. 난 괜찮아."

"엘리노어, 제발…."

"해리, 끊을게. 자리 좀 맡아달라고 하고 왔거든. 나중에 전화할게."

엘리노어는 곧장 전화를 끊었고, 보슈는 끊긴 전화에 대고 작별 인사를 했다. 그러고는 전화기를 무릎 위로 툭 떨어뜨렸다.

"저기 이건 그냥 내 생각일 뿐이지만, 당신이 너무 예민하게 구는 것 같아요."

엔트런킨이 말했다.

"방금 전 아내도 그렇게 말하더군요."

"지금 이 도시 안에는 그런 일이 다시 일어나는 것을 원하지 않는 흑인들이 백인들만큼이나 많다는 것을, 아니 훨씬 더 많다는 것을 말해주고 싶군요. 그 사람들을 믿어보세요, 형사."

"믿어야지, 다른 선택의 여지가 없을 것 같군요."

보슈와 엔트런킨이 도착했을 때 할리우드 경찰서는 텅 빈 것처럼 보였다. 뒤쪽 주차장에는 순찰차가 한 대도 없었고 뒷문으로 들어가 보니 여느 때 같으면 분주하고 부산하던 뒤쪽 복도에도 사람 그림자 하나 보이지 않았다. 보슈가 열려 있는 상황실 문 안으로 고개를 들이밀고 보니 경사 한 명만 책상 앞에 앉아 있었다. 벽에 걸린 텔레비전이 켜져 있었고 화면에는 불길이 보이지 않았다. 스튜디오에 앉아 있는 뉴스 앵커의 모습이 보였다. 그의 어깨 위에는 일라이어스의 사진이 걸려 있었다. 소리가 너무 작아서 보슈는 무슨 말인지 알아들을 수가 없었다.

"상황이 어때?"

보슈가 경사에게 물었다.

"소강상태입니다. 현재로서는."

보슈는 문을 두 번 두드리고는 형사과 사무실을 향해 복도를 걸어갔고, 엔트런킨이 그 뒤를 따랐다. 라이더와 에드거가 벌써 와 있었다. 그들은 과장실에서 텔레비전을 끌고 나와서 같은 뉴스를 보고 있었다. 보슈와 엔트런킨을 보자 그들의 얼굴에 놀라는 기색이 떠올랐다.

보슈는 이날 아침 일라이어스의 사무실에 있지 않았기 때문에 엔트런킨을 보지 못한 에드거에게 그녀를 소개했다. 그러고 나서 최신 뉴스가 뭐냐고 물었다.

"우리 착한 시민들이 잘 참고 있는 것 같아. 한두 군데 불이 난 정도야. 근데 다들 일라이어스 성인(聖人) 만들기에 열을 올리고 있어. 그 친구가 기회주의적인 개자식이었다는 말은 별로 안 나오네."

에드거가 말했다.

보슈는 엔트런킨의 표정을 살폈다. 그녀는 별 내색을 하지 않았다.

"저거 그만 끄자. 회의를 해야 하니까."

보슈가 말했다.

보슈는 동료들에게 현재까지의 상황을 간략히 설명한 후 일라이어스에게 발송된 세 통의 익명의 편지를 보여주었다. 그는 엔트런킨이 이 자리에 참석하게 된 이유를 설명하면서 마이클 해리스의 협조를 구하고 동시에 해리스를 일라이어스와 페레즈 살인 사건의 용의 선상에서 제외할 생각이라고 말했다.

"해리스가 어디 있는지는 알아?"

에드거가 물었다. 그러고는 말을 이었다.

"내가 본 TV 뉴스에는 나오지 않았어. 어쩌면 일라이어스가 이렇게 된 것도 모르고 있을지도 모르지."

"찾아봐야지. 해리스의 현주소와 전화번호가 일라이어스의 파일에 있었어. 일라이어스는 재판 전까지 해리스를 보호하려고 어디에 숨겨 놓은 것 같아. 집은 이 근처인데."

보슈는 수첩을 꺼내 해리스의 전화번호를 찾았다. 그러고는 자기 자리로 가서 사무실 전화기로 전화를 걸었다. 남자가 전화를 받았다.

"해리 좀 바꿔줄래요?"

보슈가 친근하게 물었다.

"해리라는 사람 여기 안 살아요, 친구."

전화가 끊어졌다.

"집에 누가 있어. 가보자."

보슈가 동료들과 엔트런킨에게 말했다.

그들은 한 차로 갔다. 해리스는 현재 비벌리 대로변 CBS 건물 근처에 있는 아파트에 살았다. 일라이어스는 그에게 아주 고급스럽지는 않지만 꽤 괜찮은 아파트를 얻어주었다. 게다가 비벌리 대로를 따라 조금만 내려가면 시내 번화가였다.

아파트 1층 공동 현관문은 보안 장치가 잘 되어 있었고, 현관 도어폰 옆에 붙은 입주자 명단에는 해리스의 이름이 나와 있지 않았다. 보슈는 아파트 호수를 알고 있었지만 지금은 그게 소용이 없었다. 입주자 이름 다음에 나오는 네트워크 단축번호는 보안상의 이유로 아파트 호수와는 일치하지 않았다. 보슈는 관리실 단축번호를 눌렀지만 응답이 없었다.

"이것 좀 보세요."

라이더가 말했다.

라이더는 명단에 나온 E. 하워드라는 이름을 가리켰다. 보슈는 한번 눌러나 보자고 말하듯 어깨를 으쓱거리고는 그 번호를 눌렀다. 남자의 목소리가 응답했는데 보슈는 조금 전 경찰서에서 전화를 걸었을 때 들었던 그 목소리라고 생각했다.

"마이클 해리스 씨?"

"누구요?"

"LA 경찰. 자네한테 물어볼 게 있어서 왔어. 난…."

"개소리 집어치워요. 내 변호사 없이는 안 돼요."

그는 도어폰을 끊었다. 보슈는 즉시 다시 걸었다.

"도대체 원하는 게 뭐요?"

"아직 모르나 본데, 자네 변호사가 죽었어. 우리가 여기 온 것도 그 때문이야. 그러니까 끊지 말고 잘 들어. 여기 내 옆에 칼라 엔트런킨 경찰국 감찰관도 있어. 누군지 알지? 자네를 점잖게 대할 거라는 걸 이분이 보장해주실 거야. 우린 지금…."

"그 감시인 아줌마 말요? LA 경찰국이 포악해지는지 감시하는 아줌마?"

"맞아. 잠깐만."

보슈는 옆으로 비켜서면서 수화기를 엔트런킨에게 건넸다.

"안전하다고 말해줘요."

엔트런킨은 전화기를 받으면서 자기가 따라오는 걸 보슈가 허락한 이유를 이제야 알겠다는 표정으로 보슈를 바라보았다. 엔트런킨은 계속 보슈를 노려보면서 수화기에 대고 말을 했다.

"마이클, 칼라 엔트런킨이에요. 걱정할 필요 없어요. 당신을 해치러 온 사람들이 아니에요. 하워드 일라이어스 변호사에 대해서 물어보려고 왔어요. 문 좀 열어줘요."

해리스가 무슨 말을 했는지 몰라도, 보슈에게는 들리지 않았다. 곧 문의 잠금장치가 풀리는 소리가 났고, 에드거가 문을 잡아당겨 열었다. 엔트런킨은 전화를 끊었고, 다들 건물 안으로 들어갔다.

"해리스 이놈은 분명 개자식인데, 왜 우리가 놈을 성자처럼 대우하는지 모르겠어."

에드거가 말했다.

엔트런킨은 에드거를 노려보았다.

"아뇨, 당신은 그 이유를 알고 있어요, 에드거 형사."

에드거는 엔트런킨의 위압적인 어조에 겁이 났는지 더 이상 말이 없었다.

4층 아파트 현관문을 열어준 해리스는 한 손에 권총을 들고 있었다.

"여긴 내 집이에요. 당신들을 위협할 생각은 없지만, 내 자신을 보호하기 위해 이 총을 들고 있어야겠어요. 그게 싫으면, 들어오지 말든가. 무슨 뜻인지 알죠?"

해리스가 선언했다.

보슈는 자기 일행을 둘러보았지만 다들 별다른 반응이 없어서, 다시 해리스를 바라보았다. 보슈는 치밀어 오르는 화를 가까스로 참고 있었다. 아까 엔트런킨에게서 들은 말이 있는데도 불구하고, 보슈는 아직도 해리스가 그 소녀를 살해한 범인이라고 믿고 있었다. 그러나 지금 제일 중요한 것은 현재 사건에 대한 수사라는 것도 잘 알고 있었다. 해리스가 갖고 있는 정보를 빼내기 위해서는 해리스에 대한 악감정은 잠시 숨겨두어야 했다.

"좋아. 하지만 총은 계속 내린 상태로 옆에 두어야 해. 혹시라도 그 총을 들어 우리 중 누군가를 겨누면, 그때는 정말 큰일이 날 거야. 자, 그럼 합의가 된 건가?"

"그래요, 합의가 된 거죠."

해리스는 문에서 뒤로 물러서서 총을 들어 거실을 가리키며 그들을 맞아들였다.

"그 총 계속 내리고 있으라고 했는데."

보슈가 엄격하게 말했다.

해리스는 총을 내렸고, 다들 집 안으로 들어갔다. 아파트 안은 빌린 가구들로 꾸며져 있었다. 속을 많이 넣어 두툼한 하늘색 천 소파와, 같은 천의 1인용 의자들이 있었고, 값싼 가짜 목재로 만든 탁자와 선반들이 있었다. 벽에는 전원 풍경화 복제화가 몇 점 걸려 있었다. 텔레비전이 들어 있는 장식장도 있었다. 뉴스가 나오고 있었다.

"앉으시죠, 신사 숙녀 여러분."

해리스가 커다란 1인용 의자에 풀썩 주저앉자 쿠션이 푹 꺼지면서 의자 등판이 그의 머리 위로 솟아올라서 그가 꼭 왕좌에 앉아 있는 것 같아 보였다. 보슈는 장식장으로 걸어가 텔레비전을 끄고 나서 모두를 소개했고 경찰 배지를 보여주었다.

"백인이 책임자구만."

해리스가 말했다.

보슈는 그 말을 못 들은 척했다.

"하워드 일라이어스가 어젯밤에 살해됐다는 것을 알고 있었던 것 같은데, 맞아?"

보슈가 물었다.

"물론 알죠. 하루 종일 여기 틀어박혀서 뉴스만 봤는데."

"자네 변호사가 죽은 걸 알았다면 왜 아까 우리한테는 변호사 없이는 얘기하지 않겠다고 한 거야?"

"변호사가 달랑 한 명만 있겠소, 멍청한 양반아. 형사 전문 변호사도 있고, 엔터테인먼트 변호사도 있어요. 변호사 많으니까, 걱정 마시고. 그리고 하워드의 자리를 메워줄 변호사도 또 구할 거요. 앞으로 변호사들의 도움이 많이 필요할 거니까. 특히 사우스 센트럴에서 일이 터지면 말이죠. 로드니처럼 나도 내 이름이 붙은 폭동을 갖게 되는 거요. 영웅이 되는 거죠."

보슈는 해리스의 생각을 따라잡기가 쉽지 않았지만, 해리스가 자신이 속한 지역 사회를 희생시켜서 자신의 권세를 과시하려고 하고 있다는 것만은 알 수 있었다.

"이제는 고인이 된 자네 변호사 하워드 일라이어스에 대해 이야기 좀 할까? 그를 마지막으로 본 게 언제였지?"

"어젯밤이었죠. 다 알면서 왜 물어요, 안 그래요, 쳇(Chet: 잘난 척하는 남자. 혹은 다른 사람보다 능력, 인성, 재력 등이 뛰어나고 타의 모범이 되는 남자-옮긴이)?"

"언제까지 봤다는 거야?"

"그 건물 현관문을 나설 때까지요. 지금 나를 향해 총을 뽑고 있는 거요, 형사 나리?"

"뭐?"

"나를 신문하고 있는 거냐고요."

"일라이어스를 죽인 범인을 찾아내려고 애를 쓰고 있는 거야."

"당신들이 죽였잖아요. 당신들이 그랬으면서."

"그럴 가능성도 있지. 그래서 알아보고 있는 중이야."

보슈가 한 말이 기가 막힌다는 듯 해리스가 소리 내어 웃었다.

"똥 묻은 개가 겨 묻은 개 나무란다더니, 딱 그 짝이네."

"그건 두고 볼 일이고. 당신들은 언제 헤어졌어? 자네와 하워드 일라이어스."

"현관문을 나와서 변호사님은 자기 아파트로 가고 나는 여기 내 집으로 돌아왔죠."

"그러니까 그게 언제였냐고."

"그건 모르죠, 쳇. 10시 45분쯤 됐을까. 난 시계를 안 차고 다녀요. 몇 시인지 궁금하면 아무한테나 물어봐도 다 가르쳐주니까. 뉴스에서 그가 11시에 엉덩이에 총을 맞았다고 했으니까, 그보다 15분 전쯤 헤어졌을 걸요."

"일라이어스가 협박을 받았다는 말을 한 적이 있어? 누군가를 두려워하지는 않았어?"

"그 사람은 세상에 무서운 게 없는 사람이었어요. 하지만 자기가 곱게 가지는 않을 거라는 건 알고 있었죠."

"그게 무슨 뜻이야?"

"당신네들 말요. 언젠가는 당신들이 자기를 쫓아와서 죽일 거라는 걸 알고 있었어요. 결국 누군가가 실행을 했구만. 언젠가는 나한테도 들이닥치겠지. 그래서 난 돈만 받으면 바로 이곳을 뜰 거요. 남아 있는 건 당신들이 다 가져요. 내가 해줄 말은 이것뿐이에요, 쳇."

"왜 자꾸 나를 쳇이라고 불러?"

"쳇이니까 쳇이라고 부르지 그럼 뭐라고 불러요. 당신은 그냥 쳇이에요, 쳇."

해리스가 건드릴 테면 어디 한번 건드려보라는 듯 히죽거리고 있었다. 보슈는 잠깐 그를 노려보다가 엔트런킨을 돌아보며 고개를 끄덕였다. 엔트런킨이 바통을 이어받았다.

"마이클, 내가 누군지 알지?"

"그럼요, TV에서 봤어요. 일라이어스 씨와 비슷한 사람이잖아요. 아줌마가 누군지 알아요."

"그렇다면 내가 경찰관이 아니라는 것도 알겠네. 이 도시의 경찰관들이 정직하게, 규정대로 올바르게 업무를 수행하도록 도와주는 것이 내 임무야."

해리스가 코웃음을 쳤다.

"할 일이 엄청나게 많겠네요, 아줌마."

"그래, 많아, 마이클. 내가 여기 온 것은 당신한테 여기 이 세 형사들은 옳은 일을 하려고 한다는 것을 말해주기 위해서야. 이분들은 하워드 일라이어스 변호사를 죽인 범인을 잡으려고 애쓰고 있어. 그 범인이 경찰이든 아니든 말이야. 그리고 난 이분들을 돕고 싶어. 당신도 돕고 싶을 거야. 하워드에게 빚진 게 많잖아. 그러니까 몇 가지 질문에 대답해 줘. 어때?"

해리스는 방 안을 둘러보다가 손에 들고 있는 총을 바라보았다. 도금 표면을 거칠게 다듬질한 스미스 앤 웨슨 9밀리미터 구경 권총이었다. 보슈는 일라이어스를 살해하는 데 사용된 무기가 9밀리미터 구경이라는 걸 해리스가 알았다면 자기 앞에서 그 총을 휘둘렀을까 하는 의문이 들었다. 해리스는 커다란 1인용 의자의 팔걸이와 좌석 쿠션 사이의 틈에 권총을 밀어 넣었다.

"좋아요, 그러죠. 그런데 첫은 안 돼요. 백인 경찰이나 백인 앞잡이들하고는 말 안 해요. 아줌마가 물어봐요."

엔트런킨은 보슈를 돌아보고는 다시 고개를 돌려 해리스를 바라보았다.

"마이클, 내 생각에는 형사들이 질문하는 게 나을 것 같아. 그런 건 이분들이 나보다 낫거든. 당신이 대답해도 아무 문제 없을 거라고 보장할 수 있어."

해리스는 고개를 가로저었다.

"말귀를 못 알아들으시네, 아줌마. 내가 왜 이 나쁜 놈들을 도와줘야 합니까? 이 사람들은 아무 이유도 없이 나를 고문했어요. LA 경찰 새끼들 덕분에 난 남아 있는 청력이 40퍼센트도 안 된대요. 싫어요, 아줌마,

이치들한테는 협조하지 않을 거요. 그러니까 물어볼 게 있으면, 아줌마가 하라고요."

"알았어, 마이클, 그렇게 할게. 어젯밤에 대해 이야기 좀 해줘. 어젯밤엔 일라이어스와 함께 무슨 일을 했어?"

"증언 연습을 했어요. 아줌마는 경찰들이 증언을 '테스티-라잉'(testi-lying: '증언하다'라는 뜻의 testify라는 단어에 '거짓말하기'라는 뜻의 lying을 합성한 것－옮긴이)이라고 하는 거 알아요? 자기 동료들이 관련되어 있을 때는 죽어도 진실을 말하지 않기 때문에? 나는 증언을 '테스티-머니'(testi-money: '증언'이라는 뜻의 testimony를 바꾼 것－옮긴이)라고 불러요. LA 경찰이 나한테 덫을 놓고 나를 고문한 대가로 돈을 많이 줄 테니까요. 아무렴요."

보슈는 자기와는 말하지 않겠다는 해리스의 말을 못 들은 것처럼 슬며시 질문을 이어받았다.

"일라이어스가 그렇게 말했어?"

"그래요, 첫 아저씨."

"일라이어스가 경찰이 덫을 놓았다는 것을 증명할 수 있다고 말했다는 건가?"

"그래요. 그 어린 백인 여자애를 죽이고 내 집 근처 공터에 갖다버린 진짜 범인이 누군지 알고 있다고 했어요. 그리고 내가 아니라고 했죠. 월요일에 법정에 서서 나의 무죄를 완벽하게 입증하고 내가 받아야 할 돈을 받아주겠다고 했어요. 아, 내 친구, 하워드."

보슈는 잠깐 기다렸다. 다음에 물어볼 질문과 대답이 아주 중요했다.

"누구래?"

"뭐가 누구래요?"

"진범. 일라이어스가 누군지 말해줬어?"

"아뇨. 알 필요 없다고 했어요. 알면 다친다고요. 하지만 변호사님 파일 안에 들어 있을 거라고 장담해요. 범인이 또 빠져나가지는 못할 거예요."

보슈는 엔트러킨을 흘끗 쳐다보았다. 그녀가 말을 이어받았다.

"마이클, 난 오늘 하루 종일 하워드의 자료를 모두 뒤져봤어. 그래, 하워드가 스테이시 킨케이드를 죽인 범인을 알고 있다는 표시는 몇 개 있었어. 하지만 어디에도 구체적으로 이름이 기록되어 있지는 않았어. 정말로 하워드가 당신한테 이름을 말해주지 않았어? 누군지 힌트도 주지 않았어?"

그 순간 해리스는 극도로 당황한 표정을 지었다. 일라이어스가 진범의 이름은 자기 혼자만 알고 있는 상태로 피살된 거라면, 재판 결과는 몇 단계는 더 안 좋은 방향으로 바뀔 거라는 사실을 깨달은 게 분명했다. 자신이 배심원단을 입에 맞게 요리할 수 있는 말 잘하는 변호사 덕분에 처벌을 모면한 살인범이라는 오명을 안고 평생을 살아가야 할 거라는 사실을 깨달은 것 같았다.

"제기랄."

해리스가 비장하게 욕설을 내뱉었다.

보슈는 그에게로 다가가 커피 탁자 모서리에 앉았다. 그리고 바로 코앞에 앉아 있는 해리스를 바라보았다.

"열심히 기억을 되살려 봐. 일라이어스와 많은 시간을 함께했잖아. 누굴까?"

보슈가 말했다.

"모르죠."

해리스가 방어적으로 말했다. 그러고는 말을 이었다.

"펠프리한테 물어보지 그래요?"

"펠프리가 누구야?"

"변호사님 정보 수집통이요. 사립 탐정이죠."

"성이 펠프리야? 이름도 알아?"

"젠크스라고 들은 것 같은데."

"젠크스?"

"그래요, 젠크스. 변호사님이 그를 젠크스라고 불렀어요."

누가 손가락으로 보슈의 어깨를 쿡 찔러서 돌아보니 엔트런킨이 눈을 찡긋해보였다. 펠프리가 누구인지 알고 있다는 뜻이었다. 보슈는 그에 대해서는 더 이상 물어보지 않기로 했다. 보슈가 일어서서 해리스를 내려다보았다.

"어젯밤에 일라이어스와 헤어지고 나서 곧장 여기로 왔어?"

"네, 그럼요. 왜요?"

"함께 있었던 사람 없어? 통화를 한 사람은?"

"이건 또 무슨 개수작이야? 나를 의심하는군요."

"통상적인 절차야. 긴장 풀어. 만나는 사람마다 어디 있었냐고 묻고 다니니까. 어디 있었어?"

"여기 있었죠. 고단해서 죽을 지경이었어요. 집에 와서 바로 곯아떨어졌죠. 나 혼자였고."

"알았어. 자네 권총 좀 잠깐 봐도 될까?"

"이런 세상에, 당신들 말을 곧이곧대로 믿어서는 안 됐었는데."

해리스는 의자 쿠션 옆 틈에서 권총을 꺼내 보슈에게 건네주었다. 보슈는 총이 안전하게 자기 손에 들어올 때까지 해리스를 주시했다. 그러고 나서 보슈는 권총을 찬찬히 살펴보고 총구를 코 가까이에 대고 냄새를 맡았다. 건오일 냄새도 타버린 화약 냄새도 나지 않았다. 보슈는 탄약통을 꺼내 맨 앞에 있는 탄알을 꺼냈다. 구리로 완전히 덮여 있는 페더럴 총탄이었다. 아주 유명한 상표였고, 앤젤스 플라이트 살인 사건에서 사용된 것과 같은 상표였다. 보슈는 다시 해리스를 내려다보았다.

"자네는 중범죄로 유죄 평결을 받은 적이 있는 전과자야, 마이클. 그런 자네가 이 무기를 소지하는 것이 범죄라는 걸 몰랐어?"

"내 집 안에서는 아니잖아요, 쳇. 난 보호책이 필요했다고요."

"미안하지만, 어디서도 안 돼. 이 일로 자네를 감옥으로 돌려보낼 수도 있어."

해리스는 보슈를 바라보며 히죽거렸다. 앞니 한 개는 앞쪽에 별이 새겨진 금니였다.

"그럼 돌려보내시든가요, 형사님."

해리스는 두 팔을 들어 수갑을 채우라는 듯 앞으로 내밀었다.

"나를 감옥으로 돌려보내고 이 빌어먹을 도시가 불에 타는 걸 구경이나 하시죠."

"아니. 사실 난 오늘 밤 자네가 큰 도움을 줬으니까 이쯤에서 자네를 쉬게 해줘야겠다고 생각하고 있었어. 하지만 이 총은 가져가야겠어. 이걸 여기 놔두고 가면 내가 범죄를 저지르는 거거든."

"그럼 가져가요, 쳇. 필요한 건 뭐든지 내 차에서 구할 수 있으니까. 무슨 말인지 알아요?"

해리스는 일부 백인들이 '깜둥이'라는 말을 쓰는 것처럼 '쳇'이라고 말했다.

"그럼. 무슨 말인지 알고말고."

그들은 조용히 엘리베이터를 기다렸다. 엘리베이터에 탄 후 내려가기 시작하자마자 엔트런킨이 입을 열었다.

"하워드를 살해한 총과 일치해요?"

"같은 종류군요. 탄알도 같은 거고. 감식반에 넘겨서 확인해보긴 하겠지만, 해리스가 이 총으로 일라이어스를 죽였다면 계속 가지고 있지는 않았을 것 같아요. 그 정도로 어리석지는 않을 테니까."

"차는요? 차에서 뭐든지 구할 수 있다고 했잖아요."

"진짜 차를 말한 게 아니에요. 자기 동료들, 자기 친구들을 말하는 겁니다. 친구들끼리 한 차에 타고 돌아다니기 때문에 친구들을 차라고 부르죠. 원래는 카운티 구치소에서 쓰던 말이었어요. 구치소에서는 감방 하나에 여덟 명이 들어가거든요. 같은 감방 친구들을 차라고 부르죠. 그건 그렇고, 펠프리는요? 펠프리를 알아요?"

"젠킨스 펠프리라고, 사립 탐정이죠. 시내 유니언 법무 회관에 개인 사무실이 있는 걸로 알고 있어요. 민사 전문 변호사 상당수가 펠프리를 고용하죠. 하워드도 이 사건과 관련해서 그의 도움을 받고 있었어요."

"그렇다면 펠프리를 만나봐야겠군요. 이제라도 말해줘서 정말 고마워요."

보슈가 빈정대면서 손목시계를 내려다보았다. 펠프리를 만나러 가기에는 너무 늦은 시각이었다.

"펠프리라는 이름은 당신한테 넘긴 자료 속에 다 나와 있어요. 당신이 물어보지도 않았는데, 말을 해줘야 하는지 말아야 하는지 내가 어떻게 알아요."

보슈가 언짢아하는 것을 눈치채고 엔트런킨이 항변했다.

"맞아요. 당신이 어떻게 알았겠어요."

"원한다면 전화해서…."

"아뇨, 괜찮아요. 이제부턴 우리가 알아서 해야죠, 감찰관님. 해리스 건을 도와줘서 고마워요. 당신이 함께 오지 않았으면 해리스를 만나보지도 못했을 겁니다."

"해리스가 이번 살인 사건과 어떻게든 관련이 있다고 생각해요?"

"지금은 아무 생각 안 합니다."

"난 관련이 있다는 생각이 별로 안 드네요."

보슈는 엔트런킨을 물끄러미 바라보았다. 전문 지식도 의무도 없는 남의 영역에 함부로 발을 들여놓는 그녀를 못마땅해하는 눈빛이었다.

"태워다 드리죠. 당신 차는 브래드베리에 있던가요?"

엔트런킨이 고개를 끄덕였다. 그들은 로비를 가로질러 1층 현관문을 향해 걸어가고 있었다.

"보슈 형사, 이 사건 수사 상황과 중요한 진전에 대해 계속 통지를 받았으면 좋겠군요."

"알겠습니다. 내일 아침에 어빙 부국장한테 보고하면서 어떻게 처리할지 물어보죠. 부국장이 직접 당신에게 알려주고 싶어 할 수도 있으니까요."

"보기 좋게 색칠이 된 이야기는 듣고 싶지 않아요. 당신한테서 직접 듣고 싶군요."

"색칠이 됐다고요? 그럼 나는 색칠을 안 할 거라는 말이군요. 칭찬 감사합니다, 감찰관님."

"어휘 선택이 나빴어요. 내 말은 정보가 경찰국 수뇌부에 의해 걸러지고 포장이 된 다음에 듣는 것보다는 현장 수사 책임자인 당신에게서 직접 듣는 게 낫겠다는 뜻이에요."

보슈는 엔트런킨을 위해 현관문을 잡아주면서 그녀를 바라보았다.

"기억해두겠습니다."

19 미스트리스 레지나

키즈 라이더는 형사과 사무실 컴퓨터 시디롬에 내장된 LA 지역 전화번호부에서 미스트리스 레지나의 웹 페이지에 나온 전화번호를 검색했다. 그 전화번호의 주소지는 웨스트 할리우드, 노스 킹즈 거리로 나와 있었다. 그렇다고 그곳에 가면 그 여자를 찾을 수 있다는 뜻은 아니었다. 대부분의 매춘 여성들과 심야 안마사들과 이른바 이국적인 엔터테이너들은 법 집행 기관의 추적을 피하기 위해 교묘한 자동 전송 전화 서비스를 이용하고 있었다.

보슈와 라이더와 에드거가 탄 차가 멜로즈와 킹즈 사거리에 다다르자 보슈는 길모퉁이에 차를 세우고 자기 휴대전화로 그 번호에 전화를 걸었다. 벨이 네 번 울린 후 여자가 전화를 받았다. 보슈는 연극을 하기 시작했다.

"미스트리스 레지나?"

"그래요, 누구시죠?"

"해리라고 해요. 오늘 밤에 시간이 있나 싶어서 전화했는데."

"만난 적이 있던가요?"

"아니. 당신 웹 페이지를 보고…."

"보고 뭐요?"

"당신을 만나볼까 생각했다고."

"수준이 어느 정도죠?"

"무슨 말인지…."

"뭘 하고 싶냐고요."

"아직은 모르죠. 일단 한번 해보고 싶은데."

"섹스는 안 돼요, 알죠? 신체 접촉도 금지고. 난 손님들과 마음의 게임을 벌이죠. 불법 행위는 전혀 없어요."

"알았어요."

"내가 다시 전화해줄 확실한 전화번호 하나 알려줄래요?"

"확실한 전화번호?"

"공중전화는 안 된다는 뜻이에요! 진짜 전화번호를 달란 얘기죠."

그녀가 사납게 말했다.

보슈는 자기 휴대전화번호를 불러주었다.

"좋아요. 1분 안에 할게요. 받아요."

"그러죠."

"367번을 찾을게요. 그게 당신이에요. 당신은 내게는 인간이 아니에요. 이름도 없죠. 당신은 그냥 번호일 뿐이에요."

"367. 알았어요."

보슈는 전화기를 덮고 동료들을 쳐다보았다.

"내 연기가 제대로 됐는지 1분 안에 알 수 있을 거야."

"목소리가 아주 나긋나긋하고 복종적이던데요, 선배."

라이더가 말했다.

"고마워. 최선을 다했어."

"내 귀에는 경찰이 하는 말로 들리던데."

에드거가 말했다.

"그런지 어떤지 두고 보자고."

보슈는 심심해서 그냥 시동을 켰다. 라이더가 하품을 하자 그도 따라서 하품이 나왔다. 그러자 에드거도 따라서 하품을 했다.

전화벨이 울렸다. 미스트리스 레지나였다. 그녀는 367번을 찾았다.

"한 시간 후에 와요. 한 시간 만남에 2백 달러예요. 현금만 되고 선불이고. 이해했어요?"

"네."

"왜 이리 말이 짧아요. 내 이름도 불러줘야지."

"어, 알았어요, 미스트리스 레지나."

"아주 잘했어요."

보슈는 조수석에 앉아 있는 라이더를 바라보며 윙크를 했다. 라이더도 미소로 화답했다.

레지나는 주소와 아파트 호수를 알려주었다. 보슈는 천장 등을 켜고 라이더의 메모와 비교했다. 방금 레지나가 불러준 주소는 라이더가 알아낸 것과 똑같았지만, 아파트 호수가 달랐다. 보슈는 레지나에게 조금 있다가 가겠다고 말한 후 전화를 끊었다.

"됐어, 가자. 하지만 가서 한 시간이나 있을 필요는 없겠지. 같은 건물에 있는 다른 아파트를 쓰고 있군."

"한 시간 후에 오랬다며. 기다릴까?"

에드거가 물었다.

"아니. 빨리 끝내고 집에 가서 좀 자고 싶어."

킹즈 거리로 들어서서 반 블록 정도 올라가다 보니 문제의 아파트가 나왔다. 목재와 치장 벽토로 지은 작은 아파트 건물이었다. 주변에 주차 공간이 없어서 보슈는 소화전 앞 주차 금지 구역에 차를 세우고 내렸다. 레지나의 아파트가 거리 쪽에 있어서 경찰차를 봤다고 해도 상관없었다. 체포를 위해 온 것이 아니니까. 그들이 원하는 건 정보였다.

어쨌든 6호와 7호는 아파트 건물 뒤쪽을 보고 있었다. 현관문이 나란히 있었다. 보슈는 자신을 미스트리스 레지나라고 부르는 여자가 한 아파트에서는 생활을 하고 다른 아파트에서는 일을 하나 보다고 추측했다. 그들은 일하는 아파트의 현관문을 두드렸다.

아무 응답이 없자 에드거가 다시 더 세게 문을 두드렸고, 두세 번 발로 차기도 했다. 그러자 마침내 문 안쪽에서 목소리가 들렸다.

"뭐죠?"

"문 열어요. 경찰입니다."

조용했다.

"문 열어요, 레지나, 몇 가지 물어볼 게 있어서 왔어요. 그뿐이에요. 열지 않으면 자물쇠를 부수는 수밖에 없습니다. 그래도 괜찮겠어요?"

허무맹랑한 위협이었다. 보슈는 그녀가 문을 열어주지 않아도 어떻게 해볼 법적 권한이 없다는 것을 알고 있었다.

마침내 자물쇠 돌아가는 소리가 들리더니 문이 열리면서 보슈가 하워드 일라이어스의 사무실에서 발견한 광고지에서 보았던 그 여자의 화난 얼굴이 나타났다.

"무슨 일이죠? 신분증 좀 보여주세요."

보슈는 레지나에게 경찰 배지를 보여주었다.

"들어가도 될까요?"

"LA 경찰이죠? 여긴 웨스트 할리우드예요, 형사님. 형사님 관할이 아니라고요."

레지나가 문을 밀어서 닫으려고 하자 에드거가 굵은 팔을 뻗어서 문을 잡았다. 그러고는 다시 밀어서 열고 험상궂은 표정을 지으며 한 발 안으로 들어섰다.

"내 앞에서 문 닫을 생각은 감히 하지도 말아요, 미스트리스 레지나."

에드거는 자기는 누구에게도 복종하지 않는다는 듯 단호한 어조로 그녀의 이름을 불렀다. 레지나는 뒤로 물러나서 에드거가 들어올 공간을 마련해주었다. 보슈와 라이더가 뒤따라 들어갔다. 들어간 곳은 희미하게 불을 밝힌 층계참이었고 거기에서 계단이 위아래로 이어져 있었다. 보슈가 자기 왼쪽에 있는 내려가는 계단을 보니 계단 밑은 칠흑 같은 어둠 속이었다. 위로 올라가는 계단은 불이 켜진 방으로 연결되고 있었다. 보슈는 그 방으로 이어지는 계단을 올라가기 시작했다.

"이봐요, 이런 식으로 불쑥 들어오면 어떡해요. 영장을 갖고 와야지."

레지나가 항의했지만 목소리는 갈수록 작아졌다.

"아무것도 필요 없소, 미스트리스 레지나. 당신이 우리를 초대했으니까. 내가 해리요, 혹은 367번이라고도 하지. 방금 전에 통화했는데, 기억 안 나요?"

레지나도 그들을 따라 계단을 올라갔다. 보슈는 돌아서서 처음으로 그녀를 찬찬히 뜯어보았다. 레지나는 검은색 실크 속옷에 가죽 코르셋을 입고 그 위에 하늘하늘한 검은색 가운을 걸치고 있었다. 그리고 검은색 스타킹을 신고 뒤축에 스파이크가 박힌 가죽 장화를 신고 있었다. 아이라인을 짙게 그렸고 새빨간 립스틱을 칠했다. 우울한 남자의 환상에 등장하는 우스꽝스러운 요부의 모습이었다.

"핼러윈 때 보고 오랜만이군. 누구를 흉내 낸 거요?"

보슈가 말했다.

레지나는 못 들은 척했다.

"무슨 일로 온 거죠?"

"물어볼 게 있어서. 앉읍시다. 사진을 한 장 보여주고 싶은데."

보슈가 검은색 가죽 소파를 가리키자 여자는 마지못해 그곳으로 가서 앉았다. 보슈는 커피 탁자 위에 서류 가방을 내려놓고 열었다. 그러고는 에드거를 향해 살짝 고개를 끄덕여 보인 뒤 가방에서 일라이어스의 사진을 찾기 시작했다.

"이봐요, 어디 가는 거예요?"

레지나가 소리쳤다.

에드거는 어느새 다락으로 이어지는 계단 밑에 가 있었다.

"당신이 벽장 속에 누구를 숨겨놓지 않았나 살펴보고 우리가 안전한지 확인하려고 가는 거요. 자, 이 사진 좀 봐요."

보슈가 말했다.

그가 탁자 위로 사진을 밀어서 건네주자 레지나는 건드리지 않고 바라만 보았다.

"누군지 알겠소?"

"이건 뭐죠?"

"누군지 알겠냐고."

"물론이죠."

"고객이오?"

"이봐요, 내가 왜 당신한테 그런 걸…."

"고객이냐고!"

보슈가 소리를 버럭 지르자, 레지나의 투덜거림이 쏙 들어가 버렸다.

에드거는 다락에서 내려와 침실을 가로질렀다. 부엌을 들여다보더니 흥미로운 것이 안 보이자 층계참으로 이어지는 계단을 내려갔다. 잠시 후 층계참에서 아래층 어둠 속으로 계단을 내려가는 소리가 들렸다.

"아뇨, 고객이 아니에요, 됐어요? 이제 다들 나가줄래요?"

"고객이 아니라면 어떻게 그를 알아본 거요?"

"왜 몰라요? 당신은 오늘 TV도 안 봤어요?"

"그가 누구죠?"

"앤젤스 플라이트에서 살해된 사람이잖…."

"해리?"

아래층에서 에드거가 불렀다.

"왜?"

"잠깐 이리로 내려와 봐야 할 것 같아."

보슈는 라이더를 돌아보며 고개를 끄덕였다.

"키즈, 당신이 맡아. 얘기 좀 해 봐."

보슈는 계단을 내려가 층계참을 돌아서 아래쪽 계단을 내려가기 시작했다. 아래층 방에 붉은 조명등이 켜져 있었다. 내려가면서 보니 에드거의 눈이 휘둥그레져 있었다.

"뭐야?"

"여기 좀 봐."

방을 가로지르며 보니 그곳은 침실이었다. 한쪽 벽은 전체가 거울로 덮여 있었다. 그 맞은편 벽에 병원 침대가 붙어 있었는데, 침대 머리 부분이 위로 올라와 있었고 비닐 시트로 덮여 있었으며 가로로 움직임을 제한하는 안전벨트가 채워져 있었다. 침대 옆에는 의자 한 개와 붉은 전구가 끼워져 있는, 바닥에 세우는 스탠드가 보였다.

에드거는 보슈를 사람이 들락거릴 수 있는 벽장 안으로 데리고 들어갔다. 천장에 매달린 전구가 강렬한 붉은 빛을 내리비추고 있었다. 벽장 옆면에 있는 옷걸이 가로대에는 아무것도 걸려 있지 않았다. 그러나 다른 쪽 옆면에는 벌거벗은 남자가 날개를 편 독수리처럼 두 팔을 벌리고 서 있었다. 두 팔목은 옷걸이 가로대에 연결된 수갑에 묶였고, 수갑은 금도금을 한 것으로 화려한 문양이 그려져 있었다. 눈가리개를 한 남자의 입에는 빨간색 공으로 재갈이 물려져 있었다. 가슴에는 위아래로 손톱으로 할퀴어대어 빨갛게 부어오른 자국이 수두룩했다. 그리고 다리 사이, 음경의 귀두에 풀매듭으로 묶어놓은 가죽 끈 끝에 1리터짜리 플라스틱 콜라병이 대롱대롱 매달려 있었다.

"하느님 맙소사."

보슈가 낮은 목소리로 탄식을 내뱉었다.

"도움이 필요하냐고 물었더니 아니라고 고개를 가로저었어. 저 여자 손님인가 봐."

"재갈을 빼 봐."

에드거가 공을 빼내는 동안 보슈는 눈가리개를 남자의 이마로 밀어 올렸다. 남자는 재빨리 고개를 오른쪽으로 돌리고 두 사람을 외면했다. 얼굴을 가리기 위해 팔을 움직이려고 했지만 수갑에 묶여 있어서 그럴 수 없었다. 남자는 30대 중반쯤이었고 체격이 건장했다. 위층에 있는 여자와 싸워도 충분히 자신을 보호할 수 있을 것 같았다. 원한다면.

"제발, 나를 혼자 내버려둬요. 난 괜찮아요. 그냥 내버려둬 줘요."

남자가 간절한 목소리로 말했다.

"경찰입니다. 지금 한 말 진심이죠?"

보슈가 말했다.

"물론 진심이죠. 도움이 필요하다면 요청하지 않을 것 같아요? 당신들 도움은 필요 없어요. 이건 전적으로 상호 합의가 이루어진 일이고 성매매도 아니에요. 그러니까 우리를 그냥 내버려둬요."

"해리, 그냥 나가서 이 친구를 봤다는 사실 자체를 잊어버리자."

에드거가 말했다.

보슈는 고개를 끄덕였고 두 사람은 곧 벽장에서 걸어 나왔다. 방 안을 둘러보니 의자에 옷이 걸쳐져 있는 것이 눈에 띄었다. 보슈는 그곳으로 가서 바지 주머니를 뒤졌다. 지갑을 꺼내 들고 바닥에 놓인 스탠드 앞으로 걸어가서 빨간 불빛 아래에서 지갑을 열고 운전면허증을 살펴보았다. 에드거가 그의 등 뒤로 다가와서 면허증을 바라보았다.

"아는 이름이야?"

보슈가 물었다.

"아니. 자네는?"

에드거가 말했다.

보슈는 고개를 가로젓고 나서 지갑을 덮었다. 그러고는 의자로 돌아가 바지 주머니에 지갑을 다시 넣어두었다.

그들이 계단을 올라가 거실로 돌아갔을 때 라이더와 레지나는 조용히 앉아 있었다. 보슈가 레지나를 바라보니 그녀는 자랑스러운 표정으로 살짝 미소를 짓고 있었다. 그녀는 보슈와 에드거가 아래층에서 목격한 장면에 충격을 받았다는 것을 알고 있었다. 보슈가 라이더를 흘끗 보자, 그녀도 그들의 표정을 읽어낸 것 같았다.

"괜찮아요?"

라이더가 물었다.

"괜찮아."

보슈가 대답했다.

"뭐예요?"

보슈는 그 말을 못 들은 척하고 레지나를 바라보았다.

"열쇠는 어디 있죠?"

레지나는 입을 약간 삐죽거리더니 브래지어 속으로 손을 집어넣었다. 그러고는 작은 수갑 열쇠를 꺼내 보슈에게 건넸다. 보슈는 열쇠를 받아서 에드거에게 주었다.

"내려가서 풀어줘. 그러고 나서도 계속 있고 싶다고 하면, 그건 알아서 하라고 해."

"해리, 그 친구는…."

"그 친구가 무슨 말을 했든 신경 안 써. 가서 풀어줘. 수갑에 묶여 있는 남자를 그대로 두고 떠날 수는 없잖아."

에드거가 계단을 내려가는 동안 보슈는 레지나를 노려보고 있었다.

"시간당 2백 달러를 받고 제공하는 서비스가 저거요?"

"낸 돈만큼 서비스를 받는 거예요. 그리고 손님들은 다음에 와서는 더 많은 서비스를 요구하죠. 흠, 남자들은 도대체 왜 그런지 모르겠어요. 어쨌든 나중에 시간나면 놀러오세요, 형사님. 재미있을 거예요."

보슈는 오랫동안 레지나를 노려보다가 고개를 돌려 라이더를 보았다.

"뭘 좀 건졌어, 키즈?"

"진짜 이름은 버지니아 램플리래요. 일라이어스는 손님이 아니고 TV에서 봐서 안다고 하네요. 그런데 일라이어스의 수사관이 몇 주 전에 찾아와서 우리처럼 여러 가지를 물어보고 갔다는데요."

"펠프리가? 뭘 물어봤대?"

"황당한 것들을 많이도 물어봤었죠."

라이더가 대답하기 전에 레지나가 먼저 말을 꺼냈다.

"작년에 살해된 그 어린 여자애에 대해서 뭘 알고 있냐고 묻더군요. TV에 자주 나왔던 그 자동차 왕의 딸 말이에요. 그래서 그런 걸 왜 나한테 와서 묻느냐고 말해줬죠. 내가 그 아이에 대해 뭘 알겠어요, 안 그래요? 그 인간이 거칠게 나오기에 거친 게 뭔지 본때를 보여줬죠. 난 남자들이 나를 함부로 대하는 꼴은 못 보거든요. 그랬더니 갔어요. 내 생각엔 당신들도 그 인간처럼 시간만 낭비하고 있는 것 같은데요."

"그럴지도 모르지."

보슈가 말했다.

잠깐 동안 침묵이 흘렀다. 보슈는 조금 전 벽장 안에서 본 것 때문에 마음이 어지러웠다. 그래서인지 달리 물어볼 것이 생각나지 않았다.

"여기 남겠대."

에드거였다. 그는 계단을 올라와 수갑 열쇠를 레지나에게 돌려주었다. 그녀는 계속 보슈를 바라보면서 자신의 브래지어 속으로 아주 과장된 몸짓으로 천천히 열쇠를 집어넣었다.

"좋아, 가자."

보슈가 말했다.

"콜라 한 잔 하면서 좀 더 있다 가지 그래요, 형사님?"

버지니아 램플리가 교활한 미소를 지으면서 말했다.

"갈 거요."

보슈가 말했다.

그들은 조용히 계단을 내려가 문 앞에 이르렀다. 보슈가 맨 마지막으로 내려갔다. 그는 층계참에 서서 어두운 방을 내려다보았다. 붉은 전등불이 아직도 켜져 있었고, 방구석에 있는 의자에 앉은 남자의 윤곽이 희미하게 보였다. 조명이 어두워서 그의 얼굴은 잘 보이지 않았지만, 그가 보슈를 올려다보고 있다는 것은 알 수 있었다.

"걱정 말아요, 형사님. 아주 잘 보살펴줄 테니까."

레지나가 보슈의 등 뒤에서 말했다.

보슈는 고개를 돌리고 레지나를 바라보았다. 그녀의 얼굴에는 교활한 미소가 돌아와 있었다.

20 진실

경찰서로 돌아오는 길에 라이더는 아래층 방에서 도대체 무엇을 봤느냐고 계속해서 물었지만, 보슈와 에드거는 미스트리스 레지나의 고객 한 명이 수갑에 묶인 채 벽장 속에 있었다는 기본적인 사실 말고는 자세하게 말해주지 않았다. 라이더는 이야기가 더 있다는 것을 느끼고 계속 졸라댔지만 헛수고였다.

"아래층에 있던 남자는 중요하지 않아."

마침내 보슈는 그 이야기는 여기서 끝내자는 뜻으로 이렇게 말했다. 그러고는 말을 이었다.

"우린 아직도 일라이어스가 레지나의 사진과 웹 주소를 가지고 뭘 했는지 모르고 있어. 그리고 그가 펠프리를 레지나에게 보낸 이유도."

"그 여자가 거짓말을 한 것 같아. 사실은 이야기의 전말을 알고 있을 거란 말이지."

에드거가 말했다.

"그럴 수도 있겠지. 하지만 전말을 알고 있다면, 일라이어스가 죽은 마당에 왜 계속 비밀로 하려고 하겠어?"

보슈가 말했다.

"펠프리가 열쇠예요. 지금 당장 그 사람을 만나봐야 해요."

라이더가 말했다.

"아니, 오늘 밤은 안 돼. 너무 늦었어. 그리고 일라이어스의 자료를 다 뒤져보고 그 안에 뭐가 들었는지 파악한 다음에 펠프리를 만나고 싶어. 자료에 대해 확실히 알고 난 다음에 만나야 미스트리스 레지나나 다른 모든 일에 대해서 펠프리를 찔러볼 수 있을 테니까. 내일 아침에 그 친구부터 만나보자."

보슈가 말했다.

"FBI는요?"

라이더가 물었다.

"FBI는 8시에 만나기로 되어 있어. 그때까지는 뭘 좀 알아내겠지."

그 후로는 다들 아무 말 없이 갔다. 보슈는 에드거와 라이더가 자기들 차로 바꿔 탈 수 있도록 할리우드 경찰서 주차장에 그들을 내려주고, 다음 날 아침 8시까지 파커 센터로 가야 한다는 사실을 상기시켰다. 그러고 나서 타고 왔던 형사 차를 주차했지만, 일라이어스의 사무실에서 가져온 파일 상자들이 아직 트렁크 안에 들어 있었기 때문에 자동차 열쇠를 반납하지는 않았다. 차 문을 잠근 후 그는 자기 차를 향해 걸어갔다.

보슈는 차를 빼서 윌콕스 거리로 나서면서 차 앞에 달린 시계를 보았다. 밤 10시 30분이었다. 늦은 시각이라는 건 알았지만 집에 들어가기 전에 한 군데 들러봐야겠다고 결심했다. 로럴 캐니언을 통과해 밸리로 들어가는 동안에도, 벽장 속에 있던 남자의 모습이, 그런 모습을 남들에게 들킨 게 싫어서 고개를 돌려버리던 모습이 머릿속에서 떠나지 않았다. 보슈는 오랫동안 살인 사건을 맡아왔기 때문에 사람들이 남들에게 저지르는 끔찍한 행위에는 별로 놀라지 않게 되었다. 그러나 사람들이 자기 자신에게 저지르는 잔혹 행위는 아직도 충격적이었다.

보슈는 벤추라 대로를 서쪽으로 달려서 셔먼 오크스로 향했다. 교통량이 많은 토요일 밤이었다. 산 한쪽에서는 도시가 긴장의 불씨를 잉태하고 있는데, 밸리의 번화가에서는 술집과 커피숍마다 손님들로 북적이고 있었다. 보슈는 벤추라 대로를 따라 늘어선 피노 비스트로를 비롯한 여러 고급 식당 앞에서 빨간색 외투를 입은 주차원들이 손님의 차를 대신 주차해주기 위해 뛰어다니는 것을 보았다. 10대 청소년들이 차 창문을 내리고 유유히 차를 몰고 다니는 모습도 보였다. 모두들 이 도시의 다른 지역에서 부글부글 끓고 있는, 금방이라도 분출해서 위에 있는 모든 것들을 집어삼키려고 기다리고 있는 용암과도 같은 증오와 분노에 대해서는 무심한 것 같았다.

보슈는 케스터에서 북쪽으로 방향을 돌려 달려가다가 벤추라 대로와 벤추라 고속도로 사이에 샌드위치처럼 끼어 있는 트랙트 하우스(한 지역에 비슷한 형태로 들어서 있는 주택–옮긴이) 동네가 나타나자 재빨리 그곳으로 방향을 틀었다. 집들은 자그마했고 특징도 없었다. 고속도로의 소음이 항상 존재했다. 그 집들은 한 채에 40, 50만 달러를 호가하고, 그런 고가의 주택을 살 만한 여유가 있는 경찰이 그리 많지 않음에도 불구하고, 그 동네에는 경찰들이 많이 모여 살았다. 보슈의 옛 동료인 프랭키 쉬헌은 오래전에 그곳에 집을 사서 계속 살고 있었다. 현명한 선택이었다. 25만 달러를 부동산으로 깔고 앉아 있었다. 은퇴 후 생활을 보장해줄 든든한 자산이었다. 은퇴까지 갈 수 있다면 말이지만.

보슈는 쉬헌의 집 앞 모퉁이에 차를 세우고 시동은 그대로 켜두었다.

휴대전화기를 꺼내고 전화번호 수첩에서 쉬헌의 번호를 찾아 전화를 걸었다. 벨이 두 번 울리자 쉬헌이 전화를 받았다. 목소리가 또렷했다. 아직 안 자고 있는 거였다.

"프랭키, 나 해리."

"여어, 친구."

"자네 집 앞에 와 있어. 잠깐 나와서 드라이브 좀 할까?"

"어디 가게?"

"아무데나."

침묵.

"프랭키?"

"좋아. 2, 3분만 기다려줘."

보슈는 전화를 끊고 나서 있지도 않은 담배를 찾아 외투 안주머니로 손을 집어넣었다.

"빌어먹을."

보슈가 투덜거렸다.

기다리는 동안 보슈는 쉬헌과 함께 마약상을 찾아다니던 때를 생각했다. 우지 기관 단총을 들고 경쟁자가 코카인을 밀매하는 집으로 쳐들어가 무차별적으로 총을 난사해 여섯 명을 살해한 혐의를 받고 있던 친구였다.

보슈와 쉬헌이 용의자의 아파트 현관문을 계속해서 두드렸지만 아무 응답이 없었다. 이제 어떻게 할까 궁리하고 있을 때 쉬헌이 아파트 안에서 "들어와, 들어와."라고 말하는 작은 목소리를 들었다. 그들은 다시 한 번 노크를 하면서 경찰이라고 외쳤다. 그러고 나서 귀를 기울이면서 기다리고 있었다. 이번에도 "들어와, 들어와."라고 말하는 작은 목소리가 들렸다.

보슈가 문 손잡이를 돌려보니 돌아갔다. 문이 잠겨 있지 않았던 것이다. 둘은 전투 자세를 취하고 아파트 안으로 들어갔지만 거실에 있는 새장 안에 커다란 초록색 앵무새가 한 마리 있을 뿐 집 안은 비어 있었다. 그리고 부엌 식탁 위에 우지 기관 단총이 소제를 위해 분해된 채 놓여 있었다. 보슈는 부엌 문 앞으로 걸어가 다시 한 번 노크를 했다. "들어와, 들어와." 앵무새가 외쳤다.

몇 분 후, 우지의 소제를 끝내기 위해 건오일을 사가지고 돌아온 용의자는 그 자리에서 검거되었다. 총기 감식 결과 그 총은 총기 난사 사건에서 사용된 총으로 밝혀졌고, 변호사가 수색이 불법적으로 이루어졌다고 이의를 제기했지만 판사가 받아들이지 않았고, 용의자는 유죄 평결을 받았다. 피고인측은 경찰이 허락도 없이 아파트에 들어간 것은 불법 가택 침입이라고 주장했지만, 판사는 보슈와 쉬헌이 앵무새에게서 들어오라고 초대를 받고 들어간 것은 성실하게 행동한 것이었다고 판결했다. 그 살인범이 지금도 교도소 생활을 하고 있지만, 재판은 아직 완전히 끝이 나지 않고 전국의 항소 법원을 돌아다니고 있었다.

지프차 조수석이 열리더니 쉬헌이 차에 탔다.

"이 차는 언제 뽑았어?"

쉬헌이 물었다.

"형사 차를 몰라는 지시가 떨어졌을 때."

"아, 그렇군. 깜박했네."

"그렇겠지, 높으신 강력계 형사님들은 그런 거지 같은 차를 몰 걱정은 안 해도 되니까."

"그래, 어쩐 일이야? 일라이어스 사건 수사가 한창이지?"

"그렇지, 뭐. 마거릿과 딸들은 잘 있어?"

"다들 잘 있어. 우리 뭐하는 거야? 드라이브 가는 거야, 잡담하는 거야, 뭐야?"

"글쎄. 밴 나이스에 있는 아일랜드 술집 아직 그대로 있나?"

"아니, 그건 없어졌어. 옥스나드로 가서 우회전을 하면, 바로 옆에 작은 스포츠 바가 있어."

보슈는 도로로 들어서서 쉬헌에게서 들은 대로 달려가기 시작했다.

"방금 전에 우지 총과 앵무새 사건을 생각하고 있었어."

보슈가 말했다.

쉬헌이 웃음을 터뜨렸다.

"그 사건 생각만 하면 아직도 웃음이 나와. 그게 이렇게까지 질질 끌 줄은 생각도 못했어. 이젠 남은 법정도 딱 한 군데밖에 없다더군. 엘 수프리모 법정."

"이번에는 놈이 이길 거야. 날아오르지 못할 거면 벌써 떨어졌을 텐데 안 떨어졌잖아."

"어디 보자, 그게 몇 년 전이지? 8년? 지금 와서 놈을 풀어준다고 해도 우리로서는 손해 보는 장사를 한 건 아니군."

"그렇지, 여섯 명을 죽이고 8년을 썩었으니. 그 정도면 공평한 거지."

"여섯 명의 멍청이지."

"아직도 멍청이라는 말을 즐겨 쓰는군."

"응. 나도 멍청이라서. 그건 그렇고 앵무새와 멍청이들 같은 옛날이야기나 하려고 이 산을 올라온 건 아닐 텐데, 안 그래?"

"그래, 프랭키. 킨케이드 건에 대해 물어볼 게 있어서 왔어."

"왜 나야?"

"왜냐고? 자네가 수사 책임자였잖아."

"내가 아는 건 전부 자료에 들어 있어. 자료를 입수할 수 있을 거야. 일라이어스 건은 자네가 책임자잖아."

"벌써 입수해놨어. 하지만 자료 속에 들어 있지 않는 것도 있으니까."

쉬헌이 붉은 네온 간판을 가리키자 보슈가 차를 옆으로 뺐다. 바 출입문 밖 모퉁이에 차 한 대 주차할 공간이 있었다.

"이곳은 요즘 늘 죽을 쑤고 있어. 토요일 밤에도 그래. 사장이 어떻게 유지를 하고 있는지 모르겠어. 부업으로 마약 주문을 받거나 마리화나를 팔고 있을지도 모르지."

쉬헌이 말했다.

"프랭키, 이건 우리 둘만의 비밀인데, 지문에 대해 알아야겠어. 헛고생하고 싶지 않아서 물어보는 거야. 자넬 의심하는 것도 절대로 아니고. 하지만 자네가 지문에 대해 무슨 말이라도 들었다면 나도 알아야겠어. 내 말 이해해?"

보슈가 말했다.

쉬헌은 한 마디 대꾸도 없이 체로키에서 내려 바의 출입문을 향해 걸어갔다. 보슈는 그가 안으로 들어가는 것을 보고 차에서 내렸다. 안에 들어가 보니 술집은 거의 비어 있었다. 쉬헌은 바에 앉아 있었다. 바텐더가 술통 꼭지에서 맥주를 받는 중이었다. 보슈는 옛 동료 옆 걸상에 앉아서 바텐더에게 주문했다.

"그거 한 잔 더요."

보슈는 20달러 지폐 한 장을 꺼내 바 위에 놓았다. 쉬헌은 보슈가 지문 이야기를 한 이후로 보슈를 쳐다보지 않고 있었다.

바텐더가 서리가 맺힌 맥주잔을 거의 3개월 전에 있었던 슈퍼볼 파티를 광고하는 냅킨 위에 내려놓았다. 그러고는 보슈의 20달러를 가지고 금전 등록기로 갔다. 보슈와 쉬헌은 동시에 맥주를 쭉 들이켰다.

"O. J. 이후로 계속 이렇군."

쉬헌이 말했다.

"뭐가?"

"무슨 얘기인지 자네도 알잖아. 주스(O. J. 심슨을 가리키는 말. 이름 첫 글자인 O. J.를 orange juice의 약자로 해석해서 주스라고 부르는 사람들이 있음-옮긴이) 이후로 확실한 것이 아무것도 없게 됐어. 물증도, 경찰도, 그 어떤 것도. 경찰은 원하는 사건이면 뭐라도 법정까지 끌고 갈 수 있지만, 그곳에 가면 그 사건을 갈기갈기 찢고 바닥으로 집어던지고 그 위에 오줌을 갈기는 사람이 꼭 있지. 모두가 모든 것에 의문을 제기하고 있어. 경찰들조차도. 동료들조차도."

보슈는 맥주를 좀 더 마신 후 입을 열었다.

"미안해, 프랭키. 자네나 지문을 의심하는 게 아니야. 일라이어스의 자료에서 불필요한 것을 걸러내는 작업을 하고 있을 뿐이야. 일라이어스는 다음 주에 법정에 설 때 그 여자애를 죽인 범인을 밝혀낼 작정을 하고 있었던 것 같아. 그 범인이 해리스는 아니고. 누군가가…."

"누군데?"

"몰라. 하지만 일라이어스의 시각에서 사건을 바라보려고 노력 중이야. 일라이어스가 해리스가 아닌 다른 누군가를 범인으로 보고 있었다면, 도대체 해리스의 지문은 어떻게…."

"일라이어스는 개새끼였어. 놈이 땅에 묻히는 즉시 하룻밤 날을 잡아 놈의 무덤을 찾아가서 그 무덤 위에 올라가서 우리 할아버지가 즐겨 추셨던 아일랜드 지그를 출 거야. 그러고 나서 그 위에다 오줌을 갈기고 와서는 놈을 완전히 잊어줄 거야. 그 기차에 해리스가 같이 안 탄 게 아쉬울 뿐이야. 저주받을 살인자. 그 둘이 함께 뒈졌다면 그야말로 환상이었을 텐데."

쉬헌은 잔을 들고 일라이어스의 살인범을 위해 건배를 한 뒤 한 모금 쭉 들이켰다. 보슈는 쉬헌에게서 뿜어져 나오는 증오를 피부로 느낄 수 있을 것 같았다.

"그러니까 누가 현장에 손을 댄 게 아니군. 해리스의 지문이 애초에 거기 있었던 거구만."

보슈가 말했다.

"그럼, 거기 있었지. 그 방은 순경이 봉쇄해놨어. 내가 거기 도착할 때까지 아무도 들어가지 않았어. 난 모든 것을 면밀히 살펴봤어. 우린 킨케이드 가를 상대하고 있는 거였어. 그게 어떤 의미인지 알았지. LA 경찰국에 거액을 기부하는 자동차 왕을 상대하고 있는 거라는 사실을 알았다고. 그래서 모든 것을 적법하게 성실하게 면밀하게 살펴봤어. 지문은 아이의 교과서에서 나왔어. 지리책에서. 과학수사계 감식반이 책 표지 한 쪽 면에서 손가락 네 개의 지문을, 다른 쪽 면에서는 엄지손가락 지문을 발견했어. 놈이 책을 통째로 집어든 것 같았어. 지문은 완벽했어. 완벽한 지문이 나온 걸 보니까 놈이 그 지문을 남겼을 때 땀을 뻘뻘 흘리고 있었던 게 틀림없어."

쉬헌은 맥주를 마저 마시고 빈 잔을 높이 들어 바텐더에게 한 잔 더 달라고 신호를 보냈다.

"이 도시에서는 술집에서도 담배를 피울 수가 없다니 기가 막히는군. 멍청이들."

쉬헌이 말했다.

"그러게 말이야."

"어쨌든, 지문을 온갖 데이터베이스에 넣고 돌려봤더니 마이클 해리스가 튀어나오더군. 폭행죄, 절도죄로 복역한 적이 있는 전과자였어. 놈이 합당한 이유로 그 아이의 방에 들어가서 지문을 남길 가능성은 로또를 하지 않는 내가 로또에 당첨될 가능성만큼밖에 안 됐지. 짜잔, 드디어 범인을 잡은 거야. 바로 가서 검거했어. 기억하지? 해리스를 검거할 당시에는 스테이시의 시신이 발견되지 않은 상태였어. 우린 그 아이가 아직도 어딘가에서 살아 있을 거라는 믿음을 가지고 수사를 진행했어. 틀린 생각이었지만 그 당시에는 틀렸다는 걸 모르고 있었지. 그래서 해리스를 검거해 시내로 데려와 조사실에 집어넣었어. 그런데 이 개자식이 입도 뻥긋 안 하는 거야. 사흘이 지나도록 우리는 아무것도 얻지 못했어. 우린 밤에도 놈을 유치장에 처넣지 않았어. 놈은 꼬박 72시간을 그 방에 앉아 있었어. 우린 팀을 짜서 번갈아가며 놈을 신문했지만, 놈의 껍질을 깨뜨리지는 못했어. 입을 딱 붙이고 앉아서 꼼짝도 안 하더라고. 정말 그 자식이 죽이고 싶도록 미웠지만, 그 똥고집 하나는 높이 살 만하더군. 나랑 맞붙은 놈들 중에 최고였어."

쉬헌은 채워진 맥주를 꿀꺽꿀꺽 들이켰다. 보슈는 아직 첫 잔의 반 정도만 마신 상태였다. 그는 쉬헌이 자유롭게 이야기할 수 있게 아무 질문도 하지 않고 느긋하게 듣고만 있었다.

"마지막 날, 팀원 몇 명이 약간 자제력을 잃고, 몇 가지 짓을 했어."

보슈는 눈을 감았다. 이제까지 프랭크 쉬헌에 대해 잘못 알고 있었던 것이다.

"거기에는 나도 포함되어 있었어, 해리."

쉬헌이 담담하게 고백했다. 드디어 소리를 내어 말해버리는 것이 기분이 좋은 듯했다. 그러고는 맥주를 더 마시고 걸상에서 돌아앉아 낯선 곳을 보는 것 같은 표정으로 술집 안을 둘러보았다. 구석에 TV가 걸려 있었고, ESPN에 채널이 맞춰져 있었다.

"이거 비공식적인 거 맞지, 해리?"

"응."

쉬헌은 다시 돌아앉아 음모를 꾸미는 것처럼 보슈를 향해 상체를 기울였다.

"해리스가 주장한 내용은… 전부 사실이야. 그렇다고 놈이 한 짓이 용서가 되는 건 아니야. 놈은 그 어린 여자애를 강간하고 목 졸라 죽였어. 하지만 우린 고작해야 놈의 귀를 연필로 찌른 정도야. 그게 어디 비교나 되는 일이냐고. 어쨌든 놈은 처벌도 받지 않고 빠져나가더니 나를 제2의 마크 퍼먼(O. J. 심슨 살인 사건을 담당했던 형사로 심슨에게 '깜둥이'라고 부르는 등 인종 차별적인 발언을 해 물의를 일으켜 경찰을 그만두었음—옮긴이)으로, 증거를 몰래 심어놓은 인종 차별적인 경찰관으로 만들어버렸어. 빌어먹을, 내가 어떻게 그 지문들을 거기에 묻혀놨다는 건지 누가 설명 좀 해줬으면 좋겠어."

쉬헌의 목소리가 커지고 있었다. 다행히도, 이쪽을 주목하는 사람은 바텐더밖에 없었다.

"그러게 말이야. 미안해, 친구. 이런 건 묻지 말았어야 했는데."

보슈가 말했다.

쉬헌은 보슈의 말을 듣지 못한 것처럼 자기 이야기만 계속했다.

"아마 내가 감옥에 처넣고 싶은 멍청이의 선명한 지문 한 세트를 항상 갖고 다녔나 봐. 그러고는 그 지문을 책에 묻히고, 어떻게 묻혔는지는 나도 모르겠지만, 하여튼 그러고 나서 멍청이를 잡아들이는 거지. 그런데 도대체 왜 나는 해리스를 지목했을까? 놈과는 전혀 모르는 사이고, 아무런 관계도 없는데. 어쨌든 내가 정말 그렇게 했다는 것을 증명할 수 있는 사람은 이 지구상에 하나도 없어. 안 그랬는데 뭘 어떻게 증명할 거냐고."

"자네 말이 맞아."

쉬헌은 고개를 가로젓더니 맥주를 내려다보았다.

"배심원단이 들어와서 놈에게 무죄 평결을 내렸을 때, 그때 난 세상일에 관심을 끄기로 결심했어. 내가 유죄라고 했을 때… 우리가 아니라

놈의 말을 믿어줬을 때…."

보슈는 잠자코 있었다. 쉬헌이 하고 싶은 말은 다 하게 하고 싶었다.

"우린 지금 싸움에서 지고 있어, 해리. 이제는 그게 눈에 보여. 모든 게 게임이야. 변호사 자식들이 우리한테 무슨 짓을 할 수 있는지, 증거를 어떻게 요리하는지 보라고. 난 포기했어, 해리. 정말이야. 벌써 결심했어. 이제 곧 근속년수 25년이 될 거야. 8개월 정도 남았는데, 날짜 가는 것만 열심히 세고 있어. 그때가 되면 경찰 일 때려치우고 블루 헤븐으로 올라가서 살 거야. 이놈의 시궁창에서는 멍청이들끼리 잘 살아보라지, 뭐."

"좋은 생각 같아, 프랭키."

보슈가 조용히 말했다.

달리 할 말이 생각나지 않았다. 보슈는 친구가 지극한 증오와 냉소주의에 빠져버렸다는 사실을 알고 충격을 받았고 상처를 입었다. 그렇게 되기까지의 상황을 이해는 했지만, 너무 큰 것을 잃은 것이 가슴 아팠다. 그리고 칼라 엔트런킨 앞에서 그렇게도 열심히 쉬헌을 옹호했던 자신이 실망스럽고 어리석게 느껴졌다.

"아직도 그 마지막 날이 생생하게 기억이 나. 나는 놈과 함께 조사실에 앉아 있었어. 그 방 안에 단둘이. 그리고 난 어찌나 화가 나던지 총을 꺼내서 놈을 당장 쏴 죽여 버리고 싶었어. 하지만 그럴 수 없다는 걸 알고 있었지. 놈이 스테이시의 소재를 알고 있었으니까. 놈이 그 아이를 숨겨놨을 테니까."

쉬헌이 말했다.

보슈는 고개만 끄덕였다.

"우린 갖은 노력을 다했지만 헛수고였어. 우리가 놈을 제압하기 전에 놈이 우리를 제압해버린 거야. 나중에는 놈한테 제발 스테이시가 있는 곳을 알려달라고 애걸복걸을 하고 있더라니까, 내가! 그건 정말 치욕스러운 일이었어, 해리."

"그랬더니 놈이 뭐래?"

"멍하니 나를 바라보고만 있었어. 내가 그곳에 없는 것처럼 멍하게. 아무 말도 하지 않았어. 아무 짓도 하지 않았고. 그리고 그때… 그때 분노가 나를 덮쳤어. 마치… 글쎄, 뭐랄까, 마치 목에 커다란 뼈다귀가 한 개 걸려 있는 것 같았어. 그런 느낌은 처음이었어. 조사실 구석에 쓰레기통이 있더군. 난 쓰레기통으로 가서 쓰레기봉투를 꺼내 가지고 와서 놈의 머리에 뒤집어 씌웠어. 그러고는 목 부분을 움켜쥐고 죄고 또 죄고…."

쉬헌은 헉하고 울음을 터뜨렸지만 어떻게든 말을 끝내려 노력했다.

"…그러다가 팀원들이… 팀원들이 와서 나를 놈에게서 떼어놓았어."

쉬헌은 두 팔꿈치를 바 위에 올려놓고 손바닥과 손목의 경계 부분으로 두 눈을 꾹 눌렀다. 한동안 그는 그 상태로 움직이지 않았다. 보슈는 쉬헌의 얼굴에서 눈물 한 방울이 턱으로 미끄러져 내려와 맥주잔 속으로 떨어지는 것을 보았다. 보슈는 팔을 뻗어 옛 동료의 어깨를 잡았다.

"진정해, 프랭키."

두 눈을 누르고 있는 손은 그대로 둔 채, 쉬헌이 입을 열었다.

"그토록 오랜 세월을 잡으러 돌아다녔던 바로 그 괴물이 된 거야, 내가. 난 놈을 그때 그 자리에서 죽이고 싶었어. 팀원들이 들어오지 않았다면 그렇게 했을 거야. 그 일은 죽을 때까지 절대로 잊을 수가 없을 것 같아."

"그래, 알아, 프랭키."

쉬헌이 맥주를 더 마시더니 기분이 좀 나아진 것 같아 보였다.

"내가 그런 짓을 한 게 물꼬를 튼 것 같아. 다른 친구들도 연필로 놈의 고막을 찔러대더군. 다들 괴물이 된 거야. 베트남 마을을 쑥대밭으로 만들었던 군인들처럼. 그대로 있었으면 우리가 놈을 죽였을 텐데, 누가 놈을 구해준 줄 알아? 그 아이였어. 스테이시 킨케이드가 놈을 구했지."

"어떻게?"

"그 아이의 시신이 발견됐거든. 그 소식을 듣고 다들 현장으로 뛰어갔지. 해리스는 유치장에 처넣고 나서. 산 채로 말이야. 그 소식이 그때 들어온 게 놈한테는 천운이었어."

쉬헌은 말을 멈추고 맥주를 한 모금 마셨다.

"현장에 가보니, 해리스의 집에서 겨우 한 블록 떨어진 곳이더군. 부패가 상당히 많이 진행된 상태였고. 어린애들은 부패도 빨리 진행된다대. 하지만 그때 그 아이 모습은 아직도 생생하게 기억이 나. 작은 천사처럼 두 팔을 벌리고 있었어. 하늘을 날아다니는 것처럼…."

보슈는 신문에서 본 사진들이 기억났다. 스테이시 킨케이드는 예쁘게 생긴 소녀였다.

"해리, 이제 그만 가줘. 난 걸어서 돌아갈게."

쉬헌이 조용히 말했다.

"아냐, 태워줄게."

"고맙지만 됐어. 걸어갈 거야."

"정말 괜찮아?"

"괜찮아. 좀 흥분했을 뿐이야. 지금까지 한 이야기는 둘만 아는 걸로 하자고, 알았지?"

"죽을 때까지."

쉬헌은 희미하게 미소를 지었다. 그러나 여전히 보슈를 똑바로 쳐다보지는 못했다.

"부탁 하나만 들어줘, 히에로니머스."

보슈는 둘이 한 팀이었을 때가 기억났다. 그들은 진지하고 마음에서 우러나오는 이야기를 할 때에는 히에로니머스와 프란시스라고 서로의 정식 이름을 불렀다.

"그러지, 프란시스. 뭔데?"

"일라이어스를 죽인 친구를 잡으면, 그 친구가 경찰관이든 아니든 상관없이, 나를 대신해서 그 친구와 악수를 해줘. 그는 내 영웅이라고 전해줘. 하지만 아까운 기회를 놓쳤다고 말해줘. 해리스까지 같이 보냈어야 했었다고 말해줘."

30분 후 보슈는 자기 집 현관문을 열었다. 침대가 비어 있었다. 그러나 이번에는 너무 고단해서 엘리노어를 기다릴 수가 없었다. 그는 옷을 벗으면서 다음 날 할 일을 생각했다. 마침내 잘 준비를 끝내고 침대에 앉아 전등을 껐다. 어둠이 찾아든 바로 그 순간 전화벨이 울렸다.

보슈는 다시 전등을 켜고 수화기를 집어 들었다.

"이 개자식."

여자 목소리였다. 낯익은 목소리이기는 한데 확실히는 알 수 없었다.

"누구요?"

"칼라 엔트런킨이지 누군 누구야? 당신이 무슨 짓을 했는지 내가 모를 거라고 생각했어?"

"무슨 말을 하는 건지 모르겠군. 무슨 일인데 그래요?"

"채널 4를 보니까 당신 친구 하비 버튼이 나왔더군."

"그래서요?"

"특종을 터뜨리던데. 그 친구가 뭐랬는줄 알아? 한번 옮겨볼게 들어봐. '하워드 일라이어스 변호사의 사무실에서 그와 인터넷 성매매 집단과의 관계를 보여주는 증거가 발견되었다고, 수사에 정통한 소식통이 밝혔습니다. 이 소식통은 일라이어스 씨가 그 웹 사이트에 자신을 도미네트릭스라고 광고를 한 여성들 중 적어도 한 명과 서로 접촉을 하고 지내왔었던 것으로 보인다고 말했습니다.' 요약을 하자면 이 정도야. 이런 기사 나오니까 어때? 이제 만족해?"

"난 아무 말도…."

"됐어. 변명 필요 없어."

엔트런킨이 전화를 끊었다. 보슈는 오랫동안 우두커니 앉아서 방금 들은 말을 곱씹어 보았다.

"채스틴, 이 개자식."

보슈가 혼잣말을 했다.

보슈는 다시 불을 끄고 침대에 풀썩 쓰러져 누웠다. 그러고는 곧 잠이 들었고 이날 낮에 꿨던 꿈을 다시 꾸었다. 그는 앤젤스 플라이트를 타고 언덕 위로 올라가고 있었다. 이번에는 같은 기차에서 복도를 사이에 두고 맞은편 좌석에 금발의 작은 소녀가 앉아 있었다. 그 아이는 비어 있는 슬픈 눈으로 그를 바라보았다.

21 거래

보슈가 파일 상자들을 차곡차곡 쌓은 비품 수레를 밀고 어빙 부국장의 회의실로 들어갔을 때 뜻밖의 인물이 그를 기다리고 있었다. 일요일 아침 7시 45분. FBI 요원 여섯 명이 먼저 와서 기다리고 있었다. 뜻밖의 인물은 FBI 수사팀 책임자였는데, 그는 한 손을 내밀고 미소를 지으면서 보슈에게 다가왔다.

"해리 보슈."

그 남자가 말했다.

"로이 린델."

보슈도 그를 불렀다.

보슈는 수레를 탁자 쪽으로 밀어놓고 린델의 손을 잡았다.

"이 사건을 맡았어? OC(Organized Crime의 약자-옮긴이)는 어떻게 하고?"

"조직범죄 쪽은 시들해져서 말이야. 토니 앨리소 사건 후에 특히 더.

그것보다 재밌는 사건이 또 나타나기는 힘들지 않겠어, 안 그래?"

"그렇지."

2년 전 보슈와 린델은 언론이 '트렁크 뮤직' 사건이라고 명명했던 토니 앨리소 피살 사건 수사를 함께했었다. 둘은 처음에는 적으로 만났지만, 라스베이거스에서 사건이 종결될 즈음에는 두 사람이 소속된 기관들은 서로 앙숙이었는데도 불구하고 서로를 존중하는 관계로 발전했다. 보슈는 린델이 일라이어스 피살 사건을 맡은 것을 좋은 징조로 받아들였다.

"저기, 몇 분 시간이 있는 것 같은데, 나가서 커피나 한잔할까?"

린델이 말했다.

"좋지."

그들이 홀을 걸어서 엘리베이터를 향해 가고 있을 때 맞은편에서 오던 채스틴과 마주쳤다. 보슈는 채스틴에게 린델을 소개했다.

"커피 마시러 가는 거야? 같이 가지."

"아냐, 됐어. 둘이 할 이야기가 있어서…. 그리고 그 얘기가 나중에 뉴스 시간에 하비 버튼의 입에서 나오는 걸 원하지도 않고. 내 말 무슨 뜻인지 알지?"

"무슨 말인지 모르겠는데, 보슈."

보슈는 아무 말도 하지 않았다. 채스틴은 린델을 쳐다보더니 다시 보슈에게로 눈길을 돌렸다.

"에이, 커피 마시지 말아야 되겠다. 어차피 난 인위적인 흥분제 따위는 필요 없으니까."

채스틴이 말했다.

엘리베이터 앞 로비에 이르렀을 때 보슈는 린델에게 채스틴을 조심하라고 경고했다.

"정보를 흘리고 있어. 어젯밤 채널 4 봤어?"

보슈가 말했다.

"인터넷 도미네트릭스 건?"

"응. 그 일에 대해 알고 있었던 사람은 여섯 명뿐이었어. 나랑 내 두 동료, 채스틴, 칼라 엔트런킨, 그리고 어빙 부국장. 내 동료들은 내가 보증할 수 있고, 엔트런킨은 일라이어스에 대해서 부정적인 정보를 흘렸을 것 같지가 않아. 결국 어빙이나 채스틴이 하비 버튼에게 정보를 넘겼다는 얘기지. 내 추측으로는 채스틴 같아. 어빙은 처음부터 시종일관 정보가 새나가는 것을 막으려고 애를 썼거든."

"그런데, 그 얘기가 사실이야 뭐야?"

"사실이 아닌 것 같아. 연관성을 찾을 수가 없어. 정보를 누설한 사람이 누구든, 일라이어스의 명예를 더럽히기 위해, 과거에 당한 것에 대한 앙갚음을 하기 위해 그런 짓을 한 것 같아."

"채스틴을 눈여겨볼게. 하지만 말이야, 누가 봐도 정보원이다 싶은 사람한테서 정보가 새나가는 게 아닌 경우도 가끔씩 있어."

엘리베이터 문이 열리자 린델은 안으로 들어갔지만, 보슈는 어빙이 정보원일 가능성도 있을까를 생각하느라고 탈 생각을 안 하고 있었다.

"안 타?"

린델이 물었다.

보슈는 엘리베이터 안으로 들어가서 3층 버튼을 눌렀다.

"오늘 아침 뉴스는 봤어? 지금 바깥 상황은 어떻대?"

린델이 물었다.

"아직까지는 아주 좋아. 어젯밤에 화재가 두 건 발생한 걸로 끝이었어. 약탈은 전혀 없었고, 지금은 아주 조용해. 게다가 내일까지 비가 온다고 하니까, 날씨도 도와주는 것 같아."

그들은 카페로 들어가서 커피를 사들고 테이블에 자리를 잡고 앉았다. 보슈가 손목시계를 보니 5분 전 8시였다. 그가 린델을 쳐다보며 입을 열었다.

"그래서?"

린델이 웃음을 터뜨렸다.

"그래서는 뭐가 그래서야. 이 일을 나눠서 하자는 거 아니었어?"

"그렇지. 당신을 위해 거래 조건을 제시할게, 로이. 아주 좋은 조건이야."

"어디 한번 들어나 볼까?"

"당신이 다 가져. 나는 뒤로 물러설 테니까, 당신이 주도하라고. 단 원하는 게 하나 있어. 우리 팀은 원래 사건을 살펴보고 싶어. 스테이시 킨케이드 사건. 그 사건 파일을 전부 넘겨받아서 강력계가 해놓은 일을 전부 점검해볼 거야. 그러고 나서 일라이어스가 해리스 민사 소송 사건을 맡아서 만들어 놓은 자료를 모두 받아서 살펴볼 거고."

보슈의 저의가 의심스러운지 린델의 눈이 가늘어졌다. 보슈가 말을 이었다.

"일라이어스는 이번 주에 법정에서 마이클 해리스가 스테이시를 죽이지 않았다는 것을 입증해보일 계획이었던 것 같아. 스테이시를 죽인 진짜 범인을 밝힐 작정이었…."

"누군데?"

"백만 불짜리 질문이군. 누군지는 우리도 몰라. 일라이어스는 그걸 자료에 써놓지 않고 자기 머릿속에만 담아놓고 있었어. 이 사건을 다시 살펴보고 싶다는 것도 바로 그 때문이야. 일라이어스가 누군가를 겨냥하고 있었다면, 그 누군가가 앤젤스 플라이트 사건의 유력한 용의자가 되는 거니까."

린델은 한동안 아무 말 없이 김이 모락모락 나는 커피만 내려다보고 있었다.

"나한테는 변호사의 허풍으로 들리는데. 사람들의 관심을 끌려고 뻥을 친 거 아닐까? 당신들 경찰이 찾아내지 못한 살인범을 변호사가 어떻게 찾아냈다는 거야? 이 도시의 모든 경찰관과 백인들이 범인이라고 믿고 있는 마이클 해리스가 진범이 아니라면 말이지."

보슈는 어깨를 으쓱거렸다.

"일라이어스의 생각이 틀렸다고 해도, 아니면 누군가를 연막으로 내세우려고 했던 거라고 해도, 그 일 때문에 일라이어스가 과녁이 됐을 수 있겠지."

보슈는 의도적으로 린델에게 모든 것을 털어놓지는 않고 있었다. 특히 의문의 편지에 대해서는 한 마디도 내비치지 않았다. 자기가 본격적인 수사를 맡아 하는 동안 보슈의 팀은 무지개를 좇아다닐 모양이라고 이 FBI 요원이 생각해주기를 바랐다.

"그러니까 당신이 그 킨케이드 사건을 다시 수사하고 나는 나쁜 경찰들을 살펴보란 얘기야? 그게 거래 조건인가?"

린델이 말했다.

"그렇다고 할 수 있지. 채스틴이 당신한테 도움을 줄 수 있을 거야. 무엇보다 그는 블랙 워리어 사건에 대해서 가장 잘 알고 있거든. 강력계 형사들에 대한 내사를 그 친구가 맡아서 했으니까. 그래서…."

"그래, 그런데 모두 증거 불충분으로 판결했잖아."

"수사를 잘못했겠지. 아니면 전부 풀어주라고 상부의 지시라도 받았거나."

린델은 보슈의 말을 이해한다고 고개를 끄덕였다.

"그리고 채스틴과 같은 감찰계 형사들이 어제 일라이어스의 자료들을 살펴보고 목록을 작성하는 일을 맡아서 하고 있었어. 게다가 내가 아까 자료를 다섯 상자 더 가지고 들어왔고. 그것들을 살펴보면 조사해야 할 용의자 명단이 나올 거야. 당신은 좋은 조건에서 일을 시작하는 거야."

"내가 그렇게 좋은 조건에서 일을 시작하는 거라면, 당신은 왜 그렇게 쉬운 일을 나한테 넘기는 거야?"

"내가 좀 착하거든."

"보슈, 당신은 지금 뭔가 숨기고 있어."

"그냥 어떤 예감이 있어서 그래."

"그럼 뭐야, 해리스가 정말로 덫에 걸린 거란 말이야?"

"모르겠어. 하지만 뭔가 석연치가 않아. 난 그게 뭔지 찾아내고 싶어."

"그러니까 당신이 그걸 찾는 동안 난 채스틴과 그 팀원들과 노닥거리고 있으라는 말이군."

"맞아. 바로 그거야."

"그런데 그 친구들하고 내가 무슨 일을 해야 할까? 채스틴이 정보원이라고 방금 당신 입으로 그랬잖아."

"커피 마시고 오라고 내보내고 나서 어디로 도망가서 숨어버려."

린델이 웃음을 터뜨렸다.

보슈는 심각한 어조로 말을 이었다.

"나라면 이렇게 하겠어. 감찰계 친구들 둘은 일라이어스에게 붙이고 다른 둘은 페레즈에게 붙이는 거야. 서류 작업, 증거물 관리, 부검 참관 같은 일들을 시키는 거지. 어차피 오늘 그런 일들을 하게 되어 있으니까. 그러면 그 친구들이 바빠져서 당신 앞에 알짱거리지 않을 거야. 그리고 감찰계 형사든 다른 누구든 간에 페레즈에게도 적어도 한 명은 꼭 붙여놔야 돼. 우린 이제까지 그 여자를 옆에 있다가 재수 없이 당한 경우로 취급했어. 실제로 그렇거든. 하지만 그 여자한테도 신경을 쓰지 않으면 나중에 법정에 갔을 때 변호사가 페레즈는 왜 주요 피해자로 간주하고 수사를 하지 않았느냐고 물고 늘어질 거야."

"그래, 맞아. 만반의 준비를 해놔야지."

"그래."

린델은 고개를 끄덕였지만 더 이상 말을 하지는 않았다.

"자, 그러면, 거래가 성사되는 건가?"

보슈가 채근했다.

"그래, 그래도 될 것 같군. 하지만 당신들이 뭘 하는지 알고 싶어. 계속 연락하자고."

"그러지. 아 참, 그런데, 감찰계 형사 중 한 명이 스페인어를 잘해. 푸엔테스라는 친군데. 그 친구를 페레즈한테 붙이는 게 좋을 거야."

린델은 고개를 끄덕이고는 의자를 뒤로 밀고 일어섰다. 커피 컵은 손도 대지 않은 채 그대로 두었다. 보슈는 자기 컵을 가지고 일어섰다.

보슈가 어빙의 회의실에 붙어 있는 부속실을 통과하면서 보니 어빙 부국장의 부관은 자리에 없었다. 보슈는 압지 위에 전화 메시지를 적는 메모장이 붙어 있는 것을 보고 그 옆을 지나가면서 메모장을 떼어냈다. 그러고는 메모장을 주머니에 넣고 회의실로 들어갔다.

보슈의 동료들과 감찰계 형사들이 회의실에 앉아 있었다. 어빙 부국장의 모습도 보였다. 방 안이 아주 비좁게 느껴졌다. 참석자들에 대한 간략한 소개가 있은 후, 발언권이 보슈에게 넘겨지자 그는 새로운 참석자들과 어빙 부국장을 위해 수사 진척 상황을 간략히 설명했다. 그러나 레지나 램플리의 아파트를 찾아간 것에 대한 구체적이고 자세한 설명은 하지 않았고, 그래서 그 부분 수사는 지금 난관에 부딪친 것처럼 보이게 만들었다. 또한 그는 프랭키 쉬헌과 술집에서 나눈 대화에 대해서는 아예 언급조차 하지 않았다. 보슈가 보고를 마치고 부국장을 향해 목례를 해보이자, 어빙이 발언권을 이어받았다. 보슈는 벽 앞으로 걸어가서 부국장의 지시에 따라 구비된 것 같은 게시판 옆 벽에 몸을 기대고 섰다.

어빙은 폭풍우를 몰고 오는 바람처럼 사건을 감싸고 있는 정치적 긴장감에 대한 우려부터 언급하기 시작했다. 그는 이날 남부 지역 관할 네 개의 경찰서 중 세 군데와 파커 센터 앞에서 시위 행진이 예정되어 있다고 말했다. 그리고 이날 아침 〈LA를 논하다〉라는 TV 대담 프로그램에 로열 스파크스 시 의원과 프레스턴 터긴스 목사가 게스트로 출연할 예정이라고 말했다. 경찰국장이 전날 밤 터긴스를 비롯하여 사우스 센트럴 교회 목사 몇 명을 만나, 주일 오전 예배에서 설교를 할 때 침착과 자제를 강조해달라고 부탁했다는 말도 했다.

"우리는 지금 일촉즉발의 위기를 맞고 있네. 어떤 식으로든 빨리 사건을 해결하는 것이 이 위기를 모면하는 방법일 거야."

어빙이 말했다.

어빙이 이야기를 계속하는 동안 보슈는 전화 메시지 메모장을 꺼내 그 위에 뭐라고 적었다. 그러고는 다들 어빙을 보고 있는지 확인을 한 후 그 메모가 적혀 있는 맨 윗 장을 떼어냈다. 그리고 그 종이를 게시판에 살짝 붙인 후, 아주 태연하게 옆으로 조금씩 움직여서 게시판에서 떨어져 섰다. 그가 게시판에 붙인 메모지에는 채스틴의 이름이 적혀 있었다. 내용란에는 "하비 버튼이 전화해서 정보 고맙다고 했음. 나중에 다시 전화하겠다고 함."이라고 적혀 있었다.

어빙은 채널 4 보도에 대한 언급을 끝으로 연설을 마무리했다.

"그리고 지금 이 방 안에 앉아 있는 누군가가 어제 텔레비전 기자에게 정보를 유출했더군. 두 번 다시는 이런 일이 없게 하라고 여러분에게 경고하는 바일세. 이번 한번은 봐주고 넘어가지. 하지만 또다시 정보가 새나가는 일이 발생하면 그때는 여러분이 수사 대상이 될 거라는 사실을 명심해주기 바라네."

어빙은 회의실 안에 있는 LA 경찰관들을 둘러보면서 자기 뜻이 충분히 전달됐는지 확인했다. 잠시 후 그가 말을 이었다.

"좋아, 그럼 내 말은 이것으로 끝내지. 이제부터는 여러분들이 알아서 하도록. 보슈 형사, 린델 요원? 정오에 진척 상황을 보고하게."

"알겠습니다, 부국장님. 그때 뵙죠."

보슈가 대답하기 전에 린델이 먼저 나서서 말했다.

15분 후 보슈는 엘리베이터를 향해 복도를 걸어가고 있었다. 에드거와 라이더가 뒤를 따르고 있었다.

"해리, 이제 우리 어디 가는 거야?"

에드거가 물었다.

"할리우드 경찰서로 돌아가서 일을 해야지."

"뭐라고? 가서 뭘 하게? 이 수사 누가 맡아서 하는 거야?"

"린델. 그 친구와 거래를 했어. 린델이 수사를 책임질 거야. 우린 다른 일을 하고."

"나도 찬성. 여긴 연방 요원들과 높으신 분들이 너무 많아."

에드거가 말했다.

엘리베이터 앞에 다다른 보슈는 내려가는 버튼을 눌렀다.

"정확하게 무슨 일을 하는 거예요, 선배?"

라이더가 물었다.

보슈는 고개를 돌려 동료들을 바라보았다.

"처음부터 다시 시작하는 거야."

보슈가 말했다.

22 이별

할리우드 경찰서 형사과 사무실이 텅 비어 있었다. 일요일이라고 해도 이건 이례적인 일이었다. 12-12 근무제에 따라 시간이 관건인 수사를 맡은 형사들을 제외한 나머지 형사들은 모두 경찰복을 입고 순찰을 위해 거리로 나선 것이었다. 이런 비상 근무제가 실시된 것은 1994년 대지진이 로스앤젤레스를 강타하고 나서 실시된 이후로 처음이었다. 일라이어스 피살 사건은 사회적 지진이라고 할 수 있었고 그 규모도 지질학적 지진 못지않게 컸다.

보슈는 일라이어스의 블랙 워리어 소송 사건 자료들을 담은 상자를 이른바 살인전담팀 테이블로 가져갔다. 보슈와 두 동료들은 서로의 책상을 맞대어 붙여서 회의 탁자처럼 만든 것을 살인전담팀 테이블이라고 불렀다. 보슈가 이끄는 살인전담1팀의 자리는 형사과 사무실 맨 끝, 캐비닛 다섯 개가 줄지어 서 있는 벽감 근처에 위치하고 있었다. 보슈는 세 개의 책상이 만나는 중앙에 그 상자를 내려놓았다.

"읽어 봐."

보슈가 라이더에게 말했다.

"선배…."

라이더는 보슈가 구체적인 지시를 하지 않는 것이 불만인 표정이었다.

"알았어, 잘 들어. 이렇게 하자. 키즈, 당신은 배의 선장이 되는 거야. 제리와 나는 발로 뛰는 일을 맡을게."

라이더는 끙 하고 앓는 소리를 냈다. 배의 선장이 되란 말은 사실들을 잘 파악하는 일을 맡으라는 뜻이었다. 자료에 나온 모든 내용을 잘 알고 있어야 하고 수사의 세부적인 사항들을 잘 기억하고 있어야 했다. 상자에 든 자료를 다 읽어봐야 하기 때문에 작업량이 엄청났다. 그리고 현장 수사에는 거의 참여하지 못하게 되는 거였다. 창문도 없고 사람도 없는 사무실에 하루 종일 죽치고 앉아 있는 것을 좋아하는 형사는 아마 한 명도 없을 것이다.

"알아. 하지만 당신이 제일 잘할 것 같아. 당신의 머리와 당신의 컴퓨터가 여기 있는 이 엄청나게 많은 자료를 검토하는 일을 가장 잘해낼 것 같아서 그래."

보슈가 말했다.

"다음에는 제가 현장을 맡을 거예요."

"우리가 이번에 좋은 결과를 내지 못하면 다음이라는 게 없을지도 몰라. 자, 여기 뭐가 들어 있는지 한번 볼까."

그 후 한 시간 반 동안 그들은 해리스 사건에 대한 일라이어스의 자료들을 살펴보면서, 주목할 만한 사실이 있으면 서로 이야기를 하고, 별로 중요하지 않다 싶은 자료들은 다시 상자로 던졌다.

보슈는 일라이어스가 LA 경찰국에서 소환해간 수사 자료를 살펴보는 데 주력했다. 상자 안에는 강력계가 작성한 사건 자료 전체의 복사본이 들어 있었다. 쉬헌과 다른 강력계 형사들이 제출한 사건 일지를 읽어보니, 처음에는 수사가 갈피를 잡지 못했던 것 같았다. 스테이시 킨케이드는 한밤중에 자기 방에서 납치되었다. 유괴범은 침실 창문에 달린 잠금장치를 드라이버로 억지로 돌려서 열고 자고 있던 소녀를 데려갔다. 수사 초기에는 경찰이 내부자들을 의심해서, 정원사들과 수영장 청소부, 주택 관리인, 2주 전에 그 집에 수리하러 왔었던 배관공, 그 집에 정기적으로 들르던 환경미화원과 우편배달부들을 조사했다. 웨스트 할리우드에 있는 스테이시가 다니던 사립학교 교사들과 수위들, 심지어 같은 반 학생들까지 조사했다. 그러나 지문 감식반이 실종된 소녀의 교과서에서 나온 지문이 마이클 해리스의 것임을 밝혀내자 쉬헌과 그 동료들이 쳐놓은 거대한 그물이 확 잡아당겨져 수사망이 좁혀졌다. 그 때부터는 수사 방향이 해리스의 소재 파악과 검거, 자백을 이끌어내는 것으로 급전환되었다.

두 번째 자료는 범죄현장 수사에 대한 기록뿐만 아니라, 과학적 수사 기법을 총동원해 해리스가 스테이시 킨케이드를 강간 살해한 범인임을 밝혀내려는 노력에 대한 기록을 담고 있었다. 이 부분은 큰 진전을 보지 못하고 난관에 봉착한 것 같았다. 공터에서 남자 노숙인 두 명이 소녀의 시신을 발견했다. 시신은 벌거벗은 상태였고 사망한 지 나흘이 지나 있어 심하게 부패된 상태였다. 사망 후 시신을 씻은 것이 분명해서 해리스의 아파트나 자동차에서 몸에 묻었을 수도 있는 미세한 증거들이 전혀 발견되지 않았다. 소녀가 강간을 당한 것으로 보였음에도 불구하고, 강간범의 체액이 전혀 발견되지 않은 것이다. 옷도 발견되지 않았다. 소녀를 교살하는 데 쓴 끈도 범인이 잘라 가버려서 발견되지 않았다. 결국 해리스가 범인임을 보여주는 유일한 증거는 스테이시의 침실에 있던 교과서에 묻어 있는 그의 지문과, 시신이 그의 아파트에서 채 두 블록도 떨어지지 않은 곳에 있는 공터에 유기되었다는 사실뿐이었다.

보슈는 그 정도면 유죄 평결을 이끌어내고도 남는다는 것을 알고 있었다. 그보다 더 적은 증거만으로 유죄 평결을 받아냈던 경우도 종종 있었다. 그러나 그것은 O. J. 심슨 이전, 배심원단이 로스앤젤레스 경찰들을 의심의 눈초리로, 심사위원의 눈초리로 바라보기 전의 일이었다.

보슈가 할 일 목록과 조사할 사람 명단을 작성하고 있는데 에드거가 환호성을 질렀다.

"야호!"

보슈와 라이더는 에드거를 바라보며 설명을 기다렸다.

"의문의 편지 기억나? 두 번째 건가 세 번째 건가, 번호판이 그의 결백을 입증한다고 했던 거?"

에드거가 말했다.

"잠깐 기다려."

보슈가 말했다.

보슈는 서류 가방을 열고 편지들이 든 파일을 꺼냈다.

"세 번째 거야. '번호판이 그의 결백을 입증한다.' 발송일이 4월 5일이군. '결백'의 철자가 잘못 적혀 있었고."

"그래, 여기 일라이어스가 소환 명령서를 모아놓은 파일이 있어. 그중 하나는 할리우드 왁스 앤 샤인에 대한 4월 15일자 명령서야. 거긴 해리스가 검거되기 전에 일했던 곳이지. 명령서에는, 적힌 그대로 읽어보면, '작년 4월 1일부터 작년 6월 15일까지 세차 서비스를 의뢰한 모든 고객의 차량 번호가 적힌 서비스 주문서와 영수증을 비롯한 모든 기록의 사본'을 소환한 것으로 되어 있어. 이건 그 의문의 편지에 적힌 말과 관계가 있는 게 틀림없어."

보슈는 의자에 등을 기대고 앉아 생각해보았다.

"소환 명령서랬지? 법원의 승인을 받은 거로군."

"맞아."

"4월 1일부터 6월 15일이라, 75일간이군."

"76일이죠."

라이더가 정정했다.

"그래, 76일. 주문서와 영수증이 엄청 많을 텐데 여기 상자에도 하나도 없고, 사무실에도 없었어. 영수증을 따로 담은 상자들이 있을 텐데."

"돌려줬는지도 모르지."

에드거가 말했다.

"사본을 소환했다며."

에드거는 어깨를 으쓱거렸다.

"그리고 또 하나, 왜 그 기간 동안만이지? 아이가 피살된 날은 7월 12일이었잖아. 그때까지의 영수증을 소환했어야 하는 것 아닌가?"

보슈가 물었다.

"자기가 뭘 찾는지 알고 있었던 거죠. 아니면 뭔지는 몰라도 그 기간 안에 있다는 걸 알고 있었거나요."

라이더가 말했다.

"그게 뭘까?"

그들은 침묵에 빠져들었다. 보슈의 머릿속에서 퍼즐 맞추기가 시작되었지만 허탕이었다. 번호판 단서는 미스트리스 레지나 단서만큼이나 불가사의했다. 그런데 그 두 가지를 합해 보니 결론이 나왔다.

"이번에도 펠프리야. 펠프리를 만나봐야겠어."

보슈가 말했다. 그러고는 자리에서 일어서면서 말을 이었다.

"제리, 펠프리 전화번호를 찾아서 전화를 해 봐. 통화가 되면 최대한 빨리 만날 수 있게 약속을 잡아주고. 난 잠깐 나갔다 올게."

보통 보슈가 동료들에게 잠깐 나갔다 온다고 할 때는 건물 밖으로 나가 담배 한 대 피우고 오겠다는 뜻이었다. 그가 뒤쪽 복도를 향해 걸어가는데, 등 뒤에서 라이더가 소리쳤다.

"선배, 안 돼요."

보슈는 돌아보지 않고 손만 위로 들어 흔들었다.

"걱정하지 마, 그거 아냐."

바깥 주차장으로 나온 보슈는 걸음을 멈추고 서서 주변을 둘러보았다. 예전에는 이렇게 밖에 서서 담배를 피울 때 가장 분석적으로 사고를 할 수 있었다. 지금 그는 담배의 도움을 받지 않고도 그렇게 머리가 잘 돌아가기를 바랐다. 경찰서 내 흡연자들이 사용하는 모래 재떨이를 들여다보니 반쯤 피우다 만 담배가 모래에서 삐죽 나와 있는 것이 보였다. 필터에 립스틱이 묻어 있었다. 보슈는 아직 그 정도로 절실하지는 않다고 생각했다.

보슈는 의문의 편지들에 대해서 생각해보았다. 우체국 소인과 일라이어스가 적어놓은 메모 덕분에, 지금 그들에게는 두 번째, 세 번째, 네 번째 편지가 있고, 첫 번째 편지가 빠졌다는 것을 알고 있었다. 네 번째 편지, 일라이어스가 가지고 있었던 경고의 편지는 그 뜻이 아주 분명했다. 세 번째 편지도 에드거가 발견해낸 소환 명령서 덕분에 의미를 이해할 수 있게 되었다. 그러나 두 번째 편지, "i를 찍어라 험버트 험버트"라는 내용은 무슨 말인지 도통 감을 잡을 수가 없었다.

그는 모래 재떨이에서 삐죽 나와 있는 담배를 다시 쳐다봤지만 이번에도 유혹을 물리쳤다. 어차피 성냥도 라이터도 없다는 게 생각났다.

문득 전혀 뜻을 알 수 없는, 적어도 지금까지는 도무지 의미를 알 수 없는 그 두 번째 편지가 미스트리스 레지나와 관련이 있을 거라는 생각이 들었다.

보슈는 서둘러서 경찰서 안으로 들어갔다. 살인전담팀 테이블에서는 에드거와 라이더가 고개를 숙이고 자료 읽기에 몰두하고 있었다. 보슈는 즉시 자료 더미를 뒤지기 시작했다.

"미스트리스 레지나 파일 누가 갖고 있어?"

"내가."

에드거가 말했다.

에드거에게서 파일을 건네받은 보슈는 파일을 열고 도미네트릭스의 사진이 인쇄된 광고지를 꺼냈다. 그러고는 그 광고지를 의문의 편지들 중 한 통 옆에 놓고 편지글의 인쇄체와 사진 밑에 인쇄된 웹 페이지 주소의 인쇄체를 비교해보았다. 보슈로서는 그 두 줄을 같은 손이 쳤는지 어떤지 판단을 할 수가 없었다. 보슈는 전문가가 아니었고, 쉽게 비교할 수 있을 만큼 인쇄체에 특이한 점이 있는 것도 아니었다.

보슈가 광고지에서 손을 뗐을 때, 광고지 위와 아래의 끝부분이 책상에서 3센티미터 정도 떴다. 예전에는 그 종이가 편지 봉투에 넣으려고 접을 때처럼 위아래가 맞대어 접혀진 적이 있었다는 뜻이었다.

"이게 첫 번째 편지인 것 같아."

보슈가 말했다.

전에도 종종 느꼈지만 보슈는 논리적인 돌파구를 마련할 때면 꼭 막힌 하수구를 뚫은 것 같은 기분이 들었다. 파이프가 뻥 뚫리면 곧 다른 문제들도 해결이 되곤 했다. 이번에도 그랬다. 보슈는 볼 수 있었던 것을, 아니 봤어야 했는데 보지 못하고 있었던 것을 이제야 보게 되었다.

"제리, 일라이어스의 비서한테 전화해 봐. 지금 당장. 일라이어스의 사무실에 컬러 프린터가 있었는지 물어봐. 우리가, 내가 봤어야 했는데 못 보고 넘어간 거야."

"뭘 봤어야 했다고?"

"더 묻지 말고 전화부터 해 봐."

에드거는 수첩을 꺼내 비서의 전화번호를 찾기 시작했다. 라이더가 자리에서 일어나더니 테이블을 돌아 보슈 옆으로 다가왔다. 그러고는 광고지를 내려다보았다. 이제 그녀는 보슈의 생각을 읽기 시작했다. 보슈가 어디로 향하고 있는지 알아차린 것이다.

"이게 첫 번째 편지였어. 그런데 일라이어스가 처음에는 그냥 장난 편지라고 생각했기 때문에 봉투는 그냥 버렸을 거야."

보슈가 말했다.

"진짜 장난 편지였던 거 아닐까?"

에드거가 전화기를 귀에 갖다 대면서 말했다. 그러고는 말을 이었다.

"우리가 직접 봤잖아. 미스트리스 레지나는 일라이어스를 모르고 있었고, 우리가 자기를 만나러 온 이유가 뭔지도 몰라서 황당해…."

누가 전화를 받았는지 에드거가 갑자기 말을 멈추고 전화기에 귀를 기울였다.

"컴비 부인? 어제 만났던 에드거 형삽니다. 기억하시죠? 급히 물어볼 게 있어서 전화드렸어요. 사무실에 컬러 프린터가 있었나요? 컴퓨터 화면에 뜬 내용을 종이로 뽑아낼 수 있는 프린터요. 컬러로."

에드거는 보슈와 라이더를 바라보면서 컴비의 대답을 들었다.

"감사합니다, 컴비 부인."

그가 전화를 끊었다.

"컬러 프린터는 없다는데."

보슈는 고개를 끄덕였고 미스트리스 레지나의 광고지를 내려다보았다.

"어제 왜 이걸 놓쳤을까요."

라이더가 말했다.

보슈가 고개를 끄덕이고 나서 에드거에게 펠프리라는 사립 탐정에게 연락해봤냐고 묻고 있는데, 그의 호출기가 울렸다. 보슈는 호출기 소리를 끄고 허리띠에서 빼냈다. 자기 집 전화번호였다. 엘리노어.

"응, 연락했어. 이따가 정오에 그 사람 사무실에서 만나기로 했어. 영수증이나 레지나라는 여자에 대해서는 아무 말도 안 했어. 통상적인 참고인 조사라고만 했지."

에드거가 대답했다.

"잘했어."

보슈는 자기 휴대전화를 들고 집 전화번호를 눌렀다. 벨이 세 번 울린 후 엘리노어가 전화를 받았다. 졸리거나 슬픈 목소리였다.

"엘리노어."

"해리."

"별일 없지?"

보슈는 미끄러지듯 의자에 다시 앉았고 라이더는 자기 자리로 돌아갔다.

"응, 난 괜찮아… 난 그냥…."

"언제 집에 들어왔어?"

"조금 전에."

"이겼어?"

"게임 안 했어. 어젯밤에 당신 전화 받고 나서는… 그냥 나왔어."

보슈는 상체를 숙이고 한 팔꿈치를 책상에 올려놓은 후, 손을 이마에 갖다 댔다.

"그래서… 어디 갔었어?"

"호텔… 해리, 잠깐 옷이랑 소지품을 챙기러 돌아온 거야. 난…."

"엘리노어?"

수화기 저편에서 긴 침묵이 흘렀다. 에드거가 상황실에 커피나 가지러 가야겠다고 말하는 소리가 들렸다. 라이더도 따라가겠다고 나섰다. 보슈는 라이더가 커피를 마시지 않는다는 것을 알고 있었다. 그녀는 책상 서랍에 갖가지 허브티를 모아놓고 있었다.

"해리, 이건 아닌 것 같아."

엘리노어가 말했다.

"무슨 말을 하는 거야, 엘리노어?"

또다시 긴 침묵이 흐르더니 엘리노어가 대답했다.

"작년에 둘이 같이 봤던 영화가 생각나네. 〈타이태닉〉 말이야."

"나도 기억나."

"거기 나왔던 아가씨 있잖아. 그 청년과 사랑에 빠지지. 그 배에서 처음 만난 건데도 말이야. 그리고… 그 청년을 진심으로 사랑했어. 그 사랑이 얼마나 지극했는지 마지막에는 그의 곁을 떠나려고 하지 않았어. 그와 함께 있으려고 구명보트를 타지 않았지."

"기억나, 엘리노어."

보슈는 엘리노어가 옆자리에 앉아서 울던 것과, 자기는 겉으로는 미소를 지으면서 속으로는 어떻게 이 여자는 이토록 영화에 몰입할 수 있는 것일까 황당해했던 기억이 났다.

"당신이 울었었지."

보슈가 말했다.

"그래. 내가 운 건 누구나 그런 사랑을 원하기 때문이야. 그리고 해리, 당신은 나한테서 그런 사랑을 받을 자격이 있어. 그런데 난…."

"아냐, 엘리노어, 지금 당신이 내게 주고 있는 것만으로도 충분하고도 넘…."

"영화 속의 그 아가씨는 구명보트에서 다시 타이태닉 호로 올라갔어, 해리."

엘리노어가 작은 소리로 웃었다. 그러나 그 웃음소리가 보슈에게는 울음소리로 들렸다.

"어느 누구도 그 사랑을 능가할 수는 없을 거야."

엘리노어가 말했다.

"그래, 맞아. 누구도 능가할 수 없지. 영화니까 그런 거야. 내 말 들어봐…. 내가 원하는 건 오직 당신뿐이야, 엘리노어. 나를 위해 뭔가를 해주려고 애쓰지 마."

"그런데 자꾸 그렇게 돼, 자꾸만…. 사랑해, 해리. 그런데 충분하지가 않아. 당신은 이보다 더 많은 사랑을 받을 자격이 있어."

"엘리노어, 아니야… 제발. 난…."

"잠깐 나가 있을게. 생각 좀 정리하려고 그래."

"집에서 기다려줄래? 15분 이내로 도착할게. 만나서 얘기하자…."

"아냐, 아냐. 얼굴 보면서 얘기하는 건 도저히 못할 것 같아서 호출했던 거야."

보슈는 엘리노어가 울고 있다는 걸 알아차렸다.

"어쨌든, 당장 갈게."

"와도 난 없을 거야. 호출하기 전에 짐을 챙겨서 차에 실어놨어. 당신이 오려고 할 거라는 걸 알고 있었거든."

엘리노어가 황급히 말했다.

보슈는 한 손으로 두 눈을 가렸다. 어둠 속에 있고 싶었다.

"어디 있을 거야?"

"잘 모르겠어."

"전화해줄 거야?"

"그래, 전화할게."

"괜찮아?"

"응, 괜찮아…. 아니, 괜찮아질 거야."

"엘리노어, 사랑해. 이 말을 자주 못 했다는 거 알아. 하지만 난…."

수화기 저편에서 엘리노어가 쉿 하는 소리를 내서 보슈는 말을 멈췄다.

"나도 당신을 사랑해, 해리, 하지만 이렇게 할 수밖에 없어."

보슈는 가슴이 찢어지는 것 같았다. 긴 침묵이 흐른 후 그가 말했다.

"알았어, 엘리노어."

그다음에 찾아든 침묵은 관 속처럼 어두웠다. 보슈의 관.

"안녕, 해리. 나중에 봐."

마침내 엘리노어가 작별을 고했다. 그러고는 전화를 끊었다. 보슈는 얼굴에서 손을 떼고 귀에서 전화기를 뗐다. 마음속에서 수영장이, 침대에 덮인 담요처럼 부드러운 그 물 표면이 떠올랐다. 아주 오래전 어머니가 돌아가셨고 이 세상에 보슈 혼자만 남게 되었다는 말을 들었을 때가 떠올랐다. 그는 그 수영장으로 달려가 잔잔한 표면 속으로 다이빙을 해 따뜻한 물속으로 들어갔다. 수영장 바닥에서, 그는 몸속의 산소가 다 사라지고 가슴이 아파올 때까지 소리를 질렀다. 거기 남아서 죽을 것인가, 위로 올라가서 살 것인가를 놓고 선택을 해야 하는 순간까지 버티면서 악을 써댔다.

지금 보슈는 그 수영장과 따뜻한 물이 그리웠다. 폐가 터져버릴 때까지 소리를 지르고 싶었다.

"괜찮아요?"

보슈가 고개를 들었다. 라이더와 에드거였다. 에드거는 김이 모락모락 나는 커피 한 잔을 들고 있었다. 라이더는 보슈의 표정을 보고 걱정스럽거나 겁을 집어먹은 표정을 하고 있었다.

"괜찮아. 다 괜찮아."

보슈가 말했다.

23 과녁

펠프리와 만나기로 한 시각까지 한 시간 반 정도 여유가 있었다. 보슈는 에드거에게 할리우드 경찰서에서 그리 멀지 않은 선셋 대로변에 있는 할리우드 왁스 앤 샤인으로 가자고 했다. 에드거가 세차장 길모퉁이에 차를 세웠고, 두 사람은 차 안에 앉아서 세차장을 지켜보았다. 손님이 별로 없었다. 자동차를 닦고 광택을 내주는 일을 하면서 최소한의 임금과 팁을 받아서 생활하는, 상하의가 붙은 주황색 작업복을 입은 남자들 대부분이 어깨에 마른 걸레를 걸치고 앉아 손님을 기다리고 있었다. 그들 대부분이 이 모든 것이 형사 차 때문이라는 듯 보슈와 에드거가 앉아 있는 차를 차갑게 노려보았다.

"언제 차가 뒤집히거나 차에 불이 날지 모르는데 굳이 세차를 하려고 하겠어?"

에드거가 말했다.

보슈는 아무 대꾸도 하지 않았다.

"저 친구들 마이클 해리스를 부러워하고 있을 거야. 해리스처럼 백만장자가 될 수 있다면 나라도 조사실에 사흘간 잡혀 있으면서 귀에 연필 꽂히는 것쯤 눈 딱 감고 참아내겠다."

에드거도 직원들을 노려보면서 말했다.

"그러면 자넨 해리스의 말을 믿는다는 거군."

보슈가 말했다.

보슈는 프랭키 쉬헌과 술집에서 나눈 이야기를 에드거에게 말해주지 않았었다. 에드거는 잠깐 침묵하다가 고개를 끄덕였다.

"그래, 해리, 믿어."

보슈는 고문이 사실일 수도 있다는 생각을 전혀 하지 못할 만큼 자신이 그렇게 맹목적이었나 하는 회의가 들었다. 그리고 에드거는 어떤 이유로 경찰 말이 아니라 용의자의 말을 믿게 된 것인지 궁금했다. 경찰로서의 경험 때문일까 아니면 흑인으로서의 경험 때문일까? 보슈는 후자일 거라고 추측했고, 자신은 절대 가질 수 없는 이점을 에드거가 가지고 있다는 데에 생각이 미치자 의기소침해졌다.

"난 들어가서 사장을 좀 만나볼게. 자넨 그냥 차에 있는 게 좋을 것 같은데."

보슈가 말했다.

"무슨 소리. 이 차는 건드리지도 않을걸."

그들은 차에서 내린 후 차 문을 잠갔다.

세차장을 향해 걸어가면서 보슈는 직원들이 입고 있는 주황색 작업복을 보며 우연의 일치에 대해 생각했다. 세차장에서 일하는 직원들 대개가 교도소에서 복역한 전과자거나 카운티 구치소에 수감됐다가 풀려난 사람들이었다. 그런 기관에서도 그들은 상하의가 붙은 주황색 죄수복을 입었을 것이다.

가게 안으로 들어간 보슈는 커피 한 잔을 사고 나서 사장을 불러달라고 했다. 계산대 직원이 복도 저편에 있는 열린 문을 가리켰다.

"콜라 한 잔 마시고 싶은데 어젯밤 그 아줌마 벽장에서 본 것 때문에 앞으로 한동안은 못 마실 것 같아."

복도를 걸어가면서 에드거가 말했다.

창문 없는 작은 사무실 안에는 한 남자가 책상 앞에 앉아 열린 책상 서랍 위에 두 발을 올려놓고 있었다. 보슈와 에드거를 올려다보더니 그가 말했다.

"안녕하십니까, 형사님들, 무엇을 도와드릴까요?"

보슈는 남자의 예리한 통찰력에 미소를 지었다. 이런 세차장을 운영하려면 반은 사업가 반은 경찰관이어야 했을 것이다. 전과자를 받아주는 일터는 세차장이 유일했다. 직원 대부분이 전과자이니 사장은 그동안 경찰을 자주 봐서 쉽게 알아볼 수 있었을 것이다. 아니면 보슈와 에드거가 형사 차를 세우는 것을 봤거나.

"하워드 일라이어스 피살 사건을 수사하고 있습니다."

보슈가 말했다.

사장이 휘파람을 불었다.

"몇 주 전에 일라이어스 변호사가 여기 기록을 소환했는데요. 차량 번호가 적힌 영수증 말입니다. 기억나세요?"

사장은 잠시 생각을 더듬는 눈치였다.

"내가 아는 건 그 영수증들을 일일이 찾아서 복사해서 심부름꾼한테 넘긴 사람이 나였다는 사실뿐입니다."

"심부름꾼이요?"

에드거가 되물었다.

"그래요. 그럼 일라이어스 같은 사람이 직접 나올 거라고 생각했어요? 다른 사람을 보냈더군요. 여기 그 사람 명함을 받아뒀는데."

사장은 두 발을 바닥으로 내리고 책상에 있는 연필 서랍을 열었다. 고무줄로 묶어놓은 명함 한 뭉치가 그 안에 들어 있었다. 사장은 그 명함들을 꺼내 들춰보다가 한 장을 골라냈다. 그러고는 그 명함을 보슈에게 보여주었다.

"펠프리야?"

에드거가 물었다.

보슈는 고개를 끄덕였다.

"이 사람이 이 영수증들 속에서 정확하게 뭘 찾고 있는지 말하던가요?"

보슈가 물었다.

"아뇨. 그 사람들한테 가서 직접 물어보시죠. 아니, 내 말은, 펠프리 씨한테요."

"펠프리 씨가 그 자료들을 다시 갖다주러 왔었습니까?"

"아뇨. 복사본이었는데요, 뭘. 내 말은 그 사람이 다시 온 적은 있지만 영수증을 갖다주러 온 건 아니라는 말입니다."

"그러면 왜 다시 왔죠?"

에드거가 물었다.

"마이클 해리스의 작업 일지를 보러 왔더군요. 근무 시작 시간부터 무슨 일을 했는지 죄다 적어놓은 것 말입니다."

"몇 일 거요?"

에드거가 다급한 목소리로 물었다.

"그건 기억이 안 나죠. 한 장 복사해서 줬습니다. 펠프리 씨를 만나보시면…."

"그 작업 일지에 대한 소환장을 갖고 왔었습니까?"

보슈가 물었다.

"아뇨, 그냥 와서 보여 달라고 하더군요. 그래서 흔쾌히 한 장 복사해서 줬죠. 펠프리 씨는 구체적인 날짜를 일러줬는데, 여러분은 그렇지가 않군요. 날짜는 기억이 안 납니다. 그건 그렇고, 이 문제에 대해 물어볼 게 더 있으시면, 우리 변호사에게 연락해보시죠. 내가 기억도 못하는 문제에 대해서는 함부로 말씀드릴…."

"됐어요. 신경 쓰지 마세요. 마이클 해리스에 대해서 말씀해주시죠."

보슈가 말했다.

"뭘 이야기하란 말입니까? 그 친구하고는 아무런 문제도 없었어요. 착실한 편이었죠. 그런데 어느 날 갑자기 경찰이 들이닥치더니 그 친구가 그 어린 여자애를 죽였다고 하더군요. 그 애한테 몹쓸 짓을 했다고도 하고요. 내가 알던 친구가 아닌 것 같았어요. 하지만 여기서 일한 지 그리 오래되지 않은 친구라…. 5개월쯤 됐을 겁니다."

"그전에는 어디 있었는지 아세요?"

에드거가 물었다.

"네. 코코란이요."

코코란은 베이커스필드 근처에 있는 주립 교도소였다. 보슈는 사장에게 감사 인사를 한 후 사무실을 나왔다. 밖으로 나가면서 커피를 몇 모금 마시고는 쓰레기통에 던져버리고 나서 차로 돌아갔다.

보슈가 조수석 문 앞에 서서 에드거가 문을 열어주기를 기다리는 동안 에드거는 차를 돌아 운전석 앞으로 갔다. 에드거가 문을 열려다가 멈칫했다.

"빌어먹을."

"왜?"

"문에 낙서를 해놨어."

보슈가 돌아가서 차 문을 바라보았다. 누군가가 세차장 손님의 차 창문에 세차 지시 사항을 적을 때 사용하는 옅은 파란색 분필로 운전석 차 문에 적힌 '보호와 봉사'라는 문구 위에 ×자를 그어 지워놓았다. 그러고는 그 밑에 커다란 글씨로 '고문과 살인'이라고 적어놓았다. 보슈는 재미있다는 듯 싱긋 웃으면서 고개를 끄덕였다.

"아주 기발한데."

"해리, 어느 놈인지 찾아서 혼쭐을 내주자."

"아냐, 제리, 그냥 넘어가자. 괜히 건드릴 필요는 없어. 해결하기까지 사흘이 걸릴지도 몰라. 지난번에도 그랬잖아. 플로렌스와 노르만디, 기억 안 나?"

에드거는 뚱한 얼굴로 차 문을 열고 타더니 보슈를 위해 조수석 문을 열어주었다.

"경찰서가 바로 코앞이니까 돌아가서 스프레이로 지우자고. 아니면 내 차를 타던가."

보슈가 차에 타고 나서 말했다.

"걸레 대신 이 자식들의 얼굴로 박박 문대어 닦았으면 좋겠군."

에드거가 말했다.

낙서를 지우고 나서도 시간이 남아서 그들은 스테이시 킨케이드의 시신이 발견됐던 공터에 들러보기로 했다. 그 공터는 시내로 들어가는 중간에 있는 웨스턴에 있었다. 어차피 펠프리를 만나자면 시내로 가야 했다.

에드거는 그곳으로 가는 동안 내내 말이 없었다. 순찰차에 낙서가 돼 있어서 기분이 상했던 것이다. 그러나 보슈는 동료의 침묵에 신경 쓰지 않았다. 그는 조용한 시간을 이용해 엘리노어에 대해 생각했다. 보슈는 엘리노어를 사랑하고 있음에도 불구하고 마음 깊은 곳에서는 둘의 관계가 어떤 식으로든 전기를 마련하게 되었다는 사실에 안도감이 커지고 있었다. 그래서 엘리노어에게 죄책감이 들었다.

"여기군."

에드거가 말했다.

에드거가 모퉁이에 차를 세웠고 둘은 차 안에 그대로 앉아서 공터를 둘러보았다. 4천 평방미터쯤 되는 것 같은 공터 양옆으로 입주 보너스와 융자를 약속하는 현수막을 단 아파트 건물이 늘어서 있었다. 그러나 다른 선택안이 없을 경우라면 몰라도 웬만하면 들어가 살고 싶어 하지 않을 것 같았다. 온 동네가 초라하고 음울한 분위기였다.

보슈는 공터 한 모퉁이, 가지가 넓게 퍼져서 울창한 그늘을 드리우고 있는 유칼립투스 나무 아래에서, 늙은 흑인 남자 두 명이 플라스틱 상자 위에 앉아 있는 것을 발견했다. 보슈는 가져온 사건 파일을 열고 시신이 발견된 위치를 표시한 지도를 살펴보았다. 시신이 발견된 곳은 지금 두 남자가 앉아 있는 곳에서 15미터도 채 떨어지지 않은 곳이었다. 보슈는 열심히 파일 페이지를 넘기다가 시신을 발견했다고 신고한 목격자 두 명의 이름이 적혀 있는 사건 보고서를 발견했다.

"잠깐 나갔다 올게. 저기 저 사람들하고 얘기 좀 해야겠어."

보슈가 말했다.

보슈가 차에서 내리자 에드거도 따라 내렸다. 둘은 태연하게 공터를 가로질러 두 남자에게 접근했다. 다가가면서 보니 남자들 옆에 슬리핑백과 낡은 코울맨 캠프용 휴대 난로가 있었다. 유칼립투스 나무 몸통 가까이에는 슈퍼마켓용 카트가 두 대 서 있었는데, 카트마다 옷가지와 알루미늄 깡통이 가득 든 봉지와 온갖 잡동사니가 잔뜩 들어 있는 가방이 실려 있었다.

"루퍼스 건디 씨와 앤디 머서 씨입니까?"

"누가 물어보느냐에 따라 다르지."

보슈는 경찰 배지를 보여주었다.

"두 분이 작년에 여기에서 발견했던 시신에 관해 몇 가지 여쭤볼 게 있는데요."

"그러죠. 그런데 왜 이렇게 늦게 온 거요?"

"선생님은 건디 씨입니까, 아니면 머서 씨입니까?"

"머서요."

보슈는 고개를 끄덕였다.

"왜 이렇게 늦게 오다니요? 시신을 발견했을 때 형사들한테 조사 안 받으셨어요?"

"조사를 받기는 받았지만, 형사들한테 받은 건 아뇨. 애송이 순경이 와서 묻더구만."

보슈는 고개를 끄덕였다. 그러고는 슬리핑백과 캠프용 휴대 난로를 가리켰다.

"여기 사십니까?"

"지금은 형편이 좋지 않아서 그래요. 우리 발로 다시 일어설 때까지만 있는 거요."

보슈는 신고자들이 노숙인이라는 말은 있었지만 이 공터에서 살았다는 말은 경찰의 사건 보고서 어디에도 나와 있지 않다는 것을 알고 있었다. 보고서에서는 그들이 깡통을 주우려고 공터를 지나가다가 스테이시의 시신을 발견했다고 적혀 있었다. 잠시 생각해 보던 보슈는 일이 어떻게 된 건지 알 것 같았다.

"그때도 여기 사셨죠, 그렇죠?"

둘 다 대답이 없었다.

"쫓겨날까 봐 말을 안 한 것 아닙니까."

이번에도 묵묵부답.

"그래서 슬리핑백과 난로를 숨겨놓고 신고를 하셨군요. 그러고는 순경한테 공터를 지나가던 길이었다고 말씀하셨고요."

머서가 드디어 입을 열었다.

"그렇게 똑똑한데, 어째서 아직도 경찰서장이 못 된 거요, 형사양반?"

보슈가 웃음을 터뜨렸다.

"윗사람들이 더 똑똑하니까요. 저를 서장을 시키면 안 된다는 것을 알 정도로요. 자, 말씀해주시죠, 머서 씨, 건디 씨. 두 분이 그 당시에도 여기서 노숙을 하셨다면, 그리고 그 아이가 실종됐던 기간 내내 여기 있었다면, 훨씬 일찍 그 시신을 발견하셨겠죠, 안 그렇습니까?"

"그랬겠지."

건디가 말했다.

"그런데 그때야 발견을 했다는 건, 두 분이 시신을 발견하기 전날 밤에야 누군가가 시신을 여기다 갖다 버린 거라는 말이 되고요."

"그럴 거요."

건디가 말했다.

"그래, 나도 그렇게 생각해."

머서가 덧붙였다.

"그러니까 뭡니까, 시신과 겨우 14, 15미터 떨어진 곳에서 주무셨단 말씀이죠?"

이번에는 두 노인이 말로 동의를 표하지는 않았다. 보슈는 그들 앞으로 다가가서 포수 자세로 쭈그리고 앉아 그들과 눈높이를 맞추었다.

"그날 밤 두 분이 무엇을 보셨는지 말씀해주세요."

"아무것도 못 봤소."

건디가 완강하게 말했다.

"하지만 듣긴 들었지."

머서가 말했다.

"뭘 들으셨죠?"

"차가 멈춰 서는 소리. 문이 열리는 소리. 트렁크가 열리는 소리. 그러더니 뭔가 무거운 게 땅에 부딪치는 소리. 그러고 나서 트렁크 문이 닫히고 차 문도 닫히고 차가 떠나는 소리."

머서가 말했다.

"그런데 그게 뭔가 살펴보지도 않았다고요?"

에드거가 재빨리 끼어들어 물었다. 어느새 에드거도 노인들 앞으로 다가와 허리를 굽히고 두 손으로 무릎을 잡고 있었다. 그가 말을 이었다.

"불과 15미터 떨어진 곳에서 시체가 떨어지는 소리가 났는데, 살펴보지도 않았다고요?"

"그래요, 살펴보지 않아요. 밤마다 사람들이 쓰레기를 갖다 버리거든. 그래서 뭔지 살펴보지 않는다오. 고개를 숙이고 숨어 있지. 그러다가 아침이 되면 찾아보는 거요. 사람들이 버린 것 중에도 쓸 만한 게 꽤 있거든. 우린 항상 아침까지 기다렸다가 뭘 버리고 갔는지 살펴본다오."

머서가 대답했다.

보슈는 이해한다는 표시로 고개를 끄덕였고 속으로는 에드거가 잠자코 있어주기를 바랐다.

"그리고 두 분은 이 얘기를 경찰들한테 말씀하시지 않았고요?"

"안 했지."

머서와 건디가 이구동성으로 대답했다.

"다른 사람한테는요? 다른 사람한테 말씀하신 적은 없습니까? 이 이야기가 사실임을 확인해줄 수 있는 사람이요."

노인들은 잠깐 기억을 더듬는 눈치였다. 잠시 후 머서는 없다고 고개를 흔드는데 건디는 있다고 고개를 끄덕였다.

"딱 한 명한테 얘기해줬지. 일라이어스 씨의 직원."

보슈는 에드거를 흘끗 쳐다본 후 다시 건디를 바라보았다.

"누구요?"

"일라이어스 씨 밑에서 일하는 사람 말이오. 탐정. 그 사람한테는 지금 당신들한테 해줬던 말을 다 해줬소. 일라이어스 씨가 언젠가 우리를 증인으로 부를 거라더군. 일라이어스 씨가 우리를 보살펴줄 거라고도 했고."

"펠프리요? 그 사람 이름이 펠프리 아닌가요?"

에드거가 물었다.

"그런 것도 같고. 잘 기억이 안 나."

건디가 말했다.

머서는 아무 말도 하지 않았다.

"두 분 오늘 신문 보셨습니까? TV 뉴스는 보셨어요?"

보슈가 물었다.

"몇 번 채널 말이오?"

머서가 되물었다.

보슈는 그냥 고개만 끄덕인 후 일어섰다. 노인들은 일라이어스가 죽었다는 사실조차 모르고 있었다.

"일라이어스 씨의 직원이 찾아온 게 언제였습니까?"

"한 달쯤 됐을까? 그래, 그쯤 됐을 거요."

머서가 말했다.

보슈는 에드거를 바라보며 볼일 끝났다는 뜻으로 고개를 끄덕였다. 에드거도 고개를 끄덕였다.

"도와주셔서 감사합니다. 두 분께 저녁을 사드려도 될까요?"

보슈가 말했다.

그는 주머니에서 돈을 꺼내 두 노인에게 10달러짜리 지폐 한 장씩을 주었다. 그들이 정중하게 감사 인사를 했고, 곧 보슈와 에드거는 공터를 떠났다.

윌셔를 향해 북쪽으로 웨스턴 도로를 질주하는 동안, 보슈는 조금 전 노숙인들한테서 들은 정보의 의미에 대해 생각해보기 시작했다.

"해리스는 아니야. 일라이어스는 해리스가 범인이 아니란 걸 알았던 거야. 시신이 유기됐기 때문에. 시신은 사망 후 사흘이 지난 다음에야 그곳에 버려졌어. 그리고 그곳에 유기될 시점에 해리스는 조사실에 앉아 있었지. 세상에 이보다 더 확실한 알리바이가 어디 있겠어. 일라이어스는 그 두 노인네를 법정에 데려다 세우고는 LA 경찰국의 거짓말을 폭로하려고 했던 거야."

보슈가 열띤 목소리로 말했다.

"그럴 수도 있겠군. 아냐, 잠깐만, 해리. 그렇다고 해도 해리스가 결백하다고 백 퍼센트 확신할 수는 없어. 공범이 있었다는 뜻일 수도 있잖아. 해리스가 경찰에 잡혀 있는 동안 공범이 대신 시신을 유기했을 수도 있잖아."

에드거가 말했다.

"그렇다고 치자. 그러면 왜 시신을 해리스의 아파트 바로 앞에 던져 놓고 혐의가 더 짙어지게 만들겠어? 내 생각에 공범은 없는 것 같아. 진짜 범인이 시신을 유기한 거야. 경찰이 해리스를 용의자로 보고 조사하고 있다는 걸 신문에서 읽었거나 TV에서 봤겠지. 그래서 시신을 해리스의 동네로 옮겨다 놓은 거야. 해리스의 관에 못을 한 개 더 박기 위해서 말이야."

"그럼 지문은 어떻게 된 거지? 어떻게 해리스의 지문이 브렌트우드의 대저택 안에서 발견될 수 있었을까? 자네도 자네 친구 쉬헌과 그의 동료들이 해리스의 지문을 그곳에 몰래 묻혀놨다고 생각해?"

"아니, 그렇게 생각 안 해. 분명히 그럴 만한 이유가 있을 거야. 우리가 모르고 있을 뿐이지. 펠프리한테 그것도 물어…."

갑자기 커다란 폭발음이 들리더니 뒤 창문이 산산이 부서지고 유리 파편이 사방으로 튀어나갔다. 에드거가 순간적으로 통제력을 잃고 핸들을 왼쪽으로 심하게 꺾는 바람에 차가 중앙선을 넘어 마주 오고 있는 차선으로 들어갔다. 성난 경적 소리가 일제히 들려왔다. 보슈는 팔을 뻗어 핸들을 잡고 오른쪽으로 획 돌려서, 차가 다시 중앙선을 넘어 원래 차선으로 돌아오게 했다.

"빌어먹을, 이게 무슨?"

에드거가 마침내 차를 제어할 수 있게 되자 브레이크를 밟으면서 소리쳤다.

"아냐! 계속 가, 계속 가라고!"

보슈가 소리쳤다.

보슈는 자동차 바닥에 있는 충전기에서 무전기를 뽑아내 전송 버튼을 눌렀다.

"총격 사건 발생, 총격 사건 발생! 웨스턴 대로와 올림픽 거리 교차로."

보슈는 버튼을 누른 채 고개를 뒤로 돌려 뒷좌석과 창밖 트렁크 위를 바라보았다. 그러고는 그 뒤 두 블록 떨어진 곳에 있는 아파트 건물들의 꼭대기와 창문들을 살펴보았다. 아무것도 보이지 않았다.

"용의자 미상. 경찰차 표식이 있는 형사 차가 저격당했다. 즉각적 지원을 요청한다. 웨스턴 동쪽과 서쪽에 있는 건물들 옥상을 대상으로 헬기 정찰 요망한다. 최대한 조심하기를 권고한다."

보슈는 전송 버튼을 눌렀다. 상황실장이 조금 전 보슈가 말한 내용을 다른 순찰조들에게 반복해서 말하는 동안, 보슈는 에드거에게 충분히 멀리 온 것 같으니까 차를 세워도 될 것 같다고 말했다.

"이스트 사이드 아파트에서 날아온 것 같아. 평평한 옥상이 있는 저 아파트들 말이야. 총소리가 오른쪽 귀에서 제일 먼저 들렸어."

에드거는 큰 소리로 숨을 내쉬었다. 운전대를 어찌나 꼭 잡고 있었던지, 손가락 마디가 보슈의 손처럼 하얐다.

"이거 알아? 난 이제 다시는 이 빌어먹을 과녁을 몰고 돌아다니지 않을 거야."

에드거가 말했다.

24 알리바이

"늦었군요. 집에 갈까 생각 중이었소."

젠킨스 펠프리는 술통형 가슴을 가진 덩치가 큰 남자였고 피부색이 너무 까매서 얼굴 윤곽을 구분하기가 힘들 정도였다. 그는 유니언 법무 회관에 있는 스위트룸형 사무실의 대기실에서 비서의 작은 책상 위에 앉아 있었다. 그의 왼쪽에 있는 캐비닛 위에 소형 텔레비전 한 대가 놓여 있었다. 화면에는 헬리콥터 한 대가 도시 어딘가의 상공을 선회하는 장면이 나왔다.

보슈와 에드거는 정오로 정했던 약속 시간보다 40분 늦게 도착했다.

"미안합니다, 펠프리 씨. 오다가 약간의 문제가 생겨서. 기다려줘서 고맙습니다."

보슈가 말했다.

"내가 시간 가는 줄 모르고 있었던 게 여러분에겐 다행이었군요. 여기서 TV를 보고 있었죠. 현재로서는 상황이 별로 좋아 보이지 않네요.

시내에서 작은 소요가 일어난 것 같소."

펠프리는 거대한 손으로 텔레비전을 가리켰다. 다시 화면을 보던 보슈는 헬리콥터가 맴을 도는 현장이 조금 전 자신과 에드거가 떠나온 현장인 것을 알아차렸다. 그들의 차를 향해 총을 쏜 저격수를 찾기 위한 수색이 시작된 것이다. 웨스턴 대로 양옆 인도에는 시민들이 많이 몰려나와서 경찰들이 용의자를 찾아 건물들을 돌아다니고 있는 것을 구경하고 있었다. 현장에 경찰들이 추가로 도착하고 있었고, 새로 투입된 경찰들은 폭동 진압용 헬멧을 쓰고 있었다.

"저 친구들이 어서 빨리 현장에서 철수해야 되는데. 저들이 군중을 더 끌어 모으고 있는 거요. 저러면 안 되지. 빨리 철수해야지. 싸움은 나중에도 할 수 있는 거니까."

"지난번에는 그래봤잖아요. 효과도 없던데, 뭐."

에드거가 말했다.

세 사람이 침묵 속에서 좀 더 TV를 시청한 후 펠프리가 팔을 뻗어 TV를 껐다. 그러고는 방문객들을 바라보았다.

"무슨 일을 도와드릴까요?"

보슈는 자신과 동료를 소개했다.

"우리가 여기 온 이유를 알고 있을 것 같은데요. 우리는 하워드 일라이어스 피살 사건을 수사하고 있소. 그리고 당신이 일라이어스 변호사를 위해 블랙 워리어 사건에 관해 수사를 해줬다는 사실을 알고 있죠. 당신의 도움이 필요해요, 펠프리 씨. 범인을 찾으면, 시민들을 진정시킬 수도 있을 것 같고요."

보슈는 자기 말을 강조하기 위해서 텔레비전의 꺼진 화면을 향해 고갯짓을 했다.

"내 도움이 필요하다…. 그래요, 엘리 밑에서 일한 것 맞소. 난 항상 일라이어스 변호사를 엘리라고 불렀죠. 근데 내가 당신들에게 어떤 도움을 줄 수 있을지 모르겠군요."

보슈가 에드거를 바라보자 에드거는 살짝 고개를 끄덕였다.

"펠프리 씨, 지금 우리가 나누는 대화는 비밀로 해줘야 합니다. 내 파트너와 나는 스테이시 킨케이드를 죽인 범인이 당신의 고용주까지 살해했을 가능성이 있다는 단서를 잡고 수사를 벌이고 있어요. 우리 판단으로는 일라이어스가 진실에 너무 가까이 접근을 한 것 같아요. 일라이어스가 알았던 것을 당신이 알고 있다면, 당신도 위험해질 수 있소."

보슈가 말했다.

펠프리는 보슈를 바라보며 큰 소리로 코웃음을 쳤다. 보슈는 에드거를 흘끗 바라본 후 다시 펠프리에게로 고개를 돌렸다.

"기분 나쁘게 듣지 말아요. 거짓말로 남을 꾀는 연기는 형편없구만."

펠프리가 말했다.

"무슨 말이죠?"

펠프리가 다시 한 번 텔레비전을 가리켰다. 새하얀 손바닥이 보슈의 눈에 들어왔다.

"말했잖소, 당신들을 기다리면서 뉴스를 보고 있었다고. 당신들이 벌써 누군가를 위해 감방을 청소하고 있다고 채널 4에 나오던데. 당신네 동료를 위해서 말요."

"무슨 말이죠?"

"지금 파커에서 용의자를 조사하고 있다면서요."

"누군지 이름을 밝혔어요?"

"이름은 말 안 했지만, 용의자를 확보했다고는 했소. 블랙 워리어 사건으로 피소된 형사들 중 한 명이라던데. 팀장."

보슈는 놀라서 어안이 벙벙했다. 팀장이라면 프랭키 쉬헌이었다.

"그건 말도 안…. 전화 좀 써도 되겠소?"

"얼마든지. 그건 그렇고, 당신 머리카락 속에 유리 파편이 있는 것 알아요?"

보슈는 머리카락을 손으로 쓸어내리면서 책상으로 다가가 수화기를 들었다. 펠프리가 지켜보는 가운데 그는 어빙의 회의실 전화번호를 눌렀다. 전화벨이 한 번 울리기가 무섭게 상대방이 전화를 받았다.

"린델 좀 바꿔줘요."

"내가 린델입니다."

"나, 보슈. 채널 4에 나온 용의자 이야기는 뭐야?"

"그러게 말이야. 지금 알아보고 있는 중이야. 누군가가 정보를 흘렸어. 지금으로서 해줄 수 있는 말은 내가 어빙에게 상황 보고를 했는데 그다음에 금방 TV에 나오더란 것뿐이야. 내 생각엔 정보 누설자는 어빙인 것 같아, 채스틴이 아니니…."

"그런 건 관심 없고. 그러니까 뭐야, 쉬헌이란 말이야? 그건 말도 안 되는…."

"그 말이 아니잖아. 정보 누설 건을 얘기하고 있는데 뭔 소리야. 내 생각엔 정보 누설자가 존경하는 부국장님인 것 같단 말이야."

"쉬헌을 연행했어?"

"응, 지금 조사 중이야. 전적으로 자발적으로 응하고 있는 거야. 그 친구는 설명을 하면 모든 관련 혐의를 벗을 수 있다고 생각하고 있어. 정말 혐의를 벗을 수 있는지 두고 봐야지."

"왜 쉬헌을? 왜 그를 연행했어?"

"당신도 알고 있을 거라고 생각했는데. 오늘 아침에 받은 채스틴이 작성한 용의자 명단에 쉬헌의 이름이 맨 위에 올라 있었어. 예전에 일라이어스가 쉬헌을 상대로 소송을 건 적이 있었잖아. 5년 전에. 살인 사건 용의자를 체포하는 과정에서 놈을 쏴 죽인 일 때문에. 놈의 몸에 총알 구멍을 다섯 개나 냈었잖아. 그 미망인이 소송을 걸어서 결국 10만 달러를 받아냈지. 내가 보기에는 정당한 발포 같았는데. 어쨌든, 당신 친구 채스틴이 그 총격 사건을 조사하고 나서 쉬헌의 혐의를 풀어줬었어."

"그 사건 기억 나. 진짜로 정당한 발포였어. 하지만 그건 배심원단에게 중요한 문제가 아니었지. 로드니 킹 사건이 터지고 나서 얼마 안 됐을 때였거든."

"그래. 하여튼 재판이 시작되기 전에, 쉬헌이 일라이어스를 협박했어. 진술을 하면서, 변호사들과 미망인 그리고 무엇보다도 속기사가 버젓이 있는 데서 말이야. 속기사가 쉬헌의 말을 그대로 받아 적었어. 채스틴과 그의 동료들이 오늘 읽은 자료 중에 그 녹취록이 들어 있었어. 쉬헌이 일라이어스에게 뭐라고 협박을 했느냐 하면, 언젠가 일라이어스가 전혀 예상하지 못하고 있을 때에, 누군가가 뒤를 쫓아가서 그를 개새끼처럼 죽여 버릴 거라고 했어. 표현이 조금 다를지 몰라도 그런 취지의 말이었어. 그런데 그런 일이 앤젤스 플라이트에서 실제로 일어났잖아."

"이봐, 그건 5년 전의 일이야. 지금 농담하는 거지?"

보슈는 열심히 자기를 쳐다보고 있는 에드거와 펠프리의 시선을 의식했다.

"그래, 농담처럼 들릴지도 모르겠군. 그런데 블랙 워리어라는 최근의 소송 사건을 생각해 봐. 누가 수사 책임자였지? 프랭키 쉬헌 형사였어. 게다가 그는 9밀리미터 구경 스미스 앤 웨슨을 사용하지. 그리고 하나 더, 우리가 그의 인사 기록을 뽑아봤어. 쉬헌은 11년 연속 명사수로 뽑혔더군. 앤젤스 플라이트 범인도 대단한 명사수인 게 틀림없는데 말이야. 이 모든 것을 고려해보면, 쉬헌이 용의자 명단에 제일 먼저 올라 있는 게 당연한 거 아닌가? 그래서 지금 그를 조사하고 있는 거야."

"명사수? 웃기지 말라고 해. 사격 연습장에서는 애들 사탕 주듯이 명사수 리본을 나눠준다고. 경찰 열 명 중 일곱, 여덟 명은 명사수 리본을 달고 있을걸. 그리고 열 명 중 여덟 명은 스미스 9밀리를 사용하고. 정보 누설자가, 그게 어빙이든 다른 누구든간에 쉬헌을 늑대들한테 던져주고 있는 거야. 이 도시가 불길에 휩싸이는 것을 막기 위한 희생양으로 기자들한테 던져주는 거지."

"쉬헌이 범인이 아니라야 희생양이지."

보슈는 린델의 목소리에 담겨 있는 냉소와 무심함이 마음에 안 들었다.

"천천히 신중하게 하는 게 좋을 거야. 프랭키가 범인이 아니라고 장담할 수 있으니까."

보슈가 말했다.

"프랭키? 당신들, 친구야?"

"예전에 같은 팀 동료였어. 오래전에."

"그래? 그것 참 희한하군. 쉬헌은 당신을 별로 좋아하지 않는 것 같던데. 내 밑의 요원들 말로는 자기 집 현관문을 열어주면서 쉬헌이 제일 먼저 내뱉은 말이 '해리 보슈 이 개자식'이었대. 당신이 자기를 배신하고 밀고를 한 거라고 생각하는 거야. 자기가 일라이어스를 협박했던 말이 고스란히 담긴 녹취록이 우리한테 있다는 걸 모르고 있거든. 아니면 기억을 못하고 있거나."

보슈는 수화기를 제자리에 내려놓았다. 머릿속이 혼란스러웠다. 프랭키 쉬헌은 그 전날 밤 둘이서 나눈 대화 내용을 보슈가 밀고한 거라고 생각했다. 보슈가 자기를 FBI에 넘긴 거라고 믿고 있었다. 그런 생각을 하니 보슈는 자기 옛날 동료이자 친구가 조사실에 앉아 살아남기 위해 죽을힘을 다해 싸우고 있다는 사실을 알았을 때보다 더 당혹스럽고 안타까웠다.

“채널 4의 보도에 동의하지 않는 것 같군요.”

펠프리가 말했다.

“그래요, 동의 안 해요.”

“그건 그렇고, 이건 그냥 짐작일 뿐이지만, 당신 머리카락 속에 들어 있는 유리 파편을 보니까 웨스턴에서 두 명이 무차별 사격을 당했다고 TV에서 떠들어댔는데 그 두 명이 당신들인 것 같군요.”

“그래요, 맞아요. 그런데요?”

에드거가 물었다.

“그곳은 스테이시 킨케이드의 시신이 발견된 곳에서 겨우 몇 블록 떨어진 곳이죠.”

“네, 그래서요?”

“여러분이 거기에서 오시는 거라면, 내 친구 루퍼스와 앤디를 만나봤을 것 같은데.”

“그래요, 만나봤고, 시신이 사망하고 나서 사흘 후에 버려졌다는 얘기도 들었죠.”

“내 발자국을 잘 따라오고 계시는구만.”

“겨우 몇 발자국 따라갔을 뿐인데요. 어젯밤에는 미스트리스 레지나도 만나봤죠.”

보슈는 이제야 정신이 좀 드는 것 같았지만, 뒤로 물러서서 에드거가 펠프리와 대화를 나누는 것을 지켜만 보고 있었다.

“그렇다면 엘리를 죽인 범인이 따로 있을 거라고 당신들이 아까 했던 말이 순 거짓말은 아니군요.”

“그러니 여기까지 왔죠, 안 그래요?”

"그렇다면 뭘 더 알고 싶죠? 엘리는 자기 패를 남에게 보여주는 법이 없었소. 철저히 비밀로 했죠. 난 내가 퍼즐 그림 속의 어떤 부분을 맞추기 위해 뛰어다니고 있는지도 확실히 몰랐다니까."

"번호판 이야기 좀 해줘요. 당신들이 할리우드 왁스에서 75일치의 영수증을 소환해 갔다고 들었는데. 어째서죠?"

보슈가 침묵을 깨고 물었다.

펠프리는 뭔가를 결정하는 것처럼 한동안 그들을 바라보며 망설이고 있었다.

"이쪽으로 따라들 와요."

마침내 펠프리가 말했다.

펠프리는 그들을 뒤쪽에 있는 자기 사무실로 데리고 들어갔다.

"당신들을 여기까지 들이고 싶지는 않았는데. 하지만 지금은…."

펠프리가 말했다.

그는 두 손을 들어 사무실 안 평면이란 평면은 다 차지하고 있는 상자들을 가리켰다. 음료수 여섯 개짜리 한 묶음 네 개가 들어가는 키 작은 상자들이었다. 그 상자들 속에는 날짜를 적은 판지 표지를 매단 영수증 뭉치가 가득 들어 있었다.

"저게 다 할리우드 왁스 영수증이오?"

보슈가 물었다.

"그래요. 엘리는 이걸 전부 증거물로 법정에 갖고 들어갈 계획이었소. 난 엘리가 필요하다고 할 때까지 보관해주고 있었고."

"일라이어스는 저것들을 가지고 정확하게 뭘 보여줄 작정이었죠?"

"당신들도 알고 있다고 생각했는데, 아닌가 보죠?"

"당신보다 약간 뒤처져 있어서요, 펠프리 씨."

"젠킨스라고 불러줘요. 아니면 젠크스라고 부르던가. 다들 젠크스라고 부르니까. 이 영수증들이 정확히 어떤 의미를 갖고 있는지는 나도 몰라요. 아까도 말했지만, 엘리는 자기 패를 잘 보여주지 않았으니까. 그래도 짐작이 가는 바는 있어요. 엘리가 이것들을 소환했을 때, 차량 번호를 쭉 적어놓은 종이를 한 장 주더군요. 이 영수증들을 뒤져서 목록에 나온 번호가 적힌 영수증이 있는지 찾아달라고 했소."

"그래서 그렇게 했어요?"

"그랬죠, 사나흘은 족히 걸리더군요."

"일치하는 번호가 있었습니까?"

"딱 한 개요."

펠프리는 어떤 상자 앞으로 걸어가서 상자 속에서 판지 표지에 '6/12'라는 날짜가 적혀 있는 영수증 뭉치를 꺼냈다.

"이거요."

펠프리는 그 중 영수증 한 개를 빼내 보슈에게 갖다주었다. 에드거도 다가와서 같이 영수증을 보았다. 스페셜 서비스 영수증이었다. 흰색 볼보 왜건이라는 차종과 차량 번호, 그리고 서비스 요금이 세금 빼고 14달러 95센트라고 적혀 있었다.

"이 번호가 일라이어스가 건네준 차량 번호 목록에 들어 있었다는 말씀이죠?"

보슈가 물었다.

"그래요."

"일치하는 번호는 이것 딱 한 개뿐이었고요?"

"그렇다고 했잖소."

"이 번호 차량의 주인이 누군지 아십니까?"

"확실히는 몰라요. 엘리가 번호 검색을 지시하지는 않았으니까. 그래도 누구 것인지 짚이는 데는 있죠."

"킨케이드 가요."

"뭘 좀 아시는구만."

보슈는 에드거를 쳐다보았다. 깜짝 놀라는 표정을 보니 에드거는 따라잡지 못한 것이 분명했다.

"지문 말이야. 해리스가 아무런 의심의 여지도 없이 결백하다는 것을 입증하기 위해서는, 그의 지문이 피해자의 교과서에 묻게 된 경위를 밝혀내야 했겠지. 해리스가 킨케이드 가의 저택에 들어가서 책을 만질 하등의 이유가 없고 합법적으로는 불가능한 일이라면, 두 가지 이유를 생각해볼 수 있겠지. 첫째, 경찰이 지문을 몰래 묻혀놓은 것이다. 둘째, 교과서가 소녀의 침실이 아니라 외부에, 다른 곳에 있었을 때 해리스가 그 책을 만졌던 것이다."

에드거는 그제야 이해가 되는지 고개를 끄덕였다.

"킨케이드 가 사람들은 해리스가 일했던 할리우드 왁스 앤 샤인에서 세차를 한 적이 있었던 거야. 영수증이 그것을 입증해주지."

"그렇군. 그럼 일라이어스가 그 교과서를 차 안에다 넣어두기만 하면 됐겠군."

에드거가 빈정거렸다.

보슈는 펠프리의 책상에 놓인 상자들을 돌아보다가 '6/12'라는 날짜가 적혀 있는 영수증 뭉치를 집어 들고 손가락으로 판지 표지를 톡톡 건드렸다.

"6월 12일이면, 학기가 끝나갈 때쯤이야. 학기말이면 학생들은 자기 사물함을 비우지. 책을 전부 집으로 가져가는 거야. 그리고 방학이라 숙제도 없으니까, 책을 꺼내서 집으로 들어가지 않고 볼보 뒷자리에서 뒹굴게 내버려둔 거지."

보슈가 말했다.

"그러고 나서 볼보가 세차장에 갔구만. 그 스페셜 서비스에 진공 청소와 실내 청소도 들어 있었나 보군."

에드거가 말했다.

"세차장 직원은, 특히 윤내기 담당은 차 안에서 일을 하다보면 교과서를 만질 수밖에 없겠지. 그럼 그 직원의 지문이 묻게 되고."

"그 윤내기 담당이 해리스였군."

에드거가 말했다. 그러고는 펠프리를 쳐다보며 말을 이었다.

"세차장 사장은 당신이 작업 일지를 보러 또 왔더라고 하던대요."

펠프리가 고개를 끄덕였다.

"그랬죠. 흰색 볼보가 들어왔던 시각에 해리스가 일을 하고 있었고 그 볼보에 대한 스페셜 서비스를 맡았다는 것을 보여주는 작업 일지 사본이 필요했으니까. 엘리는 세차장에 가서 잘 구슬려서 소환장 없이 얻어오라고 하더군요. 그 작업 일지가 핵심이었고, 엘리는 다른 사람들에게 그 사실이 알려지는 것을 원하지 않았던 것 같아요."

"그 사건 관련 소환장에 서명을 해준 판사조차 믿지 못했던 거군요. 일라이어스는 아무도 믿지 않았던 게 틀림없어요."

보슈가 말했다.

"그렇게 죽는 걸 보니 아무도 믿지 않을 만했네요."

펠프리가 말했다.

에드거가 펠프리에게 작업 일지를 보여 달라고 부탁하는 동안, 보슈는 이 최신 정보에 대해 생각을 정리해보았다. 전날 밤 쉬헌은 지문을 남긴 남자가 심하게 땀을 흘리고 있었기 때문에 선명한 지문이 남아 있었다고 말했다. 이제 보니 그것은 범죄를 저지르고 있어서 불안하고 초조한 마음에 땀이 났던 것이 아니라, 세차장에서 일하면서 차 안을 진공 청소하고 있었기 때문에 땀이 났던 것이다. 마이클 해리스. 그는 결백했다. 진실로 무죄였다. 보슈는 조금 전까지만 해도 해리스의 결백을 확신하지 못했었다. 그런데 해리스가 결백하다니. 충격적이었다. 보슈는 몽상가가 아니었다. 그는 경찰이 실수를 하고 무고한 사람들이 감옥에 가는 일도 벌어진다는 것을 잘 알고 있었다. 그러나 이번의 실수는 참으로 엄청났다. 경찰이 무고한 사람에게 그가 저지르지도 않은 범죄에 대해 자백하라고 강요하는 과정에서 그 무고한 사람을 고문했다. 경찰은 범인을 잡았다고 확신하고 수사를 끝내버려 진범이 무사히 빠져나갈 수 있게 했다. 그러다가 민사 소송 전문 변호사가 진범을 발견하게 되고, 그 발견의 대가로 변호사는 죽임을 당했다. 연쇄 반응은 여기서 그치지 않고, 이 변호사의 죽음은 다시 한 번 이 도시를 자기 파괴라는 일촉즉발의 위기 상황으로 몰고 갔다.

"그럼 펠프리 씨, 스테이시 킨케이드를 죽인 진짜 범인은 누굽니까?"

보슈가 말했다.

"젠크스라고 부르라니까 그러네. 진짜 범인이 누군지는 나도 몰라요. 마이클 해리스는 아니오. 그건 의심의 여지가 없죠. 하지만 엘리는 진범이 누군지는 말 안 해줬어요. 그들에게 살해되기 전에 알고 있었다고 해도 말이죠."

"그들이요?"

보슈가 되물었다.

"그냥 그렇게 말한 거요, 딴 뜻은 없고."

"미스트리스 레지나에 대해 얘기 좀 해줘요."

에드거가 말했다.

"얘기할 게 뭐가 있소? 엘리가 제보를 받고 내게 넘겼죠. 그래서 가서 그 여자를 살펴보니까 아무런 관계도 없더란 말이지. 그냥 요상한 여자였소. 막다른 길이었죠. 당신들도 거기 가봤다니까 무슨 뜻인지 알 거요. 내 보고를 받은 후에는 엘리도 그 여자 건은 던져버린 걸로 아는데."

보슈는 잠깐 생각하다가 고개를 가로저었다.

"아뇨. 뭔가가 있어요."

"글쎄, 있다면 내게 말을 해주지 않았던 거겠고."

차에서 보슈는 라이더에게 전화를 걸어 진전 상황을 물었다. 라이더는 자료 검토를 끝냈는데 즉각적인 후속 조치가 필요한 것은 하나도 없었다고 말했다.

"킨케이드 가에 가볼 거야."

보슈가 말했다.

"어떻게 그렇게 빨리요?"

"그 가족 중 한 명이 해리스의 알리바이였어."

"네?"

보슈는 펠프리와 일라이어스가 찾아낸 차량 번호에 대해서 설명해주었다.

"네 개 중 한 개 해결."

"뭐라고?"

"의문의 편지 네 통 중 한 통은 그 의미를 알게 됐다고요."

"그래, 그런 것 같군."

"처음 두 통의 편지에 대해 생각해봤는데요. 그 두 통이 서로 관련이 있는 것 같아요. 그리고 'i를 찍어라'라는 말이 무슨 뜻인지 알 것도 같아요. 인터넷에 접속해서 확인해보려고요. 선배는 하이퍼텍스트 링크가 뭔지 아세요?"

"그건 또 어느 나라 말이야? 난 아직도 손가락 두 개로 타자치는 사람이라고."

"하긴요. 돌아오시면 설명해드릴게요. 그때까지는 뭔가 건질 수 있을 것도 같아요."

"그래, 알았어. 행운을 빌어."

보슈가 전화를 끊으려는 찰나였다.

"아, 해리 선배?"

"왜?"

"칼라 엔트런킨한테서 전화가 왔었어요. 선배랑 통화를 하고 싶다고 하더라고요. 선배 호출기 번호를 알려줄까 하다가 혹시 선배가 싫어하실지 몰라서 관뒀어요. 알려주면 걸핏하면 호출해서 괴롭힐 수도 있을 것 같아서요."

"잘했어. 엔트런킨이 자기 전화번호를 남겼어?"

보슈는 라이더에게서 번호를 받아 적은 후 전화를 끊었다.

"킨케이드 집에 간다고?"

에드거가 물었다.

"응, 조금 전에 그러기로 결심했어. 무전기를 켜고 그 흰색 볼보 번호를 불러주고 차적 조회 좀 해달라고 해. 소유주가 누군지 알아봐. 난 전화부터 한 통 하고."

보슈는 칼라 엔트런킨이 남긴 번호로 전화를 걸었고, 벨이 두 번 울린 후 그녀가 전화를 받았다.

"보슈입니다."

"형사…."

"전화했다면서요?"

"그래요, 어, 어젯밤 일에 대해 사과하려고요. TV에서 본 것 때문에 화가 나서 그만… 너무 성급하게 당신한테 퍼부어댄 것 같아요. 알아봤더니 내가 잘못 생각하고 있었더군요."

"이제야 아셨구만."

"미안해요."

"괜찮아요, 감찰관. 전화 줘서 고마워요. 그럼 이…."

"수사는 잘 되어 가고 있어요?"

"그런대로요. 어빙 부국장을 만나봤어요?"

"네, 만나봤어요. 쉬헌 형사를 조사하고 있다고 하더군요."

"들었어요."

"당신이 수사하고 있는 건 어때요? 원래 사건을 재수사하고 있다고 들었는데. 스테이시 킨케이드 피살 사건."

"해리스가 범인이 아니라는 건 확실해졌어요. 그건 당신 추측이 맞았더군요. 일라이어스는 법정에서 해리스의 결백을 밝힐 작정이었어요. 해리스는 분명히 아닙니다. 그러면 이젠 누가 진범이냐를 밝히는 문제가 남았죠. 난 아직도 스테이시를 죽인 사람이 일라이어스도 죽였을 거라고 믿고 있어요. 어쨌든 이제 그만 끊어야겠소, 감찰관님."

"중대한 진전이 있으면 알려주겠어요?"

보슈는 잠깐 동안 이에 대해 생각해보았다. 칼라 엔트런킨을 상대하는 것은 어쩐지 적과의 동침인 것 같은 느낌이 들었다.

"그러죠. 중대한 진전이 있으면 전화할게요."

마침내 보슈가 말했다.

"고마워요, 형사."

"무슨 말씀을."

25 자동차 왕

로스앤젤레스 자동차 왕과 그의 부인은 현재 멀홀랜드 드라이브 근처에 있는 더 서밋이라는 고급 주택 단지에 살고 있었다. 백만장자의 호화 주택이 줄지어 늘어서 있는 곳으로, 정문 출입구에 경비들을 두고 외부인의 출입을 통제하고 있었고, 샌타모니카 산맥부터 멀리 북쪽으로 샌 퍼낸도 계곡 분지까지 한눈에 내려다보이는 경치를 자랑하고 있었다. 킨케이드 부부는 딸이 살해되고 나서 브렌트우드에서 이곳으로 이사를 왔다. 안전을 위한 이사였다면 적어도 그 어린 딸에게는 너무 늦은 조치였다.

보슈와 에드거가 미리 연락을 해놓았기 때문에 더 서밋 단지 정문 경비실에서는 별말 없이 그들을 통과시켰다. 그들은 경비에게 들은 대로 단지 내의 구부러진 도로를 달려서 더 서밋에서도 제일 높은 곳에 서 있는 프랑스 지방 양식의 거대한 저택에 다다랐다. 라틴계 가정부가 문을 열어주었고 그들을 거실로 안내했다. 거실 하나가 보슈의 집 전체보다도 컸고 벽난로가 두 개 있었으며 응접 가구도 독특한 스타일로 세 세트나 놓여 있었다. 보슈는 뭐하러 이렇게 해놨는지 알 수가 없었다. 거실의 북쪽에 있는 긴 벽은 거의 전면이 유리였다. 그 유리문 너머로 밸리의 전경이 눈에 들어왔다. 보슈도 언덕에 집이 있었지만, 보슈의 집과 이 집이 자랑하는 경치는 고도로는 6백 미터, 가치로는 1천만 달러 정도 차이가 나는 것 같았다. 가정부는 그들에게 킨케이드 부부가 금방 들어오실 거라고 말했다.

보슈와 에드거는 창가로 걸어갔다. 창밖 경치를 감상해 주는 것이 예의일 것 같았다. 보슈는 부자들이 방문객을 기다리게 하는 건 자기네가 가진 것을 마음껏 감상하고 부러워할 시간을 주기 위해서가 아닐까 하는 생각을 했다.

"제트 여객기 전망이구만."

에드거가 말했다.

"그게 뭔데?"

"이만큼 높은 곳에서 내려다보이는 경치를 그렇게 불러. 제트 여객기 전망이라고."

보슈는 고개를 끄덕였다. 에드거는 불과 2, 3년 전까지만 해도 아내와 함께 부업으로 부동산 중개업을 하다가, 본업인 경찰일이 부업으로 전락할 위기를 맞자 그만두었다.

보슈는 밸리 저 너머로 샌타 수재너 산맥까지 볼 수 있었다. 채스워스 위로 오트 산까지 보였다. 수십 년 전 청소년 보호소에서 살 때 그곳으로 소풍을 갔던 일이 기억났다. 그러나 전반적인 경치는 아름답다고는 할 수 없었다. 스모그가, 특히 4월에 자주 발생하는 짙은 스모그가 밸리 전역을 덮고 있었다. 그러나 킨케이드의 저택은 그 스모그보다도 높은 곳에 있었다. 혹은 높은 곳에 있는 것처럼 보였다.

"여러분이 무슨 생각을 하고 있는지 압니다. 백만 달러짜리 스모그 경치죠."

보슈가 돌아섰다. 미소를 짓고 있는 남자와 무표정한 얼굴의 여자가 거실에 들어와 있었다. 그들 뒤로 짙은 색 정장을 입은 남자 한 명이 서 있었다. 보슈는 웃고 있는 남자를 금방 알아보았다. 자동차 왕 샘 킨케이드였다. 그는 보슈가 생각했던 것보다 작았다. 그리고 더 탄탄한 체격이었다. 햇볕에 짙게 그을린 피부는 TV 출연용 분장이 아니라 진짜였고, 칠흑같이 새까만 머리카락도 진짜 같았다. TV에서는 항상 가발처럼 보였는데. 그는 TV 광고에 나올 때 마다 골프 셔츠를 입고 나오더니 지금도 골프 셔츠를 입고 있었다. 10여 년 전 그의 아버지도 TV 광고에 나올 때마다 골프 셔츠를 즐겨 입었는데.

여자는 샘 킨케이드보다 두세 살은 어려 보였다. 마흔 살쯤 되었을 텐데, 매주 로데오 드라이브에 있는 피부 관리 센터에 다니면서 마사지와 관리를 받아서 그런지 나이에 비해 젊어보였다. 그녀는 보슈와 에드거 너머 창밖의 경치를 바라보았다. 그녀의 무표정한 얼굴을 바라보던 보슈는 케이트 킨케이드가 딸의 죽음으로 인한 충격에서 아직도 헤어 나오지 못하고 있다는 것을 직감했다.

"그런데 이거 아십니까?"

샘 킨케이드가 웃으면서 말을 이었다.

"나는 저 스모그가 싫지 않아요. 우리 집안은 3대에 걸쳐 이 도시에서 자동차를 팔아왔습니다. 1928년부터요. 엄청나게 오랜 세월 동안 엄청나게 많은 자동차를 판 거죠. 저 스모그를 보면 우리 가문의 역사가 떠올라 자랑스러워진답니다."

그의 말은 손님을 맞을 때마다 써먹는 말, 연습을 많이 한 말처럼 들렸다. 그가 한 손을 내밀며 보슈에게 다가왔다.

"샘 킨케이드입니다. 이쪽은 내 아내 케이트고요."

보슈는 그와 악수를 한 후 자신과 에드거를 소개했다. 샘 킨케이드가 에드거와 악수를 하기 전에 그를 위아래로 훑어보는 것을 보니 보슈는 자기 동료가 음료 시중을 들기 위해 드나든 사람들을 제외하고는 이 거실에 들어온 첫 번째 흑인인 것 같다는 생각이 들었다.

보슈는 샘 킨케이드 너머로 아직도 아치형 출입구 아래에 서 있는 남자를 쳐다보았다. 킨케이드가 그 눈길을 의식하고 그를 소개했다.

"내 경호실장 D.C. 리히터입니다. 와서 같이 있어달라고 했습니다. 실례가 되지는 않겠지요."

킨케이드가 말했다.

보슈는 난데없이 경호실장이 끼어들어 얼떨떨했지만 아무 말도 하지 않았다. 보슈가 목례를 하자 리히터도 따라서 목례를 했다. 그는 보슈와 비슷한 연배로 보였고, 키가 크고 말랐으며, 허옇게 세고 있는 짧은 머리카락에 젤을 듬뿍 바르고 있었다. 그리고 왼쪽 귀에만 금으로 된 얇은 링 귀걸이를 하고 있었다.

"우리 집에는 어쩐 일이시죠? 여러분의 방문에 사실 조금 놀랐습니다. 지금 상황을 고려해볼 때 두 분은 저 바깥 거리 어딘가에서 짐승들을 통제하고 있어야 하는 게 아닌가 해서요."

샘 킨케이드가 말했다.

어색한 침묵이 흘렀다. 케이트 킨케이드는 고개를 숙이고 카펫을 내려다보았다.

"우리는 하워드 일라이어스 피살 사건을 수사하고 있습니다. 그리고 당신 딸의 죽음에 대해서도요."

에드거가 말했다.

"내 딸의 죽음이요? 무슨 말인지 모르겠군요."

"앉아서 이야기를 하는 게 어떨까요, 킨케이드 씨?"

보슈가 말했다.

"그러시죠."

샘 킨케이드가 그들을 응접세트 한 곳으로 안내했다. 유리로 된 커피 탁자를 가운데 두고 소파 두 개가 서로를 마주 보고 있었다. 한쪽 옆에는 보슈가 걸어 들어갈 수 있을 만큼 커다란 벽난로가 있었고, 다른 쪽은 경치가 훤히 내다보이는 유리문이었다. 킨케이드 부부가 한쪽 소파에 앉고 보슈와 에드거는 맞은편 소파에 앉았다. 리히터는 킨케이드 부부가 앉은 소파 뒤에 서 있었다.

"우리가 온 이유를 말씀드리죠. 우리는 스테이시 사건 수사를 재개했다는 것을 알려드리려고 온 겁니다. 처음부터 다시 시작할 겁니다."

보슈가 말했다.

킨케이드 부부의 입이 떡 벌어지고 얼굴에는 깜짝 놀라는 표정이 떠올랐다. 보슈가 계속해서 말했다.

"우리는 지난 금요일 밤에 발생한 하워드 일라이어스 피살 사건을 수사하던 중 마이클 해리스의 결백을 입증할 수 있는 정보를 발견했습니다. 우리는…."

"말도 안 되는 소리!"

샘 킨케이드가 성난 목소리로 외쳤다. 그러고는 말을 이었다.

"해리스가 죽였소. 놈의 지문이 우리 집에서, 옛날 집에서 발견됐어요. 지금 당신들은 로스앤젤레스 경찰국이 이제는 자기네 직원들이 그 증거를 몰래 심어두었다고 믿게 되었다고 말하는 거요?"

"아뇨, 킨케이드 씨, 그런 말이 아닙니다. 우리가 그 지문 증거에 대해 합리적으로 설명할 수 있게 되었다는 뜻이죠."

보슈가 말했다.

"그렇다면, 어디 한번 들어봅시다."

보슈는 재킷 주머니에서 접은 종이 두 장을 꺼내 펼쳤다. 하나는 펠프리가 찾아낸 세차장 영수증 사본이었고, 다른 한 장은 역시 펠프리가 찾아낸 해리스의 작업 일지 사본이었다.

"킨케이드 부인, 부인은 차량 번호가 '1-브라보-헨리-668'인 흰색 볼보 스테이션 왜건을 몰고 다니시죠?"

"아뇨, 아닙니다."

리히터가 대신 대답했다.

보슈는 잠깐 그를 올려다보다가 다시 고개를 돌려 여자를 보면서 말했다.

"지난여름에는 그 차를 몰고 다니셨죠?"

"흰색 볼보 스테이션 왜건을 몰고 다닌 것은 맞아요. 하지만 번호는 기억나질 않네요."

케이트 킨케이드가 말했다.

"우리 집안은 LA 카운티에만도 열한 개의 자동차 대리점과 여섯 개의 자동차 부품 대리점을 운영하고 있습니다. 쉐보레, 캐딜락, 마쯔다 등등 다양하죠. 포르쉐 대리점도 있고. 하지만 볼보 대리점은 없어요. 아내가 볼보를 선택한 것도 그 때문이죠. 스테이시에겐 그게 더 안전할 거 같아서요. 하지만 결국에는… 이렇게 되고 말았죠."

그녀의 남편이 말했다.

샘 킨케이드는 한 손을 들어 입을 가리고 울컥하는 마음을 가라앉혔다. 보슈는 잠깐 기다렸다가 다시 입을 열었다.

"차량 번호는 제가 말씀드린 게 맞습니다. 그 차는 킨케이드 부인 이름으로 등록되어 있더군요. 작년 6월 12일, 그 볼보 자동차는 선셋 대로에 있는 할리우드 왁스 앤 샤인에서 세차 서비스를 받았습니다. 그

차를 몰고 간 사람은 차 내부 진공 청소와 윤내기까지 포함된 스페셜 서비스를 주문했죠. 여기 그 영수증이 있습니다."

보슈는 팔을 뻗어 영수증을 커피 탁자 위 킨케이드 부부 앞에 갖다 놓았다. 부부는 고개를 숙이고 영수증을 읽었다. 리히터도 보려고 소파 위로 허리를 굽혔다. 보슈가 물었다.

"두 분 중 어느 분이라도 이 일이 기억나십니까?"

샘 킨케이드가 대답했다.

"우리 스스로 차를 세차하는 일은 없어요. 그리고 일반 세차장을 이용하지도 않고. 세차를 해야겠다 싶으면 내 대리점 어디에라도 갖다놓으면 되니까요. 굳이 생돈 들여서…."

"아, 기억나요."

그의 아내가 남편의 말을 끊고 끼어들었다. 그러고는 말을 이었다.

"내가 했어요. 스테이시를 데리고 엘 캐피탄으로 영화를 보러 갔었어요. 거기 우리가 차를 댄 주차장 바로 옆 건물에서 지붕을 새로 얹는 공사를 하고 있더군요. 영화를 보고 나와서 보니까 차에 뭐가 묻어 있었어요. 타르 얼룩 같은 게 곳곳에 묻어 있었죠. 흰 차라서 눈에 아주 잘 띄더군요. 그래서 주차장 직원한테 주차비를 내면서 근처에 세차장이 어디 있냐고 물었더니 가르쳐줬어요."

샘 킨케이드는 자선 무도회장에서 트림을 한 아내를 보는 것 같은 표정으로 아내를 바라보았다.

"그래서 그곳에서 세차를 하셨군요."

보슈가 말했다.

"그래요. 이제야 기억이 나네요."

케이트 킨케이드는 남편을 쳐다보다가 다시 보슈에게 고개를 돌렸다.

"영수증에는 6월 12일로 나와 있는데요. 그날은 따님의 학교가 방학을 한 후로 얼마나 지난 때였습니까?"

보슈가 말했다.

"그다음 날이었어요. 우리는 여름 방학 시작 기념으로 외출을 한 거였어요. 점심도 먹고 영화도 봤죠. 집 안에 있는 쥐를 못 찾아서 뒤지고 다니는 두 남자 이야기였어요. 그런대로 재미있었어요. 남자들이 번번이 쥐한테 당하더군요."

케이트 킨케이드의 눈은 그때의 기억을, 딸을 떠올리고 있는지 아련한 눈빛이었다. 그러다가 잠시 후에는 현실로 돌아온 듯 보슈를 똑바로 쳐다보았다.

"학교를 안 가는 때였군요. 그러면 스테이시가 방학 날 가져온 교과서들을 볼보 차 안에 그대로 놔뒀을 수도 있을까요? 뒷좌석에요?"

보슈가 말했다.

케이트 킨케이드가 천천히 고개를 끄덕였다.

"네. 여름 방학 중에 언젠가 스테이시한테 차에서 책을 다 가지고 내리라고 했던 게 기억이 나요. 운전을 할 때마다 좌석에서 미끄러져 떨어져서 신경이 쓰였거든요. 그래도 말을 듣지 않아서, 나중에는 내가 책을 다 가져다가 스테이시 방에 갖다놓았어요."

보슈는 다시 상체를 탁자 위로 기울이며 다른 사본을 부부 앞에 내밀었다.

"마이클 해리스는 작년 여름에 할리우드 왁스 앤 샤인에서 일했습니다. 이게 6월 12일이 들어간 주의 해리스의 작업 일지죠. 해리스는 부인이 볼보를 그곳에 맡긴 날 하루 종일 일을 했더군요."

샘 킨케이드가 윗몸을 약간 기울이고 사본을 읽었다.

"그럼 그동안 우리는…."

말을 시작하던 킨케이드가 갑자기 말을 멈췄다.

“그러니까 그가, 해리스가, 볼보를 청소하는 과정에서 내 의붓딸의 책을 만졌다는 겁니까? 좌석을 청소하느라고 책을 들었다가 놨거나 그랬다는 거요? 그다음에는 아내가 책을 그 아이 방으로 갖다놨고. 그리고 아이가 사라진 다음에….”

“경찰이 그 책에서 지문을 발견한 거죠. 네, 맞습니다. 현재 우리는 그렇게 판단하고 있습니다.”

보슈가 말했다.

“왜 재판 때 이런 주장이 나오지 않았죠? 왜….”

에드거가 킨케이드의 말을 다 듣지도 않고 끼어들었다.

“해리스를 살인범으로 몰고 가는 다른 증거가 있었기 때문이죠. 그 아이는, 어 그러니까 스테이시는 해리스의 아파트에서 채 두 블록도 떨어지지 않은 곳에서 숨진 채 발견됐습니다. 그건 강력한 증거였죠. 해리스의 변호사는 경찰들을 물고 늘어지기로 전략을 정했어요. 경찰들의 평판을 더럽힘으로써 지문의 증거 능력을 떨어뜨리려고 애를 썼죠. 진실을 알아내려고 애를 쓰지는 않고 말입니다.”

보슈가 에드거의 말을 이었다.

“그건 경찰들도 마찬가지였습니다. 형사들은 지문이 나오고 시신이 해리스의 동네에서 발견되니까 수사를 종결했죠. 기억하실 겁니다, 초기에는 수사관들이 실종된 스테이시 찾기에 전념했었죠. 하지만 시신이 발견되고 모든 증거가 해리스를 지목하는 그 순간부터 상황이 바뀌었어요. 수사의 초점이 스테이시 찾기에서 구체적인 피의자 기소로 바뀌었죠. 그 사이에 진실을 밝혀내려는 노력은 전혀 하지 않고 말입니다.”

샘 킨케이드는 충격을 받아 어쩔 줄 모르는 표정이었다.

“그동안 내 마음속에 차곡차곡 쌓아올린 이 남자에 대한 증오를 여러분이 상상이나 할 수 있을까요? 지난 9개월 동안 내 마음속에서 부글거리던 이 끔찍한 증오심과 경멸감을 다스리려고 내가 얼마나 애를 썼는지 모를 거요."

"이해합니다, 킨케이드 씨. 어쨌든 이제 수사를 처음부터 다시 시작할 겁니다. 그럴 필요가 있어서요. 하워드 일라이어스 변호사도 나름대로 수사를 하고 있었죠. 일라이어스는 제가 지금 킨케이드 씨한테 말한 내용을 알고 있었던 것 같습니다. 게다가 진범이 누군지도 알고 있었던 것 같고요. 우리는 그것 때문에 그가 살해된 거라고 생각하고 있습니다."

보슈가 말했다.

샘 킨케이드는 놀라는 기색이 역력했다.

"하지만 조금 전에 TV에서는…."

"TV에서 한 말은 사실이 아닙니다, 킨케이드 씨. 우리 말이 사실이고 TV가 틀렸어요."

킨케이드는 고개를 끄덕였다. 그러고는 고개를 돌려 전면 유리문 너머 스모그에 덮인 경치를 멍하니 바라보았다.

"우리한테 원하는 게 뭐죠?"

케이트 킨케이드가 물었다.

"두 분의 협조가 필요합니다. 난데없이 들이닥쳐서 이런 소식을 전해놓고 두 분이 만사를 제쳐두고 도와주기를 기대하면 염치가 없는 일이라는 건 압니다. 하지만 TV를 보고 계셨다면 아시겠지만, 우리에겐 시간이 별로 없습니다."

"무엇이든 최대한 협조하겠습니다. 그리고 여기 있는 D.C.도 여러분이 원하는 일이라면 무엇이든지 도와줄 거고요."

샘 킨케이드가 말했다.

보슈는 경호원을 흘끗 보다가 다시 킨케이드에게로 눈길을 돌렸다.

"그럴 필요까지는 없을 것 같습니다. 우선 지금은 몇 가지만 더 질문하고 끝내고 내일 다시 와서 또 도움을 청해야 할 것 같군요."

"그러세요. 물어볼 게 뭐죠?"

"하워드 일라이어스가 해리스의 결백을 입증하는 증거에 대해 알게 된 것은 그에게 날아온 익명의 편지 덕분이었습니다. 그 편지를 누가 보냈을지 아십니까? 볼보가 그 세차장에 갔었다는 사실을 누가 알고 있었을까요?"

오랫동안 침묵이 흘렀다.

"나요. 다른 사람은 모르겠어요. 거기 갔었다는 얘기를 다른 사람한테는 한 적이 없어요. 그런 이야기를 할 필요가 없었으니까요."

케이트 킨케이드가 말했다.

"그럼 부인이 그 편지를 하워드 일라이어스에게 보냈습니까?"

"아뇨, 물론 아니죠. 내가 왜 마이클 해리스를 돕겠어요? 난 그 사람이… 내 딸의 목숨을 앗아간 범인이라고 생각했어요. 그런데 형사님들이 오늘 와서는 그 사람이 결백하다고 하니까 그 말을 믿어야겠죠. 하지만 예전에는, 아뇨, 그 사람을 돕는 일이라면 손가락 하나도 까딱하지 않았을 거예요."

보슈는 말을 하고 있는 케이트 킨케이드를 관찰하고 있었다. 그녀의 시선이 커피 탁자에서 바깥 경치로, 그러다가 다시 무릎 위에 올려놓은 자신의 꽉 잡은 손으로 옮겨 다녔다. 그녀는 질문자를 바라보지 않았다. 보슈는 성인이 되고 나서 거의 대부분의 세월을 참고인 조사나 신문을 받는 사람들의 표정을 읽으면서 보낸 사람이었다. 그는 케이트 킨케이드가 일라이어스에게 익명의 편지를 보냈다는 것을 직감했다. 이유는 알 수 없었다. 보슈가 고개를 들고 다시 리히터를 바라보니 그 경호원도 케이트 킨케이드를 유심히 관찰하고 있었다. 보슈는 리히터도 자기와 같은 것을 읽어냈는지 궁금했다. 보슈는 이 정도에서 다른 주제로 넘어가기로 했다.

“이 범죄가 발생한 집 말입니다. 브렌트우드에 있는 집이요. 지금은 주인이 바뀌었습니까?”

샘 킨케이드가 답변에 나섰다.

“아직 우리 소유입니다. 그 집을 어떡하면 좋을지 판단이 안 서서요. 마음 한편에서는 그 집을 팔아버리고 다 잊어버리라고 말하고, 또 다른 한편에서는… 스테이시가 거기 살았잖아요. 그 아이는 자기 평생의 절반을 거기서 살았어요….”

“이해합니다. 그 집에 한 번….”

그때 보슈의 호출기가 울렸다. 그는 호출기를 끄고 나서 말을 마저 했다.

“그 집에 한 번 가서 집 안을, 스테이시의 방을 둘러보고 싶습니다. 가능하다면 내일이요. 내일까지 수색 영장을 발부받겠습니다. 킨케이드 씨는 많이 바쁘신 것 압니다. 그래서 말인데요, 킨케이드 부인, 부인께서 그 집에서 저를 만나 집 안을 보여주셨으면 하는데요. 스테이시의 방도 보여주시고요. 괜찮으시다면 말이죠.”

케이트 킨케이드는 브렌트우드의 옛집에 돌아간다는 생각만 해도 끔찍하다는 듯 한순간 겁에 질린 표정이 되었다. 그러나 잠시 후 체념한 듯 고개를 끄덕여 동의를 표시했다.

“D.C.에게 운전을 시켜서 아내를 보내드리죠. 마음대로 집 안을 살펴봐도 됩니다. 그리고 수색 영장도 필요 없어요. 내가 수색을 허락합니다. 우린 감출 것이 아무것도 없으니까요.”

“뭘 숨기고 있다는 의미로 말씀드린 것은 아니었습니다, 킨케이드 씨. 수색 영장은 나중에 아무 문제가 없도록 하기 위해 필요한 겁니다. 우리를 위한 방어책에 가깝죠. 그 집 안에서 새로운 증거가 발견되고,

그로 인해 결국 진범이 밝혀진다면, 우린 그 피의자가 법정에서 우리 증거물의 효력을 문제 삼을 여지를 아예 만들고 싶지 않은 겁니다."

"그렇군요."

"그리고 리히터 씨의 도움도 말씀은 고맙지만 사양하겠습니다."

이 말을 마친 보슈는 케이트 킨케이드를 바라보며 말을 이었다.

"킨케이드 부인 혼자 오시죠. 몇 시가 좋겠습니까?"

케이트 킨케이드가 이 문제에 대해 생각하는 동안 보슈는 고개를 숙이고 호출기를 확인했다. 화면에 뜬 숫자는 살인전담팀 전화번호였다. 그런데 전화번호 끝에 911이 붙어 있었다. 이것은 '즉시 연락 바란다'는 키즈 라이더의 암호였다.

보슈가 말했다.

"어, 죄송하지만, 중요한 호출을 받은 것 같아서요. 전화 좀 빌려도 되겠습니까? 차 안에 휴대전화가 있기는 한데, 이 산속에서는 잘 터지지…."

"물론이죠. 내 사무실 전화를 쓰세요. 다시 현관 홀로 나가서 왼쪽으로 가세요. 왼쪽 두 번째 문입니다. 혼자 편하게 통화하고 오세요. 우린 에드워즈 형사와 함께 여기서 기다릴게요."

샘 킨케이드가 말했다.

보슈가 자리에서 일어섰다.

"에드워즈가 아니라 에드거요."

에드거가 말했다.

"미안합니다, 에드거 형사."

보슈가 현관 홀을 향해 걸어가는 동안 호출기가 또 울려댔다. 이번에는 에드거의 호출기였다. 보슈는 라이더가 같은 메시지를 에드거에게도 보낸 거라고 생각했다. 에드거가 자기 호출기를 내려다보더니 잠시 후 킨케이드 부부를 바라보았다.

"보슈 형사와 함께 갔다 오겠습니다."

"뭔가 큰일이 터진 것 같군요. 폭동이 아니어야 할 텐데요."

샘 킨케이드가 말했다.

"그러게 말입니다."

에드거가 말했다.

킨케이드의 집에 있는 사무실은 할리우드 경찰서 강력반 살인전담팀 책상이 모두 들어가도 남을 만큼 커다란 방이었다. 천장이 높았고 두 벽에는 바닥부터 천장까지 이어진 책장에 책들이 빼곡 꽂혀 있었다. 그 방에서 제일 눈에 띄는 것은 거대한 책상이었다. 하워드 일라이어스의 책상은 이에 비하면 유아용 책상 같았다. 이 커다란 책상 안에 제법 큰 규모의 사무실이 들어가도 될 것 같았다.

보슈가 책상 앞으로 돌아가서 수화기를 집어 들었다. 에드거가 곧 뒤따라 들어왔다.

"자네도 키즈 호출이야?"

보슈가 물었다.

"응. 무슨 일이 있나 봐."

보슈는 번호를 누르고 나서 기다렸다. 책상 위에는 킨케이드가 의붓딸을 무릎에 앉히고 찍은 사진이 든 금테 액자가 놓여 있었다. 소녀는 정말 예뻤다. 죽어서도 천사 같았다는 프랭키 쉬헌의 말이 떠올랐다. 보슈는 고개를 돌렸다. 책상 오른쪽에 있는 컴퓨터 책상 위에 컴퓨터가 한 대 놓여 있었다. 모니터에는 화면 보호기가 떠 있었다. 각종 자동차들이 경주를 하는 모습이었다. 에드거도 이 화면 보호기를 본 모양이었다.

"자동차 왕. 다시 말해 스모그의 주범."

에드거가 중얼거렸다.

전화벨이 한 번 울리기가 무섭게 라이더가 전화를 받았다.

"나, 해리."

"해리 선배, 킨케이드 부부를 만나보셨어요?"

"지금 그 집에 있어. 이야기 중이야. 무슨 일…."

"피의자의 권리 고지하셨어요?"

보슈는 잠깐 할 말을 잃었다. 다시 입을 열었을 땐 아주 낮은 목소리로 말했다.

"권리 고지? 아니. 왜?"

"선배, 빨리 그 집에서 나와서 경찰서로 돌아오세요."

보슈는 라이더가 이렇게 심각한 어조로 말하는 것은 처음 들었다. 그가 에드거를 바라보자 에드거는 눈썹을 치켜 올렸다. 에드거도 아무것도 모르는 것이었다.

"알았어, 키즈, 갈게. 이유는 지금 말해줄 수 있어?"

"아뇨. 직접 보여드려야 해요. 사후 세계에 있는 스테이시 킨케이드를 찾았어요."

26 샬롯의 거미줄

보슈와 에드거가 형사과 사무실로 돌아왔을 때 키즈민 라이더는 뭐라고 한 마디로 표현하기 어려운 애매모호한 표정을 짓고 있었다. 살인전담1팀 테이블에 혼자 앉아 있었고, 앞에 놓인 노트북 컴퓨터의 화면 불빛이 그녀의 검은 얼굴에 약하게 반사되었다. 라이더는 충격을 받은 것도 같았고 활기에 차 있는 것도 같았다. 보슈는 그 표정이 어떤 것인지 알았지만 말로 표현하기는 어려웠다. 라이더는 뭔가 끔찍한 것을 보았지만, 그 일을 자신이 해결할 수 있다고 자신하고 있는 거였다.

"키즈."

보슈가 라이더를 불렀다.

"오셨어요? 앉으세요. 킨케이드라는 케이크에 머리카락을 떨어뜨려 놓고 오지 않았어야 할 텐데."

보슈는 자기 의자를 끌어다 앉았다. 에드거도 똑같이 했다. 방금 라이더가 한 말은 헌법에 보장된 권리를 지켜주지 않았거나 절차상의 실수를 범해 사건을 망치는 일을 하지 않았기를 바란다는 뜻이었다. 피의자가 변호사를 요구해놓고 변호사가 도착하기 전에 범죄를 자백하면, 그것이 케이크에 머리카락을 떨어뜨리는 일이었다. 그 자백은 오염된 자백으로 간주되어 증거 능력을 상실할 수 있었다. 뿐만 아니라, 피의자가 신문을 받기 전에 형사에게서 헌법이 보장하는 피의자의 권리에 대해 설명을 듣지 못했으면, 그 신문에서 피의자가 진술한 어떤 내용도 법정에서 그에게 불리하게 쓰일 수가 없었다.

보슈가 말했다.

"이봐, 우리가 그 집에 들어갔을 때는 둘 중 누구도 피의자가 아니었어. 권리를 고지할 이유가 없었지. 우린 그 부부한테 수사가 재개됐다고 알려주고 나서, 몇 가지 기본적인 질문을 했고. 질문에서건 대답에서건 중요한 내용도 안 나왔어. 우린 해리스의 결백이 밝혀졌다고 말해줬어. 그뿐이야. 도대체 뭣 때문에 이래, 키즈? 아까 보여준다고 했던 것 보여줘 봐."

"알았어요. 의자를 끌고 이리 가까이들 오세요. 중요한 걸 보여드릴 테니까요."

보슈와 에드거는 의자를 끌고 와서 라이더의 양옆에 바짝 다가앉았다. 보슈가 라이더의 컴퓨터 화면을 바라보니 미스트리스 레지나의 웹페이지가 떠 있었다.

"우선, 두 분 중에 파커 센터 사기전담팀에 있는 리사 오코너나 스테이시 오코너를 아시는 분 있어요?"

보슈와 에드거는 동시에 고개를 가로저었다.

"둘이 자매는 아니에요. 성이 같을 뿐이죠. 슬로앤 잉글러트와 함께 일하고 있어요. 슬로앤 잉글러트는 누군지 아시죠?"

이번에는 보슈와 에드거가 동시에 고개를 끄덕였다. 잉글러트는 경찰국 본부 산하 신종 컴퓨터 사기전담팀 소속이었다. 그 팀과 특히 잉글러트는 그해 초 '메리 프랭스터즈(즐거운 장난꾸러기들)'라는 해커 집단의 우두머리로 세계적인 명성을 날리던 해커 브라이언 필더를 검거해서 언론에 크게 보도된 적이 있었다. 인터넷에서 보인 필더의 활약상과 잉글러트의 먹이 사냥이 수 주일 동안 언론에 보도되었고 이제는 할리우드에서 영화로 만들어질 거라고 했다.

"좋아요. 리사와 스테이시는 제가 퍼시픽 경찰서 사기전담반에 있을 때 함께 일했던 친구들이에요. 전화를 했더니 도와주겠다고 한달음에 달려왔더군요. 안 그러면 오늘 밤에 경찰 제복을 입고 열두 시간씩 순찰을 돌아야 했으니까요."

라이더가 말했다.

"그 친구들이 여기 왔다고?"

보슈가 물었다.

"아뇨, 파커 센터에 있는 자기들 사무실로 갔죠. 컴퓨터 같은 컴퓨터가 있는 곳으로요. 어쨌든 그 친구들이 거기 도착한 순간부터 전화로 이야기를 주고받았어요. 그들에게 우리가 입수한 정보를 말해줬죠. 중요하다는 건 알겠는데 도무지 뭐가 뭔지 이해를 할 수 없는 이 웹 주소에 대해 말해줬어요. 미스트리스 레지나를 찾아갔던 일을 말해줬더니 둘 다 기겁을 하더군요. 어쨌든, 그 친구들 말로는 우리가 찾고 있는 것이 레지나나 레지나의 웹 페이지와는 아무런 관련이 없을 가능성이 높다는 거예요. 누가 그 페이지를 주인 몰래 다른 용도로 이용하고 있었을 거라는 거죠. 그러니까 그 페이지의 이미지 중 어딘가에 숨겨진 하이퍼텍스트 링크가 있을 테니 찾아보라고 했어요."

보슈가 손바닥이 보이게 해서 두 손을 번쩍 쳐들었지만 그가 무슨 말을 하기도 전에 라이더가 말을 이었다.

"알아요, 알아요, 영어로 이야기하란 말이죠? 그럴게요. 차근차근 설명해드릴게요. 혹시 웹 페이지에 대해 아는 분 있으세요? 아주 기본적인 것 조금이라도 알고 계시는 분?"

"난 전혀."

보슈가 말했다.

"난 쥐뿔도."

에드거가 말했다.

"알았어요, 그러면 쉽게 설명하도록 노력할게요. 먼저 인터넷부터 설명해야겠군요. 인터넷은 소위 정보 초고속도로라고들 하죠. 수백만 개의 컴퓨터 시스템이 텔넷이라는 공중 통신망에 의해 연결되어 있는 거예요. 전세계적으로요. 그 고속도로 상에는 수백만 개의 지선도로, 즉 가볼 곳들이 존재하죠. 컴퓨터 네트워크들, 웹 사이트 같은 것들이요."

라이더는 컴퓨터 화면에 떠 있는 미스트리스 레지나를 가리켰다.

"이것은 웹 사이트에 있는 개인의 웹 페이지예요. 그 웹 사이트에는 이것 말고도 많은 다른 웹 페이지들이 존재하죠. 우리는 지금 내 컴퓨터로 이 웹 페이지를 보고 있지만, 이것보다 훨씬 큰 규모의 웹 사이트가 있고 그게 말하자면 이 웹 페이지의 집이 되는 거죠. 그리고 그 웹 사이트는 실제적이고 구체적인 도구 속에, 다시 말해 웹 서버라고 불리는 컴퓨터 속에 살고 있어요. 여기까지는 이해가 되세요?"

보슈와 에드거가 고개를 끄덕였다.

"지금까지는."

보슈가 말했다.

"좋아요. 그 웹 서버는 직접 운영하고 관리하는 수없이 많은 웹 사이트를 가지고 있을 수 있어요. 예를 들어, 선배가 해리 보슈 웹 페이지를 갖고 싶다면, 한 웹 서버를 찾아가서 니네 웹 사이트들 중 어디에다가 내 웹 페이지 좀 집어넣자고 말하는 거예요. '입을 떼는 게 뚱뚱보가 의자에서 궁둥이 떼는 것보다 더 힘든 뚱한 형사들이 모이는 웹 사이트 있니?' 하고 물어보는 거죠."

이 말에 보슈가 미소를 지었다.

"그렇게 해서 웹 사이트가 형성되고 확장되는 거예요. 한 웹 사이트에 비슷한 생각을 가진 업체들이나 개인들이 모여 있는 경우가 많죠. 이 사이트를 보면 꼭 인터넷 상의 소돔과 고모라 같이 보이는 이유도 바로 그 때문이에요. 비슷한 생각을 가진 광고주들이 같은 웹 사이트로 모여들기 때문이죠."

"그렇군."

보슈가 말했다.

"웹 서버가 제공해야 하는 유일한 서비스가 바로 보안이에요. 여기서 말하는 보안이란 누군가가 선배의 웹 페이지를 해킹해서 내용을 수정하거나 웹 페이지를 파손하는 것을 막아주는 것을 의미하죠. 문제는 이 웹 서버들이 아직까지 확실한 보안 체계를 구축하지 못했다는 거예요. 누군가가 서버를 해킹할 수 있다면 사이트 관리자 행세를 하면서 그 서버에서 운영하는 웹 사이트들을 완전히 장악하고 어떤 웹 페이지라도 하이재킹을 할 수 있다는 거죠."

"하이재킹은 또 뭐야?"

에드거가 물었다.

"웹 사이트에 있는 한 웹 페이지로 가서 그 웹 페이지를 자기네의 진짜 활동을 위한 위장 간판으로 사용하는 거예요. 여기 지금 내 컴퓨터 화면에 뜬 웹 페이지를 보세요. 하이재킹을 하는 사람들이 여기 이 그림 뒤에다가 온갖 종류의 비밀 문과 지시어를 추가해놓는 거예요. 그러고 나서는 이 페이지를 자기네가 원하는 어떤 곳으로 가기 위한 문으로 사용하는 거죠."

"그러니까 범인들이 레지나의 웹 페이지를 그런 용도로 이용했다는 거야?"

보슈가 물었다.

"바로 그거예요. 난 리사와 스테이시에게 URL(uniform resource locator: 자원 위치 지정자. 인터넷에 올라온 자료들의 주소-옮긴이)를 찾아봐달라고 부탁했어요. 그랬더니 이 웹 페이지를 거슬러 올라가서 웹 서버를 찾아내서 확인해주더군요. 사실 몇 개의 방화벽, 다시 말해 보안 시스템이 있기는 했지만, 디폴트 비밀번호가 아직도 유효하더군요. 그래서 방화벽이 쓸모가 없게 된 거죠."

"무슨 말인지 도통 모르겠어."

보슈가 말했다.

"웹 서버가 구축되면 최초로 들어갈 때 필요한 디폴트 비밀번호들이 있어요. 표준 로그온 아이디와 비밀번호라고도 하죠. 예를 들어 guest/guest, 혹은 administrator/administrator 같은 것들이 주로 쓰여요. 일단 서버가 구축되고 운영을 시작하면, 그 즉시 이런 디폴트 비밀번호들은 없애버려야 해킹을 막을 수 있는데, 삭제하는 걸 잊어버리는 경우가 종종 있어서, 이런 번호들이 몰래 숨어들어가는 뒷문으로 이용되는 경우가 많죠. 이번에도 디폴트 비밀번호를 삭제하지 않았더라고요. 리사가 administrator/administrator를 치고 웹 서버로 들어갔어요. 그리고 리사가 그런 일을 할 수 있었다면, 해킹으로 밥벌이를 할 정도의 실력을 가진 해커라면 누구나 웹 서버로 들어가서 미스트리스 레지나의 웹 페이지를 하이재킹 할 수 있었을 거예요. 그리고 실제로 그런 일이 벌어졌고요."

"뭘 해놨어?"

보슈가 물었다.

"하이퍼텍스트 링크를 몰래 숨겨놨더군요. 핫 버튼이요. 그걸 찾아서 누르면 사용자를 다른 웹 사이트로 이동시켜주는 거죠."

"영어로 좀 말해 봐."

에드거가 말했다.

라이더는 어떻게 설명할지 잠시 고민하는 눈치였다.

"이 웹 사이트를 높은 빌딩이라고 생각해보세요. 엠파이어 스테이트 빌딩이라고. 선배는 1층에 있어요. 미스트리스 레지나 층이죠. 거기서 선배가 벽에 있는 숨겨진 단추를 발견해요. 그걸 누르니까 이제까지 본 적도 없는 엘리베이터 문이 짠 하고 열리는 거예요. 그래서 타죠. 엘리베이터가 선배를 다른 층에 데려다 놓고 문을 열어주죠. 선배는 걸어 나와요. 이곳은 완전히 다른 곳이에요. 하지만 선배는 미스트리스 레지나 층에 있을 때 숨겨진 단추를 우연히 발견하지 못했다면 그 새로운 곳에 갈 수 없었을 거예요."

"혹은 그 단추가 어디 있는지 얘기를 듣지 못했다면."

보슈가 말했다.

"바로 그거예요. 하이퍼텍스트 링크의 위치를 잘 알고 있는 사람만이 다른 곳으로 갈 수가 있죠."

보슈가 고갯짓으로 라이더의 컴퓨터를 가리켰다.

"보여줘 봐."

"일라이어스가 받은 첫째 편지는 웹 페이지 주소와 레지나 사진이었어요. 둘째 편지에는 'i를 찍어라 험버트 험버트'라고 적혀 있었죠. 의문의 편지를 쓴 사람은 일라이어스에게 웹 페이지에서 어떻게 하라고 지시를 내렸던 거예요."

"레지나(Regina)에서 i에 점을 찍으란 말이야? 철자 i에 마우스를 갖다놓고 클릭하라고?"

에드거가 물었다.

"나도 그렇게 생각했는데, 리사와 스테이시는 핫 버튼은 그림 뒤에만 숨길 수 있다고 했어요. 화소 재정의인지 뭔지 알 필요도 없고 알고 싶지도 않은 것 때문에 그렇다대요."

"그러면 눈(eye)에 점을 찍으라, 클릭하란 말이야?"

보슈가 자기 눈을 가리키며 물었다.

"바로 그거예요."

라이더는 노트북 컴퓨터를 향해 돌아앉았다. 노트북에는 마우스가 부착되어 있었다. 라이더가 마우스를 움직이자 화면에 있는 화살표가 미스트리스 레지나의 왼쪽 눈으로 움직여 갔다. 라이더가 마우스 버튼을 더블 클릭하자 스크린이 텅 비어버렸다.

"자, 이제 엘리베이터에 탄 거예요."

몇 초가 지나자 흰 구름이 두둥실 떠 있는 푸른 하늘 아래의 들판이 화면에 나타났다. 그러고는 잠시 후에 날개와 후광이 있는 작은 천사들이 나타나 구름 위에 앉아 있었다. 그러고 나서 비밀번호 입력창이 나타났다.

"험버트 험버트."

보슈가 말했다.

"어머나, 선배, 어떻게 알았어요? 다 알고 있으면서 모른 척했군요."

라이더가 사용자 아이디 칸과 비밀번호 칸에 똑같이 험버트를 입력하자 화면이 다시 한 번 텅 비어버렸다. 그러고는 몇 초 후에 환영 메시지가 나타났다.

샬롯의 거미줄 웹 사이트에 오신 것을 환영합니다.

환영 메시지 밑에 만화 동영상이 나타났다. 거미 한 마리가 바닥을 기어 다니다가 갑자기 거미줄을 짜면서 화면 상하좌우를 바삐 돌아다니더니 곧 거미줄을 완성했다. 잠시 후 거미줄 곳곳에 어린 소녀의 작은 얼굴 사진이 나타났다. 마치 거미줄에 걸린 곤충 같았다. 거미줄과 포로들 그림이 완성되자 거미는 거미줄 맨 꼭대기에 자리를 잡고 멈춰 섰다.

"우우우. 느낌이 안 좋은데."

에드거가 말했다.

"소아 성애자를 위한 웹 사이트예요."

라이더가 말했다. 그러고는 손톱으로 거미줄에 있는 사진들 중 한 개를 톡톡 치면서 말을 이었다.

"그리고 얘가 스테이시 킨케이드예요. 마음에 드는 사진을 클릭하면 그 아이의 사진과 비디오가 주르륵 나타나는 거예요. 정말 너무너무 끔찍해요. 저 불쌍한 어린 천사는 차라리 죽은 게 잘된 일인 것 같아요."

라이더가 커서를 그 금발 소녀의 사진으로 옮겼다. 사진이 너무작아서 보슈는 그 아이가 정말 스테이시 킨케이드인지 아닌지 확인할 수가 없었다. 라이더의 말만 믿고 확인하지 말까 하는 생각이 들었다.

"준비되셨어요? 이 노트북으로는 비디오 재생이 안 돼요. 하지만 사진들만 봐도 어떤 건지 아실 거예요."

라이더가 말했다.

라이더는 대답을 기다리지 않았고 대답이 나오지도 않았다. 그녀가 마우스를 더블 클릭하자 화면이 바뀌었다. 사진 한 장이 화면에 나타났다. 생 울타리 앞에 한 어린 소녀가 벌거벗은 채로 서 있는 모습이었다. 지시를 받은 듯 억지로 미소를 짓고 있었다. 웃고 있는데도 소녀는 숲에서 길을 잃은 것 같은 표정이었다. 소녀의 두 손은 자기 엉덩이 위에 놓여 있었다. 보슈가 보기에도 스테이시 킨케이드가 맞았다. 그는 숨을 쉬려고 했지만 폐가 터져버릴 것만 같았다. 그는 가슴에 팔짱을 꼈다. 라이더가 화면을 스크롤하기 시작하자 사진들이 줄지어 나타났다. 소녀 혼자 포즈를 취한 사진들이 먼저 나왔고 뒤로 가면서 남자와 함께 찍은 사진들이 나타났다. 남자는 벌거벗은 몸만 보일 뿐, 얼굴은 전혀 비치지 않았다. 마지막 사진 몇 장은 소녀와 남자가 다양한 성행위를 하는 모습을 찍은 것들이었다. 그러고 나서 제일 마지막 사진이 나타났다. 작은 수기(手旗)로 신호를 전하는 사람들이 그려진 흰색 드레스를 입은 스테이시 킨케이드가 카메라를 향해 손을 흔들고 있었다. 그 사진이 제일 점잖은 사진인데도 불구하고 어째서인지 보슈에게는 제일 끔찍한 사진으로 보였다.

"됐어, 이제 앞으로 가든지 뒤로 가든지 뭘 하든지 빨리 빠져나가자."

보슈가 말했다.

그는 라이더가 마지막 사진 아래쪽에 있는 '홈'이라고 적힌 버튼으로 커서를 움직이는 것을 지켜보고 있었다. 홈을 클릭하는 것이 나가는 길이라니 슬픈 모순이었다. 라이더가 마우스로 홈을 클릭하자 화면에는 다시 거미줄이 나타났다. 보슈는 의자를 끌고 자기 자리로 가서 털썩 주저앉았다. 갑자기 피로와 우울감이 몰려왔다. 집에 가서 모든 것을 잊고 잠을 자고 싶었다.

"인간이 제일 못된 짐승들이에요. 서로에게 온갖 짓을 다 하죠. 단지 자기 환상을 실현하기 위해서 말이에요."

라이더가 말했다.

보슈는 벌떡 일어서서 근처에 있는 다른 팀 책상으로 걸어갔다. 맥그래스라는 절도전담팀 형사의 책상이었다. 보슈는 서랍을 열고 안을 뒤지기 시작했다.

"선배, 뭘 찾으세요?"

라이더가 물었다.

"담배. 이상하다, 폴이 항상 책상 속에 담배를 넣어두는 것 같았는데."

"그랬었죠. 제가 이제부터는 가지고 다니라고 시켰어요."

보슈는 서랍을 붙잡은 채 라이더를 바라보았다.

"당신이 그렇게 시켰다고?"

"선배가 유혹에 빠질까봐서요."

보슈가 서랍을 탁 닫고 자기 자리로 돌아왔다.

"정말 고마워, 키즈. 당신이 내 목숨을 구했어."

보슈가 정말 고마워서 고맙다고 말할 때 쓰는 어조가 아니었다.

"잘 견뎌낼 수 있을 거예요, 선배."

보슈는 라이더에게 눈을 흘겼다.

"평생 동안 담배 한 개비도 제대로 피워보지 못했으면서 어떻게 담배 끊어라, 견뎌낼 거다 이런 말을 할 수가 있어?"

"죄송해요. 전 그냥 돕고 싶어서."

"말했잖아, 고맙다고."

보슈가 라이더의 컴퓨터를 바라보더니 고개를 끄덕였다.

"또 다른 건? 무슨 생각을 하고 있는 거야? 방금 우리가 본 게 샘 킨케이드, 케이트 킨케이드 부부와 무슨 관련이 있어서 피의자 권리 고지를 했어야 한다는 거야?"

"그들이 이 사실을 알고 있었으니까요."

라이더는 자기가 본 것을 보슈는 보지 못했다는 사실에 놀란 표정이었다. 그녀가 설명했다.

"사진 속의 남자가 샘 킨케이드이니까요."

"우와! 그걸 어떻게 알아? 남자 얼굴도 안 보이던데. 조금 전에 그 친구 만나봤는데, 그 친구랑 그 마누라는 아직도 딸을 잃은 비통함에 젖어 있었어."

에드거가 말했다.

그 순간 보슈의 머릿속에 퍼뜩 떠오르는 것이 있었다. 방금 전 컴퓨터에서 소녀의 사진들을 봤을 때 그는 당연히 납치범이 찍은 거라고 생각했었다.

"이 사진들이 오래된 거란 말이군. 아이가 납치되기 전에 학대를 당했다는 거잖아."

보슈가 말했다.

"애초에 납치 같은 건 없었다고 말하는 거예요. 스테이시 킨케이드는 학대받는 아이였어요. 제 추측으로는 아이의 의붓아버지가 아이를 강간해오다가 나중에는 죽이기까지 한 것 같아요. 그리고 그 아이의 어머니도 말은 안 해도 그리고 찬성은 안 해도 그 사실을 분명히 알고 있었을 거란 말이죠."

보슈는 잠자코 듣고만 있었다. 라이더가 아주 열성적으로, 고통스러운 표정까지 지으면서 말을 했기 때문에 그녀도 이와 유사한 경험이 있는 것은 아닐까 하는 생각까지 들었다.

동료들이 반신반의하는 것을 눈치챈 라이더가 말했다.

"예전에 제가 아동 성범죄전담팀으로 가고 싶었던 때가 있었어요. 살인전담팀에 자원하기 전이었죠. 퍼시픽 경찰서 위기아동전담팀에 결원이 생겨서 제가 원하기만 하면 그 일을 맡을 수 있었어요. 서에서 실무를 맡기 전에 먼저 콴티코로 2주간 연수를 보내줬어요. 형사과에서 1년에 한 번씩 아동 성범죄 담당 형사들을 연수를 보내곤 했었죠. 거기서 저는 8일을 버티다가 뛰쳐나왔어요. 도저히 견딜 수가 없더라고요. 그래서 돌아와서 살인전담팀에 지원했죠."

라이더가 여기서 말을 멈췄지만 보슈와 에드거는 아무 말도 하지 않았다. 둘은 이야기가 더 있다는 것을 알고 있었다.

라이더가 계속해서 말했다.

"하지만 그곳을 뛰쳐나오기 전에 아동 성범죄는 주로 가족, 친척, 혹은 가까운 친구들에 의해 저질러지는 경우가 대부분이라는 사실을 알게 됐어요. 창문을 타고 넘어와 납치해가는 무서운 괴물은 현실에서는 거의 존재하지 않는다는 것도 알게 됐죠."

"하지만 그런 통계가 이 구체적인 사건에는 해당되지 않을 수도 있어, 키즈. 이 사건은 그 흔치 않은 예외일 수도 있다는 거지. 창문을 타고 넘어온 게 해리스는 아니었지만 이 남자였을 수도 있다는 거야."

보슈가 부드럽게 말했다.

그가 라이더의 컴퓨터를 가리켰다. 다행히도 화면에는 스테이시 킨케이드를 성폭행하는 머리 없는 남자의 사진이 나와 있지 않았다.

"창문을 넘어온 사람은 아무도 없었다니까요."

라이더가 끈질기게 버텼다.

그녀는 파일 한 개를 집어 들어 펼쳤다. 파일 안에는 스테이시 킨케이드 부검 소견서 사본이 한 장 들어 있었다. 라이더는 페이지를 넘기다가 사진 뭉치를 발견했다. 그 속에서 자기가 원하는 사진을 골라내더니 보슈에게 건네주었다. 보슈가 사진을 보는 동안 라이더는 다시 소견서를 훑어보기 시작했다.

보슈가 들고 있는 사진은 스테이시 킨케이드의 시신이 발견된 장소에서 발견된 상태 그대로 찍은 사진이었다. 소녀는 두 팔을 활짝 벌리고 있었다. 쉬헌의 말 그대로였다. 시신은 부패되어 피부가 변색이 되고 얼굴은 수척했지만, 휴식을 취하고 있는 천사 같은 느낌이 들었다. 이런 아이가 고통받고 죽임까지 당한 사진들을 보고 있자니 보슈는 가슴이 먹먹했다.

"왼쪽 무릎을 보세요."

라이더가 지시했다.

보슈는 시키는 대로 했다. 짙은 색의 둥근 점이 있었는데 상처의 딱지 같았다.

"상처 딱지야?"

"맞아요. 소견서에는 아이가 사망하기 5, 6일 전에 생긴 거라고 나와 있어요. 아이가 납치되기 전에 생긴 거라는 거죠. 그러니까 아이는 납치범과 함께 있는 동안 줄곧 저 딱지를 갖고 있었던 거예요. 정말로 납치범이 있다고 가정하면 말이죠. 그런데 웹 사이트에 올라 있는 사진들을 보면 상처 딱지가 전혀 없어요. 원하시면 다시 보여드릴게요."

"아냐, 당신 말이 맞겠지."

보슈가 말했다.

"그래, 나도 그렇게 생각해."

에드거가 덧붙였다.

"그러니까 웹 사이트에 있는 이 사진들은 스테이시가 납치되기 훨씬 전에, 살해되기 훨씬 전에 찍은 것들이라는 말이 되죠."

보슈가 고개를 끄덕이다가 잠시 후에는 고개를 가로저었다.

"왜요?"

라이더가 물었다.

"그냥… 모르겠어. 스물네 시간 전에는 우리는 일라이어스 사건을 수사하면서 경찰관이 범인일 거라고 생각했었지. 그런데 이젠 그 모든 게…."

"수사를 하다보면 바뀌기 마련이지, 뭐."

에드거가 말했다.

"잠깐만. 저 사진들 속에서 스테이시와 함께 있는 남자가 정말로 샘 킨케이드라면 왜 그런 사진들을 아직도 웹 사이트에 올려둔 상태로 있겠어? 그렇게 위험을 무릅쓴다는 게 말이 안 되잖아."

보슈가 말했다.

라이더가 답변에 나섰다.

"저도 그 생각 했는데요. 두 가지로 설명해볼 수 있을 것 같아요. 첫째, 그는 웹 사이트 편집 권한이 없었던 거죠. 다른 말로 하자면, 자신은 그 사진들을 삭제할 권한이 없기 때문에 삭제하려면 사이트 관리자에게 가야 하는데, 그러면 의심을 사게 되고 자신을 노출시킬 수밖에 없게 되는 거죠. 둘째는, 자기는 안전하다고 느꼈던 거죠. 해리스가 범인으로 지목되었고, 그가 법정에서 유죄 평결을 받든 안 받든 사건은 그걸로 종결되는 거니까요."

"그래도 사진들이 세상 사람들에게 노출될 위험은 여전히 있잖아."

에드거가 말했다.

"그런 사진들을 누가 보겠어요? 그리고 그런 사진들을 봤다고 떠벌리고 다닐 사람이 있을까요?"

라이더가 되물었다.

그녀의 목소리가 지나치게 방어적이었다. 자신도 그것을 느꼈는지 좀 더 침착한 목소리로 말을 이었다.

"모르시겠어요? 이 사이트에 접속하는 사람들은 소아 성애자들이에요. 스테이시를 알아보는 사람이 있다고 해도, 알아보는 사람이 있을 것 같지도 않지만 하여튼, 그 사람들이 어떻게 할 것 같아요? 경찰에 전화를 걸어서 '어, 네, 제가요, 어린이와 성교하는 걸 좋아하는데요, 그래도 애들을 죽이는 건 좀 아닌 것 같아요. 이 사진들을 우리 웹 사이트에서 삭제해주실래요?' 하고 말할 것 같아요? 어림도 없는 소리죠. 어쩌면 이 사진들을 계속 올려놓는 것이 일종의 자랑질인지도 모르죠. 여기 있는 애들이 현재 어떤 상태인지도 모르잖아요. 어쩌면 그 사이트에 있는 여자애들 모두가 이미 죽은 애들인지도 모르죠."

라이더가 보슈와 에드거를 설득시키려고 애를 쓰면서 목소리가 점점 더 날카로워지고 있었다.

"알았어, 알았어. 일리가 있는 말이야, 키즈. 하지만 당분간은 스테이시한테만 집중하자. 그러니까 당신 생각은, 일라이어스가 여기까지 파헤쳐 들어왔다가 이 일 때문에 죽임을 당했다는 거야?"

"바로 그거예요. 이 일 때문에 당한 거죠. 네 번째 편지 기억하시죠? '당신이 안다는 걸 그가 알고 있다.' 일라이어스는 그 비밀 웹 사이트에 들어갔다가 발각이 된 거예요."

"일라이어스가 두 번째 편지에서 받은 비밀번호를 사용했으면, 거기 들어간 게 어떻게 발각됐을까?"

에드거가 물었다.

라이더가 대답했다.

"좋은 질문이에요. 저도 두 오코너들한테 같은 것을 물어봤어요. 그랬더니 그 친구들이 서버로 들어가서 서버 안 여기저기를 기웃거렸어요. 그러다가 그 웹 사이트에 대한 쿠키를 발견했죠. 쿠키는 그 웹 사이트에 들어오는 모든 방문자에 대한 정보를 모아 보관하는 프로그램이에요. 그 정보를 분석해서 접근해서는 안 될 사람이 사이트에 들어온 적은 없는지 살펴보는 거죠. 방문자가 아이디와 비밀번호를 갖고 있어도, 방문 사실은 여전히 기록이 되고 인터넷 프로토콜 주소라고 불리는 데이터 흔적이 남는 거예요. 그건 지문 같은 거예요. IP 혹은 쿠키는 사용자가 방문한 사이트에 정보를 남기죠. 그러면 쿠키 프로그램이 IP 주소를 분석해서, 기존 회원들 명단하고 비교를 해보는 거예요. 기존 회원 명단에 없는 주소가 나타나면, 경계의 깃발이 올라가죠. 사이트 관리자는 그 깃발을 보고 침입자를 추적할 수 있어요. 아니면 침입자가 다시 방문하기를 기다리는 함정 프로그램을 설치해놓을 수도 있죠. 침입자가 돌아오면, 프로그램은 침입자에게 추적자를 붙여놓고, 추적자는 사이트 관리자에게 추적해낸 침입자의 이메일 주소를 알려주는 거고요. 일단 거기까지만 일이 진행되면 침입자를 제압할 수 있어요. 침입자의 신원을 밝혀낼 수 있죠. 침입자가 경찰 같으면, 엘리베이터의 문을 닫는 거예요. 하이잭킹해서 비밀 문으로 사용하던 웹 페이지를 버리는 거죠. 그러고는 하이잭킹을 위해 새로운 웹 페이지를 찾아다니는 거예요. 하지만 이번 경우에는 침입자가 경찰이 아니었어요. 변호사였죠."

"그래서 놈들이 엘리베이터 문을 안 닫았구만. 대신 사람을 보내 그를 죽인 거로군."

보슈가 말했다.

"맞아요."

"그러니까 당신 생각을 정리하자면 이런 거군. 일라이어스가 우편으로 이런 의문의 편지들을 받고 단서를 추적했다. 그러다가 이 웹 사이트에 들어갔다가 경보를 울렸다. 경고의 깃발이 올라갔다. 그러자 놈들이 그를 죽였다."

보슈가 말했다.

"맞아요. 그게 현재 우리가 알고 있는 사실에 대한 제 해석이에요. 특히 '당신이 안다는 걸 그가 알고 있다.'라는 네 번째 편지에 대한 해석이라고 할 수 있죠."

보슈는 고개를 설레설레했다. 자신의 추측에다 라이더의 해석까지 더해져 머릿속이 복잡했다.

"아직도 잘 모르겠어. 여기서 우리가 말하는 '놈들'이, 방금 내가 살인 혐의를 뒤집어씌운 '놈들'이 대체 누구야?"

"단체요. 사이트 회원들이요. 사이트 관리자가, 아마도 샘 킨케이드일 것 같기는 한데요, 침입자를 발견하고 추적해서 일라이어스라는 걸 알아내죠. 그래서 더 이상의 노출을 막기 위해 해결사를 파견하죠. 사이트 관리자가 해결사를 보내기 전에 사이트의 전 회원에게 뜻을 물었는가의 여부는 중요하지 않아요. 이 웹 사이트가 범죄 조직이기 때문에 모두 죄가 있는 거예요."

보슈는 한 손을 들어 진정하라는 표시를 했다.

"좀 천천히 가자고. 그 집단과 큰 그림을 파악하는 건 검찰청 몫으로 남겨둬도 되니까. 우린 살인범과 킨케이드에게만 집중하자. 그러니까 샘 킨케이드가 이런 추잡한 일에 관련이 되어 있었는데, 어떻게 알게 됐는지는 몰라도 다른 누군가가 그 사실을 알고는 경찰이 아니라 일라이어스에게 정보를 주기로 했다, 그 말이지? 그게 논리적으로 말이 될까?"

"되고말고요. 물론 자세한 내용을 전부 다 파악한 건 아니에요, 아직까지는요. 하지만 편지들만 봐도 자명하잖아요. 편지들은 누군가가 일라이어스에게 그 사이트에 들어가 보라고 귀띔을 해줬고, 나중에는 발각됐다고 경고를 해줬다는 사실을 분명하게 보여주고 있잖아요."

보슈는 천천히 고개를 끄덕이고 나서 라이더의 말에 대해 잠깐 생각해 보았다.

"잠깐만. 일라이어스가 경보를 울렸다면, 우리도 지금 똑같은 짓을 한 거 아냐?"

"아뇨. 두 오코너들 덕분에 그런 일은 면했어요. 리사와 스테이시가 서버 안에 있을 때, 자기들 IP뿐만 아니라 제 IP도 그 사이트의 우수 회원 명단에 덧붙여 놓았어요. 경보가 안 울리게 만든 거죠. 그 사이트 운영자들과 회원들은 그 우수 회원 명단을 살펴보고 정보가 수정되었다는 사실을 발견하기 전에는 우리가 그곳에 들어갔었다는 사실을 알지 못할 거예요. 그런 사실을 알게 될 때까지는 우리가 해야 할 일을 할 시간이 충분히 있을 거고요."

보슈는 고개를 끄덕였다. 두 오코너가 행한 일이 합법적인 것이냐고 물어보고 싶었지만 모르는 게 낫다는 생각이 들었다.

"그렇다면 누가 일라이어스에게 편지를 보냈을까?"

보슈가 물었다.

"마누라지, 뭐. 죄책감에 시달리다가 일라이어스를 도와 자기 남편 샘이 천하의 몹쓸 인간이라는 것을 세상에 폭로하기로 한 거지. 그 여자가 편지를 보낸 게 틀림없어."

에드거가 말했다.

"딱 들어맞네요. 편지를 보낸 사람은 두 가지 별개의 사실을 알고 있었어요. 샬롯의 거미줄 웹 사이트와 세차장 영수증이요. 그리고 하나 더, 일라이어스가 경보를 울렸다는 사실도 알고 있었죠. 그렇다면 저도 그 부인에게 한 표 던질래요. 오늘 그 여자 태도는 어땠어요?"

라이더가 말했다.

보슈는 다음 10분 동안 자기와 에드거가 그날 한 일들을 라이더에게 이야기해 주었다.

"수사와 관계된 것만 그 정도라는 거야. 해리는 내 차 뒷 창문이 총에 맞아 박살이 났다는 얘긴 하지도 않았어."

에드거가 덧붙였다.

"뭐라고요?"

에드거가 그 이야기를 들려주자 라이더는 홀린 듯이 듣고 있었다.

"저격범은 잡았어요?"

"그런 얘긴 못 들었는데. 거기 오래 머물지도 않았어."

"전 단 한 번도 총알이 저한테로 날아온 적이 없어서 잘 모르는데요. 진짜 스릴이 넘칠 것 같아요."

라이더가 말했다.

"그런 스릴은 안 느끼는 게 좋아. 그건 그렇고, 이 인터넷 건에 대해서 물어볼 게 더 있는데."

보슈가 말했다.

"뭔데요? 혹시 제가 대답할 수 없는 거라도, 두 오코너는 할 수 있을 거예요."

라이더가 말했다.

"아니, 기술적인 문제가 아니라, 논리적인 문제야. 난 아직도 이 사이트가 우리가 볼 수 있게 열려 있다는 게 이해가 안 가. 당신이 말했듯이 이 사이트 회원들이 모두 소아 성애자들이고, 안전하다고 느끼고 있다는 건 알겠는데, 그래도 이젠 일라이어스가 죽었잖아. 그들이 그를 죽였다면, 도대체 왜 새로운 문 속으로 숨어들어가지도 않았을까?"

"어쩌면 현재 그 작업을 진행 중인지도 모르죠. 일라이어스가 죽은 지 아직 48시간도 안 지났잖아요."

"그리고 킨케이드는? 우리가 조금 전에 그에게 수사를 재개할 거라고 했어. 그가 노출될 위험에 처했든 안 처했든, 그는 우리가 그 집을 나서자마자 컴퓨터 앞에 앉아 그 사이트에 접속해 사이트 관리자에게 연락을 했거나, 그 사이트를 파괴하고 그 사진들을 직접 삭제하려고 했을 것 같은데."

"그것도 지금 하고 있는 중인지도 모르죠. 그렇다고 해도, 너무 늦었어요. 두 오코너 형사가 모든 것을 집 드라이브(zip drive: 1994년에 아이오메가 사가 개발한 대용량 플로피 디스크 드라이브 – 옮긴이)에 저장해뒀거든요. 그들이 그 사이트를 파괴해도, 우린 여전히 그 사이트를 갖고 있는 거예요. 모든 IP 주소를 추적해서 관련된 사람들 전부를 체포할 수 있어요. 그들을 사람이라고 부를 수 있는지는 모르겠지만요."

이번에도 라이더의 목소리에서 엄청난 열정과 분노가 느껴져서 보슈는 그녀가 웹 사이트에서 본 무언가가 그녀의 개인적인 무언가를, 마음 속 깊은 곳에 있는 무언가를 건드린 건 아닌가 하는 생각이 들었다.

"그럼 지금부턴 뭘 하지? 수색 영장이 필요하겠지?"

보슈가 물었다.

"그럼요. 그리고 킨케이드를 연행해 와야 해요. 우리가 힘들게 그 산 위에 있는 대저택으로 왔다 갔다 할 필요가 없어요. 아동 학대 사건에 관한 신문을 위해 그들을 연행할 만큼 충분한 정보가 입수되어 있으니까요. 부부를 따로따로 조사실에 넣고 땀 좀 흘리게 해야죠. 그러고는 그 부인 쪽을 구워삶아서 자백을 얻어내야 해요. 그녀가 배우자의 특권을 포기하고, 우리에게 자기 남편을, 그 개자식을 넘겨주도록 잘 설득해 봐야죠."

"그 집안이 어떤 집안인줄 알아? 재력과 권력이 막강하고 정치적 연줄도 튼튼한 집안이야."

"어머나, 그 자동차 왕이 겁나나 보네요."

보슈가 라이더의 표정을 살펴보니 농담을 한 것이었다.

"내가 겁나는 건 너무 서두르다가 일을 망쳐버리는 거야. 아직까지는 스테이시 킨케이드나 하워드 일라이어스를 죽였다고 생각되는 유력한 용의자를 한 명도 확보하지 못했잖아. 그 애 엄마를 이리로 연행해 와서 설득해서 남편에게 불리한 진술을 받아내지 못하면, 자동차 왕은 자동차를 타고 유유히 사라질걸. 내가 겁나는 건 바로 그거야. 알겠어?"

라이더가 고개를 끄덕였다.

"설득당하고 싶어 안달이 났을 것 같은데. 아니면 왜 일라이어스에게 그런 편지들을 보냈겠어?"

에드거가 말했다.

보슈는 두 팔꿈치를 책상 위에 대고 두 손으로 얼굴을 비볐다. 생각을 정리할 때의 버릇이었다. 이제 결정을 내려야 했다.

"샬롯의 거미줄 웹 사이트는? 그건 어떡하지?"

보슈가 아직도 두 손으로 얼굴을 덮은 채로 물었다.

"그건 잉글러트와 두 오코너한테 맡겨야죠. 알아서 처리해줄 거예요. 아까도 말했지만, 우수 회원 명단을 바탕으로 회원들을 추적할 거예요. 그들의 신원을 확인하고 검거하겠죠. 인터넷 소아 성애자 집단 한 개가 일망타진 되는 거예요. 그건 시작에 불과해요. 검찰청이 앤젤스 플라이트 살인 사건과 관련해서 기소하려고 들 수도 있어요."

라이더가 말했다.

"그게 어디 쉽겠어? 그 사람들은 전국 곳곳에 살고 있을 텐데. LA에만 모여 사는 게 아니라."

에드거가 말했다.

"전 세계에 흩어져 있어도 큰 문제 안 될 거예요. 연방수사국과 협력하면 되니까요."

한동안 침묵이 흐른 후 마침내 보슈가 얼굴을 가리고 있던 두 손을 내렸다. 결정을 내린 것이다.

"좋아. 당신들은 여기서 수색 영장을 작성해줘. 오늘 밤에 움직일 경우를 대비해서 최대한 빨리 작성하고 서명을 받아줘. 모든 무기와 컴퓨터 장비를 구체적으로 명시해. 킨케이드 부부의 새 집과 자동차 전부와 샘 킨케이드의 사무실뿐만 아니라 그들이 아직도 소유하고 있다는 옛날 집에 대해서도 영장을 받아줘. 그리고 제리, 자네는 그 경호원에 대해서 알아봐줘."

"D.C. 리히터, 알았어. 그런데 뭐…."

"그의 자동차에 대한 수색 영장을 따로 하나 만들었으면 좋겠는데."

"PC요?"

라이더가 물었다.

보슈는 잠깐 동안 곰곰이 생각했다. 자기가 원하는 건 분명히 알겠는데 그걸 얻기 위한 합법적인 방법이 무엇인지가 고민이었다.

"그냥, 킨케이드의 경호실장으로서 그의 자동차가 스테이시 킨케이드와 관련된 범죄에 사용되었을 가능성이 있다고만 써."

"그게 진짜 이유가 아니잖아, 해리."

"다른 영장들 속에 슬쩍 집어넣어서 얼렁뚱땅 받아내자고. 판사는 사건 요지를 읽은 다음에는 영장의 세부 사항에는 크게 신경 쓰지 않을 거야. 판사 명단을 보고, 여판사를 골라서 제출해."

보슈가 말했다.

"그럼 너무 교활한 거 아닐까요?"

라이더가 웃으면서 말했다.

"자넨 이제 뭐할건데, 해리?"

에드거가 물었다.

"난 파커 센터로 가서 어빙과 린델을 만날 거야. 우리가 확보한 증거를 얘기하고 어떻게 처리하길 원하는지 물어봐야지."

보슈는 라이더의 얼굴에서 실망한 기색을 읽었다.

"선배, 그건 선배답지 않은데요. 선배가 부국장한테 보고를 하면, 그는 보수적인 길을 택할 게 분명해요. 모든 가능성을 확실히 살펴볼 때까지 꼼짝도 못하게 할 걸요."

라이더가 말했다.

보슈는 고개를 끄덕이고 나서 말했다.

“평상시라면 그렇게 하겠지. 하지만 지금은 평상시가 아니야. 어빙은 이 도시가 불길에 휩싸이는 걸 막고 싶을 거야. 킨케이드 부부를 수사하는 게, 그것도 빨리 움직이는 것이 도시의 환난을 막는 방법일지도 모른다는 걸 알 거야. 그 정도의 머리는 된다고 봐.”

“선배는 인간의 본성을 너무 많이 신뢰하고 있는 것 같군요.”

라이더가 말했다.

“무슨 소리야?”

“이 도시의 흥분을 식힐 수 있는 최상의 방법은 경찰관을 잡아넣는 거예요. 벌써 부국장은 쉬헌을 잡아넣었죠. 부국장은 이런 얘길 듣고 싶어 하지 않을 거예요, 해리 선배.”

“자네는 자동차 왕을 체포하고 나서 샘 킨케이드가 일라이어스를 죽인 범인이라고 발표하면 모두가 자네 말을 믿고 흥분을 가라앉힐 거라고 생각하는 모양인데, 그건 오산이야. 저 바깥에는 그 범인이 반드시 경찰관이어야 한다고 굳게 믿는 사람들이 있어. 그들은 다른 어떤 말에도 귀를 기울이지 않을 거야. 어빙이 그런 것도 파악할 정도의 머리는 된다고 봐, 나는.”

에드거가 말했다.

보슈의 머릿속에 시내 파커 센터 조사실에 앉아 있는 쉬헌의 모습이 떠올랐다. 쉬헌은 경찰국의 희생양이 되어가고 있었다.

“영장이나 작성해줘. 나머지는 내가 알아서 할 테니까.”

보슈가 말했다.

27 희생양

보슈는 창밖으로 파커 센터 앞 인도와 로스앤젤레스 스트리트를 막고 행진하고 있는 시위대를 내려다보았다. 시위대 한쪽은 '이제는 정의를'이라고 적힌 피켓을 다른 쪽은 '하워드 일라이어스를 위해 정의를'이라고 적힌 피켓을 들고 질서정연하게 움직이고 있었다. 똑같은 피켓을 많이 만들어 들고 나온 것을 보니 언론 보도를 의식해 시위 지도부가 세심하게 준비를 한 것이 분명했다. 보슈는 그 군중 속에서 프레스턴 터긴스 목사를 발견했다. 터긴스 목사가 걸을 때마다 기자들이 그에게 마이크를 들이대면서 그와 함께 움직이고 있었고 카메라들이 그의 얼굴을 연신 찍어대고 있었다. 그러나 보슈가 보기에 카탈리나 페레즈에 대해 적은 피켓은 하나도 없는 것 같았다.

"보슈 형사."

어빙이 보슈 뒤에서 그를 불렀다. 그러고는 말을 이었다.

"정리를 해보게. 이제까지는 자네들이 입수한 증거들에 대해 이야기를 했는데. 이제부터는 큰 그림을 이야기해 보게. 그 모든 것이 어떤 의미인지 자네의 생각을 듣고 싶군."

보슈가 돌아섰다. 그는 어빙을 바라보다가 천천히 린델에게로 시선을 돌렸다. 그들은 어빙 부국장의 집무실에 있었다. 어빙은 경찰 제복을 차려입고 책상 앞에 꼿꼿하게 앉아 있었다. 제복을 차려입은 것을 보니 기자 회견에 참석할 모양이었다. 린델은 어빙의 책상 맞은편에 있는 의자들 중 하나에 앉아 있었다. 조금 전까지 보슈는 라이더가 발견한 것들과 그 후 그의 팀이 취한 조치에 대해 보고했다. 이제 어빙은 그 모든 것에 대한 해석을 요구하고 있었다.

보슈는 머릿속으로 생각을 정리하면서 책상 쪽으로 돌아가 린델 옆자리에 앉았다.

"저는 샘 킨케이드가 의붓딸을 살해했거나 살해를 도왔다고 생각합니다. 납치 같은 것은 애당초 없었습니다. 그건 샘 킨케이드가 꾸며낸 이야기였죠. 그런데 그에게 엄청난 행운이 찾아왔습니다. 딸의 교과서에서 마이클 해리스의 지문이 발견된 것이죠. 그게 발견된 후로 킨케이드는 사실상 위험한 고비를 완전히 넘기게 된 겁니다."

"처음부터 차근차근 설명해보게."

"네. 우선 샘 킨케이드가 소아 성애자였다는 사실부터 말씀드려야겠군요. 그는 6년 전에 케이트와 결혼했습니다. 자신의 성적 취향을 은폐하려는 시도였는지도 모르죠. 어쨌든 그 후부터 케이트의 딸을 건드리기 시작했습니다. 안타깝게도 아이의 시신은 부패가 너무 심해서 검시관이 장기적인 성적 학대의 증거가 있는지 판단할 수가 없었습니다. 하지만 저는 분명히 있었을 거라고 생각합니다. 그리고…."

"그 애 엄마도 알고 있었나?"

"모르겠습니다. 어느 순간엔가 알아차린 것은 분명한데 그게 정확히 언제였는지는 아직 파악이 안 됐습니다."

"계속하게. 방해해서 미안."

"작년 여름에 무슨 일이 일어났습니다. 어쩌면 아이가 샘 킨케이드를 협박했는지도 모르겠습니다. 누군가에게, 엄마가 모르고 있었다면 엄마에게 털어놓겠다고, 아니면 관계 당국에 신고하겠다고 말이죠. 아니면 단지 킨케이드가 아이에게 진력이 난 건지도 모르고요. 소아 성애자들은 특정 연령 집단을 공략합니다. 그 연령 집단보다 나이가 많은 아이들에게는 관심이 없죠. 당시는 스테이시 킨케이드가 열두 살 가까이 될 무렵이었습니다. 아이가 너무 나이가 들어서 의붓아버지의 …취향에는 맞지 않았던 건지도 모르죠. 아이가 이제 그런 식으로 쓸모가 없어졌다면, 그에게는 그저 위험한 존재일 뿐이었을 겁니다."

"이야기를 듣고 있자니 마음이 안 좋군. 열한 살짜리 여자애한테 그런 일이 생기다니."

"그럼 어떡할까요, 부국장님? 마음이 안 좋기는 저도 마찬가집니다. 전 사진까지 봤습니다."

"계속해보게."

"무슨 일이 일어났고, 킨케이드는 스테이시를 살해했습니다. 그는 시신을 숨기고 나서 창문을 쇠지렛대로 억지로 열어놓죠. 그러고 나서는 일이 자연스럽게 진행이 되도록 뒷짐 지고 구경을 합니다. 아침이 되자 소녀의 엄마는 딸애가 사라진 것을 알고 경찰에 신고합니다. 그때부터 납치 이론이 술술 풀려나오기 시작하죠."

"그러고 나서 행운이 찾아들고요."

린델이 말했다.

"맞습니다. 횡재를 하게 되죠. 컴퓨터가 스테이시의 방과 집 안 전체에서 채취해간 지문들 중에서 빌빌거리면서 살고 있는 마이클 해리스라는 전과자의 지문을 찾아낸 겁니다. 그때부터는 강력계 형사들은 달리기 시합에 나섭니다. 모두들 눈가리개를 하고 있었던 것 같습니다. 모든 수사를 중단하고 오로지 해리스 검거에만 열을 올립니다. 강력계 형사들은 해리스를 검거해서 취조를 시작합니다. 그런데 이게 호락호락하지가 않네요. 해리스는 아무것도 자백하지 않고, 지문을 뒷받침할 만한 다른 증거물이 전혀 발견되지 않습니다. 한편, 해리스의 이름이 언론에 새어나갑니다. 경찰이 용의자를 확보했다는 사실이 보도가 됩니다. 샘 킨케이드는 해리스가 사는 곳을 알아냅니다. 어쩌면 피해자의 부모에게 정보를 제공하는 것을 기쁨으로 여기는 친절한 경찰한테서 들은 건지도 모르죠. 어쨌든 킨케이드는 시신을 숨겨놓은 곳으로 가서 시신을 옮깁니다. 제 추측으로는 스테이시의 시신은 줄곧 자동차 트렁크 속에 있었던 것 같습니다. 그리고 그 자동차는 줄곧 킨케이드의 자동차 대리점 어느 한 군데의 주차장에 서 있었겠죠. 어쨌든 킨케이드는 시신을 해리스의 동네로 가져가서 용의자의 아파트에서 두 블록 떨어진 곳에 있는 쓰레기장에 유기합니다. 그다음 날 아침 시신이 발견됐을 때 형사들은 드디어 지문과 함께 내세울 수 있는 또 다른 증거를 확보하게 되죠. 비록 정황 증거긴 하지만요. 이제 해리스는 꼼짝없이 살인 혐의를 뒤집어쓰게 된 겁니다."

"해리스의 지문은 그가 킨케이드 부인의 차를 세차할 때 묻게 된 거고."

어빙이 말했다.

"그렇습니다."

"그럼 일라이어스는요? 그는 왜 살해당한 겁니까?"

린델이 물었다.

"킨케이드 부인이 죽인 거라고 생각합니다. 그녀의 실수가 일라이어스를 죽음으로 내몬 겁니다. 딸을 묻고 나서 어느 순간부터 딸의 원혼

이 꿈에 나타나기 시작했는지도 모르겠습니다. 딸에게 죄책감을 느끼고 있었고, 이제라도 진실을 밝히고 싶었는지도 모릅니다. 케이트 킨케이드는 남편이 얼마나 무서운 사람인지 알고 있었죠. 어쩌면 직접 협박을 당해봤는지도 모르겠습니다. 그래서 그녀는 은밀하게 일을 꾸밉니다. 일라이어스에게 익명의 제보 편지들을 보내 그를 돕기 시작하죠. 그 방법은 효과가 있었습니다. 일라이어스가 비밀 웹 사이트인 샬롯의 거미줄 웹 사이트를 찾아내죠. 거기서 아이의 사진들을 보고 나서는 그 아이를 죽인 진범이 누군지 알아차립니다. 일라이어스는 대단히 조용히 일을 진행하고 있었습니다. 샘 킨케이드를 소환해 법정에 세우고 나서 모든 것을 폭로할 계획이었죠. 그런데 그가 자신의 패를 보여주는 치명적인 실수를 저지르고 맙니다. 그 웹 사이트에 자신의 흔적을 남긴 거죠. 킨케이드나 그 사이트의 운영자들이 일라이어스가 몰래 침입했었다는 사실을 알게 된 겁니다."

"그래서 저격범을 보낸 거군요."

린델이 말했다.

"그렇죠. 샘 킨케이드가 직접 나선 것 같지는 않습니다. 아마도 그 밑에서 일하는 누군가를 시켰을 것 같아요. 그에게 경호원이 있는데, 지금 그 경호원을 조사하고 있습니다."

세 사람은 오랫동안 아무 말도 하지 않았다. 어빙은 책상 위에 두 손을 올려놓고 깍지를 끼고 있었다. 반짝반짝 윤이 나는 목제 책상 위에는 아무것도 놓여 있지 않았다.

"쉬헌을 풀어주셔야 합니다. 범인이 아니니까요."

보슈가 먼저 입을 열었다.

"쉬헌 걱정은 말게. 혐의가 없으면 집에 가겠지. 킨케이드를 어떻게 처리할 건지 알고 싶군. 그건 정말…."

어빙이 말했다.

보슈는 어빙의 망설임을 보지 못한 척했다.

"정석대로 처리하고 있습니다. 압수 수색 영장에 판사의 서명을 받아서 집행할 준비를 마쳐 놓았고요. 내일 아침에는 킨케이드의 옛집에서 킨케이드 부인을 만날 예정입니다. 그녀를 잘 설득해서 진술을 받아낼 생각이죠. 그녀는 정신적으로 매우 나약한 상태이고, 어쩌면 이런 말이 나오기도 전에 쓰러질지도 모릅니다. 하지만 어찌 됐든 영장을 집행할 겁니다. 많은 인력을 확보해서 킨케이드의 집 두 채, 자동차, 사무실 등 모든 곳을 동시에 칠 겁니다. 어떤 결과가 나오는지는 두고 봐야죠. 그리고 킨케이드의 자동차 대리점들에 관한 기록도 압수해야 할 것 같습니다. 그리고 지난 7월에 킨케이드가 어떤 자동차들을 사용했는지 알아내야 하고요. 리히터의 자동차도 마찬가지고요."

"리히터?"

"킨케이드의 경호원입니다."

이번에는 어빙이 일어서서 창가로 걸어갔다.

"지금 자네가 말하는 용의자는 이 도시의 건설에 큰 도움을 주었던 가문의 사람이야. 잭슨 킨케이드의 아들이란 말일세."

어빙이 말했다.

"압니다. 샘 킨케이드가 재력과 권력이 막강한 가문 출신이라는 것. 그는 심지어 스모그마저도 자기 것인 양 말하더군요. 스모그를 마치 자기 가문이 이룩한 업적인 것처럼 쳐다보던데요. 하지만 그런 것은 중요하지 않습니다, 부국장님. 그런 끔찍한 일을 저지른 이상 말입니다."

보슈가 대답했다.

어빙의 시선이 창밖 아래쪽으로 향했고 보슈는 그가 시위 행진을 내려다보고 있다는 것을 알았다.

"아주 대동단결하셨구만. 꼭 저렇게까지…."

어빙은 말을 끝맺지 못했다. 보슈는 그가 무슨 생각을 하는지 알고 있었다. 어빙은 저 아래 인도에 있는 사람들이 경찰관을 살인 혐의로 기소했다는 소식을 기다리고 있다고 생각하고 있을 것 같았다.

"쉬헌 형사 조사는 어떻게 되어 가나?"

어빙이 물었다.

린델이 자기 손목시계를 보았다.

"벌써 여섯 시간째 조사를 받고 있습니다. 제가 조사실을 나올 때 본 바로는 하워드 일라이어스 피살 사건에 대해 자신에게 혐의가 갈 수 있는 말은 단 한마디도 하지 않았습니다."

"예전에 쉬헌이 피해자를 죽이겠다고 협박한 적이 있었어. 그리고 피해자는 쉬헌이 협박했던 방식으로 죽임을 당했지."

"그건 오래전 일이었잖습니까. 게다가 남들 듣는 데서 공개적으로 말했고요. 제 경험으로 볼 때 그런 식으로 협박을 하는 사람들은 보통 협박에 그치지 실행에 옮기지 않습니다. 한번 울분을 터뜨리는 거죠."

어빙은 계속 창밖을 내려다보면서 고개를 끄덕였다.

"총기 감식은 어떻게 됐나?"

어빙이 물었다.

"아직입니다. 일라이어스에 대한 부검이 오늘 오후에 시작될 예정이었습니다. 채스틴 형사를 법의국으로 보냈습니다. 검시관이 총알을 빼주면 채스틴 형사가 여기 총기 감식실에 갖다 줄 겁니다. 워싱턴에 있는 우리 FBI 총기 감식실에 보내면 시간이 너무 지체될 것 같아서요. 그러데 부국장님, 쉬헌이 자기 총을 기꺼이 내주었습니다. 총기 감식을 자청하고 나섰죠. 쉬헌이 9밀리미터 구경 권총을 갖고 다니는 것은 맞지만, 피해자의 몸에서 나온 총알 크기가 자기 총알 크기와 같다는 걸 알았다면, 총기 감식을 자청하지는 않았을 것 같습니다."

"자택 수색은?"

"집을 완전히 뒤집어 보았습니다. 이번에도 쉬헌이 순순히 승낙해줬습니다. 하지만 아무것도 발견하지 못했습니다. 다른 무기도 없었고, 일라이어스에게 보내는 협박 편지도 없었고, 아무것도요."

"알리바이는?"

"그게 좀 문젭니다. 금요일 밤에 혼자 집에 있었답니다."

"부인은 어떡하고요?"

보슈가 물었다.

"부인과 자녀들은 베이커스필드에 산답니다. 그렇게 떨어져 산 지 꽤 오래된 것 같던데요."

린델이 말했다.

쉬헌한테서 뒤통수를 또 한 대 얻어맞은 것 같은 느낌이 들었다. 보슈는 지난번에 쉬헌을 만나 가족의 안부를 물었을 때 쉬헌이 왜 그런 이야기를 하지 않았는지 궁금했다.

어빙은 잠자코 있었고 린델이 말을 이었다.

"현재로서는 두 가지 선택안이 있는 것 같습니다. 하나는 내일 총기 감식 결과가 나와 그의 혐의가 공식적으로 풀릴 때까지 쉬헌을 붙잡아 두고 기다리는 것이죠. 다른 하나는 보슈 형사의 말을 믿고 지금 당장 그를 풀어주는 것입니다. 문제는 쉬헌을 내일까지 붙들고 있으면, 시민들의 기대가 훨씬 더 커질 것이라는…."

"반대로 아무런 설명 없이 쉬헌을 놓아주면, 폭동을 유발할 수 있지."

어빙이 말했다.

그는 계속 창밖을 내려다보며 골똘히 생각했다. 이번에는 린델이 잠자코 기다리고 있었다.

마침내 어빙이 입을 열었다.

“6시에 풀어줘. 5시 브리핑 때 쉬헌은 추가 조사가 있을 때까지 귀가 조치될 거라고 말할게. 벌써부터 프레스턴 터긴스와 그의 추종자들의 성난 고함 소리가 들리는 것 같군.”

보슈가 반기를 들고 나섰다.

“그것만으로는 부족합니다, 부국장님. 프랭크 쉬헌은 아무런 혐의점이 없었다고 분명히 밝히셔야 합니다. ‘추가 조사가 있을 때까지’요? 경찰이 처음에는 쉬헌이 범인이라고 생각해서 조사를 했는데, 그의 혐의를 입증할 만한 증거를 전혀 확보하지 못했다고 말씀하시는 게 나을 것 같은데요.”

어빙이 창가에서 홱 돌아서서 보슈를 바라보았다.

“나한테 뭐가 부족하네 마네 하는 건방진 말은 하지 말게, 형사. 자네는 자네의 본분을 다하고, 나는 내 본분을 다하면 되는 거야. 그러고 보니, 내 본분은 한 시간 후에 브리핑을 하는 것이군. 그 자리에 자네의 두 동료가 참석하기 바라네. 내 뒤에 백인들만 주르륵 세워놓고 기자들 앞에 서서 추가 조사가 있을 때까지 백인 경찰관을 풀어줄 거라고 말할 수는 없지. 이번에는 자네의 동료들이 반드시 참석을 해야 돼. 그리고 이번에는 어떤 변명도 용납이 안 될 거야.”

“참석시키겠습니다.”

“좋아. 이제 앞으로의 수사 방향에 대해 기자들에게 무슨 말을 해야 할지 이야기 좀 나눠볼까.”

기자 회견은 짧게 끝났다. 이번에는 경찰국장이 참석하지 않았다. 어빙 부국장이 나서서 수사가 계속되고 있고 확대되고 있다고 설명했다. 또한 그는 지난 몇 시간 동안 조사를 받아온 경찰관이 귀가 조치 될 것이라고 말했다. 이 말이 나오기가 무섭게 사방에서 기자들이 질문을 쏟아내기 시작했다. 어빙은 두 손을 쳐들었다. 그렇게 하면 기자들을 진정시킬 수 있을 거라고 생각한 모양인데, 잘못된 생각이었다.

어빙이 꾸짖는 어조로 말했다.

"조용히 해 주세요. 지금 소리 지르기 시합하는 것 아닙니다. 질문 너덧 개만 받고 끝내겠습니다. 다시 돌아가서 수사에 매달려야 하니까요. 우리는…."

"귀가 조치 된다는 게 무슨 뜻입니까, 부국장님? 혐의가 풀렸다는 뜻입니까, 아니면 그를 붙잡아둘 증거를 확보하지 못했다는 뜻입니까?"

채널 4의 하비 버튼 기자가 우렁차게 외쳤다.

어빙은 잠깐 동안 버튼을 쳐다보다가 대답했다.

"수사가 현재 다른 방향으로 진행되고 있다는 뜻입니다."

"그렇다면 쉬헌 형사의 혐의가 풀렸군요, 아닙니까?"

"구체적으로 이름을 거론하는 것은 곤란합니다."

"부국장님, 아차피 다들 알고 있는데 뭘 그러십니까. 제 질문에 대답해주시죠."

보슈는 이 상황이 재미있었다. 린델은 프랭키 쉬헌이라는 이름을 처음 언론에 흘린 사람이 바로 어빙 부국장이라고 했다. 그런데 지금 부국장은 이름이 거론된 것에 불쾌해하는 연기를 하고 있는 것이었다.

"제가 말씀드릴 수 있는 것은 조사를 받은 경찰관이 현재로서는 만족스러운 대답을 했다는 것뿐입니다. 그래서 집으로 돌아가게 될 것이고 우리는 다시…."

"수사가 다른 방향으로 진행되고 있다고 하셨는데, 어떤 방향을 말씀하시는 겁니까?"

다른 기자가 소리쳤다.

"자세히 설명할 수는 없습니다. 모든 가능성을 염두에 두고 수사하고 있다고만 말씀드리겠습니다."

어빙이 말했다.

"FBI 요원에게 질문해도 될까요?"

어빙은 무대 뒤쪽에 보슈, 에드거, 라이더와 나란히 서 있는 로이 린델을 돌아보았다. 그러고는 다시 고개를 돌려 수많은 조명등과 카메라와 기자들을 바라보았다.

"연방수사국과 LA 경찰국은 정보 채널을 LA 경찰국으로 단일화하는 것이 최선이라고 합의를 보았습니다. 질문이 있으면 저한테 하세요."

"현재 조사를 받고 있는 다른 경찰관도 있습니까?"

버튼이 소리쳐 물었다.

어빙은 곧바로 대답하지 않고 잠깐 동안 적절한 표현과 말의 순서를 고민하고 나서 답변을 했다.

"그렇습니다. 조사를 받고 있는 경찰관들이 있습니다. 통상적인 절차입니다. 하지만 현재로서는 용의자로 분류할 만한 경찰관은 한 명도 없습니다."

"그렇다면 쉬헌 형사는 용의자가 아니라는 말씀이군요."

버튼이 어빙을 한 방 먹였다. 어빙도 그 사실을 알았다. 자기가 자기 무덤을 판 거였다. 그러나 어빙은 솔직하지 못한 것은 아니지만 성의 없는 답변을 택했다.

"노코멘트입니다."

"부국장님, 살인 사건이 발생한지 벌써 48시간이 다 되어 갑니다. 그런데 아직 용의자를 단 한 명도 확보하지 못했다는 말씀입니까?"

버튼이 다른 기자들의 소란을 잠재울 만큼 크고 묵직한 목소리로 따져 물었다.

"용의자 확보 여부에 대해서는 지금 말씀드리지 않겠습니다. 다음 질문 주세요."

어빙은 더 이상 버튼에게 끌려 다니지 않으려고 재빨리 다른 기자를 지목했다. 질의응답은 그 후로도 10분 정도 더 진행이 되었다. 중간에 보슈가 라이더를 돌아보니 그녀는 '지금 우리가 여기서 뭐하고 있는 거예요?'라고 묻는 표정을 지어보였다. 그래서 보슈는 '시간 낭비'라고 대답하는 표정을 지어보였다.

마침내 기자 회견이 끝나자 보슈는 무대 위에서 에드거와 라이더와 모여 섰다. 두 동료는 기자 회견 시작과 거의 동시에 도착했기 때문에 따로 이야기를 나눌 기회가 없었다.

"수색 영장은 어떻게 되어 가?"

보슈가 물었다.

"거의 다 끝나가. 이 시시한 서커스 쇼에 오지 않았다면 벌써 끝냈을 텐데."

에드거가 말했다.

"그러게 말이야."

"해리 선배, 우리가 이렇게 동원되는 일이 없도록 선배가 막아줄 거라고 생각했는데요."

라이더가 말했다.

"그래, 알아. 이기적인 일을 좀 했어. 프랭키 쉬헌은 내 친구야. 그의 이름이 언론에 흘러들어갔다는 얘길 들으니 정말 기가 막혔어. 난 당신들 두 사람이 여기 있어주면, 쉬헌이 귀가 조치 될 거라는 발표에 신뢰성을 높여줄 수 있을 거라고 생각했어."

"그러니까 선배도 어빙이 어제 바랐던 것처럼 우리를 이용한 거군요. 어빙이 그러는 건 용납할 수 없지만 선배 자신이 그러는 건 괜찮다 그

거네요."

라이더가 말했다.

보슈는 라이더의 표정을 살폈다. 그녀는 이런 식으로 이용된 것에 화가 많이 나 있었다. 배신이었을 것이다. 보슈가 볼 때는 사소한 배신이었지만, 어쨌든 배신은 배신이었다.

"이봐, 키즈, 이 문제는 나중에 얘기하자. 하지만 아까도 말했지만, 프랭키는 내 친구야. 그리고 이 일로 인해 당신하고도 친구가 된 거야. 그것이 소중하게 느껴질 때가 있을 거야."

보슈는 말을 끝내고 라이더의 대답을 기다리고 또 기다렸다. 한참 후에야 마침내 라이더가 고개를 살짝 끄덕였다. 이걸로 해결이었다. 적어도 당분간은.

"시간이 얼마나 더 필요해?"

보슈가 물었다.

"한 시간 정도. 그다음에는 판사를 찾아봐야 해."

에드거가 말했다.

"왜요? 어빙이 뭐라고 했는데요?"

라이더가 보슈에게 물었다.

"어빙은 중립이야. 그래서 난 만반의 준비를 다 해놓고 싶어. 내일 아침에 바로 움직일 수 있게."

보슈가 대답했다.

"내일 아침까지는 아무 문제없어."

에드거가 말했다.

"좋아. 그러면 당신들은 서로 돌아가서 영장 작업을 마무리해줘. 그러고 나서 오늘 밤에 판사를 찾아가 서명을 받고. 내일은…."

"보슈 형사?"

보슈가 뒤를 돌아보았다. 하비 버튼 기자와 그의 피디인 탐 체이니가 뒤에 서 있었다.

"아무 말도 할 수 없습니다."

보슈가 말했다.

"당신이 스테이시 킨케이드 사건의 재수사를 시작했다는 걸 알고 있어요. 잠깐만 시간 좀…."

체이니가 말했다.

"누가 그래요?"

보슈가 발끈 화를 내며 물었다.

"우리 취재원이…."

"당신네 취재원한테 가서 제발 거짓말 좀 하지 말라고 해요. 노코멘트입니다."

카메라 기자가 다가와 버튼의 어깨 너머로 카메라 렌즈를 쑥 내밀었다. 버튼은 마이크를 들었다.

"마이클 해리스의 결백을 입증할 증거를 찾았습니까?"

버튼이 불쑥 질문을 던졌다.

"노코멘트라고 했는데요. 그것 좀 치워줘요."

보슈가 말했다.

보슈는 카메라를 향해 팔을 뻗어 손으로 렌즈를 가렸다.

"카메라 만지지 말아요! 개인 재산이니까."

카메라 기자가 악을 썼다.

"내 얼굴도 개인 재산이요. 카메라 치워요. 기자 회견은 끝났으니까."

보슈는 버튼의 어깨를 잡고 강제로 무대 밖으로 밀고 갔다. 카메라 기자가 뒤따라왔다. 체이니는 침착하게 천천히 뒤따라오는 것이 마치 보슈에게 건드려주면 고마우니까 건드려달라고 도발하는 것처럼 보였다. 체이니와 보슈는 서로를 노려보았다.

"오늘 밤 뉴스 꼭 봐요, 형사. 재미있을 겁니다."

체이니가 말했다.

"그럴 리가요."

보슈가 말했다.

20분 후 보슈는 파커 센터 3층 강력계 조사실로 통하는 복도 입구에 놓인 빈 책상 위에 앉아 있었다. 그는 아직도 버튼과 체이니와의 대화 내용을 떠올리며 그들이 무슨 정보를 확보했을까 궁금해하고 있었다. 갑자기 문이 열리는 소리가 나서 고개를 들어보니 프랭키 쉬헌이 린델과 함께 복도를 걸어오고 있었다. 보슈의 옛 동료는 진이 다 빠진 모습이었다. 얼굴 피부는 늘어져 있었고, 머리카락은 헝클어지고, 전날 밤 바에서 만났을 때 입었던 옷을 그대로 입고 있었는데 많이 구겨지고 후줄근해 보였다. 보슈는 책상에서 미끄러져 내려와 서서 주먹이 날아오면 피할 준비를 했다. 그러나 쉬헌은 보슈의 몸짓을 보고 그 뜻을 알아차렸는지 두 손을 손바닥이 앞으로 오게 해서 들어 올렸다. 그러고는 입을 삐죽이며 웃었다.

"괜찮아, 해리. 린델 요원한테 얘기 들었어. 적어도 일부는 들었지. 당신이 아니었어. 나였어. 내가 그 멍청이를 협박했던 일을 까맣게 잊고 있었어."

쉬헌이 아주 지치고 쉰 목소리로 말했다.

보슈는 고개를 끄덕였다.

"가자, 프랭키. 태워다 줄게."

보슈가 말했다.

보슈는 쉬헌과 함께 엘리베이터를 타고 로비로 내려갔다. 엘리베이터 안에서 그들은 나란히 서서 문 위에 있는 불이 켜진 숫자들만 올려다보고 있었다.

"의심해서 미안해, 친구."

쉬헌이 조용히 말했다.

"괜찮아, 친구. 나도 마찬가지니까."

"그래? 어째서?"

"어젯밤에 지문에 대해 물었던 것 말이야."

"아직도 내가 심은 거라고 의심하는 거야?"

"아니. 전혀."

로비에서 그들은 직원 전용 주차장으로 통하는 옆문으로 나갔다. 차가 있는 데까지 절반 정도 걸어갔을 때 소란스러운 소리가 들려서 돌아보니 취재 기자와 카메라 기자 몇 명이 다가오고 있었다.

"아무 말도 하지 마. 한 마디도 하지 말라고."

보슈가 조용히 말했다.

어느새 기자들이 다가와 그들을 에워쌌다. 뒤에 다른 기자들도 오고 있었다.

"노코멘트입니다. 노코멘트."

보슈가 말했다.

그러나 그들의 관심 대상은 보슈가 아니었다. 그들은 쉬헌의 얼굴 앞에 마이크와 카메라를 들이댔다. 조금 전까지만 해도 너무나 지쳐 있던 쉬헌의 눈이 지금은 사나워진 것 같았고, 어떻게 보면 겁을 잔뜩 집어먹은 것도 같았다. 보슈는 친구를 군중 속에서 끌어내 차로 데리고 가려고 애를 썼다. 기자들이 질문을 외쳐댔다.

"쉬헌 형사, 당신이 하워드 일라이어스를 죽였습니까?"

한 여기자가 다른 기자들보다 큰 목소리로 물었다.

"아뇨. 안 죽였소. 난 아무 짓도 안 했습니다."

쉬헌이 말했다.

"예전에 피해자를 협박했었나요?"

쉬헌이 그 질문에 반응을 보이기 전에 보슈가 재빨리 끼어들었다.

"이봐요, 노코멘트라고 했잖아요. 못 들었습니까? 노코멘트요. 우리를 가만 내버…."

"조사를 받은 이유가 뭡니까?"

"조사를 받은 이유를 말씀해주세요, 형사."

차가 있는 데까지 이제 거의 다 왔다. 기자들 몇 명은 얻을 게 없다고 판단하고 벌써 떨어져 나가고 없었다. 그러나 카메라는 대부분 그들을 따라오고 있었다. 자료 화면으로 쓸 수 있기 때문이었다. 갑자기 쉬헌이 보슈의 손을 뿌리치더니 홱 돌아서서 기자들을 바라보았다.

"조사를 받은 이유가 뭐냐고 물었습니까? 경찰국이 희생양을 필요로 하기 때문이죠. 치안을 유지하기 위해서 말입니다. 조건만 맞으면 그게 누구건 상관없죠. 그래서 내가 조사를 받게 된 거요. 하필 내가 모든 조건에 딱…."

보슈는 쉬헌의 팔을 잡아끌어서 마이크 앞에서 떨어지게 했다.

"이봐, 프랭키, 그만 가자."

그들은 주차된 자동차 두 대 사이를 비집고 걸어가면서 기자들을 가까스로 떼어낼 수 있었다. 보슈는 쉬헌을 재빨리 자신의 형사 차 쪽으로 밀면서 문을 열었다. 기자들이 한 줄로 서서 보슈의 차에 가까이 왔을 때는, 쉬헌은 차에 타고 있어서 마이크가 소용이 없었다. 보슈는 차 앞으로 돌아가서 운전석에 탔다.

그들은 101번 고속도로를 타고 북쪽으로 달릴 때까지 아무 말도 하지 않았다. 보슈는 옆에 앉은 쉬헌을 흘끔 돌아보았다. 쉬헌은 앞만 노려보고 있었다.

"그런 말은 하지 말았어야 했어, 프랭키. 불난 집에 부채질은 하지 말아야지."

"불이 더 나든 말든 신경 안 써. 이젠 정말."

다시 침묵이 찾아왔다. 그들은 할리우드 시가지 안에 나 있는 고속도로를 달리고 있었고 도로는 한산했다. 남쪽과 서쪽 어딘가의 화재 현장에서 연기가 솟아오르고 있었다. 라디오를 켜고 KFWB 방송을 들어볼까 생각했지만, 그 연기가 무슨 연기인지 알고 싶지 않다고 결론을 내렸다.

"그 안에 있을 때 마거릿한테 전화는 걸게 해주던가?"

한참 조용히 달리다가 보슈가 물었다.

"아니. 자백 말고는 아무것도 못하게 하던데. 날 빼내줘서 정말 고마워, 해리. 자네가 무슨 말을 해줬는지 듣지는 못했지만, 자네가 한 말 때문에 내가 풀려난 게 분명해."

보슈는 쉬헌이 무엇을 묻는지 알았지만 아직은 알려줄 준비가 되어 있지 않았다. 그래서 다른 말을 했다.

"아마 기자들이 집 앞에 장사진을 치고 있었을 거야. 마거릿이 고생 꽤나 했을걸."

"깜짝 소식이 있어, 해리. 8개월 전에 마거릿과 헤어졌어. 마거릿이 딸들을 데리고 베이커스필드로 이사 갔어. 자기 친척들 옆에서 살겠다고 말이야. 내 집에는 아무도 없어."

"저런, 몰랐어. 미안해, 프랭키."

"어젯밤에 자네가 안부를 물었을 때 얘기해 줬어야 했는데 못했어."

보슈는 잠자코 운전을 하며 이것저것 생각했다.

"자네 집에 가서 짐을 꾸려가지고 우리 집에 와서 지내는 게 어떨까?

그러면 기자들이 자네를 못 찾아낼 거야. 이 일이 잠잠해질 때까지."

"글쎄, 잘 모르겠어, 해리. 자네 집은 걸스카우트 과자 상자만 하잖아. 하루 종일 조사실에 앉아 있었더니 벌써 폐소 공포증이 생긴 것 같아. 게다가 자네 부인도 만난 적이 없잖아. 낯선 남자가 집 안 소파에서 자는 걸 좋아하지 않을걸."

보슈는 고속도로 옆으로 스쳐 지나가는 캐피털 레코드 빌딩을 바라보았다. 건물은 레코드판을 쌓아놓은 것 같은 모양이었고 꼭대기에는 축음기 바늘처럼 생긴 구조물이 있었다. 그러나 할리우드에 있는 거의 모든 것이 그랬듯 세월이 흐름에 따라 캐피털 레코드도 쇠락의 길을 걸어왔다. 더 이상 레코드판을 생산하지 않았다. 음악은 콤팩트 디스크에 담겨 나왔다. 지금은 레코드 앨범은 중고품 가게에서나 팔았다. 가끔 보슈에게는 할리우드 전체가 중고품 가게처럼 느껴졌다.

"내 집은 지난번 지진 때 완전히 무너졌어. 지금은 다시 지어서 살고 있지. 손님방도 한 개 있어. …그리고 프랭키, 내 아내도 나를 떠났어."

소리 내어 말을 하니까 낯선 느낌이 들었다. 자기 결혼 생활의 죽음을 선언한 것 같은 느낌이 들었다.

"아, 해리, 결혼한 지 1년 정도밖에 안 됐잖아. 언제 그런 일이?"

보슈는 쉬헌을 흘끗 보고 나서 다시 전방의 도로를 바라보며 운전을 계속했다.

"최근에."

20분 후 쉬헌의 집에 도착해보니 집 밖에서 기다리고 있는 기자는 한 명도 없었다. 보슈는 전화할 데가 몇 군데 있어서 쉬헌이 짐을 싸는 동안 차에서 기다리겠다고 말했다. 쉬헌이 내리고 나서 그는 자기 집으로 전화를 걸어 메시지를 확인했다. 집에 도착해서 쉬헌이 보는 앞에서 메시지를 확인하고 싶지는 않았다. 메시지는 하나도 없었다. 보슈는 휴대전화기를 주머니에 넣고 가만히 앉아 있었다. 보슈는 쉬헌을 자기 집으로 부른 것이 집 안에 들어섰을 때 느끼게 될 허전함을 피하고 싶어서가 아닐까 하는 생각이 들었다. 잠시 후 그는 그건 아니라고 결론을 내렸다. 그는 지금까지 대부분의 세월을 혼자 살았다. 그는 빈 공간에 익숙했다. 진정한 안식처로서의 집은 자기 마음속에 있다고 믿었다.

갑자기 뒤에서 헤드라이트 불빛이 비쳤다. 보슈가 운전석 밖 사이드미러로 살펴보니 한 블록 정도 뒤쪽 길모퉁이에 자동차 한 대가 주차를 하고 있었다. 기자는 아닐 것 같았다. 기자라면 숨으려고 애를 쓰지 않고 쉬헌의 집 진입로 바로 앞에 차를 세울 테니까. 보슈는 쉬헌에게 물어볼 내용에 대해 생각하기 시작했다.

몇 분 후 쉬헌이 장바구니 한 개를 들고 집에서 나왔다. 뒷문을 열고 장바구니를 안에 던지더니, 조수석에 탔다. 쉬헌은 웃고 있었다.

"마거릿이 여행 가방을 다 가져갔어. 그것도 이제야 알았어."

쉬헌이 말했다.

그들은 비벌리 글렌 도로를 달려 언덕으로 올라가 멀홀랜드로 향했고, 멀홀랜드에서는 방향을 동쪽으로 틀어 우드로 윌슨 거리를 향해 달려갔다. 보슈는 언제나 밤에 멀홀랜드 드라이브를 달리는 것을 좋아했다. 커브 길을 달리다보면 도시의 불빛들이 눈에 들어왔다가 사라지기를 반복했다. 더 서밋 주택 단지를 지나가면서 보슈는 주택 단지 출입구를 흘끗 바라보며 저 뒤에 있는 제트 여객기 전망을 가진 호화 주택에서 쉬고 있을 킨케이드 부부를 떠올렸다.

"프랭키, 자네한테 물어볼 게 있어."

보슈가 말했다.

"뭔데?"

"예전에 킨케이드 사건을 수사할 때, 킨케이드를 많이 만나봤어? 샘 킨케이드 말이야."

"그럼, 많이 만나봤지. 그런 사람은 아주 조심스럽게 다뤄야 해. 그 친구랑 노인네. 조심하지 않으면, 나중에 무슨 덤터기를 씌울지 몰라."

"그렇군. 그래서 샘 킨케이드에게 수사 진전 상황을 계속 알려줬어?"

"그래, 그랬어. 그게 왜? 오늘 하루 종일 나를 들들 볶던 FBI 친구들과 비슷한 말투네, 해리."

"미안. 그냥 물어본 거야. 샘 킨케이드가 당신한테 연락을 했어, 아니면 당신이 했어?"

"둘 다. 그리고 경호원을 시켜서 연락을 주고받기도 했고."

"D.C. 리히터?"

"맞아, 그 친구. 해리, 무슨 일이야?"

"잠깐만. 먼저 물어볼 걸 다 물어보고 나서 대답해줄게. 킨케이드나 리히터한테 마이클 해리스에 대해서 얼마나 많이 얘기해줬어? 그때 일 기억나?"

"무슨 말을 하려는 거야?"

"뭘 잘못했다는 게 아니야. 이런 사건을 수사할 때는, 관련 당사자들에게 계속 정보를 제공하고 협조를 구하는 게 보통이잖아. 그러니까 그들한테 지문 증거를 토대로 해리스를 연행해서 조사하고 있다고 말했어?"

"그럼, 그랬지. 그게 통상적인 절차니까."

"그렇지. 그럼 그들한테 해리스의 신상에 대해서, 그가 누군지 어떤 전과가 있는지도 말해줬어?"

"그랬을 거야."

보슈는 한동안 말이 없었다. 그는 우드로 윌슨 거리를 달려 집으로 가는 커브 길로 접어들었다. 잠시 후 보슈는 자기 집 간이 차고로 들어갔다.

"집 멋진데, 해리."

쉬헌이 말했다.

보슈는 차를 세웠지만 곧바로 내리지는 않고 앉아 있었다.

"킨케이드 부부나 리히터에게 해리스의 집주소를 구체적으로 말해준 적이 있어?"

보슈가 물었다.

쉬헌은 보슈를 돌아보았다.

"무슨 말을 하려는 거야?"

"그냥 물어보는 거야. 그들 중 누구한테라도 해리스가 어디 사는지 말해줬어?"

"그랬을 거야. 확실히는 기억이 안 나."

보슈는 차에서 내려 부엌문을 향해 걸어갔다. 쉬헌은 뒷좌석에서 자기 소지품이 든 장바구니를 꺼낸 후 보슈의 뒤를 따라갔다.

보슈가 열쇠로 문을 열었다.

"말 좀 해 봐, 히에로니머스."

"자네가 실수를 한 것 같아."

보슈가 안으로 들어갔다.

"무슨 실수? 말해 봐, 히에로니머스."

보슈는 쉬헌을 손님방으로 안내했고, 쉬헌은 장바구니를 침대 위로 던졌다. 복도로 나온 보슈는 화장실을 가리켜 보인 후 거실로 돌아갔다. 쉬헌도 따라와서 조용히 보슈의 말을 기다리고 있었다. 보슈는 쉬헌을 바라보지 않고 말했다.

"저 화장실 변기 손잡이가 고장 났어. 물을 내리는 동안 계속 밑으로 누르고 있어야 돼."

이제 보슈는 쉬헌을 바라보았다.

"해리스의 지문이 책에 묻은 경위를 파악했어. 해리스가 스테이시 킨케이드를 납치했거나 살해한 게 아니야. 사실 우린 납치도 없었다고 생각하고 있어. 샘 킨케이드가 의붓딸을 죽였어. 그 아이를 성폭행 해오다가 죽이고 나서 납치된 것처럼 꾸민 거야. 킨케이드에게 정말 운이 좋았던 건, 마침 스테이시의 교과서에서 발견된 지문이 해리스의 것으로 밝혀졌다는 거지. 샘 킨케이드는 그 사실을 이용했어. 그는 해리스의 집이 어딘지 알고 있었기 때문에, 자기가 직접, 혹은 리히터라는 경호원을 시켜서 스테이시의 시신을 해리스의 집 근처에 갖다버렸던 거야. 그러니까 프란시스, 열심히 기억을 더듬어 봐. '아마 그랬을 거다'라는 추측의 말은 꺼내지도 마. 킨케이드나 그의 경호원에게 해리스가 사는 곳을 가르쳐줬어, 안 가르쳐줬어?"

쉬헌은 큰 충격을 받은 표정이었고, 두 눈이 불안하게 흔들리다가 바닥을 내려다보았다.

"우리가 해리스에 대해 잘못 판단했다는 말이군…."

"당신들은 눈가리개를 하고 있었던 거야. 지문이 나오니까, 그때부터는 아무도 안 보이고 오로지 해리스만 보였던 거지."

계속 바닥만 내려다보던 쉬헌이 천천히 고개를 끄덕였다.

"실수는 누구나 해, 프랭키. 앉아서 방금 내가 물어본 것 좀 생각해 봐. 언제 어떤 시점에 킨케이드에게 해리스가 사는 곳을 알려줬어? 금방 돌아올게."

보슈는 혼자서 생각해보도록 쉬헌을 내버려두고 복도를 걸어 자기 침실로 갔다. 침실로 들어가서 방 안을 둘러보았다. 달라진 게 없는 것 같았다. 붙박이장 문을 열고 불을 켰다. 엘리노어의 옷들이 사라졌다. 바닥을 내려다보았다. 그녀의 신발도 없었다. 깔개 위에 파란색 리본으로 묶은 작은 망사 주머니가 있었다. 보슈는 허리를 굽히고 그 주머니를 집어 들었다. 쌀 한 줌이 들어 있는 망사 주머니였다. 라스베이거스의 예배당에서 신혼부부의 행복을 기원하며 던지라고 나눠준 쌀 주머니였다. 엘리노어가 한 개를 기념으로 가져온 것이다. 보슈는 엘리노어가 실수로 빠뜨리고 간 것인지 그냥 버리고 간 것인지 궁금했다.

보슈는 쌀 주머니를 재킷 주머니에 넣고 불을 껐다.

28 영장

보슈가 쉬헌을 자기 집에 데려다준 후 할리우드 경찰서로 돌아와 형사과 사무실로 들어섰을 때, 에드거와 라이더는 과장실에서 텔레비전을 끌어다 놓고 뉴스를 보고 있었다. 그들은 보슈가 들어와도 보는 둥 마는 둥 뉴스에 열중했다.

"뭐야?"

보슈가 물었다.

"시민들은 경찰이 쉬헌을 풀어준 게 마음에 안 들었나 봐."

에드거가 말했다.

"산발적인 약탈과 방화가 자행되고 있어요. 하지만 지난번 같지는 않아요. 오늘 밤만 잘 견디면 괜찮아질 거예요. 비상 순찰대가 거리를 돌면서 움직이는 것은 전부 통제하고 있어요."

라이더가 말했다.

"지난번처럼 난리가 나진 않았어."

에드거가 말했다.

보슈는 고개를 끄덕였고 한동안 TV 화면을 노려보았다. 화면 속에서는 소방관들이 아까와는 다른 스트립 몰(상점과 식당들이 일렬로 늘어서 있는 상가-옮긴이)의 지붕을 타고 활활 피어오르고 있는 불길을 향해 7.5센티미터 두께의 호스로 물을 뿌리고 있었다. 그러나 건물을 구하기에는 너무 늦은 것 같았다. 진화 작업은 방송을 위해 계속하고 있는 것처럼 보였다.

"이참에 스트립 몰은 전부 없애버려라 그냥. 재개발이나 하게."

에드거가 말했다.

"문제는요, 그러면 또 똑같은 스트립 몰이 들어선다는 거예요."

라이더가 말했다.

"적어도 이전 것들보다 외관은 나아지겠지. 진짜 문제는 주류 판매점이야. 이런 일은 항상 주류 판매점에서 시작되거든. 주류 판매점마다 순찰 소대를 배치해놨는데, 아직은 아무 움직임이 없어."

에드거가 말했다.

"영장은 어떻게 됐어?"

보슈가 물었다.

"작성은 끝냈어요. 판사한테 갖다 주기만 하면 돼요."

라이더가 말했다.

"판사 누구?"

"테리 베이커요. 벌써 전화했는데, 기다리고 있겠다고 했어요."

"좋아. 한번 보자."

라이더가 일어서서 살인전담팀 테이블로 걸어갔고 에드거는 그대로 앉아서 TV를 봤다. 라이더의 책상 위에는 수색 영장 신청 서류들이 말끔하게 쌓여 있었다. 라이더가 그 서류들을 들고 와 보슈에게 건넸다.

“킨케이드 부부의 집 두 채, 모든 자동차와 모든 사무실에 대해서 영장을 작성했어요. 리히터에 대해서는 살인 사건 발생 당시 소유하고 있던 자동차에 대한 영장뿐만 아니라 그의 아파트에 대한 영장도 추가로 작성했어요. 준비는 다 된 것 같아요.”

라이더가 말했다.

영장 신청서마다 여러 페이지의 서류가 스테이플러로 고정이 되어 있었다. 보슈는 항상 처음 두 장에는 난해한 법률 용어가 난무한다는 것을 알고 있었다. 그래서 신청서마다 처음 두 페이지는 건너뛰고 그다음부터 나오는 영장 신청 이유부터 신속하게 읽어 내려갔다. 보슈는 라이더와 에드거가 일을 아주 잘했다고 생각했다. 물론 라이더 혼자 도맡아서 하다시피 했겠지만. 라이더는 보슈의 살인전담팀에서 법적 사고력이 가장 뛰어났다. 그녀가 써놓은 리히터의 아파트와 자동차에 대한 압수 수색 영장 신청 이유도 훌륭했다. 수사에서 입수한 정보를 선별적으로 사용하고 영리한 표현을 써서 작성한 영장 신청 이유에는 스테이시 킨케이드의 시신을 유기하는 데 리히터도 참여했기 때문이라고 적어 놓았다. 그리고 그 당시 샘 킨케이드와 D.C. 리히터가 고용주와 고용자의 관계에 있었기 때문에, 리히터는 살인 종범으로 간주할 수 있다고도 말했다. 영장 신청서는 범죄 발생 당시 그 두 남자가 사용했거나 접근 가능했던 모든 차량에 대한 수색 허가를 요구하고 있었다. 신중하게 선택이 된 표현이었고, 설득력도 충분했다. 두 남자가 “접근 가능했던” 모든 차량에 대한 수색 허가를 요구한 것이 압권이었다. 승인만 떨어지면, 킨케이드가 소유한 모든 대리점의 주차장에 서 있는 자동차를 전부 살펴볼 수 있었다. 킨케이드는 그 모든 자동차에 접근이 가능했을 게 분명하기 때문이었다.

“잘했어.”

영장 신청서를 전부 읽고 나서 보슈가 말했다. 그는 신청서 뭉치를 라이더에게 돌려주면서 말을 이었다.

"내일 우리가 원할 때에 움직일 수 있게 오늘 밤 안으로 서명 다 받아 놔 줘."

압수 수색 영장은 판사의 승인을 받은 후 24시간 동안 유효했다. 대부분의 사건에서 영장 기한을 연장할 필요가 있을 때 서명한 판사에게 전화 한 통만 걸면 24시간 더 연장할 수 있었다.

"리히터라는 친구에 대해서는 알아봤어? 뭐 좀 알아낸 게 있어?"

보슈가 물었다.

"약간."

에드거가 대답했다.

마침내 에드거가 자리에서 일어서서, 텔레비전 앞으로 가더니 볼륨을 낮추고 테이블로 돌아왔다.

"경찰대학 다니다가 제적됐더군. 그게 1981년 가을이었어. 그러고 나서 밸리에 있는 허접한 사립 탐정 학원에 다녔어. 주 정부가 발급하는 사립 탐정 면허증은 1984년에 땄고. 그 후로 곧장 킨케이드 가에서 일을 하게 됐어. 그때부터는 승승장구했지."

"제적은 왜 당했대?"

"그건 모르겠어. 지금은 일요일 밤이야, 해리. 학교에 아무도 없다고. 기록은 내일 입수해야지."

보슈는 고개를 끄덕였다.

"혹시 총기 휴대 면허가 있는지 컴퓨터로 확인해봤어?"

"어, 그래, 확인해봤어. 총기 휴대 면허 갖고 있어. 총도 소유하고 있고."

"어떤 총? 9밀리미터 구경이라고 말해줘."

"미안해, 해리. 오늘 밤엔 ATF(Bureau of Alcohol, Tobacco, Firearms

and Explosives: 주류·담배·화기 단속국–옮긴이)가 문을 닫았어. 그것도 내일 알아볼게. 현재로서는 무기를 몰래 숨겨서 휴대할 수 있는 면허가 있다는 것만 확인했어."

"알았어. 그런데 두 사람, 명심해. 앤젤스 플라이트 사건 범인은 대단한 명사수였다는 것."

라이더와 에드거가 고개를 끄덕였다.

"그러니까 선배는 리히터가 킨케이드의 명령을 받고 범행을 저질렀다고 생각하는 거예요?"

라이더가 물었다.

"십중팔구는. 부자들은 궂은일은 절대로 자기가 하지 않아. 남을 시키지. 리히터가 했을 거야."

보슈는 잠깐 동안 동료들을 바라보았다. 그는 이제 사건 해결에 대단히 근접해 있다는 느낌이 들었다. 앞으로 24시간 안에 전모를 밝힐 수 있을 것 같았다. 그는 로스앤젤레스 시민들이 그때까지 기다려주기를 간절히 바랐다.

"또 다른 건?"

보슈가 물었다.

"쉬헌 형사님 이불은 잘 덮어주고 나오셨어요?"

라이더가 물었다.

보슈는 뜨끔했다.

"응. 그리고, 어, 기자 회견 건은 사과할게. 어빙이 당신들을 거기 불러놓길 바랐지만 내가 마음만 먹었다면 빼줄 수 있었을 거야. 그런데 그렇게 하지 않았어. 생각을 잘못했어. 미안해."

"알았어요. 됐어요, 선배."

라이더가 말했다.

에드거는 고개를 끄덕였다.

"나가기 전에 뭐 더 할 말 있어?"

에드거가 고개를 가로젓다가 갑자기 멈췄다.

"어, 맞다, 총기 감식실에서 전화가 왔었어. 참고하라면서, 오늘 아침에 마이클 해리스의 총을 살펴봤는데 깨끗했대. 총신 안에 쌓인 먼지로 판단컨대, 몇 달 동안 발포도 소제도 안 된 상태 같다던데. 그러니까 해리스는 진짜 결백한 거야."

"어쨌거나 총기 감식은 할 거라지?"

"사실 그거 물어보려고 전화했더라고. 내일 아침 일라이어스 부검에서 총알을 넘겨받는 즉시 쉬헌의 총과 비교 감식을 하라는 어빙의 지시를 받았대. 해리스의 총하고도 비교 감식해야 하냐고 물어보더라고. 그렇게 하는 게 좋겠다고 했지."

"잘했어. 또 다른 건?"

에드거와 라이더가 고개를 가로저었다.

보슈가 말했다.

"좋아. 그러면 베이커 판사를 만난 후에 퇴근하자. 내일은 굉장히 긴 하루가 될 것 같은 느낌이 들어."

29 남은 자의 죄책감

언제부터인가 비가 내리고 있었다. 보슈는 자기 집 차고로 들어가 차를 세웠다. 카페인 기운을 몰아내기 위해 맥주 한두 병 마시고 싶은 생각이 간절했다. 조금 전 베이커 판사는 압수 수색 영장 신청서들을 검토하는 동안 형사들에게 커피를 대접했다. 그녀가 천천히 그리고 꼼꼼하게 영장을 살피는 동안 보슈는 커피를 두 잔이나 마셔버렸다. 그러나 결국에는 판사가 모든 영장에 서명을 해줘서, 보슈는 카페인의 도움을 받아 깨어 있을 필요가 없어졌다. 다음 날 아침 그들은 키즈 라이더의 표현을 빌자면 '사냥과 대결'에 나서야 했다. 이것은 수사의 성패가 달린 중요한 단계였고, 이제까지는 추측과 직감으로만 존재하던 것이 물증을 확보하고 기소로 이어지느냐, 아니면 그냥 와해되고 마느냐의 중요한 갈림길이었다.

보슈는 부엌문을 통해 집 안으로 들어갔다. 그는 맥주 생각과는 별도로, 벌써부터 다음 날 케이트 킨케이드를 조사할 방법에 대해 생각하고 있었다. 보슈는 상대팀의 경기 비디오를 보고 전략을 파악하여 완벽하게 준비를 끝낸 쿼터백이 자신만만하게 다음 날 경기를 기다리듯, 케이트 킨케이드와의 만남을 고대하고 있었다.

부엌에 불이 켜져 있었다. 보슈는 조리대에 서류 가방을 내려놓고 냉장고를 열었다. 맥주가 하나도 없었다.

"빌어먹을."

그가 투덜거렸다.

그의 기억으로는 냉장고 안에 앵커 스팀 맥주가 적어도 다섯 병은 들어 있었었다. 돌아보니 조리대 위에 맥주병 뚜껑 다섯 개가 놓여 있었다. 그는 허공에 대고 소리쳤다.

"이봐, 프랭키! 다섯 병을 혼자 다 퍼마신 건 아니겠지!"

대답이 없었다. 보슈는 식당을 통과해 거실로 들어갔다. 거실은 그가 쉬헌을 남겨두고 나갔던 저녁때와 달라진 게 전혀 없는 것 같았다. 쉬헌이 자기 집처럼 편히 쉬지 못했나 보았다. 보슈는 유리문을 통해 베란다를 내다보았다. 밖은 불이 꺼져 있었고, 옛 동료의 모습은 보이지 않았다. 보슈는 복도를 걸어가 닫혀 있는 손님방 앞에 서서 문에 귀를 갖다 댔다. 아무 소리도 들리지 않았다. 그는 손목시계를 보았다. 아직 11시도 안 된 시각이었다.

"프랭키?"

보슈가 속삭였다.

아무 대답도 없었고, 지붕을 때리는 빗소리만 들렸다. 보슈는 문을 살짝 두드렸다.

"프랭키?"

그가 좀 더 큰 소리로 불렀다.

이번에도 아무 대답이 없었다. 보슈는 문 손잡이를 잡고 천천히 돌려 열었다. 방 안은 불이 꺼져 있었지만 사선으로 길게 들어간 복도 불빛 속에 비어 있는 침대가 드러났다. 보슈가 벽에 붙은 스위치를 켜자 침대 옆 협탁에 있는 램프에 불이 들어왔다. 쉬헌이 소지품을 담아온 장바구니는 빈 채로 방바닥에 놓여 있었다. 그의 옷가지는 침대 위에 널브러져 있었다.

보슈의 호기심이 약간의 걱정으로 바뀌었다. 그는 재빨리 복도로 나가 자기 침실과 욕실을 둘러보았다. 어디에도 쉬헌은 보이지 않았다.

거실로 돌아온 보슈는 한동안 거실 안을 서성이면서 쉬헌이 어디로 갔을까 생각했다. 쉬헌은 차를 갖고 있지 않았다. 그가 언덕을 걸어 내려갔을 것 같지는 않았다. 만에 하나 걸어 내려갔더라도 어디로 갔겠는가 말이다. 보슈는 혹시라도 쉬헌이 콜택시를 불렀나 싶어 수화기를 들고 재다이얼 버튼을 눌렀다. 발신음이 일곱 번 이상 들린 것 같았지만 너무 빨리 연속으로 들려서 확신할 수는 없었다. 전화벨이 한 번 울린 후 여자의 졸린 듯한 목소리가 전화를 받았다.

"여보세요?"

"어, 누구십니까?"

"그러는 댁은요?"

"죄송합니다. 저는 LA 경찰국의 해리 보슈 형사입니다. 실은 제 집 전화기의 재다이얼 버튼을 눌렀더니 여기로…."

"해리, 마거릿 쉬헌이에요."

"아… 마거릿…."

보슈는 쉬헌이 부인에게 전화를 걸었을 거라고는 상상도 하지 못했던 자신이 한심스러웠다.

"무슨 일이에요, 해리?"

"아무 일도 없어요, 마거릿, 아무 일도. 프랭키를 찾고 있는데, 혹시 프랭키가 콜택시를 불렀나 싶어서 재다이얼 버튼을 눌러 본 거예요. 잠을 깨워서 미안…."

"프랭키를 찾고 있다니, 무슨 말이에요?"

마거릿 쉬헌의 목소리에서 걱정이 묻어났다.

"걱정할 것 아무것도 없어요, 마거릿. 프랭키가 오늘 밤에 우리 집에서 묵기로 했고, 내가 외출을 해야 했어요. 나갔다가 돌아오니까 프랭키가 없군요. 어디 갔나 찾아보는 중이에요. 오늘 밤에 프랭키가 당신한테 전화했어요?"

"아까요."

"프랭키가 어떤 것 같았어요, 괜찮았어요?"

"경찰국 고위 간부들이 자기한테 무슨 짓을 했는지 말해줬어요. 다들 자기한테 죄를 덮어씌우려고 한다고요."

"아뇨, 이젠 아니에요. 내 집에 머무는 것도 그 때문인데요. 프랭키를 그곳에서 빼내 왔고, 바깥 상황이 잠잠해질 때까지 여기서 며칠간 숨어 있을 계획이에요. 잠을 깨워서 정말 미안…."

"프랭키는 그들이 자기를 다시 잡으러 올 거라고 했어요."

"뭐라고요?"

"프랭키는 경찰국이 자기를 놔줄 거라고 믿지 않아요. 그는 아무도 믿지 않아요, 해리. 경찰국에 있는 어느 누구도요. 당신만 빼고요. 당신은 친구라고 생각해요."

보슈는 아무 대답도 하지 못했다. 무슨 말을 해야 할지 난감했다.

"해리, 프랭키를 찾아줘요, 알겠죠? 찾은 다음에 다시 전화해 줘요. 언제라도 상관없어요."

보슈는 통화를 하면서 유리문을 통해 베란다를 내다보고 있었는데, 지금 각도에서 보니 베란다 난간 위에 뭔가가 있었다. 그는 벽으로 걸어가서 베란다 전등을 켰다. 난간 위에 황색 맥주병 다섯 개가 일렬로 놓여 있었다.

"알았어요, 마거릿. 당신 전화번호 좀 알려줘요."

보슈가 전화번호를 받아 적고 나서 끊으려는데 마거릿 쉬헌이 또 말을 꺼냈다.

"해리, 프랭키한테서 들었어요. 당신도 결혼했다가 벌써 이혼했다고."

"어, 이혼은 아니고…."

"그래요, 알아요. 몸조심해요, 해리. 프란시스를 찾으면 둘 중 누구라도 꼭 전화해줘야 돼요."

"알았어요."

보슈는 수화기를 내려놓고, 미닫이 유리문을 열고 베란다로 나갔다. 맥주병은 전부 비어 있었다. 오른쪽으로 돌아보니 거기 긴 의자 위에 프란시스 쉬헌의 시신이 누워 있었다. 머리 위 쿠션과, 미닫이문 옆 벽에는 피가 사방으로 튄 자국이 있었다.

"오, 하느님."

보슈가 큰 소리로 탄식했다.

그는 쉬헌에게 다가갔다. 쉬헌의 입은 벌어져 있었다. 입안에 피가 고여서 아랫입술 위로 흘러넘쳤고 머리 정수리 부분에는 총알이 빠져나간 상처가 찻잔 받침접시만 하게 생겨나 있었다. 비 때문에 머리카락은 흠뻑 젖어 있어서 끔찍한 총상이 그대로 드러나 보였다. 보슈는 한 걸음 뒤로 물러서서 베란다 나무 바닥 위를 살펴보았다. 긴 의자 왼쪽 앞다리 앞에 권총 한 자루가 놓여 있었다.

보슈는 다시 한 걸음 다가가 친구의 시신을 내려다보았다. 그러고는 짐승이 포효하듯 거칠게 숨을 내쉬었다.

"프랭키."

보슈가 속삭였다.

한 가지 의문이 마음을 휩쓸고 지나갔지만 보슈는 소리 내어 말하지는 않았다.

내가 죽인 건가?

보슈는 법의국 검시반원 두 명이 우산을 들고 비를 막아주고 있는 동안 다른 검시반원이 프랭키 쉬헌의 얼굴 위로 시신 가방 지퍼를 닫는 것을 지켜보았다. 그 후 우산을 들고 있던 두 사람은 우산을 옆으로 치우고 시신을 바퀴 달린 들것에 실은 후 녹색 담요로 시신을 덮고 나서 들것을 밀고 끌며 집 안으로 들어가 현관문을 향해 갔다. 보슈는 멍하니 바라보고 있다가 그들이 옆으로 비켜달라고 하자 그제야 옆으로 비켜섰다. 쉬헌의 시신이 실린 들것이 현관문을 향해 가는 것을 보자 또다시 엄청난 죄책감의 파도가 밀려왔다. 하늘을 올려다보니 다행히도 헬리콥터가 보이지 않았다. 모든 통지와 출동 지시가 일반 전화로 이루어졌었다. 무전기를 사용하지 않았기 때문에 아직까지는 기자들이 프랭키 쉬헌의 자살 소식을 입수하지 못한 것이다. 보슈는 방송사 헬기가 집 위를 선회하며 베란다에 누워 있는 시신을 찍었다면 자신의 옛 동료에게는 최대의 치욕이 되었을 거라고 생각했다.

"보슈 형사?"

보슈가 돌아섰다. 어빙 부국장이 열린 미닫이문 안에서 그를 바라보고 있었다. 보슈는 집 안으로 들어가서 어빙을 따라 식당으로 갔다. 거기에는 로이 린델 FBI 요원이 서 있었다.

"이야기 좀 하지. 지금 밖에서는 순경이 자네 이웃이라고 말하는 여자를 조사하고 있네. 이름이 애드리언 테그리니라던가?"

"네."

"네, 뭐?"

"옆집에 삽니다."

"그 여자는 오늘 밤에 이 집에서 나는 서너 발의 총성을 들었다고 했어. 자네라고 생각했다는군. 그래서 경찰에 신고하지 않았다고 했지."

보슈는 고개를 끄덕이기만 했다.

"예전에도 집 안이나 베란다에서 총을 쏜 적이 있었나?"

보슈는 잠깐 머뭇거리다가 대답했다.

"부국장님, 이건 저에 관한 일이 아닙니다. 그러니까 그 여자가 제가 그랬겠거니 생각했을 만한 이유가 있나보다 생각하시고 넘어가시죠."

"그러지. 내가 볼 때는 쉬헌 형사가 술을 마시다가, 그것도 상당히 많이 마시다가, 자신에게 총을 쏜 것으로 보이는데. 자네는 어떻게 해석하고 있나?"

"해석이요?"

보슈가 식탁을 멍하니 바라보면서 되물었다.

"실수냐, 작심하고 쏜 거냐 그 말이지."

"아."

보슈는 소리 내어 웃을 뻔하다가 참았다.

"의심의 여지가 별로 없는 것 같은데요. 쉬헌은 스스로 목숨을 끊었습니다. 작심하고 쏜 거죠."

"하지만 유서가 없잖아."

"유서는 없지만, 많은 맥주병과 허공에 대고 쏜 총알들이 있잖습니까. 그게 쉬헌의 유서였습니다. 하고 싶었던 말은 거기에 다 담겨 있었죠. 경찰은 항상 그런 식으로 갑니다."

"그 친구는 풀려 났었잖나. 왜 이런 짓을 했을까?"

"그건… 그것도 명백한 것 같은데요…."

"그렇다면 나도 같이 명백하게 알 수는 없을까?"

"쉬헌은 오늘 밤 자기 아내에게 전화를 했습니다. 나중에 제가 그녀와 통화를 했습니다. 그녀는 쉬헌이 풀려나긴 했지만 얼마 안 있어 다시 잡혀갈 거라고 생각했다고 말했습니다."

"총기 감식 결과 때문에?"

어빙이 물었다.

"아뇨, 그런 의미는 아니었던 것 같습니다. 제 생각에는 쉬헌이 이번 사태를 해결하기 위해서는 누군가 희생양이 필요하다는 것을 알았던 것 같습니다. 경찰관이라는 희생양 말입니다."

"그래서 자살을 택했다? 설득력이 없는 것 같은데, 형사."

"쉬헌은 절대 일라이어스를 죽이지 않았습니다. 물론 카탈리나 페레즈도요."

"현재로서는 그건 자네 혼자만의 의견일 뿐인 것 같군. 우리 앞에 놓인 유일한 사실은 이 남자가 총기 감식 결과가 나오기 전날 밤 자살을 한 것으로 보인다는 것 뿐이지. 그리고 자네가 나를 설득해서 그를 귀가 조치 시키게 만들었기 때문에 그가 그런 일을 저지를 수 있었고."

보슈는 어빙을 외면하고 마음속에서 끓어오르고 있는 분노를 억누르려고 애를 썼다.

어빙이 말했다.

"그 무기 말인데. 구식 베레타 25구경이더군. 일련번호는 부식되어 추적이 불가능하고. 불법 무기이고. 압수한 총이고. 그 총 자네 거였나, 보슈 형사?"

보슈는 고개를 가로저었다.

"확실한가, 형사? 감찰계를 불러들일 필요 없이 여기서 문제를 해결하고 싶은데."

보슈가 어빙을 바라보았다.

"지금 무슨 말씀을 하시는 겁니까? 쉬헌이 자살을 할 수 있도록 제가 그에게 총을 줬다는 겁니까? 저는 쉬헌의 친구였습니다. 오늘은 그의 유일한 친구였죠. 그건 제 총이 아닙니다, 아시겠습니까? 쉬헌이 필요한 물건을 챙겨 와야 했기 때문에 그의 집에 잠깐 들렀었습니다. 그때 총을 가져왔겠죠. 쉬헌이 이런 짓을 저지르게 제가 부추겼는지는 몰라도 총을 주지는 않았습니다."

보슈와 어빙은 서로를 노려보았다.

린델이 끼어들었다.

"당신이 잊고 있는 게 있는데, 보슈. 오늘 낮에 우리가 쉬헌의 집을 수색했어. 그때도 무기는 전혀 없었어."

보슈는 어빙에게서 눈을 돌려 린델을 바라보았다.

"그럼 당신들이 찾지 못한 거겠지. 어쨌든 쉬헌이 그 장바구니 속에 총을 감춰가지고 온 게 분명해. 왜냐면 그 총은 내 것이 아니니까."

보슈가 말했다.

보슈는 분노와 좌절감이 폭발해서 징계를 유발하는 행동을 하게 되기 전에 자리를 피했다. 그는 거실에 있는 방석 쿠션이 푹신한 의자에 미끄러지듯 주저앉았다. 빗물에 흠뻑 젖어 있었지만 의자가 젖든 말든 개의치 않았다. 그렇게 앉아서 유리문 밖을 멍하니 내다보았다.

어빙이 보슈에게 다가왔지만 앉지는 않았다.

"쉬헌이 이런 짓을 하게 부추겼다는 게 무슨 말이지?"

보슈가 어빙을 올려다보았다.

"어젯밤에 쉬헌을 만나 한잔했습니다. 쉬헌이 여러 가지 이야기를 해주더군요. 자기가 마이클 해리스를 잡아넣는 데 얼마나 집착하고 있었는지 이야기했고, 해리스가 소장에서 주장했던 내용이, 경찰이 고문을 했다는 내용이 전부 사실이라는 것도 말해줬습니다. 다 사실이었다고요. 쉬헌은 해리스가 그 소녀를 죽였다고 확신하고 있었습니다. 조금도 의심하지 않고 있었죠. 하지만 쉬헌은 자기가 한 짓 때문에 괴로워했습니다. 그 조사실에 해리스와 함께 있었을 때 자기가 이성을 잃었다고 했습니다. 자기가 수십 년 동안 사냥해왔던 바로 그 괴물이 되어 있더라고 하더군요. 그것 때문에 많이 괴로워했습니다. 그 깨달음이 그의 마음을 갉아먹고 있다는 게 눈에 보일 정도였죠. 오늘 저녁엔 쉬헌을 태우고 이 집으로 와서는…."

보슈는 죄책감이 거센 파도처럼 목구멍으로 치밀어 오르는 것을 느꼈다. 그동안 생각을 안 하고 있었던 것이다. 분명한 것을 보지 못하고 있었던 것이다. 사건과 엘리노어와 텅 비어버린 집과 다른 일들에 정신이 팔려 프랭키 쉬헌의 마음은 헤아리지 못하고 있었던 것이다.

"그러고는?"

어빙이 재촉했다.

"그러고는 지난 수개월 동안 쉬헌이 굳게 믿고 있었던 것을, 쉬헌을 지탱해주고 있었던 것을 한 방에 부숴버렸습니다. 마이클 해리스가 결백하다는 증거를 찾아냈다고 말했죠. 쉬헌에게 해리스에 대해서는 네 판단이 틀렸다고 우리가 그걸 입증할 수 있다고 말해줬습니다. 그 사실이 쉬헌에게 어떤 영향을 미칠지는 생각도 하지 않았죠. 저는 제 사건만 생각하고 있었습니다."

"그리고 자네는 그 일 때문에 쉬헌이 무너졌다고 생각하는 거로군."

어빙이 말했다.

"해리스와 함께 그 조사실에 있을 때 쉬헌에게 무슨 일인가 일어났던 겁니다. 안 좋은 일이요. 그 후로 쉬헌은 가족을 잃었고, 재판에서 졌습니다…. 그런 상황에서 지금까지 그가 부여잡고 있었던 유일한 동아줄은 자기가 진범을 잡았다는 믿음이었습니다. 그런데 그게 아니라는 걸 알았을 때, 그의 사건에 관여하게 된 제가 그의 믿음이 사실이 아니라는 걸 말해줬을 때, 그 유일한 동아줄이 끊어져버린 거죠."

린델이 보슈와 어빙의 대화에 끼어들었다.

"이봐요, 보슈, 그건 말도 안 되는 소리요. 당신과 이 친구와의 우정이 얼마나 깊은지는 충분히 알겠지만, 그래도 할 말은 해야겠군. 당신은 바로 우리 앞에 놓인 사실을 보지 못하고 있소. 명명백백한 사실인데도 말이야. 프랭키 쉬헌은 일라이어스를 죽인 범인이고 우리가 다시 자기를 잡으러 올 것을 알았기 때문에 자살을 한 거요. 자살 자체가 자백인 거지."

어빙은 보슈를 노려보며 보슈가 린델의 말을 받아치기를 기다렸지만, 보슈는 아무 말도 하지 않았다. 보슈는 이런 언쟁에도 진력이 났다.

"나는 이 문제에 대해서는 린델 요원과 같은 의견일세."

마침내 부국장이 말했다.

보슈는 고개를 끄덕였다. 그럴 거라고 예상했었다. 그들은 쉬헌에 대해 보슈만큼 잘 알고 있지 못했다. 보슈와 그의 옛 동료는 최근 몇 년 동안은 그다지 가깝게 지내지 못했지만, 과거에는 아주 절친했었기 때문에, 보슈는 린델과 어빙의 생각이 틀렸다는 것을 알고 있었다. 보슈도 그들의 생각에 동의하는 것이 훨씬 더 편할 것이다. 그러면 죄책감도 많이 줄어들 수 있을 것이다. 그런데도 보슈는 동의할 수가 없었다.

"내일 오전까지 시간을 주십시오."

보슈가 말했다.

"뭐?"

어빙이 되물었다.

"내일 오전까지만 이 일이 언론에 새나가지 않게 철저하게 비밀을 지켜주십시오. 내일 오전에 수색 영장을 집행하면서 조사를 할 예정이었습니다. 수색에서 뭐가 나오는지 찾아보고 킨케이드 부인이 하는 말을 들어보게 시간을 주십시오."

"그 여자가 말을 하려고 들까?"

"할 겁니다. 하고 싶어 죽을 지경일 테니까요. 내일 아침에 만나보기로 했으니까 오전까지만 여유를 달라는 말씀입니다. 일이 어떻게 되어가는지 봐야죠. 그 여자를 만나고도 킨케이드와 일라이어스의 관계에 대해서 아무것도 밝혀내지 못하면, 그러면 부국장님은 프랭키 쉬헌에 대해서 하시고 싶으신 대로 하십시오. 부국장님이 사실이라고 생각하는 바를 세상에 알리셔도 됩니다."

어빙은 이 말에 대해 오랫동안 생각하다가 고개를 끄덕였다.

"그게 가장 신중한 방법인 것 같군. 어차피 총기 감식 소견도 내일 오전 중으로 나올 예정이니까 말이야."

어빙이 말했다.

보슈는 감사의 뜻으로 목례를 했다. 그는 열린 유리문을 통해 다시 베란다를 내다보았다. 비가 거세지고 있었다. 손목시계를 보니 아주 늦은 시각이었다. 그래도 자기 전에 할 일이 있었다.

30 경찰관의 아내

보슈는 마거릿 쉬헌을 직접 찾아가서 프랭키의 자살 소식을 알려줘야 한다는 의무감을 느꼈다. 그 부부가 헤어졌다는 사실은 중요하지 않았다. 헤어지기 전에는 오랜 세월을 함께 해온 부부가 아니었던가 말이다. 마거릿과 두 딸들에게는 생판 모르는 사람이 한밤중에 불쑥 전화를 걸어 남편이자 아버지의 자살 소식을 알리는 것보다는 친구가 찾아가서 알리는 것이 예의일 것 같았다. 어빙은 베이커스필드 경찰서에 부탁해서 그 집으로 경찰관을 보내겠다고 제의했지만, 보슈 생각에는 그것도 당황스럽고 잔인하기는 전화로 알리는 것과 마찬가지일 것 같았다. 그래서 그는 자기가 직접 가겠다고 자청했다.

보슈가 베이커스필드 경찰서에 도움을 구하기는 했다. 그곳으로 전화를 걸어 마거릿 쉬헌의 집이 어디인지 설명을 들었다. 보슈가 마거릿에게 전화를 걸어 물어볼 수도 있었다. 그러나 그렇게 하면 그녀는 무슨 일인지 금방 알아차릴 것이었다. 사실 예전부터 유족 통지 작업을 쉽게 하기 위해 경찰들이 즐겨 쓰는 방법이기도 했다. 그러나 지금 그 방법을 쓴다면 비겁한 것 같았다.

골든 스테이트 고속도로 북쪽 방향은 차가 거의 없었다. 야심한 시각이고 비가 많이 내려서 반드시 어딜 가야 하는 운전자들을 제외하고는 아무도 없었기 때문이었다. 달리고 있는 운전자들 대부분은 짐을 가득 싣고 샌프란시스코로 올라가는 트럭 운전사들이거나 짐을 다 내려놓고 빈 차로 캘리포니아 중부의 야채밭으로 돌아가는 트럭 운전사들이었다. 로스앤젤레스 북쪽 산악 지대로 올라가는 험준하고 구불구불한 고속도로 옆 그레이프바인 지역에는 도로에서 저절로 미끄러져 내려갔거나, 거센 빗속에서 위험을 무릅쓰고 달리기를 포기한 운전자들이 빼놓은 세미 트레일러(앞쪽에는 바퀴가 없이 견인차에 연결하는 트레일러－옮긴이)가 곳곳에 흩어져 있었다. 보슈가 이 장애물 코스를 통과하고 산악지대를 내려가기 시작하자 마침내 속도를 낼 수 있었고 잃어버린 시간을 어느 정도 만회할 수 있었다. 쌩쌩 달리고 있는데 동쪽에서 번갯불이 번쩍였다. 보슈는 옛 동료를 떠올렸다. 예전에 쉬헌과 함께 맡았던 사건들과 쉬헌이 즐겨했던 아일랜드계 후손들의 농담들을 생각해내려고 애를 썼다. 쉬헌이 저지른 짓에 대해서, 그리고 보슈 자신의 죄책감과 잘못에 대해서 생각하지 않을 수만 있다면 어떤 생각이라도 좋았다.

보슈는 집에서 갖고 온 자기가 녹음한 테이프를 카스테레오에 넣고 틀었다. 그가 특별히 좋아하는 색소폰 연주곡들이 녹음되어 있었다. 그는 빨리감기를 해서 자기가 좋아하는 곡을 찾아냈다. 프랭크 모건의 '자장가'였다. 보슈에게는 그 곡이 감미롭고 애절한 장송곡처럼 느껴졌다. 프랭키 쉬헌에 대한 사과와 작별의 곡이었다. 엘리노어에 대한 사랑과 이별의 곡이기도 했다. 게다가 밖에 내리고 있는 비와도 잘 어울렸다. 보슈는 운전을 하면서 그 곡을 듣고 또 들었다.

보슈는 새벽 2시가 되기 전에 마거릿 쉬헌과 두 딸이 사는 집에 도착했다. 아직도 실외등이 켜져 있었고 커튼이 드리워진 앞쪽 창문 안에도 불이 켜져 있었다. 마거릿이 거실에서 전화를 혹은 보슈가 나타나기를 기다리고 있는 것 같았다. 보슈는 이제까지 이런 유족 통지를 얼마나 많이 했던가 생각하면서 현관 앞에서 머뭇거리다가 마음을 다잡고 문을 두드렸다.

마거릿이 문을 열었을 때, 보슈는 이런 일은 절대로 계획대로 혹은 예상대로 되지 않는다는 것을 새삼 느꼈다. 마거릿은 한동안 보슈를 물끄러미 쳐다보고 있었고, 그가 누군지 못 알아보는 것 같았다. 세월이 많이 흘렀으니 그럴 만도 했다.

"마거릿…."

"해리? 해리 보슈? 조금 전에 통화…."

무슨 일인지 깨달았는지 마거릿이 갑자기 말을 멈췄다. 유족들은 보통 금방 알아차렸다.

"오, 해리, 아니죠? 아니에요. 프란시스는 아니야!"

그녀가 두 손을 얼굴로 쳐들었다. 입을 떡 벌리고 있는 모습이 그 유명한 그림 속에 나오는 절규하는 사람 같았다.

"미안해요, 마거릿. 정말 미안해요. 잠깐 들어가도 되겠죠?"

마거릿 쉬헌은 잘 참아주었다. 보슈한테서 자세한 이야기를 듣고 난 후에는 돌아가면서 졸지 말라고 그를 위해 커피를 끓였다. 경찰관의 아내다웠다. 부엌에서 그녀가 커피를 끓이는 동안 보슈는 조리대에 기대서 있었다.

"프랭키가 오늘 밤에 당신한테 전화했었죠."

보슈가 말했다.

"그래요, 말했잖아요."

"기분이 어떤 것 같았어요?"

"안 좋았죠. 그들이 자기한테 무슨 짓을 했는지 말해줬어요. 그는 굉장히… 배신당한 기분인 것 같았어요. 그게 맞는 표현인지는 모르겠지만요. 같은 직장 사람들이, 동료 경찰들이 자기를 버렸다고 생각했어요. 아주 슬퍼했어요, 해리."

보슈는 고개를 끄덕였다.

"프랭키는 경찰국을 위해 평생을 바쳤어요. …그런데 돌아온 건 고작 이거군요."

보슈는 다시 고개를 끄덕였다.

"혹시 아무 말도 안 했…."

그는 말을 끝맺지 못했다.

"자살할 거라고 말 안 했냐고요? 안 했어요. …언젠가 경찰관의 자살에 관한 글을 읽은 적이 있어요. 오래전에요. 실은 프랭키가 죽인 남자 사건으로 일라이어스가 처음 프랭키에게 소송을 걸었을 때였어요. 그때 프랭키가 어찌나 우울해하던지 나는 겁이 덜컥 났어요. 그래서 그 글을 찾아서 읽었죠. 그 글을 보니까 자살에 대해 이야기하면서 자기가 자살할 거라고 말하는 사람들은 누가 자기 좀 말려달라고 도움의 손길을 요청하는 거라더군요."

보슈는 고개를 끄덕였다.

마거릿 쉬헌이 말을 이었다.

"프랭키는 누가 자기를 말리는 걸 원하지 않았던 것 같아요. 나한테 그런 얘기는 한 마디도 안 했거든요."

마거릿 쉬헌은 커피 메이커에서 유리로 된 커피 주전자를 끌어내 머그잔에 커피를 따랐다. 그러고 나서 수납장을 열더니 은제 보온병을 꺼내 커피를 따르기 시작했다.

"이건 집으로 가는 길에 마셔요. 클로즈라인(clothesline)에서 졸면 안 돼요."

"네?"

"그레이프바인이요. 지금 내가 정신이 없어서."

보슈는 마거릿에게로 걸어가서 그녀의 어깨 위에 한 손을 얹었다. 그녀는 커피 주전자를 내려놓고 돌아서서 그의 품에 안겼다.

"작년에는 우리 사이가⋯ 정말 걷잡을 수 없이 벌어졌어요."

마거릿이 말했다.

"알아요. 프랭키한테 들었어요."

마거릿은 그의 품에서 빠져나와 다시 보온병에 커피를 따르기 시작했다.

"마거릿, 떠나기 전에 물어볼 게 있어요. 그들이 오늘 낮에 총기 감식을 한다고 프랭키한테서 총을 받아갔어요. 프랭키는 다른 총을 사용했죠. 혹시 그 다른 총에 대해서 아는 게 있어요?"

보슈가 말했다.

"아뇨. 프랭키는 직장에서 쓰는 총밖에 없었어요. 다른 총은 없었어요. 딸들도 안 갖고 있고요. 프랭키는 집에 오면 붙박이장 바닥에 있는 작은 금고 안에 직장에서 쓰는 총을 넣고 잠가뒀어요. 열쇠는 프랭키만 갖고 있었고요. 난 꼭 필요한 총 한 자루만 있으면 됐지 더 이상은 필요 없다고 생각하는 사람이에요."

보슈는 마거릿의 말이 사실이라면, 프랭키가 경찰로서 가지고 다니던 총 말고 다른 총이 없었다면, 오늘 프랭키가 자기 목숨을 끊는 데 사용한 총은 어디서 난 건지 궁금했다. 어쩌면 프랭키가 몰래 집 안에 들여놓고 아내한테는 말하지 않았던 것인지도 몰랐다. FBI도 찾지 못할 만큼 아주 은밀한 곳에 숨겨놓았는지도 몰랐다. 어쩌면 비닐에 싸서 마당에 파묻어두었을 수도 있었다. 어쩌면 아내와 딸들이 베이커스필드로 떠나고 나서 총을 들여놓았을 수도 있었다. 그랬다면 마거릿은 총에 대해서는 알 리가 없을 것이다.

"그렇군요."

보슈는 그 문제에 대해서는 더 이상 캐묻지 않기로 작정했다.

"왜요, 해리? 그게 당신 총이래요? 당신이 곤경에 처한 거예요?"

보슈는 그 질문에 대해 잠깐 생각하다가 대답했다.

"아뇨, 마거릿. 난 괜찮아요. 내 걱정은 하지 말아요."

31 고백

비는 월요일 오전까지 계속되어서 보슈가 모는 차는 브렌트우드까지 기어가다시피 했다. 호우가 아닌데도 교통 정체가 극심했다. 로스앤젤레스에서는 가랑비만 내려도 시내 교통이 마비될 수 있었다. 이제껏 보슈가 풀지 못한 미스터리 중 하나였다. 자동차로 상징되는 도시가 날씨가 조금만 궂어도 설설 기다니 기가 막힐 노릇이었다. 보슈는 운전을 하면서 KFWB 라디오 방송을 들었다. 지난밤 동안 폭력 사건과 소요 발생 건수보다 교통 정체 제보 건수가 훨씬 더 많다고 했다. 불행히도, 오전 중으로 비가 그치고 하늘이 개일 거라는 예보가 있었다.

보슈는 케이트 킨케이드와의 약속 시각보다 20분이나 늦게 도착했다. 스테이시 킨케이드가 납치됐던 집은 검은색 덧문과 쥐색 지붕이 있는 흰색의 넓은 목장 저택이었다. 거리에서부터 집 건물까지의 넓은 마당에는 잔디가 깔려 있었고, 집 앞을 가로질러 옆 뜰에 있는 차고까지 이어지는 진입로도 있었다. 보슈가 차를 몰고 진입로로 들어가면서 보니 지붕을 덮은 차고 입구 근처에 은색 메르세데스 벤츠가 한 대 서 있었다. 그리고 집의 현관문이 열려 있었다.

보슈가 현관 앞에 서서 "여보세요."를 외치자 케이트 킨케이드가 들어오라고 하는 소리가 들렸다. 그녀는 거실 안, 흰 천을 씌워놓은 소파에 앉아 있었다. 가구는 전부 흰 천에 덮여 거실이 마치 거대한 유령들의 만남의 장소 같았다. 그녀는 거실을 둘러보는 보슈를 바라보았다.

"이사 가면서 가구는 하나도 가져가지 않았어요. 완전히 새로 시작하기로 결심했었죠. 추억의 물건 같은 것 없이 말이에요."

케이트 킨케이드가 말했다.

보슈는 고개를 끄덕이고 나서 그녀를 관찰했다. 흰 실크 블라우스에 흰 리넨 정장 바지까지 온통 흰색으로 차려 입어서 그녀도 유령처럼 보였다. 그녀 옆 소파 위에 놓인 커다란 검은색 가죽 지갑이 그녀의 옷과 가구를 덮고 있는 흰 천들과 극명한 대조를 이루고 있었다.

"안녕하십니까, 킨케이드 부인?"

"그냥 케이트라고 불러주세요."

"그러죠, 케이트."

"전 아주 좋아요, 고마워요. 기분이 이렇게 좋은 건 아주 오랜만인 것 같아요. 형사님도 안녕하세요?"

"전 오늘은 그냥 그렇군요, 케이트. 좀 힘든 밤을 보내서. 그리고 비오는 날을 안 좋아합니다."

"저런, 유감이에요. 잠을 못 주무신 것 같군요."

"먼저 집 안 좀 둘러봐도 되겠습니까?"

보슈는 서류 가방 안에 판사의 서명을 받은 압수 수색 영장을 갖고 있었지만 아직은 꺼내 보이고 싶지 않았다.

"그러세요. 스테이시 방은 복도 왼쪽에 있어요. 왼쪽 첫 번째 문이요."

케이트 킨케이드가 말했다.

보슈는 타일이 깔린 현관 입구 바닥 위에 서류 가방을 내려놓고 그녀가 말한 방향으로 걸어갔다. 소녀의 방 안에 있는 가구에는 덮개가 씌워져 있지 않았다. 가구를 덮었던 흰 천이 바닥에 쌓여 있었다. 누군가가, 아마도 죽은 소녀의 어머니가, 가끔씩 둘러보는 것 같았다. 침대는 흐트러져 있었다. 분홍색 침대보와 같은 색의 시트가 하나로 돌돌 말려 있었다. 누군가가 자다가 뒤척여서 그렇게 된 게 아니라 침대에 누워 둘둘 만 이불을 인형처럼 안고 있었던 것 같았다. 그 모습을 보니 보슈는 가슴이 아팠다.

보슈는 두 손을 레인코트 주머니에 찔러 넣은 채 방 한가운데로 걸어 들어갔다. 그는 소녀의 물건들을 관찰했다. 봉제 동물 인형과 사람 인형들이 있었고, 책꽂이 한 칸에는 그림책이 빽빽이 꽂혀 있었다. 그런데 영화 포스터나, 젊은 영화배우나 가수 사진 같은 것은 한 장도 없었다. 이 방이 사망 당시의 스테이시 킨케이드보다 훨씬 더 어린 소녀의 방이었던 것처럼 느껴졌다. 보슈는 이 방이 부모의 취향에 따라 꾸며진 것인지 스테이시 자신의 취향에 따라 꾸며진 것인지 궁금했고, 혹시 스테이시가 어릴 적 물건들을 버리지 않고 갖고 있으면 끔찍한 현재를 벗어날 수 있다고 생각한 건 아닌지도 궁금했다. 그런 생각을 하고 있자니 아까 이부자리를 봤을 때보다 훨씬 더 우울해졌다.

보슈는 서랍장 위에 놓인 빗에 금발 머리카락 몇 가닥이 끼어 있는 것을 보았다. 그것을 보자 기분이 좀 나아졌다. 이제 곧 어떤 차 트렁크에서 나올지도 모르는 머리카락이 죽은 소녀의 것이었는지 비교할 때가 되면 이 빗에서 나온 머리카락이 유용하게 쓰일 수 있을 것 같았다.

보슈는 창가로 걸어갔다. 미닫이창이었고 창틀에는 아직도 지문 감식용 분말의 검은 얼룩이 남아 있었다. 그는 창문의 잠금장치를 벗기고 밀어서 열었다. 창문 걸쇠를 드라이버나 그와 유사한 도구로 억지로 떼어내 열었던 곳에 나무가 쪼개져 나간 자국이 있었다.

보슈는 비 내리는 뒷마당을 바라보았다. 리마콩 모양의 수영장이 비닐 방수포에 덮여 있었다. 빗물이 방수포 위에 모이고 있었다. 보슈는 또 소녀를 생각했다. 그 아이도 현실을 피하기 위해 물속으로 뛰어들어 바닥으로 내려가 소리를 지른 적이 있었을까 궁금했다.

수영장 너머로 뒷마당을 에워싸고 있는 생 울타리가 보였다. 높이가 3미터는 되어서 밖에서 이곳을 엿보는 것은 불가능할 것 같았다. 보슈는 그 생 울타리가 샬롯의 거미줄 웹 사이트의 사진들 속에서 보았던 그 울타리임을 알아보았다.

보슈는 창문을 닫았다. 비는 언제나 그를 슬프게 했다. 그리고 지금은 비가 없이도 충분히 슬펐다. 벌써부터 프랭키 쉬헌의 유령이 그의 머릿속에 출몰했고, 결혼 생활은 금이 가버렸는데 그것에 대해 생각할 시간조차 없었으며, 숲에서 길을 잃은 것 같은 표정을 한 어린 소녀에 대한 생각이 자꾸만 그를 괴롭히고 있었다.

보슈는 주머니에서 손을 빼서 벽장문을 열었다. 소녀의 옷이 아직도 거기 있었다. 형형색색의 옷들이 흰 플라스틱 옷걸이에 걸려 있었다. 하나하나 살펴보다 보니 작은 수기 신호 깃발을 들고 있는 사람들이 그려진 흰색 원피스도 보였다. 그것도 웹 사이트에서 보았던 것이었다.

보슈는 복도로 나가서 다른 방들을 살펴보았다. 손님 침실로 보이는 방이 있었는데, 보슈는 그곳이 웹 페이지 속 사진에 나왔던 방이라는 걸 알아보았다. 스테이시 킨케이드가 강간당하는 장면이 촬영된 방이었다. 보슈는 그곳에 오래 머물지 않았다. 복도를 더 걸어가니 욕실과 안방과 또 다른 침실이 나왔는데 그곳은 서재 겸 사무실로 개조되어 있었다.

보슈는 거실로 발길을 돌렸다. 케이트 킨케이드는 꼼짝도 하지 않았던 것 같았다. 보슈는 서류 가방을 집어 들고 거실로 들어갔다.

"제가 약간 비에 젖었는데요, 킨케이드 부인. 앉아도 괜찮겠습니까?"

"물론이죠. 그리고 케이트라고 불러주세요."

"괜찮으시다면 당분간은 격식대로 하고 싶습니다."

"편하실 대로 하세요, 형사님."

보슈는 케이트 킨케이드에게 화가 났다. 이 집에서 일어난 일에 화가 났고, 그 비밀이 철저히 비밀에 부쳐졌었다는 사실에 화가 났다. 조금 전 집 안을 돌아다니면서 충분히 살펴본 결과, 전날 밤 키즈민 라이더가 열을 내며 했던 말들이 전부 사실임을 확인할 수 있었다.

보슈는 소파 맞은편에 있는 흰 천에 덮인 의자에 앉았고 서류 가방을 무릎 위에 올려놓았다. 서류 가방을 열고 가방 안을 뒤적이기 시작했다. 케이트 킨케이드가 앉은 자리에서는 아무것도 보이지 않을 것이었다.

"스테이시의 방에서 흥미로운 것을 발견하셨어요?"

보슈는 하던 일을 멈추고 고개를 들고 케이트 킨케이드를 바라보았다.

"아뇨. 전 그냥 직접 보고 싶었을 뿐입니다. 전에 철저한 수색이 이루어졌을 테니까, 지금 제가 새롭게 발견할 수 있는 게 있겠습니까? 그건 그렇고 스테이시가 수영장을 좋아했습니까?"

보슈는 다시 서류 가방을 뒤지기 시작했고, 케이트 킨케이드는 자기 딸이 얼마나 수영을 잘했는지 말해주었다. 사실 보슈는 뭘 찾고 있는 것이 아니었다. 오전 내내 연습해두었던 연기를 하고 있는 중이었다.

"숨 쉬려고 수면으로 올라오는 일 없이 저 끝까지 갔다가 돌아올 수 있었어요."

케이트 킨케이드가 말했다.

보슈는 서류 가방을 닫고 그녀를 바라보았다. 그녀는 딸의 모습을 떠올리며 미소를 짓고 있었다. 보슈도 미소를 지었지만 차가운 미소였다.

"킨케이드 부인, 부인은 '결백'이라는 단어의 철자를 어떻게 쓰십니까?"

"네?"

"'결백'이라는 단어 말입니다. 철자를 어떻게 쓰십니까?"

"스테이시 사건과 관련된 일인가요? 이해가 안 가네요. 갑자기 왜 그런 걸…."

"그냥 지금은 제 질문에 대답해 주시죠. 그 단어의 철자를 말씀해주시겠습니까?"

"저는 철자를 잘 몰라요. 스테이시와 함께 다닐 땐 항상 제 가방 속에 사전을 넣고 다녔죠. 언제 어떤 단어의 철자가 뭐냐고 물어볼지 몰라서요. 왜 그 휴대용 소사…."

"말씀해주시죠."

케이트 킨케이드는 잠시 아무 말 없이 생각을 더듬는 것 같았다. 헛갈린다는 표정이었다.

"아이, 엔 두 개, 그건 확실히 알아요, 엔이 두 개죠. 아이, 엔 두 개, 오, 씨, 이, 엔, 에스, 이."

그녀는 보슈를 쳐다보며 아니냐고 묻는 듯 눈썹을 치켜 올렸다. 보슈는 고개를 가로젓고 나서 서류 가방을 다시 열었다.

"거의 비슷하군요. 하지만 씨가 두 개 있죠, 에스는 없고요. 에스 이가 아니라 씨 이."

"이런. 내 그럴 줄 알았다니까."

케이트 킨케이드가 보슈를 바라보며 미소를 지었다. 보슈는 서류 가방에서 뭔가를 꺼낸 후, 서류 가방은 다시 닫아 바닥으로 내려놓았다. 그러고는 의자에서 일어서서 소파로 걸어갔다. 그러고는 그녀에게 비닐 증거물 봉투를 건네주었다. 그 안에는 하워드 일라이어스가 받은 익명의 편지들 중 한 통이 들어 있었다.

"한번 보세요. 거기에도 철자를 잘못 쓰셨더군요."

보슈가 말했다.

케이트 킨케이드는 오랫동안 편지를 노려보더니 숨을 깊이 들이쉬었다. 그러고는 보슈를 올려다보지 않고 입을 열었다.

"소사전을 찾아볼 걸 그랬어요. 하지만 이걸 쓸 땐 시간이 별로 없었어요."

보슈는 가슴이 두근거리기 시작했다. 이제 싸움은, 어려움은 없을 것임을 깨달았다. 여자는 오래전부터 이 순간을 기다려왔던 것이다. 어쩌면 지금 그 순간이 왔다는 것을 그녀가 알았던 건지도 몰랐다. 그래서 이렇게 기분이 좋은 건 실로 오랜만이라고 말했던 것인지도 몰랐다.

"이해합니다. 이 일에 대해서 말씀해주시겠습니까, 킨케이드 부인? 전부 다요?"

보슈가 말했다.

"네, 그럴게요."

케이트 킨케이드가 대답했다.

보슈는 녹음기에 새 건전지를 끼우고, 녹음기를 켠 후, 커피 탁자에 올려놓고, 마이크는 케이트 킨케이드의 목소리뿐만 아니라 자기 목소리도 잘 감지할 수 있도록 위로 향하게 해놓았다.

"준비되셨습니까?"

보슈가 물었다.

"네."

케이트 킨케이드가 대답했다.

그러자 보슈는 자기 이름을 말하고 나서, 그녀의 이름과 조사 날짜,

시각, 조사 장소를 말했다. 그러고는 서류 가방에서 꺼낸 인쇄된 서식에 나와 있는 헌법이 보장하는 피의자의 권리를 읽었다.

"방금 제가 읽어드린 권리들을 이해하시겠습니까?"

"네, 이해해요."

"직접 말씀하시겠습니까, 킨케이드 부인, 아니면 변호사를 부르시겠습니까?"

"아뇨."

"뭐가 아닙니까?"

"변호사가 아니라는 거예요. 변호사가 나를 도울 수는 없어요. 내가 직접 말하고 싶어요."

이 말에 보슈는 잠깐 망설였다. 그는 케이크에 머리카락을 빠뜨리지 않을 최선의 방법을 생각하고 있었다.

"제가 부인에게 법률 자문을 해드릴 수는 없습니다. 하지만 '변호사가 나를 도울 수는 없어요'라는 부인의 말씀이 변호인의 조력을 받을 권리를 포기하신다는 말씀인지 아닌지 확신을 할 수가 없군요. 제 말이 무슨 뜻인지 아시겠습니까? 나중에 변호사가 나서서…."

"보슈 형사님, 난 변호사를 원하지 않아요. 난 내 권리를 완전히 이해하고 있고, 변호사를 원하지 않습니다."

"잘 알겠습니다. 그러면 이 서류 하단에 서명을 해주시고, 그리고 변호사를 요청하지 않는다는 말 옆에도 다시 서명을 해주시기 바랍니다."

보슈는 피의자의 권리 고지서를 커피 탁자 위에 내려놓고 케이트 킨케이드가 서명하는 것을 지켜보았다. 그러고 나서 서류를 집어 들고 그녀의 서명을 확인했다. 그러고 나서 증인 서명란에 자기 서명을 한 후 서류를 서류 가방 안에 있는 아코디언 파일의 한 칸에 밀어 넣었다. 그는 잠깐 동안 배우자의 특권 포기에 대해 이야기를 할까 생각했지만,

기다려보기로 했다. 그건 나중에 검사가 알아서 하게 할 작정이었다.

"자, 사전 절차는 이 정도입니다. 자유롭게 말씀하시겠습니까, 킨케이드 부인, 아니면 제가 부인께 질문을 할까요?"

보슈는 이 녹음테이프가 배심원단 앞에서 재생이 될 경우 들리는 목소리가 누구의 것인지 바로바로 알 수 있도록 그녀의 이름을 자주 의도적으로 불러주고 있었다.

"내 남편이 내 딸을 죽였어요. 형사님이 제일 먼저 알고 싶어 하시는 게 그것일 것 같은데요. 그것 때문에 여기 오신 거잖아요."

보슈는 잠깐 얼어붙은 듯이 꼼짝도 하지 않다가 천천히 고개를 끄덕였다.

"그 사실은 어떻게 아시죠?"

"오랫동안 의심을 하고 있었어요. 그러다가… 들은 것을 토대로 그렇게 믿게 되었죠. 나중에는 남편이랑 싸울 때 남편한테서 직접 들었어요. 따져 물으니까 실토를 하더군요."

"남편이 정확하게 뭐라고 말했습니까?"

"사고였다고요. 하지만 사고로 사람을 목 졸라 죽이지는 않죠. 스테이시가 자기를 협박했다고 하더군요. 자기가… 자기와 자기 친구들이 그 애한테 한 일을 스테이시가 자기 친구들한테 다 말해버릴 거라고 하더래요. 그래서 아이를 막으려고, 잘 설득해서 말하지 않게 하려고 했었대요. 그러다가 상황이 걷잡을 수 없어졌다는 거예요."

"그 일이 어디에서 일어났습니까?"

"바로 여기에서요. 이 집 안에서."

"언제요?"

케이트 킨케이드는 딸이 납치된 날이라고 신고한 날짜를 말했다. 그녀는 보슈가 아주 분명하고 당연한 대답이 나올 질문이라도 반드시 해야 한다는 것을 이해하는 것 같았다. 보슈가 큰 퍼즐 그림을 완성하기 위해 작은 조각까지 챙기고 있다는 것을 알고 있는 듯했다.

"부인의 남편이 스테이시를 성적으로 학대했었습니까?"

"네."

"부인 앞에서 그 사실을 시인했습니까?"

"네."

그때 케이트 킨케이드가 울음을 터뜨렸고 휴지를 꺼내려고 지갑을 열었다. 보슈는 1분 정도 아무 말 없이 기다려주었다. 그녀가 우는 것이 비통함 때문인지, 죄책감 때문인지, 아니면 마침내 그 이야기를 털어놓는다는 안도감 때문인지 궁금했다. 아마도 그 세 가지 감정이 한데 얽혀 있을 것 같았다.

"스테이시가 성적 학대를 당한 기간은 어느 정도입니까?"

보슈가 물었다.

케이트 킨케이드는 티슈를 무릎 위로 떨어뜨렸다.

"모르겠어요. 우리는 그 아이가, 그 아이가… 죽기 5년 전에 결혼했어요. 그 일이 언제 시작됐는지는 모르겠어요."

"그 일을 부인이 알게 된 건 언제였습니까?"

"괜찮다면, 그 질문에는 대답하고 싶지 않군요."

보슈는 케이트 킨케이드를 관찰했다. 그녀는 눈을 내리깔고 있었다. 그 질문이 그녀가 느끼는 죄책감의 근원이었던 것이다.

"중요한 문제입니다, 킨케이드 부인."

"언젠가 스테이시가 내게 할 말이 있다면서 다가왔어요."

케이트 킨케이드는 눈물이 솟구치자 지갑에서 새 티슈 한 장을 뽑아냈다.

"죽기 1년쯤 전이었던 것 같아요. 자기가 생각할 때 옳지 않은 일을 아빠가 자기한테 하고 있다고 말하더군요…. 처음에는 걔 말을 믿지 않았어요. 하지만 남편한테 물어는 봤죠. 물론 남편은 펄펄 뛰더군요. 그래서 남편을 믿었어요. 적응 문제라고 생각했어요. 의붓아버지한테 적응하기가 힘들어서 그런 거짓말을 하나보다 생각했죠. 그런 거짓말을 하는 게 스테이시 나름의 스트레스 해소법인지도 모른다고 생각했어요."

"그럼 그 후로는요?"

케이트 킨케이드는 아무 말도 하지 않고 무릎 위에 놓인 자기 두 손을, 지갑을 꽉 붙잡고 있는 두 손을 내려다보았다.

"킨케이드 부인?"

"그리고 그 후로는 이상한 일들이 있었어요. 별것 아닌 것 같으면서도 이상하게 느껴지는 일들이요. 스테이시는 자기를 의붓아버지와 함께 놔두고 나 혼자서 외출하는 것을 싫어했어요. 하지만 왜 그렇게 싫어하는지 이유는 말해주지 않았어요. 돌이켜보면 너무도 분명한 일이었는데, 그땐 몰랐어요. 한번은 남편이 스테이시에게 잘 자라는 인사를 하러 간다고 그 아이 방으로 가더니 오래도록 돌아오지 않았어요. 무슨 일인가 싶어 가봤더니 문이 잠겨 있더군요."

"문을 두드렸습니까?"

케이트 킨케이드는 오랫동안 침묵하다가 고개를 가로저었다.

"아니라는 뜻입니까?"

보슈는 녹음이 되고 있는 상황을 고려해서 물어보았다.

"그래요, 아니라는 뜻이에요. 문을 두드리지 않았어요."

보슈는 계속 밀고 나가기로 결심했다. 그는 근친상간이나 성폭행 피해자들의 어머니들이 분명한 사실을 보지 못했거나, 딸들을 위험에서 구해내기 위해 단호한 조치를 취하지 못하는 경우가 허다하다는 것을 알고 있었다. 이제 케이트 킨케이드는 자기만의 지옥 속에서 살고 있었다. 남편과 자신이 사람들의 조롱과 멸시를 받고, 범죄자로 재판정에 서야 하는 일이 두려워서 진실을 밝히기를 미루다가 너무 늦어버린 것이다. 그녀의 말이 맞았다. 이제는 변호사가 그녀를 도와줄 수 없었다. 그 어떤 변호사도.

"킨케이드 부인, 딸의 죽음에 남편이 관련이 있을 거라고 의심하기 시작한 것은 언제부터였습니까?"

"마이클 해리스 재판 때였어요. 나는 그가, 해리스가 범인이라고 굳게 믿었어요. 경찰이 지문을 몰래 묻혀놓지는 않았을 거라고 생각했죠. 검사도 그런 일이 일어날 가능성은 별로 없다고 말했으니까요. 그래서 해리스가 범인이라고 믿었죠. 그렇게 믿고 싶었어요. 그런데 재판 중에 형사 한 명이 증언을 할 때였어요. 프랭크 쉬헌이었던 것 같아요. 그가 그러더군요. 마이클 해리스를 일하던 직장에서 검거했다고 말이에요."

"세차장이요."

"맞아요. 그 형사가 그곳의 주소와 상호를 말했어요. 그때 생각이 났어요. 스테이시와 함께 그 세차장에 갔던 게 기억이 나더군요. 그 아이 책이 차 안에 흩어져 있었다는 것도 기억났어요. 그래서 남편에게 그 사실을 말했고 짐 캠프에게 알려야 한다고 말했어요. 짐 캠프는 그 사건 담당 검사였어요. 하지만 남편은 그러면 안 된다고 하더군요. 경찰도 자기도 마이클 해리스가 범인이라고 확신한다고 했어요. 내가 의문을 제기하면 피고인 측이 그 사실을 알게 되고 그 정보를 이용해서 재판을 이상하게 끌고 갈 거라고 했어요. 진실이라는 게 아무 의미도 없었던 O. J. 심슨 재판처럼요. 우리가 재판에서 질 거라고 했어요. 그리고 스테이시의 시신이 해리스의 아파트 근처에서 발견됐다는 점도 상기시켰죠. 남편은 내가 세차장에 갔던 그날 해리스가 스테이시를 주목하고, 우리를, 스테이시를 스토킹 했을 거라고 말했어요. 꽤나 설득력 있게 들려서…

나도 그냥 넘어가고 말았죠. 해리스가 범인이 아니라고 확신할 수 없었거든요. 그래서 난 남편이 하라는 대로 했어요."

"그리고 해리스는 무죄 평결을 받았고요."

"네."

보슈는 다음 질문으로 넘어가기 전에 잠깐 휴지기가 필요하다는 생각이 들어 한동안 아무 말도 하지 않았다.

마침내 그가 물었다.

"그런데 왜 마음이 바뀌셨죠, 킨케이드 부인? 하워드 일라이어스 변호사에게 편지를 보낸 이유가 뭡니까?"

"남편을 항상 의심은 하고 있었어요. 그런데 몇 달 전 어느 날 남편이 자기… 친구와 하는 이야기를 우연히 듣게 됐어요."

케이트 킨케이드는 아주 혐오스러운 단어를 내뱉는다는 표정으로 힘들게 '친구'라는 단어를 말했다.

"리히터 말입니까?"

"그래요. 그 사람들은 내가 집에 없다고 생각했죠. 사실 집에 없을 예정이었어요. 마운틴게이트에 있는 클럽에서 친구들과 점심을 먹고 있었어야 했죠. 하지만 난 스테이시가… 그렇게 된 이후로는 친구들과 점심을 먹으러 다니는 일을 그만뒀어요. 이젠 그런 일에는 전혀 관심이 없었거든요. 그래서 나는 남편에게 점심 약속이 있어서 나간다고 하고는 대신 스테이시를 만나러 가곤 했죠. 묘지로요."

"그렇군요. 이해합니다."

"아뇨, 이해 못 하실 거예요, 보슈 형사님."

보슈는 고개를 끄덕였다.

"죄송합니다. 부인 말씀이 맞습니다. 말씀 계속하시죠, 킨케이드 부인."

"그날도 비가 내리고 있었어요. 꼭 오늘처럼 세차게 처연히 내리고 있었죠. 그래서 스테이시를 몇 분만 보고 금방 나왔어요. 집에 일찍 돌아왔죠. 그 사람들은 빗소리 때문에 내가 들어오는 소리를 못 들었나 봐요. 하지만 나는 그들의 이야기를 들었어요. 그들은 남편의 사무실에서 대화를 나누고 있었어요. …난 안 그래도 그들이 미심쩍었기 때문에 사무실 문으로 다가갔죠. 소리를 내지 않았어요. 그러고는 문밖에 서서 그들의 대화를 엿들었어요."

보슈는 흥분해서 상체를 앞으로 기울였다. 지금이 클라이맥스였다. 케이트 킨케이드가 얼마나 믿을 만한 참고인인지가 이제 곧 판가름 날 것이었다. 보슈는 열두 살 소녀 살인 사건에 관련이 된 남자 둘이 앉아서 소녀를 죽인 일을 회상하고 있었을 거라고는 생각하지 않았다. 만일 케이트 킨케이드가 두 사람이 그러고 있었다고 하면, 거짓말이라고 판단을 해야 했다.

"그들이 무슨 말을 했습니까?"

"문장으로 말을 하고 있지 않았어요. 무슨 말인지 아시겠어요? 단어를, 감탄사를 내뱉고 있었어요. 그들이 여자아이들에 대해 이야기하고 있다는 것을 알 수 있었어요. 여러 명의 여자아이들에 대해서요. 그들이 한 말은 정말 역겹기 짝이 없었어요. 난 처음에는 이 일이 그 정도로 조직화된 일이라고는 상상도 못했어요. 샘이 스테이시를 건드렸다면, 그건 그가 나약하기 때문이라고, 일종의 병이라고 생각했었죠. 내 생각이 틀렸더군요. 이 남자들은 조직화된 포식자들이었어요."

"그러니까 당신은 문밖에 서서 엿듣고 있었군요…."

보슈는 케이트 킨케이드가 다시 본론으로 돌아가게 하려고 그녀의 말을 정리해서 말했다.

"그들은 대화를 나누는 게 아니었어요. 각자 감상평을 한 마디씩 내뱉는 것이더군요. 말을 들어보니 두 사람이 뭔가를 보고 있다는 걸 알 수 있었어요. 그리고 컴퓨터 소리도 들렸죠. 자판 치는 소리 같은 거요. 나중에 내가 그 컴퓨터를 켜고 그들이 보고 있던 게 뭔지 알아냈죠. 어린 여자애들이었어요. 열 살, 열한 살, 그런 애들이요…."

"알겠습니다. 컴퓨터 얘기는 조금 있다가 다시 하기로 하고요. 부인이 엿들었다는 얘기로 돌아갑시다. 그 감상평이라는 것들을 듣고 부인은 어떻게 그게 스테이시와 관련이 있다는 결론을 내리셨습니까?"

"스테이시를 언급했기 때문이죠. 리히터가 '저기 스테이시다'라고 말했어요. 그랬더니 남편이 그 애 이름을 부르더군요. 그런데 아버지나 의붓아버지가 딸애를 부르는 투가 아니었어요. …욕정에 가득 찬 어투였어요. 그러고 나서 둘 다 말이 없어지더군요. 그 애를 보고 있다는 걸 느낄 수 있었어요."

보슈는 전날 밤 라이더의 컴퓨터로 보았던 장면들이 떠올랐다. 그러나 킨케이드와 리히터가 사무실에 나란히 앉아 같은 장면들을 보면서 보슈 자신과는 완전히 다른 반응을 보이는 모습은 상상이 안 갔다.

"그러고 나서 리히터가 남편한테 쉬헌 형사 얘기를 들었냐고 물었어요. 남편이 '무슨 얘기?'라고 물으니까 리히터는 쉬헌이 해리스의 지문을 스테이시의 책에 묻혀놓았다고들 한다고 하더군요. 남편이 웃음을 터뜨렸어요. 그러고는 그건 사실이 아니라고 하더군요. 내가 재판 중에 해줬던 말을, 내가 그 세차장에 갔었다는 얘기를 리히터에게 해줬어요. 남편이 이야기를 마치자 둘은 유쾌하게 웃어젖혔고, 그다음에 남편이 했던 말이 너무도 생생하게 기억이 나요. 남편은 '난 평생 동안 항상 이렇게 운이 좋았어.'라고 했어요. 그때 알았어요. 남편이 스테이시를 죽였다는 걸, 그 두 사람이 죽였다는 것을요."

"그래서 하워드 일라이어스를 돕기로 하신 거군요."

"그래요."

"왜 그 사람이죠? 왜 경찰을 찾지 않으셨습니까?"

"경찰은 절대로 샘을 기소하지 않을 거라는 걸 알았으니까요. 킨케이드 가문은 권력이 있는 가문이에요. 킨케이드 가 사람들은 자기들이 법 위에 존재한다고 믿고 있고, 현실을 보면 정말로 그래요. 시아버님은 이 도시의 모든 정치인의 호주머니에 돈을 찔러줬어요. 민주당원, 공화당원 가리지 않고요. 그들 모두가 시아버님한테 신세를 진 거죠. 게다가 법적으로도 기소가 불가능했어요. 짐 캠프 검사한테 전화를 걸어서 스테이시의 목숨을 앗아갔다고 여겨지는 다른 용의자를, 해리스가 아닌 다른 용의자를 찾아냈다면 어떻게 되는 거냐고 물어봤어요. 캠프 검사는 일사부재리의 원칙 때문에 새로운 용의자에 대해 공소를 제기하는 것은 불가능하다고 말하더군요. 피고인 측은 첫 번째 재판 사실을 언급하면서 작년에는 경찰이 같은 사건으로 다른 피고인을 법정에 세웠었다고만 말하면 된다는 거예요. 그것만으로도 합리적인 의심을 불러일으키고도 남으니까요. 그래서 경찰은 절대로 그를 기소하지 않을 것임을 알고 있었어요."

보슈는 고개를 끄덕였다. 그녀의 말이 맞았다. 해리스를 기소하고 재판을 진행한 것이 이 사건이라는 케이크에 머리카락을 영구히 빠뜨린 셈이 된 것이었다.

"잠깐만 쉬는 게 어떻겠습니까? 전화를 한 통 걸어야 해서요."

보슈가 말했다.

그는 녹음기를 껐다. 서류 가방에서 휴대전화를 꺼내고 나서 케이트 킨케이드에게 전화를 걸면서 집 안의 다른 쪽을 살펴보겠다고 말했다.

보슈는 식당을 거쳐 부엌으로 들어가면서 린델의 휴대전화로 전화를 걸었다. FBI 요원은 벨이 한 번 울리기가 무섭게 전화를 받았다. 보슈는 자기 목소리가 거실까지 들리지 않기를 바라면서 조용히 말했다.

"나, 보슈. 됐어. 협력하는 참고인이야."

"녹음하고 가두고 있어?"

"응, 하고 있어. 자기 남편이 자기 딸을 죽였다고 진술했어."

"일라이어스에 대해서는?"

"아직 거기까지 안 갔어. 작전 개시하라고 말해주려고 전화했어."

"그럴게."

"누가 보였어?"

"아니, 아직은. 남편이 아직 집에 있는 것 같아."

"리히터는? 리히터는 공범이야. 여자가 그 친구에 관해서도 진술을 하고 있어."

"어디 있는지 잘 모르겠어. 집에 있다면, 아직 안 나온 거고. 어쨌든 곧 찾아낼 거야."

"사냥 잘 해."

보슈는 전화를 끊고 부엌 출입구에 서서 케이트 킨케이드를 바라보았다. 그녀는 그에게 등을 보이고 앉아서 조금 전까지 그가 앉아 있었던 자기 맞은편 자리를 노려보고 있을 뿐 미동도 하지 않았다.

"저기 뭐 좀 갖다 드릴까요? 물이라도?"

보슈가 거실로 돌아가면서 말했다.

"아뇨, 됐어요. 고마워요."

보슈는 녹음기를 켜고 다시 한 번 자기 신원과 조사 대상의 신원을 밝혔다. 그리고 정확한 날짜와 시각도 말했다.

"당신의 권리에 대해서는 고지를 받으셨습니다. 맞습니까, 킨케이드 부인?"

"네, 맞아요."

"조사를 계속하시겠습니까?"

"네."

"조금 전 부인은 하워드 일라이어스 변호사를 돕기로 결심했다고 말씀하셨습니다. 이유가 뭡니까?"

"일라이어스가 마이클 해리스 소송을 진행하고 있었으니까요. 나는 마이클 해리스의 결백이 완벽하게 입증되기를 바랐어요. 그리고 내 남편과 그의 친구들의 만행이 세상에 알려지기를 바랐죠. 하지만 정부 당국은 그런 일에 발 벗고 나서지 않을 것을 알고 있었어요. 그런데 하워드 일라이어스는 그런 기관 소속이 아니었죠. 돈과 권력 앞에 무릎을 꿇지 않을 사람이라고, 오직 진실만을 추구할 사람이라고 생각했어요."

"일라이어스 씨와 직접 이야기를 나눠보신 적이 있습니까?"

"아뇨. 남편이 나를 주시하고 있을지도 모른다고 생각했어요. 그날 그들의 이야기를 들은 이후로, 남편이 범인이라는 걸 알게 된 이후로는, 남편을 볼 때마다 혐오감을 완전히 감출 수가 없었어요. 남편도 어느 순간부터는 내가 어떤 결론에 도달했다는 걸 깨달았을 거예요. 그래서 리히터에게 나를 미행시켰을 거예요. 리히터나 자기 밑에서 일하는 다른 사람을 시켰겠죠."

보슈는 리히터가 그녀를 미행해서 이 집까지 따라와서 근처에 있을 수도 있다는 것을 깨달았다. 린델은 현재 그 경호원의 소재가 파악되지 않았다고 말했었다. 현관문을 바라보던 보슈는 자기가 현관문을 잠그지 않았다는 것이 기억났다.

"그래서 일라이어스에게 편지를 보내셨군요."

"네, 익명으로요. 일라이어스가 이 사람들의 죄상을 폭로하기를 바라면서도 나는 건드리지 말아줬으면 하고 바랐던 것 같아요. …이기적이었다는 거 알아요. 난 나쁜 엄마였어요. 그런데 그 나쁜 엄마는 계속 숨어 있고, 나쁜 아빠와 남자들만 세상에 알려질 수 있을 거라는 환상을 가지고 있었던 것 같아요."

보슈는 케이트 킨케이드의 눈에서 고통을 보았다. 다시 눈물이 맺힐 거라고 생각했지만 눈물은 보이지 않았다.

"몇 가지 더 물어보겠습니다. 웹 페이지 주소는 어떻게 아셨고, 그 비밀 사이트에 접근하는 방법은 어떻게 아셨죠?"

보슈가 말했다.

"샬롯의 거미줄 웹 사이트요? 내 남편은 똑똑한 사람이 아니에요, 보슈 형사님. 부자라서 똑똑해 보이긴 하지만요. 그 비밀 사이트에 접근하는 방법을 외우지 않고 따로 적어서 책상 속에 숨겨놨더군요. 내가 그 메모를 찾아냈어요. 그리고 난 컴퓨터 사용법을 알고 있어요. 그 끔찍한 곳에 가서 거기서 …스테이시를 봤어요."

이번에도 눈물은 없었다. 보슈는 당혹스러웠다. 케이트 킨케이드의 어조가 독백조로 바뀌어 있었다. 의무감에서 이야기를 하고 있는 듯 단조롭게 느껴졌다. 비밀 포르노 사이트에서 자기 딸을 보고 받은 엄청난 충격을 의식의 표면 아래에 꼭꼭 숨겨놓고 살아온 것 같았다.

"사진 속에서 스테이시와 함께 있는 남자가 부인의 남편이라고 믿습니까?"

"아뇨. 그 사람은 누군지 모르겠어요."

"남편이 아니라는 건 어떻게 아시죠?"

"남편은 등에 모반(母斑)이 있어요. 점 말이에요. 아까 남편이 똑똑하지 않다고 말했지만, 적어도 그 웹 사이트에 모습을 드러내지 않을 정도의 머리는 있었어요."

이 말을 들은 보슈는 고민에 빠졌다. 케이트 킨케이드의 말을 의심하는 것은 아니었지만, 샘 킨케이드를 기소하기 위해서는 그녀의 진술을 뒷받침할 확실한 증거가 필요했다. 케이트 킨케이드가 경찰을 찾아갈 수 없었다고 했던 것과 같은 이유로, 보슈는 샘 킨케이드가 범인임을 확실히 보여줄 증거를 확보하지 못하면 검사를 찾아갈 수가 없었다. 현재 보슈가 확보한 것은 남편에 대해 아내가 늘어놓은 악담뿐이었다. 스테이시 킨케이드와 함께 사진 속에 있던 남자가 샘 킨케이드가 아니라면, 큰 기대를 걸고 있던 증거가 날아가 버린 것이 됐다. 보슈는 수색에 대해 생각했다. 현재 두 개 팀이 샘 킨케이드의 집과 사무실을 수색하고 있었다. 보슈는 그 수색팀들이 케이트 킨케이드의 진술을 뒷받침할 증거를 찾아내기를 진심으로 바랐다.

"하워드 일라이어스에게 보낸 마지막 편지에서 부인은 경고를 했습니다. 남편이 알고 있다고 써놓았죠. 일라이어스가 그 비밀 웹 사이트를 찾아낸 것을 남편이 알았다는 뜻입니까?"

"네, 그때는 그런 뜻이었어요."

"왜 그렇게 생각하셨죠?"

"남편이 예민하게 굴고 나를 의심했기 때문에요. 자기 컴퓨터를 썼느냐고 물었어요. 그 얘기를 들으니까 내가 컴퓨터를 살펴본 걸 알아차린 게 틀림없다는 생각이 들었어요. 그래서 편지를 보냈죠. 하지만 지금은 잘 모르겠어요."

"왜요? 하워드 일라이어스가 죽었는데요."

"남편이 일라이어스를 죽였다고 확신할 수는 없어요. 만일 그랬다면 나한테 말을 했을 거예요."

"네?"

보슈는 케이트 킨케이드의 말을 이해할 수가 없었다.

"샘이 하워드 일라이어스를 죽였다면, 나한테 말을 했을 거예요. 스테이시 일도 얘기했는데, 일라이어스 일을 말하지 않았겠어요? 그리고 그 웹 사이트 일도 그래요. 일라이어스가 그 사이트의 존재를 알았다고 생각했다면, 사이트를 폐쇄했거나 다른 곳에 숨겨놓지 않았을까요?"

"침입자를 죽일 계획이었다면 굳이 그렇게 하지는 않았겠죠."

케이트 킨케이드는 고개를 가로저었다. 그녀는 보슈와는 해석이 다른 거였다.

"그래도 난 샘이 정말 그랬다면 나랑 싸울 때 다 털어놨을 것 같아요."

보슈는 아직도 혼란스러웠다.

"잠깐만요. 지금 부인은 이 조사 초반에 말씀하셨던 싸움에 대해 말씀하시는 겁니까?"

보슈의 호출기가 울리자 그는 케이트 킨케이드에게서 눈을 떼지 않은 채 호출기를 꺼버렸다.

"네."

"그 싸움이 언제 일어났었죠?"

"어젯밤에요."

"어젯밤이요?"

보슈는 깜짝 놀랐다. 그는 그녀가 언급한 싸움이 몇 주나 몇 달 전에 일어났을 거라고 섣불리 결론을 내렸던 것이었다.

"네. 형사님이 가신 후에요. 형사님 질문을 들으니까 내가 하워드 일라이어스에게 편지를 보냈다는 것을 알아낸 게 분명하다는 생각이 들더군요. 형사님이 샬롯의 거미줄 웹 사이트도 발견할 거라고 생각했어요. 시간문제라고 생각했죠."

보슈는 호출기를 내려다보았다. 린델의 휴대전화 번호였다. 그 번호 끝에는 긴급 상황 발생 신호인 911이 덧붙어 있었다. 보슈는 다시 고개를 들고 케이트 킨케이드를 바라보았다.

"그래서 지난 세월 동안 내지 못했던 용기를 냈죠. 샘에게 맞섰어요. 샘이 이야기를 해주더군요. 그리고 나를 비웃었어요. 스테이시가 살아 있는 동안에는 신경도 안 쓰더니 왜 이제 와서 난리냐고 하더군요."

이때 서류 가방 속에서 보슈의 휴대전화가 울리기 시작했다. 케이트 킨케이드가 천천히 일어섰다.

"혼자 조용히 받으시게 해드릴게요."

보슈는 서류 가방을 잡으려고 손을 뻗으면서, 케이트 킨케이드가 지갑을 집어 들고 거실을 가로질러 죽은 딸의 방으로 이어지는 복도를 향해 걸어가는 것을 지켜보았다. 보슈는 가방을 열고 휴대전화기를 꺼냈다. 린델이었다.

"지금 샘 킨케이드 집에 있어. 킨케이드와 리히터가 여기 있어. 아수라장이야."

FBI 요원이 긴장하고 흥분한 목소리로 말했다.

"어떻게 된 거야?"

"둘 다 죽었어. 편하게 간 것도 아닌 것 같아. 둘 다 무릎에 총을 맞았고 고환에도 총을 맞았어. …아직도 그 부인과 함께 있어?"

보슈는 복도 쪽을 바라보았다.

"응."

그 말을 하는 순간 복도 끝에서 탕 소리가 한 번 들렸다. 보슈는 그게 무슨 소린지 알았다.

"그 여자를 여기로 데려오는 게 좋겠어."

린델이 말했다.

"알았어."

보슈는 전화기를 덮고 서류 가방에 넣으면서도, 눈은 계속 복도를 향하고 있었다.

"킨케이드 부인?"

대답이 없었다. 들리는 건 빗소리뿐이었다.

32 형벌

보슈가 브렌트우드의 사건 현장을 정리하고 더 서밋 주택 단지를 향해 산을 올라가고 있을 때는 벌써 오후 2시가 다 되어 가고 있었다. 보슈는 빗속을 달리면서 케이트 킨케이드의 모습을 떠올렸다. 총성을 들은 지 10초도 안 되어 스테이시의 방에 들어가 보니 케이트 킨케이드는 이미 숨져 있었다. 22구경 권총의 총구를 입에 넣고 총구가 머리를 향하게 해서 총을 쏘았다. 즉사였다. 총은 반동에 의해 입에서 튀어나와 바닥으로 떨어졌다. 22구경이 흔히 그렇듯이 총알이 빠져나간 상처가 없었다. 케이트 킨케이드는 자고 있는 것 같았다. 예전에 딸이 사용했던 분홍색 담요로 몸을 감싸고 있었다. 그녀는 죽음과 함께 평화를 얻은 듯했다. 어떤 장의사도 고인을 이보다 더 평화로운 모습으로 꾸며줄 수는 없을 것 같았다.

더 서밋 주택 단지의 킨케이드 저택 앞에는 자동차와 승합차 몇 대가 서 있어서 복잡했다. 보슈는 아주 멀리 떨어진 곳에 주차를 할 수밖에 없어서 현관문 앞에 다다랐을 때는 흠뻑 젖어 있었다. 린델이 현관 앞에 서서 그를 기다리고 있었다.

"모든 게 엉망이 됐어."

FBI 요원이 나름의 인사말을 했다.

"그러게."

"이런 일이 생길 거라는 걸 알아차렸어야 했던 걸까?"

"글쎄, 잘 모르겠어. 다른 사람이 무슨 일을 할지 어떻게 알겠어."

"현장은 어떻게 하고 왔어?"

"법의국과 과학수사계가 남아 있어. 강력계 형사도 두 명 있고. 그 친구들이 잘 알아서 하고 있어."

린델이 고개를 끄덕였다. 보슈가 말을 이었다.

"봐야 할 건 다 보고 왔어. 여긴 어떤지 보여줘."

그들은 집 안으로 들어갔고, 린델은 전날 오후 보슈가 킨케이드 부부와 마주 앉아 조사를 했던 거대한 거실로 보슈를 안내했다. 시신들이 거기 있었다. 샘 킨케이드는 보슈가 마지막으로 봤을 때 앉아 있었던 소파 바로 그 자리에 있었다. D.C. 리히터는 밸리 전경이 내다보이는 창문 앞, 바닥에 쓰러져 있었다. 오늘은 제트 여객기 전망이 아니었다. 칙칙한 회색 일색이었다. 리히터의 시신은 피 웅덩이 속에 누워 있었다. 킨케이드가 흘린 피는 소파 천 속으로 다 스며들어간 상태였다. 감식반원 여러 명이 작업 중이었고, 조명이 설치되어 있었다. 보슈는 바닥과 가구 위 22구경 탄피들이 발견됐던 자리에 숫자로 표시를 해놓은 것이 눈에 띄었다.

"브렌트우드에 22구경이 있단 말이지?"

"응. 여자가 그걸 사용했어."

"조사를 시작하기 전에 몸수색을 해볼 생각은 안 했어?"

FBI 요원을 바라보던 보슈는 불쾌한 표정으로 천천히 고개를 가로저었다.

"지금 농담하는 거야? 자발적인 질의응답이었어. 당신네 조직에서는 그런 걸 한 번도 해본 적이 없는지 모르겠지만, 그럴 때 제일 중요한 건 조사를 시작하기도 전에 조사 대상이 용의자가 된 것 같은 느낌을 갖게 해서는 절대 안 된다는 거야. 그래서 몸수색 안 했어. 했다면 실수를 한 거…."

"알았어, 알았어. 그런 말해서 미안해. 난 그냥…."

린델은 말을 끝맺지 않았지만 보슈는 그가 무슨 말을 하고 싶은 것인지 알았다. 보슈는 화제를 바꾸기로 했다.

"노인네는 나타났어?"

"잭 킨케이드? 아니. 그에게 사람들을 보내서 이 소식을 알렸어. 사실을 받아들이지 못하고 있다더라고. 자기가 돈을 줬던 모든 정치인한테 전화를 걸고 있대. 시 의회나 시장이 자기 아들을 살아 돌아오게 해줄 수 있을 거라고 생각하나 봐."

"아니. 그 노인네는 아들이 어떤 인간인지 알고 있었어. 예전부터 알고 있었던 거야. 그래서 전화를 걸고 있는 거겠지. 그 사실이 세상에 알려지는 걸 원치 않는 거야."

"그래, 그건 우리가 알아서 처리할게. 벌써 디지털 비디오카메라와 편집 장비를 찾아냈어. 그걸로 샘 킨케이드를 샬롯의 거미줄에 엮을 수 있을 거야. 자신 있어."

"그런 건 지금으로서는 별로 안 중요해. 어빙 부국장은 어디 있어?"

"오는 중이야."

보슈는 고개를 끄덕였다. 그는 소파로 다가가 허리를 굽히고 두 손을 양 무릎에 올려놓고 서서 죽은 자동차 왕을 자세히 살펴보았다. 샘 킨케이드는 눈을 뜨고 있었고 고통스러운 표정이었다. 편하게 간 것 같지는 않다던 린델의 말이 맞았다. 보슈는 킨케이드의 표정을 보며 죽은 케이트 킨케이드의 표정을 떠올렸다. 둘의 표정은 비교가 되지 않았다.

"어떻게 된 것 같아? 어떻게 그 여자가 건장한 남자 두 명을 죽일 수 있었을까?"

보슈가 물었다.

보슈가 샘 킨케이드의 시신을 노려보고 있는 동안 린델이 말했다.

"남자가 고환에 총을 맞고 나면 아주 유순해질 거야. 피가 나온 걸 살펴보니까, 거기부터 맞은 것 같아. 거기를 쏘자마자 그 여자는 상황을 제 마음대로 통제할 수 있게 됐을 거야."

보슈는 고개를 끄덕였다.

"리히터는 무기를 갖고 있지 않았어?"

"응."

"여기서 9밀리미터 구경 권총을 발견했어?"

"아니, 아직은."

린델은 보슈에게 '망했다, 친구'라고 말하는 듯한 표정을 지어보였다.

"그게 필요해. 케이트 킨케이드는 이 사람들한테서 스테이시를 죽였다는 자백은 받아냈지만 일라이어스에 대해서는 한 마디도 못 들었다고 했어. 그 9밀리미터 권총을 찾아내야 이 친구들을 일라이어스 사건과도 엮을 수 있고, 사건을 종결지을 수 있어."

"지금 찾아보고 있어. 누구라도 그걸 찾아내면, 우리한테 제일 먼저 보고할 거야."

"리히터의 집과 사무실, 자동차도 뒤져보고 있어? 실제로 일라이어스와 페레즈에게 총을 쏜 건 리히터였을 거야, 확실해."

"응, 뒤져보고는 있는데, 기대는 하지 마."

보슈는 FBI 요원의 표정을 읽으려고 했지만 읽을 수가 없었다. 린델이 말하지 않은 뭔가가 있는 게 틀림없었다.

"뭐야?"

"오늘 아침에 에드거가 경찰대학에서 리히터에 관한 자료를 뽑아 왔어."

"그래, 알아. 제적당했다면서. 왜 당했는데?"

"리히터가 한쪽 눈이 실명인 것이 밝혀진 거야. 왼쪽 눈이. 그는 아무도 모르게 끝까지 해보려고 무진 애를 쓰고 있었어. 사격 수업을 받기 전까지는 그런대로 괜찮았지. 그런데 사격 연습장에서 총을 전혀 쏠 수가 없었다는 거야. 학교 측이 그제야 리히터의 상태를 알게 된 거지. 그래서 제적시켰대."

보슈는 고개를 끄덕였다. 그는 앤젤스 플라이트에서 일어난 총격 사건은 명사수의 솜씨라는 것을 생각했고, 지금 들은 리히터에 대한 새로운 정보로 상황이 완전히 바뀌었다는 걸 깨달았다. 린델의 말이 사실이라면 리히터는 일라이어스 피살 사건의 범인이 아니었다.

밖에서 헬리콥터 소리가 들려서 보슈는 생각을 이어나갈 수가 없었다. 그가 창가로 가서 위를 올려다보니 집 밖 50미터쯤 떨어진 곳에서 채널 4의 방송 헬기 한 대가 집 가까이까지 내려와 맴을 돌고 있었다. 빗속에서도 헬기 문이 열려 있고 카메라 기자가 카메라를 들고 이곳을 찍고 있는 모습이 보였다.

"빌어먹을 하이에나들. 비도 오는데 뭐하러 저렇게까지."

린델이 말했다.

린델은 전등 스위치와 전자 제어 장치 계기반이 있는 출입구로 걸어가서 둥근 버튼을 눌렀다. 전기 모터가 돌아가는 소리가 나더니 자동 블라인드가 창문 위에서 내려왔다.

"육상으로는 접근할 수가 없어서 그래. 정문에서 막으니까. 그러니까 공중으로 접근할 수 밖에."

보슈가 말했다.

"그러든가 말든가 관심 없어. 블라인드가 내려와 있는데 뭘 찍으려나 몰라."

기자들에 대해서는 보슈도 관심 없었다. 보슈는 다시 시신들을 내려다보았다. 피부의 변색 정도와 이미 방 안에서 나기 시작한 악취로 미루어 보아, 두 남자는 사망한 지 10여 시간은 지난 것 같았다. 보슈는 그렇다면 케이트 킨케이드가 아침까지 시신과 함께 이 집에 있었는지, 아니면 브렌트우드로 가서 딸의 침대에서 밤을 보낸 것인지 궁금했다. 후자라는 생각이 들었다.

"사망 시각은 나왔어?"

보슈가 물었다.

"응. 어젯밤 9시에서 12시 사이로 추정하더라고. 혈액의 흐름을 보니까 두 사람이 첫 총알을 맞고도 마지막 총알을 맞을 때까지 두 시간 정도는 살아 있었던 것 같대. 그 여자가 이들한테서 무슨 정보를 얻어내고 싶어 했는데, 이들이 안 주고 버텼나 봐, 처음에는."

"샘 킨케이드가 스테이시 피살 사건의 전모를 털어놨대. 리히터는 모르겠고. 그 여자는 리히터는 별로 신경 쓰지 않았던 것 같아. 하지만 그 남편은 케이트 킨케이드한테 스테이시에 대해서 모든 걸 이야기해줬어. 그 이야기를 다 듣고 여자가 남편을 죽인 것 같아. 둘 다 죽인 거지. 웹 사이트 사진 속에서 스테이시와 있던 남자는 샘 킨케이드가 아니었어. 검시반원한테 리히터의 몸통 사진을 찍어서 그 사이트 사진과 비교해보라고 해줘. 아마도 리히터였을 것 같아."

보슈가 말했다.

린델은 손짓으로 시신들을 가리켰다.

"그럴게. 그래, 당신은 어떻게 생각해? 그 여자는 어젯밤에 이 짓을 저지르고 난 다음에 뭘 했을까? 침실로 올라가서 잤나?"

"아닐 거야. 내 생각엔 브렌트우드 집으로 가서 거기서 밤을 보낸 것 같아. 스테이시의 침대에 누가 잔 흔적이 있었어. 케이트 킨케이드는 자기 계획을 완수하기 전에 나를 만나서 사건의 전모를 알려주고 싶었던 거야."

"완수할 계획이라는 게 뭐야, 자살?"

"그래."

"으스스하군."

"딸의 원혼과 함께 사는 건 훨씬 더 으스스했을 거야. 자살이 쉬운 탈출구였지."

"말이 나왔으니 말인데, 자꾸만 쉬헌 생각이 나. 그가 그런 결심을 하고 실행에 옮겼을 때 그 바깥은 얼마나 어둡고 추웠을까 하는 생각도 들고."

"그런 건 앞으로도 영원히 모르고 지내야 할 텐데. 내 팀원들은 어디 있어?"

"사무실에. 사무실 수색을 맡았어."

"거기 가볼게."

보슈는 린델을 남겨두고 현관 홀을 걸어가 사무실로 향했다. 에드거와 라이더가 조용히 수색을 실시하고 있었다. 압수하고 싶은 물건들이 책상 위에 쌓여 있었다. 보슈는 고개를 끄덕이는 것으로 인사를 했고 그들도 마찬가지로 고개를 끄덕였다. 침울한 분위기였다. 이 사건은 기소도 재판도 없을 것이다. 그들이 나서서 사건의 전말을 설명하는 일만 남아 있었다. 그리고 그들은 기자들은 회의적인 태도를 취할 것이고 시민들은 그들의 말을 믿어주지 않을지도 모른다는 사실까지 잘 알고 있었다.

보슈는 책상으로 다가갔다. 책상 위에는 전선으로 연결된 컴퓨터와 주변 기기가 많이 있었다. 데이터를 저장하는 디스켓 상자도 여러 개 있었다. 소형 비디오카메라와 편집기도 있었다.

"건진 게 많아요, 선배. 소아 성애자 웹 사이트 건만 가지고도 샘 킨케이드를 감방에서 푹 썩게 만들 수 있었을 정도예요. 그 비밀 웹 사이트에 있는 사진들이 전부 들어 있는 집 드라이브가 있어요. 그리고 이 카메라도 있고요. 이걸로 스테이시의 비디오를 찍은 것 같아요."

라이더가 말했다. 그러고는 장갑을 낀 두 손으로 카메라를 들어 올려 보슈에게 보여주면서 말을 이었다.

"디지털 카메라예요. 영화를 찍고, 여기 플러그에 꽂으면, 원하는 걸 다운로드 받을 수 있어요. 그런 다음에 그걸 자기 컴퓨터에 업로드 하고 그 소아 성애자 사이트에 올리는 거죠. 자기 집이라는 사적인 공간에서 그 모든 게 이루어지는 거예요. 말 그대로 식은 죽…."

라이더가 말을 멈췄다. 왜 그러나 싶어 보슈가 뒤를 돌아보니 사무실 문 앞에 어빙 부국장이 서 있었다. 그 옆에는 린델과 어빙의 부관인 툴린 경위가 서 있었다. 어빙은 사무실 안으로 들어오더니 젖은 레인코트를 툴린에게 건넸다. 그러고는 가지고 나가서 다른 방에서 대기하라고 했다.

"어떤 방 말씀이십니까, 부국장님?"

"아무 방이나."

툴린이 나가자 어빙이 문을 닫았다. 이제 방 안에는 어빙과 린델, 그리고 보슈 팀만 남아 있었다. 보슈는 무슨 일인지 알아차렸다. 해결사가 등장하신 것이다. 수사는 진실이 아니라 경찰국의 이해 관계에 따라 경찰국의 결정과 대국민 발표 내용이 정해지는 이른바 '탈수' 단계로 들어가려고 하고 있었다. 보슈는 가슴에 팔짱을 끼고 잠자코 어빙의 말을 기다렸다.

"여기 수색은 이쯤에서 끝내는 것이 좋겠어. 이제까지 모아 놓은 것들을 가지고 철수하게."

어빙이 말했다.

"부국장님, 아직도 살펴볼 곳이 많이 있습니다."

라이더가 말했다.

"상관없어. 시신들은 법의국으로 수송하고 경찰들은 철수하도록."

부국장이 말했다.

라이더는 쉽게 물러서지 않았다.

"부국장님, 아직 무기를 찾지 못했습니다. 그 무기가 있어야…"

"그 무기는 못 찾을 거야."

어빙이 방 안으로 좀 더 걸어 들어왔다. 방 안을 둘러보던 그의 시선이 보슈의 얼굴에서 멈췄다.

"자네 말을 들어준 게 실수였어. 이 도시가 내 실수의 대가를 치르지는 말아야 할 텐데."

보슈는 대답을 하기 전에 잠깐 생각을 정리했다. 어빙은 계속 그를 노려보고 있었다.

"부국장님, 지금 부국장님은 이 사건에 관해서… 정치적인 관점에서 생각하고 계신다는 것을 알고 있습니다. 그러나 우리는 이 집과 킨케이드 부부와 관련이 있는 다른 몇 군데 장소에 대한 수색을 계속해야만 합니다. 무기를 찾아야지만…."

"말했잖나, 무기는 못 찾을 거라고. 여기서도, 킨케이드 부부와 관련된 다른 어떤 곳에서도 말이야. 이 모든 것은 주의를 딴 데로 돌리기 위한 유인구였어, 형사. 세 명의 목숨을 앗아간 유인구."

보슈는 어떤 상황인지 알지 못했지만 저절로 방어적인 태도를 취하게 되었다. 그는 책상 위에 놓인 장비를 가리켜 보이며 말했다.

"저라면 이것을 유인구라고 부르지는 않겠습니다. 샘 킨케이드는 대규모 소아 성애자 집단에 관련이 되어 있었고 우리는…."

"원래 자네들이 배치된 곳은 앤젤스 플라이트였어. 그런데 여기까지 와 있는 걸 보니 내가 자네들한테 너무 많은 자유를 줬나보군."

"여기가 앤젤스 플라이트입니다. 그 무기가 필요한 것도 바로 그 때문이죠. 그 총만 있으면 이 모든 것을…."

"빌어먹을, 우리가 그 총을 갖고 있다고! 지난 24시간 동안 줄곧 갖고 있었지! 살인범도 붙잡아 놓고 있었고. 얼마 전까지만 해도 말이야! 그런데 그를 놔주었고 이제는 도로 잡아올 수가 없게 됐어."

보슈는 어빙을 노려보고만 있었다. 어빙 부국장의 얼굴이 분노로 시뻘게졌다.

"총기 감식 결과가 나왔어. 나온 지 아직 한 시간도 안 됐군. 하워드 일라이어스의 시신에서 나온 세 개의 총알은 총기 감식실에서 시험 발사한 프란시스 쉬헌 형사의 9밀리미터 구경 스미스 앤 웨슨 권총의 총알과 명백하게 일치한다고 하더군. 쉬헌 형사가 앤젤스 플라이트에 탄 그 두 사람을 죽인 거야. 우리 중에는 그런 가능성을 믿었던 사람들도 있었는데, 자네가 아니라고 우기는 바람에 쉬헌을 풀어줬어. 이젠 그 가능성이 사실로 확인이 됐는데, 쉬헌 형사는 죽고 없는 거야."

보슈는 말문이 막혀버렸고, 입이 떡 벌어지려는 걸 참느라고 애를 썼다. 잠시 후 가까스로 입을 열었다.

"부국장님, 그 노인네를 위해서 이러시는군요. 잭 킨케이드를 위해서요. 부국장님은…."

라이더가 보슈의 자살 행위를 막으려고 보슈의 팔을 잡았다. 보슈는 라이더의 손길을 뿌리치고 시신들이 있는 거실 쪽을 가리켰다.

"…그 노인네를 보호하려고 자기 부하 직원을 팔아넘기시는군요. 어떻게 그러실 수가 있습니까? 어떻게 그렇게 그들과 타협을 하실 수가 있습니까? 부국장님 자신과 타협을 하실 수가 있습니까?"

"무슨 소리!"

어빙이 소리를 버럭 질렀다. 그러더니 목소리를 낮추고 말을 이었다.

"자네 생각이 틀렸어. 난 지금 자네가 한 말만 가지고도 자네를 밟아 버릴 수가 있네."

보슈는 아무 말도 하지 않았다. 그는 주눅 들지 않고 부국장을 계속 노려보았다.

어빙이 말했다.

"이 도시는 하워드 일라이어스를 위한 정의를 기대하고 있었어. 일라이어스와 함께 죽임을 당한 여자를 위해서도 정의를 기대하고 있었지. 그런데 그 정의를 자네가 빼앗아갔어, 보슈 형사. 쉬헌이 겁쟁이처럼 도피할 구멍을 자네가 마련해준 거야. 자네가 시민들에게서 정의를 빼앗아갔고, 시민들은 그 사실에 분노할 거야. 주여, 우리를 시련에 들지 말게 하소서."

33 낯선 도시

계획은 비가 내리고 있는 동안 빨리 기자 회견을 여는 것이었다. 비의 도움을 받아 분노한 시민들이 거리로 쏟아져 나오는 것을 막아보려는 심산에서였다. 수사팀 전원이 기자 회견장 무대 뒤 벽에 일렬로 늘어서 있었다. LA 경찰국장과 길버트 스펜서 FBI LA 지부 부지부장이 브리핑을 주도하고 기자들의 질문에 대답을 할 예정이었다. 대단히 민감한 사안일 경우에는 이렇게 수사 기관의 수장이 나서서 기자 회견을 주도하는 것이 일반적인 관행이었다. 국장과 스펜서 요원은 보도 자료에 나와 있는 내용 외에는 아는 바가 별로 없었다. 따라서 수사의 세부적인 상황에 대한 질문이 나오면 '잘 모르겠다'나 '내가 아는 바로는 그렇지 않다'같은 대답으로 정직하고도 편하게 넘어갈 수 있을 것이었다.

홍보실의 오루크 경위가 먼저 나서서 기자들에게 책임감 있는 행동을 당부했고, 브리핑은 짧게 진행이 될 것이고 추가 정보는 앞으로 며칠 이내에 제공이 될 거라고 말했다. 그러고 나서 경찰국장을 소개하자,

국장이 마이크 앞에 서서 신중하게 작성된 성명서를 읽어 내려갔다.

"경찰국장으로 취임하고 나서 지금까지 짧은 임기 동안, 저는 공무 수행 도중 사망한 경찰관의 장례식을 여러 번 주재했습니다. 이 도시의 무분별한 폭력에 자녀를 잃은 어머니의 손을 수도 없이 잡아 보았습니다. 그러나 제 마음이 지금처럼 무거웠던 적은 없었습니다. 저는 이 위대한 도시의 시민 여러분께 하워드 일라이어스 씨와 카탈리나 페레즈 씨를 살해한 범인을 밝혀냈다는 말씀을 드립니다. 그리고 대단히 유감스러운 마음으로 그 범인이 이 경찰국의 일원이었다는 사실을 알려드립니다. 오늘 하워드 일라이어스 씨와 카탈리나 페레즈 씨를 죽인 총알이 경찰국 강력계 소속 프란시스 쉬헌 형사가 사용하던 공무 수행용 권총에서 발사된 것이라는 총기 감식 결과가 나왔습니다."

보슈는 기자들의 얼굴을 둘러보았다. 많은 얼굴에서 경악한 표정이 떠올랐다. 경찰국장의 발표가 나오자마자 기자들은 얼어붙은 듯하던 일을 멈춰버렸다. 그 발표가 어떤 파장을 가져올지 알고 있기 때문이었다. 그 뉴스는 성냥이었고, 그들은 기름이었다. 지금 내리고 있는 비로는 이 불을 끌 수가 없을 것이었다.

기자 두 명이 소식을 제일 먼저 알리기 위해, 빼곡히 들어찬 동료 기자들을 젖히고 문밖으로 뛰어나갔다. 아마도 통신사 기자인 것 같았다. 경찰국장은 성명서를 계속 읽어 내려갔다.

"많은 분들이 알고 계시는 바와 같이, 프란시스 쉬헌 형사는 마이클 해리스를 대변하는 하워드 일라이어스 변호사에게 피소된 경찰관들 중 한 명이었습니다. 일라이어스 피살 사건 수사관들은 쉬헌 형사가 그 민사 소송 사건과 관련하여 그리고 몇 달 전 결혼 생활이 파경을 맞음으로 인해서 심각한 우울증과 화병을 앓아왔던 것으로 판단하고 있습니다. 그런 이유로 쉬헌 형사는 정신의 균형을 잃었던 것인지도 모르겠습니다. 그러나 확실한 것은 앞으로도 알 길이 없게 되었습니다. 쉬헌 형사가 어젯밤 자신이 진범이라는 사실이 밝혀지는 것이 시간문제라는 것을 깨닫고 스스로 목숨을 끊었기 때문입니다. 경찰국장으로서 이런 성명을 발표하게 되어 대단히 유감스럽습니다. 그러나 우리 LA 경찰국은 그 어떤 사실도 시민들에게 숨기지 않습니다. 선을 찬양하기 위해서는 악을 분명히 밝혀야 합니다. 저를 비롯하여 우리 경찰국의 8천 명의 선한 경찰관들은 이 두 피해자의 유족들뿐만 아니라 이 도시의 모든 시민에게 진심으로 사죄를 드리는 바입니다. 그리고 선한 시민 여러분께서도 이 끔찍한 사태에 대해 책임감 있고 신중하게 대응해주시기를 간곡히 부탁드립니다. 발표할 다른 내용도 있지만, 구체적으로 이 사건 수사와 관련해서 질문이 있으시면 지금 몇 개 받고 대답해드리도록 하겠습니다."

이 말이 떨어지기가 무섭게 알아들을 수 없는 고함 소리가 여기저기서 터져 나왔고, 국장은 앞줄 중앙에 있는 한 기자를 가리켰다. 보슈는 모르는 기자였다.

"쉬헌 형사가 어디에서 어떤 방법으로 자살을 했습니까?"

"어젯밤 쉬헌 형사는 친구 집에 있었습니다. 거기에서 총을 쏴서 자살했습니다. 공무 수행용 권총은 총기 감식을 위해 압수된 상태였습니다. 다른 총을 사용했는데, 그 총의 출처에 관해서는 아직 조사가 진행 중입니다. 수사관들은 쉬헌 형사가 총을 가지고 있지 않다고 믿었습니다. 잘못된 판단이었습니다."

또다시 불협화음이 일어났지만 뒤쪽에서 들려오는 하비 버튼의 목소리가 좌중을 압도했다. 그의 질문은 간단명료했고 국장의 대답이 반드시 나와야 하는 중요한 문제였다.

"왜 쉬헌 형사가 풀려났었습니까? 어제는 용의자였는데요. 귀가 조치

된 이유가 무엇입니까?"

국장은 버튼을 오랫동안 바라보다가 대답했다.

"기자의 질문에 대답이 들어 있군요. 쉬헌 형사는 용의자였습니다. 검거된 상태가 아니었죠. 우리는 총기 감식 결과를 기다리는 중이었고, 어제는 그를 붙잡아둘 아무런 이유가 없었습니다. 그때는 그를 기소할 증거가 전혀 없었습니다. 총기 감식 소견서가 그를 기소할 증거였는데, 안타깝게도 너무 늦게 나왔습니다."

"국장님, 경찰이 용의자를 기소하기 전에 최대 48시간까지 구금할 수 있다는 것은 누구나 아는 사실입니다. 쉬헌 형사가 구금되지 않았던 이유가 무엇입니까?"

"솔직히 말해서, 그것은 우리가 다른 쪽 수사에 집중하고 있었기 때문이었습니다. 쉬헌 형사는 유력한 용의자가 아니었습니다. 가능성을 염두에 두고 있는 몇 명의 용의자 중 한 명일 뿐이었죠. 그를 붙잡아둘 이유가 없다고 판단했습니다. 쉬헌은 우리의 질문에 만족스럽게 대답을 해줬고, 우리 경찰 가족이었으며, 도주의 우려도 없는 것 같았습니다. 그리고 자살할 위험이 있다고도 생각되지 않았고요."

"추가 질문입니다."

버튼이 한꺼번에 터져 나오는 기자들의 외침을 압도하는 큰 목소리로 외쳤다. 그러고는 기자들이 조용해지자 말을 이었다.

"지금 국장님께서는 쉬헌 형사가 경찰관이었다는 이유로 귀가 조치라는 특혜를 받고 집으로 가서 자살을 했다고 말씀하시는 겁니까?"

"아뇨, 버튼 기자, 제 말은 그런 뜻이 아닙니다. 우리는 쉬헌 형사가 범인이라는 사실을 확실히 알지 못하고 있다가 너무 늦어버린 후에야 알게 되었다고 말하고 있는 겁니다. 오늘에야 총기 감식 소견이 나와서 알게 되었습니다. 쉬헌 형사는 귀가 조치 된 후 어젯밤에 자살을 했습니다."

"쉬헌 형사가 일반 시민이었다고 해도, 예를 들어 마이클 해리스처럼 흑인이었다고 해도, 어젯밤에 귀가 조치가 되었을까요?"

"대답할 가치가 없는 질문이군요."

국장은 두 손을 들어 올려 다른 기자들의 고함 소리를 막았다.

"발표할 것이 더 있습니다."

그러나 기자들은 이 말은 들은 척도 하지 않고 계속 질문을 외쳐댔다. 오루크가 앞으로 나서서 더 큰 목소리로 조용히 하지 않으면 기자 회견을 당장 끝내고 퇴실시키겠다고 으름장을 놓았다. 그 말이 효과가 있었다. 국장이 다시 말문을 열었다.

"지금 말씀드리는 것은 제가 조금 전에 말씀드린 사건들과 간접적으로 관련이 되어 있는 것입니다. 유감스럽게도 저는 오늘 또 한 번 사망 소식을 전하게 되었습니다. 샘 킨케이드와 케이트 킨케이드 부부, 그리고 킨케이드 부부의 경호원으로 일했던 도널드 찰스 리히터 씨가 사망했습니다."

경찰국장은 다른 종이에 있는 내용을 읽어 내려갔다. 그는 두 명이 살해되고 한 명이 자살한 사건 개요를 간략히 설명한 후, 케이트 킨케이드가 딸을 잃고 커져가는 슬픔과 상실감 때문에 제정신이 아닌 상태에서 저지른 일이라고 규정했다. 그녀의 남편이 의붓딸을 강간했다는 내용이나, 그 남편이 소아 성애자였다는 사실, 혹은 그가 그런 변태 성욕자들을 위한 비밀 웹 사이트에서 활동했다는 사실에 대해서는 한 마디도 하지 않았다. 그리고 FBI와 경찰국 컴퓨터 사기전담팀이 그 사이트에 대해 조사를 벌이고 있다는 사실도 언급하지 않았다.

보슈는 노인네의 입김이 작용하고 있다는 것을 직감했다. 원조 자동차 왕이 자기 가문의 명예를 더럽히지 않기 위해 연줄을 이용하고 있는 것이었다. 보슈는 그동안 노인네의 돈을 먹은 사람들 모두가 지난밤부터 그의 갑작스러운 전화를 받고 있을 거라고 추측했다. 잭슨 킨케이드는 자기 아들의 명예가 땅에 떨어지게 내버려둘 수는 없을 것이었다. 그것은 자기 자신의 명예와도 직결되는 일이었고, 사업에도 엄청난 타격이 될 것이기 때문이었다.

경찰국장이 성명서 낭독을 마치자, 질문 몇 개가 날아왔다.

"그 여자가 제정신이 아니었다면, 남편은 왜 죽인 겁니까?"

〈LA 타임스〉의 케이샤 러셀 기자가 물었다.

"그건 알 길이 없게 되었습니다."

"그리고 리히터라는 경호원은 어떻게 된 겁니까? 딸 때문에 실의에 빠져 있었다면 경호원은 왜 죽였을까요?"

"그것도 알 길이 없게 되었습니다. 리히터는 킨케이드 부인이 권총을 꺼내 들고 자살을 하겠다고 소란을 피울 때 그 집에 있었거나 그 집에 도착한 것이 아닌가 추측하고 있습니다. 두 남자가 킨케이드 부인의 자살을 막으려고 하다가 죽임을 당했을 가능성이 매우 높습니다. 그러고 나서 그녀는 그 집을 나와 딸과 함께 살았던 예전 집으로 갔습니다. 그리고 딸이 잠을 잤던 침대에서 스스로 목숨을 끊었습니다. 대단히 유감스러운 일입니다. 킨케이드 부부와 리히터 씨의 유족과 친지들에게 삼가 조의를 표합니다."

보슈는 역겨웠다. 고개를 저으려다가, 자신이 국장 뒤에 서 있어서 그런 몸짓을 하면 카메라와 기자들에게 들키겠다 싶어서 참았다.

"자, 더 이상 질문 없으시면, 이 정도로…."

"국장님."

버튼이 국장의 말을 끊고 끼어들었다.

"칼라 엔트런킨 감찰관이 한 시간 후에 하워드 일라이어스 변호사 사무소에서 기자 회견을 자청했습니다. 국장님께서는 감찰관이 기자 회견을 자청한 이유를 아십니까? 그리고 이와 관련해 하실 말씀이 혹시 있으십니까?"

"아니요. 엔트런킨 감찰관은 우리 경찰국과 연계되지 않고 독자적으로 일을 하고 있습니다. 감찰관이 제게 보고를 할 의무가 없기 때문에 무슨 일로 기자 회견을 하는지에 대해서는 아는 바가 전혀 없습니다."

그러나 국장의 어조로 볼 때 엔트런킨이 경찰국에 대해서 긍정적인 말을 하리라고 예상하지는 않는 것이 분명했다.

국장이 말했다.

"이제 기자 회견을 마칠까 합니다. 그러나 그보다 먼저 FBI와 그중에서도 특히 스펜서 특별 요원에게 그동안의 도움에 대해 감사의 말씀을 전하고 싶습니다. 이 불행한 사건에서 그나마 위안이 되는 것은 우리 경찰국이 썩은 사과가 어디에 매달려 있든 썩은 사과를 따내는 데 전심전력하고 있음을 우리 로스앤젤레스 시민들이 확인할 수 있게 되었다는 점입니다. 우리 LA 경찰국은 자기 구성원들의 행동에 대해서도 조금도 은폐하지 않고 그리고 우리들의 자부심과 명예에 어떤 대가를 치르더라도 책임 소재를 분명히 밝히고 책임을 질 것입니다. 저는 로스앤젤레스의 선량한 시민들이 이 사실을 기억하고 저의 진심 어린 사과를 받아주시기를 바랍니다. 이 기자 회견에서 말씀드린 내용에 대해서 로스앤젤레스의 선량한 시민들이 침착하고도 책임감 있는 반응을 보여주시기를 간곡히 당부합니다."

국장의 마지막 말은 기자들이 회견장을 빠져나가려고 일제히 일어서는 바람에 여기저기서 나는 의자 삐걱거리는 소리와 장비를 챙기는 소리에 묻혀버렸다. 보도할 기삿거리가 있고 다른 기자 회견장에도 가야 하는 기자들은 다들 부리나케 회견장을 빠져나갔다.

"보슈 형사."

보슈가 돌아보았다. 어느새 어빙 부국장이 다가와 있었다.

"방금 발표된 내용에 이의 있나? 자네나 자네 팀원들한테 문제 될 게 있나?"

보슈는 부국장의 표정을 관찰했다. 부국장의 뜻은 분명했다. 괜한 평지풍파 일으키지 마라. 만일 일으키면 너희들 배가 파도에 휩쓸려서 침몰하게 될 것이다. 그리고 그렇게 되면 너만 가라앉는 게 아니라 네 동료들까지 함께 가라앉을 것이다. 그런 뜻이었다. 좋은 게 좋은 거다, 군말 말아라. 경찰국의 좌우명이었다. 경찰차 문에 이 말을 써놔야 한다. '보호와 봉사' 같은 말은 지워버리고.

보슈는 두 손으로 어빙의 목을 조르고 싶은 생각이 굴뚝같았지만 애써 참고 천천히 고개를 가로저었다.

"아뇨, 아무 문제없습니다."

보슈가 굳은 목소리로 대답했다.

어빙은 고개를 끄덕였고, 이쯤에서 빠져줘야 한다는 걸 직감한 듯 보슈 곁을 떠났다.

보슈는 출구가 비어 있는 것을 보고 고개를 숙이고 그곳으로 걸어갔다. 아무것도 모르겠다는 느낌이 들었다. 아내, 옛 친구, 자기가 살고 있는 도시. 모든 사람이, 모든 것이 낯설게 느껴졌다. 그리고 그 홀로 된 것 같은 느낌 속에서 그는 케이트 킨케이드와 프랭키 쉬헌이 생의 마지막 순간에 어떤 생각을 했을지 이해가 되기 시작했다.

34 후계자

보슈는 집에 돌아와 경찰국장의 기자 회견 소식을 TV 뉴스로 보았다. 그는 커피 탁자 위에 타자기를 갖다놓고 그 위로 상체를 약간 숙이고 앉아서 손가락 두 개로 최종 수사 보고서를 작성하기 시작했다. 라이더에게 넘겨 노트북으로 작성하라고 시키면 시간이 10분의 1도 걸리지 않을 것임을 알고 있었지만, 보슈는 자신이 직접 보고서를 쓰고 싶었다. 그는 하나도 빠트리지 않고 있는 사실 그대로 보고서를 쓰기로 결심했다. 누구도 옹호하지 않고, 킨케이드 가족이나 자신조차도 옹호하지 않고 객관적으로 쓸 생각이었다. 그러고는 그 최종 보고서를 어빙에게 넘길 생각이었다. 부국장이 그것을 수정하거나 편집하거나 더 나아가 폐기하고 싶다면, 알아서 할 일이었다. 보슈는 일어난 사건을 있는 그대로 문서에 담으면, 공식적으로는 그 진실이 사라지더라도 완전히 사라지지는 않고 어딘가에 남아 있는 것이라고 생각했다.

TV 뉴스에서 산발적인 시위와 폭력 사태에 대한 보도가 끝나고 오늘의 헤드라인 소식을 다시 보도하자 보슈는 타이핑을 멈추고 뉴스를 보았다. 기자 회견장에서 찍은 장면 몇 개가 화면에 나타났다. 보슈 자신은 경찰국장 뒤 벽에 붙어 서 있었고, 지금 경찰국장이 하는 말은 전부 다 거짓말이라는 듯 뿌루퉁한 표정을 짓고 있었다. 그 보도가 끝난 후 브래드베리 빌딩 로비에서 있은 칼라 엔트런킨의 기자 회견 소식이 나왔다. 엔트런킨은 기자 회견과 동시에 경찰국 감찰관직에서 물러나겠다고 발표했다. 하워드 일라이어스의 미망인과 의논한 끝에 살해당한 변호사가 추진해왔던 소송을 자신이 맡기로 합의했다고 말했다.

칼라 엔트런킨이 말했다.

"저는 이 새로운 역할을 통해서 이 도시의 경찰국을 개혁하고 그 안에 도사리고 있는 나쁜 씨앗들을 제거하는 데 가장 긍정적인 도움을 줄 수 있다고 믿습니다. 하워드 일라이어스의 업무를 수행하는 것은 제게 커다란 도전일 뿐만 아니라 영예로운 일이 될 것입니다."

기자들로부터 블랙 워리어 사건에 관한 질문을 받자, 엔트런킨은 더 이상 지체하지 않고 소송을 계속 진행할 계획이라고 말했다. 내일 아침에는 담당 판사에게 다음 주 월요일에 재판이 시작될 수 있도록 일정을 잡아달라고 요청할 것이라고 말했다. 그때까지는 사건의 자세한 내용과 하워드 일라이어스가 구사할 계획이었던 전략에 대해 완전히 파악할 생각이라고 말했다. 한 기자가 오늘 있었던 일들을 고려해볼 때 이 도시는 그 사건을 이대로 종결지으려고 노력할 것 같은데 어떻게 생각하느냐고 묻자, 엔트런킨은 강하게 반발했다.

"일라이어스 변호사가 그랬듯이 저도 이 사건을 이대로 종결짓는 것은 원하지 않습니다. 이 사건의 진상이 국민 앞에 낱낱이 밝혀져야 한다고 믿고 있습니다. 우리는 재판을 강행할 것입니다."

엔트런킨이 카메라를 똑바로 바라보며 말했다.

잘됐군. 비가 계속 내리지는 않을 거고. 지금 당장은 전면적인 폭동은 피한다고 해도 칼라 아임씽킨 덕분에 다음 주에는 확실히 일어나겠어. 보도가 끝나는 것을 보면서 보슈는 생각했다.

뉴스는 이날 일어난 사건들과 경찰국장의 성명에 대한 지역 사회 지도자들의 반응에 대한 보도로 넘어갔다. 프레스턴 터긴스 목사가 화면에 나타나자 보슈는 리모컨을 집어 들고 채널을 바꿨다. 다른 두 군데 채널에서는 평화로운 촛불 시위에 대한 기사가 나오고 있었으며, 세 번째 채널에서는 로열 스파크스 시 의원의 인터뷰 기사가 나오고 있었고, 채널을 다시 다른 곳으로 돌리자 플로렌스와 노르만디 교차로 상공에서 헬기가 찍은 장면이 나오고 있었다. 1992년 폭동의 시발점이 되었던 바로 그 장소에 수많은 시위자들이 모여 있었다. 시위는 평화로워 보였지만, 보슈는 폭력적으로 바뀌는 건 시간문제라고 생각했다. 비가 계속되는 궂은 날씨와 날이 지고 있다는 상황이 시민들의 분노를 계속 제지하지는 못할 것이었다. 보슈는 칼라 엔트런킨이 토요일 밤에 했던 말이, 희망이 사라진 빈 공간을 분노와 폭력이 메울 것이라던 말이 생각났다. 그는 자기 마음 안에 있는 빈 공간은 무엇으로 채울 수 있을까 문득 궁금해졌다.

보슈는 텔레비전 소리를 낮추고 다시 보고서 타이핑을 시작했다. 작성이 끝나자 타자기 손잡이를 돌려 종이를 꺼내 파일 폴더에 집어넣었다. 내일 아침 기회가 생기는 대로 부국장실에 제출할 생각이었다. 앤젤스 플라이트 사건이 종결되었기 때문에 보슈와 그의 동료들은 경찰국 내 다른 모든 직원들처럼 12-12 근무제로 일하게 되었다. 그들은 다음 날 아침 6시까지 정복을 입고 남부 관리국 지휘 본부로 출근하기로 되어 있었다. 그들은 앞으로 적어도 2, 3일간은, 한 조가 된 여덟 명의 경찰관이 두 대의 순찰차에 나누어 타고 거리의 전쟁 지역을 순찰하는 일에 참여하게 될 것이었다.

보슈는 벽장에 들어 있는 경찰복의 상태를 살펴보기로 했다. 지진이 나고 경찰국의 시민 소요 대응 방안이 발효될 때 입어본 후로 5년 동안이나 입지 않고 처박아 두고 있었다. 세탁소의 비닐 포장을 벗기고 있는데 전화벨이 울렸다. 보슈는 엘리노어가 어느 호텔에 체크인을 하고 나서 안부 전화를 한 것이기를 바라면서 침대 옆 협탁에 놓인 수화기를 재빨리 집어 들었다. 그러나 엘리노어가 아니라 칼라 엔트런킨이었다.

"당신이 내 자료들을 갖고 있어서 전화했어요."

엔트런킨이 말했다.

"네?"

"자료요. 블랙 워리어 사건 자료. 내가 그 소송을 맡았어요. 자료를 돌려받아야겠어요."

"아, 네. 나도 TV에서 봤어요."

침묵이 흐르자 보슈는 마음이 불편해졌다. 보슈는 이 여자의 가치관에 대해서는 별로 관심이 없었지만, 이 여자는 마음에 드는 구석이 있었다.

마침내 보슈가 먼저 입을 열었다.

"잘한 결정 같아요. 일라이어스의 사건들을 맡기로 한 것 말이오. 미망인하고 의논해서 그렇게 하기로 했다고요?"

"네. 아, 그리고 하워드와 나 사이의 관계에 대해서는 말하지 않았어요. 지난날을 추억하며 살 사람한테 찬물을 끼얹고 싶지는 않아서요. 그녀도 충분히 힘들었으니까, 앞으로라도 좀 더 편해져야죠."

"잘했어요."

"보슈 형사…."

"네?"

"그냥, 당신을 이해할 수 없다는 생각이 들 때가 가끔 있어요."

"나도 나를 모를 때가 있어요."

침묵.

보슈가 먼저 입을 열었다.

"자료는 여기 있습니다. 상자에 든 파일 전부 다. 방금 최종 보고서 작성을 끝냈으니까 파일은 잘 싸서 내일 사람을 시켜서 보내줄게요. 직접 가지고 갈 수는 없어요. 도시가 잠잠해질 때까지 남부 지역에서 순찰을 돌아야 해서."

"괜찮아요."

"일라이어스의 사무실도 그대로 넘겨받는 겁니까? 자료를 그곳으로 보낼까요?"

"네, 그러려고요. 그곳으로 보내주세요."

보슈는 엔트런킨이 자기를 볼 수 없다는 것을 알면서도 고개를 끄덕였다.

"도와줘서 고마워요. 어빙 부국장한테 들었는지 모르겠지만, 쉬헌에 대한 단서가 그 파일에서 나왔어요. 옛날 사건 자료에서요. 그 얘긴 들었죠?"

보슈가 말했다.

"사실… 아뇨, 못 들었어요. 어쨌든 도움이 되었다니 다행이네요, 보슈 형사님. 그런데 쉬헌 형사에 대해 궁금한 게 있어요. 예전에 함께 일했었다죠, 아마…."

"네, 그랬죠."

"이 모든 게 가능한 것 같아요? 처음에는 하워드를 죽이고 그다음에는 자살을 했다? 그리고 기차에 있던 그 여자도 죽이고?"

"당신이 어제 그런 질문을 했다면, 나는 절대로 그럴 리가 없다고 대답했을 겁니다. 하지만 오늘은 다른 사람은 차치하고 내 자신의 마음조차 읽을 수가 없군요. 어떤 상황을 설명할 수가 없을 때 경찰들끼리 하는 말이 있어요. 증거는 증거다…. 그렇게 믿고 넘어가야겠죠."

보슈는 침대에서 등을 젖히고 천장을 올려다보았다. 전화기는 귀에 바짝 갖다 대고 있었다. 시간이 꽤 흐른 뒤 엔트런킨이 입을 열었다.

"하지만 그 증거를 다른 식으로 해석해볼 가능성은 있지 않을까요?"

엔트런킨은 천천히 간결하게 말했다. 그녀는 변호사였다. 단어 선택을 잘했다.

"무슨 말이죠, 감찰관?"

"이젠 그냥 칼라라고 불러줘요."

"무슨 말을 하는 거요, 칼라? 뭘 물어보고 있는 거죠?"

"이젠 내 역할이 달라졌다는 걸 당신도 이해해줘야 돼요. 이제 나는 의뢰인에 대한 윤리 규정을 준수해야 하는 변호사의 역할로 돌아왔어요. 이젠 당신의 고용주와 당신의 동료들 몇 명을 상대로 민사 소송을 하고 있는 마이클 해리스가 내 의뢰인이죠. 난…."

"그의 혐의를 풀어줄 뭔가가 있어요? 쉬헌 말요. 알면서도 내게 해주지 않았던 말이 있어요?"

보슈는 몸을 똑바로 세우고 앉아서 상체를 약간 숙였다. 눈이 휘둥그레져 있었지만 아무것도 눈에 들어오지 않았다. 그는 그동안 자신이 놓쳤을 수도 있는 것이 무엇일까 궁금해하며 미친 듯이 기억을 더듬고 있었다. 엔트런킨이 그 사건 재판 전략에 관한 파일은 보슈에게 넘기지 않고 엔트런킨 자신이 보관하고 있었다는 것을 보슈는 알고 있었다. 틀림없이 그 안에 뭔가 있었던 것이다.

"미안하지만 당신 질문에는 대답해 줄…."

"전략 파일이군요."

보슈가 흥분해서 말을 끊고 끼어들었다.

"현재 경찰국이 내린 결론이 거짓이라는 것을 보여주는 뭔가가 그 파일에 있었군요. 그게…."

보슈는 말을 멈췄다. 엔트런킨이 암시하는 말이, 혹은 그가 그녀의 말에서 읽어낸 암묵적인 뜻이 도대체 논리적으로 이해가 가지 않았다. 쉬헌의 공무 수행용 권총은 앤젤스 플라이트 총격 사건에서 사용되었던 총으로 밝혀졌다. 총기 감식에서 일치한다는 결과가 나왔다. 하워드 일라이어스의 시신에서 총알이 세 개가 나왔는데, 전부 다 쉬헌의 총에서 발사된 것으로 밝혀졌다. 논쟁의 여지가 있을 수 없었다. 이걸로 수사 끝이었다. 증거는 증거니까.

이것은 보슈가 반박하기 힘든 확고한 사실이었지만, 그의 직감은 아직도 쉬헌이 아니라고, 쉬헌이 하워드 일라이어스와 카탈리나 페레즈를 죽이지 않았을 거라고 말하고 있었다. 쉬헌은 일라이어스의 무덤 위에서 기쁘게 춤을 추기는 했을 테지만, 그 변호사를 무덤 속으로 밀어 넣지는 않았을 것이다. 그것은 엄연히 다른 이야기였다. 그리고 이제까지 사실들 때문에 뒷전으로 밀려나 있었지만 보슈의 직감은 쉬헌이 마이클 해리스에게 어떤 극악무도한 짓을 저질렀다고 해도, 근본적으로는 아주 선량한 인간이어서 그렇게 무자비하게 사람을 죽이는 일은 하지 않았을 것이라고 말하고 있었다. 물론 과거에 사람을 죽인 적은 있지만, 그렇다고 살인자는 아니었다. 그런 류의 인간은 아니었다.

보슈가 말했다.

"이봐요, 칼라, 당신이 뭘 알고 있는지, 뭘 알고 있다고 생각하는지 모르겠지만, 나 좀 도와줘야겠어요. 나는…."

"거기에 있어요. 당신이 갖고 있는 파일 안에 있다고요. 난 넘겨주면 안 되는 자료를 넘겨주지 않고 갖고 있었어요. 하지만 그 자료의 일부는 공개가 허용된 일반 자료집에 들어 있어요. 보면 알 수 있을 거예요. 당신 동료가 무죄라는 뜻이 아니에요. 검토해봤어야 했는데 검토해보지 않은 다른 자료가 그 안에 있더라고 말하는 것뿐이에요."

"진짜 더 말 안 해줄 겁니까?"

"그게 전부예요. 그것도 말해주면 안 되는 거였는데."

보슈는 잠깐 동안 할 말을 잃었다. 자기에게 구체적으로 말해주지 않았다고 화를 내야 할지, 아니면 지금이라도 단서와 수사 방향을 제시해 주어서 고마워해야 할지 알 수가 없었다.

마침내 보슈가 말했다.

"좋아요. 여기 있다면, 찾을 수 있겠죠."

35 소환장

보슈가 블랙 워리어 소송 사건 자료를 전부 훑어보는 데 두 시간 가까이 걸렸다. 상당수의 파일은 보슈 자신이 예전에 열어봤던 것이었지만, 에드거나 라이더가 열어본 것도 있었고, 약 72시간 전 어빙 부국장이 조직했던 앤젤스 플라이트 사건 전담반의 다른 팀원들이 살펴보았던 것들도 있었다. 보슈는 각각의 파일을 처음 보는 것처럼 살펴보았다. 그동안 놓쳤던 것, 사건의 진실을 보여주는 세부적인 사실, 그의 시각을 완전히 바꾸어놓고 새로운 방향을 제시해줄 부메랑 같은 것을 찾아야 했다.

한 사건을 여러 사람이 함께 맡는 것은 이래서 문제였다. 한 사람이 모든 증거를, 모든 단서를, 혹은 모든 서류를 살펴볼 수가 없었다. 모든 것이 분담이 되었다. 명목상의 책임자는 있었지만, 그의 레이더망에 모든 것이 걸려드는 경우는 드물었다. 보슈도 뒤늦게 레이더망을 점검하고 있는 것이었다.

보슈는 집달관(법원 서기의 위임을 받아서 소송 관계인에게 소송 관계 서류를 전달하는 사람-옮긴이)이 받아둔 영수증을 보관하는 파일을 보았을 때 찾고 있는 것을, 칼라 엔트런킨이 암시한 것을 찾았다는 느낌이 들었다. 이 영수증들은 하워드 일라이어스 변호사 사무소가 소환 대상자에게 진술을 위해 변호사 사무실로 오거나 증언을 위해 법정에 출두하라고 소환장을 전달하고 나서 받아둔 것들이었다. 흰 영수증 뭉치가 든 파일은 꽤 두꺼웠다. 영수증 뭉치는 소환장을 전달한 날짜 순서대로 정리되어 있었다. 앞쪽 절반 정도는 몇 달 전에 발송된 진술을 위한 소환장들이었다. 뒤쪽 절반은 오늘부터 시작될 예정이었던 재판을 위한 증인 소환장들이었다. 이중에는 다른 증인들뿐만 아니라 고소당한 경찰관들에 대한 소환장도 들어 있었다.

보슈는 에드거가 이 파일을 살펴보았었고, 여기에서 세차장 기록에 관한 소환장을 발견했었다는 사실이 기억이 났다. 그러나 그 소환장을 발견하고 흥분한 에드거가 다른 것들은 제대로 살펴보지 않고 넘어간 것이 틀림없었다. 보슈가 소환장들을 들춰보는 동안 다시 살펴볼 가치가 있는 소환장이 눈에 들어왔다. 감찰계의 존 채스틴 형사에 대한 소환장이었다. 채스틴은 이 소송에 관련이 있다는 말을 단 한 번도 한 적이 없었는데 소환장이라니, 놀라웠다. 채스틴은 마이클 해리스의 주장에 대해 경찰 내부적으로 조사를 맡아서 했었고, 그 결과 증거 불충분 판결을 내려 강력계 형사들의 손을 들어주었었기 때문에, 채스틴이 소환되었다는 사실 자체가 이례적인 일은 아니었다. 그러나 마이클 해리스로부터 고문 경찰관이라고 소송을 당한 강력계 형사들을 변호하는 피고 측 증인으로 소환이 되어야 마땅했다. 그런데 채스틴은 그 소송 사건에서 원고 측 증인으로 소환이 되었고, 더 나아가 그 사실을 누구에게도 말하지 않았다는 것이 놀라운 일이었다. 그 사실이 알려졌었다면, 앤젤스 플라이트 살인 사건 수사에서 강력계 형사들이 배제된 것과 같은 이유로 채스틴도 배제되었어야 했었다. 분명히 앞뒤가 맞지 않는 일이었다. 이 소환장은 설명이 필요했다. 게다가 소환장이 전달된 날짜가 지난 주 목요일, 다시 말해 일라이어스가 살해되기 하루 전이었다는 사실을 알게 되자 보슈는 호기심이 더 커졌다. 그러나 집달관이 소환장 하단에 수기로 적어놓은 메모를 보자 호기심은 의심으로 바뀌었다.

자동차에 탄 채스틴 형사에게 소환장을 전달하려 하였으나 수령을 거부하여 와이퍼 밑에 끼워둠.

그 메모를 보면 채스틴은 그 소송에 조금이라도 얽히고 싶지 않았던 게 분명했다. 그 메모를 본 보슈는 골똘히 생각하기 시작했다. 다저스타디움에서 해변에 이르기까지 온 도시가 불바다가 되었다고 TV에서 미친 듯이 떠들어도 보슈의 귀에는 들리지도 않았을 것이었다.

소환장에는 소환 대상인 채스틴이 증언을 위해 법정에 출두할 구체적인 날짜와 시각이 적혀 있었다. 법정 출두 소환장을 뒤적이던 보슈는 그 소환장들이 법정 출두 날짜 순서대로가 아니라 소환장 배달 날짜 순서대로 정리가 되어 있다는 것을 깨달았다. 소환장들을 법정 출두 날짜와 시각 순서대로 정리를 해보면 일라이어스의 변론의 논리적 흐름과 재판 전략을 가늠해볼 수 있겠다는 생각이 들었다.

보슈가 소환장들을 법정 출두 날짜 및 시각별로 정리하는 데 2분 정도가 걸렸다. 정리를 마치자 그는 소환장을 한 장 한 장 들춰가면서 재판의 흐름을 상상해보았다. 먼저 마이클 해리스가 증언을 한다. 그는 경찰에게 고문을 당했다고 자기 주장을 펼칠 것이다. 그다음에는 강력계장인 존 가우드 경감이 나온다. 그는 수사에 대해 불미스러운 내용은 빼버리고 증언을 할 것이다. 그다음 소환 대상자는 채스틴이었다. 가우드 다음에 나오는 것이다. 소환장 수령을 거부했다는 것으로 보아, 마지못해 나오는 것이다.

왜?

보슈는 당분간 그 의문은 접어두고 다른 소환장들을 살펴보기 시작했다. 일라이어스는 긍정적인 증인과 부정적인 증인을 번갈아 부르는 오래된 전략을 구사하고 있었다는 사실이 분명하게 느껴졌다. 일라이어스는 피고들 즉 강력계 형사들과, 마이클 해리스에게 유리한 증언을 해줄 증인들을 번갈아 부를 계획이었다. 해리스에게 유리한 증언을 해줄 증인들로는 해리스 자신과, 해리스의 귀를 치료한 의사, 젠킨스 펠프리, 일라이어스가 일했던 세차장의 사장, 스테이시 킨케이드의 시신을 발견한 노숙인 두 명, 그리고 마지막으로 케이트 킨케이드와 샘 킨케이드가 있었다. 일라이어스는 강력계 형사들의 주장을 반박하고, 마이클 해리스를 고문한 사실을 폭로한 후, 해리스가 범법 행위를 전혀 하지 않았다는 사실을 증명해 보이는 수순을 밟을 예정이었던 게 분명했다. 마지막에 가서 케이트 킨케이드를 불러들여 세차장 관련 건과 지문에 대한 설명을 함으로써 강력계 형사들을 완전히 뭉개버릴 작정이었던 것 같았다. 그러고 나서는 샘 킨케이드에게로 공격의 화살을 돌릴 작정이었던 것이다. 일라이어스는 샘 킨케이드를 이용해 샬롯의 거미줄 웹사이트와 스테이시 킨케이드의 불행했던 삶을 폭로할 생각이었던 것이다. 일라이어스가 배심원단 앞에서 펼칠 주장은 보슈 팀이 수사했던 순서와 똑같은 것 같았다. 즉 스테이시의 책에 해리스의 지문이 묻게 된 경위를 설명함으로써 해리스의 결백을 입증하고, 그다음에는 샘 킨케이드, 혹은 그와 그 소아 성애자 사이트에 관련이 있는 누군가가 그의 의붓딸을 죽였다는 사실을 증명해 보이는 것이었다.

좋은 전략이었다. 보슈는 그 전략대로 했으면 일라이어스가 승소했을 거라고 확신했다. 그는 법정 출두 소환장들을 뒤집어 맨 앞을 보았다. 채스틴은 세 번째 소환 대상이었는데, 가우드 계장과 강력계 형사 피고 사이에 끼어 있으니까 번갈아 부르기 전략상 원고 측에 긍정적인 증인으로 나오는 거였다. 일라이어스와 해리스에게 유리한 증언을 하러 나올 사람이 소환장의 집행을 거부하려고 했던 것이다.

보슈는 소환장 영수증에서 송달 서비스 회사 이름을 확인하고 전화번호 안내로 전화를 걸었다. 늦은 시각이었지만 송달 업무는 밤낮을 가리지 않았다. 사람들이 항상 9시에서 5시 사이에만 소송 서류를 받아보는 게 아니었다. 남자가 전화를 받자 보슈는 채스틴의 소환장에서 보았던 스티브 바식이라는 이름을 대며 바꿔달라고 했다.

"오늘 밤에는 근무가 아닙니다. 퇴근했습니다."

보슈는 자기소개를 하고 나서 수사 중인 살인 사건과 관련하여 바식에게 급히 물어볼 말이 있다고 설명했다. 전화를 받은 남자는 바식의 전화번호를 가르쳐주기는 곤란하다고 했고, 대신 보슈의 전화번호를 받아서 바식에게 전해주겠다고 했다.

전화를 끊고 나서 보슈는 일어서서 집 안을 서성거렸다. 무엇을 건진 것인지 알 수 없었다. 그러나 뭔가 숨겨진 비밀을 발견하기 직전에 느끼는 설렘과 긴장감을 느꼈다. 그는 육감에 따라 움직이고 있었고, 지금 그의 육감은 곧 붙잡을 수 있는 구체적인 무언가가 나타날 거라고 말하고 있었다.

전화벨이 울리자 보슈는 소파에서 급히 전화기를 집어 들고 통화 버튼을 눌렀다.

"바식 씨?"

"해리, 나야."

"엘리노어. 잘 있었어? 괜찮아?"

"난 괜찮아. 지금은 내 걱정할 때가 아닌 것 같은데. 나도 뉴스 보고 있었어."

"그래. 상황이 안 좋은 것 같아."

"일이 그렇게 돼서 유감이야, 해리. 언젠가 당신이 쉬헌에 대해 말해준 적이 있어. 그래서 둘이 친했다는 거 알아."

보슈는 쉬헌이 자살을 한 친구 집이라는 데가 자기 집이라는 사실을 엘리노어가 모르고 있다는 것을 깨달았다. 그는 아무 말하지 않기로 했다. 전화기에 통화 대기 중 서비스가 없는 것이 아쉬웠다.

"엘리노어, 지금 어디야?"

"라스베이거스로 돌아왔어. 그 차가 가까스로 여기까지는 오더라고."

말을 마친 엘리노어가 어색하게 웃었다.

"플라밍고 호텔이야?"

"아니…. 다른 데야."

엘리노어는 보슈에게 자기가 어디 있는지 말해주고 싶지 않은 것 같았고, 그것 때문에 보슈는 상처를 받았다.

"연락할 전화번호 있어?"

"여기에 얼마나 있을지 모르겠어. 난 그냥 당신이 괜찮은지 걱정돼서 전화한 거야."

"나? 내 걱정은 하지 마. 당신은 괜찮아, 엘리노어?"

"난 괜찮아."

이제 보슈는 바식은 안중에도 없었다.

"뭐 필요한 것 없어? 당신 차는 어떡하지?"

"없어. 난 괜찮아. 여기 왔으니까, 차는 걱정 안 해."

긴 침묵이 흘렀다. 보슈는 전자음을 들었는데, 언젠가 누군가가 디지털 버블이라고 불렀던 게 생각이 났다.

마침내 보슈가 입을 열었다.

"엘리노어, 이야기 좀 할까?"

"지금은 때가 아닌 것 같아. 2, 3일 정도 각자 생각을 해보고 나서 이야기하자. 내가 전화할게, 해리. 몸조심해."

"약속해? 전화 꼭 할 거지?"

"약속해."

"알았어, 엘리노어. 기다릴게."

"안녕, 해리."

엘리노어는 보슈가 작별 인사를 하기 전에 전화를 끊었다. 보슈는 오랫동안 소파 옆에 우두커니 서서 아내에 대해 그리고 둘 사이에 일어난 일에 대해 생각해보았다.

갑자기 쥐고 있던 전화기에서 전화벨이 울렸다.

"네?"

"보슈 형사님이신가요? 연락 바란다는 메시지를 받았는데요."

"바식 씨입니까?"

"네. 트리플 에이 프로세스 직원인데요. 제 상관인 셸리 씨가…."

"그래요, 내가 전화했어요."

보슈는 소파에 앉아 수첩을 허벅지 위에 올려놓았다. 주머니에서 펜을 꺼내 깨끗한 페이지 맨 위에 바식의 이름을 적었다. 목소리를 들어보니 바식은 젊은 백인 남자인 것 같았다. 말투에서 중서부 지방 억양이 약간 느껴졌다.

"몇 살이죠, 스티브?"

"스물다섯 살인데요."

"트리플 에이에서 오래 일했나?"

"몇 달 안 됐습니다."

"그렇군. 지난 주 목요일에 자네가 LA 경찰국의 존 채스틴이라는 형사에게 소송 관련 서류를 송달했는데. 기억해?"

"그럼요. 받으려고 하지 않았어요. 제가 접해본 경찰들은 대부분 그냥 덥석 받았거든요. 그런 거에 익숙해 있다 보니까 좀 황당했었죠."

"좋아. 내가 물어보고 싶었던 게 그거야. 받으려고 하지 않았다고 했는데, 그게 정확히 무슨 뜻이지?"

"처음에 전달하려고 할 때는 소환장을 뿌리치고는 그냥 걸어가 버렸어요. 그러고 나서…."

"잠깐만. 다시 그 얘기로 돌아가지. 그 처음이란 게 언제였어?"

"목요일 아침이요. 파커 센터 로비로 가서 접수대 뒤에 앉은 경찰관에게 그 사람한테 전화해서 내려오라고 전해달라고 했죠. 용건은 말하지 않았어요. 봉투에 감찰계 소속이라고 적혀 있어서, 그가 필요로 하는 것을 가지고 온 시민이라고 말했죠. 채스틴 형사가 내려오기에, 내가 누군지 말했더니 그냥 획 돌아서서 다시 엘리베이터 안으로 쑥 들어가더라고요."

"그러니까 채스틴 형사는 자네가 소환장을 가지고 왔고, 게다가 무슨 사건 관련 소환장인지 알고 있는 것 같았다는 건가?"

"맞아요, 바로 그거예요."

보슈는 일라이어스의 가장 최근 노트에서 읽었던 내용이, 일라이어스가 '파커'라는 이름의 정보원과 반목했다는 내용이 떠올랐다.

"그래, 그래서 어떻게 했어?"

"그래서 그냥 나가서 다른 데 배달을 돌고 나서 3시 30분쯤 파커 센터로 다시 갔었죠. 그러고는 파커 센터 직원 전용 주차장을 주시하고 있었어요. 채스틴 형사가 집에 가려고 나오는 걸 보고는 몸을 한껏 숙이고 차들 사이로 재빠르게 걸어가서 그가 차 문을 여는 순간 바로 앞에서 툭 튀어나갔죠. 그러고는 법원 서류를 송달한다면서 사건 번호와 기타 내용을 속사포로 떠들어줬어요. 그는 이번에도 서류를 받으려고 하지 않았지만, 그래도 상관이 없었죠. 왜냐하면 캘리포니아 주법에 따르면….”

“알아, 알아. 법원의 명령에 따라 작성된 소환장이라는 설명을 듣는 순간부터는 소환장 수령을 거부할 수 없게 되지. 그래서 그는 어떻게 했어?”

“처음에는 엄청 겁을 주던데요. 총을 꺼내기라도 하는 것처럼 외투 속으로 손을 집어넣더라고요.”

“그다음에는?”

“그다음에는 갑자기 멈칫하더군요. 자기가 무슨 짓을 하고 있나 생각을 해봤나보죠. 약간 긴장을 푸는 것 같았지만 여전히 소환장을 받으려고는 하지 않았어요. 일라이어스한테 가서 개수작 부리지 말라고 전하라더군요. 그러고는 차에 타더니 차를 빼기 시작했어요. 난 이미 소환장 송달 업무를 끝냈기 때문에 도로 안 가져 오고 소환장을 차 앞 유리 와이퍼 밑에 끼웠어요. 채스틴 형사는 소환장을 그렇게 끼운 채로 차를 몰고 가버렸죠. 그다음에 어떻게 됐는지는 모르겠어요. 바람에 날려갔을 수도 있겠지만, 그래도 상관없어요. 합법적으로 전달을 했으니까요.”

바식이 영장 송달의 복잡한 업무 내용을 설명하는 동안 보슈는 딴 생각을 하고 있었다. 그러다가 보슈가 마침내 그의 말을 끊었다.

“일라이어스가 금요일 밤에 살해된 것 알고 있었어?”

“네, 그럼요, 형사님. 그분은 우리의 중요 고객이었는 걸요. 그분의 소송 관계 서류 송달은 전부 우리가 맡았었죠.”

“일라이어스가 살해되고 나서 경찰국에 전화해서 채스틴과 있었던 일에 대해 누구한테 말한 적이 있어?"

"네, 그럼요, 전화했었죠."

바식이 방어적으로 대답했다.

"전화했다고? 누구와 통화했어?"

"파커 센터에 전화해서 정보가 있다고 말했어요. 어떤 사무실로 연결이 된 후에, 전화를 받은 남자한테 내가 누군지 밝히고 알려줄 정보가 있다고 말했죠. 그는 내 이름과 전화번호를 묻더니 조금 있다가 다른 사람이 전화를 할 거라고 말했어요."

"그런데 전화가 안 왔구만?"

"아뇨, 5분쯤 지났나, 아니 5분도 안 돼서 전화가 왔던데. 금방 왔어요. 그래서 다 말해줬죠."

"그게 언제였지?"

"일요일 오전이요. 토요일은 하루 종일 등산을 했어요. 바스케즈 락스 공원에 올랐죠. 일라이어스 씨 소식은 일요일 오전에 〈LA 타임스〉에서 봤어요."

"그 정보를 전해줬던 경찰관 이름 기억해?"

"에드거라고 했던 것 같은데 에드거가 성인지 이름인지는 잘 모르겠어요."

"맨 처음에 전화를 받았던 사람은? 그 사람 이름은 뭐래?"

"들은 것 같은데 잊어버렸어요. 하지만 자기가 요원이라고 했던 건 기억나요. FBI 요원이라는 것 같았어요."

"스티브, 잠깐 기억을 되살려 봐. 자네가 파커 센터로 전화를 건 것은 몇 시였고, 에드거가 자네한테 전화를 건 것은 몇 시였어? 기억나?"

바식은 조용히 기억을 더듬었다.

"그 전날 등산을 해서 다리가 아파 죽을 지경이어서 10시 가까이 되어서야 겨우 일어났어요. 그다음에는 빈둥거리다가 신문을 봤죠. 일라이어스 피살 사건이 1면을 도배를 했더라고요. 그래서 스포츠 섹션을 본 바로 다음에 그 기사를 읽었어요. 그러고 나서 파커 센터로 전화를 걸었고요. 그러니까 11시쯤 되었을 거예요. 그러고 나서 에드거라는 남자가 금방 다시 전화를 줬고요."

"고마워요, 스티브."

보슈는 전화를 끊었다. 일요일 오전 11시에 에드거가 파커 센터에서 바식과 통화를 했을 리는 없었다. 에드거는 일요일 아침 일찍부터 저녁때까지 줄곧 보슈와 함께 있었다. 그리고 그들은 파커 센터에서 업무를 본 것이 아니라 밖에 나와 있었다. 누군가가 에드거라는 이름을 도용한 것이다. 경찰관이. 수사팀 내부에 있는 누군가가.

보슈는 린델의 휴대전화번호를 찾아서 전화를 걸었다. 린델은 아직도 휴대전화를 켜놓고 있었고 전화를 받았다.

"나, 보슈. 일요일 오전에 당신과 당신 동료들이 수사에 합류하고 나서 오전 내내 회의실에서 자료를 살펴보고 있었잖아, 그렇지?"

"그래, 맞아."

"전화는 누가 받았어?"

"주로 내가. 다른 친구 한두 명이 받은 적도 있고."

"집달관이라는 남자한테서 온 전화, 당신이 받았어?"

"그런 것 같은데. 그런데 그날 아침에는 전화가 엄청 많이 왔었어. 뭔가 낌새를 알아차린 기자들과 시민들이 확인 전화를 걸어댔고. 협박 전화도 심심찮게 걸려왔었어."

"바식이라는 이름의 영장 집달관이야. 스티브 바식. 중요할 수도 있는 정보를 갖고 있다고 했다던데."

"말했잖아, 내가 받은 것 같다고. 그게 왜, 보슈? 이 사건 종결된 거 아닌가?"

"종결됐지. 설명이 미진한 부분을 살펴보고 있는 중이야. 통화를 해 보라고 누구한테 말했어?"

"그런 전화를, 제보 전화를 받으면 감찰계 친구들한테 넘겼어. 일 좀 시키려고."

"그 전화는 누구한테 넘겼어?"

"글쎄, 아마 채스틴이었을 거야. 감찰계 팀 책임자였잖아. 자기가 직접 전화를 걸었거나 자기 동료를 시켰겠지. 어빙이 그곳에 후진 전화기들만 설치해놨더군. 다른 전화로 연결해주는 게 안 되더라고. 그래서 주요 전화선은 항상 비어놔야 했어. 그래서 전화번호를 받아 적고는 분담해서 다시 걸어야 했지."

"알았어, 고마워, 친구. 잘 자."

"이봐, 무슨…."

보슈는 대답을 해야 될 상황이 오기 전에 서둘러 전화를 끊었다. 그러고는 린델에게서 들은 정보에 대해 생각해보았다. 바식에게서 온 전화는 채스틴에게로 넘어갔을 가능성이 높았다. 채스틴은 남들 몰래 통화를 하려고 전화번호를 들고 자기 사무실로 들어가서 전화를 걸어 에드거인 척했다.

보슈는 전화할 데가 한 군데 더 있었다. 그는 전화번호 수첩을 펴고 지난 몇 년 동안 한 번도 사용한 적이 없는 번호를 찾았다. 그는 본청 강력계 책임자인 존 가우드 계장의 자택으로 전화를 걸었다. 늦은 시각이라는 것은 알고 있었지만, 오늘 밤 로스앤젤레스에서 편히 잠들 사람은 별로 많지 않을 것이었다. 키즈 라이더가 가우드 계장을 보면서 밤에만 나다니는 보리스 카를로프 같다고 했던 말도 떠올랐다.

벨이 두 번 울리고 나서 가우드가 전화를 받았다.

"안녕하십니까, 계장님. 해리 보슈입니다. 말씀 좀 나눠야겠는데요. 오늘 밤에요."

"뭣 때문에?"

"존 채스틴과 블랙 워리어 소송 사건 때문에요."

"전화로는 말하고 싶지 않은데."

"좋습니다. 그럼 만날 장소를 정하시죠."

"프랭크 시나트라 어때?"

"언제요?"

"30분 후에."

"좋습니다. 거기서 뵙죠."

36 시나트라 별

결국에는 프랭크 시나트라만 우스운 꼴이 되어버렸다. 수십 년 전 그의 이름을 새겨 넣은 별을 인도에 새기기로 결정한 할리우드 상공회의소는 할리우드 대로가 아니라 바인 거리에 그의 별을 새겨 넣었다. 시나트라의 별이 유인책이 되어 사람들이 그 별을 보고 사진을 찍기 위해 할리우드 대로에서 바인 거리까지 내려올 거라는 계산이 깔려 있었던 것 같았다. 그러나 안타깝게도 그것은 오산이었다. 할리우드의 수많은 스타들 중 프랭크 시나트라 혼자만 관광객들보다는 약쟁이들이 더 많이 몰리는 장소에 자리하고 있었다. 그의 별은 두 개의 주차장 사이 건널목에, 안으로 들어가려면 경비한테 로비 문을 열어달라고 부탁을 해야 하는 주거용 호텔 근처에 위치해 있었다.

수년 전 보슈가 강력계에서 근무했을 때, 시나트라 별은 일선 형사들 사이에서 혹은 형사들과 정보원들 사이에서 인기 있는 만남의 장소였었다. 그래서 보슈는 가우드가 그곳에서 만나자고 했을 때 놀라지 않았다. 그곳은 중립적인 만남의 장소였다.

보슈가 시나트라 별에 도착했을 때 가우드는 미리 와 있었다. 가우드의 경찰 표식이 없는 포드 LTD 자동차가 주차장에 있었다. 가우드가 깜박이를 켰다 껐다. 보슈는 호텔 앞 모퉁이에 차를 세우고 내렸다. 그러고는 바인 거리를 건너 그 주차장으로 가서 조수석에 올라탔다. 가우드는 집에 있다가 전화를 받고 나왔으면서도 정장을 입고 있었다. 그러고 보니 가우드가 정장이 아닌 다른 옷을 입고 있는 것을 본 적이 한 번도 없었다는 생각이 들었다. 항상 넥타이를 단정하게 매고, 와이셔츠 맨 위의 단추도 꼭 잠그고 있었다. 보슈는 가우드가 보리스 카를로프를 닮았다던 라이더의 말이 다시 생각났다.

"차가 저게 뭐야. 저러니 표적이 되지. 충격을 받았다는 얘기 들었어."

가우드가 길 건너에 있는 보슈의 형사 차를 바라보면서 말했다.

"그러게 말입니다. 식은땀 좀 흘렸죠."

"그래, 오늘 밤엔 무슨 일로 날 보자고 한 거야, 해리? 경찰국장을 위시해 다른 사람들 모두가 종결지은 사건을 아직도 수사하고 있는 이유가 뭐야?"

"느낌이 안 좋아서요, 계장님. 설명이 미진한 부분이 있어요. 그렇게 매듭이 안 지어진 부분이 있으면 사건이라는 실타래가 마구 풀리고 헝클어질 수 있어요."

"뭐든 그냥 넘어가는 법이 없군. 내 밑에서 일할 때도 그랬었지. 아직도 미진한 부분 타령이구만."

"채스틴에 대해서 말씀 좀 해주세요."

가우드는 아무 말도 없이 차 앞 유리만 뚫어지게 쳐다보고 있었고, 보슈는 그의 옛 상관이 대답을 망설이고 있다는 것을 알아차렸다.

"이건 비공식적인 만남입니다, 계장님. 계장님도 말씀하셨듯이, 사건은 이미 종결이 되었죠. 하지만 채스틴과 프랭키 쉬헌에게 뭔가 찜찜한 구석이 있어요. 이틀 전날 밤에 프랭키가 제게 모든 걸 털어놓았습니다. 자기와 자기 팀원들 몇 명이 어떻게 이성을 잃게 되었고, 마이클 해리스에게 끔찍한 짓을 했는지 솔직하게 말해주더군요. 프랭키는 블랙 워리어 사건에서 해리스가 주장한 것은 전부 사실이라고 했어요. 그런데 그때 제가 실수를 했습니다. 제가 해리스의 혐의를 벗겨주었다고 말해버린 겁니다. 해리스가 소녀를 강간 살인하지 않았다는 것을 입증할 수 있다고 말해줬습니다. 그 말이 프랭키에게 저주를 걸은 건지 그 후에 그런 짓을 저질렀죠. 그래서 오늘 낮에 총기 감식 결과가 나오고 프랭키가 앤젤스 플라이트 살인 사건의 범인이라고 했을 때, 저도 그런가보다 하고 넘어가려고 했어요. 그런데 지금은 아닙니다. 이젠 매듭이 안 지어진 부분은 전부 매듭을 지어야 되겠고, 채스틴이 그런 매듭입니다. 채스틴이 재판정에 출두하라고 소환장을 받았어요. 해리스의 고소 건에 대해 내사를 실시한 사람이니 그건 별로 이상할 것도 없었지요. 그런데 문제는 채스틴이 일라이어스에 의해 소환이 되었고 그런 사실을 우리에게 말하지 않았다는 겁니다. 그리고 소환장을 받지 않으려고 집달관을 피해 다니기까지 했죠. 그런 사실을 종합해보면 아주 이상해지는 겁니다. 채스틴이 그 법정에 출두하기를 원치 않았다는 뜻이 되거든요. 증인석에 앉아서 일라이어스의 질문에 대답을 하고 싶지 않았다는 거죠. 그 이유를 알고 싶습니다. 일라이어스의 자료에는, 적어도 제가 살펴봤던 자료에는 그 이유를 말해줄 정보가 하나도 없어요. 일라이어스에게는 물어볼 수가 없고 채스틴에게는 아직 물어보고 싶지 않아서, 계장님께 물어보는 겁니다."

가우드는 주머니에 손을 넣더니 담배 한 갑을 꺼냈다. 그러고는 한 개비를 꺼내 불을 붙이고 나서 담뱃갑을 보슈에게 내밀었다.

"아뇨, 됐습니다. 아직 금연 중이라서요."

"난 내가 흡연자라고 결론을 내렸고, 그 사실을 있는 그대로 받아들였어. 예전에 누가 담배를 피우는 건 운명 같은 거라고 말한 적이 있었지. 담배를 피우거나 피우지 않는 것은 운명이지, 자신이 어떻게 해볼 수 있는 게 아니라고 하더군. 누가 그런 말을 했는지 알아?"

"그럼요. 저였죠."

가우드는 콧방귀를 뀌더니 싱긋 웃었다. 그가 담배를 두 모금 깊게 빨아들이자 차 안에 담배 연기가 가득 찼다. 그 모습을 보자 보슈도 피우고 싶은 생각이 간절해졌다. 오래전 강력계 사무실에서 누군가가 사무실에 항상 담배 연기가 자욱하다고 불평을 했을 때 보슈는 가우드에게 흡연 옹호론을 폈었다. 보슈는 운전석 옆 창문을 약간 내렸다.

"미안해. 어떤 느낌일지 알아. 다들 피우는데 자네만 못 피우니까 죽겠지?"

가우드가 말했다.

"아뇨, 괜찮습니다. 채스틴에 대해 말씀해주실 겁니까, 말 겁니까?"

가우드는 담배를 한 모금 더 피웠다.

"채스틴이 그 고소 건을 조사했어. 해리스가 고소한 거 말이야. 해리스는 경찰을 상대로 소송을 제기하려면 먼저 경찰국에 고소부터 해야 했지. 채스틴이 그 사건 조사를 맡았어. 그리고 내가 아는 바로는 채스틴은 해리스의 손을 들어줬어. 해리스의 주장이 사실이라는 걸 확인했지. 루커 이 개자식이 책상 서랍 속에 연필 한 자루를 넣어뒀더군. 연필심이 부러져 있었고 그 끝에 피가 묻어 있었어. 그걸 기념품처럼 갖고 있더라고. 채스틴은 수색 영장을 가지고 그걸 압수해서 그 혈흔이 해리스의 것임을 확인하려고 했어."

보슈는 루커의 어리석음과 오만에, 더 나아가 경찰국이라는 조직의 어리석음과 오만에 환멸을 느끼면서 고개를 설레설레했다.

“그러게 말이야.”

가우드는 보슈의 생각을 읽은 것처럼 말했다. 그러고는 말을 이었다.

“마지막으로 들은 바로는 채스틴이 쉬헌과 루커, 그리고 다른 두 명에 대해 경찰국 차원의 징계 조치를 건의하고, 그러고 나서 기소를 위해 사건을 검찰에 송치할 거라고 했어. 연필과 혈흔이 아주 확실한 물증이었기 때문에 충분히 가능했지. 적어도 루커는 확실히 잡아넣을 수 있었고.”

“그래서요, 그래서 어떻게 됐습니까?”

“어떻게 됐냐 하면, 그런 말을 들은 지 얼마 안 되서 모두가 무혐의라는 소문이 들리더군. 채스틴이 그 사건을 증거 불충분으로 결론을 내렸다는 거야.”

보슈는 고개를 끄덕였다.

“상부의 입김이 작용했군요.”

“그렇지.”

“누구요?”

“어빙이었을 거야. 아니면 더 높은 사람이거나. 그 사건은 잠재적 폭발력이 너무 컸어. 그 고소에서 제기된 혐의가 인정이 되면, 그래서 정직, 면직, 검찰의 기소 등등의 일이 벌어지면, 그때는 언론에서, 그리고 터긴스와 스파크스가 이끄는 남부 지역에서 ‘LA 경찰국과의 전쟁’ 2차전이 시작되는 건 불을 보듯 뻔한 일이었어. 기억하겠지만, 이때가 1년 전이었어. 현 경찰국장이 취임한 직후였지. 이런 식으로 임기를 시작하고 싶지는 않았겠지. 그래서 누군가를 내세워 채스틴의 입을 막은 거야. 어빙이 항상 경찰국의 해결사였잖아. 그러니까 어빙을 내세웠을 거야. 하지만, 이런 중차대한 일을 할 때는, 어빙은 국장의 승인을 확실히 받아뒀을 거야. 그래야 나중에 무슨 일이 불거져도 자기가 살 수 있으니까. 어빙은 국장까지 낚아서, 비밀을 알고 있는 자기를 국장이 건드릴 수 없게 해뒀을 거야. FBI의 에드거 후버(FBI의 전직 국장. 범죄 수사의 현대화를 이루었다는 찬사와 FBI의 사법권을 남용했다는 비판을 동시에 받고 있음-옮긴이)를 보는 것 같지 않아?"

보슈는 고개를 끄덕였다.

"그럼 혈흔이 묻어 있던 연필은 어떻게 됐을까요?"

보슈가 물었다.

"누가 알겠어? 어빙이 인사 고과 점수를 매길 때 쓰고 있는지도 모르지. 피는 닦아내고 쓰겠지만."

그들은 한동안 침묵하면서 할리우드 대로를 향해 북쪽으로 걸어가는 10여 명의 청년들을 지켜보았다. 대부분이 백인이었다. 그들의 팔을 덮고 있는 문신이 가로등 불빛에 드러나 보였다. 1992년을 재현하기 위해 할리우드 대로의 상점들을 향해 가고 있는 것인지도 몰랐다. 보슈의 머릿속에 프레더릭스 오브 할리우드 매장이 약탈을 당하던 모습이 스쳐지나갔다.

그 청년들이 보슈의 차 옆을 지나갈 때는 걷는 속도가 느려졌다. 그 차를 어찌해볼까 궁리를 하는 것 같았지만, 포기하고 계속 걸어갔다.

"자네 차에서 만나지 않은 게 다행이군."

가우드가 말했다.

보슈는 아무 대꾸도 하지 않았다.

"오늘 밤에 여기에서 난리가 날 거야. 느낌이 오는군. 비가 멈춰서 유감이야."

가우드가 말했다.

보슈는 가우드의 말은 못 들은 척하고 본론으로 돌아갔다.

"채스틴 말입니다. 누군가가 채스틴의 입을 막았군요. 그래서 고소건이 증거 불충분으로 결론이 났고요. 그 후에 일라이어스가 소송을 제기하고 결국에는 채스틴을 소환합니다. 채스틴은 증언하기를 원치 않고요. 왜죠?"

"증인 선서를 너무 진지하게 받아들이나보지. 거짓말을 하고 싶지 않았던 것 아니겠어?"

"그것 말고도 더 있겠죠."

"채스틴한테 물어 봐."

"일라이어스는 파커 센터 안에 정보원을 두고 있었어요. 정보 제공자요. 채스틴이었던 것 같아요. 이 한 사건만 얘기하는 게 아니라, 오랫동안 정보를 제공해온 것 같습니다. 온갖 기록과 정보를 넘긴 거죠. 아마 채스틴이었을 겁니다."

"재미있군. 경찰을 증오하는 경찰이라."

"그러게 말입니다."

"그런데 말이야, 채스틴이 일라이어스의 중요한 정보통이었다면, 일라이어스는 왜 노출 위험을 무릅쓰면서까지 채스틴을 증인석에 앉히려고 했을까?"

좋은 질문이었고, 보슈는 해답을 알지 못했다. 그는 한동안 침묵하면서 이 질문에 대해 생각해보았다. 그러다가 마침내 설득력은 약하지만 생각나는 가능성이 있어 큰 소리로 말했다.

"일라이어스는 채스틴이 말하지 않았다면 채스틴의 입에 재갈이 물렸다는 사실을 몰랐을 겁니다, 안 그렇습니까?"

"그렇지."

"그래서 채스틴을 증인석에 앉히고 그 일에 대해 물어보는 것만으로도 채스틴이 일라이어스의 정보원이었다는 사실이 노출되겠죠."

가우드는 고개를 끄덕였다.

"그래, 그럴 테지."

가우드가 말했다.

"채스틴이 거기 앉아서 모든 질문에 아니라고 부인을 한다고 해도, 일라이어스는 요점을, 진실을 배심원단에게 전달할 수 있었을 겁니다."

"그러면 파커 센터도 눈치를 채겠지. 채스틴이 정보원이었다는 사실이 들통이 날 거야. 문제는, 왜 일라이어스는 자신의 정보원을 노출시키려고 했느냐 하는 거야. 지난 오랜 세월 동안 줄곧 자기를 도와준 사람을 왜? 왜 그런 정보원을 포기하려 든 걸까?"

"이 소송이 일라이어스에게는 홈런 같은 거였으니까요. 전국적인 명성을 얻게 해줄 초대형 사건이요. 〈코트 TV〉, 〈식스티 미니츠〉, 〈래리 킹〉 같은 프로그램에도 출연할 수 있었을 걸요. 성공의 열쇠가 될 사건이었죠. 그런 사건을 위해서라면 정보원 한 명쯤이야 기꺼이 포기했을 걸요. 어떤 변호사라도 그럴 것 같은데요."

"맞아, 그건 그래."

그다음 부분은 둘 다 말하지 못하고 있었다. 채스틴이 증인석에서 벌거벗겨지는 것을 피하기 위해 어떻게 했을까 하는 의문이었다. 보슈에게는 그 대답이 자명해 보였다. 채스틴이 일라이어스의 정보원이었다는 사실뿐만 아니라 마이클 해리스의 고소로 시작된 경찰국의 내사 결과를 조작한 수사관이라는 사실이 밝혀진다면, 그는 경찰국 안팎에서 엄청난 공격을 받을 것이다. 달리 갈 데도 없을 것이고 자기를 방어할 힘도 없을 것이다. 보슈는 채스틴이 그런 일을 피하기 위해서 살인도 불사했을 거라고 믿었다.

"감사합니다, 계장님. 이제 가보겠습니다."

보슈가 말했다.

"알겠지만, 이거 다 부질없는 일이야."

보슈는 가우드 계장을 쳐다보았다.

"네?"

"쓸데없는 일이라고. 보도 자료가 나왔고, 기자 회견이 열렸고, 사건 전말이 보도가 됐어. 이제 이 도시는 불타오를 준비를 마친 거야. 남부 지역 사람들이 어떤 경찰이 일라이어스를 죽였는가에 관심을 가질 거라고 생각해? 전혀 관심 없을걸. 이미 그들은 원하는 걸 얻었어. 채스틴이든, 쉬헌이든, 그런 건 상관없다는 얘기지. 중요한 건 경찰관이 그랬다는 거야. 자네가 분란을 일으키고 다니면, 그 불길에 기름을 더 붓는 격이 될걸. 채스틴 얘기를 꺼내면 수사 결과 조작 얘기도 해야 할 것 아냐. 그렇게 되면 많은 사람들이 다치고, 직장을 잃을 거야. 단지 이렇게 도시가 불타오르는 걸 미연에 방지하려고 했다는 이유 때문에 말이야. 그런 것도 한번 생각해보라고, 해리. 어느 경찰이 범인이냐 하는 것은 누구도 신경 쓰지 않아."

보슈는 고개를 끄덕였다. 가우드의 말뜻을 이해했다. 좋은 게 좋은 거라는 거였다.

"제가 신경을 씁니다."

보슈가 말했다.

"그게 충분한 이유가 될까?"

"그러면 이제 채스틴은 어떻게 되는 겁니까?"

가우드는 엷은 미소를 지었다. 담배의 불붙은 끄트머리 뒤로 그 미소가 보였다.

"채스틴은 어떤 대가를 치르더라도 할 말이 없을 거야. 그리고 언젠가는 반드시 그 대가를 치르게 될 거고."

가우드의 말은 새로운 메시지였고, 보슈는 그 뜻도 이해할 수 있을 것 같았다.

"그러면 프랭키 쉬헌은요? 그의 명예는 어떻게 되는 거죠?"

"그게 문제지."

가우드는 고개를 끄덕이며 말했다. 그러고는 말을 이었다.

"프랭키 쉬헌은 내가 데리고 있던 친구였어…. 하지만 그는 죽었고, 그의 가족은 여기에 살지 않으니까…."

보슈는 아무 말도 하지 않았지만, 그 말에는 수긍할 수 없었다. 쉬헌은 보슈의 친구이자 동료였다. 쉬헌의 명예가 훼손되는 것은 보슈 자신의 명예가 훼손되는 것이나 마찬가지였다.

"나도 찜찜한 게 있는데 그게 뭔지 알아? 자네는 예전에 쉬헌과 같은 팀 동료였으니까 자네가 나를 도와줄 수 있을지도 모르겠군."

가우드가 말했다.

"뭡니까? 뭐가 찜찜합니까?"

"쉬헌이 사용한 총 말이야. 자네 총이 아니었다며? 조사받을 때 자네가 그렇게 말했다던데."

"네, 제 것이 아닙니다. 우리 집으로 가는 길에 쉬헌의 집에 먼저 들렀었습니다. 옷가지랑 소지품을 가지러요. 그때 총을 챙겨 넣은 게 분명합니다. FBI는 그 집을 수색할 때 총을 보지 못했던 것일 테고요."

가우드는 고개를 끄덕였다.

"쉬헌의 부인한테 자네가 소식을 알렸다고 들었어. 그때 물어봤어? 총에 대해서 말이야."

"물어봤죠. 그런데 남편의 공무 수행용 총이 아닌 다른 총은 모른다고 했고…."

가우드가 말을 끊고 끼어들었다.

"일련번호가 없는 총이었지. 압수한 총."

"네."

"찜찜하다는 게 바로 그거야. 난 오래전부터 쉬헌을 알았어. 쉬헌이 내 밑에서 오랫동안 일을 했기 때문에 잘 알게 됐지. 난 쉬헌이 그런 총을 가지고 있을 친구라고는 전혀 생각 안 했어. 다른 형사들한테, 자네가 할리우드 경찰서로 전근 간 후 쉬헌과 함께 일했던 형사들에게 물어봤지. 그 친구들도 압수한 권총에 대해서는 전혀 모르고 있더군. 자네는 어때, 해리? 가장 오랫동안 쉬헌과 함께 일했었잖아. 쉬헌이 총을 추가로 한 자루 더 가지고 다녔어?"

그때 보슈의 머릿속에 불현듯 떠오르는 것이 있었다. 그는 가슴을 한 대 세게 얻어맞은 것 같은 느낌이 들었다. 꼼짝도 않고 조용히 오랫동안 기다려야 다시 숨을 쉴 수 있을 만큼 강타를 당한 느낌이었다. 보슈가 아는 쉬헌은 불법 무기를 가지고 다니는 사람이 아니었다. 그러기에는 너무 올곧았다. 그렇게 올곧아서 직장에서 불법 무기를 소지하지 않은 사람이 왜 집에 숨겨놓기는 했을까? 그 의문과 명백한 대답은 줄곧 보슈 앞에 있었는데, 보지 못하고 놓친 것이다.

보슈는 쉬헌의 집 밖 차 안에 앉아 있었을 때가 기억났다. 자동차 헤드라이트 불빛이 백미러를 비추어서 뒤돌아보니 거리 아래쪽 모퉁이에 자동차 한 대가 멈춰서고 있었다. 채스틴. 채스틴이 미행을 했던 것이다. 채스틴에게는 살아 있는 쉬헌이 잘못하면 실타래를 엉망으로 풀어 흐트러뜨릴 수 있는, 매듭이 안 묶인 부분이었다.

보슈는 이웃집 여자가 보슈의 집에서 서너 발의 총성을 들었다고 진술한 것이 생각났다. 그의 마음속에서는 이제까지는 술 취한 경찰관의 자살이었던 것이 치밀하게 계획된 살인으로 바뀌어 있었다.

"개자식."

보슈가 중얼거렸다.

가우드는 고개를 끄덕였다. 그는 보슈도 자기와 똑같은 의혹을 갖게 만드는 데 성공한 것이다.

"이제 상황이 어떻게 된 것인지 알겠어?"

가우드가 물었다.

보슈는 생각을 천천히 정리했다. 마침내 그가 고개를 끄덕였다.

"네, 알 것 같습니다."

"좋아, 그러면 전화를 걸어주지. 지하층 당직자가 누군지 모르겠지만 자네한테 대출 대장을 보여주라고 일러놓을게. 묻지도 따지지도 말고 다 보여주라고 말이야."

보슈는 고개를 끄덕였다. 그러고는 팔을 뻗어 문을 열었다. 한마디 인사도 없이 차에서 내려 자기 차를 향해 걸어가기 시작했다. 조금 걸어가다가 뛰기 시작했다. 자기도 이유는 알 수 없었다. 서두를 필요가 전혀 없었다. 비가 내리고 있지도 않았다. 그러나 비명을 지르지 않으려면 계속 움직여야 한다는 걸 그는 알고 있었다.

37 폭동

파커 센터 밖에서는 촛불 집회와 장례 행렬의 행진이 벌어지고 있었다. 시민들이 '정의'와 '희망'이라고 적힌, 판지로 만든 두 개의 관을 높이 들고 경찰국 본부 앞 광장을 왔다 갔다 하고 있었다. 다른 시민들은 '모든 인종의 사람들에게 정의를'이라고 적힌 피켓과 '일부를 위한 정의는 정의가 아니다'라고 쓴 피켓을 들고 행진을 하고 있었다. 방송사 헬기 여러 대가 상공을 선회 중이었고, 지상에서는 적어도 여섯 명의 뉴스 기자들이 취재를 하고 있었다. 뉴스가 나올 11시가 가까운 시각이어서, 기자들은 시위 현장에서 생방송으로 보도를 할 준비를 하고 있었다.

파커 센터 출입문 앞에는 경찰복을 입고 전경 헬멧을 쓴 전경들이 평화 시위가 폭력 사태로 바뀔 경우를 대비해서 경찰국 본부를 지키기 위해 방어선을 치고 서 있었다. 1992년에도 평화 시위가 폭력 사태로 바뀌었고, 시민들이 시내를 돌아다니면서 눈앞에 보이는 모든 것을 파괴했었다. 보슈는 시위 행렬의 뒤로 돌아서 서둘러 로비 현관문 앞으로 걸어가 경찰 배지를 머리 위로 높이 들어 보여준 후 인간 방어선을 뚫고 들어갔다.

건물 안으로 들어간 보슈는 순경 네 명이 전경 헬멧을 쓰고 앉아 있는 접수대 앞을 지나쳐 엘리베이터가 있는 로비를 통과해 계단으로 나갔다. 지하실로 내려간 후 복도를 걸어 증거품 보관실로 향했다. 증거품 보관실 문을 통과해 들어가면서, 1층 접수대에 앉은 네 명의 순경을 제외하고는 사람을 단 한 명도 보지 못했다는 것을 깨달았다. 경찰국이 텅 빈 것 같았다. 시민 소요 대응 계획에 따라 A 근무조의 경찰관 전원이 거리로 나간 것이었다.

보슈가 철망이 쳐진 창문 안을 유심히 들여다보니 낯선 경찰관이 앉아 있었다. 흰 콧수염에 얼굴은 취기가 잔뜩 오른 것 같이 벌건 노인네였다. 나이는 많고 출세는 못한 경찰관들은 상당수가 이렇게 지하실로 근무처를 옮겨가곤 했다. 노인네가 보슈를 보고 걸상에서 일어서서 창가로 다가왔다.

"그래, 바깥 날씨는 어떻소? 여긴 창문이 없어서."

"날씨요? 부분적으로 구름이 끼어 있고 폭동이 일어날 가능성도 있습니다."

"내 그럴 줄 알았어. 터긴스가 자기 신자들을 여기 앞마당에 끌어다 놨던가요?"

"네, 와 있습니다."

"개자식들. 경찰이 없으면 엄청 좋을 줄 아나보지? 정글 같은 세상에서 어떻게 살려고 그러나 몰라."

"그런 뜻이 아닌 것 같은데요. 그 사람들도 경찰을 원합니다. 사람을 죽이는 경찰을 원하지 않을 뿐이죠. 그렇다고 그들을 비난할 수 있겠습니까?"

"흥, 죽어 마땅한 놈들은 죽어야지, 무슨 소리."

보슈는 할 말이 없었다. 자신이 뭐하러 이 고루한 노인네와 말을 주고받고 있는지 알 수 없었다. 보슈는 그의 이름표를 내려다보았다. 하우디(Howdy: '안녕'이라는 인사말이기도 함-옮긴이)라고 적혀 있었다. 보슈는 웃음을 터뜨릴 뻔했다. 하루 종일 분노로 굳어져 있던 마음이 예상치 못했던 이름을 보자 한순간에 풀리고 유쾌한 기분이 들었다.

"이 사람이. 내 이름을 보고 웃고 있구만."

"죄송합니다. 비웃는 게 아니라요. 다른 생각을 하다가 웃은 겁니다."

"조심하쇼."

하우디는 보슈의 어깨 너머로 대출 신청서와 줄에 매달린 연필이 놓여 있는 작은 카운터를 가리켰다.

"원하는 게 있으면 저 신청서에 사건 번호 적고 신청서 작성해서 내요."

"사건 번호는 모르는데요."

"이런, 여기에는 2백만 건에 달하는 사건의 증거물이 보관되어 있소. 추측이라도 해보는 게 좋을 거요."

"대출 일지를 보려고 왔습니다."

하우디가 고개를 끄덕였다.

"그렇군. 가우드 계장이 보낸 사람이오?"

"네, 그렇습니다."

"그럼 진작 그렇게 말을 할 것이지."

보슈는 대꾸하지 않았다. 하우디는 창문 밑, 보슈가 볼 수 없는 어떤 곳으로 팔을 뻗쳤다. 그러더니 클립보드를 들고 철망 아래에 뚫려 있는 구멍에 얹어 놓았다.

"언제 것까지 보고 싶은 거요?"

하우디가 물었다.

"잘은 모르겠지만, 2, 3일 정도면 될 것 같은데요."

보슈가 대답했다.

"그 클립보드에는 일주일 것이 들어 있소. 전부 대출자 서명이고. 대출자 이름이 필요한 거지, 증거물 제출자 이름이 필요한 건 아니죠?"

"네, 맞습니다."

보슈는 하우디가 엿볼 수 없도록 클립보드를 들고 대출 신청서 서식이 있는 카운터로 갔다. 그는 맨 위 장에서 찾고 있던 것을 찾았다. 채스틴은 오늘 아침 7시에 증거물 상자 한 개를 대출해 갔다. 보슈는 대출 신청서 한 장을 뜯어내 줄에 붙어 있는 연필을 들고 서식을 작성하기 시작했다. 쓰면서 보니까 그 연필은 블랙 워리어 No. 2라는 제품이었다. LA 경찰국이 제일 선호하는 상품.

보슈는 클립보드와 서류를 가지고 창가로 돌아가 뚫린 구멍 속으로 그것들을 밀어 넣었다.

"그 상자는 아직도 정리용 카트에 있을지도 모릅니다. 오늘 아침에 대출이 되었거든요."

보슈가 말했다.

"아니, 제자리에 들어가 있을 거요. 우린 업무에 철저하거든, 프렌들리 형사."

하우디가 보슈가 작성한 서식을 내려다보더니 보슈가 가짜로 써놓은 이름을 부르면서 보슈를 올려다보았다.

보슈는 고개를 끄덕이고는 미소를 지었다.

"그러시겠죠."

하우디는 안으로 걸어가서 골프 카트를 타고는 거대한 창고 속으로 사라졌다. 그 후 3분도 채 지나지 않아 카트가 다시 나타났고 하우디가 카트를 세웠다. 그러고는 테이프가 붙어 있는 분홍색 상자 한 개를 창가로 들고 와 철망 창이 달린 문을 열고 상자를 보슈에게 건네주었다.

"프렌들리 형사라고? 학교를 돌아다니면서 아이들에게 마약을 거부하고 폭력 조직에 들어가지 말라고 설교를 하는 게 당신 업무요?"

"뭐, 비슷합니다."

하우디는 보슈를 향해 윙크를 한 후 창문이 달린 문을 닫아걸었다. 보슈는 혼자서 내용물을 살펴볼 수 있도록 상자를 칸막이가 쳐진 열람석으로 가져갔다.

그 상자는 5년 전 프란시스 쉬헌 형사가 윌버트 돕스를 총으로 쏘아 죽인 사건의 증거물을 담은 상자였다. 오늘 아침에 대출이 되고 나서 새 테이프로 봉인이 되어 있었다. 보슈는 열쇠고리에 달린 작은 칼을 이용해 테이프를 자르고 상자를 열었다. 상자의 봉인을 제거하는 과정이 상자 안을 확인하는 것보다 더 오래 걸렸다.

보슈는 멍한 표정으로 시위대를 뚫고 걸어갔다. 그에게는 그들이 보이지 않았고, '정의가 없으면 평화도 없다'는 구호도 들리지 않았다. 시위자들 중 일부가 보슈를 향해 욕설을 퍼부었지만, 보슈의 귀에는 그 욕설도 들리지 않았다. 그는 피켓이나 관을 들고 시위를 해서 정의를 구현할 수 있는 게 아니라는 것을 알고 있었다. 항상 진실의 편에 서야, 그리고 정의를 찾아가는 길에서 무슨 어려움이 있더라도 흔들리지 않아야 정의를 구현할 수 있다는 것을 알고 있었다. 그리고 그는 진정한 정의는 피 색깔을 제외한 모든 색깔을 볼 수 없다는 것을 알고 있었다.

보슈는 차에 탄 후 서류 가방을 열고 그 안에 든 서류를 뒤적이다가 자기가 토요일 오전에 작성한 비상 연락망을 발견했다. 그는 채스틴의 호출기로 전화를 걸어 자신의 휴대전화 번호를 남긴 후 전화를 끊었다. 그러고는 5분 동안 차 안에 앉아 채스틴의 전화를 기다리면서 시위대의 행진을 지켜보았다. 잠시 후 TV 기자 여러 명이 취재 장비를 집어 들고 자기들의 중계차를 향해 바삐 걸어갔다. 그러고 보니 방송사 헬기들도 전부 철수하고 없었다. 보슈는 운전석에서 허리를 곧게 펴고 똑바로 앉았다. 손목시계를 보니 10분 전 11시였다. 기자들이 한꺼번에 철수하면, 게다가 생방송도 포기하고 철수를 한다면, 분명히 무슨 일이, 대형 사건이 터진 거라는 생각이 들었다. 보슈가 라디오를 켜자 KFWB에서 떨리는 목소리의 기자가 긴급 사태를 보도하고 있었다.

"…트럭에서 내린 후, 구타가 시작되었습니다. 구경하던 몇 사람이 구타를 말려보려고 했지만, 성난 청년들은 끄떡도 하지 않았습니다. 소방관들 각각이 성난 청년들에게 둘러싸여 구타를 당했고, 잠시 후 LA 경찰국 소속 전경 1개 소대가 교차로에 나타나 피해자들을 구조해서 순찰차에 태우고 사라졌습니다. 아마도 부상 여부를 점검하기 위해 근처에 있는 대니얼 프리맨 병원으로 후송이 된 것으로 보입니다. 시위대는 남겨진 소방차의 전복을 시도했지만 성공하지 못하자 소방차에 불을 질렀습니다. 경찰은 재빨리 주변을 봉쇄하고 시위 진압에 나섰습니다. 폭력 시위자들 중 일부는 검거됐지만, 다른 일부는 노르만디 대로변에 있는 주거 건물들로 피신해…."

보슈의 전화벨이 울리기 시작했다. 그는 라디오를 끄고 전화기를 펴서 귀에 갖다 댔다.

"보슈입니다."

"채스틴이야. 무슨 일?"

전화기 너머로 수많은 사람들의 외침 소리와 무전기 삑삑거리는 소리가 들렸다. 채스틴은 집에 있는 것이 아니었다.

"어디야? 만나자."

"오늘 밤엔 안 돼. 근무야. 12-12. 알지?"

"어디야?"

"멋진 남부 지역."

"A조야? 형사들은 전부 B조인줄 알았는데."

"감찰계는 빼고. 감찰계는 야간 근무조야. 이봐, 보슈, 나도 당신하고 근무 일정에 관해 심도 있게 토론하고 싶긴 한데…."

"어디야? 내가 갈게."

보슈는 시동을 켜고 후진을 해서 차를 빼기 시작했다.

"77번 경찰서."

"출발했어. 15분 후에 그 앞에서 만나."

"오지 마, 보슈. 그땐 눈코 뜰 새 없이 바쁠 거야. 체포 절차를 진행 중이야. 소방차를 공격한 놈들 10여 명이 연행되어 오고 있대. 소방관들이 자기네 동네에 난 불을 꺼주고 있었는데, 이 자식들이 그런 소방관들을 공격한 거야. 와, 이게 말이나 되는 이야기냐고."

"말이 안 되지. 나도 말이 안 되는 이야기 하나 알고 있어. 15분 후에 거리에 나와 있어, 채스틴."

"내 말을 안 듣고 있구만, 보슈. 밖에 큰 소요가 일어나서 진압 중이란 말이야. 만나서 이야기할 시간 없어. 연행된 놈들을 감옥에 처넣을 준비를 해야 한다니까. 밖에 나가 서 있으라니, 총 가진 놈한테 좋은 표적이 되란 말이야? 도대체 무슨 일인데 그래, 보슈?"

"프랭크 쉬헌."

"쉬헌이 왜?"

"15분 후야. 나와 서 있어, 채스틴. 안 그러면 내가 들어가서 찾을 테니까. 그건 싫을 텐데."

채스틴이 또 뭐라고 항변을 시작했지만 보슈는 듣지 않고 전화기를 덮었다.

38 거리의 정의

보슈가 77번가 경찰서에 도착하기까지 25분이 걸렸다. 이렇게 늦어진 것은 캘리포니아 고속도로 순찰대가 110번 고속도로를 전면 통제했기 때문이었다. 이 고속도로는 시내에서 사우스 LA를 거쳐 사우스 베이 지역으로 가는 최단 거리 노선이었다. 지난번 폭동 때 저격수들이 지나가는 자동차들을 향해 총을 쏘았고, 폭도들이 보행자 육교 위에서 아래쪽 차들을 향해 콘크리트 블록을 던지기도 했었다. 캘리포니아 고속도로 순찰대는 이번에는 그런 일이 발생하지 않도록 아예 도로를 차단한 것이었다. 운전자들은 샌타모니카 고속도로를 타고 가다가 샌디에이고 고속도로로 바꿔 타고 남쪽으로 향하는 우회 노선을 택하라는 권고를 받았다. 그렇게 가면 시간은 두 배가 걸릴 테지만 교전이 예상되는 지역을 지나가는 것보다 안전했다.

보슈는 줄곧 일반도로를 달렸다. 대부분의 도로가 차량이 끊겼고, 그는 신호등을 무시하고 계속 달렸다. 유령의 도시를 달리는 것 같은 느낌이었다. 그는 약탈과 방화가 잦은 장소들을 알고 있어서, 그 근처로는 가까이 가지 않았다. 그는 TV에서 보여주는 화면과 실제로 보는 장면이 많이 다르다고 생각했다. 대다수의 시민들은 문을 걸어 잠그고 집 안에 들어앉아 이 폭풍우가 지나가기를 기다리고 있었다. 이 선량한 시민들은 TV 화면에 나오는 불길에 휩싸인 도시가 정말로 자기들이 사는 도시인가 의심하면서 TV를 노려보고 있었다.

마침내 보슈가 77번가 경찰서 앞에 도착했을 때 이상하게도 그 앞은 비어 있었다. 경찰대학 버스 한 대가 차를 타고 지나가며 총을 쏘는 것을 막고 시위자들도 막기 위한 방어막처럼 경찰서 입구를 가로막고 있었다. 그러나 시위자와 경찰의 모습은 보이지 않았다. 보슈가 경찰서 앞 주차 금지라고 적힌 모퉁이에 차를 대는데, 채스틴이 버스 뒤쪽에서 걸어 나와 다가왔다. 경찰복을 입고 있었고 허리에 권총을 차고 있었다. 그가 보슈가 앉은 운전석으로 다가오자 보슈는 창문을 내렸다.

"어디 갔다 온 거야, 보슈, 15분 후에 만나자며…."

"알아. 타."

"아니, 보슈, 무슨 일인지 말해주기 전에는 안 탈 거야. 근무 중이거든, 잊었어?"

"쉬헌과 총기 감식 결과에 대해서 물어볼 게 있어. 그리고 월버트 돕스 사건에 관해서도."

보슈는 채스틴이 자동차에서 살짝 뒤로 물러서는 것을 놓치지 않았다. 돕스를 언급한 것이 큰 효과가 있었다. 채스틴의 경찰복 명찰 밑에 명사수 리본이 달려 있는 것이 보슈의 눈에 띄었다.

"도대체 무슨 말을 하는 건지 모르겠지만, 쉬헌 사건은 종결이 됐잖아. 쉬헌이 죽었고, 일라이어스도 죽었지. 모두 죽었다고. 그걸로 끝난 거잖아. 이젠 도시 전체가 혼란에 빠져 있고."

"그게 다 누구 탓이지?"

채스틴은 보슈의 속내를 읽으려는 듯 그를 뚫어지게 쳐다보았다.

"지금 제정신이 아닌 것 같은데, 보슈. 가서 잠 좀 자두라고. 다들 잠이 부족하구만."

보슈는 차에서 내렸다. 채스틴은 한 걸음 더 뒤로 물러서서 오른손을 들어 총 근처 벨트에 엄지손가락을 걸었다. 교전의 불문율이라는 것들이 있는데, 이 자세가 그 중 하나였다. 이제 보슈는 목숨을 잃을 수도 있는 싸움판에 서 있었다. 그는 그런 사실을 이해했고 준비가 되어 있었다.

보슈는 옆으로 돌아서서 차 문을 힘껏 닫았다. 채스틴의 눈길이 자연스럽게 그 움직임을 쫓아가는 동안, 보슈는 재빨리 외투 안으로 손을 넣어 권총집에서 권총을 뽑았다. 그러고는 감찰계 형사가 움직이기 전에 그를 향해 총을 겨눴다.

"좋아, 네 방식대로 하자. 두 손을 차 지붕 위로 올려놔."

"도대체 왜 이러는…."

"두 손을 차 지붕 위로 올려놔!"

채스틴의 두 손이 번쩍 올라갔다.

"알았어, 알았어…. 흥분하지 마, 보슈, 흥분하지 마."

채스틴은 차 앞으로 걸어가 두 손을 차 지붕 위에 올려놓았다. 보슈가 채스틴 뒤로 다가가 채스틴의 권총집에서 총을 뽑아들었다. 그러고는 뒤로 물러서서 채스틴의 권총을 자기 권총집에 꽂았다.

"불법 소지 권총이 있는지 확인을 할 필요는 없을 것 같군. 갖고 있던 것은 이미 프랭키 쉬헌한테 써버렸잖아, 안 그래?"

"뭐라고? 지금 무슨 말을 하고 있는지 모르겠군."

"몰라도 상관없어."

보슈는 오른손으로 채스틴의 등을 세게 누른 채 앞으로 왼팔을 돌려 채스틴의 벨트에서 수갑을 떼어냈다. 채스틴의 한 팔을 잡아 뒤로 돌린 후 팔목에 수갑을 채웠다. 그러고는 다른 팔도 뒤로 돌려 수갑을 채웠다.

보슈는 채스틴의 등을 밀고 옆으로 걸어가 형사 차의 운전석 뒤쪽 자리로 채스틴을 밀어 넣었다. 그러고 나서 자신은 운전석에 탔다. 자신의 권총집에서 채스틴의 권총을 뽑아 서류 가방에 집어넣고 권총집에는 자기 권총을 꽂았다. 보슈는 채스틴을 살펴볼 수 있도록 운전석과 조수석 사이 천장에 달린 백미러를 조정하고 나서, 뒷문을 안에서 열 수 없도록 하는 잠금장치 스위치를 눌렀다.

"내가 볼 수 있게 거기 똑바로 앉아 있어."

"이 개자식! 도대체 지금 뭐하는 거야? 나를 어디로 데려가는 건데?"

보슈는 시동을 걸고 달리기 시작했다. 서쪽으로 달리다가 노르만디에서 북쪽으로 방향을 틀었다. 그렇게 5분 정도가 지나고 나서야 보슈는 채스틴의 질문에 대답했다.

"우린 파커 센터로 가는 거야. 거기 도착하면, 네가 하워드 일라이어스와 카탈리나 페레즈 …그리고 프랭키 쉬헌을 죽인 일에 대해서 자백을 하게 될 거고."

보슈가 말했다.

보슈는 분노가 목구멍까지 치밀어 오르는 것을 느꼈다. 가우드에게서 받은 무언의 메시지를 생각했다. 가우드는 거리의 정의를 원했고, 지금 이 순간 보슈도 같은 것을 원했다.

"좋아, 가자. 하지만 당신은 지금 자기가 무슨 짓을 하고 있는지도 모르고 있어. 개수작 부리지 마! 그 사건은 종결됐어, 보슈, 종결됐다고! 받아들일 건 받아들여."

보슈는 불리한 진술을 거부할 헌법상의 권리를 읊어대기 시작했고, 나중에는 채스틴에게 내용을 이해했느냐고 물었다.

"웃기지 마."

보슈는 몇 초마다 백미러로 채스틴의 상태를 확인하면서 이야기를 풀어갔다.

"아무래도 상관없어. 넌 경찰이니까. 네가 피의자의 권리를 이해하지 못했다고 말할 판사는 이 세상에 단 한 명도 없을 테니까."

보슈는 잠깐 말을 멈추고 백미러로 채스틴의 상태를 또 확인한 후 말을 이었다.

"넌 일라이어스의 정보원이었어. 그동안 넌 일라이어스가 어떤 사건을 맡았든 간에 그 사건과 관련해서 필요한 정보는 무엇이나 그에게 넘겼어. 넌…."

"거짓말이야."

"…경찰국을 팔았어. 넌 저질 중의 저질이야, 채스틴. 전에 네가 한 말 기억나지? 저질 중의 저질? 그게 바로 너였어, 채스틴, 밑바닥 인생, 쓰레기 같은 인간… 인간 말종."

보슈는 길 건너편에 경찰이 쳐놓은 바리케이드를 바라보았다. 그 너머 2백 미터쯤 떨어진 곳에서는 푸른색 경광등이 번쩍이고 있었고 시뻘건 불길이 활활 타오르고 있었다. 보슈는 자기들이 소방관이 공격을 받고 소방차가 불에 탔던 교전 지역을 향해 가고 있다는 것을 깨달았다.

바리케이드에 다다르자 보슈는 우회전을 해서 달리면서 교차로를 지나갈 때마다 북쪽을 쳐다보기 시작했다. 이 지역에서 그는 물 밖으로 나온 물고기 같은 기분이 들었다. 경찰국의 남동부 지역 경찰서에서는 근무한 경력이 전무했기 때문에 이 지역 지리에 대해서도 아는 바가 별로 없었다. 그래도 그는 노르만디에서 너무 멀리 떨어지면 길을 잃을 수도 있다는 것은 알고 있었다. 그가 다시 백미러로 채스틴을 살펴볼 때도 이렇게 불안한 마음은 절대로 드러내지 않으려고 애를 썼다.

"순순히 불 거야, 채스틴? 아니면 끝까지 버티고 싶어?"

"이야기할 게 아무것도 없어. 경찰 배지를 달고 있는 마지막 순간을 즐겨, 보슈. 당신이 여기서 하는 짓거리는 확실한 자살 행위니까. 당신 친구, 쉬헌처럼 말이야. 당신은 스스로 목숨을 끊고 있는 거야, 보슈."

보슈가 급브레이크를 밟자 자동차가 갑자기 획 옆으로 돌아서 멈춰 섰다. 보슈는 권총을 꺼내 운전석 너머로 몸을 기대고 채스틴의 얼굴을 겨눴다.

"방금 뭐라고 했어?"

채스틴은 진정으로 겁을 집어먹은 것 같았다. 보슈가 이성을 잃기 직전이라고 믿고 있는 게 분명했다.

"아무것도 아냐, 보슈, 아무것도 아니라고. 운전이나 계속해. 파커 센터에 가서 해결을 보자고."

보슈는 천천히 돌아앉아서 다시 운전을 시작했다. 네 블록을 달려간 다음 보슈는 다시 북쪽으로 방향을 틀어 달렸다. 소요 지역과 평행으로 달리다가 소요 지역을 벗어나면 노르만디 도로로 들어가고 싶었다.

"조금 전에 파커 지하실에 갔다 왔어."

보슈가 말했다.

그는 채스틴의 표정에 작은 변화라도 있나 살펴보려고 백미러를 들여다보았지만, 아무런 변화도 느끼지 못했다.

"윌버트 돕스 증거물을 꺼내봤지. 그리고 대출 대장도 살펴봤어. 네가 오늘 아침에 그 증거물을 꺼내 보고, 총알을 가져갔더군. 쉬헌의 공무 수행용 9밀리미터 구경 권총에서 나온 총알들을, 5년 전에 쉬헌이 돕스를 쐈던 그 총알들을 가져다가, 그 중 세 개는 하워드 일라이어스의 부검에서 나온 총알이라면서 총기 감식반에 넘겼지. 네가 쉬헌에게 혐의를 뒤집어씌운 거야. 하지만 진범은 너였어, 채스틴."

보슈는 백미러를 관찰했다. 채스틴의 표정이 바뀌어 있었다. 조금 전 보슈가 전달한 소식을 듣고 삽의 평평한 면으로 얼굴을 가격당한 것 같은, 충격을 받은 표정이었다. 보슈는 쉬지 않고 몰아붙이기로 했다.

"네가 일라이어스를 죽였어."

보슈가 조용히 말했다. 백미러에서 눈을 떼고 거리를 바라보기가 힘이 들었다. 그가 말을 이었다.

"일라이어스는 너를 증인석에 앉히고 모든 것을 폭로할 계획이었어. 너한테 감찰계의 내사에서 나온 진짜 결과를 물어볼 작정이었지. 네가 이미 일라이어스에게 진짜 결과를 알려줬기 때문에 알고 있었거든. 그런데 이 사건은 아주 중대한 사건이었어. 일라이어스는 이 소송에서 승리하면 자기가 얼마나 출세할 수 있는지 깨달았고, 그러고 나니까 너는 소모품이 되어버린 거야. 일라이어스는 재판에서 이기기 위해 너를 대중 앞에서 완전히 벌거벗길 결심을 했어…. 너는 이성을 잃었지. 아니면 네 몸속에는 항상 차가운 피가 흐르고 있는지도 모르고. 어쨌든 금요일 밤, 너는 퇴근하는 일라이어스를 미행하면서 그가 앤젤스 플라이트에 오르는 걸 봤지. 그래서 일을 저질렀어. 일라이어스에게 총을 쏜 거야. 그러고 나서 고개를 드는데, 웬 여자가 거기 앉아 있는 거야, 빌어먹을. 넌 놀라 자빠질 뻔했을 거야. 그 기차가 거기 한동안 서 있었으니까, 비어 있는 줄 알았겠지. 그런데 카탈리나 페레즈가 앉아 있었어. 그래서 넌 그 여자에게도 한 발을 쐈지. 어때, 내가 잘하고 있는 거야, 채스틴? 내 얘기가 맞지?"

채스틴은 아무 대답도 하지 않았다. 보슈는 사거리가 가까워 오자 속도를 줄이고 왼쪽을 바라보았다. 거리 저 아래쪽으로 불을 밝힌 노르만디 지역이 보였다. 바리케이드나 경광등 불빛은 보이지 않았다. 보슈는 좌회전을 해서 노르만디를 향해 달렸다.

보슈가 말을 이었다.

"넌 운이 좋았어. 돕스 사건 말이야. 완벽하게 들어맞았지. 그 자료에서 쉬헌이 일라이어스에게 협박을 했다는 사실을 알게 되고는 거기서부터 일을 꾸몄어. 다들 네 말에 잘도 속아 넘어갔지. 사건에 대해 조사 좀 하고 여기 저기 손을 쓴 덕분에 넌 부검을 참관하게 됐어. 거기서 일라이어스의 몸에서 나온 총알을 입수했고, 이젠 그 총알들을 바꿔치기하는 일만 남아 있었어. 물론 돕스 사건에서 나온 총알과 이번 사건에서 나온 총알은 검시관이 다르니까 총알에 적힌 글씨체도 다르겠지만, 그런 차이는 재판까지 가야, 쉬헌이 재판정에 서야 제기될 문제였어."

"보슈, 그만해! 더 이상은 듣고 싶지 않아. 난…."

"시끄러워! 들어야 돼, 멍청아! 이건 프랭키 쉬헌이 무덤에서 너한테 하는 말이야. 알겠어? 넌 쉬헌에게 죄를 뒤집어씌워야 했는데 쉬헌이 법정에 서게 된다면 다 허사가 되는 거였어. 검시관이 증언을 하다가 '잠깐만요, 이 총알에 적혀 있는 표시는 제가 한 게 아닙니다. 제 글씨가 아닌데요. 바꿔치기 된 것 같은데요.'라고 말할 게 분명하니까. 그래서 너한텐 다른 선택의 여지가 없었어. 쉬헌도 죽여 버려야 했지. 그래서 어젯밤에 넌 우리를 미행했어. 네 차 헤드라이트 불빛을 봤어. 우리를 따라와서 나중에 프랭키 쉬헌을 살해했어. 술에 취해 우발적으로 자살을 감행한 것처럼 보이게 만들려고 맥주도 다 쏟아 버리고 총도 여러 번 쐈지. 하지만 난 네가 어떻게 했는지 알아. 넌 먼저 쉬헌한테 한 발을 쏘고 나서 그의 손에 총을 쥐어주고는 두 발을 더 쏘게 했어. 쉬헌의 자살로 완벽하게 위장을 한 거야. 하지만 이젠 다 들통이 났어, 채스틴."

보슈는 분노가 곧 터져 나올 것만 같은 느낌이었다. 그는 손을 뻗어 채스틴의 얼굴을 보지 않아도 되게 백미러를 툭 쳤다. 이제 차는 노르만디에 가까워지고 있었다. 사거리에는 차도 사람도 보이지 않았다.

"난 사건의 전모를 알고 있어. 진짜로. 딱 하나 궁금한 게 있어. 그 오랜 세월 동안 왜 일라이어스에게 정보를 넘긴 거야? 돈을 받았어? 아니면 수단 방법을 가리지 않고 경찰들을 괴롭힐 정도로 그렇게 경찰이 미웠던 거야?"

이번에도 뒷좌석에서는 아무 대답이 없었다. 신호등이 정지 신호로 바뀌어서 보슈는 차를 멈추고 왼쪽을 바라보았다. 그곳에는 푸른색 경광등과 불길이 보였다. 그들은 경찰의 봉쇄선을 따라 일주를 하고 온 것이었다. 한 블록 아래쪽에 바리케이드가 있었다. 보슈는 브레이크를 밟은 상태로 현장 모습을 자세히 관찰했다. 바리케이드 뒤로 순찰차가 줄지어 서 있었다. 그 길모퉁이에는 작은 주류 판매점이 있었는데 창문은 전부 박살이 났고, 아직도 창문틀에 부서진 유리 조각이 삐죽삐죽 걸려 있었다. 그 판매점 문밖 길바닥에는 깨진 병들과 약탈자들이 버리고 간 쓰레기가 사방에 널려 있었다.

"저기 보이지, 채스틴? 저 난장판 말이야. 네가…."

"보슈…."

"…저렇게 만든 거야. 저건 전부…."

"…여기 서면 안 돼!"

"…네 책임이야."

보슈는 채스틴의 목소리에서 두려움을 읽고 오른쪽으로 고개를 돌리기 시작했다. 바로 그 순간 차 앞 유리가 박살이 나면서 묵직한 콘크리트 덩어리가 날아와 조수석에 떨어졌다. 유리 파편이 우수수 떨어지고 있는 와중에도 보슈는 군중이 그의 차를 향해 걸어오고 있는 것을 바라보았다. 성난 표정을 한 젊은이들, 군중 속에서 자신의 개성을 잃어버린 청년들이었다. 공중에 떠 있는 병 한 개가 차를 향해 날아오는 것도 보았다. 너무도 또렷이 보았고, 병에 붙은 상표를 읽을 수 있을 만큼 병이 공중에 오래 머무는 것 같았다. 서던 컴포트. 이 와중에도 보슈는 그 이름에서 아이러니를 발견하고 재미있다고 생각했다.

그 위스키 병이 깨진 창문을 통해 날아와 운전대에 부딪치며 깨져서, 보슈의 얼굴과 눈에 유리 파편과 술이 튀었다. 그의 두 손이 저절로 운전대를 놓고 얼굴을 가렸지만 너무 늦었다. 그의 두 눈이 알코올 때문에 화끈거리기 시작했다. 뒷좌석에서 채스틴이 비명을 지르기 시작했다.

"가! 가! 가!"

그리고 차에 있는 다른 창문들이 종류를 알 수 없는 미사일에 맞아 산산조각이 나면서 유리가 깨지는 소리가 두 번 더 들렸다. 누군가가 보슈가 앉아 있는 운전석 옆 창문을 쾅쾅 두드리고 있었고, 차는 좌우로 심하게 흔들리기 시작했다. 누군가가 문 손잡이를 거세게 잡아당기는 소리가 들렸고 주위에서 유리 파편이 우수수 떨어지는 소리도 들렸다. 차 밖에서는 군중들의 분노에 찬, 알아들을 수 없는 외침이 계속 들려왔다. 그리고 뒷좌석에서는 채스틴이 계속 비명을 지르고 있었다. 깨진 창문을 통해 밖에서 손들이 쑥 들어와 채스틴의 머리와 옷을 잡아당기고 있었다. 보슈가 가속 페달을 밟으면서 운전대를 옆으로 획 돌리니 차가 덜컹거리며 앞으로 움직이기 시작했다. 보슈는 눈을 계속 감고 있고 싶은 본능과 싸우면서, 앞이 잘 보이지 않고 고통스럽지만 조금이라도 앞을 보기 위해 가까스로 눈을 뜨고 있었다. 자동차는 노르만디의 빈 차선으로 들어갔고, 보슈는 바리케이드를 향해 달려갔다. 바리케이드는 안전하다는 것을 그는 알고 있었다. 그는 계속 경적을 누르면서 달렸고 바리케이드에 도착했을 땐 그대로 밀치고 통과해 들어간 후에야 브레이크를 밟았다. 차가 나선형으로 돌다가 멈춰 섰다.

보슈는 두 눈을 감고 움직이지 않았다. 발자국 소리와 고함 소리가 들렸지만, 이번에는 그를 돕기 위해 다가오는 경찰들이라는 것을 알았다. 그는 안전했다. 그는 눈을 뜨고 차를 주차했다. 차 문을 열자 손들이 기다리고 있다가 그를 부축해 내리게 했고 같은 푸른 인종이 안심을 시키는 목소리가 들려왔다.

"괜찮으십니까? 구급대가 필요합니까?"

"눈이 좀."

"알겠습니다. 눈 감고 가만히 계십시오. 구급대를 부르겠습니다. 여기 자동차에 기대서 계십시오."

보슈는 순경 한 명이 무전기에 대고 부상당한 경찰관이 있으니 구급대를 파견 바란다고 외쳐대는 소리를 듣고 있었다. 순경은 즉각적인 구급대 파견을 요구했다. 보슈는 그 어느 때보다도 안전하다는 느낌이 들었다. 고요한 느낌이었고, 왠지 어지러운 것 같기도 했다. 베트남의 땅굴에서 무사히 빠져나왔을 때와 비슷한 느낌이었다. 보슈는 두 손을 들어 다시 얼굴을 만져보다가 한쪽 눈을 뜨려고 애를 썼다. 콧날을 따라 피가 흐르는 것이 느껴졌다. 그러자 자신이 살아 있다는 것이 새삼스레 느껴졌다.

"건드리지 말고 그냥 놔두세요. 상처가 꽤 깊은 것 같은데."

한 목소리가 말했다.

"혼자서 거기서 뭘 하고 있었습니까?"

다른 목소리가 물었다.

보슈가 왼쪽 눈을 떠보니 바로 앞에 젊은 흑인 순경이 서 있었다. 보슈의 오른쪽에는 백인 순경이 서 있었다.

"혼자가 아니었소."

보슈는 몸을 수그리고 자동차 뒷좌석을 들여다보았다. 비어 있었다. 앞쪽도 살펴봤지만 역시 비어 있었다. 채스틴이 사라진 것이다. 보슈의 서류 가방도 없었다. 보슈는 허리를 펴고 똑바로 서서 군중이 있는 거리를 바라보았다. 그는 더 잘 보려고 손을 들어 눈가의 피와 알코올을 닦아내고 살펴보았다. 거기에는 약 스무 명 정도의 사람들이 둥그렇게 모여서서 그 원의 안을 내려다보고 있었다. 그러더니 폭행이 시작되었다. 모두들 발길질을 하고 주먹을 높이 들었다가 아래를 향해 내리꽂았다.

"하느님 맙소사! 우리 쪽 사람입니까? 우리 중 하나가 잡힌 겁니까?"

보슈 옆에 있던 순경이 소리쳤다.

그는 보슈의 대답을 기다리지 않았다. 다시 무전기를 입에 대고 경찰관이 폭행당하고 있으니 동원 가능 병력을 모두 이곳으로 투입 바란다고 소리쳤다. 그의 열띤 목소리에는 지금 자신의 눈앞에서 벌어지고 있는 일에 대한 충격이 담겨 있었다. 잠시 후 그 두 순경은 각자의 순찰차로 뛰어가 타고 군중이 있는 거리를 향해 달려갔다.

보슈는 잠자코 지켜보고 있었다. 잠시 후에는 사람들의 자세가 바뀌었다. 그들의 관심 대상이 땅에 있는 것이 아니라 높이 들어 올려지고 있었다. 곧 보슈는 채스틴의 몸이 그들의 머리 위로 높이 올려진 것을 보았다. 승자의 손에서 손으로 옮겨가는 트로피 같았다. 채스틴의 셔츠는 찢겨지고 경찰 배지는 사라졌고, 두 팔은 아직도 수갑에 묶여 있었다. 신발 한 짝과 양말이 사라져서 드러나 보이는 상아색의 발은 복합골절을 당한 흰 뼈처럼 보였다. 보슈가 서 있는 곳에서는 선명하게 보이지는 않았지만 보슈는 채스틴이 두 눈을 뜨고 있다고 생각했다. 입은 떡 벌리고 있는 것 같았다. 갑자기 날카로운 비명 소리가 들리기 시작했고, 보슈는 처음에는 구조를 위해 그곳으로 달려가는 순찰차의 사이렌 소리인줄 알았다. 그러나 알고 보니 채스틴의 비명 소리였다. 비명 소리와 함께 그의 몸은 군중들 한가운데로 떨어졌고 보슈의 시야에서 사라졌다.

39 침묵의 거래

보슈는 바리케이드 뒤에 서서 순찰 소대가 교차로로 달려가 폭도들을 추적하는 것을 지켜보았다. 존 채스틴의 시신은 트럭에서 떨어진 빨랫감 보따리처럼 길거리에 널브러져 있었다. 채스틴의 상태를 확인한 순경들은 사망 사실을 확인하고 나서 시신을 그대로 내버려 두었다. 곧 언론사 헬리콥터들이 상공에 나타났고, 구급 대원들이 도착해서 보슈에게 응급 처치를 했다. 콧날과 왼쪽 눈썹이 찢어져서 소독하고 꿰매야 했지만, 그는 병원으로 이송되는 것을 거부했다. 구급 대원들은 유리 파편만 제거하고 버터플라이 밴드로 상처를 덮어두었다. 그러고는 보슈 혼자 있게 내버려 두었다.

그 후 얼마 동안인지는 모르겠지만 보슈는 바리케이드 뒤를 서성이고 있었고, 한참 후에 마침내 순찰대장이 그에게 다가와 77번가 경찰서로 돌아가 수사를 위해 도착하는 형사들한테 조사를 받아야 한다고 말했다. 순찰대장은 순경 두 명을 시켜 보슈를 태우고 가게 하겠다고 말했다. 보슈가 멍한 표정으로 고개를 끄덕이자 순찰대장은 무전으로 순찰차 한 대를 소집했다. 주위를 둘러보던 보슈는 순찰대장 뒤쪽으로 길 건너편에서 약탈당한 상점을 발견했다. 초록색 네온 간판에는 '행운 주류'라고 적혀 있었다. 보슈는 순찰대장에게 잠깐만 기다려달라고 말했다. 그러고는 길을 건너 그 상점으로 들어갔다.

상점은 길고 좁았다. 그날 밤 약탈당하기 이전에는 세 개의 진열 복도에 상품이 가득 쌓여 있었겠지만 지금은 폭도들이 휩쓸고 지나가버려 선반은 텅 비어 있었고 뒤집혀 쓰러져 있는 선반도 있었다. 바닥에는 쓰레기가 거의 30센티미터 높이로 쌓여 있었고 쏟은 맥주와 포도주 냄새가 진동을 했다. 보슈는 조심스럽게 카운터로 다가갔다. 카운터 위에는 여섯 개 들이 맥주를 묶는 비닐 목걸이를 제외하고는 아무것도 없었다. 보슈는 카운터 위로 몸을 숙이고 카운터 뒤쪽을 보다가 깜짝 놀라 비명을 지를 뻔했다. 카운터 뒤 바닥에 작은 아시아계 남자 한 명이 두 무릎을 모아 가슴에 대고 두 팔로 무릎을 감싸 안고 앉아 있었다.

그들은 오랫동안 서로를 바라보았다. 아시아 남자의 얼굴 한쪽은 퉁퉁 붓고 피부색이 변해 있었다. 보슈는 술병에 맞은 거라고 추측했다. 보슈가 남자를 향해 고개를 끄덕여 보였지만 남자는 아무런 반응이 없었다.

"괜찮아요?"

남자는 고개를 끄덕였지만 보슈를 바라보지 않았다.

"구급대 부를까요?"

남자는 고개를 가로저었다.

"그들이 담배를 다 가져갔나보죠?"

남자는 대답하지 않았다. 보슈는 좀 더 몸을 기울이고 카운터 아래를 살펴보았다. 금전 등록기가 서랍이 열린 채 바닥에 옆으로 놓여 있었다.

갈색 가방과 종이 성냥이 사방에 흩어져 있었다. 빈 담배 상자들도 보였다. 보슈는 카운터 위로 몸을 올려 아래로 팔을 뻗어 바닥에 있는 쓰레기를 뒤적거렸다. 그러나 담배는 보이지 않았다.

"여기요."

보슈는 고개를 들고 바닥에 앉아 있는 남자를 바라보았다. 그는 주머니에서 카멜 담뱃갑을 꺼냈다. 그가 담뱃갑을 흔들어서 보슈에게 내밀었고, 담뱃갑 안에는 마지막 한 개비가 약간 튀어나와 있었다.

"됐어요, 친구, 마지막이잖아. 괜찮아요."

"아뇨, 피우세요."

보슈는 망설였다.

"진짜요?"

"그럼요."

보슈는 담배를 받고 나서 목례를 했다. 그리고 바닥으로 팔을 뻗어 성냥 한 갑을 집어 들었다.

"고마워요."

보슈가 다시 남자를 향해 고개를 끄덕이고는 상점을 나갔다.

밖으로 나온 보슈는 담배를 입에 물고 숨을 들이쉬면서 담배의 맛을 느껴보았다. 그러고는 성냥갑을 열어 담배에 불을 붙여 물고 연기를 폐까지 깊이 들이쉬어서 그대로 참고 있었다.

"빌어먹을."

그가 말했다.

보슈는 숨을 깊이 내쉬고 담배 연기가 사라지는 것을 지켜보았다. 성냥갑을 닫고 겉면을 바라보았다. 한 면에는 '행운 주류'라고, 다른 면에는 '행운 성냥'이라고 인쇄되어 있었다. 보슈는 엄지손가락을 움직여 겉장을 다시 열고 성냥의 빨간 머리들 위의 여백에 인쇄된 명언을 읽었다.

보슈는 성냥을 덮고 주머니에 넣었다. 주머니 안에 뭐가 있어서 꺼내 보았다. 결혼식 때 받은 작은 쌀 주머니였다. 그는 그것을 공중으로 살짝 던져 올렸다가 받았다. 그러고는 주먹으로 꼭 감싸 쥐었다가 다시 주머니에 넣었다.

그는 바리케이드 너머로 채스틴의 시신이 순찰차 트렁크에서 꺼내온 노란색 우비 판초에 덮여 있는 교차로를 바라보았다. 거대한 경찰 봉쇄 구역 안에 작은 봉쇄 구역이 설정되었고, 채스틴 피살 사건에 대한 수사가 시작되고 있었다.

보슈는 채스틴이 생의 마지막 순간에, 증오의 손들이 그를 움켜잡았을 때 느꼈을 공포에 대해 생각해보았다. 그 공포를 이해는 했지만 연민이 느껴지지는 않았다. 예전에는 그 손들이 보슈를 향해 뻗쳐온 적도 있었다.

헬리콥터 한 대가 어두운 밤하늘에 갑자기 나타나 노르만디 대로에 착륙했다. 헬기 양쪽 문이 열리더니 어빈 어빙 부국장과 존 가우드 강력계장이 내렸다. 수사를 진두 지휘하기 위해 날아온 것이었다. 그들은 시신 근처에 모여 서 있는 경찰관들을 향해 바삐 걸어갔다. 헬기에서 나오는 바람이 시신을 덮고 있던 판초를 날려버렸다. 보슈는 채스틴의 얼굴이 하늘을 바라보고 있는 것을 보았다. 순경 한 명이 다가가 다시 그에게 판초를 덮어주었다.

어빙과 가우드는 보슈에게서 적어도 50미터는 떨어져 있었지만 보슈를 알아보는 것 같았고, 둘이 동시에 그를 바라보았다. 보슈 역시 조금도 움찔하지 않고 그들을 쳐다보았다. 여전히 말끔한 정장 차림인 가우드는 담배를 들고 있는 보슈의 손을 가리키며 다 이해한다는 미소를 지었다. 마침내 어빙이 보슈에게서 고개를 돌려 노란색 판초를 바라보았다. 보슈는 상황 판단을 끝냈다. 해결사 어빙이 현장에 나왔다. 보슈는 이 사건이 어떻게 처리될지, 그리고 공식적으로는 어떻게 발표될지 알았다. 채스틴은 폭도들에 의해 순찰차에서 끌려나와 두 손에 수갑이 채워진 채 맞아 죽은 경찰국의 순교자가 될 것이다. 그의 죽음은 이날 밤 경찰관들이 무슨 짓을 해도 정당화시켜줄 방패막이 될 것이다. 시위자들에게 일라이어스가 있다면 경찰들에게는 채스틴이 있는 것이다. 하늘에 떠 있는 기계 독수리들이 방송으로 보여줄 채스틴의 죽음은 폭동이 시작되기도 전에 끝낼 수 있게 도와줄 것이다. 그러나 사실 채스틴이 이 폭동을 유발한 사람이기도 했다는 사실은 경찰국 내 소수의 사람들을 제외하고는 아무도 알지 못할 것이다.

보슈는 자신이 이들의 뜻대로 따라가 줄 수 밖에 없다는 것을 알았다. 어빙은 보슈에게 영향을 미칠 수 있었다. 보슈의 유일한 약점을 어빙이 쥐고 있기 때문이었다. 보슈가 그의 직업을 천직으로 알고 있고, 잃고 싶어 하지 않는다는 약점을 어빙이 알고 있기 때문이었다. 어빙은 그 직업을 지켜주는 대가로 침묵을 요구할 것임을 보슈는 알고 있었다. 그리고 보슈는 자신이 그 거래를 받아들일 것임을 알고 있었다.

40 타락 천사의 울음소리

보슈의 생각은 그가 자동차 안에서 유리 파편과 알코올 때문에 눈이 보이지 않고 폭도들의 손이 그의 어깨를 잡던 그 순간으로 자꾸만 돌아가곤 했다. 그때 그는 공포스럽기는 했지만 정신이 또렷하고 침착해져 있었고, 이제 그는 그런 순간이 소중한 추억으로 여겨지기까지 했다. 그 순간에 그는 이상하게도 평화로웠었다. 그 순간 그는 근본적인 진리를 발견했었다. 그는 자신은 살아남으리라는 것을, 그리고 올바른 인간은 타락한 인간들의 손아귀에 들지 않는다는 것을 깨달았다.

보슈는 채스틴의 마지막 비명에 대해 생각했다. 너무도 크고 끔찍한 울부짖음이어서 인간이 아닌 짐승의 울음소리로 느껴질 정도였다. 그것은 지옥으로 떨어지는 타락한 천사의 울음소리였다. 보슈는 그 울음소리를 절대로 잊지 못할 거라는 사실도 알고 있었다.

〈끝〉

옮긴이의 말

마이클 코넬리의 해리 보슈 시리즈 여섯 번째 작품《앤젤스 플라이트》의 출간을 코앞에 두고 후기를 쓰고 있자니 실컷 울고 났을 때처럼 마음이 가볍고도 개운하다. 땀을 뻘뻘 흘리며 뙤약볕을 걸어 시원한 그늘이 있는 목적지에 도착한 느낌이랄까. 그만큼《앤젤스 플라이트》라는 작품의 번역이 힘든 작업이었다는 뜻이겠다. 왜 그렇게 힘이 들었을까?

마이클 코넬리의 어느 작품이 그렇지 않겠냐마는《앤젤스 플라이트》는 대면하기 힘든 혹은 대면하고 싶지 않은 불편한 진실을 우리 앞에 들이밀고 흔들어대는 작품이었다. 적어도 내가 느끼기에는 그랬다. 한 민사 소송 전문 변호사의 피살 사건을 맡은 보슈는 수사를 진행하는 중 그 사건이 납치된 후 성폭행당하고 살해된 한 어린 소녀의 피살 사건과 관련이 있음을 알게 된다. 보슈는 그 소녀를 살해한 혐의로 재판을 받았던 피의자는, 경찰의 고문과 증거조작을 주장하여 무죄 평결을 받고 경찰을 상대로 민사 소송을 제기했고, 피살된 변호사가 그 소송을 맡아 진행 중이었음을, 그래서 변호사 피살 사건이 이 두 개의 사건과 긴밀히 관련이 되어 있음을 직감하고 차근차근 진실을 파헤쳐간다. 이렇게 보슈가 수사를 진행하는 과정에서 속속들이 드러나는 진실이 내게는 너무 불편했다. 은밀하게 자행되는 아동 성 학대와 이를 공적인 영역에서 상품화하는 세상이 어린 아들딸을 둔 엄마로서 너무 끔찍하게 여겨져서 한동안 번역을 중단하고 마음을 가라앉혀야 할 때도 있었다. 진실을 밝힌다는 목표만 보면서 불법적이고 비인간적인 수단을 마다하지 않는 경찰관의 모습이, 사회의 치안 유지를 위해 진실을 덮고 호도하고 왜곡하는 정치적인 경찰관의 모습이, 전혀 낯설지 않아서 씁쓸하고 불편했다. 예전에 TV에서 보았던 그 도시의 폭동의 불길이 이 소설 속에서 지극히 현실적으로 그려져 있어 불안하게 가슴이 두근거렸다. 그리고 무엇보다도 전편에서 행복한 결혼식을 올려서 나를 기쁘게 했던 보슈가 비틀거리고 그의 결혼 생활이 삐걱거리는 것을 보는 것이 가슴 아팠다. 곳곳에 나타나는 인간과 인생에 대한 코넬리의 아픈 성찰에 고개를 끄덕이면서도 마음은 무거웠다.

이렇게 사회 비판적이고 예민한 주제가 주는 불편함에 힘들어하면서도 한편으로는 즐겁게 번역할 수 있었다는 것을 고백해야겠다. 왜냐하면 이 무거운 짐을 지고 살아가는 인간들의 모습이 어울려 그려내는 그림이 아름다워서 힘이 났기 때문이다. 보슈가 여기서 난관에 부딪치고 저기서 넘어지면서도 끝까지 진실을 파헤치고 사건을 해결하는 이야기가 대단히 치밀하고 정교하며 재미있었기 때문이다. 작은 퍼즐 조각들을 마구 흐트러뜨려 놓았다가 이야기가 전개될 때마다 하나씩 집어서 아귀가 딱딱 맞게 제자리에 갖다놓는 코넬리의 기가 막힌 두뇌와 재기 넘치는 글 솜씨에 감탄하면서 번역하는 내가 마치 그 작가가 된 것 같은 기분 좋은 착각 속에서 작업을 했기 때문이다.

곧 책이 나온다니 걱정도 된다. 코넬리의 훌륭한 작품을 내가 망치지 않았기를, 함부로 빼거나 함부로 보태지 않았기를, 원작의 재미와 감동이 이 번역 작품 속에도 그대로 들어 있기를 두 손 모아 기도하는 마음이 된다.

재미있는 책을 번역할 기회를 주신 랜덤하우스코리아 편집부에 감사드린다. 내가 번역이라는 행복한 작업을 계속할 수 있도록 늘 건강하게 내 옆에 있어주는 우리 가족에게 사랑과 고마움을 전한다.

2011년 9월, 한정아

앤젤스 플라이트_해리 보슈 시리즈 Vol.6

1판 1쇄 발행 2011년 9월 16일
1판 3쇄 발행 2013년 5월 6일
2판 1쇄 인쇄 2015년 1월 22일
2판 1쇄 발행 2015년 1월 30일

지은이 마이클 코넬리
옮긴이 한정아

발행인 양원석
본부장 송명주
편집장 김지연
해외저작권 황지현, 지소연
제작 문태일, 김수진
영업마케팅 김경만, 정재만, 곽희은, 임충진, 이영인, 장현기, 김민수,
임우열, 윤기봉, 송기현, 우지연, 정미진, 이선미, 최경민

펴낸 곳 ㈜알에이치코리아
주소 서울시 금천구 가산디지털2로 53, 20층(가산동, 한라시그마밸리)
편집문의 02-6443-8846 **구입문의** 02-6443-8838
홈페이지 http://rhk.co.kr
등록 2004년 1월 15일 제2-3726호

ISBN 978-89-255-5524-9 (04840)
978-89-255-5518-8 (set)